Holly Bourne
This is not a Love Story

© Jonny Donovan

Holly Bourne, 1986 in England geboren, studierte Journalismus an der University of Sheffield. Sie arbeitete einige Jahre lang erfolgreich als Journalistin. Mit den Wünschen und Sehnsüchten von Jugendlichen kennt sie sich gut aus, da sie seit Jahren auf einer Ratgeber-Webseite Beziehungstipps für junge Leute gibt. Holly Bourne lebt zurzeit in London, träumt aber von einem Haus im Grünen.
Weitere Bücher von Holly Bourne bei dtv junior: siehe Seite 4.

Nina Frey, geboren in Heidelberg, studierte Anglistik und Germanistik in Hamburg. Sie arbeitete lange im Kunsthandel in Hamburg, London und Berlin. Heute lebt sie als freie Übersetzerin in Wien.

Holly Bourne

THIS IS NOT A LOVE STORY

Roman

Aus dem Englischen
von Nina Frey

dtv

Ausführliche Informationen über
unsere Autoren und Bücher
www.dtv.de

Von Holly Bourne ist bei dtv außerdem lieferbar:
Mein total spontanes Makeover und was dann geschah

MIX
Papier aus verantwortungsvollen Quellen
FSC® C019821
FSC
www.fsc.org

Ungekürzte Ausgabe
2016 dtv Verlagsgesellschaft mbH und Co. KG, München

Titel der englischen Originalausgabe: ›Soulmates‹,
2013 erschienen bei Usborne Publishing Ltd, London.

Umschlaggestaltung: Katharina Netolitzky unter Verwendung eines Fotos
von Miss Bookcover/Lily Vasic
Gesetzt aus der Janson 10,25/12,75˙
Gesamtherstellung: Druckerei C.H.Beck, Nördlingen
Gedruckt auf säurefreiem, chlorfrei gebleichtem Papier
Printed in Germany · ISBN 978-3-423-71679-6

Prolog

An »Seelenverwandtschaft« als Konzept hatte ich nie geglaubt. Das war so eine Hollywood-Idee – ein Begriff, erschaffen, um Filmrechte und Schmachtfetzen zu verhökern.

Meiner Meinung nach war Liebe nichts als eine weltweit verbreitete Zwangsvorstellung, ein Hirngespinst, an das sich die Verzweifelten klammern. Manche nannten es Leidenschaft, Romantik, die Begegnung zweier Seelengefährten und lauter solchen Quatsch. Ich nannte es Hormone, Biologie, Chemie, die im Gewand des märchenhaften ewigen Glücks daherkommen – ein Selbstbetrug, der nichts ist als die Angst vor der eigenen Einsamkeit.

Doch zynisch sein ist leicht, solange es einen noch nicht selbst erwischt hat …

Denn das Problem ist ja: Hollywood, Stephenie Meyer, die ganzen Nackenbeißerverlage – sie haben alle recht. Seelengefährten gibt es wirklich.

Nur eins haben sie nicht kapiert: dass es nicht unbedingt ratsam ist, sie zu finden.

1

Der Tag begann wie jeder andere auch: mit einem Sonnenaufgang.

Vermutlich ist noch jeder, dem irgendwann irgendwas Außergewöhnliches widerfahren ist, an jenem bewussten Tag ganz stinknormal im Bett aufgewacht. Sei es eine Nahtoderfahrung oder das Zusammentreffen mit dem Menschen, mit dem man den Rest seines Lebens verbringen möchte – alles beginnt immer mit einem Sonnenaufgang, einem Weckerklingeln und dem Beiseiteschieben der Bettdecke. Ganz banal. Ganz wie gehabt.

Der Tag, der mein Leben umkrempelte, passte voll ins Schema.

Ich lag unter meiner Decke in meinem schmalen Bett und beobachtete den Lichtstrahl, der sich an meinem Vorhang vorbeischlängelte und sich um meine Beine schmiegte. Und während ich das tat, machte ich meine Atemübungen. Ich legte die Hände auf den Bauch und konzentrierte mich darauf, wie er sich mit jedem Atemzug wölbte und wieder zusammenzog. Immer wieder, zehn Minuten lang.

Es war Samstag, der Tag ohne Verpflichtungen. Ich zog den Vorhang auf, damit das Licht in jeden Winkel meines Zimmers dringen konnte. Dann kletterte ich aufs Fensterbrett, hockte mich in den Schneidersitz und blickte nach draußen.

Ich heiße Penny Lawson und meine Heimat ist mir ein Graus. Auch wenn es furchtbar abgedroschen ist, siebzehn zu sein und seinen Wohnort zu hassen, – es ist so. Im Grunde gibt es an meinem Leben rein gar nichts, was nicht völlig typisch wäre. Ich wohne in einer kleinen Stadt, von der es sich perfekt nach London pendeln lässt. Jeden Morgen um halb sieben machen sich die Männer in ihren Anzügen auf und ziehen im Gänsemarsch Richtung Bahnhof. Die Ehefrauen bleiben zu Hause, machen ihre Kinder für die Privatschule zurecht und schaufeln schalenweise Biomüsli in sie hinein, um schließlich die SUVs zu erklimmen und die Wettfahrt zur Schule einzuläuten. Es ist eine dieser Städte, in der jedes Haus einen Vorgarten hat, wo jeder jeden kennt und wo den Teenagern die Freizeitaktivitäten nur so in den Rachen gestopft werden, als hänge die Zukunft der Familie allein von den Leistungen ihrer Sprösslinge in der Lacrosse-Mannschaft ab. Alles in allem ein einziges Riesenklischee – und mir zutiefst zuwider. Aber wahrscheinlich ist das genauso ein Klassiker.

Das Klingeln meines Handys riss mich aus meinen Gedanken. Ich schaute aufs Display und lächelte. Es war Lizzie.

»Was willst du mitten in der Nacht? Andere schlafen vielleicht noch, du Nuss«, sagte ich.

»Ach, jetzt stell dich nicht so an, es ist halb elf vorbei und es gibt Neuigkeiten.«

»Na dann: raus damit.« Ich entknotete meine Beine und streckte sie auf dem Fensterbrett aus.

»Wegen heut Abend. Das wird der Wahnsinn.«

Lizzie verstand es, aus allem das Letzte herauszuholen. Sie wollte Journalistin werden, um jeden Preis, und arbeitete fast rund um die Uhr darauf hin. Sie fungierte als Klatschkurier zwischen den einzelnen Cliquen, verwandelte in der morgendlichen Rückschau noch die drögeste Wohnzimmerparty in ein prickelndes Event und verfügte selbstverständlich über ein geradezu enzyklopädisches Wissen zu jedermanns Privatangelegenheiten. Mittlerweile war mir klar, dass sie einfach rein körperlich nicht in der Lage war, ein Geheimnis für sich zu behalten, was meiner Liebe zu ihr keinen Abbruch tat. Durch sie wirkte dieser Ort – unser Leben – dramatisch. Sie war der Farbklecks in unserem Grau in Grau.

Ich seufzte. »Lizzie, heute ist mal wieder Band-Night, was kann da schon groß passieren? Ach nein, sag nichts. Eine der Versagerbands aus unserem Bekanntenkreis hat doch tatsächlich einen Plattenvertrag unterschrieben?« Ich quietschte auf, um meinen Sarkasmus zu unterstreichen. »Ich glaub's einfach nicht! Ein Wunder ist geschehen!«

Lizzie lachte. »Ach was, natürlich nicht.« Sie machte eine dramatische Pause. »Aber heut Abend spielt tatsächlich eine neue Band, eine wahnsinnig gute angeblich. Growing Pains heißen sie. Der Leadgitarrist soll ein absoluter Hingucker sein, hab ich gehört, und scheinbar gibt's echt eine Plattenfirma, die ein Auge auf sie hat.«

Ich seufzte noch einmal.

»Ehrlich.«

»Lizzie, wie lange pilgern wir jetzt schon zur Band-Night? Zwei Jahre? Wie viele Bandtypen kennen wir, die *anscheinend* eine Plattenfirma haben, die ein Auge auf sie hat? Und jetzt verrat mir bitte, wie viele von denen es wirklich zu was gebracht haben. Ich wette um eine Million mit dir, dass die alle auf die Uni gehen und BWL studieren, und dann gönnen sie sich natürlich ein Jahr Auszeit, weil sie ja angeblich keinen Job in Papas Firma wollen, bis sie schließlich doch dort anfangen, zum Einstiegsgehalt von zweiunddreißigtausend Pfund.« Erneut faltete ich die Füße unter mir zusammen und holte energisch Luft. »Und wenn sie dann vierzig sind, unterhalten sie bei Dinnerpartys ihre Reich-und-schön-Freunde mit Schwänken aus ihrer wilden Jugend am Rande des Abgrunds, als sie mal Rockstars waren.«

Jetzt war es an Lizzie, zu seufzen. »Himmel, hast du eine Laune.«

Ich schickte ein Achselzucken durch die Leitung. »Ich sag nur, wie's ist.«

»Okay. Dann spar dir jetzt mal das Band-Bashing, Madame Ich-steh-über-allem, und lass mich wenigstens was vom heißen Gitarristen erzählen.«

Ich lachte. »Na gut, schieß los.«

Wir plauderten noch ein paar Minuten, und als ich auflegte, sah alles schon deutlich rosiger aus. Selbst wenn es nicht der gesellschaftliche Höhepunkt meines Daseins werden würde, war es doch ein Samstagabendprogramm ganz ohne Pizzaservice, Trashfilm und Gesuhle im eigenen Uncoolsein. Mit einer jähen Aufwallung von Energie schwang ich meine Beine vom Fensterbrett und ging runter zum Frühstück.

Als ich die Küche betrat, machte Mum gerade Tee. Da stand sie im Morgenmantel und musterte finster die Wandschränke. Seit Jahren versuchte sie, meinen Vater zu einer Küchenrenovierung zu überreden, doch der weigerte sich standhaft, Geld für etwas »so Banales wie Küchenschränke« rauszuwerfen.

»Guten Morgen«, sagte sie und riss sich von den Schränken los. »Du auch ein Tässchen?«

Ich klappte einen Wandschrank auf und zog eine Müslischachtel heraus. »Ja, bitte.«

Als ich mir die Schale füllte, brachte sie mir einen Becher und wuschelte mir durchs Haar.

»Mum!«

»Pardon, Schätzchen.«

Sie setzte sich neben mich und wärmte sich die Hände an ihrem Becher, während ich draufloslöffelte.

»Also, was steht heute Großes an?«

Ich schluckte eine Ladung Haferflocken hinunter. »Nur wieder Band-Night. Da spielt irgendeine neue Gruppe, soll gut sein. Mit einem heißen Gitarristen angeblich.«

Meine Mutter horchte auf. »Ach wirklich? Wie aufregend. Ein heißer Mann in Middletown, unfassbar. Welch seltene Gnade des Schicksals.«

»Tja.« Ich verdrehte die Augen. »Es geschehen noch Zeichen und Wunder.«

Meine Mutter lachte. Sie zog mich ständig damit auf, dass ich jeden potenziellen Verehrer grundsätzlich mit Missachtung strafte, dass mir keiner je gut genug sein würde, aber Ehrenwort, so anspruchsvoll war ich gar nicht. Was konnte ich denn dafür, dass die siebzehnjährigen Jungs einfach alle nur widerlich waren? Und die seltenen Ausnahmen hatten völlig überdimensionale Egos von der ständigen Aufmerksamkeit, die sie abkriegten. Meiner Theorie nach war erst bei Neunzehnjährigen Schluss mit dem Widerlichsein, und da ich noch nicht hübsch genug war, um einen älteren Typen an Land zu ziehen, war ich gern bereit, noch zwei Jahre abzuwarten, bis Jungs meines Alters keinen Brechreiz mehr bei mir auslösten.

Meine Mutter jedoch teilte meine Meinung nicht und machte sich Sorgen um mich. Tatsächlich war es ihr liebster Zeitvertreib, sich um mich zu sorgen. Und wie aufs Stichwort wurde ihre teeumdampfte Miene ganz ernst.

»Sag mal, wie lief dein Termin bei Dr. Ashley neulich so?«, fragte sie betont beiläufig.

Oje, wir waren mal wieder so weit.

»Ganz okay«, antwortete ich unverbindlich und mampfte weiter.

»Warum so vage?« Kein Elterngespräch ohne diesen Spruch. »Worüber habt ihr geredet?«

»Das Übliche, du weißt schon.«

Sie nickte. »Okay.«

Ich konzentrierte mich auf mein Müsli und wartete darauf, dass sie nachhakte.

Es dauerte keine dreißig Sekunden.

»Also, was ist denn so das Übliche?«

Ich schluckte.

»Mein Gott, Mum, keine Ahnung. Ich hab über meine Schularbeiten gejammert, er ist mit mir wieder dieses bekloppte Atmungsdings durchgegangen, wir haben darüber gesprochen, was ich mache, wenn's … passiert. Du weißt schon.«

Sie sah noch besorgter drein und ich hielt die Luft an, bis die Frage fiel.

»Also weiß er immer noch nicht, was die Ursache ist?« Tränen stiegen ihr in die Augen. Verdammte Hacke. Diese Unterhaltung hatten wir eindeutig schon zu oft gehabt.

»Mum.« Ich sprach ganz langsam und überdeutlich. »Dich – trifft – keine – Schuld. Weder hast du mich als Säugling auf den Kopf fallen lassen noch bei meiner Erziehung versagt. Du hast alles genauso gemacht wie bei Louise, und bei der ist alles in Butter. Es ist einfach nur Pech. Mehr nicht. Glaub's mir doch bitte.«

Sie sah zu mir empor wie ein Kind. »Wirklich?«, flüsterte sie. »Dr. Ashley hat nicht gemeint, irgendwer sei dran schuld?«

»Natürlich nicht. Weil's einfach nicht so ist. Nur meine Biologie, meine Hormone, die Richtung halt. Irgendwann ist es vorbei, und dann lachen wir nur noch, wenn wir dran denken. Okay?«

Sie wirkte erleichtert. Zumindest fürs Erste. Bis mir nächste Woche haargenau das gleiche Gespräch bevorstand. Und die Woche danach. Und alle, die darauf folgten.

»Okay.«

Sie schnappte sich unsere leeren Tassen und trug sie zur Spüle.

»Ich borg dir heut Abend meine Handtasche, wenn du möchtest«, sagte sie lächelnd.

»Echt? Genial. Danke, Mum.«

Und sie verließ die Küche.

Die Sache ist nämlich die: Sosehr ich auch dagegen ankämpfe, ich bleibe ein wandelndes Klischee. Ich habe »psychische Probleme«. Hochoriginell, ich weiß. Ich verachte mich ja auch für diesen völligen Mangel an Kreativität, aber leider habe ich überhaupt keine Kontrolle darüber. Es ist, als müsse mein Hirn sich krampfhaft mit so was auf Trab halten, weil ich doch der Mittelschicht entstamme und mir über Geld und solches Zeug keinen Kopf zu machen brauche.

Vor ungefähr zwei Jahren saß ich in der Schule und lauschte gerade den Ausführungen meines Erdkundelehrers über fair gehandelten Kaffee, als ich es plötzlich ziemlich eindeutig fand, dass ich gleich sterben würde. Die Wände stürzten über mir zusammen, alles wurde schwarz, und atmen konnte ich auch nicht mehr.

Mir wurde klar, dass dies meine letzten Momente auf Erden waren, und ein Riesenschub Adrenalin jagte mir durch den Körper. Und während ich in blinder Panik nach Luft rang, dachte ich noch, wie unsäglich grauenhaft es doch war, mitten in Erdkunde den Löffel abzugeben. Ohne noch mal meine Eltern gesehen zu haben. Oder Louise. Wenn ich jetzt starb, würde das ihr Leben doch total versauen. Und mit Delfinen war ich auch noch nie geschwommen, hatte nie den Grand Canyon gesehen, auf einem Motorrad gesessen oder sonst irgendwas von den Dingen abgehakt, die man vor seinem Tod absolviert haben sollte.

Dann traf mich plötzlich die Erkenntnis, dass ich sterben würde, ohne jemals einen Freund gehabt zu haben. Und obwohl die Welt um mich herum im Nebel versank, konnte ich nur noch an die Liebe denken. Und dass ich sie nie erlebt hatte. Nie würde ich erfahren, wie es sich anfühlte, in der Gewissheit einzuschlafen, dass ein anderer Mensch an mich dachte. Nie würde mir jemand vertraulich die Hand auf den Rücken legen, um mich durch eine Menschenmenge zu geleiten. Und nie würde ich den Umriss eines anderen Gesichts blind nachzeichnen können und trotzdem nicht gelangweilt davon sein. Und wie ich so auf die graue, kaugummifleckige Auslegeware niedersank, hatte ich nur den Gedanken im Kopf, wie traurig das doch war.

Natürlich wachte ich wieder auf. Umringt von besorgten Gesichtern, meine Handballen blutig von den Fingernägeln, die ich hineingegraben hatte. Den Rest des Tages bekam ich frei. Meine romantischen Einsichten schob ich flugs beiseite, indem ich sie einer Gehirnerschütterung zuschrieb. Oder so. Die ganze Woche über wurde ich behandelt wie ein rohes Ei und irgendwann war Gras über die Sache gewachsen.

Mein Leben ging seinen gewohnten Gang. Bis es wieder passierte.

Ich war gerade mit meiner Mutter Tampons kaufen – wohl das Peinlichste, was man bei einer öffentlichen Nahtoderfahrung bei sich tragen kann. Wie schon beim ersten Mal wollten die Wände mich zerquetschen, und ich spürte, wie das Nichts mir die Luft abdrückte. An mehr erinnere ich mich nicht. Als ich wieder zu mir kam, lag ich kreischend auf dem kalten Marmorboden, während ein Dutzend verschreckter Kunden auf mich hinabstarrte. Meine Mutter umklammerte verzweifelt meine Hand, die Augen angstgeweitet.

Ein Arzttermin jagte den nächsten. Im Nu hatte Mum sich mit unserem Hausarzt überworfen und so nahmen wir uns natürlich »einen Privaten«. Nach Hunderten von Blutanalysen, zwei weiteren »Vorfällen« und Dutzenden von Überweisungen landete ich schließlich in einem großen weißen Gebäude und wurde genötigt, mich mit irgendeinem Grinsemann mit seltsam gelblichem Vorzeigegebiss zu unterhalten. Er nannte die Sache schließlich beim Namen. *Panikattacken*. Sehr verbreitet offenbar. Die hohen Anforderungen des modernen Lebens und so weiter.

Und so begannen meine wöchentlichen Sitzungen bei Dr. Ashley, dem Seelenklempner oder Hirndoktor, wie man eben mag. Außerdem durfte ich jeden Morgen, zwei Jahre lang, Mums gequälte Miene ertragen. Wie sie nach einer Antwort forschte, einer Ursache, und am Ende doch immer wieder Asche auf ihr unschuldiges Haupt lud.

Ich hielt meine Müslischüssel unter den Wasserhahn, um die Körnerreste abzuspülen, die sonst wie Zement am Rand haften würden. Dann wartete ich auf den Abend, der hoffentlich irgendeinen frischen Wind durch diese beknackte Stadt pusten würde.

Ich füllte die Wartezeit mit Mädchenkram. Ließ mir mit dem Nobelzeug meiner Mutter ein großes Schaumbad ein und rasierte mir die Beine. Probierte an die fünf Millionen verschiedene Outfits durch. Nach endlosen Überlegungen fiel meine Wahl auf den dunklen Jeansmini und das ausgewaschene Smiths-T-Shirt aus dem Secondhandshop, das ich meinem Vater aus der Tasche geleiert hatte. Ein paar Schichten Mascara, Eyeliner und Lipgloss später blickte ich auf mein Handy und stellte fest, dass ich die anderen in fünf Minuten treffen musste. Ein letzter Blick in den Spiegel – nicht übel. Ein echter Bringer allerdings auch nicht. Braune Augen starrten mir entgegen, teils verborgen unter straßenköterfarbenem Haar, das ich zu einer Art Rockergörenlook hatte überreden wollen, leider erfolglos. Ich schlüpfte in die ausgelatschten Ballerinas, schnappte mir meine Jacke und rannte zur Tür hinaus.

Es war immer noch hell, als ich zum Treffpunkt hastete. Allerdings stand die Sonne schon tief am Himmel und tauchte alles in goldenes Licht. Einen Moment lang schwelgte ich darin, wie hübsch es hier doch aussah, aber dann rief ich mir in Erinnerung, wie sehr ich Middletown hasste.

Meine Freundinnen warteten schon an der Ecke: Elizabeth, Ruth und Amanda.

»Du bist zu spät«, rief mir Lizzie entgegen. »Ich opfere echt mein halbes Leben dafür, auf dich zu warten.« Sie sah gut aus. Neue Jeans und ein schwarzes Oberteil. Ihr Haar hatte sie zu einem komplizierten Knoten aufgezwirbelt und sie trug eine Menge Eyeliner.

Ich joggte die letzten paar Meter auf sie zu. »'tschuldigung«, keuchte ich. »Akute Klamottenkrise.«

»Ja, ja. Ich krieg die Krise, wenn uns der heiße Gitarrist durch die Lappen geht.«

Bei den Worten »heißer Gitarrist« leuchteten Ruths Augen auf. Ich umarmte sie kurz zur Begrüßung.

»Hast du diesen mysteriösen Traumprinzen schon zu Gesicht bekommen?«, fragte sie mich.

Ruth war stets in Stimmung für eine neue Eroberung. Hatte sie erst mal ein Auge auf jemanden geworfen, war sie quasi nicht mehr zu bremsen und eigentlich auch nicht auszustechen. Nicht zuletzt wegen ihres eindrucksvollen Brustumfangs, an dem jede Konkurrenz einfach abprallte. Zum Glück war ich selbst nie an jemandem interessiert, denn neben Ruth hätte ich wohl kaum eine Chance gehabt.

»Hab vorhin erst von ihm erfahren. Aber heute Morgen hab ich vor der Apotheke ein Pferd kotzen sehen. Für mich ein eindeutiges Zeichen, dass ein toller Mann in der Stadt weilen muss.«

»Penny«, sagte sie. »Deine Worte betrüben mich. Um dich

herum gibt es so viele tolle Männer. Wenn du nur einmal die Augen aufmachen und die unendlichen Möglichkeiten wahrnehmen würdest.«

»Tolle *Jungs*«, verbesserte ich. »Tolle Männer kennen wir, glaub ich, keine.«

»Ach, wenn ich erst mit denen durch bin, sind sie Männer.« Sie zwinkerte mir zu.

Ich hängte mich bei Amanda ein, die bisher noch nichts beigesteuert hatte. Die Gute. All die gemeinsamen Jahre mit Ruth hatten sie gelehrt, dass es einfach nicht der Mühe wert war.

»Wie läuft's mit Johnno?«

Johnno war Amandas Beinahe-Freund. Sie hatte sich wieder selbst übertroffen und jemanden aufgetrieben, der noch schüchterner war als sie selbst. Die meiste Zeit über entschuldigten sie sich beieinander oder hielten verkrampft Händchen, wie Kinder, die man auf einem Hochzeitsfoto zusammengezwungen hat.

Sie lief knallrot an. »Mit Johnno ist alles gut«, haspelte sie. »Gestern haben wir es geschafft, uns zu küssen, ohne mit den Nasen aneinanderzuknallen.«

Ich konnte mir das Lachen nicht verkneifen. »Politik der kleinen Schritte, was?«

Lizzie hakte sich bei mir und Ruth unter, damit wir eine Reihe bildeten.

»Alles klar, die Damen«, sagte sie. »Mir schwant, dieser Abend wird unvergesslich.«

»Klaro«, murrte ich.

»Schnauze. Wirklich, ein Brennen in meinen Lenden verrät mir, dass sich heute Abend etwas ereignen wird.«

»Dagegen gibt's eine Creme, gegen dieses Brennen.«

Ruths Augen leuchteten bestätigend auf. »Ja, stimmt. Kann dir da was empfehlen. Weg in null Komma nichts.«

»Ruhe jetzt«, sagte Lizzie und wir brachen in Gelächter aus. »Heute Abend werden große Dinge geschehen. Ich wittere es einfach.« Sie machte eine Kunstpause. »Mit meiner Reporternase.«

Wir verdrehten die Augen.

»Bringen wir's hinter uns«, sagte ich.

Und wir zogen ab in Richtung Club.

2

Band-Night war ein ziemlich hochtrabender Begriff für das, was es eigentlich war: der Gig irgendeiner Band aus der Gegend in einem ranzigen Club in der Innenstadt. Der Clubbesitzer verschloss die Augen davor, dass alle minderjährig waren, und im Gegenzug schleppten die Bands sämtliche ihrer Freunde an, um die sonst völlig verwaiste Tanzfläche zu füllen. Wir gingen hin, seit Ruth ihre Titten bekommen und gelernt hatte, den Türsteher damit abzulenken.

Es wurde schon dunkel, als wir vor dem Clubeingang ankamen.

»Oh nein«, sagte Lizzie. »Da stehen sie schon Schlange. Die müssen das von dem heißen Gitarristen auch mitgekriegt haben.«

Tatsächlich reihten sich die Wartenden bis um die Ecke des Clubs. Zahlreiche Mädchengrüppchen hatten sich zu bibbernden Trauben zusammengeschlossen und taxierten schweigend die umstehende Weiblichkeit. Wir vier tappten ans Ende der Schlange und sahen im Vorbeigehen, wie die anderen Mädchen feindselige Blicke auf uns und Ruths schamlosen Ausschnitt warfen. Ruth feixte und drückte die Brust noch einen Tick weiter raus.

»Wir hätten uns vordrängeln sollen«, sagte sie.

»Unnötig«, meinte Amanda. »Es geht eh schnell voran.«

Ruth markierte einen Trotzanfall und stampfte mit dem Fuß auf. »Aber die da vorne lernen den heißen Gitarristen eher kennen als ich!«

Ich lächelte. »Ach, komm schon. So heiß ist der wahrscheinlich gar nicht. Bestimmt ist er totaler Durchschnitt, und jeder hält ihn nur für heiß, weil er auf der Bühne eine Gitarre hält.«

Lizzie seufzte tief auf. »Stellt euch mal vor«, meinte sie, »was für ein Traum das doch wäre, mit einem Musiker zu gehen!«

Die anderen beiden stimmten in ihr Seufzen ein.

»Oh Gott, allein die Vorstellung, da inmitten all dieser Menschen zu stehen und zuzusehen, wie dein Freund von allen angeschmachtet wird, und zu wissen, mit dir geht er später nach Hause«, schwelgte Ruth.

»Oder er holt seine Akustikgitarre raus und singt ein Liebeslied, und du weißt, das hat er nur für dich geschrieben«, ergänzte Lizzie.

»Oder du stößt in jedem zweiten People-Magazin auf Interviews mit ihm, und da steht schwarz auf weiß, wie sehr er dich anbetet«, schloss Amanda.

Ich lüpfte eine Augenbraue und wir rückten ein Stückchen in der Schlange auf. »Oder … stellt euch vor, ihr seid jedes Mal krank vor Panik, wenn er auf Tour ist, weil's schon vorprogrammiert ist, dass er fremdgeht. Stellt euch vor, ihr seid nur als die Freundin von dem und dem bekannt und nicht als ihr selbst. Oder wie ihr zu Hause mit seinen Bälgern versauert, während er immer noch ständig auf Achse ist und einen auf Rockstar macht, obwohl er längst einen schwabbeligen Altmännerbauch und kaum noch ein Haar auf dem Kopf hat. Oder …« Ich unterbrach meine Tirade, weil ich merkte, wie mich alle mit Blicken durchbohrten.

Lizzie pfiff leise durch die Zähne. »Warum, zum Teufel, schleifen wir dich überhaupt mit, Penny?«

»Ja, du alte Spielverderberin«, sagte Ruth. »Man wird ja wohl noch träumen dürfen.«

Wir rückten wieder in der Schlange auf. Jetzt hatten wir es fast geschafft.

»Natürlich darf man träumen«, wiegelte ich ab. »Aber einen Musiker als Freund? Kommt schon, Mädels. Das ist so was von abgeschmackt.«

Ihr Stöhnen kam im Chor.

»Mensch, du bist ja völlig besessen!«

»Ich bin nicht besessen. Ich begreife nur nicht, warum ihr so scharf darauf seid, euch irgendeine melancholische Arschgeige zu angeln, die zu allem Überfluss auch noch ihre Wachstumsschmerzen besingt. ›Growing Pains‹, also wirklich!«

Lizzie feixte. »Wer weiß? Vielleicht ist er unglaublich talentiert und selbstkritisch zugleich und verfällt einer von uns mit Haut und Haaren.«

»Lizzie. Das Leben ist keine Seifenoper.«

»Na, zum Glück lässt du keine Gelegenheit aus, mich darauf hinzuweisen.« Sie hakte sich wieder bei mir unter und wir betraten den Club.

Dank all der Möchtegerngroupies war der Laden gestopft voll, ganz anders als üblich. Auf der sonst so spärlich genutzten Tanzfläche drängten sich heute dicht an dicht wimperngetuschte Mädchen mit ausgefahrenen Ellenbogen. Ein Blick auf die Uhr – gerade mal halb zehn. Die Band würde frühestens in einer halben Stunde loslegen und trotzdem kloppten sich die Tussis bereits um die VIP-Plätze im ersten Rang. Ihre wilde Entschlossenheit hing derart schwer in der Luft, dass man sie fast hätte in Flaschen abfüllen und als Parfüm verkaufen können.

Trotz heftiger innerer Gegenwehr mochte ich den Laden. Die leuchtend lila Wände waren mit alten Schwarz-Weiß-Fotos berühmter Musiker geschmückt. Die ehemals weiße Decke war vergilbt von all den Zigaretten, die hier im Laufe der Jahre verglommen waren. Doch am liebsten mochte ich die Bar. Ganz im Geist des Rock 'n' Roll hatte der Besitzer verfügt, dass alles, was aus Portionierern ausgeschenkt werden konnte, auch aus Portionierern ausgeschenkt werde musste – selbst der Wein. Er hatte sich sogar Portionierer spezialanfertigen lassen, aus denen Rosé in 250-Milliliter-Einheiten abgegeben wurde. Das war zwar etwas eklig, aber wenigstens hatte der Club Charakter – was in dieser Reißbrettstadt seltener anzutreffen war als ein sibirischer Tiger.

Die Mädels und ich bahnten uns einen Weg zur Bar. Ich setzte die Ellenbogen ein, drängelte mich zur Theke und beugte mich vor, um die Aufmerksamkeit des Barkeepers zu erregen.

»Was darf's sein?«, brüllte er über die lauten Heavy-Metal-Riffs, die zum Anheizen der Menge aus den Lautsprechern dröhnten.

Ich reckte die Finger. »Vier große Cuba Libre mit Cola light, bitte.« Langsam wurde es schwül und ich fächelte mir Luft zu. »Auf Eis.«

Während ich wartete, beobachtete ich, wie Lizzie sich *unter die Leute mischte*. Das Mädchen kannte echt jeden. Sie schwirrte von einer Gruppe zur nächsten und saugte Gerüchte auf, wie ein Kolibri auf Nektartour. Garantiert quetschte sie gerade alle nach der neuen Band und ihrem mysteriösen Gitarristen aus. Lizzie wusste gern, was Sache war. Alles eine Investition in ihre Zukunft, meinte sie.

Der Barkeeper reichte mir die Drinks und ich schob ihm einen Zehner und einen Fünfer rüber, bevor ich mir die Gläser vorsichtig zwischen die Finger klemmte. Dann kämpfte ich mich zurück zu meinen Freundinnen, die sich inzwischen einen Platz in Bühnennähe gesichert hatten.

»Also, was hab ich verpasst?«, kreischte ich über das Gewummer und begann, die Drinks auszuteilen.

»Danke«, schrie Lizzie zurück und schnappte sich ein Glas. »Weißt du was? Ich hab Eins-a-Infos über Noah.«

»Wer ist Noah?«, rief ich und nahm einen tiefen Schluck.

Ihr Antwortbrüllen ging im Lärm unter.

»Was?!« Ich beugte mich vor.

»ICH HAB GESAGT, NOAH IST DER HEISSE GITARRIST.«

Ich nickte. Noah hieß er also. Erstaunlich, dass es nichts Angeberischeres war. Mir hatte eher etwas Richtung »Hendrix« vorgeschwebt.

Lizzie winkte uns alle noch näher heran. »Ich hab gehört …« Sie versuchte sich an einem dramatischen Flüsterton, musste aber fast schreien, um verstanden zu werden. »Rachel hat mir erzählt, er wohnt alleine, weil seine Eltern ihn rausgeschmissen haben.«

»Was, echt?«, fragte Amanda mit aufgerissenen Augen, als habe Lizzie eröffnet, er sei zur Hälfte Heinzelmännchen oder so was.

Lizzie nickte ernst. »Anscheinend hat er sie total fertiggemacht. Der muss echt einen an der Klatsche haben. Vor ungefähr zwei Jahren ist er dann hierhergezogen und die haben klinische Depression bei ihm festgestellt«, fuhr sie fort. »Aber er hat sich geweigert, in Therapie zu gehen, und hat sich lieber auf Alk und Weiber gestürzt. Der muss der totale Hurenbock sein. Richtig böser Bube.«

Die anderen bekamen einen ganz wehmütigen Blick, wo ich nur höhnisch grinsen konnte. Echt, klischeehafter ging's nicht.

»Egal, anscheinend hat die Sache mit der Band alles wieder ins Lot gebracht. Musik hilft ihm wohl, sich … besser zu fühlen.«

»Wow«, sagte Amanda. »Der klingt ja … innerlich total zerrissen.«

Ruth pflichtete ihr bei. »Ja, der muss ganz schön was durchgemacht haben. Bestimmt wünscht der sich einfach nur eine richtige Freundin, eine, die ihm Bodenhaftung gibt. Eine Schulter zum Ausweinen. Eine, der er vertraut, auf die er sich verlassen kann.«

Eine Weile standen wir schweigend herum. Wahrscheinlich malten sich meine Freundinnen im Geiste aus, wie es wohl wäre als sein Wundermädchen, als die Lösung all seiner Probleme. Stöhn.

Wir leerten unsere Gläser und Ruth zog ab, eine neue Runde organisieren, während wir unsere Stehplätze verteidigten. Langsam wurde es hier so richtig knallvoll, und knallheiß obendrein. Ich spürte, wie sich unter meinen Stirnfransen ein dünner Schweißfilm bildete. Sehr attraktiv. Obwohl wir so spät gekommen waren, hatten wir eigentlich einen ziemlich anständigen Blick auf die Bühne – nicht ganz vorne, aber dafür direkt in der Mitte. Noch mehr Leute drängten herein, doch wir hielten die Stellung. Ruth brachte den Getränkenachschub und ich sah wieder auf die Uhr. Zwei vor zehn. Jetzt konnte es jeden Augenblick losgehen. Weitere Zuschauer versuchten, sich einen besseren Blick zu erkämpfen, und ein paar Idioten begannen, ihre Bierbecher in die Menge zu schleudern. Eine kreischende La-Ola-Welle erhob sich, wobei sich einige mit Sorgfalt erstellte Mädchenfrisuren in Nichts auflösten.

Die Lichter erloschen, Jubelgeschrei setzte ein. Ich konnte erkennen, wie die Schattenrisse der Band auf die Bühne traten, und auf einmal brandete mir eine Woge fremder Gliedmaßen in den Rücken. Ich verlor den Boden unter den Füßen und wurde an den Rippen einen halben Meter nach vorn geschleift. Meine Zehen krallten sich in die Ballerinas, um sie ja nicht zu verlieren, und ich wurde leicht panisch bei der Feststellung, dass ich meine Freundinnen nicht mehr sah. Mühsam drehte ich den Kopf und machte irgendwo hinter mir Lizzie aus. Sie lächelte und wartete aufgeregt auf das Einsetzen der Musik. Ich erwiderte ihr Lächeln und plötzlich sprang die Bühnenbeleuchtung an, katapultierte die Band ins grellweiße Rampenlicht. Aus den Boxen brach Musik hervor …

Und dann blieb mir die Luft weg.

Die Musik wurde ganz blechern und mein Kopf füllte sich mit Mief. Ich versuchte einzuatmen, doch der Sauerstoff erreichte meine Lunge nicht. Die Füße gaben unter mir nach, und ich spürte, wie die Menge mich nach vorne schob. Ich konnte mich kaum noch auf den Beinen halten. Ich war völlig auf die fremden Körper angewiesen, die mich aufrecht hielten, während ich mich an meinen Techniken aus der Therapie versuchte.

Du stirbst nicht, sagte ich mir. *Das ist nur eine Panikattacke. Du stirbst nicht.*

Aber das kaufte ich mir nicht ab. Das hier war schlimmer als alles, was ich je erlebt hatte. Meine Lunge brannte, mein Gesichtsfeld wurde immer enger.

»Hilfe«, krächzte ich, in der Hoffnung, irgendwer würde mich hören. Doch die Hilfe kam nicht.

Wieder versuchte ich zu atmen, wieder erfolglos. Panik schwappte durch meinen Körper wie ein Tsunami.

Ich muss raus hier. Ich sterbe.

Mit meiner ganzen verbliebenen Kraft versuchte ich, aus dem Gedränge auszubrechen, nur am Rande wahrnehmend, wie mich Leute anbrüllten. Meine Freundinnen waren nirgends zu sehen. Nichts war zu sehen. Alles wurde immer dunkler.

ATMEN, befahl ich mir. Aber ich schaffte es nicht. Nur leeres, sinnloses Luftschnappen. Meine Lunge fühlte sich an, als würde sie explodieren.

Ich ertrinke, dachte ich. *Ich ertrinke ohne Wasser.*

Ich merkte, wie mir die Füße auf dem biergetränkten Boden wegglitten, wie das Feuer in meiner Lunge auf die anderen Organe übergriff. Ich ließ mich einfach fallen. Vernahm dumpf und vage das Dröhnen der Akkorde aus den Verstärkern. Dann wurde alles schwarz und endlich herrschte Ruhe.

3

Schmerz. Brennen.

Schwarz war es noch immer, aber mit der angenehmen Ruhe war es vorbei.

»Die Augenlider zucken«, hörte ich. Es klang, als läge eine kilometerdicke Wasserschicht zwischen der Stimme und mir.

Wieder erfüllte das Brennen meine Lunge. Das tat so weh. Das musste raus, raus aus mir. Meine Augen klappten auf. Ich lag auf dem Rücken. So würde das nicht funktionieren. Mit ganzer Kraft warf ich mich auf die Seite, als mir die Kotze gleich kübelweise aus dem Hals schoss. Ich würgte. Ich röchelte nach Luft. Ein saurer Geschmack verätzte mir den Hals, Geschmack nach erbrochenem Cuba Libre auf seinem Weg zum Asphalt. Ein paar Minuten lag ich so auf der Seite, abstoßend in jeder Hinsicht. Immer wieder spuckte ich, wischte mir den Mund ab, würgte erneut. Sollte mich doch sehen, wer da wollte. Einfach nur dieses Giftzeugs loswerden. Als ich endlich fertig war, rollte ich mich auf den Rücken und wischte mir durchs Haar. Es war schweißgetränkt.

»Da schlug das liebliche Dornröschen die Augen auf«, erhob sich eine sarkastische Stimme.

Lizzie. Ich fokussierte angestrengt und bekam schließlich auch ihr Gesicht scharf. Wir befanden uns außerhalb des Clubs, einmal um die Ecke auf einem winzigen, schmierigen Grünstreifen neben dem Gehsteig. Lizzie und Amanda sahen beunruhigt aus. Nun ja, Lizzie wirkte eher angeekelt als beunruhigt.

Ich holte tief Luft. »Was zum Teufel war da los?« Ich versuchte, den Kopf zu heben, doch Lizzie drückte ihn energisch in ihren Schoß zurück.

»Immer langsam mit den jungen Pferden. Du rührst dich erst mal nicht vom Fleck.« Sie sah mich ganz mütterlich an. »Du hattest wieder einen von deinen Anfällen. Amanda und ich haben uns echt in die Hose gemacht.«

Amanda hockte im Schneidersitz auf dem Gras, in respektvollem Abstand zu meiner Pfütze. Sie wirkte bis ins Mark erschüttert. Mir fiel ein, dass sie bisher noch keine meiner Panikattacken miterlebt hatte.

»Wie lange war ich weg?« Ich verlor immer jedes Zeitgefühl dabei.

»Nur ein paar Minuten. Nichts verpasst, keine Angst.«

»Wo ist Ruth?«, fragte ich.

Ein säuerlicher Ausdruck huschte über Lizzies Gesicht, bevor sie wieder ein Lächeln zustande brachte.

»Die hält uns unsere Plätze frei. Ich hab ihr gesagt, bei dir braucht sie sich nicht zu bemühen, weil du eh gleich nach Hause gehst, aber sie hat trotzdem drauf bestanden.«

»Nach Hause? Ich geh nicht nach Hause!«

»Doch, tust du. Mensch, Penny, so was hab ich echt noch nie erlebt. Ich mein, ich hab dich schon mal zusammenbrechen sehen, aber so noch nie. Ich dachte, du bist tot.«

Hinter ihrem aufgesetzten Grinsen erkannte ich jetzt echte Besorgnis. »War ich so schlimm?«, fragte ich. »Hm, es hat sich zumindest schlimmer angefühlt als sonst.«

»Es war wirklich grauenvoll. Ich hab versucht, ein Auge auf dich zu haben, weil Menschenmengen das ja manchmal auslösen bei dir. Du hast völlig okay gewirkt, obwohl da drinnen echt die Hölle los war. Meine Frisur ist völlig hinüber …« Sie hielt inne und setzte neu an. »Egal, kaum war die Band auf der Bühne, hast du deine Zuckungen gekriegt. Ich hab noch versucht, mich zu dir durchzuschlagen, aber da war kein Durchkommen durch diese Menge. Du bist rumgewankt, als würden deine Füße streiken oder so. Und dann bist du einfach abgetaucht. Ich hab mich zu dir durchgeboxt. Du warst bewusstlos, aber hast so gezittert – wie unter Elektroschocks. Ich sag's dir, das sah echt übel aus. Wenn ich's nicht besser wüsste, würde ich glauben, das war ein epileptischer Anfall oder so was.«

Einen Moment lag ich still da und verarbeitete ihre Worte.

»Dann hab ich mich also komplett zum Deppen gemacht, was?«

»Aber hallo!« Lizzie pfiff durch die Zähne. »Egal, was verschwendest du da überhaupt einen Gedanken dran, Penny? Du hast's überstanden, alles andere ist völlig schnurz.«

Ich überging ihren Kommentar und blickte auf zu Amanda. »Hab ich mich zum Deppen gemacht oder nicht?«, fragte ich sie.

Amanda sah nervös drein, wahrscheinlich weil Lizzie sie anstarrte wie der Leibhaftige.

»Keiner hat's wirklich mitgekriegt«, versicherte sie mir schließlich. »Alle waren viel zu sehr auf die Band fixiert. Die sind übrigens erstaunlich gut.«

Ich hievte mich in Sitzposition. Laue Nachtluft auf klebrigem Gesicht, das hatte was.

»Na, wenn das so ist«, sagte ich und stand vorsichtig auf, »dann gehen wir besser mal rein und schauen sie uns an.«

Lizzie war geschockt. »Nein, Penny. Komm schon. Wir müssen dich heimbringen.«

»Mir geht's gut. Bitte, lasst mich einfach normal weitermachen.«

»Aber vielleicht kriegst du noch so einen Anfall.«

»Werd ich nicht. Das ist jetzt durch. Kommt, wir suchen Ruth.«

Lizzie schaute verzweifelt zu Amanda. »Wir können sie da doch nicht wieder reinlassen.«

Amanda zuckte die Schultern. »Willst du dich ihr in den Weg werfen?«

»Ha! Triumph!« Ich reckte die erhobene Faust in die Luft, wurde prompt unsicher auf den Beinen und geriet ins Taumeln. Lizzie hielt mich gerade noch aufrecht und stierte mich böse an.

»Okay«, seufzte ich. »Ich bleib ganz hinten wie der letzte Depp. Nur falls es noch mal passiert. Was nicht der Fall sein wird.«

Wir gingen langsam zum Clubeingang zurück und hielten den Türstehern im Vorbeigehen unsere gestempelten Handrücken unter die Nase. Denen fiel gleich auf, dass Lizzie und Amanda den größten Teil meines Körpergewichts stemmten, und einer von ihnen hob die Augenbrauen.

»Alles klar mit eurer Freundin?«, fragte er und beäugte mich misstrauisch.

»Der geht's bestens«, antwortete Lizzie, bevor sie sich an mich wandte. »Ist doch so, Penny, oder?«

»Vollgepumpt mit Lebenslust.«

Das Gelächter folgte uns noch durch die Clubtür. Augenblicklich waren wir von der lauten Musik eingehüllt. Wir standen ganz hinten und binnen zehn Sekunden hatte ich beschlossen, die Band zu mögen. Sie waren wirklich der Wahnsinn. So ganz anders. Mein Herz hämmerte so wild im Rhythmus der Musik, dass ich zur Beruhigung die Arme um mich schlingen musste. Aus der Menge stiegen gigantische Dampfwolken auf.

»UNGLAUBLICH«, brüllte ich Lizzie und Amanda zu, die mich beide angrinsten.

»HAB ICH'S NICHT GESAGT?«, kreischte Lizzie zurück. »UND JETZT GIB DIR BITTE MAL DEN GITARRISTEN.«

Mein Blick folgte ihrem Finger durch den brechend vollen Raum in Richtung Noah.

Ich bin noch nie mit vollem Karacho in eine Mauer gerannt, aber ich konnte mir vorstellen, dass es sich so ähnlich anfühlen musste: Die Zeit schien stillzustehen wie bei einer richtigen Kinoschmonzette. Ich spürte, wie ich den Atem anhielt, als ich mich an seinem Anblick weidete. Lizzie hatte recht. Er war wunderschön.

Er stand ganz links auf der Bühne, die Gitarre lässig auf der Hüfte. Sein Blick war konzentriert, völlig auf sein Spiel gerichtet. Verschwitztes dunkles Haar fiel ihm in die schwarzen Augen und umrahmte sein perfekt proportioniertes, markantes Gesicht. Ein verwaschenes grünes T-Shirt klebte an seinem schmalen, aber muskulösen Leib und die Jeans saß ihm tief auf der Hüfte. Schnell prüfte ich seine Beine und seufzte erleichtert auf – keine Skinny Jeans! Ein wahres Wunder! Unwillkürlich leckte ich mir die Lippen. Ich wollte mich zu meinen Freundinnen umdrehen und seine Erscheinung im Detail erörtern, aber ich konnte meinen Blick nicht von seinem Gesicht abwenden.

Verdammte Hacke, was war denn bloß in mich gefahren? Ich musste meine Augen regelrecht von ihm losreißen. Lizzie grinste.

»Heiß, heiß oder heiß?«, fragte sie.

»Heiß heiß.« Ich nickte mit Nachdruck. »Punkt für dich.«

Sie schlang ihren Arm um Amanda und mich und zog uns zu sich heran.

»Eines Tages werdet sogar ihr begreifen, dass ich unfehlbar bin. Dann darf ich dich wohl auf die Liste der Interessierten setzen, Penny?«

Ich erwachte schlagartig. »Was?«, prustete ich. »Nein!«

Lizzie knuffte mich in die Seite. »Kleiner Scherz, krieg dich wieder ein. Außerdem …« Sie zeigte ins Gedränge. »Sieht so aus, als hättest du bereits Konkurrenz, und zumindest ich für meinen Teil würde mich nur ungern mit Ruth anlegen.«

Wieder folgte ich ihrem Zeigefinger. Er wies mich zu Ruth, die es irgendwie geschafft hatte, sich in die erste Reihe durchzuwuseln. Sie stand direkt unterhalb von Noah und starrte ihn mit entschlossener Miene an. Das Herz rutschte mir in die Hose – aus unerfindlichen Gründen, denn das entsprach doch völlig Ruths Standardverhalten. Aber heute Abend ging es mir auf die Nerven.

»Was hat die denn vor?«, zischte ich Lizzie zu. »Heute geht sie aber über Leichen.«

»Das hat bisher noch keinen Typen abgeschreckt.«

Da war was dran.

Ich drehte mich wieder zurück und beobachtete Ruth bei der Arbeit. Sie stand direkt in Noahs Sichtlinie und riss ihm mit ihren Blicken fast die Kleider vom Leib. Mir war schleierhaft, wieso ihre Frisur der Hitze standgehalten hatte, und ich hätte schwören können, dass sie ihren Ausschnitt noch einen offenen Knopf tiefergelegt hatte.

Das schien alles unfassbar unsubtil, aber wie Lizzie gesagt hatte: Die Erfolge von Ruths Charmeoffensiven sprachen für sich.

Nur ein Trost blieb mir in meiner völlig irrationalen Wut: Noah schien Ruth gar nicht zu bemerken. Sein Blick blieb auf seine Gitarre und seine virtuos umherschwirrenden Finger geheftet. Interesse an seinem Publikum: gegen null.

Die Band spielte jetzt einen Gute-Laune-Song und alles tanzte und bespritzte sich gegenseitig mit Schweiß. Der Leadsänger – ein ordentlich gebauter Typ, attraktiv, aber eben kein Noah – schien voll in der Menge aufzugehen. Er hob die Hände über den Kopf und klatschte, um das Publikum zum Mitsingen zu animieren.

Als das Stück seinen Höhepunkt erreichte, zerrte Noah den Blick von seiner Gitarre und nahm die wogende Menschenmenge wahr, die ihm huldigte. Mit einem atemberaubenden

Lächeln reckte er die Hand in die Luft. Das Publikum drehte komplett durch, alle Mädchen brachen in Gekreische aus. Ruths höchsteigener Beitrag war trotzdem noch herauszuhören. Völlig in Noahs Anblick versunken, bemerkte ich auf einmal, dass sich unsere Blicke trafen. Wieder begann mein Gesichtsfeld zu verschwimmen und ein nur allzu vertrautes Gefühl der Schwäche überrollte mich. Verdammte Hacke. Nicht schon wieder.

Es dauerte kaum eine Sekunde. Einen winzigen Moment lang starrten wir uns einfach nur an, mein Magen schlug Purzelbäume und mein Herz hämmerte wie verrückt. Und dann war es vorbei, so schnell, wie es begonnen hatte.

Die Musik hatte schlagartig aufgehört. Schluss, Sense. Die aufgekratzten Klänge wichen verwirrtem Schweigen und das Publikum suchte nach einer Erklärung. Die fand sie im Rauch, der aus Noahs Gitarrenverstärker aufstieg und die Bühne in beißenden Gestank hüllte. Noah eilte zu seinem Verstärker wie eine Mutter, die sich zur Rettung ihres Kindes vor ein Auto wirft. Der Rest der Band hechtete quer über die Bühne und kämpfte sich durch den Rauch, um zu retten, was zu retten war.

Ich drehte mich zu Lizzie und Amanda und schaute sie fragend an. Sie zuckten mit den Schultern.

»Noch was zu trinken?«, fragte ich.

Beide nickten.

Auf dem Weg zur Bar warf ich einen raschen Blick über die Schulter. Der Verstärker qualmte noch immer. Mir schwante, dass der Gig damit beendet war.

»Zwei Cuba Libre mit Cola light und ein großes Glas Leitungswasser«, bat ich und lehnte mich über den Tresen. Das Wasser war für mich. Panikattacken mit Alkohol zu begießen war bekanntlich nicht die beste Idee.

Während ich wartete, trat der vierschrötige Sänger ans Mikro.

»Äh, hi Leute!«, richtete er sich an die Menge. Sein überlegenes Bühnenego war wie weggeblasen; er wirkte ein bisschen nervös. »Ich glaube, wir müssen den Gig hier abbrechen. Der Verstärker ist hinüber. Abgeritten zu seinen Ahnen.«

Stöhnen und Buhrufe aus dem Publikum.

»Sorry, Leute, aber wir können's nicht ändern. Danke fürs Kommen. Nächsten Monat sind wir wieder hier. Schaut bis dahin mal auf unserer Website vorbei.«

Die meisten waren zu diesem Zeitpunkt schon längst im Aufbruch und er tat mir richtig leid.

Noah stand neben der Bühne und wurde von einer riesigen Mädchenherde getröstet. Ruth hatte sich direkt neben ihm postiert, berührte seinen Arm und flüsterte ihm etwas ins Ohr. Wieder packte mich diese rasende Wut. Ich winkte den Barkeeper zu mir herüber.

»Doch drei Cuba Libre.«

Schäumend entriss ich ihm die Gläser und goss mir dann mit großer Geste meinen eigenen Drink hinter die Binde. Natürlich war mir klar, dass Eifersucht ein völlig destruktives und sinnloses Gefühl ist, aber ich konnte mir nicht helfen: Ruths ständiges Rumgebalze brachte mich auf die Palme. Sie war eine Art magische Lustfee, die die gesamte männliche Bevölkerung mit einem neckischen Zwinkern oder einer raffinierten Doppeldeutigkeit verzaubern konnte. Männer zerbröselten zu umherstolpernden Ruinen. Selbst die charakterfestesten konnten ihren Reizen nicht widerstehen – keinem von beiden. Normalerweise störte mich das nicht, aber bisher hatte ich mich ja auch noch nie für jemanden interessiert. Ich blickte auf die beiden verbliebenen Drinks hinab und sinnierte, ob ich Lizzies und Amandas noch hinterherschütten sollte. Dann riss ich mich zusammen und wandte mich wieder Ruth und Noah zu, die nun tief in eine Unterhaltung verwickelt waren. Ich sah, wie sie ihm wieder etwas ins Ohr säuselte, um dann lachend ihren Kopf in den Nacken zu werfen. Und eine Sekunde lang, das hätte ich schwören können, guckten sie zu mir herüber.

Nur nicht durchdrehen, Penny. Das bildest du dir ein.

Als der Club sich langsam leerte, wurde es einfacher, zu meinen Freundinnen durchzukommen. Lizzies und Amandas Blicke hingen ebenfalls an Ruth.

»Die hat so ein Schwein«, sagte Lizzie, griff sich ihren Drink und leerte ihn mit ähnlich melodramatischer Geste. Ich hob eine Augenbraue. Anscheinend war ich hier nicht die Einzige, die an gelegentlichen Anfällen von Ruth-Neid litt.

Amanda nickte. »Die hat's einfach drauf, was? Ich werd nie kapieren, wie sie …«

»Hey, schaut mal«, unterbrach Lizzie, »sie kommen zu uns rüber.«

Ruth hielt Noah bei der Hand und führte ihn durch den verbliebenen Bodensatz der Feiernden. Ein selbstzufriedenes Grinsen klebte ihr im Gesicht. Wir drei gaben vor, ihr Kommen gar nicht zu bemerken. Ich malte mit der Spitze meines Ballerinaschuhs auf dem Boden herum und lugte hinter meinem Pony hervor, der immer noch schweißnass war. Keine Ahnung, ob das jetzt reines Wunschdenken meinerseits war, aber Noah wirkte nicht gerade glücklich darüber, mit Ruth Händchen zu halten. Als sie näher kamen, wurde mir bewusst, dass mein Herz wie ein Presslufthammer gegen meine Rippen rammte. Fühlte es sich so an, wenn man jemanden wirklich gut fand? Allein beim Gedanken wurde ich rot. Als die beiden uns erreichten, beschloss ich, meine Augen tunlichst auf Fußhöhe zu halten.

»Noah«, erscholl Ruths durchdringendste Nervensägenstimme, »darf ich dir meine allerallerbesten Freundinnen vorstellen?« Ruth führte uns alle einzeln vor. »Das sind Lizzie, Amanda und Penny.« Mein Kopf nickte ganz von selbst, als mein

Name fiel, doch mein Blick verharrte eisern auf den Dielen. Mit Nicken war der Höflichkeit ja wohl Genüge getan, oder?

»Hey, nett dich zu treffen«, sagte Lizzie. »Super Show. Na ja, bis der Verstärker in die Luft gegangen ist jedenfalls.«

Da hörte ich, wie er lachte. Ein rauer, herrlicher Klang. Der Presslufthammer hinter meinem Rippenbogen drehte noch etwas auf. Ich spielte mit meinem Fuß herum und betete inbrünstig, dass niemand meinen kleinen Nervenzusammenbruch bemerkte.

»Ja, das war wirklich seltsam.« Seine Stimme war tief, etwas heiser. Mein Körper reagierte ganz merkwürdig darauf – *zusammenreißen jetzt!*

»Ich würde es ja gerne auf mein begnadetes Spiel schieben … Verstärker kapitulierte, weil er meinem göttlichen Gitarrensolo nicht gewachsen war und so weiter.« Er sah verschwörerisch in die Runde. »Aber leider war's nur eine technische Störung.«

Die anderen lachten über seinen gespielten Größenwahn. Wenn er denn gespielt war. Ich hingegen stand stocksteif da wie ein Schwachkopf mit Interaktionsproblemen.

»Also, ich fand's toll«, schwadronierte Ruth. »Obwohl ich glaube, körperlich hat es nicht so stark auf mich gewirkt … wie auf unsere Penny.«

Bei der Erwähnung meines Namens schoss mein Kopf in die Höhe und ich schaute sie verwirrt an.

»Penny ist die, von der ich dir erzählt habe«, fuhr sie zuckersüß fort. »Dein Auftritt hat sie derart beeindruckt, dass sie glatt aus den Latschen gekippt ist.« Dann schüttelte sie ihre Mähne und lachte, während ich sie ungläubig anstarrte.

Eine nitroglyzeringleiche Mischung aus Demütigung, Verwirrung, Schmerz und Zorn breitete sich in mir aus. Ich begann zu zittern, mit knallroten Wangen, und die Tränen schossen mir in die Augen.

»Stimmt das, Penny?«, fragte Noah. Seine Stimme klang leicht gezwungen, als würde er sich das Lachen verkneifen. »Bist du echt ohnmächtig geworden? So unwiderstehlich war ich?«

Ich holte tief Luft, zählte, wie ich es gelernt hatte, und zwang mich dann, ihm ins Gesicht zu sehen.

Ein Fehler, wie ich schnell merkte: Er war einfach … er war … Seine Augen brannten sich in meine, meine Lunge gab den Geist auf. Wieder spürte ich, wie die Wände auf mich einstürzten, und ich konzentrierte mich aufs Atmen, schnappte unter seinem forschenden Blick nach Luft. Alles wartete auf meine Reaktion, so viel war klar, doch ich war völlig außer Gefecht gesetzt. Schon wieder war alles so neblig um mich herum. Mein Herz spielte verrückt, der Schweiß rann mir aus allen Poren. Doch den Blickkontakt zu brechen, das schaffte ich einfach nicht. Oh Gott, der musste ja glauben, ich hätte sie nicht mehr alle. Warum hatte Ruth mir das angetan? Was lief da bei ihr falsch? Und plötzlich hielt die Wut Einzug wie ein verspäteter Partygast und schubste alle anderen Gefühle zur Seite.

Ich öffnete den Mund und setzte an.

»Eigentlich«, schäumte ich los, »bin ich nicht aus den Latschen gekippt.« Ich hielt meine Augen unverwandt auf ihn gerichtet. »Wahrscheinlich kennst du nur Mädchen, die reihenweise in Ohnmacht fallen, wenn du sie nur anschaust, und deshalb nimmst du automatisch an, du wärst auch verantwortlich für mein kleines … Erlebnis hier. Aber da liegst du falsch. Und offen gesagt – wie abartig arrogant muss man sein, um überhaupt nur auf die Idee zu kommen, so was auf sich zu beziehen? In Wahrheit leide ich unter Panikattacken. Das ist eine weitverbreitete körperliche Störung, die ich nicht beeinflussen kann und die ich üblicherweise geheim halte, weil sie, ganz ehrlich, keinen was angeht.« Damit wandte ich mich an Ruth, die mir verblüfft an den Lippen gehangen hatte. »Nichts, was ich mit aller Welt teile ... nur mit meinen allerallerbesten Freundinnen.« Hier imitierte ich ihren zuckersüßen Tonfall.

»Ruth weiß natürlich davon. Und als ich hier zu Beginn des Konzerts zusammengebrochen bin, hat sie die Gelegenheit ergriffen, sich meinen Platz unter den Nagel zu reißen, um dichter an der Bühne zu stehen und dich besser angraben zu können. Während meine *wahren* Freundinnen mir also draußen die Haare aus dem Gesicht gehalten haben, weil ich mich übergeben musste«, hier verwies ich auf die ebenso verblüfft wirkenden anderen beiden, »hat sie sich zu dir nach vorn gedrängelt.«

Wieder holte ich tief Luft, um ja nicht den Mut zu verlieren, bevor ich meine Tirade beendet hatte.

»Aber egal, freut mich, euch beide so köstlich unterhalten zu haben. Warum haut ihr nicht einfach ab und amüsiert euch noch ein bisschen weiter darüber, wie saukomisch es doch ist, dass Ruths bescheuerte Freundin eine Panikattacke hatte.«

Ich klang wie eine Verrückte, da war ich mir sicher, aber die Wut schleuderte die Worte aus meinem Mund wie ein Schwall Erbrochenes.

»Ich jedenfalls gehe jetzt. Ruth, wenn du bitte in Zukunft davon absehen würdest, meine Krankheit zum Anbaggern zu verwursten?«

Ich drehte mich auf dem Absatz um und steuerte auf den Ausgang zu, wobei ich mich zwang, nicht einfach loszurennen. Mit einem letzten Aufbäumen meiner Courage oder meines Wahnsinns – wie man es eben nennen mag – wandte ich mich noch einmal um und weidete mich an ihren völlig belämmerten Gesichtern.

»Ach, und pass bloß auf, Noah«, rief ich abschließend. »Sie hatte schon zweimal Chlamydien.«

Damit warf ich meinen Kopf herum und schritt hinaus in die Nacht.

3:2

Dr. Anita Beaumont, unterwegs zum Labor, lauschte dem Klackern ihrer Absätze auf dem frisch polierten Flurboden. Sie war mieser Laune, ausgesprochen mieser Laune sogar. Und sie hatte sich fest vorgenommen, diese an ihren Assistenten auszulassen. Wie konnten die es wagen, sie an einem Samstag anzupiepsen? Wussten die denn nicht, wie wichtig sie war? Sie hatte diesen Idioten ihre Pagernummer nur für den absoluten Notfall gegeben. Was für ein Notfall konnte das schon sein, an einem Samstagnachmittag während ihrer Maniküre?

Das Geräusch ihrer Schuhe hallte von den klinisch weißen Wänden wider. An den Wochenenden war nur die absolute Notbesetzung im Haus und das Gebäude praktisch verwaist. Sie hielt ihre Magnetkarte an eine Wand und wie aus dem Nichts tat sich plötzlich eine Tür vor ihr auf. Sie trat ein und bog nach links, während sie ihre halb fertigen Fingernägel musterte und sich selbst verfluchte, diesen neuen Assistenten angeheuert zu haben. Der war viel zu eifrig, zu strebsam, zu ernst. Frisch von der Uni und völlig aus dem Häuschen darüber, an einem so geheimen, bedeutungsvollen Ort zu arbeiten – einem Ort, wo er seine kindlichen Superheldenfantasien verwirklichen konnte. Na, dem würde schon früh genug klar werden, was für ein hartes Brot das war. Vermutlich hatte er sie angepiepst, um irgendwelche bescheidenen Ergebnisse vorzuführen, damit sie ihm den Schulbubenkopf tätschelte. Wie hieß er doch gleich? Irgendwas Lächerliches. River? Nein, das war's nicht. Storm? Nee, auch nicht. Ach ja, erinnerte sie sich mit ei-

nem schiefen Grinsen: Rain. Rain hieß der arme Kerl. Wohl Hippieeltern gehabt.

Dr. Beaumont erreichte das Ende des Korridors und eine zweite Sicherheitstür. Erneut wedelte sie mit ihrer Karte und ein Tastendisplay glitt aus einem weiteren Geheimfach. Rasch tippte sie das Passwort ein und lächelte bei jedem Buchstaben. P…E…N…D…A…N…T…S.

Ein blauer Laserstrahl tastete ihre Netzhaut ab und die Sicherheitstür glitt auf. Entschlossen schritt sie ins Labor.

»Ich hoffe doch sehr, das entpuppt sich jetzt nicht als gigantische Vergeudung meiner wertvollen Zeit«, rief sie. »Wer zum Henker holt mir nun meinen Kaffee?«

Rain und eine weitere Assistentin erschienen vor ihr.

»Hallo, Anita.« Rain schaffte es kaum, die Erregung in seiner Stimme zu verbergen.

Sie funkelte ihn an. »Für Sie immer noch Dr. Beaumont. Wo bleibt der Kaffee?«

Die Assistentin wuselte ab in Richtung Küche, während Anita die große Rechenanlage ansteuerte, Rain in ihrem Kielwasser.

»Warum haben Sie mich hergerufen?« Sie beugte sich über den größten der Computer und tippte ein weiteres Passwort ein. »Wehe, wenn es dafür keinen triftigen Grund gibt.«

Rain schnappte sich einen Hocker und setzte sich neben sie, etwas zu dicht für ihren Geschmack.

»Oh, Sie werden ganz sicher nicht enttäuscht sein.« Er strahlte übers ganze Gesicht. »Die Werte sind keine Stunde alt.«

Die Assistentin erschien mit dem Kaffee. Anita riss ihn ihr aus den Händen und scheuchte sie wieder fort.

»Welche Werte? Von welchem Apparat?«

»Vom Kupplomaten. Von welchem sonst?« Rain hatte immer

wieder seine Freude an diesem Scherznamen. Obwohl jetzt nicht gerade der Zeitpunkt für Wortspiele war.

Anita war wie vom Donner gerührt. »Sie meinen, da war ein …?«

»Volltreffer. Und was für einer.«

Die Maniküre war schlagartig vergessen. »Zeigen Sie her.«

Rain begann, Koordinaten in eine Tastatur einzugeben, und rief ein Schaubild auf dem Monitor auf. Für das Laienauge glich es der Messkurve eines Seismografen bei einem Erdbeben. Eine waagerechte grüne Linie glitt über den Bildschirm, um dann immer wieder steil nach oben und unten auszubrechen, ähnlich der Krakelei eines Kleinkinds.

Anita verspürte einen winzigen Gewissensbiss, weil sie an Rains Fähigkeiten gezweifelt hatte. Er hatte richtig daran getan, sie anzupiepsen.

»Wow.« Sie starrte auf den Bildschirm. »Das ist ja enorm.«

Rain wirkte ganz beglückt über ihre Reaktion.

»Haben Sie es schon lokalisiert?«

»Nicht genau. Den Koordinaten nach muss es jedenfalls Europa sein. Wenn ich einen Tipp wagen müsste, würde ich Frankreich sagen, vielleicht auch Deutschland oder die Britischen Inseln.«

Anita fuhr die grüne Linie auf dem Monitor mit dem Finger nach.

»Das reißt so brutal aus und bricht dann unmittelbar wieder ab. Wer auch immer das gewesen ist, sie haben sich offensichtlich nicht lange am selben Ort aufgehalten«, stellte sie fest und fügte nach einer Weile ein nachdenkliches »Gott sei Dank« hinzu.

»Das ging mir auch durch den Kopf. Ich glaube kaum, dass sie einander kennengelernt haben. Vielleicht nur im selben Bus gesessen oder so.«

Anita dachte darüber nach. »Wie … romantisch.« Ihre Lippen verzogen sich leicht.

»Also, wie gehen wir vor?«

Sie stand auf und leerte ihre Kaffeetasse.

»Es war richtig, dass Sie mich gerufen haben. Gut möglich, dass wir nur knapp an einer Katastrophe vorbeigeschlittert sind. Aber wir sind davongekommen, und allein das zählt. Ich denke, das war ein einmaliges Vorkommnis. Kleiner Streich des Schicksals.«

Rain nickte. »Ganz meine Meinung.«

Jetzt ging er ihr schon wieder schwer auf die Nerven. Arroganter Schnösel!

»Behalten Sie einfach in der nächsten Woche die infrage kommenden Regionen im Auge. Informieren Sie mich, falls es wieder Ausschläge gibt. Was ich bezweifle.« Sie versuchte, den Schauer der Vorahnung zu ignorieren, der ihr den Rücken hinablief. »Oder besser gesagt: Was ich nicht hoffe.«

Dann drehte sie sich auf dem Absatz um und verließ das Labor.

4

Die Tränen ließen nicht lange auf sich warten. Noch während ich nach Hause stürmte, spürte ich, wie sie mir die Wangen hinunterströmten. Keine Ahnung, ob das jetzt Wut oder Demütigung war. Was hatte mich da nur geritten? Normale Leute hatten keine derartigen Gefühlsausbrüche. Ich lebte hier ja nicht in einem Film, wo der Held in pathetische Monologe ausbrach, um den Bösen ihre Schandtaten vor Augen zu führen. Das hier war das wahre Leben. Die Realität. Hier scherten sich Fieslinge nicht die Bohne um ihr Sündenregister und kamen trotzdem prächtig zurecht. Während Leute wie ich die Klappe hielten, auf sich rumtrampeln ließen und ihr Leben lang auf das Karma hofften, nur um irgendwann wehmütig festzustellen, dass es gar nicht existierte.

Was für ein Abend! Ich begann zu zittern und mied geflissentlich die Blicke der Vorübergehenden. Vermutlich waren schluchzende Teenager, die mutterseelenallein durch die Dunkelheit irrten, ein eher seltener Anblick. Das Handy in meiner Tasche läutete wie besessen, aber ich beschloss, es zu ignorieren. Mit den Folgen des heutigen Abends würde ich mich morgen auseinandersetzen, wenn ich die Kraft dazu hatte. Der Ausdruck in Ruths Augen, als ich ihre Chlamydien erwähnt hatte, wollte mir einfach nicht aus dem Kopf. Und dabei hatte ich ihr doch hoch und heilig versprochen, keiner Menschenseele davon zu erzählen.

Je näher ich unserem Haus kam, desto ruhiger und finsterer wurden die Straßen. Die Abstände zwischen den Häusern wuchsen, bis schließlich jedes seinen eigenen Burggraben aus penibel gepflegtem Rasen hatte. Meine Tränen waren langsam am Versiegen und das Weinen hatte mich entspannt.

Was passiert ist, ist passiert, sagte ich mir. Noch so eine kleine Lektion aus der Therapiesitzung. *Hat keinen Zweck, sich damit verrückt zu machen.*

Ich versuchte, nicht an Noah zu denken, doch das stellte sich als schwierig heraus. Noch nie war ich derart auf einen Jungen angesprungen. Ich wickelte die Arme fester um mich und spulte meine Erinnerung zurück zu jenem ersten Moment, unserem ersten Blickkontakt. Es war, als ob sich unsere Augen unter all den anderen regelrecht gefunden hätten. Als ob er nach mir gesucht hätte. Das war natürlich absoluter Quatsch, aber trotzdem: Genau so hatte es sich angefühlt. Mein Herz gebärdete sich wie ein Technoclub, wenn ich nur daran dachte. Also war ich jetzt wohl verknallt. Leider ein absolutes No-Go bei einem Typen, der keine fünf Minuten gebraucht hatte, um sich als komplettes Arschloch zu enttarnen. Sich über jemandes psychische Krankheit lustig zu machen – das musste man sich mal auf der Zunge zergehen lassen. Besonders, nachdem er sich laut Lizzie ja selbst mit Depressionen rumgeschlagen hatte.

Ich bog um die vertraute Ecke in meine Straße und grub in meiner Tasche nach dem Schlüsselbund. Als ich die Auffahrt hochging, verbot ich mir jeden weiteren Gedanken an die Geschichte, bevor ich nicht eine Spur weniger besoffen, verschwitzt und aufgewühlt war.

Mein Vater wartete an seinem üblichen Platz auf mich. Ich warf meine Tasche auf den Couchtisch und er linste durch seine Lesebrille zu mir hoch und ließ die Zeitung sinken.

»Schönen Abend gehabt, Schnecki?«

»Es war …« Ich kam etwas ins Schleudern. »… okay.«

Er hüstelte und faltete säuberlich seine Zeitung zusammen.

Dann klopfte er einladend auf die Sesselarmlehne. »So schlimm? Komm, erzähl mir, was los war.«

Ich schleuderte die stinkigen Ballerinas von den Füßen und rollte mich neben ihm zusammen.

»Also«, begann ich, »ich hab wieder eine Panikattacke gehabt. Das war ziemlich peinlich.«

Er hob die Augenbrauen, sagte aber nichts. Falls er bestürzt war, ließ er es sich nicht anmerken.

»Und dann hat Ruth diesem Typen erzählt, ich wäre umgekippt, weil ich ihn so gut aussehend fände. Ich glaube, sie wollte bei ihm punkten, indem sie sich über mich lustig macht.«

Dad wirkte nicht überrascht. »Klingt ganz nach Ruth.«

»Ja, hundertprozentig.«

Er griff wieder zur Zeitung. Ich kniff die Augen zusammen, um mitzulesen.

»Und, was passiert so in der Welt?«, fragte ich, mehr aus Gewohnheit als aus echter Neugier.

Dad schüttelte die Seiten aus. »Ach, du weißt schon. Das Ende der Welt ist nah und so weiter.«

Ich legte meinen Kopf auf seine Schulter. »Ein Tag wie jeder andere also? Nichts als Blut und Tränen?«

Er lächelte. »Genau.«

Ich sah ihm beim Lesen zu und kuschelte mich in den kastanienbraunen Wollpullover, den Mum in regelmäßigen Abständen bei der Wohlfahrt entsorgte, von wo Dad ihn beharrlich zurückkaufte, weil Paul McCartney angeblich mal genau den gleichen getragen hatte. Klingt es seltsam, wenn ich sage, dass ich den Geruch meines Vaters liebte? Der war so beruhigend. So vertraut.

Ich war schon immer das totale Papakind gewesen. Seine kleine Prinzessin. Ich war ein »glücklicher Unfall«, wie meine Mutter es so reizend formulierte. Sie hatten nicht erwartet, nach meiner Schwester Louise noch ein weiteres Kind zu bekommen, schon gar nicht so lange danach. Und als Louise heiratete und wegzog, setzte das den beiden extrem zu. Besonders meinem Vater. Also wurde ich mit Aufmerksamkeit regelrecht überschüttet. Und manchmal wünschte ich mir, das wäre anders. Denn wie sollte ich jemals jemanden finden, der so gut zu mir war wie mein Dad?

Ich wurde schläfrig, rührte mich aber nicht vom Fleck.

»Ich hab Ruth angebrüllt«, sagte ich. »Ich hab sie zusammengefaltet, weil sie meine Panikattacke als Aufrisshilfe benutzt hat.« Ich hielt inne, weil ich unsicher war, ob ich weitersprechen sollte. »Und dann hab ich dem Typen, bei dem sie landen wollte, auch noch erzählt, sie hätte eine Geschlechtskrankheit.«

Das überraschte Dad dann offensichtlich doch. Er ließ die Zeitung wieder sinken und starrte mich an.

»Das ist alles ein einziger Mist jetzt«, fuhr ich fort. »Ich weiß nicht, was in mich gefahren ist. Ich war einfach so wütend. Jetzt wird sie nie wieder mit mir reden. Und dieser dahergelaufene Typ weiß einfach alles über mich. Das ist total demütigend.«

Ich schwieg erneut und wartete auf seine Antwort. Seine Weisheit, die alles zum Guten wenden würde.

»Nun …«, sagte er, »… ein Tag wie jeder andere also? Nichts als Blut und Tränen?«

Darüber musste ich lachen. Trotz allem.

Das Erwachen an einem Sonntagmorgen sollte eigentlich ein angenehmes Erlebnis sein. Und die ersten fünf Minuten war es das auch. Das Licht drang durch meine Vorhänge, und ich sonnte mich zufrieden in dem Bewusstsein, warm und wohlig im Bett zu liegen. Doch dann meldete sich natürlich die Erinnerung zurück. Ich fuhr hoch und wühlte nach meinem Handy, das ich im Schmutzwäschehaufen zwischen meinen Ausgehklamotten vergraben hatte. Ich klappte das Display auf: neun verpasste Anrufe. Viermal Lizzie, viermal Amanda und ein unbekannter Teilnehmer.

Ich hätte nicht einfach so davonlaufen sollen. Gestern hatte es noch dramatisch und unbezähmbar gewirkt, doch jetzt begriff ich, dass es egoistisch und beknackt gewesen war. Sicher waren sie besorgt gewesen. Stinksauer, aber auch besorgt. Ich fuhr mir mit den Fingern durchs Haar und ahnte, dass der Tag der Entschuldigungen angebrochen war.

Die Klingel ging, und ich hörte, wie Mum die Tür aufmachte. Wahrscheinlich ein Nachbar, der Milch borgen wollte – so was gab es hier allen Ernstes. Alle hielten ständig füreinander die Augen nach Einbrechern offen und versammelten sich zu Straßenfesten.

Doch überraschenderweise war es Lizzie, die wutentbrannt durch meine Schlafzimmertür geprescht kam.

»Aha«, sagte sie. »Du weilst also noch unter den Lebenden.«

Ich griff mir einen Kapuzenpulli vom Boden und zog ihn mir rasch über den Kopf. »Lizzie. Es tut mir so …«

Aber sie ließ mich nicht ausreden. »Wenn du dich gerade für deinen grandiosen Ausbruch gestern Abend entschuldigen möchtest, dann schenk's dir.«

Vor Erleichterung löste sich endlich der Knoten in meinem Magen.

»Das war das Komischste, was ich je gesehen habe. Ruths Gesichtsausdruck. Und Noahs. Unbezahlbar. Okay, ein Hauch melodramatisch das Ganze, aber es war dein verdammtes Recht. Obwohl ich echt glaube, du hast einen an der Waffel. So auf Ruth loszugehen? Du hast mehr Mumm, als ich dir zugetraut hätte.«

»Dann ist Ruth …«

»Fuchsteufelswild natürlich. Kannst du's ihr verdenken?«

»Nein«, quietschte ich. »Und du?«

»Sagen wir einfach, du bist heute Morgen nicht gerade mein liebster Mensch auf Erden. Warum zum Teufel hast du dich einfach so aus dem Staub gemacht? Und es dann noch nicht mal für nötig befunden, ans Handy zu gehen? Damit wir uns die ganze Nacht fragen müssen, ob du einem Mädchenmörder in die Hände gefallen bist und gemeuchelt im Straßengraben liegst?«

»Tut mir echt leid, Lizzie.«

Sie lächelte. »Okay, als dann Mitternacht vorbei war und wir noch immer keinen Panikanruf von deiner neurotischen Mutter bekommen hatten, bin ich mal davon ausgegangen, dass du's in einem Stück nach Hause geschafft hast.«

Ich klopfte auf den Platz neben mir und sie setzte sich.

Uffz. Mir war verziehen.

»Also, was ist denn nach meinem dramatischen Abgang noch passiert?«

Lizzie rückte im Bett ganz nach hinten, um sich an die Wand lehnen zu können. »Ach, das war göttlich. Amanda und ich haben uns das Lachen verkniffen und Ruth hat den totalen Anfall gekriegt. Natürlich haben wir ganz vehement genickt, als sie uns erklärt hat, was für eine hinterhältige Schnalle du doch bist.«

»Großartig. Danke auch.«

»Hihi. Die kommt schon drüber hinweg ... eines Tages.«

»Wird das Ganze die Sache verkomplizieren ... du weißt schon ... innerhalb der Clique?«

Sie winkte ab. »Nee, das wird schon alles. Ich denk mal, ihr seid quitt. Was sie gemacht hat, war ziemlich tief, und du hast es ihr mit gleicher Münze heimgezahlt. Ich glaub, selbst an ihr kann nicht vorbeigegangen sein, dass sie ihre Verführungskunst diesmal etwas zu weit getrieben hat. Armer Noah.«

Bei Erwähnung seines Namens krampfte sich mein Körper

zusammen, aber glücklicherweise schien Lizzie nichts zu merken.

»Und? Was hat er dazu gemeint?«, erkundigte ich mich so beiläufig wie möglich.

Sie schwieg.

»Armer Kerl«, sagte sie dann. »Der sah aus, als hätte man ihm eine gescheuert. Ich glaub kaum, dass jemals einer so mit ihm gesprochen hat. Mein Gott, der war wirklich mal heiß, oder? Hab ich's dir nicht gesagt?«

Ich nickte, frustriert über die Wendung, die das Gespräch nahm. »Ja, ein echter Kracher. Ganze Arbeit, Nostradama. Also, was hat er dann gemacht?«

»Ooooooh«, gurrte sie. »Da will's aber jemand ganz genau wissen.«

Ich lief rot an. »Halt die Klappe.«

»Haha! Penny ist verknallt!«, krähte sie und knuffte mich in die Seite.

»Ja, ja. Sehr lustig. Okay, es gibt also einen Mann in Middletown, der keine Höllenfratze hat. Das heißt aber noch lange nicht, dass ich in den verliebt bin.«

War ich doch nicht, oder? Ach, zieht Leine, ihr Gedanken!

»Ich glaub dir, aber damit bin ich sicher allein auf weiter Flur. Netter Typ übrigens ...«

Mir fiel die Kinnlade runter. »Nett? Sag mal, geht's noch? Lizzie, der Typ hat sich über meine Panikattacken lustig gemacht!«

»Hat er gar nicht. Er hat einfach nur geglaubt, du wärst in Ohnmacht gefallen. War total am Boden zerstört, als er den wahren Grund erfahren hat, und hat mich ständig nach deiner Nummer gelöchert, damit er sich bei dir entschuldigen kann.«

Ehrlich, mein Herz setzte aus. »Hat er?«

»Ja. Er hat so lange Druck gemacht, bis ich sie rausgerückt habe.«

Die unbekannte Nummer auf meinem Handy! Das musste er gewesen sein! Ich lief wieder puterrot an, verschränkte aber störrisch die Arme vor der Brust.

»Warum sollte ich mit dem reden wollen?«

»Meine Fresse, Penny! Wie bist du denn drauf? Mein Gott, wenn der *mich* anrufen würde, ich würde das Telefon ablecken!« Sie ließ sich gegen die Wand zurücksinken und fächelte sich beidhändig Luft zu.

»Ach, und mich fragst du, wie ich drauf bin? Du bist hier diejenige, die ein elektronisches Gerät vollsabbern will.«

»Also, ich glaub ja, er will's wiedergutmachen.«

Die Worte lösten ein ganz warmes, klebriges Gefühl in mir aus, weshalb ich rasch meine rationale Gehirnhälfte aktivierte. Er war nicht an mir interessiert, er wollte einfach nur sein Gewissen beruhigen. Das konnte ich wahrscheinlich noch zulassen. Aber was, wenn er *doch* interessiert war? Eine Sekunde lang hielt ich mich an dem Gedanken fest. Dabei wurde mir ganz schummrig zumute. Seine Hand auf meinem Rücken, seine dunklen Augen, mit meinen verschmolzen, die Berührung seiner Lippen, wenn sie die meinen streiften …

Lizzie stand auf und riss mich aus meinen Fantastereien.

»Was machst du jetzt?«

»Ich bin auf dem Weg zum Wasserpark«, sagte sie und warf sich ihre Tasche über die Schulter.

»Äh … warum?«

»Ich hab gehört, dass die Gemeinde bei einem der Teiche versehentlich zu viel Wasser abgelassen hat und ein paar Fische draufgegangen sind. Mum hat's heute früh entdeckt, als sie mit dem Hund Gassi war. Ich dachte, ich schau mal vorbei, schieß ein paar Fotos und sammle ein paar O-Töne und dann drück ich die Geschichte dem *Middletown Observer* rein.«

Ihr Ehrgeiz war einfach nicht zu fassen. »Lizzie, es ist Sonntag. Der Tag der Ruhe.«

»Eine Reporterin kennt keine Ruhe«, sagte sie und tätschelte mir gönnerhaft den Kopf. »Das weißt du doch.«

»Du spinnst!«, brüllte ich ihr durch die Tür nach.

»Du stinkst!«, schallte ihre Stimme zurück.

Als ich ihre Schritte auf der Treppe hörte, sank ich in meine Kissen zurück. Ich schloss die Augen und sofort stieg Noahs Gesicht vor mir auf. Oh Gott, damit musste jetzt Schluss sein! Das grenzte ja langsam an Besessenheit; ich bekam richtig Angst vor mir.

»Noch was.«

Ich schreckte hoch und meine Augen flogen auf. Lizzies Gesicht spähte hinter der Tür hervor.

»Ruf Ruth an und begrab das Kriegsbeil, ja?«, sagte sie. Und damit war sie verschwunden, bevor ich auch nur die Chance hatte zu protestieren.

Endlich stieg ich aus dem Bett, duschte und wurschtelte ein bisschen vor mich hin – was man sonntags eben so macht, wenn man leicht verkatert ist. Zwischendurch guckte ich immer wieder prüfend auf mein Handy, doch das Display starrte einfach leer zurück. Ich war mir völlig im Unklaren, ob ich wollte, dass Ruth mich anrief. Oder Noah. Oder beide. Oder keiner von beiden.

Nachdem ich mich drei Stunden lang selbst in den Wahnsinn getrieben hatte, beschloss ich, die Flucht nach draußen anzutreten, und schlüpfte in meine Laufschuhe.

Einmal vor der Tür, wusste ich, dass das die richtige Entscheidung gewesen war. Sosehr mir mein Heimatort auch auf die

Nerven ging, sowenig konnte ich doch leugnen, dass er echt schöne Rasenflächen und Grünanlagen hatte. Selbst das Handy in meiner Tasche fühlte sich leichter an, als ich zum Park spazierte. Ich kam an mehreren Nachbarn mittleren Alters vorbei, die mit hochgereckten Hinterteilen in ihren makellosen Vorgärten hockten und eifrig an ihren perfekt getrimmten Hecken herumdokterten. Ein paar Kinder spielten mit ihren Rädern auf der Straße, die am Wochenende immer ein ziemlich ruhiges Pflaster war. In jeder der extrabreiten Auffahrten hielt ein Monsterschlitten sein Wochenendschläfchen, um fit zu sein für die Montagmorgenrallye zur Schule.

Ich bog nach links in eine leicht überwucherte Gasse ab, die durch die Bäume zu beiden Seiten wie ein grüner Tunnel wirkte. Diesen Pfad war ich so oft gegangen, dass ich instinktiv wusste, wo ich meine Beine anheben musste, um den Brennnesseln auszuweichen. Der Pfad wurde steiler und ich zog meinen Pulli aus und knotete ihn mir um die Hüfte – wobei ich ein Stoßgebet ausstieß, dass meine Modesünde unbeobachtet blieb. Schließlich trat ich wieder ins geradezu erschreckend helle Tageslicht. Ich war da. An meinem Lieblingsort.

Für keinen anderen Menschen wäre das hier etwas Besonderes. Nur eine Lichtung, wo Gassigeher ihre Rassehunde ausführen und Vierzehnjährige sich treffen, um eine Flasche Cider zu leeren und einander zu befummeln. Doch ich hatte mehrere Gründe, diesen Ort zu lieben. Erstens die Aussicht. Von der Lichtung aus konnte man ganz Middletown überblicken, das von hier oben wirkte wie eine Spielzeugstadt. Jedes jämmerliche Problem, das mein Gehirn fabrizierte, verflüchtigte sich zuverlässig in dem Moment, in dem ich mich auf der einsamen Bank niederließ und mich umschaute. In der Ferne sah ich den Regionalflughafen. Die Maschinen, die dort landeten und abhoben, wirkten fast wie Modellflugzeuge.

Ich war heilfroh, dass dieser Ort ein Geheimtipp geblieben war. Middletown quoll über vor Parkanlagen und Grünflächen, aufgemotzt von wahllos ausgeschütteten Fördergeldern, die wir weder brauchten noch verdient hatten. Beim kleinsten Sonnenstrahl fielen ganze Geschwader von Müttern mit Kinderwagen, Vätern mit Fußbällen und Teenagern mit Wegwerfgrills in diese Anlagen ein. Doch hier oben war fast nie etwas los. Mir war, als sei ich der rechtmäßige Besitzer, der gelegentlich verirrte Spaziergänger und Hundebesitzer einlassen würde. Hier war mein kleiner Privatplatz zum Sitzen und Nachdenken, fern von meiner turbogetriebenen Mutter und meinem überquellenden Zimmer. Hier standen die Chancen gut, dass ich der jeweiligen Laus des Tages auf meiner Leber in aller Ruhe den Garaus machen konnte.

Heute waren es gleich zwei: Ruth und Noah. Hier oben fühlte ich mich stark genug, die Ereignisse der vergangenen Nacht noch mal zu durchleuchten. Die Ruthkrise war leicht zu beheben. Ich würde einfach um Verzeihung bitten und ein paar Tage vor ihr zu Kreuze kriechen müssen. Zwar war ich mir sicher, dass ich umgekehrt nie eine Entschuldigung von ihr hören würde, aber egal, so ist das Leben. Meine Freundschaft mit Ruth funktionierte so lange, wie ich mir alle Hoffnung abschminkte, dass bei ihr je so etwas wie Gewissen und Feingefühl heranreiften.

Ich seufzte, klappte mein Handy auf und wählte ihre Nummer.

Sie ließ mich erst mal schmoren, bevor sie abhob. »Mit dir spreche ich nicht.«

Ich starrte auf das Panorama vor mir. Ich konnte das durchziehen … jedenfalls von hier oben aus. »Komm schon, Ruth. Es tut mir leid.«

»Das sollte es auch, verdammt noch mal. Noch nie in meinem Leben bin ich so gedemütigt worden.«

Sie war noch nie so gedemütigt worden? SIE war noch nie so gedemütigt worden? Meine Wangen brannten vor Zorn, aber anmerken ließ ich mir nichts. Sich jetzt aufzuregen brachte überhaupt nichts. »Es tut mir leid und das ist mein voller Ernst.«

Sie war einen Moment still und dachte nach. »Nun ja, ich schätz mal, du warst einfach eifersüchtig, weil Noah und ich uns so gut verstanden haben«, meinte sie schließlich.

Schluck.

»Vielleicht … ja. Genau daran wird's gelegen haben.« Mit Mühe und Not gelang es mir, den Sarkasmus in meiner Stimme zu unterdrücken.

Sie stürzte sich auf mein Bekenntnis wie ein Staatsanwalt. »Dann gibst du also zu, dass er dir gefällt?«

Oh Gott. Warum hatte ich bloß angerufen?

»Das hab ich nicht gesagt«, wand ich mich. »Ich meine, er sieht ganz okay aus und so, aber ich weiß ja fast nichts über ihn.«

»Tja, ich glaub auch kaum, dass du sein Typ bist.«

Meine Telefonhand begann zu zittern. »Und was verleitet dich zu der Annahme?«, erkundigte ich mich.

»Na ja, ich glaube, diese grüblerische, sarkastische Art ist nicht so sein Ding. Ich glaube, einer wie Noah mag lieber Mädchen mit ein bisschen mehr Feuer unterm Arsch.«

Na klar. »Eher Mädchen wie dich, Ruth?«

»Ja, wahrscheinlich«, blaffte sie. »Obwohl sich sein Interesse jetzt ja wohl in Grenzen halten dürfte, was? Nachdem du ihm gesagt hast, ich wär eine SCHLAMPE mit Geschlechtskrankheiten.«

Ich wechselte das Telefonohr. Bald, bald war es durchgestanden.

»Ruth, wie gesagt, es tut mir aufrichtig leid. Ich war einfach neidisch, weil du dich so leichttust mit Jungs, und da bin ich ausgetickt. Ich hoffe wirklich, das ändert nichts an unserer Freundschaft.«

Wieder eine bedeutungsschwangere Pause.

»Also meinetwegen. Aber so eine Nummer bringst du nicht noch mal, klar?«

Erleichterung.

»Na, ist auch egal«, fuhr sie fort. »Dieser Noah war ohnehin nichts für mich. Ich mag keine Poser.«

Ich unterdrückte ein Lachen. Echt, Leute wie Ruth kann man nicht erfinden. Niemand würde einem das abnehmen. Ihr Selbstbewusstsein war einfach unfassbar.

»Aber wirklich, der totale Poser«, pflichtete ich bei. »Also, wann hast du morgen Schule?«

Wir plauderten noch ein paar Minuten, um wieder Normalität einkehren zu lassen. Als ich schließlich auflegte, ließ ich erleichtert den Kopf zurücksinken und hielt meine Nase in die Sommerluft. Ich hatte erwartet, dass sie mich viel härter rannehmen würde. Vielleicht verbarg sich tief in ihrem Inneren ja doch ein winziges Fitzelchen Schuldgefühl. Aber sofort musste ich über meine Blauäugigkeit lachen und verschreckte damit einen vorbeiziehenden Hundebesitzer.

Kaum war das Ruthdebakel ausgebügelt, ließ ich meine Gedanken zu Noah schweifen, aber jeder Gedanke verschwamm sofort in der Erinnerung an den Schwung seines Kinns und den innigen Ausdruck seiner Augen, als sich unsere Blicke gekreuzt hatten. Energisch schob ich all das beiseite, entschlossen, diese Emotionen erst mal auf Halde zu legen, um sie dann später mit einem Etikett zu versehen und ganz sachlich zu verwalten.

Okay, irgendwann hatte es wohl mal passieren müssen. Da draußen musste ja wenigstens ein Junge herumrennen, der schon vor seinem neunzehnten Lebensjahr ansehnlich wurde.

Aber die Intensität, mit der ich mich von ihm angezogen fühlte, die machte mir Sorgen. Ich hatte ihn eben erst getroffen, und schon bekam ich ihn nicht mehr aus dem Kopf. So wie ich die Lage einschätzte, konnte das nur auf zweierlei Weise ausgehen. Die erste – realistischere – Variante: Er wusste kaum noch, wer ich war, empfand entsprechend gar nichts für mich, und ich würde mich abgewiesen und grauenhaft fühlen. Oder zwei: Er würde sich auch in mich verlieben, rasch kapieren, dass ich nicht annähernd in seiner Liga spielte, und mich für eine Schönere sitzen lassen – und ich würde mich abgewiesen und grauenhaft fühlen. Blieb nur eine Möglichkeit: ihn komplett aus meinem Gehirn zu tilgen. Mir fehlte einfach die Kraft, mich jetzt auch noch von einem Kerl verletzen zu lassen. Ich hatte schon genug damit zu tun, meine Ohnmachtsanfälle in den Griff zu bekommen.

Deswegen: Nein! Ich würde mir nicht erlauben, mich in ihn zu verlieben. Oder in sonst irgendwen. Ich war einfach noch nicht so weit.

Kaum war die Entscheidung gefällt, fühlte ich mich wie befreit. Ich sah einem Flugzeug nach, das durch die dünne Wolkenschicht verschwand. Die Sonne machte sich bereits auf den Heimweg und so schlenderte ich gemächlich über die Lichtung davon, bis zur letzten Sekunde in der Aussicht schwelgend. Und als ich mir ganz sicher war, dass mich niemand beobachtete, verfiel ich in einen Hopserlauf, den ganzen grünen Tunnel hindurch.

5

Am nächsten Morgen erwachte ich mit einem Stöhnen. Es war Montag.

Ich hämmerte auf die Schlummertaste und zog mir das Kissen über den Kopf, um das Licht auszublenden, das optimistisch durch mein Fenster drang. Auf dem Bauch ausgestreckt machte ich meine Atemübungen. Ganz bewusst einatmen, ausatmen – wer sollte da wach bleiben? Einen Moment lang döste ich tatsächlich noch mal kurz weg und sofort gingen meine Gedanken auf Wanderschaft: In meinem schläfrigen Tran gestattete ich mir die Vorstellung, wie es wohl wäre, in Noahs Armen zu liegen … in seinen muskulösen Gitarristenarmen.

Penetrantes Weckerklingeln riss mich endgültig aus dem Schlaf. Ich ließ mir Zeit mit meinem Morgenprogramm, weil ich Montag früh Freistunde hatte. Am Vorabend hatte ich mir noch die Haare gewaschen und zu vier Zöpfen geflochten. Ich wickelte sie sorgsam ab, sodass mein Haar in sanften Wellen fiel, und tupfte mir etwas Schminke ins Gesicht. Dann zog ich hellblaue Jeans und ein weißes Top an und schlang mir meine lange Kette mit den Türkisen um den Hals. Nach dem Frühstück putzte ich mir die Zähne, prüfte noch mal, ob ich auch die richtigen Bücher dabeihatte, und verließ das Haus. Es war ein herrlicher Tag, von der Sorte, die England nur allzu selten die Ehre erweist. Ob heute überhaupt irgendwer in der Schule aufkreuzte? Oder setzten sie sich gleich alle in den Biergarten? Ich stopfte mir meine iPod-Stöpsel ins Ohr und stellte auf laut. Definitiv ein Morgen für die Beatles und *Here Comes the Sun.*

Mein Dad hatte mal gesagt, dies sei der einzige Song, der das Gefühl eines englischen Sommertags wirklich einfange, und da hatte er recht. Alles sah wunderschön aus. Die Straßen waren ruhig, aus den Bäumen brachen grüne Blätter hervor, die Vögel trällerten wie ehrgeizige Kandidaten bei einer Castingshow und jedermann trug Sommerklamotten und dazu ein Grinsen im Gesicht.

Ich spielte mein Lieblingsspiel für einsame Fußwege, bei dem ich so tue, als steckte ich in einem Musikvideo. Durch das Schreiten hinter einer imaginären Windmaschine und das Herumfeilen an meinem Bühnengesicht flog der Schulweg nur so dahin und im Nu war ich vor den Toren angekommen. Ich hatte so viel Spaß, dass ich kaum mitbekam, wie mir jemand auf die Schulter tippte. Ganz selbstvergessen flötete ich vor mich hin, als ich es wieder spürte.

Ich fuhr herum, in meinen Ohren dröhnte noch die Musik, und da stand er vor mir. Noah. In einer hochgekrempelten Jeans und einem blauen T-Shirt. Einfach vollkommen. Mein Herz begann zu trommeln und gleichzeitig blieb mir die Luft weg. Ich stierte ihn einfach nur tumb an, immer noch lautstark beschallt. Was er sagte, konnte ich nicht hören. Ich war viel zu sehr damit beschäftigt, mich in der Senkrechten zu halten. Vollkommen, so vollkommen. Seine wahnsinnsbraunen, fast schon schwarzen Augen waren fragend aufgerissen. Mein Atem ging schneller. Keuchte ich etwa? Noah gestikulierte und ich glotzte wie ein Auto. Und dann langte er in meine Richtung. Mein Herzschlag galoppierte davon, als sein Arm auf mich zukam – genau der Arm, über den ich heute Morgen noch herumfantasiert hatte. Er griff nach meinem Gesicht. Geschah das wirklich? Wollte er es etwa mit seinen Händen umfassen? War der Tagtraum von heute früh in Wahrheit eine Vorahnung gewesen?

Doch da verabschiedeten sich plötzlich die Beatles, mein einziger Rückhalt, und mir ging auf, dass er mir nur die Ohrstöpsel herausgezogen hatte.

»Tut mir leid. Ich wollte dich nicht erschrecken. Hörst du mich jetzt? Penny war dein Name, oder?« Er lächelte, aber es wirkte gezwungen. Als wäre er nervös. Wahrscheinlich hatte er Angst, dass ich wieder zusammenklappen oder ihn anschreien würde.

Ich schluckte mühsam und nickte wie eine Idiotin. Die Erinnerungen an neulich Abend umschwirrten mich. Die Erniedrigung, der Schmerz. Ich spürte, wie mein Gesicht sich in eine Tomate verwandelte.

»Hey«, fuhr er fort. »Ich hab Samstagnacht noch versucht, dich anzurufen, aber du bist nicht rangegangen.«

Ich hatte keinen Schimmer, was ich darauf entgegnen sollte, und deshalb sagte ich lieber gar nichts. Bei dem lauten Herzschlag konnte mein Hirn ohnehin keine zusammenhängende Antwort produzieren. Wie eine große Warntrommel fühlte es sich an. Auf meinen Armen hatten sich sämtliche Härchen aufgerichtet, ganz wie wenn ich allein zu Hause war und ein unerklärliches Geräusch hörte – Anzeichen der Urangst. Obwohl Noah doch einfach nur ein Junge war. Ganz ungefährlich, oder?

»Ich fühl mich ziemlich mies wegen Samstag«, sagte er. Sein Lächeln war verschwunden. Mein Schweigen schien ihn offensichtlich zu wurmen. »Ich hab die Situation nicht durchschaut. Deine Freundin Ruth hat mich einfach mitgeschleift. Ich hab nur gelacht, weil ich so nervös war.«

Die Sätze klangen einstudiert, als hätte er sie vorher alleine geprobt. Das fühlte sich gut an. Er hatte an mich gedacht. Mir wurde ganz heiß vor Freude und eilig konzentrierte ich mich darauf, normal zu wirken.

»Schon okay, vergiss es einfach.« Die fünf Worte brachte ich noch mit Ach und Krach heraus. Doch je länger ich hier herumstand, desto sicherer würde ich mich verraten. »Mach's … gut«, stammelte ich und drehte mich zum Gehen.

»Warte«, rief er.

Und dann brannte meine Hand, als läge sie im Feuer. Noah hatte nach ihr gegriffen. Seine Berührung versengte mir die Haut. Benommen blickte ich auf, direkt in seine Augen. Sie wirkten gequält, glühend vor Intensität und meine Eingeweide wurden zu Wackelpudding. Er hielt mich fest, die Flammen züngelten mir den Arm empor. Ein paar Sekunden lang starrten wir uns nur wortlos an. Mein Atem ging schneller, um mit meinem panischen Herzschlag Schritt zu halten, und das vertraute Übelkeitsgefühl stellte sich ein. Falsch falsch falsch. Irgendwas lief hier völlig falsch. Mein ganzer Arm kreischte auf. Als ich gerade meine Hand wegreißen wollte, zog er seine zurück, wie um das Chaos einzudämmen.

»Tut mir leid«, wiederholte er.

»Is' okay.« Kaum war der körperliche Kontakt unterbrochen, normalisierte sich mein Puls. Ich blickte hinab zu meinem Arm, der wieder ganz der alte war, als sei nichts geschehen. War denn etwas geschehen?

Noah starrte auf seine Schuhe und kratzte sich verlegen am Kopf.

Ich räusperte mich und versuchte, uns von der Peinlichkeit zu erlösen. »Ähm, ich wusste gar nicht, dass du aufs Middletown College gehst?«

Er blickte mir direkt in die Augen und prompt gab mein Herz wieder Vollgas. Doch als würde er seine Wirkung auf mich spüren, senkte er eilig den Blick. »Gehe ich gar nicht.«

»Und was machst du dann hier?« Das klang ebenso unverblümt wie gehässig. Er zuckte zusammen und sofort bereute ich meine Schroffheit.

»Ähm«, machte er. »Eigentlich hab ich gehofft, dich hier zu treffen.«

Das kam unerwartet. Ich lief wieder rot an und versuchte, mein Gesicht hinter meinen Haaren zu verbergen. »Oh«, war die einzige Antwort, die ich zustande brachte.

»Ich hab einfach nicht aufhören können, an dich zu denken und daran, was da passiert ist«, sagte er. Wieder hatte ich das Gefühl, dass er das einstudiert hatte. »So wie du hat noch keiner mit mir geredet. Ich hab noch nie erlebt, dass jemand so offen seine Meinung sagt.«

Ich hielt den Kopf gesenkt, weil ich nicht wagte, ihm ins Gesicht zu blicken. »Das war bescheuert«, murmelte ich. »Tut mir leid, dass ich so unfreundlich war. Mir sind irgendwie die Gäule durchgegangen.«

Mein Kinn begann zu brennen, er berührte mich schon wieder. Schob meinen Kopf nach oben, zwang mich, ihm in die dunklen Augen zu sehen.

»Du verstehst mich falsch«, sagte er und die Flammen aus seinen Pupillen sprangen auf meine über. »Ich fand das gut.«

Ich konnte nur zurückstarren. Seine Hand lag immer noch auf mir. Es fühlte sich an, als jagten tausend Volt durch meinen Körper, wie wenn man früher in Physik diese Elektrisiermaschine angefasst hat. Und schon wieder war mir total flau im Magen.

Er fuhr fort: »Gehst du heute Abend was mit mir trinken?«

Mein Hirn war völlig zugenebelt. Es wollte nichts lieber als zustimmen. Aber irgendwas hielt mich zurück – die Vereinbarung, die ich gestern mit mir selbst getroffen hatte, ohne einen Noah um mich herum, der mich verwirrte.

Ich begann, seine Worte auseinanderzunehmen. Er hatte es *gut gefunden*, dass ich Klartext mit ihm geredet hatte. Das Adrenalin wich jetzt der Skepsis. Ich war zur Herausforderung für ihn geworden. Ich hatte nicht vor ihm herumgeschleimt, wie er es gewohnt war, und das faszinierte ihn. Meine superheldischen Selbsterhaltungskräfte meldeten sich zum Dienst. In dem Augenblick, in dem Noah mich »rumgekriegt« hätte, würde er das Interesse an mir verlieren und sich verpissen. Alles wie aus dem Lehrbuch. Wenn man die *Cosmopolitan* als Lehrbuch bezeichnen wollte.

Und so ignorierte ich jede einzelne meiner körperlichen Regungen in seine Richtung und brachte endlich den Mund auf.

»Ich glaub, das ist keine so gute Idee.« Und einen Moment lang schien ich das tatsächlich zu glauben – als ob mich plötzlich irgendein Instinkt zur Flucht antreiben wollte. Raus hier. Jetzt sofort.

Noah wirkte geschockt. Mehr als geschockt. Seine Augenbrauen breiteten sich vor Fassungslosigkeit über die ganze Stirn aus. Das war wohl das erste Mal, dass es nicht nach seinen Wünschen lief.

»Keine gute Idee?« Er versuchte sich an einem Lächeln, um einen Witz draus zu machen. »Warum nicht? Ich will dich ja nicht unter Drogen setzen oder sonst was. Ich will einfach nur mit dir was trinken gehen.«

Ich zwang mich, ihm direkt in die Augen zu sehen, ganz gleich, wie sehr mich das aufwühlte. »Mein Unterricht geht gleich los.«

Kurz sah er richtig wütend aus, doch er bekam sich in den Griff und produzierte ein weiteres aufgesetztes Grinsen. Er entfernte seine Hand von meinem Kinn und wedelte damit herum, als könne er so die Peinlichkeit abschütteln, mich überhaupt angefasst zu haben. Dort, wo sie gelegen hatte, prickelte meine Haut beharrlich weiter.

»Ja, alles klar, entschuldige«, murmelte er. »Ich lass dich dann besser mal gehen.«

Ich steuerte an ihm vorbei auf die Schule zu. Ein paar Schülerpulks streunten noch umher und schlugen die Zeit bis zum Klingeln tot. An die drei Meter hatte ich zurückgelegt, als er mir nachrief.

»Äh, Penny?«

Ich hasste mich selbst für mein Lächeln, als ich ihn meinen Namen rufen hörte. Schnell arrangierte ich meinen Mund zu einem neutraleren Ausdruck um, bevor ich herumfuhr.

»Was gibt's?« Ich versuchte, ganz ungerührt zu klingen.

Er trabte zu mir herüber. »Hey«, sagte er und strich sich mit der Hand durchs Haar. »Vielleicht war ich zu ... direkt. Tut mir leid. Ich bin's nicht gewohnt, so eine Abfuhr zu kriegen.«

Mein sengender Blick zeigte Wirkung.

»Okay. Das klang jetzt ganz schön aufgeblasen, was?«

Ich kicherte. »Ein bisschen. Okay, ziemlich. Nur weil man in einer Band spielt, macht einen das noch lange nicht zum unwiderstehlichen Adonis.« Ich dachte an Ruth und lächelte mit gerümpfter Nase. »Jedenfalls nicht für alle.«

Das war natürlich ein glatter Bluff. Er *war* ein unwiderstehlicher Adonis. Wer das nicht sah, hatte keine Augen im Kopf. Aber der Bluff als solcher funktionierte. Noah schien nicht gerade erbaut.

»Tja, das ist mir jetzt auch klar.«

Ich wartete. Was hatte er jetzt wieder vor? Die Glocke hatte eben geläutet, die anderen Schüler waren alle verschwunden, aber ich scherte mich nicht darum.

»Also, wenn der Gedanke an eine Verabredung mit mir so abstoßend für dich ist – wie wäre es, mit ein paar Freunden was trinken zu gehen?« Erneut versuchte er sich an einem Grinsen.

Ich schob mir die Tasche über die andere Schulter. »Kapier ich nicht.«

»Nach der Schule«, sagte er. »Ich treff mich mit den Jungs

von der Band im Lock and Key auf ein Bier. Würdest du mitkommen? Und noch ein paar von deinen Freundinnen mitbringen?«

Ich ließ es mir durch den Kopf gehen. Die Mädchen würden Kleinholz aus mir machen, wenn ich ablehnte. Aber es bereitete mir Bauchschmerzen. Noah zu treffen war nicht gerade das ideale Mittel, mir meine Schwärmerei für ihn auszutreiben.

»Ich kapier einfach nicht, *warum*«, meinte ich.

»Himmel – aus Nettigkeit vielleicht?«, schnauzte er mich an. Doch dann schüttelte er den Kopf. »Tut mir leid, das ist jetzt alles so schiefgelaufen. Ich hätte dir nicht so die Pistole auf die Brust setzen sollen. In meiner Vorstellung hat das alles deutlich besser geklungen. Das wegen neulich ist mir unangenehm und ich will mich mit dir vertragen und dich besser kennenlernen …« Er bemerkte mein Stirnrunzeln. »… und deine Freundinnen natürlich auch. Heute ist so ein wunderschöner Tag und dann wird der Abend sicher genauso und die Jungs sind echt nett und das wird garantiert lustig …«

Ich spürte meinen Kopf nicken.

»Heißt das: ja?«

»Äh … okay.«

»Großartig. Dann sehen wir uns gegen fünf im Lock and Key.«

Er lächelte ein breites, von Herzen kommendes Lächeln, wandte sich um und ließ mich stehen, mauloffen glotzend wie ein Karpfen.

6

Ich kam zu spät zu Englisch. Als ich durch die Tür preschte, starrte mir eine Klasse abweisender Granitgesichter entgegen. Ich entschuldigte mich bei meiner Lehrerin, die mich einfach aus ihrem Blickfeld wedelte und weiterunterrichtete.

Frank hatte einen Platz für mich frei gehalten und ich wuselte zu ihm hinüber.

»Hab ich was verpasst?«, flüsterte ich und zog mein A4-Heft und den Kuli raus.

Er schob mir ein Buch rüber. Beim Anblick des Einbands schnitt ich eine Grimasse. Wurks. *Romeo und Julia*.

»Unser Shakespeare-Stück für dieses Halbjahr«, meinte er. »Solltest du jetzt nicht verzückt lächeln und rumsäuseln, wie romantisch das doch ist?«

Ich bedachte ihn mit einer ironisch gehobenen Augenbraue. Er äffte mich nach und dann brachen wir beide in Lachen aus. Er wusste, dass ich nicht zu dieser Sorte Mädchen gehörte.

Die Freundschaft mit Frank Dayton war eine von der Art, die man schließt, wenn man sonst niemanden in der Klasse kennt. Keine meiner Freundinnen hatte Englisch gewählt, und so war ich glücklicherweise in der ersten Stunde neben Frank gelandet, der auch niemanden kannte. Rasch hatten wir herausgefunden, dass uns die Liebe zum Sarkasmus, zu schnell gefällten Urteilen über alles und jeden und zu Sci-Fi-Romanen mit skurrilen Einzelgängerhelden einte. Manchmal vertrieb ich mir die Zeit mit Überlegungen, ob ich ihn jetzt gut fand oder nicht. Theoretisch sah er ja nicht schlecht aus. Blonde Haare, grüne Augen, muskulös – alle Erfordernisse erfüllt. Aber er war einfach nicht mein Typ. Außerdem spielte er Rugby. Wurks. Das war eine dieser Sachen, über die wir uns regelmäßig in die Wolle kriegten, weil ich Rugbyspieler und ihre monströsen Egos eigentlich nicht ertragen kann.

In Momenten extremer Langeweile fragte ich mich manchmal, ob er mich gut fand, war mir aber überwiegend sicher, dass wir einander nur benutzten, um irgendwie dieses tödliche letzte Englischjahr zu überstehen. Außerhalb des Klassenzimmers wechselten wir kaum ein Wort und bei der Band-Night kreuzte er auch nie auf. Trance war mehr sein Ding. Doppelwurks. Ich verarschte ihn ständig wegen seiner musikalischen Vorlieben. Was brachte es einem, auf Clubmusik zu stehen, wenn man in Middletown wohnte? Wo sollte man da bitte raven? In seinem Renault Clio?

Meine Lehrerin, Ms Gretching (nicht Mrs oder Miss, sonst dreht sie durch), redete immer noch. Sie schwadronierte darüber, dass Romeo und Julia füreinander geschaffen waren, dass Wahre Liebe sich jedoch stets selbst zerstört. Ich hegte den Verdacht, dass diese akademische Weisheit nichts mit dem Lehrplan, sondern eher etwas mit dem blassen Hautstreifen auf ihrem Finger zu tun hatte, wo sie noch bis vor einiger Zeit ihren Ehering trug.

Ich stöhnte und bettete mein Haupt auf den Tisch.

»Findest du Romeo und Julia wirklich so furchtbar?«, fragte Frank, der meine Verzweiflung auch noch komisch fand.

»Ja«, wisperte ich zurück. »Die Geschichte ist komplett lächerlich. Zwei melodramatische Teenager, die völlig high sind vom Dopamin und sich dann aus pubertärer Verknalltheit ihr Leben ruinieren. Hätten wir bloß *Macbeth* gekriegt!«

Frank schaute mich einen Augenblick an. »Wie konnte ich das nur vergessen. Du bist nicht wie die anderen Mädels.«

Ich ließ meinen Blick über die Reihe meiner Geschlechtsgenossinnen gegenüber schweifen: vier Retortenblondinen, über die Frank und ich uns regelmäßig das Maul zerrissen, weil sie offensichtlich jeden Tag zwei Stunden Arbeit in ihre Schulvorbereitungen investierten – die volle Ladung Make-up, Lockenpracht aus dem Glätteisen, falsche Wimpern. Sie hingen Ms Gretching an den Lippen und schmachteten, sobald die Worte »Seelengefährte« oder »wahre Liebe« fielen.

Ich wies in ihre Richtung. »Puh, zum Glück«, konterte ich.

Jetzt sollten wir mit der ersten Szene beginnen. Frank und ich schlugen unsere Bücher auf und lasen ein paar Minuten vor uns hin.

»Warum bist du überhaupt so spät gekommen?«, erkundigte er sich beim Umblättern. Ich bemerkte, dass er mir schon zwei Seiten voraus war, was mir ziemlich gegen den Strich ging. »Und obendrein hast du ein bisschen neben der Spur gewirkt.«

Die Begegnung mit Noah spulte sich vor meinem inneren Auge ab, und ich spürte, wie sich meine Atmung beschleunigte. »Wenn du's unbedingt wissen willst«, sagte ich, »jemand wollte sich mit mir verabreden.«

Ich achtete genau auf Franks Gesichtsregungen. Zu ärgern schien es ihn schon mal nicht. Eher zu überraschen. So viel zur Frage, ob er mich gut fand.

»Wer, bitte schön, will sich denn mit einer Grunge-Braut wie dir treffen?«

»Grunge-Braut? Hallo? Wir sind hier nicht in den Neunzigern. Nur weil ich lieber richtige Musik von echten Leuten höre statt Computergepiepse, macht mich das noch lang nicht zu Courtney Love.«

Seine Bemerkung hatte mich getroffen. Ich wusste, dass es witzig gemeint war, trotzdem hatte er mir den Finger direkt in die Wunde gelegt: Warum *sollte* sich irgendwer mit mir treffen wollen?

Frank bemerkte, dass er da ein Thema angerissen hatte, bei dem mir der Sarkasmus im Hals stecken blieb, und wedelte seine Hände wie weiße Flaggen.

»Schon gut, du Knallfrosch. War nicht so gemeint. Eine Verabredung mit dir muss der Himmel sein.«

»Ich bin der Hit.«

»Selbstverständlich.«

»Jedermanns Traumfrau.«

»Unbedingt. Ich bin nur eifersüchtig«, erklärte er mit einem boshaften Glitzern im Auge. »Ich verzehre mich nach einem Date mit dir. Bald findet diese Trance-Party statt. Genau dein Ding. Wird Zeit, dass du dich an richtige Musik gewö… Aua!«

Ich hatte ihm in die Rippen geboxt.

Ms Gretching hörte sein Jaulen und funkelte uns an.

»Nun«, sagte sie, »Penny und Frank sind offensichtlich mit der ersten Szene durch. Da ihr beide so viel Begeisterung an den Tag legt – wie wäre es, wenn ihr in der nächsten Szene die Rollen von Romeo und Julia übernehmt?«

Wir stöhnten unisono.

»Das hab ich allein dir zu verdanken«, flüsterte ich und zwang mich, aufzustehen und den Part der dämlichen, waschlappigen Julia vorzutragen.

Englisch war eine Doppelstunde, und so war es schon Zeit zum Mittagessen, als ich endlich aufhören durfte, mich vorgeblich auf einem Balkon herumzuwinden.

»Du warst eine hinreißende Julia«, sagte Frank, als ich meinen Stuhl zurückschob. »Außerordentlich überzeugend.«

»Schnauze!« Ich schleuderte meinen Kuli nach ihm. Nervigerweise fing er ihn auf. »Übrigens ist mir aufgefallen, dass du deinen Romeo-Monolog mit einer Menge dramatischer Pausen garniert hast. Für wen hältst du dich eigentlich? Leonardo DiCaprio, oder was?«

»Du bist ja bloß neidisch.« Frank schleuderte den Kuli zurück.

Ich reckte meinen Arm danach, stieß aber mit der Hand dagegen, und so rollte er unter den Tisch. Notgedrungen bückte ich mich, obwohl mir bewusst war, dass Frank mein Arsch direkt vorm Gesicht hing.

»Neidisch auf dich? Das soll wohl ein Witz sein«, entgegnete ich. Mit dem Stift in der Hand zwängte ich mich unter dem Tisch hervor. »Schön war's mal wieder bla bla bla, aber für heute ist Schluss.«

»Mach's gut ... holde Julia.«

»Schnauze.«

Meine Freundinnen warteten bereits in der Mensa an unserem üblichen Platz. Lizzie saß mit übereinandergeschlagenen Beinen da und kritzelte etwas in das Scheißnotizbuch, das sie unablässig mit sich herumschleppte. Ruth bewunderte sich in einem Taschenspiegel – Klischee durch und durch. Amanda hatte Johnno angeschleift. Sie hielten Händchen, wirkten aber beide wie zugeschnürt vor Panik.

»Penny!«, kreischte Lizzie, als sie mich entdeckte. »Rat mal, was? Die Zeitung interessiert sich für meine Geschichte mit den toten Fischen.«

»Wow.« Ich ließ meine Tasche auf den Tisch plumpsen und zog mir einen Stuhl hervor. Amanda und Johnno lächelten zur Begrüßung, während Ruth mir nur zunickte.

So hatte sie sich das also vorgestellt.

»Ich bin ein Superstar«, strahlte Lizzie.

»Lizzie, das sagt man nicht über sich selbst.«

»Lass stecken. Wer baut mich denn sonst bitte mental auf?

Der Journalismus ist ein Haifischbecken. Da muss man an sich glauben.«

Ich verdrehte die Augen und zog mein Erdnussbutterbrot heraus. Lizzies Zielstrebigkeit konnte einem echt Angst machen. Ich war siebzehn und hatte keinen blassen Schimmer, was ich mit meinem Leben anfangen wollte. Keines meiner Abschlussfächer machte mir besonders Spaß. Und ich war auch in keinem davon besonders gut. Ich las gerne, aber nur in meiner Freizeit. Erzähltechnik und dieser ganze Schmonzes aus dem Englischunterricht interessierten mich nicht die Bohne. Ich biss in mein Brot und ließ mich von Lizzies aufgeregtem Geschnatter berieseln, während ich über den anstehenden Abend nachdachte. Auch wenn ich es mir ungern eingestand, war ich doch geschmeichelt, dass Noah gerade mich erwählt hatte, selbst wenn der Typ nichts als Ärger verhieß. Obwohl das ja auch eher gemutmaßt war. War ich vielleicht sogar ein bisschen ungerecht? Indem ich ihn einfach als Aufreißer abstempelte, nur weil er gut aussah und in einer Band spielte?

Nein. Das allein war es nicht. Er löste irgendetwas in mir aus, das meinen Horizont überstieg. Gerade mal ein Wochenende, und ich erkannte mich nicht wieder, nur seinetwegen. Mein sechster Sinn schlug Alarm, aber meine eine Hälfte ignorierte das. Sie wollte die Scheuklappen anlegen und schnurstracks zu unserer Verabredung galoppieren. Die andere Hälfte jedoch, die vernünftige, hielt die Zügel fest in der Hand.

Irgendwann beendete Lizzie ihren Sermon über das Pressewesen und fragte: »Und, was läuft heute Abend? An einem Montagabend kann ich einfach nicht zu Hause rumhängen, zu deprimierend. Außerdem ist grandioses Wetter. Das müssen wir auskosten.«

Ich räusperte mich und versuchte, möglichst beiläufig zu klingen.

»Na ja, eigentlich …«, sagte ich und zwirbelte meine Pausenbrotfolie zu einer Wurst, »… also, heut früh auf dem Schulweg bin ich diesem Noah begegnet, und er hat uns eingeladen, mit seiner Band ins Lock and Key zu gehen.«

Aller Augen klebten auf mir.

»Was? Wann hast du ihn gesehen?«, fragte Ruth. Sie sah misstrauisch aus.

»Wir sind uns zufällig über den Weg gelaufen und er hat gefragt, ob wir uns mit ihnen treffen wollen.« Dass er extra auf mich gewartet hatte, um mir über den Weg zu laufen, verschwieg ich wohlweislich.

Lizzie wirkte, als würde sie gleich vor Aufregung in die Luft gehen. »Na los, erzähl, was passiert ist«, sagte sie. »Bis ins kleinste Detail.«

Ich zuckte die Schultern und versuchte, Ruths finsteren Blick zu ignorieren. »Mehr gibt's nicht zu erzählen. Die ganze Band geht hin. Wird sicher gut. Außerdem, wenn wir sie besser kennenlernen, kommen wir vielleicht bei der Band-Night umsonst rein.« Ich öffnete meine Wasserflasche und nahm einen dringend benötigten Schluck. »Also, wie sieht's aus?«

Prüfend sah ich in die Runde. Ruths Miene war unverändert düster. Lizzie wand sich auf ihrem Stuhl wie eine hyperaktive Fünfjährige am Weihnachtsmorgen und Amanda wirkte einfach nur geplättet. Immer noch hielt sie Johnnos Hand umklammert, der völlig abgeschaltet hatte und geistesabwesend aus dem Fenster auf seine Kumpel starrte, die draußen herumkickten.

»Na klar sind wir dabei«, sagte Lizzie. »Klingt lustig.«

Ich blickte zu Ruth. Sie stierte noch ein paar Sekunden weiter, bevor ihre Miene weicher wurde.

»Klar, ich komm auch mit. Der Bassist war gar nicht so übel. Der könnte meine neueste Eroberung werden.« Sie warf sich theatralisch in die Brust und brachte uns alle zum Lachen. Unbehaglich rief ich mir in Erinnerung, dass bis gestern noch Noah als neueste Eroberung vorgesehen war.

Gemeinsam wandten wir uns Amanda zu, um uns ihre unvermeidliche Ausrede anzuhören.

Sie blinzelte uns verzweifelt an: »Heut Abend? Ich glaube, heute ist bei uns ein gemeinsames Familienessen geplant.«

Wir stöhnten. Niemand log schlechter als Amanda. Sie war einfach unfähig, irgendwen hinters Licht zu führen.

»Na komm schon«, sagte ich und knuffte sie in die Seite, was sie, wie ich wusste, ganz besonders hasste. »Das wird lustig. Frisches Blut. Frische Themen ...«

»Frisches Fleisch«, zwitscherte Ruth dazwischen und schenkte mir ein Lächeln. Es schien ehrlich gemeint zu sein. Dann war also alles wieder im Lot zwischen uns. Uffz.

Amanda wandte sich Hilfe suchend Johnno zu, doch der verfolgte immer noch das Spiel. »Ich ... ich ... hab doch versprochen, mit ihnen zu essen.«

»Oh Mann, Amanda«, schaltete sich Lizzie ein. »Jede Betschwester lügt glaubwürdiger als du. Stimmt's, Johnno?«

Johnno riss sich vom Fenster los und richtete seinen bewundernden Blick auf Amanda. »Ja«, sagte er. »Du bist der aufrichtigste Mensch, den ich kenne. Genau das mag ich so an dir.«

Amanda nahm die Farbe von radioaktiver Rote Bete an, worauf Johnno mit einem zartlila Hautton reagierte. Schnell fuhren ihre Hände auseinander und beide starrten zu Boden.

Lizzie, Ruth und ich feixten.

Johnno wuchtete sich tollpatschig in die Höhe und schlüpfte mit beiden Armen durch die Rucksackträger.

»... also ... ich geh dann besser mal raus zu den Jungs, weil ... äh ... sonst verpass ich noch das Match.«

Amanda konnte ihn kaum anschauen. Sie zuckte ihre Schultern im vergeblichen Versuch, locker und gleichgültig zu wirken. »Klar«, sagte sie, immer noch knallrot. »Bis später.«

Johnno stand einen Moment unbehaglich herum, als wolle er allen Mut zusammenkratzen und noch einen Satz beitragen, doch dann verlor er die Nerven und eilte mit fliegenden Fahnen aus der Mensa.

Kaum war er fort, schmissen wir uns weg vor Lachen.

»Oh Gott, das gibt's gar nicht«, japste Lizzie mit Tränen in den Augen. »Ihr zwei seid so komisch.«

Amanda sah sie bestürzt an.

»Das seid ihr echt«, fügte Ruth hinzu. »Zwei größere Schüchtis sind mir in meinen ganzen siebzehn Jahren noch nicht untergekommen. Dass ihr überhaupt zusammengefunden habt, ist schon ein Wunder der Wissenschaft.«

Amanda sah aus, als würde sie gleich losheulen. Ich konnte förmlich beobachten, wie sich in ihrem Kopf die giftigsten Erwiderungen zusammenballten, die jedoch auf ewig ungesagt bleiben würden. Aber dann schüttelte sie unvermittelt den Kopf und grinste.

»Halt die Klappe«, sagte sie. »Okay, wir sind vielleicht beide ein bisschen … gehemmt.«

Ihre Wortwahl brachte uns wieder an den Rand des Kollapses.

»Aber das wird schon. Und außerdem …«, die Anspannung stand ihr ins Gesicht geschrieben, »… wenigstens hab ich einen Freund.«

Ruth, Lizzie und ich schauten einander mit erhobenen Augenbrauen an, immer noch kichernd.

»Da ist was dran«, sagte ich, setzte mich auf Johnnos Platz und schlang meinen Arm um sie. »Wir sollten dich nicht verarschen. Schließlich bist du die Einzige, die jemanden gefunden hat.«

»Ich finde praktisch jede Wochen jemanden«, sagte Ruth und das Gegacker erhob sich von Neuem.

Der Nachbartisch beäugte uns, als hätten wir einen Dachschaden, worüber wir noch mehr lachen mussten.

Als wir uns schließlich wieder eingekriegt hatten, wandte ich mich erneut an Amanda. »Also, was jetzt, kommst du mit?«

Sie schluckte, aber ich wusste schon, dass sie eingeknickt war. »Meinetwegen«, sagte sie. »Geh ich halt mit in die verdammte Kneipe.«

»Alles klar dann.« Ich stand auf und sah auf die Uhr. Mir blieben keine fünf Minuten, um einmal den gesamten Campus zu überqueren und rechtzeitig zur nächsten Stunde zu kommen. »Wir treffen uns nach Schulende vor dem Tor.«

Sie nickten und ich drehte mich um und zog ab zum Unterricht.

7

Der Nachmittag verging wie im Flug.

In Psychologie heuchelte ich Aufmerksamkeit, und die Doppelstunde Fotografie half mir, bis zum Ende des Schultags durchzuhalten. Mit dem iPod im Ohr verbarg ich mich im heimeligen Rot der Dunkelkammer und machte Abzüge von Porträts im David-Bailey-Stil, die ich von Ruth geschossen hatte. Die Mischung aus Musik und Dunkelheit lullte mich ein, während in der Entwicklerflüssigkeit die Bilder zum Leben erwachten. Doch mit meiner Ruhe war es in dem Moment vorbei, als die Schlussglocke schrillte. Ich sprintete zur Mädchentoilette, kippte den Inhalt meines Schminktäschchens im Waschbecken aus und begann, mich halbwegs präsentabel zu machen. Fünf Minuten später war ich … etwas herzeigbarer. Nach außen hin jedenfalls. Im Inneren war ich nichts als brodelnde Glibbermasse.

Auf dem Weg zum Schultor legte ich mir meinen Schlachtplan zurecht. Er bestand aus zwei Wörtern: *ruhig bleiben*. Nichts leichter als das, jedenfalls theoretisch – solange kein Noah da war, um mich aus der Bahn zu werfen. Ruth, Amanda und Lizzie warteten vor dem Eingang auf mich. Sie wirkten allesamt etwas aufgerüschter als beim Mittagessen – offensichtlich war ich nicht die Einzige gewesen, die noch auf den letzten Drücker auf der Mädchentoilette vorbeigeschaut hatte.

»Bereit?«, fragte ich und hakte Lizzie unter.

»Aber sicher«, gab sie zurück.

Ich nahm auch Amandas Arm, die sich gerade bei Ruth einhängte, und fragte mich, ob es je so weit kommen würde, dass

Mädchen nicht mehr Arm in Arm gingen. Bei uns hoffentlich nicht.

»Ich kann's kaum erwarten, diesen Bassisten zwischen die Finger zu kriegen«, sagte Ruth. »Als mir vorhin in Kulturtouristik langweilig war, hab ich beschlossen, ihn flachzulegen.«

»Also du nun wieder. Du hast echt nur eines im Hirn«, sagte Lizzie mit gespielter Entrüstung.

Ruth zuckte die Schultern. »Ich behandle die Männer nur so, wie sie uns seit Urzeiten behandeln. Das nennt man Rollenumkehr. Autonomie. Selbstbestimmung. Feminismus halt!«

Ich lachte. »Alles stichhaltige Argumente, liebe Ruth, aber ich gebe Lizzie recht. Du bist einfach sexbesessen und schiebst irgendwelche halbgaren Gleichberechtigungsideale vor, um das zu kaschieren.«

Ruth wirkte höchst zufrieden mit sich. »Kann gut sein.«

Die Sonne stand noch hoch am Himmel, als wir flipflopschnalzend zum Pub marschierten, und als wir dort ankamen, war von der Band keine Spur zu sehen. Unbehaglich schlurften wir hinein und versteckten uns hinter Ruths Selbstvertrauen. Das Lock and Key war eine dieser Kneipen, die völlig übertrieben auf hip getrimmt sind, typisch Middletown eben. Die lila Beleuchtung sollte wohl besonders abgefahren wirken und die hohen Barhocker hatten rote Samtüberzüge. Der Laden war auf junge, wichtigtuende Bürohengste ausgerichtet, von der Sorte, die ihre Hemdsärmel aufrollen und aufmerksamkeitsheischend lachen, während sie überteuerte Bierflaschen mit Designer-Etikett exen. Normalerweise mieden wir diesen Ort. Die Geschäftsführerin hatte die unangenehme Angewohnheit, Ausweise zu kontrollieren – bei Mädchen, die jünger und attraktiver waren als sie selbst. Heute schien sie glücklicherweise freizuhaben. Wir schoben Ruth vor und ohne mit der Wimper zu zucken, bestellte sie vier Flaschen Corona mit Limone. Der

Barkeeper, ein hagerer Typ mit einer Frisur, die ihn sicher eine halbe Stunde Lebenszeit gekostet hatte, nahm ihr ohne Rückfragen das Geld ab und öffnete uns die Flaschen. Ruth verteilte sie gekonnt in der Runde und führte uns in den Biergarten.

Als wir ihr nach draußen folgten, blickte ich verwirrt auf mein Getränk.

»Seit wann sind wir unter die Biertrinker gegangen?«, flüsterte ich Lizzie zu.

»Seit eine coole Band uns eingeladen hat.« Sie nahm einen kleinen Schluck. »Hmmm, gar nicht mal so widerlich«, sagte sie und wischte sich ihren Mund mit dem Handrücken ab.

Der Biergarten war es, der einen mit dem Lock and Key versöhnte, besonders an einem sonnigen Tag wie diesem. Die Besitzer hatten ziemlich tief in die Tasche gegriffen und einen Landschaftsarchitekten beauftragt, der den Garten in etwas beinahe Magisches verwandelt hatte. Die Tische lagen hinter Hecken und Bäumen verborgen; glitzernde Lichterketten und Heizpilze verliehen dem Ort nach Sonnenuntergang ein märchenhaftes Leuchten. Momentan jedoch war es noch brütend heiß, und viele der Tische waren von Gruppen verschwitzter Businesstypen bevölkert, die sich mit ihren hochgekrempelten Hosenbeinen und nackten Füßen besonders lässig vorkamen.

Ruth lenkte uns zum letzten freien großen Tisch und schnappte sich den Platz in der Mitte, der den besten Blick auf die Tür bot. Sie zog eine monströse rote Sonnenbrille heraus, setzte sie sich auf die Nase und nahm dann einen tiefen Schluck von ihrem Bier.

»Ahhhh«, sagte sie. »So soll's sein.«

Ich blickte zögerlich auf meine Flasche und probierte einen kleinen Schluck. Hm, gar nicht so schlecht. Ich setzte gleich noch einmal an, diesmal beherzter, und versuchte Noahs drohendes Aufkreuzen zu verdrängen.

Wir verbrachten eine Weile damit, eine angeregte Unterhaltung vorzutäuschen, aber die Stimmung war angespannt. Wir saßen alle wie auf Kohlen. Na ja, zumindest Amanda und ich. Ruths Blick schoss jedes Mal zur Tür, wenn sie aufging, taxierte jeden Hindurchtretenden und nahm jede Rivalin, die den Weg in den Garten wagte, genauestens unter die Lupe – während ich in meinem Kopf unablässig mein Mantra abspulte: *ruhigbleibenruhigbleibenruhigbleiben.*

Ich spürte ihn, noch bevor ich ihn sah.

Mein Hals schnürte sich zu, mein Herzanfall setzte ein und das Schwächegefühl traf mich wie ein Keulenschlag. Um mich zu beruhigen, nuckelte ich an meinem Bier. Großer Fehler. Die Flüssigkeit rutschte mir in die falsche Kehle. Meine Augen quollen hervor und ich begann zu röcheln. Meine Wirbelsäule schien plötzlich in Flammen zu stehen. Jemand klopfte mir auf den Rücken. Wer, das konnte ich nicht erkennen, aber ich fürchtete das Schlimmste – denn mit jeder Berührung der Hand versengte mir ein Feuerstoß die Haut unter meinem dünnen Trägertop. Das musste Noah sein. Nach vier ungeheuren Hieben konnte ich wieder Luft holen. Tränenüberströmt und keuchend sog ich den kostbaren Sauerstoff in meine Lunge und kriegte mich endlich wieder ein.

Langsam drehte ich den Kopf, um eine Schadensbilanz vorzunehmen.

Eine Menge verwirrter Gesichter starrte mir entgegen. Ich erkannte den Sänger der Band, und die anderen beiden Jungs mussten der Bassist und der Schlagzeuger sein. Lizzie und Amanda durchbohrten mich mit dem Wie-kannst-du-uns-das-antun-Blick. Ruth kämpfte mit dem Lachen, offensichtlich außer sich vor Freude, dass ich mich schon wieder derart zum Affen gemacht hatte. Und dann war da noch Noah, der vor mir hockte und sich einen abgrinste.

»Hut ab, Penny«, bemerkte er trocken. »Du weißt echt, was Männer anmacht.«

Er griff in seine Tasche, zog ein Taschentuch heraus und reichte es mir. »Hier. Deine Wimperntusche ist völlig verlaufen.«

Errötend riss ich ihm das Tuch aus der Hand und tupfte mir damit in der Augengegend herum. »Danke«, sagte ich. »Aber mal im Ernst, Noah – was für eine Sorte Kerl muss man sein, um ein TASCHENTUCH mit sich rumzutragen? Was bist du? Einer von den Fünf Freunden, oder so?«

Alle lachten, er ausgenommen.

»Du machst es nur noch schlimmer«, stellte er fest. »Jetzt verteilst du dir die Schminke übers ganze Gesicht. Sag mal, hast du dich etwa für mich so ins Zeug gelegt?«

Ich funkelte ihn an. »Träum weiter.«

Eine Sekunde lang wirkte er verletzt, doch dann stand er auf und machte eine ausholende Handbewegung in Richtung seiner Bandkollegen.

»Jungs, dieses herrliche Geschöpf am Rande des Erstickungstods ist Penny Lawson.« Ich winkte, immer noch tödlich verlegen. »Und das hier«, fuhr er fort, »sind Ruth, Lizzie und Amanda.«

Lizzie winkte wie bekloppt. Amanda fiepste einen Gruß, und Ruth nahm die Ankömmlinge kühl und unnahbar zur Kenntnis, indem sie leicht mit den Fingern wedelte. Gott, ist das Leben unfair.

Und damit nahmen die Jungs bei uns Platz. Neben mich quetschte sich der Sänger, der sich als Ryan vorstellte.

»So, so, Gesang …«, sagte ich und nahm einen kleinen Schluck Bier, diesmal ohne Erstickungsanfall. »Wie kommt's? Kannst du kein Instrument spielen?«

»He!«, machte er, musste aber lachen. »Mein Instrument ist meine Stimme!«

Ich runzelte die Stirn.

»Das kam jetzt ziemlich angeberisch rüber, was?« Seine blauen Augen prüften meine Reaktion mit aufrichtiger Sorge. Der gute Ryan schien das unter Leadsängern überraschend verbreitete Problem zu haben, jenseits der Bühne im Grunde unsicher und voller Komplexe zu sein.

»Ich versuch eigentlich nur zu vertuschen, dass ich selbst so eine musikalische Legasthenikerin bin«, sprang ich ihm mit etwas Selbsterniedrigung bei.

»Du spielst also gar nichts?«

»Nur bisschen Flöte, als ich noch klein war. Also, wer sind denn so eure musikalischen Vorbilder?«

Ich ließ mich von seinem enthusiastischen Redeschwall überrollen und nickte regelmäßig, wenn Schlüsselwörter wie »The Smiths«, »The Libertines« und »The Clash« fielen.

Und während ich so lächelte und nickte, ließ ich den Blick in die Runde schweifen. Wie nicht anders zu erwarten, war es Ruth gelungen, als Belag im Noah-Bassisten-Sandwich zu enden. Sie war schon wieder voll im Betörungsmodus und hing wimpernklimpernd am Bassisten, der anscheinend Will hieß. Noah kehrte sie demonstrativ den Rücken zu, um ihm in einem Aufwasch unter die Nase zu reiben, was für ein guter Fang sie doch war und wie wenig sie sich aus ihm machte. Lizzie unterhielt sich mit dem Drummer, Jack, über irgendeine Politikerbiografie, die sie beide gelesen hatten. Sie feuerte Fragen auf ihn ab und zog jede seiner Aussagen in Zweifel, doch zu verstehen schienen sie sich trotzdem. Amanda verfolgte Ruths Balzgeplänkel mit Inbrunst und spielte beste Freundin, indem sie jede auch nur ansatzweise witzige Bemerkung mit hysterischem Gelächter quittierte. Und Noah, nun ja … auf den hatte ich mir noch keinen Blick gestattet. Bis jetzt …

Ich bereute es sofort.

In der Sekunde, in der ich verstohlen zu ihm hinschielte, trafen sich unsere Augen ganz instinktiv, und ich spürte, wie meine Brust sich zusammenzog. Unverwandt hielt er meinen Blick, suchend, ohne auch nur den Hauch eines Lächelns. Ich wagte nicht, zu atmen, und ließ alles, was da zwischen uns geschah, einfach geschehen. Jedes Fitzelchen meines Körpers verzehrte sich nach ihm auf eine Weise, die mir völlig fremd war. Ich wollte über den Tisch springen, mir sein Gesicht grapschen und ihn schmecken. Wie ein Tier. Es war absolut überwältigend, einfach furchtbar. Und das Verrückteste: Mir war bewusst, dass er genau das Gleiche empfand. Seine Hände umklammerten die Tischplatte. Er sah beinahe … hungrig aus. Mir schoss durch den Kopf, dass all diese schweinskopfsülzigen Mädchenbücher, über die ich mir immer das Maul zerriss, eigentlich gar nicht so falschlagen, dass all die hirnverbrannten Klischees sogar ziemlich ins Schwarze trafen. Ich wollte meine Zähne in ihn schlagen, ihm die Kleider vom Leib reißen, ihn mit Haut und Haaren verschlingen, all diesen melodramatischen Mist, den ich immer laut vorgelesen und verlacht hatte. Ein winziger Teil meines Hirns befahl mir, mich in den Griff zu kriegen, aber dieses Vernunftüberbleibsel war machtlos gegen den Overkill an betörenden Sinneswahrnehmungen.

»Penny?«, hörte ich jemanden sagen. War er es? Er war es nicht. Er hatte die Augen gesenkt. Der Moment war vorüber.

»Penny?«

»Hä?« Ich glitt zurück in die Realität. Ach ja, Ryan.

Er hatte seinen Monolog beendet und mir war es offensichtlich gar nicht aufgefallen. Er wirkte schon wieder ganz verstört, als sei ihm klar, dass er nicht interessant genug war, um mich bei der Stange zu halten, und prompt bekam ich ein schlechtes Gewissen.

»Ich hab nur gemeint …«, fuhr er händeknetend fort. »… ich hab mich gefragt, was deine Lieblingsband ist.«

»Oh.« Fieberhaft zermarterte ich mir das Hirn nach einer passenden Antwort. Aber es war völlig hohl vom Sauerstoffmangel und sträubte sich dagegen, etwas auszuspucken. »Die Beatles«, hörte ich mich nuscheln. Die Standardantwort. Gegen die Beatles kann keiner was sagen.

»Echt?«, meinte Ryan. »Na ja, also gegen die Beatles kann wohl keiner was sagen.«

Bingo.

Immer noch spürte ich Noahs Aufmerksamkeit auf mir und so langsam wurde mir etwas schwummrig. Ich musste weg von ihm. Er wirkte auf mich wie Kryptonit auf Superman oder so was. Einfach unerträglich, Punkt.

Ich erhob mich und spürte, wie meine Knie unter mir nachgaben.

»Hey, darf ich mal kurz?«, fragte ich Ryan und schnappte Halt suchend seine Hand, ohne mich darum zu scheren, wie er den Körperkontakt deuten mochte.

»Na klar.«

»Ich brauch nur … ehem … noch was zu trinken …«, stammelte ich.

Und damit versank alles in Dunkelheit.

Ich war wieder bei Bewusstsein, noch bevor ich die Augen aufschlug.

»Geht's ihr gut?«, hörte ich eine besorgte Stimme fragen. Der Schlagzeuger vielleicht.

»Schon in Ordnung.« Das war Lizzie. »Ich glaube, ihr war's einfach zu heiß.«

Langsam dämmerte mir, was da gerade passiert war, und ich spürte, wie mir die Schamesröte ins Gesicht stieg.

»Sie ist immer noch nicht wieder bei sich. Sollen wir einen Krankenwagen rufen oder so?«

Ich hielt die Augen fest zu. So konnte ich mir vorgaukeln, dass das alles nur ein Traum war.

»Kommt, wir kitzeln sie«, hörte ich Noah sagen.

Das war jetzt nicht sein Ernst, oder?

»Du willst sie nicht echt kitzeln!«

»Doch.«

Ich wusste, dass ich noch eine seiner Berührungen nicht ertragen würde, schlug widerstrebend die Augen auf und überbrückte die Zeit bis zum Lichten des Nebels, indem ich Noah innerlich Beschimpfungen an den Kopf schleuderte.

»Seht ihr? Sie ist wach.«

Ich lag auf dem Rücken. Im Gegenlicht konnte ich blinzelnd alle Gesichter erkennen. Ryan, Will und Jack wirkten völlig von den Socken, versuchten aber, es sich nicht anmerken zu lassen, und taten so, als wären in Biergärten umkippende Mädchen ihr täglich Brot. Meine Freundinnen wirkten angemessen besorgt, inklusive Ruth. Nur Noah lachte. Ich starrte ihn vernichtend an.

»Na, schön Heia gemacht?«, fragte er. »Nett, dass du vorbeischaust.«

Ich versuchte mich aufzurichten. Schlechte Idee. Wieder tanzten Sternchen vor meinen Augen und ich konnte mich kaum bei Bewusstsein halten.

»Mach langsam jetzt«, sagte Lizzie, beugte sich zu mir und stützte mich. »Wir gehen mal zur Toilette und bringen dich wieder auf Vordermann.«

Mein Gesicht brannte. Ich hasste meinen blöden Körper und seine miesen Aussetzer. »Tut mir leid«, murmelte ich und stolperte auf die Füße. »Ich glaub, mir war's einfach zu heiß. Nicht genug Wasser getrunken ...«

Ich lehnte mich Halt suchend an Lizzie, die mich kompetent in Richtung Toiletten steuerte, Ruth und Amanda im Kielwasser.

»Organisiert ihr noch eine Runde, Jungs«, rief Lizzie über ihre Schulter »Wir brauchen nicht lang.«

Ich taumelte zur Klotür und Ruth klappte mir einen Toilettensitz herunter. Ich ließ mich drauffallen und barg mein Gesicht in den Händen, um mein Erwachen aus diesem Albtraum zu erzwingen. Ich machte meine Atemübungen, zählte beim Einatmen, beim Ausatmen und spürte, wie meine Kräfte allmählich zurückkehrten.

Die Toiletten waren grenzwertig gestylt und auf exklusiv getrimmt. Statt eines Waschbeckens stand da ein Bassin, aus dem springbrunnengleich eine Wasserfontäne herausschoss. Die Wände waren durchweg lila und mit gigantischen goldgerahmten Spiegeln geschmückt. In diesem Raum konnte ich mich in mindestens sechsfacher Ausfertigung bewundern.

Ich sah zum Kotzen aus.

Als mein Atem wieder gleichmäßig ging, blickte ich in die Runde meiner Freundinnen.

»Also, was zum Teufel war das jetzt wieder?«, wollte Lizzie wissen.

Ich blickte runter auf meine Flipflops. »Tut mir leid«, sagte ich. »Jetzt schon das zweite Mal diese Woche.«

»Was ist passiert?«, fragte Ruth sanft. Ich fand es fast schon komisch, wie sie hier die treusorgende Freundin hervorkehrte. Offensichtlich wollte sie Will mit ihrer fürsorglichen Art beeindrucken.

»Keine Ahnung«, antwortete ich ehrlich.

»War's denn wieder ein Panikanfall?«, fragte Amanda. »Es war jedenfalls anders als beim Konzert. Du bist einfach umgekippt, ganz wie ein normaler Mensch.«

Das Wort »normal« ließ mich zusammenzucken. »Nein«, sagte ich. »Ich glaub nicht, dass das wieder ein Panikanfall war.«

»Na, was denn sonst?«

Ich hatte einen Verdacht, aber es schien zu dämlich, ihn in Worte zu fassen. Ich versuchte es trotzdem.

»Weiß nicht … es ist irgendwas mit Noah … als wär ich allergisch auf ihn oder so was … immer wenn ich ihn treffe, fühlt es sich so an, als wär ich in Gefahr … Nein, das ist bescheuert … keine Ahnung.«

Meine Freundinnen wirkten ratlos.

»Du bist allergisch auf Noah?« Lizzie klang skeptisch.

Darüber musste ich fast lächeln. »Nein. Ich stell mich einfach nur an.«

»Na ja, stimmt schon, es ist jetzt beide Male passiert, als du ihn gesehen hast«, sagte Amanda. »Vielleicht ist es sein Aftershave? Hat dein Arzt gemeint, du hättest irgendwelche Allergien, die so was auslösen?«

Ich schüttelte den Kopf. »Nein. Das ist einfach Zufall. Vergesst es.«

Allerdings fühlte es sich absolut nicht nach Zufall an. Aber ich wusste, wie durchgeknallt das alles klang. Kein Wunder, dass mich meine Freundinnen so anstarrten – was ich hasste. Verdammt, ich wollte einfach wieder sein wie alle anderen.

»Mir geht's gut«, versicherte ich. »Geht schon mal vor. Ich räum noch mein Gesicht auf und stoß dann gleich wieder zu euch.«

Lizzie legte mir die Hand auf die Schulter. »Sicher, dass du okay bist?«

»Hundertpro.«

»Also, wenn du in fünf Minuten nicht draußen bist, komm ich rein und schau nach.«

»Mir geht's gut. Ich brauch nur einen Moment … ihr wisst schon … für mich.«

Die Mädels zogen im Gänsemarsch ab und ließen mich allein in der Prachttoilette zurück.

Ich stand auf und trat zu einem der Spiegel. Was ich da sah, ließ meine Mundwinkel noch weiter nach unten sacken. Das personifizierte Grauen. Unter meinen Augen war überall Wimperntusche verschmiert und auf meiner Stirn glänzte ein Schweißfilm.

Ich steckte meine Haare zu einem unordentlichen Knoten auf. Mithilfe von etwas Toilettenpapier beseitigte ich vorsichtig die schwarze Sauerei unter den Augen und frischte meinen Lipgloss auf.

Noch ein prüfender Blick in den Spiegel. Okay. Schon geringfügig besser. Aber da jetzt rauszugehen, das würde oberpeinlich sein. Na, wenigstens hatte sich das Noah-Problem jetzt erledigt. Nach so einer Darbietung war es einfach undenkbar, dass er noch etwas von mir wollte. Und das war, wie ich festgestellt hatte, ja sowieso das Gesündeste. Lief also alles nach Plan, oder? Sich nicht in ihn verlieben, sich nicht von ihm das Herz brechen lassen … Denn mal ehrlich: Zweimal hatte ich ihn jetzt getroffen, zweimal war ich in Ohnmacht gefallen. Zufall oder nicht – gut sah anders aus.

Ich holte tief Luft, schob mich durch die Toilettentür und ging im Kopf noch einmal die Geschichte von der Dehydrierung durch.

Noah wartete vor dem Damenklo. Bei seinem Anblick zog es mir fast die Schuhe aus.

»Sorry«, entschuldigte er sich. »Ich wollte dich nicht erschrecken.«

Er sah sensationell aus, wie er da an der Wand lehnte, mit besorgten Augen und nachdenklich gekräuselten Lippen. Doch ich wusste, was ich zu tun hatte, so hart es auch sein würde. Ich war ja jetzt schon am Durchdrehen, obwohl ich ihn erst ein paar Tage kannte.

»Schon okay«, sagte ich und zwirbelte an meinen Ponyfransen herum.

»Ich hab mir Sorgen um dich gemacht.«

Ich wagte nicht, ihm ins Gesicht zu schauen. Womöglich würde ich gleich wieder umkippen. »Brauchst du nicht. Alles in Ordnung.«

»Penny, können wir uns kurz unterhalten?« Er schnappte sich meine Hand und verwob seine Finger mit meinen. Seine Berührung brannte, doch ich brachte es nicht über mich, ihm meine Hand zu entreißen.

»Worüber?« Ich zuckte die Schultern und versuchte, möglichst unbeteiligt dreinzuschauen.

»Ist doch ziemlich offensichtlich, oder?«, meinte er, und es klang, als hätte ihn die Wut gepackt. »Können wir über uns reden?«

Ich brummelte etwas in meinen Bart.

»Was?«

»Ich habe gemeint, es gibt kein ›uns‹. Ich hab dich doch gerade erst kennengelernt.«

Er drückte meine Hand fester. »Sei nicht bescheuert. Du musst doch auch spüren, dass da was zwischen uns ist. Das macht mich völlig kirre. Ich krieg dich einfach nicht aus dem Kopf und dabei kenn ich dich noch nicht mal. Das ist völlig verrückt. Eben gerade, da draußen, als du mich da angeguckt hast, da hab ich gemeint, ich muss gleich explodieren. Und ich weiß, dass es dir genauso gegangen ist.« Er musterte mein Gesicht eingehend, wartete auf meine Reaktion. »Deshalb bist du auch ohnmächtig geworden, oder? Du hast es nicht ausgehalten.«

Ich ließ seine Worte einsinken und versuchte, ganz logisch zu durchleuchten, was er da eben gesagt hatte. Ich zitterte am ganzen Leib, ich war so glücklich, dass ich am liebsten die Straße entlanggetanzt wäre. Er bekam mich einfach nicht aus dem

Kopf! Mich! Mich, das dauerskeptische Mauergewächs! Doch meine rationale Gehirnhälfte herrschte mich an, bloß nicht auf dieses Gefühl reinzufallen. *Er wird dich verletzen. Schon bald wirst du ihn langweilen. Und vor allem … irgendwas läuft hier falsch! Der Kerl macht dich krank!*

Ich bemühte meinen eisigsten Tonfall. »Toller Spruch«, sagte ich. »Immer ein Erfolg, was?«

Sein Gesicht verzog sich zu einem unverkennbar schmerzvollen Ausdruck. »Soll das ein Witz sein?«

»Hast du echt geglaubt, ich bin blöd genug, auf so was reinzufallen?« Ich drehte den Kälteregler noch etwas weiter auf. »Ich bin keins von deinen Groupies, klar?«

Der Schmerz in seinem Engelsgesicht verwandelte sich in Zorn. »Das ist mir durchaus klar«, knurrte er beinahe. »Du weißt genau, dass das kein Spruch ist. Und ich weiß, dass du es genauso spürst. Du hast ganz einfach Angst. Angst vor dem, was hier passiert.«

Ich lachte hässlich und der Klang war mir selbst zuwider. »Gottchen, kannst du dir bitte mal kurz zuhören? Du klingst wie jemand aus einem dieser Fürstenromane meiner Mutter.«

Na, wenn das nicht saß. Er lief rot an und seine verletzten Gefühle bluteten ihm aus jeder Pore. Ich fühlte mich ekelhaft. Aber irgendetwas sagte mir, dass ich keine andere Wahl hatte. Was auch immer das hier war, was auch immer *er* war – ich musste mich schützen.

»Ich merk schon, ich hab dich völlig überschätzt«, sagte er. »Mit dem Menschen, für den ich dich gehalten habe, hast du überhaupt nichts zu tun.« Seine Worte waren wie Dolchstöße. Er zog seine Hand zurück und ohne die Berührung fühlte sich meine sofort eiskalt an.

Ich verkraftete es nicht – wie sein Gesicht so schnell von Bewunderung in Hass umschlagen konnte. Schon jetzt wollte ich ihn zurück. Ich hungerte so sehr nach seiner Zuneigung, dass es schmerzte.

»Tut mir leid«, sagte ich fast flehend und wünschte mir, ich könnte meine Worte von eben zurücknehmen. »Ich weiß, ich bin eine blöde Schnalle.«

Er funkelte mich nur an.

»Nur ... ich glaub einfach nicht, dass wir gut füreinander sind. Wir haben uns kaum kennengelernt und liegen uns schon in den Haaren.«

»Du machst dir was vor.«

»Tu ich nicht.«

»Tust du doch. Und du weißt es genau.«

Ich musste einen Schlussstrich ziehen. Alles, was er sagte, traf zu, aber ich durfte mich einfach nicht auf ihn einlassen. Er würde mir wehtun. Verdammt wehtun.

Wieder hängte ich mir Eiszapfen an die Stimme.

»Noah, du musst jetzt einfach mal der Tatsache ins Auge sehen, dass ICH NICHT AUF DICH STEHE.« Ich brüllte, um noch eins draufzusetzen. »Ich weiß, das ist wohl eine völlig neue Erfahrung für dich, aber du wirst es verkraften.«

Er trat einen Schritt zurück, das Gesicht vor Abscheu verzerrt.

»Du hast völlig recht«, zischte er. »Du bist eine blöde Schnalle.«

Damit wandte er sich dem Ausgang zu und ließ mich stehen. Allein.

7:2

Dr. Beaumont starrte auf ihren Bildschirm und wagte nicht, zu blinzeln. Sie konnte nicht mehr mit Sicherheit sagen, wie lange sie schon hier saß. Seit sechs Stunden? Sieben vielleicht? Eine Tasse kalter Kaffee stand vergessen neben ihrer Tastatur, daneben leere Brezeltüten. In dieser Woche waren alle Diätvorsätze über Bord gegangen.

Im Labor ging es zu wie in einem Bienenstock, doch sie war zu sehr in Anspruch genommen, um das Gewusel wahrzunehmen. Wäre es ihr gelungen, ihre Augen vom Monitor zu reißen, hätte sie vielleicht bemerkt, dass alle Anwesenden sie mit besorgten Gesichtern ansahen.

Ihr bekloppter Assistent war es, der sie aus ihrer Konzentration riss.

»Alles klar, Anita?« Gemessen an den Umständen war Rains Stimme bemerkenswert munter. Und schon wieder hatte der Trottel sie Anita genannt.

Er stellte ihr einen frischen Kaffee auf den Tisch. »Ich dachte, Sie brauchen vielleicht Nachschub.«

Sie blickte zu ihm auf, genervt von der Störung, aber dankbar für das Getränk. »Danke, Rain«, gab sie knapp zurück und wandte sich wieder dem Bildschirm zu.

Dieser war bedeckt mit endlosen grünen Zahlenkolonnen. Für den Außenstehenden absolut undurchschaubar, für Dr. Beaumont jedoch leichter zu lesen als jeder Groschenroman.

Rain zog einen Stuhl neben ihren und ließ sich rittlings darauf nieder.

Wieder war sie genötigt, den Blick von ihrem Monitor zu nehmen. »Ja?«

Zum ersten Mal wirkte Rain etwas unruhig. »Wir haben uns gefragt ...«

Jetzt platzte ihr aber wirklich langsam der Kragen. »Wer hat sich was gefragt?«

»Na ja ... äh ... die Leute, also ich und die anderen auch ... Uns hätte nur interessiert, ob ... Sie wissen schon ... ob noch irgendwelche Daten reingekommen sind?«

Anita seufzte. Natürlich wollten sie das wissen. Das wollten sie alle. Der Verteidigungsminister wünschte bis Mitternacht einen zwanzigseitigen Bericht auf dem Tisch zu haben.

Sie lehnte sich zurück und schüttelte ihren schmerzhaft straff zurückgekämmten Haarknoten aus. Gut fühlte sich das an. Sie fuhr sich mit den Fingern durchs Haar und stieß einen weiteren Seufzer aus. »Seit letzter Nacht keine mehr.«

Rain rückte seinen Stuhl noch näher heran. Die Stimme hatte er zu einem Flüstern gesenkt. »Und letzte Nacht?«, fragte er und das Weiße in seinen Augen leuchtete vor Angst. »Da waren die Messungen ... ziemlich weit oben auf der Skala.«

Anita nickte. »Wir haben einen Volltreffer. Der totale Super-GAU. Das absolute Vollkatastrophenszenario aus Ihren Übungsessays beim Lehrgang.«

Rain musste unwillkürlich schlucken. »Und Sie meinen, die haben ...«

Sie beendete den Satz für ihn. »Körperkontakt hergestellt? Ohne jeden Zweifel. Von Zufallsbegegnungen kommt so was nicht.«

Sie drückte einen Knopf auf ihrer Tastatur und lautlos glitt ein Schaubild aus dem Drucker. Sie reichte es ihm und stellte dabei fest, dass ihre Fingernägel immer noch eine Baustelle wa-

ren. Die unterbrochene Maniküre neulich. »Hier, sehen Sie selbst.«

Rain hielt das Blatt in einigem Abstand und verengte die Augen, um das Muster zu deuten. Er blinzelte mehrfach und hielt es noch weiter weg. Jetzt ergab es Sinn. »Du lieber Himmel.«

Anita nahm ihm das Blatt ab. »Sag ich doch.« Sie nippte an ihrem Kaffee und wandte sich wieder dem Monitor zu.

»Aber seit gestern Abend herrscht Ruhe?«

»Ich starre jetzt schon wer weiß wie lang hier drauf, völlig ergebnislos.«

»Kann ich helfen?«

Sie überdachte es kurz. Wenn sie ehrlich war, wäre ihr etwas Gesellschaft durchaus willkommen. »In Ordnung.«

Rain rutschte noch näher heran und stierte auf die Codezeilen. Unfassbar, dass sie eingewilligt hatte. Das würden die anderen ihm nie glauben. Aber egal jetzt. Bleib bei der Sache. Es geht um die Rettung der Welt, schon vergessen? Er konzentrierte sich auf den Bildschirm und ließ den Blick etwas unscharf werden, ganz so, wie er es gelernt hatte.

Stumm saß Anita neben ihm, fast ohne zu atmen.

Er war sich nicht mehr sicher, wie lange er schon dasaß, als plötzlich, wie aus dem Nichts, auf dem Bildschirm etwas aufblitzte.

Rain guckte zu Anita. Ihre Augen waren tellergroß.

»Haben Sie …«

»Hab's gesehen.«

Anita sprang von ihrem Stuhl und drückte einen großen roten Knopf am Ende des Schreibtischs. Panisch begann sie, Unverständliches in ihre Tastatur zu hacken; ihre Finger verschwammen schon, so schnell arbeitete sie.

»Versuchen Sie, mir Koordinaten zu verschaffen«, trug sie ihm auf, immer noch tippend.

Rain schob seinen Stuhl zum nächsten Computer, loggte sich so zügig wie möglich ein und begann, ebenso vehement auf die Tastatur einzudreschen wie seine Chefin.

»Zu spät, um irgendwas zu lokalisieren.«

»Was? Wollen Sie damit sagen, Sie haben's jetzt zum dritten Mal verpasst?«

»Tut mir leid. Wir waren ganz einfach nicht schnell genug.«

Dr. Beaumont feuerte Anweisungen über ihre Schulter. »Checken Sie die Nachrichten. Alles, was in den letzten zwölf Stunden in der Nordhälfte Europas passiert ist, landet bei mir. Jede Überschwemmung, jeder Brand, jeder merkwürdige Todesfall, auch ohne erkennbaren Zusammenhang. Alles zu mir, und zwar bis VORGESTERN.«

Rain loggte sich beim hauseigenen Newsticker ein, hämmerte ein paar Schlagworte ins Gerät und drückte auf Return.

Auf seinem Bildschirm erschienen Schlagzeilen, durch die er sich eilig hindurchfräste. »Keine Meldungen.«

»Kann nicht sein.«

»Wenn ich's Ihnen doch sage, keine Katastrophen … bis jetzt jedenfalls.«

Anita hörte auf zu tippen. Sie legte ihren Kopf auf die Tischplatte – plötzlich verletzlich, ganz ohne ihren Schutzschild. »Puh, Glück gehabt«, flüsterte sie und zählte ihre Atemzüge.

Die letzte Messung glitt aus dem Drucker. Rain schnappte sie sich und deutete das Muster sofort.

»Ja, Glück gehabt. Aber wie!«

8

Als ich nach Hause kam, weinte ich wie noch nie in meinem Leben. Ich lag bäuchlings auf meinem Bett, während mein Körper hohle, verzweifelte Schluchzer ausstieß. Ich schloss die Augen und versuchte, den Tränenfluss zu stillen, aber sofort erschien Noahs angeekeltes Gesicht vor mir und eine neue Welle der Hysterie überkam mich.

Irgendwann kriegte ich am Rande mit, dass meine Mutter mich anstarrte, von bleierner Panik erfasst angesichts dieser neuen Spielart meines munter voranschreitenden seelischen Siechtums. Ich brachte es nicht über mich, sie anzusehen, und so drehte ich mich zur Wand, um dort weiterzuflennen und nach Luft zu ringen. Und alles nur wegen eines Jungen. Das würde mir Mum ohnehin nicht abkaufen. Letzte Woche noch hatte ich für kein männliches Wesen im Umkreis von hundert Kilometern auch nur das leiseste Interesse gezeigt, und jetzt heulte ich wie ein Schlosshund wegen irgendeines lächerlichen Gitarristen, den ich noch nicht mal geküsst hatte. Das würde sie niemals begreifen. Das begriff ja noch nicht einmal ich.

Irgendwann kommt man trotz allem an den Punkt, an dem man körperlich einfach nicht mehr in der Lage ist, Tränen zu produzieren, und so ließen die Schluchzer langsam nach und wurden von Schluckauf abgelöst. Ich umklammerte meine Beine und machte meine Atemübungen, bis ich endlich ruhig genug war, um zu meiner Frisierkommode hinüberzuwanken. Dort ließ ich mich nieder und riskierte einen Blick in den Spiegel.

Diese Kommode war schon immer eines meiner absoluten Lieblingsstücke gewesen. Seventies-Stil, mit einem monströsen vergoldeten Spiegel und einem abgeschmackten Goldrankenmuster. Doch als ich jetzt auf den Minihocker sank, wünschte ich mir, ich hätte sie nie besessen. Mein Spiegelbild jagte mir das nackte Grausen ein. Mein Gesicht war derart aufgequollen, als hätte ich zehn Boxkampfrunden hinter mir, und meine Augen waren hinter den Schwellungen kaum zu erkennen. Mein Haar war mit Tränenflüssigkeit nach hinten geschleimt, und der Gesamteindruck meines Teints glich dem Geklecks eines Kindes, das hauptsächlich Rottöne im Tuschkasten hat.

»Kompliment, Penny«, raunte ich mir zu.

Ich starrte mich eine ganze Weile an und ging die letzten Tage bis zum Erbrechen durch, Detail für Detail, um herauszufinden, was zum Teufel da geschehen war. Kein Wunder, dass man es »verknallt« nannte – mir war, als wäre ich mit Karacho gegen eine Wand gekracht. All meine sorgsam zusammengebastelten Anti-Männer-Überzeugungen hatte ich über Bord geworfen, nur weil mir jemand mit sexy Wallehaar über den Weg gelaufen war.

Aber nein, Noah hatte recht – es war tatsächlich mehr als das. Was zum Henker war da los? Ich versuchte mir einzureden, dass es gleichgültig war, dass diese Gefühle vorbeigehen würden. Ohne mich noch mit Zähneputzen oder Gesichtwaschen aufzuhalten, kroch ich in mein Bett und fiel in einen unruhigen Schlaf.

Am Dienstag in der Schule versuchte ich, den Ball flach zu halten und allen aus dem Weg zu gehen. Als schließlich die Schlussglocke schrillte, eilte ich raus auf den Parkplatz, wo meine Mutter bereits wartete. Nach den Heulexzessen des vergangenen Tages hatte sie mir umgehend einen Notfalltermin bei Dr. Ashley verschafft, und zu dem Zeitpunkt war ich viel zu sehr mit Schluchzen beschäftigt gewesen, um mich zu wehren.

Ich sah sie schon von Weitem, wie sie besorgt hinter dem Lenkrad ihres Wagens hervorlugte. Ganz unwillkürlich spürte ich, wie die Liebe zu ihr mich wie eine Welle überrollte. Und gleich im Anschluss die unvermeidliche Welle von Schuldgefühlen. Wie schrecklich, dass ich ihr noch mehr Sorgen bereitete. Noch ein Grund, Noah aus meinem Leben zu verbannen, sagte ich mir.

Ich schwang mich auf den Beifahrersitz und setzte ein gezwungenes Lächeln auf.

»Hallo, Pennyschätzchen. Schönen Schultag gehabt?«

Ich machte mein Lächeln noch einen Tick breiter. »Oh ja, toller Tag, danke.«

Meine Antwort entlockte ihr nur einen sorgenvollen Seufzer. Sie wusste, dass ich log. Die hellseherischen Fähigkeiten meiner Eltern überraschten mich immer wieder.

»Tja, also, hast du was Neues gelernt? Darum geht's ja schließlich, was?«

Ich nickte begeistert. »Ja, haufenweise«, sagte ich. »In Psychologie haben wir was über diesen Typen gehört, der Kindern Gewaltvideos gezeigt und ihnen danach Puppen gegeben hat, um zu sehen, ob sie die Puppen zusammenschlagen.«

Mum hob die Augenbrauen. »Verstehe.«

Ich stellte das Radio lauter, um weitere Kreuzverhöre zu vermeiden, und beide starrten wir schweigend aus dem Fenster und taten so, als wären wir völlig in die schrottige Dance-Nummer versunken, die aus dem Radio wummerte. Sie hieß *Short Attention Span* oder etwas ähnlich Hirnrissiges, von einer »Band« namens ADHS. Kein Witz. Frank lag mir schon seit Wochen mit denen in den Ohren.

Als wir vor der Arztpraxis ankamen, oder der Psychiatrie, um es beim Namen zu nennen, öffnete ich die Autotür.

»Wart mal kurz«, sagte Mum und hielt mich an der Schulter zurück.

»Was denn?«

Sie wühlte in ihrer Handtasche nach Dr. Ashleys Scheck. Ich blickte hinunter auf die Summe, die in der sauberen Schreibschrift meiner Mutter darauf gekritzelt stand, und eine neue Schuldgefühlswelle brach sich über mir. Ich machte sie nicht nur unglücklich, sondern auch pleite. Vielleicht hätte ich ein bisschen mehr auf Dr. Ashleys Worte hören sollen, anstatt dauernd zu versuchen, ihn aufs Kreuz zu legen.

»Danke«, sagte ich zerknirscht.

»Ich hol dich später ab.«

»Danke.«

Sie beugte sich vor und küsste mich sanft auf die Stirn, bevor sie die Kupplung betätigte. Ich stieg unbeholfen aus und steuerte auf die imposante Pforte der Praxis zu.

Die Klinik gab sich alle Mühe, »normal« zu wirken, soweit es so was überhaupt gibt. Die Empfangsdame überschlug sich vor Munterkeit, während man selbst sich bemühte, die Hochsicherheitsschleuse beim Eingang zu ignorieren. Da ich noch keinen ausgewachsenen Sprung in der Schüssel hatte, kam ich nur ambulant her, doch es gab jede Menge stationäre Patienten. Die Wände waren in einem quietschfidelen Gelbton gehalten, und überall standen frische Blumen, die den unverwechselbaren Krankenhausgeruch überdecken sollten. Im Wartezimmer lagen sogar aktuelle Zeitschriften aus, richtig gute wie die *Vogue,* keine zehn Jahre alten, zerfledderten Ratgebermagazine wie bei den Allgemeinmedizinern. Das Privatpatientendasein hatte auch was für sich. Irgendwie mussten sie ihre Megahonorare ja wohl rechtfertigen. Hier im

Warteraum herrschte diese verlogene, sehr englische Haltung, mit der man sich gegenseitig vorgaukelte, dies hier sei gar keine Irrenanstalt. Man lächelte und nickte einander zu und versuchte geflissentlich, die verbundenen Handgelenke und zerkratzten Gesichter zu übersehen, während man nichts anderes dachte als: *Was ist bei denen jetzt für eine Schraube locker?*

Ungefähr fünf Minuten später wurde mein Name aufgerufen, und zögerlich klopfte ich an die Tür von Dr. Ashleys Sprechzimmer, obwohl er mich bereits erwartete. Noch so eine seltsame, völlig überflüssige Konvention des Arztbesuchs.

»Komm rein«, hörte ich und zog die Tür auf.

Er saß in seinem gewohnten Sessel, so einem uralten verschnörkelten Dings, das in der *Antiques Roadshow* auf BBC ein Vermögen einbringen würde. Die übrige Einrichtung war reichlich spartanisch. Ein paar nichtssagende Bilder an den pastellfarbenen Wänden, ein PC in der Ecke des Schreibtischs. Ein quadratisches Glasbeistelltischchen zwischen Dr. Ashleys und »meinem« Platz. Die verräterische Taschentuchbox, die äußerst subtil in der Tischmitte thronte. Ich krümmte mich innerlich, wenn ich daran dachte, wie viele Tücher ich hier schon vollgerotzt hatte.

»Guten Tag, Penny.«

Ich ließ mich unbehaglich nieder und begann, meine Hände zu verknoten und mir vorzumachen, ich sei gar nicht da. Das hier passiere gar nicht. Das sei nicht mein Leben. Ich sei keiner von diesen Menschen, die therapiert werden müssen. »Tag.«

Wir saßen eine gute halbe Minute schweigend herum, bevor Dr. Ashley seine unvermeidliche Eröffnungsfrage stellte. »Wie geht es dir heute, Penny?«

Ich konterte mit meiner Standardantwort. »Gut.«

Wieder Schweigen.

»Aber wie geht es dir wirklich?«

Ich seufzte. Das alles war so vorhersagbar. So gezwungen. Obwohl es in diesem Büro gar keine Ledercouch gab, konnte ich mir lebhaft ausmalen, wie ich darauf lag, meine Hand auf der Stirn, und irgendeine traumatische Kindheitserinnerung aufarbeitete.

Meine Gedanken richteten sich auf den fetten Scheck, der zusammengefaltet in meiner Jeanstasche steckte, und ich zwang mich zum Mitspielen. »Nun, ich bin in der vergangenen Woche zweimal in Ohnmacht gefallen.«

Dr. Ashley nickte ungerührt, als hätte ich ihm gerade aufgezählt, was ich heute schon alles gegessen hatte. Einzig am hektischen Kratzen seines Füllers auf dem Notizblock ließ sich sein Interesse ablesen.

»Verstehe«, sagte er, immer noch am Kritzeln. »Aber das ist nicht … das Übliche, oder?«

»Nö.«

Er hatte fertig geschrieben und musterte mich über seinen Notizblock hinweg. Was hätte ich darum gegeben, da mal reinschauen zu können.

»Und woran liegt das, deiner Meinung nach?«

Jetzt mal ehrlich: Vielleicht sollte ich Psychologie studieren? Einfach mit ruhiger, freundlicher Stimme ein paar Fragen stellen und dafür hundertfünfzig Ocken die Stunde kassieren.

Ich zuckte die Schultern, um den gleichgültigen Teenager zu markieren.

»Keinen blassen Schimmer.«

Das löste einen neuerlichen Kritzelanfall aus, und ich zappelte ungeduldig auf meinem Stuhl herum, damit er mal langsam in die Gänge kam. Schwang ein Bein über das andere und dann wieder zurück.

»Als deine Mutter heute Morgen anrief«, legte er endlich los,

»meinte sie, dass deine erste Attacke bei einem Konzert stattgefunden hätte. Trifft das zu?«

Wie konnte Mum das wissen? Dad musste gepetzt haben. Verflucht!

»Stimmt«, sagte ich. »Das war grässlich. Richtig mit Kotzen und so.«

So laut ausgesprochen gefiel mir das Wort »kotzen« überhaupt nicht. Es war einfach nur krass. Dafür gefiel mir umso mehr, wie Dr. Ashley dabei zusammenzuckte. Keine Ahnung, warum.

»Dir war schlecht?«, fragte er, während seine Schreibhand auf dem geheimen Notizbuch wieder an Fahrt aufnahm. »Hm. Das ist vorher auch noch nie da gewesen, oder?«

»Nö.«

»Und der andere Anfall? Wie lief der ab?«

»Ohne Kotzen. Das Übliche: Ich dachte, ich würde sterben. Einfach nur schrecklich. Und dann bin ich doch nicht gestorben.«

Dr. Ashley kaute gedankenverloren auf seinem Stift herum. So hatte er das offensichtlich nicht geplant. Ich war doch auf dem aufsteigenden Ast gewesen. Ich war sein »Erfolg«.

»Aber als die Panikattacken eingesetzt haben … da hast du doch die Techniken eingesetzt, die ich dir beigebracht habe?«

Ich nickte.

»Und du hast die bewusste Atmung regelmäßig geübt?«

Wieder Nicken. »Jeden Morgen.«

Er wirkte, als sei er völlig am Ende mit seinem Latein. So viel zum Thema Privatärzte.

Wieder schwiegen wir. Ich wippte mit dem Fuß und ließ ihm etwas Zeit zum Nachdenken. Nicht gerade überzeugend, seine Leistung heute. Normalerweise erweckte er den Anschein, als habe er alles im Griff. Immer eine Antwort parat.

»Hat sich in der letzten Woche irgendetwas geändert? Hast du irgendwas anderes gemacht, was das ausgelöst haben könnte?«

Sofort dachte ich an Noah und alles kam wieder hoch. Aber das war idiotisch. Noah konnte doch nichts damit zu tun haben. Das ergab keinen Sinn. Und selbst wenn dem so sein sollte, konnte ich mit Dr. Ashley doch nicht über einen *Jungen* reden. Wie peinlich war das denn?

Ihm war die Veränderung in meinem Gesicht jedoch nicht entgangen. Verdammt. Höchste Zeit, ein paar Nebelbomben zu werfen.

»Penny, du weißt, dass du mir alles sagen kannst. Du befindest dich hier in einer geschützten Umgebung. Ich werde nie über dich urteilen.«

Ich wusste, dass er recht hatte. Ich wollte ja offen sein. Ich wollte, dass Mum für ihr Geld auch was bekam. Aber wie sollte das gehen? Ganz ehrlich, wie hörte sich denn das an: *Ich glaube, ich werde wahnsinnig, weil mir ein Junge gefällt?* Das war ja ein Witz. Völlig durchgeknallt klang das.

Und so holte ich tief Luft und ließ die Lüge aus meinem Mund purzeln.

»... ja also ...«, stammelte ich, dachte an Noah und öffnete die Tränenschleusen. »Es ist wegen meiner Mum ... ich mach mir andauernd Sorgen um sie. Ich glaube, in unserer Beziehung läuft so viel über emotionale Erpressung ...«

Er reichte mir die Taschentücher und die Sitzung nahm ihren gewohnten Lauf.

9

Die Tage verstrichen, wie sie es eben tun. Wochen zogen ins Land, ohne dass sich irgendwas Bemerkenswertes ereignet hätte. Aus dem Sommer wurde Herbst. Es wurde kalt. Nur die Ehrgeizigsten unter den Angeberinnen (Ruth) stolzierten noch in kurzen Röcken umher und stellten ihre blauen Beine zur Schau. In Englisch waren wir mit *Romeo und Julia* durch und zur Lyrik des Ersten Weltkriegs übergegangen. Meine Panikattacken hatten aufgehört. Keine Ahnung, ob sie jetzt was mit Noah zu tun gehabt hatten oder nicht. Alles in allem wurde das Leben langsam wieder »normal«.

Ich dachte immer noch an ihn. Viel mehr als angebracht. Tagsüber war alles in Ordnung. Ich war voll damit ausgelastet, meine Freundinnen zu treffen, Hausaufgaben zu machen und meiner Mutter beim Kochen zu helfen – der gewöhnliche Teenagertrott eben. Doch mit der Nacht kam die Sehnsucht und die tat weh. Jeden Abend stieg ich mit dem festen Vorsatz ins Bett, nicht an ihn zu denken, und jeden Abend erschien er mir zuverlässig genau in dem Moment, in dem ich das Licht ausmachte. In Endlosschleife durchlebte ich jeden unserer gemeinsamen Momente, legte jedes Wort, das er gesagt hatte, auf die Goldwaage. Wand mich vor Scham, wenn ich mir mein Verhalten ihm gegenüber wie zwanghaft vor Augen führte.

Ich wusste, dass es nur Schwärmerei war. Ich wusste, es würde vorbeigehen. Nun ja, ich hoffte, dass es nur Schwärmerei war. Ich hoffte, es würde vorbeigehen.

Und dann, an einem gar nicht sonderlich aufregenden Tag, ließ Ruth die Bombe platzen.

Wir saßen zu viert um unseren Tisch in der Mensa, der direkt neben den Fenstern und Heizkörpern stand, sodass wir es beim Fußballerspannen schön kuschelig hatten. Die erste Adresse unseres Schulgeländes sozusagen. Draußen war es total trübsinnig, typisches englisches Mistwetter. Dauernieselregen, gepaart mit der Art von Wind, die einem sofort die Haare auf den Lipgloss weht. Ich hatte mich gemütlich in meinen Lieblingskapuzenpulli gehüllt und wir spielten Mogeln.

Ich war auf der Siegerstraße, mit nur noch fünf Karten auf der Hand, als ich Ruths Stimme hörte.

»Heut Abend spielen wieder die Growing Pains«, sagte sie und legte zwei Karten verdeckt auf den Tisch. »Zwei Sechser«, fügte sie hinzu.

Noahs Band? Ich war zu verwirrt, um durch Tischklopfen Zweifel an ihren Sechsern anzumelden. »Was?«, fragte ich.

Die anderen beiden blickten mit mäßigem Interesse auf.

»Um neun sind sie dran.« Ruth wuschelte sich in ihrer Frisur herum. »Die haben das Konzert diesmal auf den Freitag gelegt, weil am Samstag irgendwer sechzehn wird und den Club für so eine peinliche Party reserviert hat. Will hat gemeint, ihr sollt alle kommen.«

Ruth und Will »gingen« seit jener unseligen Nacht im Lock and Key miteinander. Weiß der Himmel, wie Ruths Definition davon lautete, aber dass sie schon mehrfach mit ihm im Bett gewesen war, wussten wir, weil sie uns mit allen abstoßenden Details zwangsbeglückt hatte. Sie schien einfach nicht zu kapieren, a) wie wenig wir an ihrem Sexleben interessiert waren und b) wie einschüchternd es auf uns, die wir noch nie mit jemandem geschlafen hatten, wirkte.

Ich hatte ihre erblühende Beziehung schon mehrfach ausgenutzt, um über drei Ecken Noah hinterherzuschnüffeln, aber leider schien Ruth die meiste Zeit alleine mit Will zu verbringen, statt mit der Band rumzuhängen.

»Ich würde mitkommen«, sagte Amanda zu unser aller Erstaunen. Wir starrten sie schockiert an. »Na ja, Johnno geht auch«, nuschelte sie, bevor sie sich wieder hinter ihren Karten verschanzte.

Ich wandte mich mit offenem Mund an Lizzie. Ich wollte da nicht hin. Lizzie doch bestimmt auch nicht, oder?

Na gut, meinetwegen: Natürlich würde sie hinwollen.

»Ich bin dabei«, sagte Lizzie in Erfüllung meiner Ängste. Sie legte eine Karte ab, ziemlich verkrampft allerdings. »Eine Sechs.«

Ich prüfte mein Blatt und sah, dass ich noch zwei Sechser hatte, wonach entweder Ruth oder Lizzie schummelten. Aber ich war zu erschüttert, um zu klopfen. Ich konnte da nicht hin. Nicht, wenn Noah dort war.

»Also, ich bin auf jeden Fall da«, sagte Ruth. »Nach so einem Gig wird Will immer zum totalen Hengst. Unfassbar.«

Das brachte sie ohne den leisesten Hauch von Ironie, und zum millionsten Mal fragte ich mich, warum wir befreundet waren.

Jetzt lagen alle Blicke auf mir, also richtete ich meinen wieder auf mein Blatt.

»Penny?«, fragte Lizzie.

»Hm?« Willkürlich schälte ich zwei Karten heraus und klatschte sie auf den Tisch. »Zwei Siebener. Amanda, du bist dran.«

Doch sie legte nicht ab. Sie starrte mich an.

»Penny, kommst du mit?«

Mach hin, Hirn! Fabrizier eine Ausrede. Irgendwas.

»Keine Zeit, Mädels«, sagte ich. »Ich back heut Abend einen Kirschkuchen, ich mach den Teig selbst und alles.«

Was zum Teufel war das gewesen? So erbärmlich hatte ich noch nie jemanden lügen hören.

»Du machst was?« Ruth wirkte belustigt. Sie beugte sich über dem Tisch nach vorn. »Ich wusste gar nicht, dass du bäckst, Penny.«

Ich nickte wie eine Irre. Jetzt, wo der Bluff auf dem Tisch lag, konnte ich ihn getrost auch weiter ausspinnen. Hauptsache, er bewahrte mich vorm Mitgehen. »Ja, für mein Leben gern. Ich bin total heiß darauf, dieses eine neue Rezept auszuprobieren. Aus so einer Zeitungsbeilage.«

»Du lügst«, erklärte Lizzie.

Ich verwandelte mein wildes Kopfnicken in ebenso wildes Kopfschütteln. »Nein, ehrlich nicht«, sagte ich mit Dackelblick. »Backen ist eine totale Leidenschaft von mir. Alles wisst ihr eben doch nicht über mich. Da gibt's sogar noch haufenweise Dinge, von denen ihr keine Ahnung habt.« Ich dachte an Noah und die Gefühle, die ich sorgsam vor ihnen verbarg. Das war nicht gelogen. Jedenfalls nicht nur.

»Penny, ich hab dich schon Tiefkühlpizza verbrennen sehen«, sagte Lizzie. »Du bist eine absolute Niete in der Küche! Warum willst du heute Abend nicht zur Band-Night? Da bist du doch normalerweise immer gleich dabei.«

Zeit für Lügennachschub, und zwar sofort. »Mir ist einfach nicht danach.«

»Wir haben Freitagabend. Wir haben ein Livekonzert. Das einzig halbwegs annehmbare Event in dieser blöden Stadt.«

»Schon, aber …« Ich war mit meinem Latein am Ende.

Ruth beäugte mich immer noch kritisch.

»Bist du sicher, dass du keinen Schiss hast, jemandem Bestimmten über den Weg zu laufen?«, fragte sie und fächerte ihre Karten säuberlich auf.

Ich spürte, wie mir das Blut ins Gesicht stieg. »Was?«, gab ich die Ahnungslose. »Was redest du?«

»Noah«, antwortete Ruth. »Es ist ja wohl reichlich offensichtlich, dass du mal auf ihn gestanden hast.«

Gott, wie ich die Frau hasste. »Häh?«

»Er stand aber umgekehrt nicht auf dich, das hat dir das Herz gebrochen und jetzt willst du nicht hin.«

Ich schob meinen Stuhl zurück, um mir Freiraum für meinen Tobsuchtsanfall zu schaffen.

»Zum Teufel noch mal!«, rief ich. »Ich hab nie auf Noah gestanden. Der ist der totale Wichser, und wenn du mir nicht glaubst, dann geh ich eben zu dieser beschissenen Band-Night. Dann wirst du sehen, dass du VÖLLIG schiefgewickelt bist ...«

»Du bluffst!«, krähte Lizzie triumphierend und schlug mit der Faust auf den Tisch.

Der Frau konnte man aber auch gar nichts weismachen.

»Ich bluffe nicht, Lizzie. Ich steh nicht auf Noah.«

Sie schüttelte den Kopf. »Nein, ich mein doch, du hast gemogelt«, sagte sie und wies auf die Karten. »Das sind doch nie im Leben zwei Siebener.« Mit einer schnellen Handbewegung deckte sie mein Betrügerpaar auf. »Haha. Der Stapel geht an dich.«

Seufzend sammelte ich sämtliche Karten ein.

10

An diesem Abend verzweifelte ich fast an mir und meinem Äußeren. Ich probierte ein Outfit nach dem anderen, aber keins war das richtige. Im Grunde wollte ich einfach nicht hingehen und hoffte innerlich auf eine stichhaltige Ausrede. Nach einer qualvollen Stunde entschloss ich mich schließlich zu dunkelblauen Röhrenjeans, einem schwarzen Trägertop und haufenweise Silberschmuck. Eine weitere halbe Stunde brachte ich damit zu, mit meinen Haaren irgendwas Exotisches zu veranstalten, doch dann warf ich das Handtuch und ließ sie mir einfach um die Schultern baumeln.

Als ich aus meinem Zimmer trat, stand Dad unten an der Treppe.

»Schön siehst du aus, Schätzchen«, sagte er und schlurfte mit seiner Zeitung an mir vorüber. »Irgendwas Besonderes vor?«

Ich zuckte die Schultern. »Nur Band-Night … mal zur Abwechslung.«

»Da hast du dich aber sehr ins Zeug gelegt. Für jemand Bestimmten?« Er betrachtete mich voll aufrichtiger Neugierde.

»Träum weiter, Dad.« Ich stand schon auf der untersten Stufe. »Du weißt doch, dass alle Jungs hier Vollkatastrophen sind. Entweder eingebildete Privatschulsnobs oder unreife Pickelfressen.«

»Ach klar, wie konnte ich das nur vergessen.« Er war schon weiter unterwegs in Richtung Wohnzimmer, um seinen Lieblingssessel einzunehmen. »Nun, du siehst jedenfalls wunderschön aus.«

Ich kaute auf einer Haarsträhne herum. »Danke, Dad.«

»Sei bis Mitternacht zurück, sonst macht sich deine Mutter Sorgen.«

»Ja, ja.«

Ich schnappte mir meine Tasche und ging aus der Tür.

Auf dem Weg zu meinem Treffpunkt mit Lizzie an der Ecke wickelte ich mich enger in meine Lederjacke. Es war schon ziemlich dunkel und der Wind war eisig. Der Sommer war definitiv vorbei. Die Dämmerung hatte gerade diesen Punkt erreicht, wo man den Leuten direkt ins Haus glotzen kann und noch keiner daran gedacht hat, die Vorhänge zuzuziehen. Die Straße, in der ich Lizzie gewöhnlich traf, hieß Park Drive – eine Privatstraße, in der sich nur die Reichsten der Reichen einen Wohnsitz leisten konnten. Ich ging gemächlich und trödelte vor den riesigen Villen herum, um einen Blick auf deren Bewohner zu erhaschen.

Lizzie scharrte schon gereizt mit den Hufen. Heute Abend blieb es bei uns beiden. Ruth ging »mit der Band« und hatte den ganzen Nachmittag damit herumgeprotzt. Und Amanda hatte uns alle mit der Ankündigung verblüfft, sie würde mit Johnno zusammen aufkreuzen.

»Du bist spät dran. Wir alten Jungfern müssen doch zusammenhalten«, rief mir Lizzie entgegen, die Arme fröstelnd um sich geschlungen.

Ich joggte zu ihr. »Ich glaube, mit siebzehn sind wir noch ein bisschen jung, um als alte Jungfern durchzugehen.« Ich umarmte sie flüchtig zur Begrüßung. »Tut mir leid. Meine voyeuristischen Neigungen – die Reichen und Schönen, du weißt schon.«

Lizzie schüttelte den Kopf. »Verdammte Hacke. Das schon wieder? Wir brauchen einen neuen Treffpunkt, dann schaffst du's vielleicht mal pünktlich.«

Ich hängte mich bei Lizzie ein. Sie sah hübsch aus. Ihr blondes Haar hatte sie zu einem Knoten hochgesteckt, und sie trug knallblauen Lidstrich, was ich niemals gebracht hätte. »Gut siehst du aus.«

»Die Firma dankt. Den Eyeliner hab ich meiner Schwester geklaut.«

Wir trabten plaudernd los, doch die »alten Jungfern«, als die Lizzie uns bezeichnet hatte, gingen mir den ganzen Weg über nicht aus dem Kopf. Sie hatte nie besonderes Interesse an Jungs gezeigt, obwohl immer einige hinter ihr her waren. Warum eigentlich?

»Lizzie?«

Wir hielten, um eine Straße zu überqueren.

»Ja?«

»Warum hast du keinen Freund?«

Ich wusste nicht genau, wieso ich das fragte. Wir unterhielten uns selten ernsthaft über Typen. Seltsam, ich weiß, aber Lizzie schien genauso wählerisch zu sein wie ich, und deshalb hatte keine von uns je einen richtigen Freund gehabt. Wir lachten über Jungs, wir ordneten sie auf der Attraktivitätsskala ein, doch unseren gemeinsamen Singlestatus machten wir nie wirklich zum Thema.

Lizzie blickte starr auf die Straße, auf der sich die gewohnte Blechlawine hinwälzte. Sie wirkte ein bisschen aus der Bahn geworfen von meiner Direktheit, und ich bereute schon, sie gefragt zu haben.

»Das lässt sich nicht in einem Satz beantworten«, sagte sie und drehte den Kopf von links nach rechts.

»Es ging mir nur gerade durch den Kopf. Na ja, du wirkst nie so besonders interessiert an Jungs, dabei mögen sie dich. Und da ist mir aufgefallen, dass du einfach nie drauf eingehst.«

Die Sonne war inzwischen untergegangen. Die Autos hatten

die Scheinwerfer an und bildeten zwei schummrige Lichtspuren in rot und weiß, die schemenhaft an uns vorbeiglitten. Bei dem Verkehr war kein Durchkommen möglich, uns würde nichts anderes übrig bleiben, als uns zur Fußgängerampel zu bequemen. Aber erst wollte ich noch eine Antwort von Lizzie. Sie trat von einem Bein aufs andere und überlegte.

»Keine Ahnung«, sagte sie schließlich. »Daran, dass ich keinen Freund haben will, liegt's nicht. Nur … und wehe, ich höre ein verdammtes Lachen … ich habe ES einfach noch nicht gespürt …«

Das traf mich wie ein Keulenschlag. Lizzie? Eine Romantikerin?

»Was genau bitte ist ES?«, hakte ich nach.

Sie wirkte unschlüssig. »Weiß nicht. Ich bin ja keine von diesen heulsusigen Schnulzentussis, aber … daran glauben tu ich schon. An den Einen. Wahrscheinlich laufe ich ihm eines Tages einfach so über den Weg, während ich gerade vor mich hin wurstle und dabei wahrscheinlich auch noch aussehe wie ausgekotzt. Reiner Zufall. Und dann weiß ich sofort, dass er derjenige welche ist, und wir leben glücklich bis ans Ende unserer Tage und werden miteinander alt und grau.«

Mir klappte vor Überraschung die Kinnlade runter.

»Und auch wenn es blöd klingt, aber ich seh einfach keinen Sinn darin, mit jemandem auszugehen, wenn ich das nicht spüre. Mir ist zwar klar, dass wir gerade mal siebzehn sind und uns erst durch den Froschteich küssen müssen, bis wir beim Prinzen landen, und dieser ganze Müll, aber Jungs sind einfach … dermaßen anstrengend, und da steht so 'ne halbgare Sache doch echt nicht dafür, oder?«

Das verschlug mir die Sprache. Reden, das konnte sie wirklich. Ich erinnerte mich an den Abend, an dem ich Noah kennengelernt hatte, und musste ihr innerlich beipflichten.

Die Autos brausten immer noch an uns vorbei, deutlich schneller als die erlaubten fünfzig. Ich beschloss, mich in den Humor zu flüchten.

»Wer hätte das gedacht?«, sagte ich und knuffte sie in die Seite. »Du? Die abgebrühte, zynische rasende Reporterin hat eine derart … romantische Ader?«

Sie zog mir eins über. »Klappe! Zufällig weiß ich genau, dass in deinem Inneren auch so eine doofe Prinzessin hockt, die nur drauf wartet, von irgendeinem langhaarigen Prinzen erlöst und vor den Traualtar geschleppt zu werden.«

Da hielt ich tatsächlich lieber den Mund. Sie hatte ja keine Ahnung, wie ähnlich mir die Kitschnudel schon war, die sie da beschrieb.

Wir waren so spät dran, dass wir uns gar nicht mehr anstellen brauchten, sondern gleich von den Türstehern am roten Seil vorbeigeleitet wurden. Kaum hatten wir uns durch die Doppeltür gedrückt, wurden wir von einer Dampfwolke geschluckt, die von der überfüllten Tanzfläche aufstieg. Hier war die Hölle los. Die Growing Pains mussten inzwischen einen Ruf wie Donnerhall haben – trotz des dümmlichsten Namens, den eine Nachwuchsband jemals gehabt hatte.

Lizzie und ich hielten in der Menge nach vertrauten Gesichtern Ausschau. Die meisten lungerten schon vor der Bühne herum, um sich ihren Platz in der ersten Reihe zu sichern.

Meine Panikattacke vom letzten Mal war noch eine sehr frische Wunde und so lehnte ich mich zu Lizzie hinüber und brüllte ihr ins Ohr:

»Was dagegen, wenn wir weiter hinten bleiben?«

»Machst du Witze? Natürlich nicht! Ich bin nicht scharf auf eine Wiederauflage deiner erbaulichen Ohnmachtsanfälle.«

In diesem Moment wurde mir klar, dass ich auf der ganzen Welt keine bessere Freundin hatte als Lizzie. »Danke.«

Hier irgendwen zu suchen war verlorene Liebesmüh, und so kämpften Lizzie und ich uns gleich zur Bar durch.

Während sie die Bestellung aufgab, versuchte ich, mich mental auf Noah vorzubereiten. Ich wollte ihn wirklich kein bisschen wiedersehen. Aber zugleich wünschte ich mir, die Zeit würde einen Zacken zulegen, damit ich mich noch einmal an seinem perfekten Gesicht weiden konnte.

Lizzie reichte mir einen Cuba Libre und schlürfend hielten wir nach unseren Freundinnen Ausschau.

Ein paar von den Gruftis aus unserer Schule tanzten zur Überbrückungsmusik aus der Anlage und warfen dabei ihre kunstvoll dekorierten Körper in bemerkenswerte Posen. Irgendein Typ zeigte auf sie und lachte sich dabei einen Ast. Er hielt zwei Biere umklammert und trug ein Polohemd, bei dem er den Kragen absichtlich aufgestellt hatte. Er wirkte völlig fehl am Platz. Jetzt machte der Typ auch noch den Tanzstil der Goths nach und tat dabei so, als schlitze er sich die Handgelenke auf. Seine zwei mitgeschleiften Kumpel schütteten sich aus vor Lachen.

»Was für ein Arschloch«, kommentierte Lizzie die Szene.

»Aber echt«, nickte ich. »Ich meine, warum kommen die überhaupt her, wenn das nicht ihr Ding ist?«

Glücklicherweise bemerkte die Grufti-Clique ihren Chefverarscher gar nicht, weil sie hauptsächlich mit geschlossenen Augen und kreisenden Armen tanzte. Okay, sie sahen echt lächerlich aus. Aber, meine Güte, sie waren Goths! Genau darum ging es ja!

Der Typ fuhr herum und äffte jetzt jemanden nach, der sich zu den Klängen von Megadeth wie ein Kreisel um die eigene Achse drehte.

Mein Mund flog auf. Ich grapschte mir Lizzies Hand. »Oh Gott. Das ist ja Frank!«

Lizzie schaute ihn verwirrt an. »Wer zum Teufel ist Frank?«

»Mein Freund aus Englisch.«

Sie musterte ihn und rümpfte die Nase. »Mit dem bist du befreundet?«

Genau zu diesem Zeitpunkt entdeckte mich Frank. Ich hob die Hand zu einem matten Gruß. Er hob seine Flasche, flüsterte seinen Freunden etwas zu und sofort machten die drei sich auf den Weg zu uns. Frank joggte schon fast, ein breites Grinsen im Gesicht.

»Na großartig«, sagte Lizzie. »Sie kommen rüber.«

»Tut mir leid.«

»Das sollte es auch.«

Frank war der Erste, der zu uns stieß.

»So, so, Penny Lawson – hier bist du also zu Hause«, sagte er herablassend.

»Was machst *du* denn hier, Frank?«

Mit seiner Bierhaltehand wies er auf die Gruftis. »Nur mal den heimischen … Nachwuchsmarkt sondieren. Mal ehrlich, hier wird einem ja mehr geboten als bei der Monstrositätenschau im Zirkus.«

Manchmal war er wirklich ein Arschloch.

Seine Freunde hatten ihn jetzt eingeholt und legten ihm die Arme um die Schultern, auf genau diese gut gelaunte Meine-Kumpels-und-ich-Tour, die ich überhaupt nicht abkonnte.

»Alles klar, Kumpel? Willst du uns nicht vorstellen?« Völlig ungeniert nahmen sie einen raschen Ganzkörpercheck bei uns vor. Lizzie erschauerte.

»Das ist Penny. Wir haben Englisch zusammen.« Ich reichte ihnen nicht die Hand. »Und das ist …« Er wies auf Lizzie.

Ich beendete den Satz für ihn. »Das ist meine Freundin Elizabeth.«

Sie verweigerte ihnen ebenfalls die Hand. Die Jungs nickten nur.

Frank nahm einen Schluck Bier. »Das sind Simon und Jedd«, sagte er und klopfte ihnen auf den Rücken.

»Lass mich raten«, bemerkte ich trocken. »Ihr seid alle in derselben Rugbymannschaft.«

Frank wirkte überrascht. »Woher weißt du das?«

»Jetzt mal im Ernst. Was willst du hier?«

Simon und Jedd hatten sich schon wieder abgewandt. Offensichtlich hatten weder Lizzie noch ich genug Dekolleté, um den Ganzkörpercheck zu bestehen.

»Du liegst mir ja immer in den Ohren«, sagte Frank, »dass ich mir mal richtige Musik zu Gemüte führen soll. Und da hab ich mir gedacht, schau ich mal vorbei und überzeuge mich selbst davon, wie scheiße es hier ist.«

Ich verschränkte die Arme. »Hast du echt nichts Besseres zu tun?«

»Ich betrachte es als eine Art Bildungsreise. Wer weiß? Vielleicht gefällt's mir ja doch.«

Ich schüttelte den Kopf.

»Und außerdem«, fuhr er fort. »Wo ich mir jetzt schon die Mühe mache, solltest du dich ebenfalls fortbilden. Komm mit zu diesem Rave, den Jedd organisiert, das wird der Wahnsinn. Seine Eltern sind stinkreich und wir bauen die Mischpulte in seinem Garten auf.«

Ich schubste ihn nicht ganz unabsichtlich und verschüttete dabei etwas von seinem Bier. »Frank. Ich kann ohne Übertreibung sagen, dass ich lieber sterben würde, als auf einen Rave zu gehen.«

»Du weißt nicht, was dir entgeht.«

»Muss ich auch nicht wissen.«

»Aber woher willst du wissen, dass es dir nicht gefällt?«

»Ich weiß es einfach.«

»Stur wie ein Bock!«

»Idiot.«

»Psssst«, unterbrach uns Lizzie, als der Club in Dunkelheit getaucht wurde. »Es geht los.«

Kurz darauf pulsierte alles in grellem Licht und die Band trat auf die Bühne. Der ganze Raum brach in Jubel aus, und sofort verschwamm alles vor meinen Augen und ich spürte, wie sich mir der Magen umstülpte.

Nicht hier. Nicht schon wieder. Bitte.

Ich taumelte ein wenig und rempelte Frank an.

»He, Penny, alles okay?«, fragte er und legte mir seine Hände auf die Schultern, um mich abzustützen. Mir wurde peinlich bewusst, dass ich mich an seinem Hemd festklammerte, um das Gleichgewicht zu bewahren.

»Alles bestens. Nur bisschen benebelt.«

Eine weitere Hand packte mich an den Schultern, deutlich resoluter. Lizzie zog mich zu sich heran.

»Alles bestens!«, bellte sie Frank an. Dann drehte sie sich um und gab mir einen diskreten, aber entschiedenen Klaps auf die Wange. »Jetzt reiß dich mal zusammen!«

Ich war kurz davor, es ihr mit gleicher Münze heimzuzahlen, als mir auffiel, dass ich wieder Luft bekam. Ihr Rüffel zeigte Wirkung. Sauerstoff strömte in meine Lunge. Alles wieder im Lot. Zur Sicherheit nahm ich gleich noch einen Schluck Luft. Funktionierte immer noch. Gott sei Dank.

Nachdem wir der Katastrophe so haarscharf entronnen waren, wandten wir uns wieder der Band zu. Leadsänger Ryan, mit dem ich mich im Lock and Key unterhalten hatte, brüllte ins Mikrofon und heizte die Zuschauer an, während die Band ihre Instrumente stimmte. Keine Spur mehr von seiner Schüchternheit abseits der Bühne. Ich holte noch mal tief Luft und gestattete mir einen Blick auf Noah. Da stand er und sah genauso unverschämt gut aus wie in meiner Erinnerung. Er ignorierte die johlende Menge und konzentrierte sich ganz aufs Stimmen seiner E-Gitarre. Sein dunkles Haar wallte ihm um die Augen. Er trug dunkle Jeans und ein hellgrün kariertes Hemd mit aufgerollten Ärmeln. Keine Frage: Er sah einfach sensationell aus.

Lizzie riss mich aus meinen Gedanken. »Ich kann die anderen nirgends entdecken.«

»Ich glaube, wir müssen einfach bis nachher abwarten und sie dann suchen«, gab ich zurück, den Blick immer noch auf Noah geheftet.

»Na ja, immerhin leistet *der* uns Gesellschaft.« Sie wies auf Frank, der neben uns stand und nicht neben seinen Sportkumpanen. Franks Haltung hatte sich merklich verändert. Seine grünen Augen hatten sich zu Schlitzen verengt und musterten abwechselnd Noah und die Mädchenhorden, die sich hysterisch kreischend gegen die Bühne drückten. Unwillkürlich warf Frank sich in die Brust, und mir fiel auf, wie er seine dicken Rugbybizepse spielen ließ. Ich kicherte. Solche Konkurrenz war er offensichtlich nicht gewohnt.

Ohne jede Einleitung stürzte sich die Band in ihren ersten Song und alles drehte durch. Die Menge begann, auf und ab zu springen und mitzugrölen. Diesmal waren sie noch besser als letztes Mal, glatter und straffer. Und der Sound fuhr total in die Beine. Normalerweise boykottiere ich ja diese Tanzerei. Ich ziehe es vor, am Rand zu stehen und abgeklärt mit dem Kopf zu nicken. Doch an diesem Abend folgte mein Körper von ganz allein dem Rhythmus. Lizzie neben mir schien es genauso zu gehen.

Und da erspähte ich endlich Ruth. Sie stand ganz vorn an der

Bühne, direkt vor Will, und tanzte verführerisch und viel zu langsam zur Musik. Man konnte es auch als Striptease bezeichnen. Sie wand sich hinab auf den Boden, reckte ihr Becken empor und rotierte damit unter größtmöglicher Zurschaustellung ihres Fleisches. Will fielen fast die Augen aus dem Kopf, während er versuchte, sich auf seinen Bass zu konzentrieren. Ich stupste Lizzie in die Seite und machte sie auf das Spektakel aufmerksam. Ihre Augen glitten von Ruth zu Will und sie prustete los.

Als die Band nahtlos in den zweiten Song überging, drehte ich mich zu Frank, der zu meiner Überraschung ebenfalls mitwippte.

»Was sehen meine entzündeten Augen?«, fragte ich ihn, mein Gesicht dicht an seinem Ohr, damit er mich verstehen konnte. »Sag bloß nicht, es gefällt dir.«

»Die sind nicht schlecht«, brüllte er zurück. »Auch wenn dieser Gitarrist die totale Flachpfeife ist. Wie eingebildet kann man sein?«

Wir blickten beide auf Noah. Seine Lider waren halb gesenkt, seine Finger zitterten den Gitarrenhals auf und nieder. Vor seinen Füßen machte eine kreischende Mädchentraube einen auf Beatlemania, doch er schien ganz und gar ungerührt. Eine resolut wirkende Blondine jedoch kreischte nicht. Sie stand direkt unterhalb von ihm und hielt mit ihren Händen den Bühnenrand umklammert. Sie war eines dieser Mädchen, bei deren Anblick einem die Galle hochkommt, weil sie so nervtötend schön sind. Durch ihr honigblondes Haar lugte sie zu Noah empor und bewegte ganz leicht ihren atemberaubend hübschen Kopf im Takt, wobei sie genau den Effekt erzielte, den ich immer anpeilte – und verfehlte. Einen kurzen Moment kreuzte sich ihr Blick mit Noahs, und auf seinem Gesicht breitete sich ein riesiges Grinsen aus, das seine wunderschönen weißen Zähne entblößte. Mein Magen bekam Drehschwindel, und ich wandte mich ab, um es nicht länger mitansehen zu müssen.

»Siehst du? Ein totaler Depp«, fuhr Frank fort. »Was soll der Mist mit den halb geschlossenen Augen? Für wen hält der sich denn? Du bist hier nicht bei Kasabian, Alter.«

Wider Erwarten brach ich in Gelächter aus. »Du bist ja nur neidisch, weil du selbst keine Groupies hast.«

Prompt warf sich Frank wieder in die Brust. »Was soll das denn heißen, verdammt noch mal? Hab ich sehr wohl. Du solltest mal die Mädels sehen, die anrollen, um mich Rugby spielen zu sehen.«

»Verzichte dankend.«

»Ganze Wagenladungen voll. Stehen alle am Rand und jubeln.«

Ich verzog das Gesicht. »Lass mich raten. Keine von ihnen trägt einen Mantel, auch wenn es zehn Grad unter null ist. Die Gesichter sind komplett mit Make-up zugespachtelt, obwohl sie nur am Feldrand rumstehen. Und im Anschluss fangen sie dich in der Kneipe ab, tragen Rugbytrikots in Übergröße als Minikleider und versuchen, dich mit oberschlauen Kommentaren zum Spiel zu beeindrucken.«

Frank wirkte schon wieder verwirrt. »Woher weißt du das?«

Ich verdrehte die Augen. »Was ist mir dir los, Frank? Ich dachte, wir wären vereint in unserem Hass auf genau diese Leute.«

»He. Natürlich weiß ich, was für Hohlbrote das sind, Penny. Ich mag sie ja auch nicht wirklich.«

»Ach nein?«

»Nein. Aber komm schon! Ist doch klar, dass das meiner Eitelkeit schmeichelt. Auch wenn sie zusammengerechnet auf einen IQ von minus 208 kommen.«

»Klingt schon besser.«

Frank trank den Rest seines Biers aus und warf den Becher zu Boden, bevor er mich an beiden Händen packte. »Los, komm, wir tanzen.«

Normalerweise pflege ich nicht in der Öffentlichkeit zu tanzen, aber mit Frank war es mir nicht peinlich. Er wirbelte mich herum und schleuderte mich mehrfach kopfüber durch die Luft. Sogar Lizzie begann, sich für ihn zu erwärmen. Irgendwann schnappte er sie sich einfach und drehte sie wie einen Kreisel, etwa wie ein Vater, der seine Tochter im Park schwindlig machen will. Sie kreischte, doch ich merkte sehr wohl, wie gut es ihr gefiel. Dann begann Frank, mit mir im hinteren Bereich des Clubs Standardtänze aufzuführen.

»Ich möchte jetzt kein ›Hab ich's dir doch gesagt‹ hören, aber ich glaube, ich kann dieser Art von Musik doch etwas abgewinnen«, sagte er und drehte mich unter seinem ausgestreckten Arm.

»Hab ich's dir doch gesagt.«

»Schnauze. Vielleicht liegt's am Bier. Hab's etwas übertrieben.«

Er ließ mich nach hinten kippen und lachend warf ich meinen Kopf zurück.

»Die Leute werden glauben, wir haben sie nicht alle«, protestierte ich. »Wir müssen völlig bekloppt aussehen.«

Er schüttelte den Kopf. »Nee. Wir sehen einfach nur aus, als hätten wir Spaß.«

Und recht hatte er. Die eifersüchtigen Blicke aus zahlreichen Mädchenaugen waren nicht zu übersehen. So war das mit Frank. Dank seines guten Aussehens und seines dreisten Charmes kam er noch mit den superpeinlichsten Sachen durch – sogar mit dem beknackten Tanzschulprogramm.

Frank wirbelte mit mir herum und kippte mich noch einmal hintenüber, sodass ich plötzlich verkehrt herum auf die Bühne guckte. Und einen kurzen Moment lang war da Noahs Gesicht. Unsere Blicke trafen sich sofort und Noah langte auf seiner Gitarre voll daneben. Er wirkte außer sich. Frank zog mich wieder in die Senkrechte und noch mal reckte ich meinen Hals nach Noah. Wieder trafen sich unsere Augen und in seinen konnte ich jetzt Hass lodern sehen. Noch ein absolut ekelhafter Blick in meine Richtung, mitten im Gitarrenlauf, dann wandte er sich wieder seinen Groupies zu.

Schlagartig war mir der Spaß gründlich verdorben.

»Schluss jetzt mit der Tanzerei. Ich komm mir total bescheuert vor«, erklärte ich Frank.

Er zuckte die Schultern. »Meinetwegen. Ich sollte wahrscheinlich eh mal nach meinen Kumpels schauen.«

Wie ein begossener Pudel kehrte ich zu Lizzie zurück.

»Dein Freund Frank ist eigentlich ziemlich lustig.«

»Er ist in Ordnung.«

»Ich glaube, er mag dich.«

Ich schüttelte den Kopf. »Nee. So läuft das nicht bei uns.«

Den Rest des Auftritts über hüllten wir uns in Schweigen.

Amanda entdeckte uns, als die Growing Pains gerade fertig waren. Aufgeregt kämpfte sie sich durch die Menge, Johnno an der Hand.

»Da seid ihr ja«, quietschte sie. Ihr Haar war schweißnass. »Wir suchen euch schon seit Ewigkeiten.«

Wir umarmten sie und nickten Johnno zu.

»Bedank dich bei Penny«, sagte Lizzie. »Sie hat rumgetrödelt.«

»Schon wieder?«

»He! Ich komm nicht immer zu spät.«

Amanda schob sich die Haare aus dem Gesicht und wandte sich zur Band, die gerade im Applaus badete.

»Die waren grandios, was? Ich glaub, aus denen könnte echt was werden.«

Lizzie und ich nickten einhellig.

»Ruth muss hier auch irgendwo sein. Vor dem Auftritt haben wir uns noch mit ihr unterhalten.«

Wir drehten uns um und erblickten Ruth, immer noch an ihrem Platz ganz vorne. Will saß am Rand der Bühne und hielt Ruth zwischen die Beine geklemmt. Sie küssten einander und hatten ihre Hände überall.

Lizzie rümpfte die Nase. »Wurks.«

Ich nickte. »Doppelwurks.«

Während das Publikum gar nicht aufhören wollte zu klatschen und zu jubeln, beobachtete ich Noah. Er lächelte und ließ den Blick zufrieden über die Menge schweifen. Mein Herz wollte schon wieder loslegen, aber ich holte tief Luft und schaffte es, Herrin der Lage zu bleiben.

Doch dann spürte ich seinen Blick auf mir, für den Bruchteil einer Sekunde nur, so kurz, dass ich es beinahe verpasst hätte. Er verzog leicht das Gesicht. Und dann streckte er die Hand nach der schönen Blondine in der ersten Reihe aus.

Wie in Zeitlupe zog Noah sie aus der Menge heraus. Der ganze Raum war Zeuge, wie sie seine Hand ergriff und anmutig zu ihm auf die Bühne kletterte. Und während mein Herz ins Bodenlose rutschte, schlang Noah seine Arme um ihre Hüfte, zog sie sanft zu sich und küsste sie.

Hinter meinen Augen stach es, doch ich konnte sie nicht abwenden. Die Menge, von seiner großen Geste völlig elektrisiert, feuerte die beiden an, und sie küssten sich an die dreißig Sekunden, bevor sie voneinander abließen. Dann ergriff Noah ihre Hand und reckte sie in die Luft. Alles schrie, alles klatschte.

Mir wurde kotzübel.

»Wer ist die da bei Noah?«, forschte Lizzie, ihre sensationslüsternen Augen auf das frischgebackene Paar gerichtet.

»Portia heißt die«, erklärte Amanda. »Die Band hat sie uns vorhin vorgestellt. Ich glaub, sie und Noah sind seit letzter Woche zusammen oder so.«

Inzwischen zog es schon die Ersten nach draußen. Sie trudelten an uns vorbei in die kalte Nachtluft. Unentwegt wurden wir angerempelt.

Noah und Portia saßen neben Ruth und Will auf der Bühne und knutschten schon wieder. Das Brennen hinter meinen Augen wurde stärker. Rasch konzentrierte ich mich auf den klebrigen Holzboden.

»Ist sie nett?«, erkundigte sich Lizzie.

Johnno wusste Bescheid. »Ich war mit ihr in der Grundschule«, sagte er. »War okay. Ihre Familie hat allerdings schwer Kohle. Sie wohnt am Park Drive und geht aufs humanistische Gymnasium. Ich glaub, ihr Dad hat das Listerine-Mundwasser erfunden oder so was.«

Park Drive? Dann war es vielleicht ihr Haus gewesen, in das ich vorhin reingespannt hatte. Wie widerwärtig.

»Listerine? Wow. Das nehm ich auch«, staunte Lizzie.

Ich lauschte der Diskussion meiner Freundinnen, die überlegten, was sie als Mundwasser-Erbinnen so mit ihrem Geld anstellen würden, und konzentrierte mich ganz aufs Atmen und Nichtlosflennen.

Als das Thema endlich durch war und sie sich auf einen Swimmingpool als erste Anschaffung geeinigt hatten, war der Club praktisch schon leer.

Ich zwang meinen Blick nach oben und entdeckte Ruth und Will, die sich erfolgreich voneinander losgeeist hatten und auf uns zukamen.

»Da seid ihr ja«, sagte Ruth und nickte Lizzie und mir zu. »Wir dachten schon, ihr drückt euch.«

»Wir waren einfach bisschen spät dran«, sagte Lizzie. »Wir haben dich vor dem Gig nicht mehr gefunden.« Sie wandte sich an Will. »Toller Auftritt übrigens.«

Will schaute drein wie der Lottokönig. Er hatte seinen Arm stolz um Ruth geschlungen, als wäre sie der Hauptgewinn bei der Tombola. »Besten Dank«, sagte er. »Ich hatte ja auch Ruth als Anheizerin.«

Mir fiel Ruths Tabledance wieder ein und das heiterte mich etwas auf. Aber ich verkniff mir das Feixen.

Lizzie dachte wohl dasselbe. »Kann man wohl sagen.«

»Also, wie ist die Planung?«, fragte Ruth. »Ich glaub, die Jungs gehen noch in eine Bar, die länger offen hat. Habt ihr Lust?« Sie drehte sich um zu Noah und Portia, die sich IMMER NOCH küssten. »Na ja«, sagte sie. »Wenn's uns gelingt, die beiden auseinanderzurupfen.«

Ryan sprang herbei, um mitzumischen. »Alles klar?«, sagte er. »Wie waren wir?«

Ich versuchte, den gigantischen Kloß in meinem Hals runterzuschlucken und ganz normal zu tun. »Gut«, sagte ich. »Sehr gut.«

Seine Augen leuchteten auf. »Findest du?«

Ich nickte.

»Wow, danke.«

»Wo geht ihr jetzt hin?«, erkundigte ich mich. Ich musste mich von Noahs neuester Eroberung ablenken, sonst würde ich die nächsten zehn Minuten nicht überstehen.

»Mit ein paar Bierchen auf den Erfolg anstoßen, wenn du Lust hast?«

Ich schüttelte den Kopf. »Ich muss nach Hause«, schwindelte ich.

Seine Mundwinkel sackten nach unten. »Schade! Wir packen nur zusammen und dann gehen wir rüber, eine ganze Truppe.«

»Wer denn alles?«, fragte Lizzie.

»Ähem. Also eigentlich nur ich und der Rest der Band. Und ich glaube, Noah nimmt noch diese Portia mit, seine neue Flamme.«

Also, jetzt würden mich da keine zehn Pferde mehr hinbringen.

Lizzie sah mich an. »Klingt lustig. Bist du dabei?«

Ich gähnte theatralisch. »Tut mir leid. Ich bin völlig durch. Aber Ruth kommt ja, oder?«

Lizzie wollte mit den anderen mitgehen, Amanda und Johnno jedoch nach Hause und so schloss ich mich ihnen an. Jede Ausrede war mir recht, um hier rauszukommen. Wir verabschiedeten uns und machten uns auf zur Tür. Aus irgendeinem idiotischen Grund nötigte ich mir einen letzten Blick auf die Bühne ab und sah, dass Noah und Portia ihre Knutscherei eingestellt hatten. Sie drängte sich gerade an sein Ohr und hauchte ihm etwas Anzügliches hinein, jede Wette. Doch er starrte direkt zu mir. Bemerkte meinen Blick und grinste los, widerlich, selbstgefällig. Das war zu viel. Die Tränen, die ich die ganze Zeit zurückgehalten hatte, bahnten sich ihren Weg.

Den ganzen Heimweg über schluchzte ich lautlos, direkt neben dem selbstvergessenen Paar Amanda und Johnno, und war höchst dankbar für die Dunkelheit, die verbarg, wie beschämt, gedemütigt und verwirrt ich mich fühlte.

11

Am nächsten Tag war alles anders.

Vielleicht weckt es die Selbstheilungskräfte, wenn man sich in den Schlaf weint. Vielleicht gewann endlich meine rationale Gehirnhälfte die Oberhand. Vielleicht hatte ich aber auch bloß die Schnauze voll und wollte einfach wieder Penny sein. Wie dem auch sei, als ich aufwachte, hatte ich nur einen Gedanken: Vergiss es.

Ich hatte schon viel zu viele Tränen vergossen, das war mir plötzlich sonnenklar. Und weshalb? Wegen eines Jungen. Eines beknackten Jungen. Das war doch nicht ich! Ich erinnerte mich an den Tag im Stadtwäldchen, als ich mir geschworen hatte, mich da nicht reinziehen zu lassen, und ärgerte mich über meine mangelnde Standfestigkeit. Warum hatte ich es nicht geschafft, Noah aus meinem Leben zu streichen? Jetzt fühlte ich mich grauenhaft, genau wie vorhergesehen. Selbst schuld.

Als mir wieder einfiel, wie er Portia geküsst hatte, reagierte mein Körper sofort. Extrem ungut. Meine Brust schnürte sich zusammen, die Tränen schossen hoch. Doch ich holte tief Luft, atmete aus und entließ das Gefühl aus meinem Körper.

»Ich werde nicht zulassen, dass ich mich wegen dieses Typen noch mal dermaßen scheiße fühle«, sagte ich laut. Und ich glaubte daran, glaubte mir. Endlich, nach all diesen Wochen, hatte ich wieder etwas Kraft und Abstand gewonnen. Ich war mir sicher, dass ich bei unserem nächsten Zusammentreffen nicht mehr derart auf ihn anspringen würde. Ein paar Monate

Qual und Marathongeheule hatte es dafür gebraucht, okay, schlimm genug. Aber jetzt war Schluss damit! Schluss, aus, vorbei!

Zuversichtlicher als seit Ewigkeiten hüpfte ich runter zum Frühstück, um meine Eltern zu begrüßen. Mum stand am Herd und rührte in der Pfanne, Dad war schon in die Wochenendzeitung vergraben.

»Mmmm, was duftet denn da so?«, fragte ich begrüßungshalber.

»In fünf Minuten sind die Eier fertig«, antwortete meine Mutter.

»Mjam. Danke.«

Ich holte den Luxusorangensaft heraus, den wir nur am Wochenende hatten, und schenkte mir großzügig ein, bevor ich mich neben Dad niederließ.

»Also, was passiert so in der Welt?«, erkundigte ich mich und nahm einen großen Schluck.

»Du weißt schon. Das Übliche. Nichts als Blut und Tränen.« Seine Standardantwort.

»Bomben und Kriege?«

»Nein, heute nicht. Nur Politiker, die alles an die Wand fahren.«

»Also alles beim Alten.«

»Was hast du heute vor?« Er blätterte um.

Ich dachte kurz nach. »Einen Spaziergang vielleicht. Draußen sieht's ganz verlockend aus. Und dann muss ich noch was für Psychologie machen.« Ich schnitt eine Grimasse.

»Irgendwas Interessantes gelernt?«

»Eigentlich nicht. Psychologie klingt deutlich spannender, als es wirklich ist.«

Dad blickte mich über seine Zeitung hinweg an. »Ich fürchte, das trifft auf die meisten Dinge im Leben zu.«

Mum erschien neben uns und präsentierte Teller, auf denen sich köstliches, goldgelbes Rührei türmte.

»He!« Sie klatschte meinem Vater einen Teller vor die Nase. »Es ist noch viel zu früh am Tag, um solchen Pessimismus zu verbreiten.«

»Aber es stimmt doch!«, meinte ich und biss von meinem Toast ab.

»Nein, die jungen Leute sollen positiv denken und die Dinge genießen. Sie sollen nicht in die gleichen Fallen tappen wie ihre Eltern, sondern aus deren Fehlern lernen.«

»So läuft das aber nicht. Wir machen die gleichen Fehler wie ihr, versuchen sie dann bei unseren eigenen Kindern zu verhindern, doch auch die enden schließlich so wie wir und wie ihr.«

Mum wandte sich entrüstet an meinen Vater. »Du bist schuld, dass sie so zynisch ist«, schnauzte sie. »Woher sollte sie das sonst haben?«

Er schob sich noch etwas Ei in den Mund und ging hinter seiner Zeitung in Deckung.

Aber abgesehen davon war es ein nettes Frühstück. Nicht nur das Essen, auch die Stimmung. Meine Noah-Erleuchtung hatte mir Auftrieb gegeben, und Mum schien zu spüren, dass ich meine wie auch immer geartete »Phase« abgehakt hatte. Noch nicht mal Dr. Ashleys Name fiel, und ausnahmsweise waren die Dinge einmal so, wie sie sein sollten. Nachdem ich beim Abräumen geholfen hatte, rannte ich hoch, um mir ein paar Klamotten überzuwerfen. Auf halbem Weg klingelte das Telefon und ich hob ab.

»Hallo?«

»Penny, wie läuft's? Wir haben uns ja ewig nicht gesprochen.«

Es war Louise. Allein bei ihrer Stimme musste ich lächeln.

»Alles bestens. Middletown ist so aufregend wie eh und je.«

»Ach komm, sooo schlimm ist es nun auch nicht.«

»Du hast leicht reden, du bist schon entkommen.«

Sie lachte. Louise hatte ihren Mann an der Uni kennengelernt und ihn direkt nach dem Abschluss geheiratet. War das jetzt romantisch? Keine Ahnung. Manchmal fragte ich mich, was passiert wäre, wenn sie anderswo studiert hätte. Hätte sie dann jemand anderen geheiratet? Oder wäre sie ihrem Mann Dave auf andere Weise über den Weg gelaufen?

»Ist Mum da? Ich muss was wegen Weihnachten mit ihr abklären.«

»Was, jetzt schon?«

»Aber hallo. Daves Mutter dreht am Rad, weil sie nicht weiß, wie groß die Weihnachtsgans sein soll, und will jetzt eine Entscheidung, ob wir bei ihr feiern oder bei euch.«

»Ächz. Kommt zu uns. Aber klär das mal lieber mit Mum, ich hol sie dir ran.«

»Ruf mich bald mal an, damit wir länger reden können.«

»Mach ich.«

Ich brüllte nach Mum, wartete ab, bis sie den anderen Apparat abgehoben hatte, und rief noch einen Abschiedsgruß hinterher.

Man konnte den Herbst in der Luft förmlich riechen, die sanfte Brise hatte schon etwas Stechendes. Ich saß oben auf meiner Lieblingsbank am Gipfel des Stadtwäldchens und hatte wieder einmal alles für mich allein. Ich streckte mich rücklings auf der Bank aus und ließ die Ruhe in mich einsinken. Die Sonne war gerade noch warm genug und mit geschlossenen Augen lauschte ich dem Vogelgezwitscher. Lächelnd spürte ich, wie mein Körper irgendwo zwischen Schlaf und Wachsein schwebte.

Keine Ahnung, wie lange ich so dagelegen hatte, als mir plötzlich kalt im Gesicht wurde. Ein Schatten war daraufgefallen. Ich schlug die Augen auf und kniff sie zusammen, um zu sehen, wer mir da meinen Platz an der Sonne verstellte. Und wäre vor Überraschung beinahe von der Bank gekippt.

Es war Noah.

»Penny?«

Ich kämpfte mich in die Sitzposition. Was in aller Welt hatte der hier verloren? Er beobachtete mich amüsiert, ohne jeden Anflug von Bösartigkeit, so ganz anders als vergangene Nacht.

»Wie kommt's, dass ich dich nie in der Senkrechten antreffe?«

Während ich mich aufrichtete wie ein normaler Mensch, nahm ich meine körperlichen Reaktionen genau unter die Lupe. Mein Herzschlag hatte etwas zugelegt, aber Noah hatte mich schließlich auch erschreckt. Abgesehen davon war ... nein ... alles im grünen Bereich. Bestens. Mein Moment der Erleuchtung hatte anscheinend gefruchtet.

»Was zum Teufel hast du hier zu suchen?« Sein grässliches Gefeixe war mir noch lebhaft in Erinnerung, und ich hatte nicht vor, hier Süßholz zu raspeln.

»Du nimmst mir die Worte aus dem Mund.« Er wies auf den Platz neben mir. »Was dagegen, wenn ich mich setze?«

Auf mein Kopfschütteln hin ließ er sich nieder. Allerdings mit gebührendem Sicherheitsabstand. Genauer gesagt: mit größtmöglichem Abstand. Ein Zentimeter weiter, und er wäre im Schlamm gelandet.

»Hier komme ich dauernd her«, antwortete ich, immer noch völlig geplättet von seinem Auftauchen. »Mein absoluter Lieblingsplatz.« Ich drehte mich, um einen Blick auf ihn zu riskieren, wobei ich vorsorglich die Luft anhielt, um meine Atmung im Zaum zu halten. Er starrte zurück.

»Das ist ja verrückt«, sagte er. »Ich komm hier auch dauernd hoch.«

Über diesen Zufall mussten wir beide erst mal schweigend nachdenken.

»Wo wohnst du?«, fragte ich.

»Green Acre Drive.«

»Also hier fast um die Ecke?«

»Und du?«

»Ash Road.« Ich dachte nach. »Ich glaube, das hier ist einer von den Orten, die man nur kennt, wenn man in der Nähe wohnt.«

Noah nickte. Im Vertrauen auf meine wiedergefundene Selbstkontrolle riskierte ich einen weiteren flüchtigen Blick auf ihn. Er sah immer noch zum Anbeißen aus, obwohl er offensichtlich nicht gerade seine Repräsentierklamotten anhatte. Er trug Schlabberjeans mit Loch im Knie, einen grauen Wollpulli und eine Bettfrisur, die in alle Richtungen abstand. Jeder andere hätte damit wie ein Hänger ausgesehen, aber ihm stand der Gammellook. Da ging mir siedend heiß auf, dass auch ich nicht mit Publikum gerechnet hatte, und ich wurde leicht panisch. Ich trug kein Fitzelchen Make-up, hatte meine Haare nicht gewaschen und nur einen sackartigen Kapuzenpulli übergeworfen, der auch noch das Logo einer unterirdischen Jugendsünden-Band trug, die ich als Fünfzehnjährige verehrt hatte. Ich versuchte, meine Haarsträhnen mit den Fingern nach hinten zu kämmen, und dann saßen wir nebeneinander. Zwischen uns waren schon zu viele Worte gefallen. Es war peinlich. Hochnotpeinlich.

Schließlich brach Noah das Schweigen.

»Ich kann's nicht glauben, dass du hier bist«, sagte er und sah mich an. »Das ist einfach total irre.«

Nicht zu fassen, dass er sich so einfach mit mir unterhielt, nach all dem, was ich ihm an den Kopf geworfen hatte. Vielleicht war es ihm jetzt völlig schnurz, weil er mit Portia zusammen war. Bei dem Gedanken muckte mein Magen etwas auf.

Die Worte kamen aus meinem Mund, bevor ich überhaupt mein Hirn eingeschaltet hatte. »Noah, es tut mir wirklich leid.«

Er hob eine Augenbraue. »Was denn?«

Jetzt strömte es nur so aus mir heraus. »Ich war so fies zu dir. So bin ich normalerweise gar nicht. Niemals. Okay, manchmal vielleicht. Aber egal, ich hab einfach nicht aufhören können, darüber nachzudenken, was da passiert ist; mir hängt das total nach. Ich hab dir nicht gesagt, wie leid es mir tut. Aber es ist so. Also, hm, entschuldige bitte.«

Ich hielt den Atem an und wartete auf seine Antwort.

Sein Blick blieb in die Ferne gerichtet und ich kam mir total bescheuert vor – und wie jemand mit sehr fettigem Haar.

»Das ist wirklich komisch«, sagte er, immer noch in die Aussicht vertieft.

»Wieso?«

Als er sich zurückdrehte, bekam ich die ganze Kraft dieser dunklen Augen zu spüren. Er starrte mich durchdringend an, ich starrte zurück. Leicht beschleunigter Herzschlag, aber noch keinerlei Ohnmachtsanzeichen.

»Es ist deshalb komisch, weil ich hier immer herkomme, wenn ich nachdenken muss. Und die letzten paar Wochen habe ich an nichts anderes denken können als an dich.«

Ich schluckte schwer. Unfassbar, dass mein unschuldiger Spaziergang diesen Jungen in mein Leben zurückkatapultiert hatte. Mit solcher Wucht. Und solchem Tempo.

»Eigentlich bin ich hochgekommen«, fuhr er fort, »um nach gestern Abend den Kopf freizukriegen. Ich hab es mit der Zeit besser hinbekommen, *nicht* an dich zu denken, bis ich dich gestern gesehen habe. Und dich dann hier zu treffen, das ist wirklich seltsam.«

Ich erwiderte immer noch nichts.

»Was liegst du überhaupt auf der Bank herum?«, fragte er. »Oder ist das jetzt ein Bett?«

Ich lächelte. »War sehr gemütlich.«

»Das hab ich gemerkt.«

»Ich hab nicht damit gerechnet, hier jemanden zu treffen. Weshalb ich übrigens auch so scheiße aussehe.«

Wieder starrte er mich an. Und dann schob er, ganz langsam, eine lose Haarsträhne hinter mein Ohr. »Du siehst nicht scheiße aus.«

Ich wurde rot.

Diese Intensität machte mich fertig, und ich flüchtete mich in die schöne Aussicht, um mein Gehirn zu sortieren. Wieder verfielen wir in Schweigen. Und es war immer noch peinlich.

»Also, dieser Typ, mit dem du da gestern getanzt hast …« Der Ärger in seiner Stimme war nicht zu überhören. »… war das dein Freund?«

Da prustete ich los. »Was?«

Vor Lachen konnte ich erst mal nicht antworten. »Ist das dein Ernst?«

Noah wirkte perplex. »Äh, ja. Warum? Wo ist der Witz?«

»Das war nicht mein Freund.« Ich schüttelte den Kopf, um mich wieder einzukriegen. »Das war Frank. Mal ehrlich, wenn du den kennenlernen würdest, wüsstet du sofort, dass das nicht mein Freund ist.«

Noahs Gesicht blieb verwirrt. »Warum?«

Ich warf den Kopf in den Nacken. »Himmel! Frank ist so was wie mein Antityp. Ich kenn ihn nur aus Englisch, und unser gesamtes Verhältnis beruht darauf, dass wir uns gegenseitig das Leben zur Hölle machen.«

Er wirkte nicht überzeugt. »Besonders höllisch hat das gestern Abend aber nicht ausgesehen«, zischte er zwischen den Zähnen hindurch.

Da fiel mir die Tanzerei wieder ein, und wie Noah uns dabei gesehen hatte.

Für den Uneingeweihten hatte es wahrscheinlich etwas missverständlich gewirkt.

Ich zuckte die Schultern. »Wir haben nur getanzt. Normalerweise hasst Frank diese Art von Musik. Du solltest das als Kompliment nehmen …« Und da fiel mir Portia ein und mir platzte der Kragen. »Und überhaupt, was geht's dich an, mit wem ich tanze? Du warst doch selbst schwer beschäftigt – damit, dieser reichen Tussi das Gesicht abzuschnullen. Übrigens sind solche öffentlichen Zuneigungsbeweise so was von kindisch.«

Die Wut war aus Noahs Gesicht gewichen und hatte seinem waffenscheinpflichtigen Grinsen Platz gemacht.

Doch ich war immer noch auf hundertachtzig. »Was denn?«

»Bist du eifersüchtig, Penny?«

Ertappt. »Halt den Rand. Nein, bin ich nicht. Ich mag's einfach nicht, wenn Leute sich in aller Öffentlichkeit absabbern. Einfach ekelhaft.« Ich nagelte ihn mit einem stählernen Blick fest.

Statt sauer zu werden, rutschte er näher an mich heran. Ich starrte auf den schrumpfenden Raum zwischen uns.

»Ich glaube, du bist eifersüchtig.«

»Und ich glaube, du bist ein Hurenbock.«

Jetzt war er dran mit Losprusten. »Warum gerade ein Hurenbock, zum Teufel?«

»So nennen dich alle hinter deinem Rücken«, erklärte ich, obwohl ich mir nicht sicher war, was ich damit bezweckte. »Es heißt, du verbrauchst Frauen wie ein Inkontinenter Klopapierrollen.«

Was musste ich bloß das Thema Inkontinenz aufbringen?

Nicht dass meine Tiefschläge Noah irgendwie zu treffen schienen – er trug immer noch dieses unsägliche Grinsen im Gesicht. »Also, ist diese Portia deine neueste Eroberung?« Ich hielt die Luft an und wartete auf seine Antwort.

Noah beugte sich so nah zu mir, dass unsere Gesichter sich beinahe berührten. Ich schmolz dahin. Minimal.

»Würdest du dich aufregen, wenn es so wäre?«, flüsterte er.

Aufregen ist gar kein Ausdruck, du Idiot. Ich zog mein Gesicht nicht fort, senkte aber den Blick.

»Mir doch egal, was du treibst«, log ich. »Ist ganz allein dein Bier.«

Noah lehnte sich zurück und wandte sich wieder der Aussicht zu. »Dann dürfte dich wohl auch kaum interessieren, dass ich sie nur benutzt habe, um dich eifersüchtig zu machen«, meinte er beiläufig.

Ich antwortete ebenso beiläufig. »So ist es. Obwohl jede anständige Feministin dir für diese Machoaktion aufs Dach steigen würde. Das arme Mädel.« Noch eine Lüge.

Noah verdrehte die Augen. »Oh ja, armes Mädel. Sie benutzt mich genauso. Die macht sich nicht das Geringste aus mir. Die findet es einfach chic, mit einem Rockgott zusammen zu sein.«

»Noah. Ich sage es nur ungern, aber du bist kein Rockgott. Du bist nur Gitarrist in der Band mit dem schlechtesten Namen, den ich je gehört habe.«

Bei diesen Worten schnappte er sich meine Hand und umklammerte sie fest. Ich blickte hinab auf unsere vereinten Finger und spürte, wie ein irrer Energiestoß mich durchpulste. Es war hart an der Schmerzgrenze und zugleich unglaublich großartig. Ein Blick in seine dunklen Augen, und ich war verloren.

»Penny«, flüsterte er, meine Hand immer noch umklammernd. »Irgendwas geht hier vor, und ich wäre wirklich dankbar, wenn du aufhören würdest, uns das Gegenteil vorzumachen.« Ich begann schon fast zu hecheln, doch er redete einfach weiter. »Ich sag ja nicht, dass du mich heiraten musst oder dich groß abends mit mir verabreden. Aber du könntest doch wenigstens einen verdammten Kaffee mit mir trinken gehen oder irgendwas, damit wir rausfinden, was da los ist?«

Da saß ich nun und zauderte, um schließlich aufzuseufzen. »Meinetwegen.«

Noch ein strahlendes Lächeln und durch meinen Bauch sprangen Delfine.

»Ich glaub, ich würde beim besten Willen kein Nein mehr zustande bringen.«

Er stand auf und bot mir seine Hand. Ich ergriff sie und spürte einen neuen Energiestrom durch uns flirren.

»Gott sei Dank«, sagte er.

Und einträchtig stapften wir den Brennnesselpfad hinab. Hand in Hand.

12

Ich bestand auf einem Boxenstopp bei mir, zwecks rascher Generalüberholung.

»Aber du siehst doch völlig okay aus«, jammerte Noah.

»›Okay‹ ist die höfliche Umschreibung für ›beschissen‹«, entgegnete ich und fragte mich, ob er wohl klaglos ausharren würde, während ich mir die Haare wusch.

»Ihr Mädchen seid echt seltsam.«

»Bücher mit sieben Siegeln halt.«

»Acht Siegel, wenn nicht mehr.«

Als wir bei mir zu Hause ankamen, zögerte ich und ließ seine Hand los. »Ähem. Würde es dir was ausmachen, draußen zu warten?«, fragte ich und blickte zu Boden.

Noah musterte unser kleines Einfamilienhaus und lächelte. »Da wohnst du also?«

»Du wirst jetzt nicht noch anfangen, mich zu stalken, oder?«

»Wetten, das würde dir gefallen?«

»Ich glaub kaum, dass es irgendwem Spaß macht, gestalkt zu werden. Gehört nicht gerade zu den Dingen, die man erlebt haben muss.«

Noch so ein magenzerwühlendes Grinsen. »Wer das sagt, ist noch nicht von mir gestalkt worden. Bei meiner Höflichkeit der reinste Genuss. Warum darf ich nicht mit rein?«

Ich rang nach den richtigen Worten. »Na ja … wenn du reinkommst, triffst du meine Mutter … und das ist einfach keine gute Idee.«

Er hob fragend die Augenbrauen.

»Sie ist dauernd so besorgt um mich, weißt du? Und wenn sie dich sieht, dann muss ich dich irgendwie erklären, und ich bin mir nicht so sicher, ob ich das kann, und ... deshalb ist es einfacher, wenn du gleich draußen bleibst.«

Er nickte. »Alles klar.«

»Fünf Minuten«, sagte ich, obwohl mir klar war, dass zehn Minuten der Wahrheit näher kommen würden. Ich hatte ein leicht schlechtes Gewissen, ihn einfach so auf der Straße stehen zu lassen, aber Mum wäre UNERTRÄGLICH, wenn sie ihn sehen würde. Und als hätte sie meine Gedanken gespürt, erschien sie in genau dem Moment auf der Treppe, als ich die Stufen hinaufjagen wollte.

»Hallo, Schätzchen«, sagte sie, den Wäschekorb in der Hand. »Schönen Spaziergang gehabt?«

Ich zwängte mich an ihr vorbei, um die Befragung möglichst kurz zu halten. »Ja, danke.«

»Bist du auf dem Sprung?«, rief sie mir nach.

»Nur in die Stadt.«

»Wohin in die Stadt?«

»Auf einen Kaffee.«

»Mit wem?«

Bei ihrer Verhörtechnik hätte der Geheimdienst sie mit Kusshand genommen. Ich schloss die Augen und log noch einmal frisch drauflos. »Nur mit Lizzie, wegen Hausaufgaben.«

Das schien sie zu schlucken. Und jetzt war nicht die Zeit für Skrupel. Nicht, wenn sich so viel Bedeutenderes abspielte. Wie Noah vor meiner Haustür zum Beispiel. MEINER Haustür. Und wir gingen auf einen Kaffee. Zusammen. Keine sechs Stunden, nachdem ich mir geschworen hatte, mich von ihm fernzuhalten. Na ja. Versprechen waren da, um gebrochen zu werden. Oder galt das für Regeln? Egal, ich war jedenfalls glücklich. Gliglaglücklich. Glücklich wie überhaupt noch nie.

Und sosehr es mich insgeheim auch wurmte, dass dieser Zustand auf einen Jungen zurückzuführen war, so satt hatte ich es, mir dieses Glück ständig vorzuenthalten. Also, wo steckte jetzt dieser Mascara?

Aus den fünf Minuten wurden fünfzehn, in denen ich panisch Gesicht und Garderobe auf Vordermann brachte, bis ich halbwegs dem Wesen ähnelte, das an die Seite eines Mannes wie dem da unten gehörte. Als ich wieder auf die Straße trat, wartete Noah an einen Baum gelehnt.

Seine Augen tasteten mich ab, und ich zwang mein Herz, sich zu benehmen.

Er stieß einen Pfiff aus. »Gerade wollte ich anfangen zu meckern, weil du mich so ewig warten lässt, aber da du so wunderschön aussiehst, muss ich dir wohl verzeihen.«

Ich spürte, wie mir das Blut ins Gesicht schoss. »Sorry, ich bin natürlich sofort meiner Mutter in die Fänge gegangen.«

Wir begannen, Richtung Stadt zu marschieren.

»Und was hast du ihr erzählt?«

Ich erwog, wieder zu lügen, ließ es dann aber bleiben. Ich hatte schon genug daran zu kauen, dass ich so wahnsinnig gern seine Hand gehalten hätte. Peinlich. »Ich hab ihr erzählt, ich treffe Lizzie.«

»Penny, so leid es mir tut, aber ich bin nicht Lizzie. Mein Name ist Noah. Weißt du noch? Dieser Typ aus der Wahnsinnsband?«

Noch immer behielt jeder seine Hand bei sich.

Ich rümpfte die Nase. »Mangelndes Selbstwertgefühl ist kein Thema für dich, was?«

Noah zuckte die Schultern. »Das ist auch gut so. Es reicht ja, wenn du dich so sehr für mich schämst, dass du mich vor deinen Eltern verleugnest …«

Tiefes Luftholen.

Ich drehte mich zu ihm und hoffte, dass ich nicht über meine eigenen Füße stolperte. »Na ja«, meinte ich, »ich kenn dich doch eigentlich gar nicht. Und du kennst mich nicht. Dank Labertasche Ruth weißt du nur, dass in meinem Leben … was nicht so läuft. Das klingt jetzt aufregender, als es ist, in Wirklichkeit ist es langweilig und nullachtfünfzehn. Es hat jedenfalls auch mit meiner Mum zu tun, und wenn du's lang genug mit mir aushältst, erklär ich's dir vielleicht irgendwann, aber jetzt im Moment ist mir nicht danach. Okay?«

Ein sengendes Gefühl schoss mir durch den Arm. Noah hatte meine Hand genommen.

Er blickte mich durchdringend an. »Ich hab schon geplant, es lange genug mit dir auszuhalten.«

Und dann schickte er ein so sensationelles Lächeln hinterher, dass es wirklich ein Wunder war, dass es mich nicht voll auf den Asphalt legte.

Das Stadtzentrum von Middletown war alles andere als ein attraktives Pflaster. Okay, auch nicht unbedingt hässlich – dazu war es viel zu schick. Aber Charakter? Fehlanzeige. In der Fußgängerzone reihten sich die üblichen Modeketten aneinander, natürlich nur die hochpreisigen. Ich verirrte mich nicht oft hierher. Wenn ich Klamotten brauchte, stieg ich lieber in den Zug nach London und durchstöberte die Secondhandläden.

Aber so beschränkt die Auswahl hier auch sein mochte – als Noah ausgerechnet aufs Starbucks zusteuerte, war ich dann doch überrascht.

Zögernd blieb ich an der Tür stehen.

»Was ist los?«

»Du schleppst mich zu Starbucks?«

Er wirkte verwirrt. »Ja und?«

Das war ja fast eine Steilvorlage. »Ist das nicht ein bisschen

›kommerziell‹ für einen gesellschaftskritischen Rockstar wie dich?«

Er ließ meine Hand fallen und wühlte in seiner Hosentasche. »Aber ich hab doch die Treuekarte«, protestierte er. »Und genug Stempel, um dir einen Gratiskaffee zu spendieren.«

Das war zu viel. Hihi!

»Also nicht nur Heuchler, sondern auch Geizkragen?«

Er wirkte etwas angefressen, wahrte aber sein Lächeln. »Bist du eigentlich irgendwann mal nett zu irgendwem?« Er hielt mir die Tür auf.

»Nur zu Leuten, die es verdienen«, antwortete ich und trat ein.

»Ich kapier nicht, wie jemand keinen Kaffee mögen kann. Ich komm mir vor, als würde ich meine fünfjährige Nichte ausführen.«

Wir hatten ein gemütliches Zweiersofa gefunden, und Noah ergriff die Gelegenheit, sich mit Lästereien über meine Bananenmilch für mein Starbucks-Naserümpfen zu rächen.

»He!«, sagte ich und nahm ungeniert einen großen Schluck. »Das hier ist ein äußerst mondäner Drink für die Frau von Welt.«

»Einen mondänen Drink für die Frau von Welt könnte man bestellen, ohne sich in Grund und Boden zu schämen. Du hättest mal sehen sollen, wie der Kerl hinter der Theke mich angeschaut hat, als ich *Bananenmilch* verlangt habe.« Noah schüttelte den Kopf.

Ich ließ mich nicht aus der Ruhe bringen. »Kaffee schmeckt niemandem wirklich. Die tun alle nur so, weil sie meinen, sie wirken dann wie richtige Erwachsene.«

»Sag bloß, Einstein.«

Der Laden war proppenvoll. Wir hatten uns gerade noch das

letzte Sofa gekrallt. Andere Paare und Cliquen standen um uns herum, schlürften, tratschten und genossen den Samstag.

Noah und ich berührten uns beinahe. Er saß ganz entspannt auf dem Sofa, die Armlehne im Rücken. Es war einfach nur sonderbar. Ich konnte die Energie spüren, die sich zwischen unseren Körpern aufbaute, doch auch diesmal hatte ich die Reaktionen, die er normalerweise in mir auslöste, gut im Griff.

Ich nickte. »Jeder, der sich einen Kaffee holt, möchte insgeheim eine Bananenmilch. Ich hab nur als Einzige den Mut, sie mir auch wirklich zu bestellen.« Ich hielt ihm meinen Strohhalm entgegen. »Hier, probier mal.«

Er schubste mein Glas weg. »Ich will deine Bananenmilch nicht.«

Ich schob sie ihm wieder hin. »Komm schon. Nur einen Winziwinzischluck.«

»Nein.«

»Du hast Angst.«

»Vor Bananenmilch?«

»Jepp. Du fühlst dich in deiner Männlichkeit noch zu unsicher, um sie zu kosten.«

Ich hielt sie ihm direkt unter die Nase, worauf er sie wieder wegschlug und etwas auf mich verschüttete. Quietschend sprang ich auf, um mich abzuwischen, doch da hatte mich Noah schon um die Hüfte gepackt und auf seinen Schoß gezogen. Ich quietschte noch einmal, doch dann schmiegte mein Körper sich ganz von alleine an seine Schulter, während er sein Gesicht an meines legte. Mein Atem kam stoßweise. Mir wurde schrecklich heiß.

So verharrten wir einen Augenblick und versuchten, den unverkennbaren Bananengeruch zu ignorieren, den mein Oberteil ausdünstete.

»Du bist nicht ganz so, wie ich erwartet habe«, sagte Noah aus heiterem Himmel.

Mein Magen knotete sich zusammen und mich packte die Panik. Ich fühlte mich so wohl in seiner Gegenwart, dass ich praktisch sofort die Deckung hatte fallen lassen. »Und, schlecht?«, presste ich hervor.

Er zog mich fester an sich und ich entspannte mich. Ein winziges bisschen.

»Nein, das ist gut«, sagte er. »Du bist nicht wie die anderen Mädchen, mit denen ich … ich meine, die ich … kenne.«

Ich blickte zu ihm auf. Eine sportliche Herausforderung, denn sein Kopf war direkt oberhalb von meinem.

»Und die tun so, als würden sie Kaffee mögen?«

Er lachte. »Ja. Tun sie.«

Ich schüttelte den Kopf und hasste sie allesamt. Und was sollte das bitte heißen, »mit denen ich«? Na, was denn wohl. Innerlich verfluchte ich meine Unerfahrenheit und überlegte, wie ich darauf reagieren sollte.

»Die machen sich was vor und du tust es auch.«

»Penny. Mir schmeckt Kaffee. Ich mache mir nichts vor.«

»Wetten, das erste Mal hat er dir nicht geschmeckt?«

Er dachte nach. »Nein. Wahrscheinlich nicht.«

Ich drehte mich um, um ihn besser sehen zu können. »Und warum hast du ihn dann weitergetrunken?«

»Keine Ahnung.«

Ich pikste ihn in die Brust. »Weil dir gefallen hat, wie du als Kaffeetrinker wirkst. Welches ›Image‹ es dir gibt. Du hast ihn dir reingezwungen, weil du wie ein richtiger Erwachsener aussehen wolltest. Obwohl du eigentlich viel lieber eine Bananenmilch gehabt hättest.« Wieder hielt ich ihm das Glas hin. »Los, runter damit.«

Seine Augen lächelten, als er sich vorbeugte, saugte und schluckte.

»Und?«

»Gut.«

Ich boxte triumphierend in die Luft. »Hab ich's dir nicht gesagt?«

Er fing meinen Arm mitten in der Bewegung ab und zog mich an sich. Ich lehnte mich wieder gegen seinen athletischen Körper und sonnte mich darin, die Oberhand behalten zu haben.

»Du hast schon einen leichten Knall, was?«, flüsterte er mir ins Ohr, was mir eine Ganzkörpergänsehaut verursachte.

»Jedes Mädchen hat einen leichten Knall. Einige vertuschen es nur besser als andere.«

»Da ist was dran. Mir gefällt, dass du nicht versuchst, es zu vertuschen.«

Ich lachte. »Das tu ich schon! Nur nicht sehr erfolgreich. Ich kann einfach nie die Klappe halten.«

»Ich mag dich sehr, Penny Lawson.«

Ich ließ die Worte in mich einsickern und musste schließlich grinsen.

»Na ja … du bist auch ganz passabel«, entgegnete ich. Und dann quietschte ich wieder, weil er aus Rache eine Kitzelattacke startete.

Während wir uns besser kennenlernten, verflog der Tag im Rekordtempo. Im Handumdrehen führten wir uns auf wie diese unglaublich nervtötenden Pärchen, die die ganze Zeit die Köpfe zusammenstecken und nonstop herumkichern. Als Noah mit zwei Gläsern Bananenmilch von der Theke zurückkehrte, kriegte ich mich gar nicht wieder ein und erntete einige böse Blicke von den anderen Gästen.

Wir redeten über alles und nichts. Stunden vergingen, ohne dass einer von uns ein ernstes Thema aufs Tapet gebracht hätte. Dabei baumelten ungeklärte Fragen über unseren Köpfen wie Damoklesschwerter, Fragen, die wir hier angeblich hatten klären wollen. Was würde Noah mit Portia anstellen? Was lief da Merkwürdiges zwischen uns? Würden wir ein Paar werden? Und wenn, was würde das bedeuten? Ich hätte liebend gern nach seiner Vergangenheit gefragt, nach den Gerüchten, die ich gehört hatte. Und bestimmt hätte er umgekehrt auch einiges über mich wissen wollen. Etwa, wieso ich ihn hinter einem Busch versteckt hatte, um ihn von meiner Mutter fernzuhalten. Oder was es mit meinen Panikattacken auf sich hatte.

Aber es war so viel leichter, um all dies drum herumzureden. Wir hakten Lieblingsfilme ab, Lieblingsbands, Bücher und den üblichen Kram, doch ich bekam nicht viel mit. Ehrlich gesagt konnte ich mich kaum konzentrieren, wenn er redete. Ich nickte zustimmend, während ich in Wahrheit seine absolut göttlichen Wangenknochen begutachtete, in seine Kohleaugen starrte oder dem Drang widerstand, ihm mit den Fingern durchs Haar zu wuscheln. Ich glaube, ihm ging es ähnlich, denn manchmal nahm er ganz unvermittelt mein Gesicht in seine Hände, zum Beispiel als ich ihm gerade auseinandersetzte, dass ich immer die Beatles als meine Lieblingsband nannte, im Grunde aber gar nicht wusste, was meine Lieblingsband war, sondern nur meinen Eltern nachplapperte. Unser Staunen war groß, als wir irgendwann aus dem Fenster guckten und sahen, dass es schon dunkel war. Ich nahm einen letzten Schluck und ergriff Noahs ausgestreckte Hand.

Wir schlenderten nach Hause, wobei wir den Weg so weit wie möglich in die Länge zogen. Wir kamen an einer Reihe perfekt getrimmter Vorgärten vorbei, und ich erfuhr, dass Noah ein fanatischer Zeitungsleser war.

»Echt? Aber die sind doch so deprimierend.«

»Man sollte sich den Vorgängen in der Welt nicht verschließen, nur weil sie einen deprimieren.«

»Oh, unser kapitalismuskritischer Rockstar.«

»Halt die Klappe.«

»Wie viele liest du so?«

»Alles querbeet, inklusive Lokalpresse.«

Ich war baff. Aber er ging nicht mehr zur Schule und von Arbeit hatte er auch nichts erwähnt. Da blieb einem wohl genug Zeit für Zeitungslektüre.

»Geht das nicht ziemlich ins Geld?«

Er zuckte die Achseln. »Meine Eltern haben's ja.«

Schweigen. Über seine Eltern hatten wir noch kein Wort verloren. Ich fragte mich, ob an Lizzies Klatsch etwas dran war. Lebte er wirklich alleine? Mit siebzehn? Aber ich musste ja nicht alles auf einmal erfahren, oder?

»Und, was passiert so in der Welt?«, fragte ich.

»Eine Menge. Genau genommen ist gerade in Middletown in letzter Zeit einiges passiert.«

Ich blieb stehen. »Na klar«, meinte ich sarkastisch.

Er nickte. »Stimmt aber. Habt ihr den *Middletown Observer* nicht abonniert? Vergangene Woche war da ein Artikel über den hiesigen Meteorologenverband. Die sagen, dass es in letzter Zeit lauter ungewöhnliche Temperatursprünge gegeben hat. Ist dir nicht aufgefallen, dass es zwischendurch immer diese heißen Tage gegeben hat, so völlig aus dem Nichts?«

»Wird wohl der Treibhauseffekt sein …«

»Nö. Die Wettermuster sind komplett durcheinander.«

Klang wenig überzeugend. Und überhaupt – wer war schon im Meteorologenverband? Schnarch. »Was ist sonst noch passiert?«

»Seltsame elektrische Kurzschlüsse. Völlig unerklärlich. Im

Middletown Observer gab's einen Bericht über Leute, denen im Haus plötzlich ihre Elektrogeräte um die Ohren geflogen sind. Und erinnerst du dich noch an unseren ersten Gig bei der Band-Night?«

Bei der Erinnerung an diesen Abend wurde ich schon wieder rot. Da hatten wir uns das erste Mal gesehen. »Was war damit?«

»Na ja, da ist der Verstärker explodiert, einfach so.«

»Hmm. Kann sein.«

Wir gingen weiter.

»Du hast von alldem also gar nichts mitgekriegt?«, fragte Noah.

Ich schüttelte den Kopf. »Nö.«

»Liest du keine Zeitung?«

»Nicht im Moment. Ich muss so viel Mist lesen für meine Abschlussklausuren.« Ich stöhnte, als mir meine unerledigten Psychologieaufgaben einfielen.

»Welchen Mist genau?«

»Also, in Englisch sind wir gerade mit *Romeo und Julia* durch. Wurks. Ein Glück!«

Noah blieb wieder stehen und sah mich an. »*Romeo und Julia* gefällt dir nicht?«

»Nein. Was finden da alle so seltsam dran?«

»Du bist doch ein Mädchen. Ich dachte, Mädchen springen voll an auf dieses Verbotene-Liebe-Zeugs.«

»Ich nicht.«

»Dann bist du auch kein *Twilight*-Fan mit einer unguten Fixierung auf Edward Cullen?«

Ich verzog das Gesicht. »Oh Gott, nee!«

»Nicholas-Sparks-Romane rühren dich nicht zu Tränen?«

»Amanda hat mich mal gezwungen, *Wie ein einziger Tag* zu sehen, aber ich bin eingepennt.«

Er lächelte.

»Ich glaub einfach nicht an diesen Kram.«

»Welchen Kram?«

»Du weißt schon. Wahre Liebe. Seelenverwandtschaft. Blablabla.«

Noah schwieg einen Moment. »Seltsam.«

Da war vielleicht was dran. Wie vertrug sich mein Liebeszynismus eigentlich mit meinen Gefühlen für ihn?

Es war, als könne er meine Gedanken lesen. »Und wie erklärst du dir dann deine Gefühle für mich?« Er klang fast beunruhigt.

»Wie kommst du darauf, dass ich Gefühle für dich hätte?«

»Ich weiß, dass du die hast.«

»Du bist so dermaßen eingebildet.«

»Penny, komm! Nicht schon wieder.«

Ich ließ es mir durch den Kopf gehen und seufzte. »Okay. *Vielleicht* mag ich dich ein kleines bisschen.«

»Danke schön.«

»Aber das heißt ja noch lange nicht, dass wir beide füreinander bestimmt sind. Das ist doch nur etwas, das Kitschromane einem einreden wollen. Und die Grußkarten- und Blumenindustrie. Im wahren Leben passiert so was nicht.«

Noah sah auf einmal fast krank aus. »So was Deprimierendes hat mir noch nie jemand gesagt.«

Ich hob eine Augenbraue. »Ach komm, Romeo. Erzähl mir jetzt nicht, dass du ein alter Romantiker bist.«

»War ich früher nie.«

Inzwischen hatten wir mein Haus erreicht, und ich wollte nicht, dass der Tag einfach so zu Ende ging. Der Mond hatte sich hoch in den Himmel gewuchtet und tauchte mein Zuhause in weißes Licht, was es ganz klein wirken ließ. In der Küche brannte noch Licht, weshalb ich Noah rasch hinter die Hecke zog.

»Ich sorg schon dafür, dass du deine Meinung änderst«, sagte er und nahm meine Hand.

»Worüber?«

»Über die Liebe.«

Ich verdrehte die Augen.

»Ganz ernsthaft.«

»Und wie genau willst du das anstellen? Sag jetzt nicht, dass du mit einer Rose zwischen den Zähnen unter meinem Fenster aufkreuzen und *My Heart Will Go On* singen wirst – denn dann ruf ich die Polizei … He, was soll das?«

Noah führte sein Gesicht ganz dicht an meines und starrte mir tief in die Augen. Und da war's um mich geschehen. Mein Herz wummerte, an Atmen war nicht mehr zu denken. Er nahm mein Kinn und zog mich näher, bis keine zwei Zentimeter mehr zwischen uns lagen. Ich spürte seinen Atem auf meinem Gesicht und meine Knie machten schlapp. Jedes Atom meines Körpers sehnte sich nach der Berührung seiner Lippen. Ich wartete. Ich konnte ihn riechen. Er roch nach Äpfeln, fast schon zu süß. Ganz unwillkürlich hatte ich ihm die Arme um die Hüfte geschlungen und mich so eng wie möglich an ihn herangedrängt. Noahs Gesicht kam näher und näher – unsere Lippen trennten nur noch wenige Millimeter. Ich schloss die Augen und wartete auf diesen herrlichen ersten …

Da fühlte ich, wie er ganz plötzlich seinen Kopf zurückzog. Meine Augen klappten auf und sahen ihn wissend grinsen.

»Du änderst deine Meinung noch, wart's nur ab.«

Und damit drehte er sich um, verschwand in der Dunkelheit und ließ mich zurück, zitternd wie Espenlaub.

13

In dieser Nacht konnte ich nicht aufhören zu lächeln. Zu lächeln, zu lächeln, zu lächeln. Auf die Art, die ganz tief drinnen entspringt und dann jede Körperfaser erfasst. Ich zog die Decke über mich und rollte mich auf den Rücken, denn an Schlaf war nicht zu denken. Ein Glück. Denn so blieb mir mehr Zeit für die Noah-Analyse.

Eine echte Herausforderung, jetzt noch an meinen Überzeugungen festzuhalten. Ich spürte sehr wohl, dass ich mich gerade verliebte – oder mich nach ihm verzehrte oder was auch immer. Mir war, als sei mein Zynismus ein altes Brot, auf dem ich so lange herumgekaut hatte, bis es in meinem Mund trügerisch süß geworden war. Ich drehte mich auf den Bauch und umarmte das Kissen unter mir. Hut ab, wie ich das alles gewuppt hatte. Ich hatte mich nicht verstellt und Noah hatte mich trotzdem gemocht. Und meinen unberechenbaren Körper hatte ich auch den ganzen Tag unter Kontrolle gehabt, was schon an ein Wunder grenzte. Panikattacken waren im Moment wirklich kein Thema.

Irgendwann kam der Schlaf dann aber doch. Und wovon träumte ich? Von Noah! Ausschließlich von Noah: von seinem Gesicht, seinem Lächeln, seinen Händen.

Beim Aufwachen lächelte ich immer noch.

Natürlich musste ich irgendwann in die Realität zurückkehren, und meine Mutter hatte ein Händchen dafür, am Frühstückstisch unappetitliche Themen anzuschneiden.

Als ich vor meiner Müslischüssel saß, holte sie mich unsanft von meiner Dopaminwolke herunter.

»Hast du schon deine Psychologieaufgaben gemacht?«

Ich verschluckte mich an meinem vollen Mund. *Hausaufgaben!*

»Ich dachte, du wolltest sie gestern machen.«

Ich nickte. »Wollte ich auch. Hatte dann aber zu viel um die Ohren.« Ich versuchte, den Müsliklumpen in meinem Mund mit Orangensaft runterzuspülen.

»Nichts ist wichtiger als Schule.«

»Ich weiß, ich weiß.«

»Und denk dran, morgen hast du einen Termin bei Dr. Ashley.«

Das war der offizielle Todesstoß für meine rosige Stimmung. »Echt?«

»Ja. Den habe ich notfallmäßig für dich ausgemacht. Ich habe gehört, wie du Freitagabend in deinem Zimmer geweint hast.«

Oh nein, bitte nicht. Jetzt würde sie wieder glauben, sie hätte irgendwas verbockt. Und prompt setzte sie sich neben mich und ergriff meine Hand. Immer die gleiche Tour.

»Ich hab mich ja nicht zu fragen getraut, aber – ist alles okay, Penny? Ist es wegen mir?« Wären diese zermürbenden Schuldgefühle nicht gewesen, ich wäre schon längst in die Luft gegangen. Ständig musste ich diese Szene durchmachen.

»Mum«, beharrte ich zähneknirschend. »Alles in Ordnung.«

»Das ist es ja ganz offensichtlich nicht. Hab ich was falsch gemacht?«

Ich beschloss, ihr die Wahrheit zu sagen. Zwar würde ihr das jede Menge neuer Probleme bescheren, an denen sie sich abarbeiten konnte, aber das war immer noch besser als diese ewige Selbstzerfleischung.

»Wenn du's wirklich wissen willst: Ich hab mich aufgeregt wegen eines Jungen.«

Das hatte sie nicht erwartet. Schwups saß sie plötzlich kerzengerade auf ihrem Stuhl und wirkte richtiggehend beglückt. Männerprobleme!

»Ein Junge?«

Ich nickte. Mich innerlich krümmend.

»Aber ich dachte, alle Jungs in Middletown wären eklig.«

»Na ja, alle bis auf einen.« Ich betrachtete mein leeres Saftglas, als gäbe es auf der Welt nichts Interessanteres.

Mum schwieg einen Moment. »Und warum hat dieser Junge dich zum Weinen gebracht?«

Sie war glücklich. Damit konnte sie umgehen. Das gehörte zum Standardrepertoire, wenn man eine Teenagertochter hatte. Ganz anders, als sein Kind vom Boden aufzukratzen, nachdem es beim Tamponkauf einfach so das Bewusstsein verloren hatte.

Ich versuchte, mir etwas aus den Fingern zu saugen. »Ich hab nicht glauben können, dass er mich mag, und das hat mich fertiggemacht. Aber jetzt glaube ich doch, er mag mich … vielleicht.« Da tat sich ein Notausgang auf. »Also kannst du Dr. Ashley morgen absagen. Jetzt, wo du weißt, dass ich nicht noch verrückter werde und so.«

Sie sah mich an. Streng. »Netter Versuch. Aber Junge hin oder her, du gehst zu dem Termin.«

»Was? Aber ich hab dir doch gerade erklärt, was war!«

»Trotzdem. Man kann auch nicht einfach in letzter Minute absagen. Die berechnen es einem so oder so.«

Mir wurde ganz anders. Das hatte man also davon, wenn man mit offenen Karten spielte.

Aufgeregt beugte sich Mum vor. »Aber jetzt erzähl doch mal von dem Jungen.«

»Nein.«

»Wie bitte? Warum denn nicht?«

»Weil du meine Mutter bist und es mir unangenehm ist.«

»Bin ich etwa nicht cool genug? Bin ich nicht *hip* genug für Gespräche über *Typen?*« Und zu meinem Entsetzen begann sie, mit ihren Händen hiphoppermäßig in der Luft herumzufuchteln.

»Mum, ich verlasse jetzt die Küche.«

»Ach komm, das war doch nur ein Witz.«

»Und tschüss.« Ich stellte meine leere Müslischale in die Spüle und flüchtete.

»Also, bevor du schmusen gehst, machst du auf jeden Fall noch deine Psychologieaufgaben, okay?«, rief sie mir nach.

»Kein Mensch ›schmust‹ mehr, Mum.«

»Mir egal, du machst trotzdem deine Aufgaben, bevor du schmust.«

»Ja, ja«, moserte ich.

Wahrscheinlich ist jederlei geistige Tätigkeit vergeudete Liebesmüh, wenn man gerade einen Jungen kennengelernt hat. Ich jedenfalls saß da und starrte auf mein Schulbuch, um meinem Hirn diesen Humbug reinzudrücken, und meine Gedanken kreisten nur um eins: Noah. Irgendwann schloss ich sogar die Augen und gaukelte mir vor, dass Noah mir aus dem Buch vorlas – und zu meinem Entsetzen half mir das wirklich auf die Sprünge. Ich schaffte es, ungefähr eine Seite zu schreiben, bevor mir einfiel, dass er ja noch gar nicht angerufen hatte. Ich schaute auf meinem Handy nach der Zeit. Schon vierzehn Uhr. Warum hatte er nicht angerufen? Hatte er bereits das Interesse verloren? Ich schüttelte den Kopf. Nein. So eine war ich nicht. Ich würde mich NICHT von ausbleibenden Jungsanrufen verrückt machen lassen. Ich stellte das Handy aus und fühlte mich gleich etwas besser.

Schließlich brachte ich doch einen Entwurf zustande. Ich las ihn noch mal durch und war überrascht, dass es kein totaler

Schrott war. Hervorragend. Damit konnte ich morgen in der Schule meinen Psychologielehrer schocken. Ich blickte auf mein ausgeschaltetes Handy. Da lag es auf meinem Schreibtisch, verhöhnte mich, lockte mich, es einzuschalten und nach Nachrichten zu schauen. Ich widerstand, nahm es aber für alle Fälle mit nach unten.

»Möchte wer Tee?«, brüllte ich.

»Ja bitte, Schätzchen«, drang Dads Stimme aus dem Wohnzimmer.

»Mum?«, schrie ich ins Leere.

»Die ist beim Pilates.«

Ich stellte den Wasserkocher an, holte zwei Becher heraus und ließ in jeden einen Teebeutel plumpsen. Während ich neben dem Kocher wartete, trommelte ich mit den Fingern auf die Arbeitsplatte und schielte dabei unentwegt aufs Handy. Doch einschalten? Nein. Nach einer halben Ewigkeit begann das Wasser endlich zu brodeln. Ich füllte die Becher und trug sie ins Wohnzimmer.

Dad tauchte hinter seiner Zeitung auf. »Danke, Puppi«, sagte er und nahm mir einen Becher ab.

Ich ließ mich auf dem Sofa nieder und nippte an meinem Tee. »Also, was passiert so in der Welt?«

Er schüttelte seine Zeitung aus. »In Middletown ist wirklich mal die Hölle los.«

»Haha, guter Witz.«

»Nein, im Ernst.«

»Lass mich raten. Der Gemeindepfarrer ist mit einer frustrierten Hausfrau durchgebrannt?«

»Komm schon, Penny – wir sind hier nicht in einer Vorabendserie.«

»Fühlt sich aber so an.«

»Also, wenn's dich interessiert, es hat noch mehr Wetterkapriolen gegeben. Ein Mordsgewitter letzte Nacht. Einer bedauernswerten Dame ist der Blitz ins Haus eingeschlagen. Ganzes Dach hin.«

Ich war verwirrt. »Aber ich war letzte Nacht fast die ganze Zeit wach, weil ich nicht einschlafen konnte. Da war kein Gewitter. Das hätte ich doch mitgekriegt.«

»Es hing offenbar direkt über dem oberen Teil der Stadt.«

»Echt? Ich hab keinen Donner gehört.«

Dad nahm einen Schluck aus seinem Becher. »Mmm, guter Tee. In der Zeitung heißt es, dass es weder Donner noch Regen gab. Das ist ja das Sonderbare. Nur dieser einzelne Blitzschlag ins Haus dieser Dame.«

Mir kam das suspekt vor. Klang eher nach Versicherungsbetrug. Aber liefen Gewitterschäden nicht unter Höhere Gewalt? »Hmm.«

»Der *Middletown Observer* sagt, dass das Wetter in letzter Zeit öfter verrücktspielt.«

»Ja, hat Noah auch erzählt.«

Dad senkte die Zeitung. »Wer ist Noah?«

Upps.

»Niemand. Nur so ein Typ.«

»So ein Typ?«

»Bitte, Dad, spar's dir. Mums Verhöre sind schon grausam genug.«

»Sie hat mir von einem Jungen erzählt. Ist fast umgekippt vor Aufregung. Dass er Noah heißt, ist mir allerdings neu.«

Ich zappelte unbehaglich.

»Ich frag ja nicht weiter, Häschen. Keine Sorge. Solange er dich gut behandelt, hab ich kein Problem.«

»Ja, ja.«

»Wirklich.«

Ich stürzte den Rest meines Tees hinunter, so schnell ich

konnte, und verbrannte mir dabei den Mund. Als mein Becher leer war, stand ich auf.

»So, bin dann wieder oben.«

Dad reagierte nicht. Er war schon wieder in seine Zeitung abgetaucht.

Ich hatte es lange genug ausgeschaltet gelassen. Mir hinreichend bewiesen, wie egal es mir war. Kaum war ich zur Wohnzimmertür hinaus, schaltete ich das Handy wieder ein und wartete ungeduldig darauf, dass es zu Leben erwachte.

»Mach schon, mach schon«, murrte ich.

Es piepste in meiner Hand. Mir wurde flau. Eine neue Nachricht auf der Mailbox. Ich hämmerte 4444 ein und schob das Handy an mein Ohr.

»Sie haben eine neue Nachricht«, informierte mich die Computerstimme.

Ja, ja, hab ich mitgekriegt.

»Um die Nachricht abzuhören, drücken Sie die Eins ... um die Nachricht zu speichern, drücken Sie die Zwei ... um die Nachricht zu löschen ...«

Ich hackte auf die linke obere Taste und holte tief Luft.

Lizzies aufgeregte Stimme plärrte mir ins Ohr. »He, Penny, warum ist dein Handy aus? Egal, ich hab kaum mehr Guthaben drauf, aber ganz wichtig: RUF MICH AN. Ich hab Eins-a-Tratsch. Und ich muss wissen, ob du deine Hausaufgaben gemacht hast. Hast du doch, du alte Strebertante, oder? Du gibst ja immer pünktlich ab. Kann ich lesen, was du geschrieben hast? Ruf mich an, sonst bist du tot.« Pieps.

Die Computerstimme hob zu neuen Fragen an, aber ich würgte sie ab.

Warum hatte er sich nicht gemeldet? Ich wählte Lizzies Nummer. Sie hob nach dem zweiten Klingeln ab.

»Hi.«

»Hallo. Was gibt's?«

»Diese Aufgaben sind sooo öde. Warum muss ich dieses Zeug wissen? Hilft mir das, der neue Hunter S. Thompson zu werden?«

»Der nächste wer?«

»Gott, bei dir ist echt Hopfen und Malz verloren.«

»He!«

»Du bist schon durch damit, oder?«

Innerlich rüstete ich mich für die nächste Verbalattacke. »Nur die Rohfassung«, gab ich zu.

»Ich hab's gewusst. Ich hab's einfach gewusst.«

»Lizzie, es ist nicht verboten, seine Aufgaben rechtzeitig abzugeben.«

»Ist es schon.«

»Soll ich dir helfen?«

Sie war einen Moment still. »Na gut, dir sei verziehen. Kann ich deins morgen nach der zweiten Stunde lesen?«

»Klar.«

»Oh Baby, ich liebe dich – das weißt du, oder?«

»Ja, ja.« Ich zögerte. »Was ist jetzt mit der Klatschgeschichte?«

»Aaah ja. Du bist nach dem Gig ja nicht mehr mitgekommen …«

Ich schüttelte den Kopf. »Nö.«

»War lustig. Dieser Schlagzeug-Jack hat mir zuerst ganz gut gefallen, aber dann hat er mir erzählt, dass er Revolverblätter liest. Würg. Jetzt scheidet er leider aus. Aber egal. Noah und Portia waren jedenfalls auch da. Eigentlich war es ein Glück, dass du nicht mitgekommen bist. Diese Portia ist so dermaßen genau die Art von Mensch, auf die du mit Pickeln reagierst. Die Tante hättest du sofort gefressen. Die ganze Zeit hat sie nur von ihrer Designerhandtaschensammlung geschwafelt und dass ihr Dad ihr nach der Schule eine Wohnung in London kauft. Was für eine Schnalle, echt. Ich meine, wie taktlos kann man sein – nur darüber zu reden, wie reich man ist.«

Lizzies Beschreibung war Balsam für meine Seele.

»Wie dem auch sei ... du weißt doch noch, wie Noah und Portia nach dem Konzert die ganze Zeit miteinander rumgemacht haben?«

Mir wurde gleich ganz schlecht bei der Erinnerung. Ich nickte.

Lizzie musste mein Nicken durchs Telefon gespürt haben. »Also, das war echt seltsam, denn kaum waren wir aus dem Club draußen, hat Noah komplett das Interesse an ihr verloren. Er hat ihre Hand losgelassen und gar nicht mehr mit ihr geredet. Eigentlich wär das ja unhöflich gewesen, und normalerweise würde ich mich auch total aufregen darüber, aber da diese Portia so ein unbeschreibliches Arschloch ist ... Na ja, und dann wurd's eigentlich ganz lustig. Scheint es nicht gewohnt zu sein, dass jemand sie links liegen lässt. Damit konnte sie ja so gar nicht. Hat TOTAL zu klammern angefangen und immer wieder versucht, ihn voll auf den Mund zu küssen, wenn er gerade mitten im Satz war. Und er hat sie einfach zur Seite gewedelt, wie eine Motte oder so was. Und weil sie damit nicht durchgekommen ist, hat sie – in aller Öffentlichkeit, wohlgemerkt – angefangen, sein Knie zu streicheln und ihm mit der Hand in den Schritt zu fahren. Und ogottogottogott, Penny, wir haben alle nur geglotzt, aber das scheint sie auch noch angemacht zu haben.«

Ich malte mir die Szene aus, schäumend vor Eifersucht.

»Aber Noah hat sie WIEDER voll auflaufen lassen. Er hat ihr auf die Hand geklopft wie einem ungezogenen Kleinkind und sie ist feuerrot geworden. Hast du die Farbe vor Augen, feuerrot? Na gut. Hat ausgesehen wie eine Leuchtboje. Und um ihr Gesicht zu wahren, hat sie dann krampfhaft so getan, als wäre nichts gewesen, und hat völlig zusammenhanglos irgendwelche Geschichten erzählt, wie sie mal von einer Modelagentur gescoutet wurde, als sie noch nicht mal geschminkt war.«

Ich ließ Lizzie erst mal zu Atem kommen. Sie hatte sich dermaßen in Rage geredet, dass fast eine Runde Riechsalz fällig gewesen wäre.

»Und das waren also die Neuigkeiten?«, fragte ich, unsicher, ob ich noch mehr erfahren wollte.

Ich hörte Lizzie nach Luft schnappen. »Nein – es – geht – noch – weiter«, keuchte sie.

Ich seufzte. »Dann mal los.«

»Also, vorhin hat mich Ruth angerufen und mir's erzählt. Sie ist heute Morgen mit Will zur Bandprobe. Anscheinend ist Portia dort aufgekreuzt, in totaler Ausgehmontur trotz Sonntagmorgen. Das hat zumindest Ruth gemeint, obwohl sie sicher genauso aufgebrezelt war. Ruth hat gesagt, als Noah reingekommen ist und Portia entdeckt hat, war er total geschockt und hat ihr vor allen Leuten gesagt, er kann sich nicht erinnern, sie eingeladen zu haben. Und dann, und jetzt wird's richtig gut, hat er Portia mit in die Ecke genommen und leise auf sie eingeredet. Dann ist sie offenbar komplett ausgerastet und hat angefangen rumzubrüllen. Sie hat sich eine von Jacks Trommeln geschnappt und quer durchs Zimmer gekickt und die hat jetzt ein Riesenloch. Sie hat Noah einen Scheißkerl genannt und ist dann kreischend auf und davon.«

Unfassbar.

»... und dann ist Ruth Portia hinterher. Nicht weil sie sie so gernhat, aber sie hat so getan, als ob, um an den Klatsch ranzukommen. Kein schlechter Schachzug übrigens. War mir eine gelehrige Schülerin. Und Portia hat Ruth erzählt, dass Noah

Schluss gemacht hat und gesagt hat, es täte ihm wirklich leid, aber er ist in eine andere VERLIEBT.«

Ich ließ die Worte sacken.

»Kannst du das glauben?«

»Nein.«

»Ist das nicht die heißeste Story seit Menschengedenken? Ich frag mich, wer die Neue ist. Die wird sicher das Hassobjekt sämtlicher Mädchen von Middletown.«

Schluck. Ich versuchte, möglichst unbeteiligt zu klingen. »Toller Tratsch, Lizzie. Ich bin stolz auf dich.«

»Bist du nicht sterbensneugierig, wer die große Unbekannte ist?«

»Eigentlich nicht. Warum bist du so dahinterher?« Das klang unfreundlicher als beabsichtigt, aber ich konnte nicht anders. Ich hatte keine Lust, in eine drittklassige *EastEnders*-Folge verwickelt zu werden.

»Weil's halt einfach interessant ist.« Sie hielt inne. »Übrigens: Glaubst du, ich könnte vielleicht doch auf jemanden stehen, der Schundzeitungen konsumiert?«

Themenwechsel, Gott sei Dank. »Na ja, Bücher liest er ja auch, oder?«

»Klar. Stimmt ja. Vielleicht ist er trotzdem okay.«

So ging es noch ein paar Minuten hin und her. Nachdem ich aufgelegt hatte, kletterte ich auf mein Fensterbrett, um die Neuigkeiten zu verdauen.

Nun, das erklärte immerhin, wieso er nicht angerufen hatte. Aber einiges an dieser Geschichte war doch zum Fürchten. Ich wollte nicht irgendeine reiche Tussi gegen mich haben. Und er hatte gesagt, er sei in jemand anderen *verliebt*. Hieß das, er war *verliebt* in mich? Blödsinn. Wir kannten uns ja kaum.

So saß ich da und sah gedankenverloren zu, wie der Nachmittag in den Abend überging.

14

Am nächsten Morgen war mit mir nicht gut Kirschen essen.

Kein Anruf. Nicht mal eine popelige SMS. Ich pfiff auf meine Atemübungen, schwang mich aus dem Bett und ließ meiner miesen Laune freien Lauf. Ich trat meine Zimmertür zu, scheuerte mir die Zähne und goss meinen Orangensaft so brutal ins Glas, wie man Saft nur gießen kann.

Auch bei der Kleiderwahl blieb ich auf Krawall gebürstet. Obwohl es draußen mal wieder viel zu warm war für die Jahreszeit, zog ich das schwarze Motörhead-T-Shirt heraus und kombinierte es mit meinem ausgefransten Minirock. Schmierte mir so viel Lidstrich um die Augen, wie es die Schulordnung erlaubte, und band mir die Haare zurück. Als ich in den Spiegel guckte, sah ich überraschenderweise richtig gut aus. Doch meine schwarze Montur reichte offenbar nicht als Ablassventil. Als ich unsere Auffahrt runterstürmte, brodelte meine Noah-Wut noch auf voller Flamme.

»Ich hasse Männer«, versicherte ich mir selbst. »Wie blöd kann man sein? Hast du echt geglaubt, bei dir wär alles anders?«

Doch dann wurden meine erbosten Grübeleien von Zweifeln verdrängt: »Hm, aber er hat Portia doch gesagt, er ist in jemand anderen verliebt. *Verliebt*. Vielleicht meint er ja doch dich …?«

Es war, als hockte mir ein Engel auf der einen Schulter und ein Teufel auf der anderen. Und ich war so darin vertieft, mit den zwei Seelen in meiner Brust herumzuzackern, dass ich gar nicht bemerkte, wie Noah hinter einem Baum hervortrat.

»Hey, Penny.«

Er sah schon fast verboten gut aus. Schwarzes T-Shirt – meine Güte, wir gingen schon im Partnerlook –, dunkle Jeans und Sonnenbrille, die ganz lässig oben auf seinem Prachtkopf steckte.

»Hab's ja gewusst: Du fängst an, mich zu stalken, wenn ich dir zeige, wo ich wohne.« Das war eher als Witz gedacht, doch der Zorn, den ich den ganzen Morgen mühsam im Zaum gehalten hatte, durchtränkte jedes meiner Worte.

Noah wirkte nicht überrascht. »Tut mir leid, dass ich mich gestern nicht gemeldet habe.«

Ich blieb stumm.

»Ich musste ein paar … Dinge abklären.«

Ich zuckte die Schultern. »Kein Problem. Ist mir gar nicht aufgefallen. Ich hatte selbst was zu tun.«

Er ergriff meine Hand, und zu meinem Unwillen merkte ich, wie ich dahinschmolz.

»Tut mir echt leid, dass ich nicht angerufen habe«, wiederholte er und versuchte, meinen Blick zu erhaschen. »Ich weiß genau, dass du mich schon unter diesen Typen verbucht hast, die nicht anrufen und die Mädchen verarschen. Aber so bin ich nicht.«

Wahnsinn, wie konnte er mich jetzt schon so genau kennen? Aber ich ließ mir nichts anmerken, sondern zuckte nur wieder die Schultern. Eigentlich ein ziemlich effektives Kommunikationsmittel, wenn einem das Herz zehntausendmal pro Sekunde schlägt.

Noah schob übertrieben die Unterlippe vor, und ich wusste, ich hatte ihm vergeben. Zumindest dieses eine Mal.

»Kannst du mir verzeihen?«, flehte er mit Babystimme, passend zu seiner Schmollgrimasse.

Ich guckte gequält. »Ich verzeihe dir, wenn du schwörst, nie wieder so zu sprechen oder dieses Gesicht zu machen.«

Noah lachte und legte seinen Arm um mich. Wir setzten uns in Bewegung.

»Was willst du überhaupt hier?«

»Ist es verboten, seine wunderschöne Freundin zur Schule bringen zu wollen?«

Wow. Ich versuchte, mich auf den Beinen zu halten, während in mir drinnen die Glücksatombombe hochging.

Ich, wunderschön? Ich, seine Freundin?

»Deine Freundin bin ich jetzt also?« Innerlich klopfte ich mir auf die Schulter für so viel Gelassenheit.

Noah marschierte unbeirrt weiter. »Jepp. Sorry, aber dir bleibt da keine Wahl.«

»Kommt mir nicht besonders fair vor.«

»Willst du meine Freundin sein?«

Der glaubte wohl, er hätte mich schon in der Tasche. Der eingebildete Arsch. »Und was ist mit Portia? Ist nicht die schon deine Freundin?«

Er verkrampfte und ich bekam Oberwasser.

»Müssen wir darüber reden?«

»Warum?«, fragte ich ganz unschuldig. »Was war denn los?«

»Alles geklärt. Mach dir keine Gedanken.«

»Und was macht Jacks Trommel?«

»Woher zum Teufel weißt du das?«, lachte Noah.

»Meine beste Freundin ist der Sherlock Holmes von Middletown.«

»Lizzie«, sagte er kopfschüttelnd.

»War's schlimm?« Wir hatten die stillen Seitenstraßen erreicht und der Verkehrslärm war kaum noch zu hören.

Noah wirkte bekümmert. »Toll war's nicht. Ich bin mir wie ein richtiges Arschloch vorgekommen.«

Ich ging weiter, seinen Arm immer noch um mich gewickelt, und blickte zu den Baumwipfeln empor. Durch die Lücken zwischen den Ästen fielen Lichtflecken auf uns herab. »So gern ich dir widersprechen würde, aber dein Verhalten war ja auch reichlich arschig.«

»Ich weiß.«

Unser Schweigen war jetzt ziemlich ungemütlich. Schrecklich, dass es zwischen uns immer entweder großartig oder angespannt sein musste. Ich spürte, dass wir auf der Schwelle zu etwas standen, aus dem es kein Zurück mehr gab, und dass wir beide schwankten, ob das gut war oder schlecht. Doch als ich zu Noah aufblickte und sah, wie das Licht sein fein gemeißeltes Gesicht umspielte, schlug mein Magen Purzelbäume und ich beschloss, dass es gut war. Zumindest mal fürs Erste.

Die Verlegenheit verflüchtigte sich und ich genoss seine körperliche Nähe. Der Weg flog nur so dahin und schon waren wir keine fünf Minuten mehr von den Toren der Schule und meiner Englischstunde entfernt.

Noah löste vorsichtig seinen Arm von mir. »Tut mir leid«, sagte er. »Der Spaziergang war jetzt etwas schwermütiger als geplant.«

Ich versuchte mich an einem Lächeln.

»Es ist nur, na ja, ich hab wegen dieser Portia-Geschichte ein ziemlich schlechtes Gewissen. Ich kann nicht fassen, dass ich jemanden auf diese Art *benutzt* habe. Ich wollte einfach so unbedingt, dass du dir über deine Gefühle klar wirst.«

Ich dachte daran, was Lizzie gesagt hatte. »Also, um dich zu trösten, du hast ja jetzt nicht Mutter Teresa angestrullt oder so. Wie man hört, ist sie ja nicht unbedingt der netteste Mensch unter der Sonne.«

Noah nickte, aber offenbar nur halb überzeugt. »Falsch war's trotzdem.«

»Dafür hat sie die Trommel geschrottet. Seid ihr da nicht quitt?«

Er lachte. »Ja, die Trommel ist hinüber, das stimmt. Ein Irrsinn.«

Bei der Vorstellung musste ich auch lachen.

»Hast du nach der Schule Zeit?«

Mein Herz zog sich zusammen. Dr. Ashley. Ich schüttelte den Kopf. »Nein. Zumindest nicht gleich. Ich hab noch so eine Sache vor.«

»Klingt ominös.«

Ich mied seinen Blick. »Schwer zu erklären.«

Ich kramte mein Handy hervor und sah auf die Uhr. Zu spät. Mal wieder. Noah bemerkte meine Grimasse.

»Musst du rein?«

»Blöderweise ja.«

»Also, was machst du nach deiner *Sache*?«

»Nichts. Warum?«

Noah klaubte einen Fussel von meinem T-Shirt und wischte ihn fort. »Ich hab mich gefragt, ob du vielleicht zu mir kommen möchtest, einfach ein bisschen zusammen rumhängen.«

Sofort schoss mir durch den Kopf, was für einen Ruf er hatte, und ich musste schlucken. Was genau meinte er mit »zusammen rumhängen«? Was wurde da von mir verlangt? Erwartet?

Ich nickte zögerlich und versuchte, meinen hektischen Atem zu beruhigen.

Ich brauchte Beratung, und zwar dringend. Aber verdammt, dann würde ich Lizzie einweihen müssen – und die würde unerträglich sein.

»Ist das ein Ja?« Er beäugte mich erwartungsvoll.

Ich nickte wieder.

»In Ordnung. Dann bin ich gegen sechs bei dir und hol dich ab?« Er nahm meine Hand und drückte sie. Und bevor ich mich versah, hatte er sich umgedreht und war verschwunden.

Wie auf Eiern wankte ich zu Englisch und schlotterte beim Gedanken an den bevorstehenden Abend. Fast sehnte ich den Samstagmorgen zurück. Da hatte ich Noah noch aus meinem Hirn verbannt und einfach mein ereignis- und stressarmes Leben weitergelebt. Und nun hatte ich innerhalb eines einzigen Wochenendes eine Beziehung ruiniert und mir einen Freund angelacht – und stand plötzlich panisch vor der Frage, ob er jetzt schon von mir erwartete, dass ich mit ihm ins Bett stieg.

Ich taumelte an den Tischen vorbei und ließ mich wie ein Sack auf meinen Stuhl fallen, ohne auf Franks Begrüßung zu reagieren. Ich senkte den Kopf auf meine Arme und konzentrierte mich darauf, gleichmäßig zu atmen. Aber mehr als hektisch und stoßweise war nicht drin.

»Penny? Alles klar?«, fragte Frank, musste aber auf eine Antwort verzichten.

Ich bekam keine Luft.

Nicht schon wieder. Nicht hier.

Reg dich ab, befahl ich mir. Ich kniff die Augen zu und begann, mir mantramäßig vorzubeten: *Du musst nicht mit ihm schlafen. Ihr seid eben erst zusammengekommen. Wenn er fragt, sag einfach Nein. Murks ihn ab, wenn er ein Problem damit hat.*

Das half ein wenig. Ich spürte, wie mir das Atmen leichter fiel. Ms Gretchings Vortrag am anderen Ende des Raums drang langsam an meine Ohren. Ihre Stimme wurde lauter und weniger blechern.

Du musst noch nicht mit ihm schlafen, wiederholte ich im Geiste. Und nach und nach fühlte ich mich stark genug, den Kopf zu heben und in Franks besorgte Augen zu blicken.

»Penny?«

»Hi, Frank. Was gibt's?«

»Geht's dir gut? Du hattest da ja wohl gerade 'nen kleinen Ausnahmezustand.«

Ich versuchte mich an einem glaubwürdigen Lachen. »Tut mir leid. Hab letzte Nacht nicht so gut geschlafen und musste mich erst mal mental auf unser morgendliches Englischvergnügen einstellen.«

Frank wirkte nicht überzeugt, ging aber nicht weiter drauf ein. »Du bist so ein Knallkopf.«

»Wer könnte das besser beurteilen als du?«

Ich stellte mir wieder Ms Gretchings dröges Geblubber als Hintergrundgeräusch ein und kehrte zu meinem eigentlichen Problem zurück. Hier waren Rat und Hilfe gefragt. Lizzie.

So wie sie über ihr doofes Notizbuch gebeugt dahockte, war Lizzie beim Mittagessen kaum zu verfehlen.

Ich ließ mich neben ihr fallen und wappnete mich innerlich für die drohende Quietschorgie. »Wo sind Ruth und Amanda?«

Lizzie blickte von ihrem Gekritzel auf. »Ruth dreht am Rad wegen ihrer Kulturtouristikhausaufgaben und hat Amanda zur moralischen Unterstützung in die Bibliothek mitgeschleift.«

Ich prüfte die Lage. In der Mensa war weniger los als üblich. Wahrscheinlich griff langsam die Prüfungsangst um sich und die Bibliothek mutierte wieder zum sozialen Epizentrum des Schulgeländes.

Ich schnitt ein Gesicht. »Arme Amanda.«

»Scheiß auf die arme Amanda. Was ist mit mir? Ich brauche deinen Psychologieaufsatz, und zwar SOFORT.«

Seufzend kramte ich in meiner Tasche herum und rückte ihn raus. Lizzie griff begeistert zu, ein bisschen wie Gollum aus *Der Herr der Ringe.* Ich lehnte mich zurück, während sie den Aufsatz überflog.

»Ich fass es einfach nicht, dass du schon fertig bist damit.«

»Ist doch nur ein Entwurf, Lizzie. Was hat dich eigentlich daran gehindert?«

Sie blätterte um. »In meiner knapp bemessenen Freizeit bring ich mir gerade Stenografie bei.«

»War ja klar …«

Sie begann sich Notizen zu machen, und mir fiel auf, dass sie riesige Abschnitte meiner Arbeit Wort für Wort abschrieb. Ich musste mit ihr sprechen, jetzt gleich. Und sei es nur, um ihre schamlosen Plagiatspläne zu unterbinden.

»Lizzie?«, fragte ich.

»Ja?«

»Kann ich dir ein Geheimnis anvertrauen?«

Schlagartig war der Psychologieaufsatz vergessen. Mit funkelnden Augen schnellte sie auf ihrem Stuhl nach vorn.

»Worum geht's?«, drängelte sie.

Oh Gott, vielleicht war die Idee doch nicht so gut.

»Stopp, stopp. Zuerst musst du mir hoch und heilig VERSPRECHEN, dass du niemandem davon erzählst.«

Ihre Gesichtszüge entgleisten, und ich konnte sehen, wie sie mit sich kämpfte.

»Muss ich die Worte ›das bleibt unter uns‹ in den Mund nehmen?«, drohte ich.

Lizzie lachte. »Nein. Okay. Ich versprech's. Und jetzt schieß endlich los.«

Ich blickte mich in der halb leeren Mensa um, um sicherzugehen, dass uns niemand belauschte. Völlig überflüssig natürlich. So interessant waren Lizzie und ich nun auch wieder nicht.

»Also, ich erzähl dir das nur, weil ich deinen Rat brauche. Ehrlich. Ich bin komplett am Durchdrehen.«

Lizzie nickte feierlich. »Da bist du bei mir goldrichtig.«

»Also, die Sache ist die: Ich bin irgendwie mit Noah Roberts zusammen.«

Dass sie derart kreischen würde, hatte ich nicht erwartet. Der ganze Raum drehte sich zu uns um, als Lizzie wie eine Kreissäge aufjaulte und sich dann mit Glupschaugen die Hand in den Mund stopfte.

»Danke für die Diskretion«, sagte ich säuerlich.

»Ich werd nicht mehr!«, japste sie. »Und du verarschst mich nicht?«

Ich schüttelte den Kopf.

»Meine Fresse, das ist ja Klatsch der Extraklasse.«

Ich schlug ihr auf die Hand. »He! Das bleibt unter uns, schon vergessen?«

»Au Mann!«

»Lizzie! Du hast es mir versprochen!«

»Okay, okay, okay.« Ihrem Strahlen nach zu schließen schien sie eins und eins zusammengezählt zu haben. »Dann bist *du* es also, die Portia umbringen will! Dich!« Aus unerfindlichen Gründen schien sie diesen Gedanken rasend komisch zu finden. Ich versuchte alles, sie zum Schweigen zu bringen, doch sie kriegte sich erst ein, als ich schon an der Schwelle zum Mord stand.

»Okay. Ich benehme mich«, sagte sie. »Spuck's aus. Wie ist denn das gekommen?«

Ich erzählte ihr alles: wie sich unsere Blicke bei der Band-Night gefunden hatten, was er mir an dem Abend im Lock and Key gesagt hatte und wie ich mich gefühlt hatte, als ich ihn mit Portia gesehen hatte. Dann klärte ich sie noch darüber auf, was sich seit unserem Treffen an meinem Lieblingsplatz alles ereignet hatte. Lizzie war ein ziemlich dankbares Publikum. Sie war einfach nicht fähig, ihre Körperreaktionen zu steuern. Bei allen heißeren Szenen, wie beispielsweise der, als Noah seinen Mund so dicht auf meinen gesenkt hatte, seufzte sie und machte Aaaaaaah, als würde sie gerade ein Feuerwerk bewundern.

Als ich endlich fertig war, legte ich ihr mein Dilemma dar.

»Und nachher soll ich also mit zu ihm kommen. Aber was, wenn er davon ausgeht, dass ich mit ihm schlafe? Lizzie, ich hab total die Panik!«

Sie dachte einen Moment nach, die Pringles-Packung in ihrer Hand hatte sie völlig vergessen. »Hmm.«

Das nervte! »Hmm?«, machte ich. »Ich vertraue dir das größte Geheimnis meines Lebens an und du hast nicht mehr beizutragen als ›Hmm‹?«

Sie ließ die Pringles-Packung sinken. »Was soll ich da bitte aus dem Hut zaubern? Ich bin ja nun auch nicht gerade die Dame mit der illustren Vergangenheit.«

»Aber was glaubst du, was er meint?«

»Ich ... hab keine Ahnung.«

Ich ließ meinen Kopf auf den Tisch sinken und zwang mich zum Atmen. Schließlich erwachte Lizzie aus ihrer Schockstarre.

»Sorry«, sagte sie. »Aber du hast mich so eiskalt erwischt, dass ich keine Zeit hatte, mir eine Gute-Freundinnen-Antwort zurechtzubasteln.« Sie hielt inne und dachte noch mal drüber nach. »Nach dem, was er gesagt hat, glaube ich, er ist völlig in dich verknallt. Und du wirst nicht mit ihm ins Bett gehen, oder?«

Ich schüttelte den Kopf. »Auf keinen Fall. Noch nicht.«

»Nun, dann wird er das einfach hinnehmen müssen, und wenn er dich wirklich mag, dann dürfte das auch kein Problem sein.«

Da hatte sie recht. Aber ich machte mir trotzdem in die Hose.

»Ich weiß nicht, Lizzie. Ich hab das Gefühl, das alles kann nur eine einzige Pleite werden. Er hat so viel an sich, das bei mir die Alarmglocken schrillen lässt. Etwa, dass ich keine Ahnung habe, wieso er allein lebt, dass er anscheinend depressiv ist und ein Hurenbock obendrein und außerdem noch in einer verdammten Band spielt, der sich permanent Groupies wie Portia an den Hals schmeißen.«

Sie nickte. »Ja, aber es klingt schon so, als wenn er dich wirklich mag.«

»Glaubst du?

»Ja.« Sie musterte mich von Kopf bis Fuß. »Weiß der Himmel, warum.«

»Zwing mich nicht, dir wieder das Maul zu stopfen.«

Wir veranstalteten einen unserer Miniaturschaukämpfe, sehr zum Ergötzen einiger männlicher Mensagäste, die uns »SCHLAMMCATCHEN« zubrüllten. Schließlich gaben wir auf und brachen lachend auf unseren Stühlen zusammen.

»Ich sage es nur ungern ...«, meinte Lizzie. »Ach was, eigentlich sage ich es nicht ohne Stolz: Ich habe recht behalten.« Damit griff sie sich meinen Aufsatz und fuhr fort, meine Einleitung wortwörtlich abzuschreiben.

»Was soll das heißen?«

»Na, ich habe diese perfekte Verbindung doch vorhergesagt. Ich hab dir prophezeit, der heiße Gitarrist würde dir gefallen, weil das deine ganzen Prinzipien über den Haufen wirft. Ich hab die Sache ins Rollen gebracht.«

Mit Entsetzen musste ich feststellen, dass da was dran war.

»Oh nein!«, sagte ich. »Ich bin ein … ein …« Ich brachte es nicht über die Lippen.

»So ist es«, half mir Lizzie. »Du bist ein dickes, fettes Klischee auf zwei Beinen.«

Scheinbar pfeift die Zeit auf alle Regeln, wenn man angespannt auf etwas wartet. Obwohl ich den Tag so dringend gebraucht hätte, um mich wieder in den Griff zu bekommen, zerrannen mir die Stunden wie Wasser zwischen den Fingern. Das Mittagessen verflog wie im Nebel, Fotografie pfiff nur so vorüber, und – zwinker! – hatte ich nicht eben noch Psychologie? Ehe ich mich versah, hockte ich schon vor Dr. Ashley, die unvermeidliche Taschentuchbox zwischen uns.

»Was war die Woche so los bei dir?«, fragte er, das Notizbuch schon aufgeschlagen auf dem Knie balancierend.

Noah Noah Noah Noah Noah Noah Noah.

»Nicht viel.«

Wieso hatte die Zeit plötzlich wieder diese Vollbremsung hingelegt? Nun kroch sie nur so dahin. Der Minutenzeiger der Versandhausuhr an der Wand bewegte sich praktisch rückwärts.

»Irgendwie musst du deine Tage doch gefüllt haben.«

Und irgendwas musste her, um diese Stille zu füllen. Mutter-Tochter-Probleme hatte ich schon das letzte Mal verbraten, Dad gab nicht viel her, und ich glaubte kaum, dass »Ich hab Schiss vor meinen Abschlussprüfungen« einen Termin in der Privatklinik rechtfertigte.

»Ich war wieder bei einem Konzert«, warf ich einen Köder aus.

»Ah ja. Und wie war es diesmal?«

Ich nickte. »Gut. Keine Panikattacken mehr.«

Das zwanghafte Kritzeln setzte ein, und ich fragte mich, ob ich die ominösen Aufzeichnungen wohl jemals zu lesen bekommen würde.

»Gut, das ist sehr gut«, murmelte Dr. Ashley wie zu sich selbst. »Und hast du diesmal deine Atemübungen gemacht?«

»Die hab ich beim ersten Konzert auch gemacht.«

»Ah ja. Und, haben sie geholfen?«

»Schätze ja.«

»Gut. Das ist gut.«

Ich unterbrach seinen neuen Notieranfall.

»Werde ich die jemals zu Gesicht bekommen?«, fragte ich und wies auf sein Buch.

Dr. Ashley blickte auf und drückte seine Blätter schützend an sich. »Was meinst du damit?«

»Na ja, immer wenn ich was sage, und sei es noch so belanglos, dann schreiben Sie was drüber. Aber ich weiß nicht, warum Sie schreiben.«

Er legte sich das Buch wieder aufs Knie, die aufgeschlagene Seite nach unten. »Das sind einfach nur Notizen, Penny.«

»Ja, schon klar. Aber kann ich die lesen?«

»Warum solltest du das wollen?«

Ich zuckte die Schultern. »Weiß nicht. Wahrscheinlich aus Neugier. Was weiß ich, ob Sie nicht einfach vor sich hin kritzeln und gar nicht zuhören? Oder gegen sich selbst Galgenmännchen spielen oder so.«

Ich war mir nicht sicher, was ich damit bezweckte. Aber es bedeutete zumindest, dass wir nicht über Noah sprachen. Und das war gut.

»Ich versichere dir, dass ich nicht Galgenmännchen spiele, Penny. Also … kommen wir bitte zurück zum Thema?« Er zückte wieder das Notizbuch. »Ist die Woche über sonst noch etwas passiert? Hast du …«

Ich schnitt ihm das Wort ab. »Dr. Ashley, sind Sie eigentlich auch in Therapie?«

Damit hatte ich ihn. Er zuckte merklich zusammen und brauchte einige Sekunden, um die Fassung zurückzuerlangen.

»Es ist hier nicht an dir, die Fragen zu stellen, Penny.«

»Hat mich nur interessiert.«

»Also, das tut ja wohl nichts zur Sache.«

»Sie sagen mir doch immer, das ist nichts, wofür man sich schämen muss.«

Was für ein Spaß! Ich schob meine Gewissensbisse wegen Mums Scheck beiseite und gönnte mir das Vergnügen.

Dr. Ashley rutschte unbehaglich auf seinem Sitz herum, was normalerweise mein Standardverhalten war.

»Es *ist* auch nichts, wofür man sich schämen muss.«

»Heißt das, Sie machen eine?«

»Das habe ich nicht gesagt.«

»Nein, aber Sie haben es auch nicht abgestritten. Ist das nicht komisch für Sie? Ich meine, prüfen Sie dann nicht dauernd, wie gut die sind? Wie ein Friseur, der bei einem anderen Friseur zum Friseur geht?«

»Ich glaube, wir kommen hier etwas vom Thema ab.«

»Sind Sie deshalb Therapeut geworden? Was war denn Ihr Problem? Hat Sie das inspiriert? Ist doch alles in Ordnung, Dr. Ashley. Sie wissen, dass Sie mir alles sagen können. Sie befinden sich hier in einer geschützten Umgebung.«

Ich wusste, dass ich mich total danebenbenahm. Aber es war einfach zu schön. Sein Gesicht rötete sich leicht. Doch dann hatte der Spaß abrupt ein Ende:

»Ich finde es sehr interessant, dass du mir nichts von Noah erzählt hast.«

Schock.

Totalschock.

Ich machte den Mund auf, doch er beantwortete mir die Frage, noch bevor ich sie stellen konnte.

»Deine Mum hat mir von ihm erzählt.«

Er wirkte äußerst zufrieden mit sich. So ein Penner. Das Blut floss ihm wieder aus dem Gesicht, während ich im Gegenzug hochrot anlief.

»Darüber will ich nicht reden«, sagte ich bockig.

»Wenn dieser Junge dich aufwühlt, könnte es sehr wohl von Nutzen sein, darüber zu reden«, sagte er und suhlte sich in seiner zurückeroberten Macht. »War das nicht, als ihr euch das erste Mal getroffen habt? Dieses Konzert? Als du die Panikattacke hattest?«

Mir klappte die Kinnlade runter. Wie konnte er das wissen? Ich hätte schwören können, dass nicht mal Mum und Dad Bescheid wussten. Aber offensichtlich hatte ich ihnen davon erzählt und es dann vergessen.

Das war jetzt nicht mehr lustig.

Ich verweigerte mich sämtlichen seiner Fragen und sprach aus Protest kein Wort mehr, bis die Versandhausuhr das Ende der Stunde anzeigte.

Dr. Ashley hingegen grinste sich einen ab, während er in seinem Sessel das verdammte Notizbuch vollkritzelte. Mein Schweigen schien ihm offensichtlich ganz recht zu sein.

15

Noch bevor Noah überhaupt in der Tür stand, war eins schon mal sicher: Ich war ein nervliches Wrack. Das Gefecht mit Dr. Ashley steckte mir noch immer in den Knochen, ich hatte acht Millionen Outfitwechsel und Lipglossauffrischungen hinter mir, alles im Dreißigsekundentakt, und bibberte vor Angst. Als ich mich schließlich für den richtigen Look entschieden hatte (wen wundert's – es war der erste, den ich anprobiert hatte, ein schlichtes Streifenkleid mit etwas gewagterem Ausschnitt), bezog ich Posten an meinem Fenster, in angespannter Erwartung des Abends.

Mir war, als hätte ich Stunden dort zugebracht, als ich Noah endlich auf unser Haus zuschlendern sah. Ich hatte ihm gestattet, bis zur Tür zu kommen, weil Mum und Dad noch in ihren jeweiligen Büros festsaßen. Sie waren beide Beamte, was auch immer genau das sein sollte, doch auf jeden Fall bedeutete es, dass ihre Arbeitszeiten in Stein gemeißelt waren. Natürlich sah er unglaublich aus. Er trug ein rot kariertes Hemd, Jeans und ein Pfeifen auf den Lippen. Ich stürzte zur Tür, um ihn zu begrüßen, und glättete noch ein paar imaginäre Falten in meinem Kleid. Dabei fühlte ich die Umrisse meiner Unterwäsche, heute mal ein passendes Set. Nichts besonders Aufregendes, nur ein seltsam unangebrachtes Weihnachtsgeschenk meiner Tante. Rosa Spitzen-BH mit entsprechendem Spitzenhöschendings, noch völlig ungetragen. Natürlich wollte ich Noah nicht gleich damit beglücken – doch wie hieß es so schön: Man soll für alle Eventualitäten gerüstet sein.

Durch die Glasscheibe unserer Haustür war sein Schatten zu erkennen. Ich machte auf, schon im Grenzbereich zur Angstlähmung.

Sein Begrüßungslächeln verwandelte meine Knie in Glibbermasse.

»Hallo, meine Schöne. Darf ich dich in mein bescheidenes Heim führen?«

Mehr als ein Nicken war nicht drin.

Er bot mir den Arm und wir marschierten unsere Auffahrt entlang. Es war ein herrlicher Abend. Keine Wolke am Himmel, die Luft wie Seide – auch komisch zu dieser Jahreszeit. Seine Berührung war immer noch elektrisierend, und ich musste mich schwer konzentrieren, um nicht am Atmen zu scheitern. Wortlos spazierten wir meine Straße hinunter und dann eine andere hinauf. Keine fünf Minuten später erreichten wir einen kleinen Wohnblock. Einen ziemlich schicken, supermodernen Wohnblock, soweit ich sehen konnte.

»Trautes Heim, Glück allein«, sagte er.

Ich konnte den Gedanken nicht unterdrücken, wo zum Teufel bloß seine Eltern steckten.

Er hantierte mit seinem Schlüssel herum, schloss die Tür auf und zog mich ins Treppenhaus. Der Teppichboden war rot und plüschig, die Wände hatten einen sauberen Cremeton. Wir traten in den Lift und er drückte den Knopf zum obersten Stockwerk. Das Herz schlug mir bis zum Hals. Mir wurde klar, dass wir allein waren. Alleiner ging es kaum. Ich stand völlig neben mir – vor freudiger Erwartung und nackter Angst. Während uns der Lift nach oben trug, wechselten wir immer noch kaum ein Wort, und wieder fragte ich mich, was er sich bloß von mir erhoffte.

Der Lift ging auf. Hier oben standen nur zwei Türen zur Auswahl. Noah führte mich nach rechts, schob den Schlüssel ins Schloss und trat ein.

»Komm schon rein«, rief er mir über die Schulter zu.

Ich holte tief Luft und folgte ihm.

Seine Wohnung war umwerfend, um nicht zu sagen unfassbar. Das loftartige Wohnzimmer hatte einen abgezogenen Dielenboden, war ganz blassblau gestrichen und hatte eine riesige Ledercouch als Blickfang. Der ganze Raum roch nach Noah. Er war hier allgegenwärtig, von den verstreuten eselsohrigen Büchern angefangen bis hin zu den vergilbten Zeitungsstapeln. Seine Gitarre prangte mitten im Raum und seine Lieblingsplatten waren wie Poster an die Wand geheftet. Die auffällige Abwesenheit von Familienfotos stach mir ins Auge, und wieder drängte sich mir die Frage auf, wie und warum er hier alleine hauste.

Noah führte mich rasch herum, und ich versuchte, mir mein Erstaunen nicht anmerken zu lassen. Die Küche war der Traum eines jeden Kochs, Stichwort Aluminiumverkleidung und Schieferplatten. Das Bad war größer als mein Zimmer, mit einer Monsterwanne und so einer ebenerdigen Luxusdusche ohne Duschkabine. Kurz machte er auch die Tür zu seinem Schlafzimmer auf und ich erhaschte einen Blick auf ein enormes Doppelbett. Ich versuchte, mir nicht auszumalen, wie viele Mädchen schon darin gelegen haben mochten. Und scheiterte kläglich.

Noah führte mich ins Wohnzimmer zurück und bot mir etwas zu Trinken an.

»Wasser«, quietschte ich fahrig und fühlte mich plötzlich wie eine Fremde.

Er holte mir ein Glas aus seiner perfekten Küche und gab noch Eiswürfel aus dem XXL-Kühlschrank dazu. Dann reichte er es mir und fläzte sich auf das Ledersofa. Ich versuchte, mir nicht auszumalen, wie viele Mädchen schon auf dieser Couch gelegen haben mochten. Und wieder scheiterte ich kläglich.

Da stand ich jetzt mit verschränkten Armen. Klammerte

mich an mein Wasserglas und versuchte herauszufinden, ob das noch Ratlosigkeit oder schon Verlorenheit war.

Noah schien mein innerer Aufruhr verborgen zu bleiben, denn er lächelte und sagte: »Willst du dich nicht zu mir setzen? Wir haben ja noch einiges nachzuholen …«

Oh Gott, war das jetzt der Zeitpunkt, wo ich meine Kleider ablegen sollte? Wo er mich flachlegen wollte? Ich nahm einen Schluck Wasser, um meinen entsetzlich ausgedörrten Mund zu befeuchten. Ich wollte einfach nur raus hier aus dieser durchgeknallten Designer-Bude.

Noah nahm meine Hand und zog mich aufs Sofa. Er schob mein Kinn nach oben, sodass unsere Blicke sich trafen. Jetzt hieß es nur noch: nicht aus den Latschen kippen.

»Penny.«

Ich schluckte.

»Das neulich fand ich toll, aber wir haben eigentlich gar nicht gemacht, was wir hätten tun sollen, oder?«

Wie bitte? Wir hätten mitten im Café Sex haben sollen? Ich schüttelte den Kopf. Die Spitze an meiner Unterhose kratzte im Schritt.

»Deshalb wollte ich, dass du kommst, damit wir … na ja, reden können, über die ganzen wichtigen Sachen, um die wir uns neulich erfolgreich gedrückt haben.«

Mir fiel die Kinnlade runter. »Reden?«, wiederholte ich dämlich.

Noah wirkte überrascht. »Ja. Weshalb sollte ich dich sonst herschleppen?«

Alle Angst und Peinlichkeit lösten sich in Luft auf. Himmel, war ich bescheuert. Reden! Na klar. Wie man es eben so tut. Warum hatte ich mich bloß so verrückt gemacht?

Jetzt, wo ich nicht mehr so verkrampft war, kuschelte ich mich unter Noahs Arm und blickte zu ihm empor.

»Weiß nicht. Aber ja, na klar. Worüber willst du reden?«

Er wirkte etwas verwirrt von meinem radikalen Stimmungsumschwung, stieg jedoch darauf ein.

»Da gibt's einiges … was ich dir über mich sagen sollte, glaub ich«, stammelte er. »Ich hab das Gefühl, du solltest … na ja … ein paar Sachen über mich wissen, bevor du dich zu sehr auf mich einlässt.«

Seine ungewohnte Nervosität rührte mich, und ich rückte noch dichter an ihn heran und genoss es, wie seine Arme mich umschlossen.

»Geht's darum, dass du der Hurenbock von Babylon bist?«

Verwirrung hoch zwei. »Was?«

»Schon okay. Ich hab mich nur innerlich schon total zerfleischt wegen all der Mädchen, die du hierhergebracht haben musst.« Keine Ahnung, warum ich ihm das auf die Nase band. »Aber nur zu – streu noch ein bisschen mehr Salz in die Wunden. Wie lebt sich's so als Weltklassehengst?«

Noah wirkte nicht gerade angetan. »Du glaubst, ich hab Mädchen hierher abgeschleppt?«

»Noah, deine Wohnung ist der reinste Frauenmagnet. Ein Wunder, dass du noch keine Drehtür eingebaut hast.«

Plötzlich spuckten mich seine Arme wieder aus. Er stand auf, wütend und mit wundem Blick.

»Ich hab noch nie jemanden hierhergebracht, Penny«, sagte er und sah mir direkt in die Augen.

Der Blickkontakt ließ mein Herz wieder rasen, und ich spürte, wie das Adrenalin durch meinen Körper jagte. Irgendwie hatte ich es geschafft, alles unglaublich misszuverstehen.

»Hast … hast du nicht?«

»Nein. Hier ist der einzige Ort, wo ich … keine Ahnung. Du bist das erste Mädchen, das ich jemals hergebracht habe. Und ich Idiot hab geglaubt, es wäre was Besonderes. Aber jetzt wirfst du mir quasi vor, ich wäre nur irgend so ein Aufreißer, der dich verarscht.«

Ich dachte kurz drüber nach. »Ganz so ist das ja wohl nicht«, antwortete ich ruhig. »Komm schon, Noah. Ich kenne die Gerüchte über dich, deine Frauengeschichten, deinen … äh … lockeren Lebenswandel.« Er lächelte ansatzweise und der Angstknoten in meinem Bauch wich der Erleichterung. »Du hast sie ja noch nicht mal geleugnet. Und ich darf jetzt damit umgehen und dann bringst du mich hierher zu dieser Ledercouch. Wie, bitte schön, soll ich das denn sonst verstehen? Ich glaub nicht unbedingt, dass du mich verarschst … zumindest hoffe ich das schwer, weil mein Instinkt mir eigentlich sagt, dass du es nicht tust.«

»Das tu ich auch nicht, Penny«, unterbrach er mich. »Wirklich nicht.«

Er setzte sich wieder und das Starren begann. Wieder surrte etwas zwischen uns hin und her, wie Elektrizität, wenn das möglich gewesen wäre. Als es unerträglich wurde, schnitt ich eine Grimasse samt Schielaugen.

Noah lachte. »Wenn ich es dir erkläre, ergibt es vielleicht mehr Sinn.«

»Zweifellos.«

Er wandte den Blick ab. »Aber ich hab Angst …«

Angst? Noah schien mir keiner von denen zu sein, die vor irgendwas Angst haben. »Angst wovor?« Ich berührte ihn leicht am Unterarm.

»Angst, dass du mich dann hier sitzen lässt.«

Beinahe hätte ich losgelacht, so bescheuert war das. Allein der Gedanke, jemand wie er könnte glauben, jemand wie ich könne ihn »sitzen lassen«. Das war doch völlig irrsinnig. »Ach komm, jetzt hör auf …«

Er lächelte nur traurig. »Die Gerüchte kommen ja nicht von irgendwoher.«

»Ich bin ganz Ohr.«

»Ich dachte nur, du solltest das wissen, bevor du, du weißt schon, dich in mich verliebst oder so was.«

Die Worte sprudelten aus meinem Mund, bevor ich überhaupt nachdenken konnte. Meine Standardantwort eben. »Ich glaub nicht an Liebe.«

Und obwohl ich es gar nicht beabsichtigt hatte, brach damit das Eis, und Noah lachte endlich wieder und stieß mich auf dem Sofa um.

»Bitte verzeih. Wie konnte ich vergessen, dass ich es hier mit Fräulein Stark-und-Unabhängig zu tun habe.«

Ich rappelte mich mühsam auf, meine ganze Frisur war beim Teufel. »Für Sie immer noch *Frau* Stark-und-Unabhängig.«

Er schubste mich noch mal, worauf ich grausame Rache übte, indem ich versuchte, ihn mit den Füßen umzutreten. Doch er schnappte sich meinen Fuß und begann, ihn zu kitzeln.

»Stopp, stopp«, kreischte ich. Ich schaffte es, meinen Fuß frei zu strampeln, ließ meinen Oberkörper hochschnellen und machte mich daran, ihn mit meinen Armen zu Fall zu bringen. Niederträchtigerweise fing er sie ab und schob mich trotz allen Widerstands nach hinten. Ich wehrte mich nach Kräften, aber schließlich landete ich doch auf dem Rücken wie ein Käfer.

Noah lag praktisch auf mir und fixierte mir dabei mit einer Hand ganz nebenher die Arme hinter dem Kopf. Sein Körper direkt auf meinem, dieses Gefühl – mein Herz drehte schon wieder durch. Kein Blatt Papier passte mehr zwischen uns und ich hatte seinen Geruch in der Nase, wie eine Droge. Noahs schwarze Augen krochen über jeden Zentimeter meines Gesichts. Ich starrte zurück im Versuch, ihn mit reiner Willenskraft dazu zu bringen, mich zu küssen. Mit seiner freien Hand schob er mir eine zerzauste Haarsträhne hinters Ohr.

»Reden sieht anders aus«, flüsterte er. Sein heißer Atem auf meinem Gesicht ließ mich genussvoll erschauern.

Ich stemmte mich ihm sachte entgegen. Ganz unauffällig. Aber so, dass unsere Münder einander etwas näher kamen. Wie ein Parasit hatte die Lust meinen Körper gekapert, um zu zerstören, was an denkfähiger Hirnmasse bei mir noch übrig war. »Dann red doch einfach«, hauchte ich zurück.

Seine Augen tasteten mein Gesicht ab, und mir war, als würde ich mich niemals wieder so gut fühlen können. So gut wie jetzt, wo Noah mich auf diese Art ansah.

»Warte, nur noch einen kleinen Moment.«

Ich reckte mich nach oben, doch er küsste mich nicht. Stattdessen richtete er sich auf, bis er wieder ganz gerade dasaß.

»Komm schon, Penny. Jetzt mal im Ernst.«

Ich verzog ärgerlich das Gesicht und brachte mich ebenfalls in Sitzposition. »Na okay, raus damit. Was ist dein großes, schreckliches Geheimnis?«

Noah machte schon den Mund auf, hielt sich dann aber zurück. Er fuhr sich mit der Hand durch die Mähne und blickte zu Boden.

»Alles okay mit dir?«

Er schaute wieder zu mir. Und mein Magen machte schlapp. Mal wieder.

Noah schüttelte den Kopf. »Könnten wir erst mal was trinken?«

Seufz.

»Wenn's sein muss.«

16

Ein paar Minuten später saßen wir wieder auf dem Sofa, zwei eiskalte Bierflaschen aus seinem Kühlschrank in den Händen. Ich hockte im Schneidersitz und sah Noah beim Leiden zu. Es war lustig, ihn so angespannt zu erleben, eine höchst willkommene Machtverschiebung. Vorsichtig nahm ich einen Schluck und wartete darauf, dass er sein Schweigen brach.

Er stierte unablässig in seine Flasche, aus der es leicht herausschäumte. Dann legte er den Kopf zurück, schüttete sich den halben Inhalt die Kehle hinunter, stellte die Flasche ab und wandte sich mir zu.

»Bereit für meinen großen Monolog?« Seine Augenbrauen hoben sich.

»Monologe gibt's nur im Film. Im richtigen Leben kommt es gar nicht so weit«, gab ich zurück. »Da fallen sich die Leute ständig ins Wort mit Fragen und Zwischenbemerkungen …«

Noch so ein herrliches Lächeln. Noah zum Lächeln zu bringen, wurde langsam zu meinem neuen Lieblingshobby.

»Okay, es muss kein Monolog sein.«

»Gut.«

»Ich bin total nervös.«

Ich stieß ihn aufmunternd an. »Rück endlich raus damit.«

Also holte er tief Luft und begann.

»Du hast dich sicher schon gefragt, wo meine Familie steckt.« Er nahm einen weiteren großen Schluck Bier.

»Kann ich nicht leugnen.«

»Na ja, wir wohnen nicht zusammen.«

»Warum?«

Noah holte aus. Er erzählte mir, wie sie vor zwei Jahren nach Middletown gezogen waren. Sein Vater besaß eine erfolgreiche Softwarefirma, mit der er Millionen gescheffelt hatte – Multimillionen. Seine Mutter war Hausfrau. Beide typische Engländer, sehr kontrolliert, sehr verklemmt.

Noah war ihr einziges Kind. Ihr Ein und Alles.

»Deshalb bin ich auch so eingebildet«, sagte er mit einem schiefen Grinsen. »Jeden Tag haben sie mir erzählt, wie großartig ich doch sei. Irgendwann färbt das auf einen ab.«

Mr Rich, Mrs Rich und ihr Hätschelkind waren in diese Vorstadthölle gezogen, weil Noahs Vater hier ein neues Büro eröffnen wollte. Doch innerhalb weniger Tage war Noah krank geworden.

»Ich kann's gar nicht richtig erklären. Aber eines Morgens bin ich aufgewacht und konnte einfach nicht aufstehen. Kein Gefühl mehr in mir. Alles leer. Hohl. Ich war nicht mal mehr fähig, Angst zu haben vor dem, was da mit mir passierte. Mum ist zu mir ins Zimmer gekommen, um mich zu wecken für die Schule, aber ich hab mich nicht gerührt. Nicht mit ihr geredet. Ich konnte es einfach nicht.«

Ich nahm seine Hand.

»Erst hatten sie es ganz gut im Griff. Haben mich ein paar Tage zu Hause gelassen und zu Ärzten geschleift. Die waren alle absolute Oberliga und haben mich einmal durchs ganze Programm gejagt. Ich glaub, meine Eltern haben gemeint, da wäre irgendein kleines Schräubchen verrutscht, irgendwas, was sie schnell wieder hinkriegen, kleiner Softwarefehler oder so. Und als es nicht besser wurde, haben sie deshalb auch nicht gerade gut damit umgehen können.«

Ich sah zu, wie er sich mit seinen Erinnerungen abkämpfte

und frustriert den Mund verzog. »Das war eine Depression, oder?«, fragte ich sachte.

Er fuhr zu mir herum. »Woher zum Teufel weißt du das?«

»Das weiß jeder, das erzählt man sich.«

Er wirkte völlig von den Socken. »Was? Jeder?«

Ich streichelte ihm beruhigend die Hand. »Na ja, nicht *jeder.* Ich hab's von meiner Journalistenfreundin.«

»Gott, der Frau bleibt auch nichts verborgen.«

»Ich glaube, du musst dir da keinen Kopf machen. Deinem Ruf hat's nicht geschadet. Im Gegenteil, es hat dich nur noch unwiderstehlicher gemacht. Jetzt bist du so was wie ein Projekt geworden. Innerlich gebrochen, verletzlich, blablabla – darauf stehen die Mädchen. Eins-a-Baggermethode. Ich bin eigentlich davon ausgegangen, dass du es selbst verbreitet hast, um dich bei den Frauen interessant zu machen.«

Er lächelte. Glück gehabt. Ich hatte keine Ahnung, ob ich richtig reagierte, hoffte aber, dass ich mich einigermaßen schlug. Diesen Einblick hatte er noch niemandem vor mir gewährt, das hatte ich im Gefühl.

»Na ja – vielleicht hab ich es tatsächlich ein, zwei Mädchen erzählt, um ihre Aufmerksamkeit zu kriegen.«

Ich hob die Augenbrauen.

»Aber das war nicht okay. Das ist nichts zum An-die-Brust-Heften. Das beherrscht deinen ganzen Alltag.«

Ich drückte ihm aufmunternd die Hand. »Und was ist dann passiert?«

Er erzählte weiter und mir wurde langsam schlecht. Seine Eltern hatten mit seinen Stimmungsschwankungen überhaupt nicht umgehen können, sagten ihm, er solle sich zusammenreißen und aufhören, der Familie Schande zu machen.

»Das war echt so eine ausgelutschte Geschichte«, sagte Noah. »Vom Lieblingssohn zum verlorenen Sohn. Solange ich eine

Hochphase hatte, war alles gut. Da war ich charmant und aufgekratzt, da hatten sie mich wieder lieb. Aber sobald ich in eine neue Depressionsperiode kam, war's zack wieder vorbei. Damit konnten sie überhaupt nicht.

Schließlich haben sie dann beschlossen, mich nicht mehr so zu ›verhätscheln‹. Das waren ihre Worte. Sie haben mir diese Wohnung gekauft, sich selbst nach London abgeseilt und mir gesagt, ich müsse erwachsen werden und lernen, allein zurechtzukommen.«

Unwillkürlich kam mir meine Mutter in den Sinn. Ihr besorgtes Gesicht, ihr dauerndes Bedürfnis nach »Plaudereien« in der Küche und all diese Schecks, die sie Dr. Ashley ausstellte, obwohl sie sich die gar nicht wirklich leisten konnte. Langsam dämmerte mir, wie glücklich ich mich schätzen konnte.

»Ist das denn legal?«, fragte ich, weil mir sonst nichts einfiel.

Noah zuckte die Schultern. »Keine Ahnung. Wenn man über sechzehn ist, wohl schon.«

»Und dann?«, fragte ich. Obwohl ich ahnte, was jetzt kommen würde.

»Dann bin ich ein bisschen durchgedreht. Was war sonst zu erwarten? Ich hab die Schule geschmissen, haufenweise Partys gefeiert und bin zum ›Hurenbock von Babylon‹ mutiert, wie du es so liebevoll formuliert hast.«

»'tschuldigung.«

»Schon okay. Ist ja was dran. Ich war ... nun ja ... es war echt ein Trauerspiel. Auch wenn es keine Entschuldigung ist, aber mein Selbstbewusstsein war total im Arsch. Mein ganzes Leben hatten sie mich angebetet und jetzt saß ich auf einmal völlig allein und abgeschottet in meiner Dachgeschosswohnung. Und die Mädchen sind immer auf mich geflogen ...«

Ich verzog das Gesicht.

»Komm schon. Das war eben so. Und ich hatte es vorher auch noch nie ausgenutzt. Aber ohne meine Eltern hatte ich so viel Freizeit … ganz für mich allein. Und da hab ich mich eben ins Nachtleben gestürzt ... und auch wenn es echt erbärmlich klingt, ich wollte einfach nur Aufmerksamkeit. Ich wollte meine Selbstachtung zurück, und blöderweise hab ich gemeint, das wird schon, wenn ich mit möglichst vielen ins Bett steige. Und dann hab ich mich vor mir selbst geekelt und keine je wieder angerufen – und mich auf die Suche nach der nächsten gemacht.«

Wieder fühlte ich dieses Stechen. Das, was mir schon den ganzen Tag nachhing. Unsicherheit, gepaart mit etwas Eifersucht. Und auch Entrüstung, stellvertretend für alle Mädchen dieser Welt. Doch dann schob ich das alles erst mal von mir, jedenfalls vorläufig. Damit konnte ich mich heute Nacht noch lange genug schlaflos im Bett herumwälzen.

»Aber nach und nach ist es dann besser geworden«, fuhr Noah fort. »Ich hab die Band auf die Beine gestellt und das hat alles leichter gemacht. Die Jungs waren meine ersten Freunde hier, und es hat echt gutgetan, mal wieder Teil einer Gruppe zu sein. Ich sehe sie fast täglich, die machen ihre Witze mit mir und ich mit ihnen. Und das ist schön. Weil's so normal ist. Und Musik hilft mir unglaublich. Gespielt hab ich schon immer, mein Dad hat's mir beigebracht. Aber als plötzlich alles weg war, ist die Musik zu meinem Lebensinhalt geworden und ich hab meinen ganzen Tag darum aufgebaut. Das hat mir wieder Selbstbewusstsein gegeben. Oder hat mich meinetwegen wieder zum arroganten Arschloch werden lassen.« Sein intensives Starren ließ mich nicht los. »Und dann bist du mir über den Weg gelaufen …«

Durch das große Erkerfenster sah ich, wie die Sonne unterging und Noah in goldenes Licht tauchte. Im Gegenlicht wirkte es fast, als hätte er einen Heiligenschein. Ich zwang mich, seinem Blick standzuhalten.

»Wirklich, Penny, das war total verrückt, als ich dich getroffen habe. Ich hab dich in dieser Menschenmenge gesehen, und es war, als würde alles um dich herum unscharf. Ich hab nicht gewusst, dass es so was wirklich gibt.«

Oh Gott, ja, unser erster explosiver Blickkontakt! Und wie ich mich an den erinnerte. »Es war mir völlig gleich, dass wir den Auftritt abbrechen mussten. Ich hab kaum gemerkt, wie es den Verstärker in die Luft gesprengt hat. Ich hab nur gedacht ›Oh Gott, ich muss dieses Mädchen kennenlernen‹.«

Ich verdrehte die Augen. »Klar doch.«

»Aber genau so war's!« Wieder fuhr er sich mit den Fingern durchs Haar und wirkte völlig neben der Spur. »Ehrlich, ich kann dir gar nicht sagen, wie grandios es war, als Ruth aufgetaucht ist und mir klar geworden ist, dass ihr befreundet seid.«

Mir fiel ein, wie grauenhaft ich mich gefühlt hatte, als ich sie zusammen gesehen hatte. Was für ein Unterschied zu jetzt, wo ich seine Perspektive kannte. Es war, als ob sich mein Wunsch, wie das Leben sein sollte, endlich mal mit der Realität deckte.

»Und jetzt stopp«, stöhnte ich. »Ich will nicht noch mal durchleiden, was dann passiert ist.«

Noah grinste mich schief an. »Du hast mich zusammengefaltet.«

Ich hielt mir die Augen zu. »Muss das sein? Mir war selten was so peinlich.«

»Was denn? Das, was du gesagt hast? Du hattest doch völlig recht. Ich hab noch nie etwas so Gutes gehört wie das, was du mir da um die Ohren gehauen hast. Plötzlich hab ich mich mit fremden Augen gesehen und erkannt, was für ein Arschloch ich war. Ich meine, es war echt der Horror. Du hast mich in Grund

und Boden gestampft, damals und jetzt immer noch. Aber so zerpflückt zu werden, war genau das, was ich gebraucht habe. Jetzt weiß ich, dass ich nie wieder diese Person sein werde, ob mit dir oder ohne dich. Ich werde mich nicht mehr wie ein Idiot aufführen, beschissenes Elternhaus hin oder her. Also danke, Penny. Ich steh in deiner Schuld.«

Die Sonne war schon fast verschwunden und das Zimmer glühte rot wie zerfallende Kohlen auf dem Feuer. Ich saß da, völlig verstummt, und spürte, wie meine Hand in Noahs immer wärmer wurde, während er das Innere meines Daumens streichelte.

»Warum erzählst du mir das alles?« Mir war völlig rätselhaft, worauf er hinauswollte.

»Ich wollte nur, dass du das alles weißt.« Er wirkte ganz unsicher. »Damit du, na ja, noch die Reißleine ziehen kannst oder so was.«

Ich strich behutsam über Noahs Wange und war ganz überrascht, wie natürlich sich diese Intimität mit ihm anfühlte. Er ergriff meine Hand und seine Augen durchbohrten mich.

»Ich brauche keine Reißleine.«

Wieder erschien dieses Herzrasengrinsen auf seinem Gesicht und er drückte meine Hände ganz fest.

»Ich hab gehofft, dass du das sagst.«

Wir saßen zusammen und sahen zu, wie der Sonnenuntergang sich im kühlen Blau der Wohnzimmerwände spiegelte. Mein Kopf lehnte genau oberhalb von Noahs Achselhöhle und meine Beine lagen über seinem Schoß. Er erkundigte sich nach meinem Leben und nach meinen Panikattacken, und mir war es kein bisschen unangenehm, ihm davon zu erzählen. Tatsächlich hatte ich zum ersten Mal das Gefühl, dass jemand mich wirklich verstand – verstand, wie es war, so komplett die Kontrolle über den eigenen Kopf zu verlieren. Er fragte mich nach der Schule, nach meinen Prüfungsfächern, dem üblichen Kram.

An jenem Abend kamen wir ganz ohne unsere übliche Verarsche aus. Ich glaube, uns beiden war bewusst, dass wir an der Schwelle zu etwas ganz Ungewöhnlichem standen. Etwas Beständigem, etwas, das ganz anders war als die üblichen Teenie-Wegwerf-Beziehungen. Ich war in jeder Hinsicht völlig geplättet. Von meinen Gefühlen für ihn und davon, wie mein Körper auf ihn reagierte. Immer wieder spürte ich, wie die Worte »Ich glaube, ich liebe dich« in meinem Hals hochsprudelten, und das jagte mir eine Heidenangst ein. Das waren genau die Worte, die ich vor Minuten noch entrüstet von mir gewiesen hatte. Und jetzt fühlte ich sie schon in mir. Und zugleich diese lähmende Angst, weil ich kurz davor war, ins kalte Wasser zu springen und mein Herz genau dem darzubieten, der am leichtesten darauf rumtrampeln konnte. Zurückweisung. Schmerz. Erniedrigung. All das hatten diese Worte im Beigepäck. Ein Teil von mir wollte nach Hause rennen, sich unter der Bettdecke verkriechen und erst mal alles nach einer möglichen Angriffsfläche für meinen altbewährten Zynismus abklopfen. Der andere Teil, der mit Abstand größere, wollte einfach bei Noah bleiben, wollte ihn berühren. Für immer. Der Drang war einfach überwältigend. Deshalb ging es mir auch völlig beschissen, als es schließlich dunkel war und ich nach Hause musste.

Während er die Tür abschloss, wartete ich neben ihm und staunte mal wieder, wie, nun ja, heiß er doch war. Wir verließen das Haus und machten uns auf den Weg zu mir, hin und wieder von den Straßenlaternen in künstliches Licht getaucht. Mir fiel auf, dass der Abstand zwischen den Laternen immer größer wurde. Das Pflaster wurde unebener und bald wandelten wir in fast völliger Dunkelheit.

Das war nicht mein Heimweg, begriff ich endlich. Das herrliche Gefühl von seiner Hand in meiner hatte mich derart abgelenkt, dass ich gar nicht bemerkt hatte, wohin er mich führte.

»Wo gehen wir hin?«, fragte ich Noah, den ich in der Finsternis gerade mal erahnen konnte.

Er drückte mir fest die Hand. »Pssst. Wir sind gleich da.«

»Gleich da? Ich dachte, du bringst mich nach Hause.« Auch wenn ich mich nicht direkt fürchtete, schrillten bei mir doch leise die Alarmglocken – ich war völlig orientierungslos.

Der Asphalt unter meinen Füßen ging in einen Schlammpfad über, der mitten durchs Gebüsch zu führen schien. Auch wenn die Dunkelheit es mir nicht leicht machte, gewann ich doch langsam wieder den Überblick.

»Sind wir …?«

»Bist du noch nie bei Dunkelheit oben im Stadtwäldchen gewesen?«, fragte er, nachdem bei mir ganz offensichtlich der Groschen gefallen war.

Ich schüttelte den Kopf. »Ist der nachts nicht voll von Besoffenen und Exhibitionisten?«

Er lachte. »Penny, wir sind hier in Middletown. Kriminalitätsrate gleich null. Hier ist nachts völlig tote Hose. Ich kapier gar nicht, wieso, der Blick ist absoluter Wahnsinn. Komm weiter.«

Ein unheimliches Licht erschien am Ende des Wegs und wir hielten darauf zu. Ich stolperte und Noah richtete mich kurzerhand wieder auf.

»Guck mal. Wir sind schon da.«

Der Blick war so sensationell, dass ich sogar seine Hand fallen ließ.

Im Dunkeln war ich noch nie hier gewesen. Weiß der Himmel, wie oft ich hier schon gesessen und die Aussicht bewundert hatte. Aber jetzt fühlte ich mich wie an einem ganz anderen Ort. Im Mondlicht sah das Gras aus wie Silber und ein Teppich aus gelben Punkten erstreckte sich unendlich weit in die Nacht. Hier lebte ich. Middletown. Doch so hatte ich es noch nie gesehen. Ein einziges Lichtermeer, wie mit dem Tuschkasten hingetupft. Ich konnte die Beleuchtung in den Wohnzimmern sehen, den weißen Schein der Bürolampen, die die abgestumpften Bürotypen einfach vergessen hatten, die roten Pünktchen der Autos, die aufregendere Orte ansteuerten.

Ich tastete mich zu meiner Lieblingsbank und lehnte mich auf ihr zurück.

»Wunderschön«, sagte ich, als Noah sich neben mich setzte.

»Ich weiß. Ich komm immer nachts hierher, wenn mir, na ja, ganz tiefschürfend und philosophisch zumute ist.«

»Du erfüllst wirklich jedes Rockstarklischee.«

»Schuldig im Sinne der Anklage.«

»Gleich erzählst du mir noch, dein Lieblingsbuch sei *Clockwork Orange.*«

»Nö. *Die Wespenfabrik.*«

Ich stöhnte. »Noch schlimmer.«

Im Mondlicht sah Noahs Gesicht bleich aus. Als wäre es das Natürlichste der Welt, legte er mir den Arm um die Schultern, während wir das Panorama bewunderten. Ich konnte sie fast schmecken, die Energie, die aus seinem Körper drang. Ich wollte seine Berührung so sehr, dass es schon wehtat. Er legte den Kopf auf die Seite und nagelte mich wieder mit einem dieser Blicke fest.

»Also«, sagte er. »Glaubst du immer noch nicht an die Liebe?«

Ich seufzte, weil ich auf keinen Fall zugeben wollte, dass ich drauf und dran war, mich in ihn zu verlieben. Dass ich mich längst in ihn verliebt hatte, wie ein treudoofer, anhänglicher Welpe ohne einen Funken Willenskraft.

»Hast du mich deshalb zu den romantischen Lichtern der

Vorstadt verschleppt?«, lenkte ich mit einer sarkastischen Gegenfrage ab. »Um mich zu bekehren?«

Noah nahm mein Gesicht in beide Hände und drückte mich fest auf die Bank. Mein Körper kapitulierte vor der Reizüberflutung und ich ertrank beinahe in dem herrlichen Gefühl.

»Eigentlich«, murmelte er, »hab ich dich hierzu hergebracht.«

Und er tauchte mit seinem Gesicht zu meinem ab, bis unsere Lippen sich endlich trafen. Er küsste mich langsam, tastend. Ich schloss die Augen, fuhr mit den Fingern durch sein weiches Haar und küsste ihn zurück. Er schmeckte, wie er roch, nach Äpfeln. Die Welt um uns herum löste sich auf. Es gab nur uns. Unsere Münder. Unsere Körper. Seine Hand glitt meinen Rücken hinab und ich zitterte. Sanft zog er mich enger an sich heran. In meinem Körper vibrierte jedes Atom, das ihn berührt hatte.

Und nach kürzester, nach unendlicher Zeit ließen wir voneinander ab.

Mühsam schlug ich die Augen auf, in meinem Kopf fuhr irgendwer Achterbahn und zu meiner Überraschung empfing mich totale Finsternis.

»Noah. Ich bin blind geworden«, rief ich und klappte die Augen auf und zu, um zu prüfen, ob es einen Unterschied machte. Jetzt rutschte mir eine ganz andere Art von Erregung den Rücken hinunter und Furcht verdrängte die Ekstase. Ich blickte mich um, aber da war nur Schwärze. Die Lichterlandschaft zu unseren Füßen war verschwunden. Mein Herz galoppierte davon.

Noah löste die Anspannung, indem er einfach loslachte. »Du bist nicht blind, Madame Melodram. Da hat's offensichtlich irgendeinen Kurzschluss gegeben. Schau mal, hier siehst du mich winken. Dafür wird das Mondlicht ja wohl noch reichen.«

Ich sah in die Richtung, aus der seine Stimme kam, und ja, da konnte ich den Umriss seines Kopfs erahnen. Erleichterung.

»Wart mal«, sagte Noahs Stimme. Seine Gestalt wurde deutlicher, je mehr meine Augen sich an die Dunkelheit gewöhnten. »Wir können mein Handy als Taschenlampe benutzen.«

Ich hörte, wie er in seinen Taschen herumfummelte, und blinzelte weiter. »Ich sollte mehr Karotten essen«, murmelte ich geistesabwesend.

»Bitte?«

»Nichts.«

»Warte, da hab ich's.«

Noahs atemberaubendes Gesicht erschien geisterhaft aus der Dunkelheit. Das gruselige blaue Licht aus dem Display betonte noch die Schärfe seiner Züge. »Hallo, du«, lächelte er.

Ich lächelte verschämt zurück. »Selber hallo.«

Zur Orientierung leuchtete er einmal den Boden vor unseren Füßen ab und legte mir dann schützend den Arm um die Schulter. Ich kuschelte mich dankbar an ihn. Die Angst machte einer liebestrunkenen Wohligkeit Platz.

»Komm«, sagte er. »Dann schaffen wir dich mal nach Hause.«

In der pechschwarzen Dunkelheit voranzukommen, war leichter gesagt als getan. Ich stolperte ständig über meine eigenen Füße und musste mich von Noah wieder aufrichten lassen. Es war total unheimlich, so in völliger Finsternis zu wandeln. Noah, der sich ziemlich unbeeindruckt gab, machte es nicht gerade besser, indem er mich immer wieder um die Hüfte fasste und »Huch – was zum Teufel war das?« flüsterte, um mich dann zu kitzeln, während ich halb panisch, halb freudig erregt herumkreischte. Es gelang uns irgendwie, den Weg durch die Bäume zu finden und wieder Asphalt unter die Füße zu bekommen.

Der Stromausfall hatte wirklich ganze Arbeit geleistet. In den meisten Häusern war es komplett dunkel, nur vereinzelt konnten wir Kerzengeflacker hinter den Fenstern ausmachen. Wir folgten dem neonblauen Leuchten des Handys, als wäre es der gelbe Ziegelsteinweg aus dem *Zauberer von Oz*, bis wir schließlich am oberen Ende meiner Straße ankamen.

Noah hielt an und zog mich zu sich, sodass wir uns ins Gesicht sehen konnten.

»Schon komisch«, sagte ich. »Die Straße so völlig im Dunkeln. Als ob man sie kennt, aber irgendwie doch nicht. Weißt du, was ich meine?«

Er hob ironisch die Augenbraue. »Akuter Anfall von Tiefsinnigkeit, Penny?«

Ich wollte ihn wegschubsen, doch er fing meine Hände ab und hielt sie fest, als ich mich herauswinden wollte. »Halt die Klappe.«

»Mit Vergnügen.« Und er beugte sein Gesicht wieder hinunter und strich sacht mit seinen Lippen über meine.

Die Straßenlaternen flackerten.

Ich unterbrach ihn mitten im Kuss. »Hast du das gesehen?«

Noah wandte sich zur nächsten Laterne, die zwischen hell und dunkel herumstotterte. »Sieht so aus, als wären sie dran, es zu beheben. Aber wenn ich ehrlich bin, der Stromausfall ist mir gerade so was von egal.«

Und wir küssten uns noch einmal. Verschmolzen miteinander, verloren jedes Zeitgefühl. Immer wenn ich murmelte, jetzt müsse ich aber wirklich, nickte er und beugte sich zu einem weiteren Abschiedskuss herab. Durch die Augenlider sah ich die Straßenlaternen flackern. Dann wurde es schwarz, und ich wusste, sie hatten wieder den Geist aufgegeben.

Irgendwann schafften wir es dann doch, uns voneinander loszureißen.

»Jetzt muss ich aber echt«, sagte ich und schleifte ihn in Richtung Haus.

»Okay, okay, ich komm ja schon.«

Als wir den Vorgarten erreichten, zog mich Noah ein letztes Mal an sich, um noch einen Kuss zu ergattern.

»Ich muss aber jetzt wirklich los«, lachte ich.

»Ich weiß, ich weiß.« Doch er küsste mich trotzdem, diesmal fester. Ich spürte, wie seine Zungenspitze sich ganz sanft und provozierend in meinen Mund verirrte, bevor er mich losließ.

»Also, dann mal los. Du solltest längst im Bett sein.«

Ich war total benebelt, völlig high von dem Kuss. Trotzdem trugen mich meine Beine noch mit letzter Kraft zur Tür. Mein Abschiedswinken ging schon ins Leere.

Ich wühlte nach meinem Schlüssel und schloss auf.

In der Küche konnte ich fast nichts erkennen, und so streckte ich die Arme aus, um nicht gegen den Tisch zu knallen.

»Hallo?«, rief ich vorsichtig.

»Im Wohnzimmer!«, rief Dad zurück. Vorsichtig tastete ich mich um die Ecke und entdeckte das flackernde Kerzenlicht.

Beide Eltern empfingen mich. Dad saß an seiner üblichen Stelle und las Zeitung. Mom kauerte zum ersten Mal seit Ewigkeiten gemütlich mit einem Buch auf dem Sofa, statt durchs Haus zu düsen und Dinge zu suchen, mit denen sie sich verrückt machen konnte. So einen Stromausfall sollte es öfter geben. Das brachte die Leute zur Ruhe.

»Da bin ich wieder.«

Keiner fragte, wo ich denn gewesen war.

»Bist du gut heimgekommen?«, erkundigte sich Mum. »Draußen ist es so zappenduster, da dürften sich selbst die Fledermäuse verirren.«

»Ja, wir waren zu zweit. Wir haben die Taschenlampenfunktion vom Handy benutzt, um den Weg zu finden.«

Dad raschelte mit der Zeitung. »Wie zeitgemäß«, sagte er.

Ich deutete auf die aufgeschlagene Seite. »Und, was passiert so in der Welt?«

Er lächelte. »Ach, du weißt schon. Blut und Tränen, wie üblich.«

»Schön zu hören.« Ich gähnte und streckte mich. »Puh, ich geh auf dem Zahnfleisch. Dann verzieh ich mich mal. Morgen um neun hab ich Fotografie. So eine öde Theoriestunde.«

»Nimm dir eine Kerze mit«, sagte Mum.

»Ah ja. Klar. Ganz vergessen.«

Ich bückte mich nach einer Kerze, die in einer alten Weinflasche steckte. Sie war schon zur Hälfte abgebrannt und die Flasche mit roten Wachstränen bedeckt. Ich schirmte die Flamme mit der Hand ab, trug sie nach oben und machte mich bettfertig.

Abgeschminkt und mit geputzten Zähnen setzte ich mich an meine Frisierkommode und betrachtete mein Spiegelbild bei Kerzenschein. Sah ich irgendwie anders aus? Ich fühlte mich jedenfalls anders. Ich fühlte mich sagenhaft. Ich drehte meinen Kopf von links nach rechts. Vielleicht sah ich ja doch nicht so übel aus. Von links aus gesehen konnte man mich definitiv für attraktiv halten. Aber das lag vielleicht auch am Kerzenlicht – das soll ja angeblich schmeicheln. Ich pustete die Kerze aus und mein Spiegelbild verabschiedete sich.

In null Komma nichts war ich eingeschlafen. Wahrscheinlich mit einem Lächeln auf den Lippen.

16:2

Anita und Rain klebten schweigend am Monitor.

Das Labor war inzwischen völlig verlassen. Das Chaos des heutigen Tages mit all seinen wichtigen Leuten, die von einem Meeting zum anderen hetzten, war verebbt. Eine Uhr tickte gereizt, zählte die verbleibenden Sekunden, bis alle wieder auf der Matte stehen würden.

Über die Bildschirme vor ihren Nasen floss Programmcode, trieb scheinbar ziellos über die Mattscheibe dahin.

Die beiden saßen so eng beieinander, dass sich ihre Hinterteile auf der Bank fast berührten. Rains Hand rückte Anitas ein wenig arg dicht auf die Pelle. Sie gab vor, es nicht zu bemerken, aber insgeheim war sie sich ihrer Hand selten so bewusst gewesen. Ihrem Hirn zum Trotz zuckten ihre Finger, langten einfach völlig eigenständig in Rains Richtung. Sie malte sich aus, was geschähe, wenn ihre Hand die seine einfach ergreifen würde. Würde er den Händedruck erwidern? Und was dann? Ihr Herz flatterte bei dem Gedanken, doch dann schüttelte sie den Kopf. Unmöglich. Nie wieder würde sie mit jemandem zusammen sein können. Wie sollte das auch funktionieren? Wo sie doch wusste, was sie wusste? Na, Schluss jetzt mit diesen Hirngespinsten. Das war der Schlafmangel, weiter nichts.

Sie wandte ihre Aufmerksamkeit wieder dem Bildschirm zu, ohne zu ahnen, dass Rain sie aus den Augenwinkeln beobachtete.

Was für eine merkwürdige Frau, dachte Rain. Noch nie zu-

vor hatte er jemanden so gehasst und gleichzeitig so gemocht. Die letzten Wochen waren mehr als seltsam gewesen. Er hatte mehr Zeit mit Anita verbracht als mit seiner Familie und seinen Freunden. Die meiste Zeit über war sie eine völlig gefühlskalte Zicke. Als sich das Drama letzte Woche zugespitzt hatte, war sie ganz in ihrem Element gewesen: hatte Befehle rausgerotzt, jeden mindestens zweimal täglich gefeuert und völlig unzumutbare Forderungen gestellt. Aber dann waren da auch die Situationen gewesen, in denen er nach einundzwanzig schlaflosen Stunden einen dämlichen Witz gerissen und sie sich halb kaputtgelacht hatte. In denen sie zusammengezuckt war, wenn sich beim Kaffeetassereichen ihre Finger berührt hatten, und sie ihn über ihren Becher hinweg so angesehen hatte. Und wie eben gerade, als er hätte schwören können, dass sie beinahe seine Hand genommen hätte.

Alle paar Sekunden flackerte der Bildschirm grellgrün auf. Als Rain das vor Wochen zum ersten Mal gesehen hatte, war er vor Entsetzen fast vom Stuhl gefallen. Inzwischen hatte es etwas von seinem Schrecken verloren – jetzt, wo sie es wohl unter Kontrolle hatten.

Noch ein Flackern.

»Ich hätte Popcorn mitbringen sollen«, sagte Anita säuerlich in die Stille hinein.

Rain lachte. »Ja. Das entwickelt sich langsam zum Schmachtfetzen da draußen, was?«

Anita wandte den Blick nicht vom Bildschirm. »Keine Frage. Wie wär's, wenn wir das Drehbuch an Drew Barrymore verscherbeln und Millionen scheffeln?«

Sie beugte sich vor, hämmerte auf die Tastatur, um eine weitere Messung vorzunehmen, und ließ sich dann zurücksinken.

Rain spürte, wie seine Kehle ganz trocken wurde, bevor er

seine Frage stellte. »Und jetzt, wo wir sie haben, wie verfahren wir da? Jetzt machen wir uns doch wohl bald an die Trennung, oder?«

Zu seiner Überraschung schüttelte Dr. Beaumont langsam den Kopf.

»Nein, noch nicht.«

Rain wurde ganz anders. »Was? Aber da sind Leute in Gefahr.«

Sie wirbelte herum und funkelte ihn an. »Sie wollen mir doch wohl hoffentlich nicht vorschreiben, was ich zu tun und zu lassen habe?«

»Nein, selbstverständlich nicht«, haspelte er. »Aber ich dachte … nun ja … diese Pendants haben es ja doch ziemlich in sich, und ich hätte gemeint, dass es jetzt langsam an der Zeit wäre fürs Zugriffskommando.«

Wenn Blicke töten könnten. Nicht zu fassen, dass er noch vor wenigen Sekunden derart sentimentale Gedanken über diese Schnalle gehegt hatte. Musste am Schlafmangel liegen.

Anita gelang es irgendwie, sich zusammenzunehmen und zur Tagesordnung und dem Code zurückzukehren. »Diesen beiden scheint es irgendwie gelungen zu sein, eine … wechselseitige Toleranz aufzubauen. Das hab ich zwar noch nie erlebt, aber im Moment wirkt die Lage stabil.« Sie seufzte und harkte sich mit den Fingern durchs Haar. »Und das ist eigentlich ganz gut so, sonst wären wir wohl alle längst tot.«

Rain fehlten die Worte. Er war sich ziemlich sicher, dass das gegen jede Richtlinie verstieß.

»Aber wäre es nicht besser für die beiden? Wenn wir sie jetzt trennen? Früher oder später müssen wir das doch sowieso tun. Das wird schon schlimm genug. Warum zögern wir es hinaus?«

Anita wedelte seine Bedenken beiseite wie eine lästige Fliege. »Ach, ist doch gerade alles gut. Gönnen wir ihnen ihren Au-

genblick. Wird ohnehin nicht lang dauern, was? Und außerdem ist es so lustiger.«

Jetzt lächelte sie beinahe. Rain wurde klar, dass ihr das alles im Grunde Spaß machte, dass sie es sogar genoss.

»Noch einen Kaffee?« Er brauchte eine Entschuldigung, um von ihr wegzukommen.

Sie nickte eifrig. »Ja bitte.«

Er sammelte die leeren Becher ein und verzog sich. In der Tür drehte er sich noch einmal nach ihr um. Sie war ein ganzes Stück näher an den Monitor gerückt, fraß ihn fast auf mit ihren Blicken.

Ja, sie war eine Zeitbombe. Daran bestand kein Zweifel.

17

Nicht mein Wecker, sondern meine besorgte Mutter war es, die mich ins Bewusstsein zurückrüttelte.

»Penny, wach auf! Wegen dem Kurzschluss ging dein Wecker nicht. Du kommst zu spät zur Schule.«

Ich sprang auf und sah auf die Uhr. Shit! Schnell schnappte ich mir ein Handtuch und raste auf eine Turbodusche ins Bad.

Obwohl mich die übliche Hektik durchpulste, fühlte ich mich irgendwie wunderbar geerdet. Erfüllt von, na ja, eigentlich – Glück. In meinem Magen schien eine Bleikugel zu liegen, wie bei einer Python, die sich in der Sonne rekelt und genüsslich eine Monstermahlzeit verdaut. So was hatte ich noch nie erlebt. Und was noch komischer war: Gleichzeitig fühlte ich mich wie ein in alle Richtungen ausbrechender Energieflummi. Bei jeder Gelegenheit hüpften meine Gedanken zu Noah. War das Liebe? Fühlte sich Liebe so an? So richtig schön schlecht?

Ich drehte das Warmwasser auf und wusch mir die letzten Schlafreste ab. Beim Haareeinschäumen dachte ich an Noah. Beim Einmassieren der Spülung dachte ich an Noah. Und als ich mich bei der Beinrasur vor lauter Unkonzentriertheit mit der Klinge schnitt und ein Blutbad in der Duschwanne anrichtete ... dachte ich an Noah. Erst meine panische Mutter, die an die Tür wummerte und mir verkündete, ich sei inzwischen entsetzlich spät dran, riss mich aus meiner Noah-Besessenheit.

Heute war ein Fall für Freilufthaartrocknen auf dem Schulweg. Ich warf mich in Jeans und T-Shirt, klatschte mir wie blöd die Tusche auf die Wimpern und war binnen fünf Minuten aus der Tür, einen Müsliriegel in der Hand und tropfende Zotteln auf dem Kopf. Ich sprintete die Auffahrt hinunter und knallte geradewegs in Lizzie hinein, die spiongleich hinter einem Busch hervorgesprungen kam.

»Uffz!«, keuchte ich. »Lizzie? Was zum Teufel treibst du denn hier?«

Sie hielt sich nicht mit Erklärungen auf. »Penny! Ich warte hier schon seit Ewigkeiten. Du siehst total scheiße aus übrigens. Warum hast du dich nicht geföhnt? Also …? Was in Dreiteufelsnamen ist gestern gelaufen? Hast du mit ihm geschlafen? War's toll? War's grauenvoll? Hat's wehgetan? Hast du geweint? Siehst du ihn wieder?«

Ich rieb mir den pochenden Arm, der die ganze Wucht des Zusammenpralls abgekriegt hatte. »Lizzie. Aua. Hättest du nicht wenigstens bis zur Schule abwarten können?«

Vehementes Kopfschütteln. »Keine Chance.« Sie hängte sich bei mir ein und führte mich wie im Polizeigriff die Straße hinab. »Also, was ist passiert?«

Ich wurde rot und versuchte, einen Satz zu bilden. »Äääh, also. Es war … schön?«

Mit ihrem freien Arm langte Lizzie um mich herum und klatschte mir wie einem unartigen Kind auf die Hand.

»Aua!«

»Nee, so läuft das nicht. Ich brauche DETAILS.«

Ich entzog ihr meinen Arm. Schon zwei schmerzende Stellen hatte sie mir verpasst, da brauchte ich beide Hände. »Mal im Ernst, Lizzie, du kannst die Informationen doch nicht einfach aus den Leuten rausprügeln.«

»Doch, kann ich.«

»Also, wenn du aufhörst, auf mich loszugehen, erzähl ich dir vielleicht was.«

Lizzie hielt beide Hände hoch, als würde sie mir zeigen wollen, dass sie unbewaffnet war. »Okay. Keine körperliche Gewalt mehr, versprochen. Bin einfach nur so wahnsinnig aufgeregt.«

»Ach wirklich?«

»'tschuldigung. Egal. Was ist passiert? Musstest du mit ihm ins Bett?«

Inzwischen war es mir ziemlich peinlich, wie ich mich da gestern reingesteigert hatte. »Nein. Ich hab nicht mit ihm geschlafen.«

»Echt nicht?«

Ich schüttelte den Kopf. Ein fast unmerklicher Ausdruck der Erleichterung glitt über Lizzies Gesicht. Mir entging er trotzdem nicht, denn ich verstand sie so gut. Sie war heilfroh, dass wir noch auf dem gleichen Level an sexueller Erfahrung waren. Mir wäre es genauso gegangen.

»Warum wollte er dann, dass du vorbeikommst?«

»Er wollte mit mir reden.«

»Reden? Echt? Das ist alles?«

Ich nickte. »Ja. War dann alles ziemlich tiefschürfend und bedeutungsvoll.« Ich schwieg einen Moment. »Aber geküsst haben wir uns.«

Lizzie semmelte mir noch eine rein.

»Aua! Was war denn das jetzt wieder?!«

»Sorry, reine Reflexhandlung. Ich bin nur so außer mir.« Sie faltete die Hände hinter dem Rücken. »Schau. Jetzt kann nichts mehr passieren. Also, jetzt mal schön der Reihe nach ...«

Im Gehen klärte ich sie über die Einzelheiten auf. Lizzie schien die ganze Geschichte noch mehr aufzuwühlen als mich.

Als ich sie schließlich restlos informiert hatte, verstummte sie einen Augenblick und machte große Augen.

»Das klingt, als würde es ein bisschen rasch ... ein bisschen, hm ... ernst werden«, sagte sie wie zu sich selbst.

Dem hatte ich nichts entgegenzusetzen. Sie hatte recht. »Wahrscheinlich schon.«

Am Ende der Straße grüßte schon die Schule. Im Gegenlicht konnte ich eine Gestalt ausmachen, die lässig ans Tor gelehnt stand. Mein Herzschlag legte zu. Er.

Lizzie hatte es auch schon gecheckt. »Wenn man vom Teufel spricht«, sagte sie.

Noah schirmte sich die Augen ab und entdeckte uns. Winkend kam er auf uns zu. Ich wurde plötzlich ganz schüchtern mit meinem halb nassen Spaghettihaar und meinen Notklamotten. Außerdem musste ich ihn schon wieder angaffen, als er so auf uns zugeschritten kam. Und dieses wunderschöne Gesicht sollte ich vor weniger als vierundzwanzig Stunden geküsst haben?

Schon stand er vor uns. »Alles klar mit dir?«, fragte er. Er wirkte deutlich weniger selbstsicher als gewöhnlich und ich entspannte mich etwas. Er nickte Lizzie zu.

»Guten Morgen auch dir, Fräulein Bin-schon-informiert. Ich hab gehört, du hast deine Nase in alle möglichen Geheimnisse gesteckt.«

Lizzie plusterte sich auf. »Uns von der Presse hat man schon immer alles Mögliche nachgesagt.«

Noah stellte sein großartigstes Lächeln zur Schau. »Weil ihr eure Nase immer in fremde Angelegenheiten steckt.«

»Was für Angelegenheiten meinst du, Noah? Warum? Hat sich während der letzten vierundzwanzig Stunden irgendwas *Aufregendes* getan ... Autsch!«

Sie umklammerte ihren Knöchel dort, wo ich sie getreten hatte. Volle Kanne. Ich schenkte beiden mein charmantestes Grinsen.

Noah brach in Gelächter aus. »Ich darf davon ausgehen, dass der gestrige Abend inzwischen auch ein offenes Geheimnis ist?«

Ich wollte den Kopf schütteln, aber es wurde ein Nicken

draus. »Tut mir leid«, sagte ich. »Noch nicht mal vor körperlicher Gewalt hat sie zurückgeschreckt.«

Noah hockte sich hin und beäugte Lizzies Knöchel, den sie immer noch umklammert hielt, während sie uns giftige Blicke zuwarf.

»Alles in Ordnung?«, fragte er.

»Nein. Deine Freundin ist eine Psychopathin«, stöhnte Lizzie.

Ein merkwürdiges Gefühl, so ganz selbstverständlich als Noahs Freundin bezeichnet zu werden. Aber auch ein wunderbares.

»Lizzie. Ich weiß, du tust nichts lieber als alle und jeden über jeden und alles auf dem Laufenden zu halten«, sagte er. »Aber würde es dir was ausmachen, das hier noch ein bisschen geheim zu halten …?« Er merkte, dass sie ihm ins Wort fallen wollte. »Nur noch eine Weile … bis sich die Lage mit Portia etwas entspannt hat. Ich will sie nicht verletzen.«

Lizzie machte den Mund auf. »Aber Portia ist eine dämliche Kuh! Und die Trommel hat sie auch geschrottet.«

Ich kicherte und sah, dass auch Noah sich das Lachen verkneifen musste.

»Kann schon sein, aber trotzdem. Bitte versuch, es noch ein bisschen für dich zu behalten. Willst du wirklich, dass deine beste Freundin als Männerdiebin dasteht?«

So weit hatte ich noch gar nicht gedacht. Noah hatte recht. Plötzlich bekam ich richtig Angst vor Portia.

Lizzie wiegte ihren Kopf mit finsterer Miene.

»Meinetwegen«, sagte sie, rieb ihren Knöchel noch mal zum Abschluss und richtete sich auf. »Aber nur Penny zuliebe. Wenn sie mich gebeten hätte, es nicht weiterzuerzählen, hätte ich es eh nicht getan.«

»Ich bin froh, dass das geklärt ist. Könnte ich jetzt noch mal kurz mit Penny reden, bitte?«

Ich warf Lizzie einen schnellen Wär-das-okay?-Blick zu. Sie nickte und humpelte zum Schultor, um dort auf mich zu warten.

Noah wickelte seine Arme um meine Taille. Natürlich war er mal wieder zum Anbeißen. Er trug ein weißes Hemd, das zwar schon bessere Tage gesehen hatte, dafür aber seine olivfarbene Haut herrlich betonte. Allein das Gefühl seiner Arme um mich herum ließ mir die Knie weich werden.

»Hallo, Schöne«, flüsterte er und beugte sich herab, um mich zu küssen.

Mein Kuss fiel etwas hastig aus, denn obwohl sie zu telefonieren vorgab, spürte ich Lizzies penetrantes Starren genau.

»Ich hab mich nur gefragt, was du heute Abend so vorhast«, fragte er.

Hausaufgaben. Tonnenweise Hausaufgaben.

»Nichts.«

Er lächelte. »Perfekt. Kann ich dich nach der Schule sehen?«

Mir fiel ein, wie beschissen ich aussah und dass sich das bis Schulende um nichts gebessert haben würde.

»Sagen wir siebzehn Uhr und du holst mich bei mir ab?«, fragte ich. »Ich hab noch ein paar Sachen zu tun.«

»Also um fünf.« Er sah mir noch einmal tief in die Augen und marschierte dann davon. »Bis später!«

Ich rief ihm nach: »He! Solche Dinge lassen sich mit dem Handy deutlich einfacher klären, schon gehört? Du musst mir nicht dauernd vor der Schule auflauern.«

Er musterte mich von oben bis unten. Ich fühlte mich wie auf dem Präsentierteller, völlig verschüchtert.

Dann grinste er. »Ja, aber da würde ich nicht mitkriegen, wie wunderschön du aussiehst.«

Und damit war er verschwunden.

Ich versuchte, mich wieder einzukriegen, während ich auf

Lizzie und den bevorstehenden Albtraum einer sterbenslangweiligen Fotografiestunde zuging. Lizzie saß auf der Mauer und sprang nun hinunter.

»Dich hat's aber schwer erwischt, Mädel«, sagte sie und legte ihren Arm um mich. »Du siehst ja richtig grün aus.«

»Ich weiß. Und das passiert ausgerechnet mir.«

Eng an sie gekuschelt ließ ich mich von ihr ins Schulgebäude lenken.

Jeder Versuch, mich von Noah abzulenken, wurde von der hochgradigen Eintönigkeit meiner Fotografiestunde im Keim erstickt. In dem kleinen Raum stand die Luft von der Hitze, die unsere dicht an dicht gepackten Körper absonderten. Es gab keine Fenster, keinen Sauerstoff, nur eine interaktive Weißwandtafel, auf der ein lähmendes Bild nach dem anderen erschien. Ich hatte Fotografie nicht gewählt, weil ich die Theorie dahinter so interessant fand. Es war das eine Prüfungsfach, das ich mir gegönnt hatte, um meine Kreativität auszuleben und Spaß zu haben. Fairerweise muss man zugeben, dass ich tatsächlich die meisten Stunden in der Dunkelkammer rummurkste. Aber aus irgendeinem widersinnigen Drang heraus, dem Fach einen »wissenschaftlichen Unterbau« zu verleihen, belämmerte man uns zwischendurch immer wieder – so zum Beispiel heute – mit Vorträgen über die Anfänge der Fotografie und solchen Blödsinn.

Schnarch.

Der Haken war nur: Sobald es mir tatsächlich gelang, einmal nicht an Noah zu denken, wälzte ich Probleme: meine Schuldgefühle Portia gegenüber, mein letzter Horrortermin bei Dr. Ashley und die Frage, wie Ruth die neuesten Entwicklungen in Sachen Noah aufnehmen würde. Deshalb war ich auch schwer erleichtert, als die Glocke endlich das Ende dieser zermürbenden Stunde anzeigte.

Ich machte mich auf zur Mensa und entdeckte meine Freundinnen an unserem Tisch. Lizzie war fast lila im Gesicht, und ich wusste, dass sie Höllenqualen ausstand, weil sie so erstklassigen Klatsch für sich behalten musste. Doch ich war einfach noch nicht bereit, mich Ruths und Amandas Erschießungskommando zu stellen. Sie spielten schon Karten und Johnno hockte mit leicht glasigem Blick daneben. Ruth hatte irgendwas Dramatisches mit ihren Haaren veranstaltet. Mal wieder. Diesmal war es feuerrot gefärbt und kurz. Niemand außer Ruth wäre damit durchgekommen, aber bei ihr sah es großartig aus. Was auch sonst. Sie trug ein knallrotes Trägertop, das sich auf spektakuläre Weise mit der neuen Haartracht biss. Über der Brust war es bis zum Zerreißen gespannt und die Kombination mit ihren hautengen Jeans rückte unseren Tisch ziemlich in den Mittelpunkt des Interesses. Ruth gab vor, nichts zu merken, und tat für das uneingeweihte Auge auch nichts anderes, als sich auf ihr Blatt zu konzentrieren. Aber ich kannte sie schon seit Grundschultagen und sah, dass ihr Blick immer wieder zur Seite huschte, um die allgemeine Reaktion zu beurteilen. Außerdem leckte sie sich ständig über die obere Zahnreihe – bei ihr ein sicheres Indiz für Glücksgefühle.

Ich knallte meine Tasche auf den Tisch und setzte mich auf den freien Stuhl.

»Guten Morgen, Team«, sagte ich. »Tolle Frisur, Ruth. Wann hast du das machen lassen?«

Bei dem Kompliment verzog sich ihr Gesicht zu einem breiten Grinsen. »Danke. Gestern Abend. Zum Glück noch vor dem Stromausfall.«

Sie musterte das Katastrophengebiet auf meinem Kopf. »Hmm, Penny, Frisur ist bei dir heute eher ein heikles Thema, was?«

Ohne falsche Rücksicht voll in die Wunde. Verlegen fuhr ich mir mit der Hand durch die Haare. »Mein Wecker hat heute früh versagt, da musste es halt schnell gehen.«

»So schlimm sieht's gar nicht aus«, sagte Amanda. »Nur nicht ganz so perfekt wie sonst.«

»Danke, danke.«

»Schon okay.«

Ich sah auf die Karten. »Und, wann kann ich einsteigen?«

Wir spielten ein paar Runden Mogeln, während Ruth uns im Detail erörterte, was für sexuelle Reaktionen sie sich von Will auf ihre neue Frisur erwartete. Lizzie hatte noch kaum den Mund aufgemacht. Vielleicht hatte sie Angst, dass mein Geheimnis herausgepurzelt käme.

Ruth legte zwei Karten ab und meldete zwei Sechser.

»Jedenfalls«, sagte sie und beobachtete Lizzie aufmerksam beim Ablegen, »glaube ich, dass ich heute meine neuen Haare ausführen muss. Wer hat Lust auf einen Drink nach der Schule?«

Auweia.

»Ich bin dabei«, sagte Amanda zum Erstaunen aller. Sie wandte sich zu Johnno um. »Willst du auch mit? Das denkwürdige Sommerwetter ausnutzen?«

Ich sah, wie Johnno ihr unter dem Tisch die Hand drückte. »Klingt gut«, sagte er. »Vielleicht bring ich noch ein paar von den Jungs mit.«

»Wie steht's mit dir, Lizzie?«, fragte Ruth. »Und Penny?«

Ich zermarterte mir das Hirn nach einer Ausrede. Irgendeiner Ausrede. Kirschkuchen war keine Option nach dem Fiasko vom letzten Mal.

»Ich komm mit«, sagte Lizzie. Sie grinste mir rasch zu. »Aber ich glaube, Penny hat schon andere Pläne.«

Mit einem Schlag fuhren alle Köpfe zu mir herum.

»Pläne? Was für Pläne?«, fragte Ruth, die sofort Blut geleckt hatte.

»Ähhhhm, Hausaufgaben?«, haspelte ich und wünschte, mein Gesicht würde nicht bei jeder Lüge automatisch rot aufleuchten.

»Du lügst.«

»Tu ich nicht.«

»Tut sie doch«, fiel Lizzie ein.

Ich starrte sie so einschüchternd wie möglich an. »Schönen Dank auch«, zischte ich.

Amandas Blick glitt von mir zu Lizzie und wieder zurück. »Was ist denn hier los, Leute?«

»Nichts«, sagten Lizzie und ich wie aus einem Mund.

»Moment mal, Penny«, sagte Ruth, »was immer du heute Abend vorhast, es ist dir wichtiger, als mich bei der Präsentation meiner neuen Frisur zu unterstützen?«

Ich stöhnte und bettete mein Haupt auf den Tisch. Mir wollte einfach keine plausible Entschuldigung einfallen.

»Lizzie, ich hasse dich«, murmelte ich in die Tischplatte.

»Was genau geht hier vor?«, fragte Ruth, zweifellos verärgert, weil sich das allgemeine Interesse von ihren Haaren abgewandt hatte.

Ich wedelte mit der Hand, um anzudeuten, dass ich die Waffen gestreckt hatte. »Sag du's ihr.«

Das Lächeln in Lizzies Stimme war richtig zu hören. »Penny und Noah gehen miteinander«, verkündete sie genüsslich.

Vorsichtig hob ich den Kopf, um die Reaktion einzuschätzen. Lizzie wirkte erleichtert wie ein Blauwal, der gerade alle verbrauchte Luft aus seinem Atemloch herausgeblasen hatte. Amanda schaute verwirrt. Und Ruth ... schien bereit zum Angriff.

»Du verarschst mich doch«, sagte sie.

Ich schüttelte den Kopf.

»Du und Noah?«

Ich nickte.

»Ohne Scheiß?«

Noch ein Nicken.

Das Kartenspiel war vergessen.

»Seit wann?«

Lizzie beantwortete die Frage für mich. »Von Anfang an«, sagte sie. »Penny ist diejenige, für die er Portia hat sitzen lassen.«

Großartig. Danke für die Gedächtnisstütze.

Eine geplättete Stille machte sich breit, während alle diesen Paukenschlag zu verarbeiten versuchten. Ruth schaute drein, als hätte man ihr den Gleichgewichtssinn operativ entfernt. Amanda guckte immer noch ratlos. Und Lizzie wirkte einfach nur verdammt erleichtert, dass sie das Geheimnis losgeworden war.

Vorsichtig brach Amanda das Schweigen.

»Tja, aber das ist ja großartig, Penny«, sagte sie und umklammerte Johnnos Hand, dem die Begeisterung, sich im Zentrum einer derart waschechten Mädchenunterhaltung zu befinden, nicht unmittelbar im Gesicht abzulesen war. »Ich hab zwar nicht gewusst, dass du ihn gut findest, aber tja, das ist echt okay. Ich meine, du hast ja noch nie jemanden gut gefunden, und deshalb bin ich jetzt eigentlich einfach nur überrascht.«

»Genau, Penny«, hakte Ruth ein. »Was ist denn jetzt mit ›kein Mann in Middletown ist gut genug für mich‹?«

Ich hasste es, so im Rampenlicht zu stehen. »Schätze, ich hab meine Meinung geändert?«

»Ich finde es süß«, sagte Lizzie. »Du hättest sie heute Morgen zusammen sehen sollen. Penny konnte kaum gerade stehen. Sie ist total hin und weg.«

»Ich bin NICHT hin und weg.«
»Bist du schon.«
»Bin ich nicht.«
»Wohl.«
»Gar nicht.«

Ruth unterbrach uns. »Wart mal. Was ist da heute Morgen gelaufen? Wann hast du Noah getroffen?«

Erneut nahm Lizzie mir die Antwort ab. »Er hat vor der Schule auf sie gewartet. So was von niedlich! Und dann hat er sich mit ihr für heute Abend verabredet und deshalb kann sie nicht mit zur Feier des Haares in die Kneipe kommen.«

Ruths Augen wurden noch schmaler und waren jetzt eher Schießscharten. »Wart mal«, sagte sie. »Du wirst doch jetzt nicht deine Freundinnen vernachlässigen, um dich mit irgendeinem x-beliebigen Kerl zu treffen, oder?«

Ich schluckte. »Ähm.«

»Weil gerade du ja immer davon anfängst, dass die Freundinnen an erster Stelle stehen …«

Wenn ich mehr Mumm in den Knochen gehabt hätte, hätte ich jetzt all die Gelegenheiten aufgeführt, bei denen Ruth uns in allerletzter Minute abgesprungen war – normalerweise mit feuchten Kussgeräuschen im Hintergrund, weil Will ihr gerade den Hals absabberte.

Ich mühte mich mit einem Argument ab. »Tja, ich hab mich nun mal zuerst mit ihm verabredet.«

»Ja und?«

Dann leuchtete ihr blödes kleines Gesicht plötzlich auf. »Ich weiß. Bring ihn einfach mit. Wär doch toll, deinen neuen *Freund* mal richtig kennenzulernen.«

Ich schlang die Arme um meine Beine und nahm Embryonalhaltung ein, in der Hoffnung, diese Unterhaltung würde sich irgendwie im Orkus verlaufen. »Öhmm.«

»Ja, wäre echt schön, ihn mal richtig zu treffen«, sagte Amanda. Die verdammte Verräterin.

»Äh.«

»Na super«, schloss Ruth über meinen Kopf hinweg. »Dann sehen wir uns um sechs im Lock and Key, was?«

Ich nickte. Und hasste sie dabei.

Von Ruth-Hass umnebelt taumelte ich durch die verbleibenden Schulstunden. In Psychologie kochte ich vor Wut und in Englisch ließ ich Frank links liegen. Die Sache war die: Wenn ich gewusst hätte, dass Ruth einfach ganz aufrichtig daran interessiert gewesen wäre, Noah besser kennenzulernen – ganz ohne irgendeinen niedrigen Hintergedanken –, dann wäre ja alles in Ordnung gewesen. Aber ihre Reaktion auf die große Enthüllung war einfach, na ja, wirklich das Letzte gewesen. Ich ließ die erste schicksalsträchtige Band-Night noch mal Revue passieren. Ich dachte daran, wie sie sich ihm an den Hals geworfen hatte, wie sie Händchen gehalten hatten, an den Ausdruck in ihrem Gesicht, als sie ihn uns vorgestellt hatte. Bisher hatte ich für Ruth nie groß ein Problem dargestellt. Unsere Freundschaft, wenn man es so nennen konnte, war noch nie dadurch auf die Probe gestellt worden, dass wir uns jungsmäßig in die Quere gekommen wären. Das lag hauptsächlich daran, dass es in der Prä-Noah-Ära im Umkreis von hundert Kilometern noch nie eine Störquelle mit Y-Chromosom gegeben hatte, die mich interessiert hätte. Und selbst wenn einmal der seltene Fall eingetreten war, dass ich einen Typen attraktiv fand, hatte ich nie etwas unternommen. Warum? Nun, weil Ruth immer als Erste da war. Und mit meinem Sexappeal, der sich in sarkastischen Sprüchen erschöpfte, stand ich auf verlorenem Posten neben einer, die den Jungs ihre Brüste ins Gesicht hielt und beim ersten Date mit ihnen ins Bett hüpfte.

Nach der Schlussglocke machte ich mich auf den Heimweg, eine schwarze Wolke über mir. Ich hatte mich so auf einen weiteren Abend mit Noah gefreut. Allein. Ich wollte ihn nicht teilen – so armselig es klingt.

Das letzte Bündel Sonnenstrahlen sengte noch vom Himmel, als ich unsere Haustür aufschloss. Zum Glück kamen Mum und Dad fast nie vor sieben von der Arbeit. Das verringerte das Risiko, dass Noah ihnen in die Arme lief und sich peinlichen Elternfragen stellen musste. Mein luftgetrocknetes Haar hing mir schlapp um die Schultern, und so peppte ich es mit etwas Haarspray auf und schminkte mich ein bisschen. Dann lieferte ich mir ein Gefecht mit meinem Selbstbewusstsein, ob ich dieses gelbe Sommerkleid anziehen sollte oder nicht. Es war ganz schön kurz und zeigte viel Bein. Nach Sonnenuntergang würde ich gleich zum Eiszapfen gefrieren, aber scheiß drauf. Wenn ich schon der rasenden Ruth gegenübertreten musste, wollte ich dabei wenigstens eine gute Figur machen. Als ich mir gerade noch etwas Rot auf die Lippen tupfte, läutete es an der Tür. Mein Herz begann zu jagen, mein Nervositätspegel schnellte empor. Ich schnappte mir meine Tasche vom Geländer und ging Noah die Tür öffnen.

Er stand an die Wand gelehnt da wie James Dean. Und dann noch dieses dunkelgraue Hemd an seinem Leib …

Noah stieß einen leisen Bauarbeiterpfiff aus. »Du siehst umwerfend aus!«

Zur Antwort wurde ich rot, und mein Herz machte immer noch, was es wollte. Ich trat aus der Tür und schloss ab. Dabei spürte ich, wie Noahs Hände sich von hinten um meine Hüfte schlängelten. Ich erschauerte, als er meine Haare beiseiteschob und mir den Hals küsste.

»Du bist so wunderschön«, hauchte er, sein Atem heiß auf meiner Haut.

Wieder seine Lippen. Schmelz.

»Ich kann's gar nicht glauben, dass ich dich den ganzen Abend für mich allein habe.«

Ich drehte mich in seinen Armen, um seinen Kuss zu erwidern. Ausgiebig. Danach trat ich mit Puddingknien einen Schritt zurück.

»Tja, was das betrifft«, sagte ich. »Da gab's eine kleine Planänderung.«

»Häh?«

»Man hat mich genötigt, dich heute Abend mit ins Lock and Key zu bringen. Befehl von Ruth.«

Noah entgleisten die Gesichtszüge. »Du verarschst mich.«

»Schön wär's.«

»Kannst du dich da nicht irgendwie rauswinden?«

Ich schüttelte den Kopf. »Keine Chance. Die ist eher der energische Typ, wie du weißt. Sie wollen dich alle ›mal richtig kennenlernen‹.« Ich malte Anführungszeichen in die Luft.

Noah sah einen Tick angenervt aus und zum millionsten Mal an diesem Tag wünschte ich Ruth die Pest an den Hals.

»Heißt das, was es heißt?«

Ich nickte. »Jepp. Meine Freundinnen wissen Bescheid. Lizzie, nun ja, sie hat's versucht …« Ich ließ den Satz lahm in der Luft hängen.

»Dieses Mädchen braucht einen Knebel.«

»Sie hat sich echt Mühe gegeben. Ich glaube, so lange hat sie noch nie ein Geheimnis für sich behalten.«

Um Noahs Laune aufzuhellen, startete ich eine Art Verführungsversuch, indem ich ihm meinen Arm um die Hüfte legte. Er sprang sofort darauf an und zog mich an sich, aber anschauen wollte er mich nicht.

Ich versuchte, das drückende Schweigen über uns irgendwie zu brechen. »Und außerdem …«, sagte ich. »Ich finde es gar keine so schlechte Idee, dass wir ausgehen. Ich will echt keins von diesen Mädchen sein, die ständig nur mit ihrem Freund rumhängen.«

»Penny. Das hier ist unsere dritte Verabredung. Ich glaube, beim dritten Date ist Zweisamkeit gerade noch gestattet.«

Ich ließ den Kopf hängen. »Tut mir leid.«

»Schon okay.«

Wieder Schweigen.

Dann spürte ich, wie seine Hand nach meiner griff. Er drehte mich am Arm und binnen einer Sekunde fand ich mich gegen seinen Körper gedrückt. Ich blinzelte und fragte mich, wie er das so schnell hinbekommen hatte.

»Egal«, sagte er und sah mir tief in die Augen. »Wenn ich dich schon den ganzen Abend teilen muss, will ich aus unserer Zeit unter vier Augen das Maximum rausholen.«

Und dann küsste er mich wie noch nie. Er hielt mein Gesicht umklammert, sein Mund erforschte meinen. Ich schloss die Augen und konzentrierte mich ganz auf das Gefühl, auf die Empfindung, seine freie Hand, die sich in meinem Haar verlor. Ich hörte mich keuchen, aber es kam von so weit her, und mein unwillkürlicher Ausruf schien Noah sogar noch mehr zu befeuern. Er biss mich sanft in die Lippe, atmete schwer aus und ließ schließlich seine Zunge in meinem Mund umhergleiten. Ich stöhnte noch einmal auf und erwiderte seinen Kuss, grub meine Fingernägel in seinen Rücken. Noah hob mich hoch und stemmte mich mit seinem ganzen Gewicht gegen die Tür. Wenn jetzt jemand vorbeigekommen wäre, wären wir wohl auf der Stelle verhaftet worden oder so was, doch das kümmerte mich nicht. Mein Hirn hatte ich irgendwohin ausgelagert. Irgendwohin, wo nichts existierte als Lust. Nichts als Noah. Meine Hände kletterten gierig an seinem Nacken hoch, zogen seinen Mund so nahe an meinen heran wie irgend möglich. Er schmeckte berauschend.

Und dann unterbrach uns ein gewaltiger Donner, der das Glas in der Tür zum Klirren brachte.

Ich riss mein Gesicht von seinem los und blickte zum Himmel empor. »Was zum Teufel war das?«

Noahs Augen fuhren ebenfalls nach oben. »Sieht aus wie ein Gewitter.«

Der Sommerhimmel hatte sich fast vollständig zugezogen, während Noah und ich uns geküsst hatten. Nur ein winziges Fleckchen Blau war noch übrig. Der restliche Himmel wurde von einer grauen, bedrohlich aussehenden Wolkendecke beherrscht. Die Luft surrte elektrisch und hatte diesen sonderbaren metallischen Geruch, den man nur vor wirklich extremen Regengüssen in der Nase hat. Obwohl die Sonne fast vollständig verhangen war, fühlte es sich immer noch stickig und schwül an.

»Komisch«, sagte ich und rutschte widerstrebend von Noah herunter. »Ich hab gar nicht mitgekriegt, dass heute ein Gewitter angesagt war.«

»Liegt wahrscheinlich an dieser Hitze.«

»Hm.«

»Solange es nur nicht regnet, bevor wir im Pub sind.« Er nahm meine Hand, als hätte sich zwischen uns gar nichts ereignet.

»Also macht's dir nichts aus?«, fragte ich. »Dass wir da hingehen, mein ich?«

Er schüttelte den Kopf und sein dunkles Haar fiel ihm in die Augen. »Nee. Schon gut. Aber versprich mir, dass wir nicht den ganzen Abend bleiben müssen, okay?«

Ich drückte seine Hand. »Versprochen.«

18

Alle anderen waren schon da.

Stur hatten sie draußen im Biergarten ausgeharrt, obwohl es offensichtlich gleich anfangen würde zu schiffen. Feuerkopf Ruth saß dicht an Will gequetscht. Er betatschte sie eifrig, versuchte, sie noch enger an sich zu ziehen, aber sie schaute ihn nicht mit dem Arsch an. Sie saß in unmittelbarer Blickrichtung zur Tür, als würde sie nur auf uns warten. Amanda und Johnno hockten gemütlich aneinandergekuschelt auf der Bank und unterhielten sich leise. So war die Eroberung Lizzies an Johnnos Kumpeln hängen geblieben, doch die schienen keine großen Erfolge gefeiert zu haben. Johnnos Freunde waren das, was wir Fußballtypen nannten. Sportskanonen, aber eher kleine Lichter, was das, ähem, intellektuell Anspruchsvollere betraf. So gar nicht Lizzies Suchprofil.

Im Garten war vergleichsweise wenig los. Die meisten Leute hatten den Himmel wohl richtig gedeutet und sich nach drinnen verzogen. Wir spazierten hinaus, jeder ein von Noah organisiertes Bier in der Hand.

»Weißt du noch, als wir das letzte Mal gemeinsam hier waren?«, fragte er und seine Mundwinkel zuckten.

Ich dachte an diesen heißen Sommertag vor gar nicht langer Zeit und schauderte bei der Erinnerung.

»Ich hab so dermaßen rumgezickt.« Ich schüttelte den Kopf.

»Du hast gar nicht rumgezickt. Na ja, schon. Aber ich hatte es mir auch selbst zuzuschreiben.« Noah schob mir ein paar Strähnen aus dem Gesicht. »Weißt du, was mir immer noch irrsinnig unangenehm ist? Wenn ich an diese Rede denke, die ich geschwungen habe, dass da offensichtlich ›was ist zwischen uns‹. Du ahnst gar nicht, wie ich mich damit rumgequält habe. Damals hab ich ja gemeint, es klingt echt dramatisch und cool. Aber so im Rückblick …« Jetzt war er dran mit Erschaudern. »… also, einfach nur peinlich.«

Ich lachte. »Wir waren beide blöd. Komm, wir vergessen es einfach und verbannen die Erinnerung in die Peinlichkeitenkisten in unseren Hirnen.« Mein Blick kreuzte den von Ruth und ich winkte. Sie lächelte lauwarm. »Na dann mal los. Bringen wir's hinter uns.«

Wir sagten allen Hallo und im Chor schallte es zu uns zurück. Lizzie und Amanda standen auf, um Noah anständig zu begrüßen.

»Der ist so COOL«, flüsterte Amanda mir ins Ohr, als sie mich umarmte. Ich winkte Johnnos Kumpeln, die ich von der Schule flüchtig kannte, und nickte Will zu.

»Alles klar, Kumpel?«, fragte Noah ihn. »Steht die Probe morgen noch?«

»Klar, natürlich«, antwortete Will, mit den Gedanken deutlich woanders. Er drückte gerade unter dem Tisch an irgendeinem Ruth'schen Körperteil herum, den ich nicht näher bestimmen konnte. Ihr Gesicht gab nichts preis.

»Hi, Noah«, sagte sie, mich völlig ignorierend. »Komm, setz dich zu mir. Ich hab dich ja seit Ewigkeiten nicht mehr gesehen.«

Also so wollte sie es haben.

»Alles klar, Satansbraut?« Noah setzte sich auf den Platz, den sie ihm frei gehalten hatte. »Deine Haare sehen anders aus.«

»Hab ich gestern machen lassen.« Sie klimperte doch tatsächlich mit den Wimpern. »Gefällt's dir?«

»Ganz okay.«

Innerlich kochend rutschte ich neben Noah auf die Bank. Mir

fehlte einfach die innere Kraft, die nächste Stunde durchzustehen, besonders jetzt, wo Ruth offensichtlich in ihren Ich-muss-mir-beweisen-dass-er-auf-mich-steht-Modus geschaltet hatte. Ich nippte an meinem Bier.

»Nur ganz okay?«, fragte sie mit Kleinmädchenstimme und schlug Noah neckisch auf den Arm. »Komm schon. Das kannst du doch besser.«

Ich starrte in die Tiefen meiner Flasche und tat, als sei ich gar nicht vorhanden.

»Okay«, sagte Noah. »Schön geworden. Eins-a-Haarschnitt. Gut gemacht.«

»Schon besser.«

»Ich find's klasse. Hab ich dir doch schon gesagt, oder, Ruth?« Will war eifrig bemüht, nicht den Kürzeren zu ziehen. »Hab dir doch gesagt, dass du damit sogar noch großartiger aussiehst, oder?«

Ruth beachtete ihn gar nicht und wanzte sich noch enger an Noah heran. »Du hast dich also erst mal vom Markt genommen, hm?«, fragte sie und sah unter falschen Wimpern zu ihm auf.

Noah griff nach meiner Hand und umklammerte sie fest. Ich war so dankbar für seine Rückversicherung, dass es mich beinahe hingelegt hätte.

»Kann man so sagen.«

»Was für eine Schande.«

Ich schickte einen »Blick« zu Lizzie über den Tisch. Sie verfolgte wie alle anderen diesen bizarren und völlig fehlgeleiteten Flirtangriff und hob die Augenbrauen in Kapier-ich-auch-nicht-Manier.

Ich sandte einen stummen Hilferuf hinterher und sie nickte.

»Wirklich, so eine Schande ...«, fuhr Ruth fort. »Ich hab gehört, du hättest einen ganz schönen Ruf ...«

»ALSO«, unterbrach Lizzie erschreckend lautstark. »Mir ist langweilig. Lasst uns ein Spiel spielen, ja?«

Alle Aufmerksamkeit richtete sich auf sie.

Meine Lippen formten einen tonlosen Dank.

Sie zwinkerte mir zu.

»Welches denn?«, fragte einer von Johnnos Freunden.

»Äh … öh …« Lizzie kam ins Schleudern. Weiter als »Spiel« war sie in ihrer Ablenkungsplanung wohl nicht gekommen.

»Ich weiß«, sagte Ruth, wie immer auf Zack. »Wir spielen *Wahrheit oder Pflicht.*«

Aus meinem Mund drang ein Stöhnen, das ich rasch als Husten zu tarnen versuchte. Bei *Wahrheit oder Pflicht* ging es nur darum, dass die sexuell erfahrenen Mädchen entweder die Werbetrommel für sich rühren durften, indem sie kokett zugaben, Freiluftsex gehabt zu haben, oder zu irgendwas pseudoverpflichtet wurden, wie Schnaps trinken oder so. Während Leute wie ich, die in ihrem Leben erst einen einzigen Penis zu Gesicht bekommen hatten, nämlich im Sexualerziehungsvideo in der Neunten, meist stocknüchtern blieben und sich grauenhaft minderwertig fühlten.

»Igitt, nein«, sagte Noah dankenswerterweise. »Hat jemand ein Kartenspiel dabei? Wir könnten *Ring of Fire* spielen.«

Amanda, ganz Amanda, holte einen Satz Karten aus ihrer Tasche.

»Du bist so organisiert«, schwärmte Johnno.

»Ich … ich … hab die einfach immer dabei.« Sie reichte Noah die Karten, der erst mal mischte. Dann stellte er ein leeres Bierglas in die Tischmitte und arrangierte die verdeckten Karten rundherum zu einem Kreis.

»Wie spielt man das?«, fragte ich.

»Nur Geduld, wird alles erklärt.«

Ring of Fire war offenbar eines dieser Spiele, die man als

Vorwand nimmt, um sich so richtig zulaufen zu lassen. Noah wies jeder Karte eine »Regel« zu. Brach man die Regel, musste man trinken. Und es wurden alle Karten abgehoben, bis der Stapel aufgebraucht war. Die perfekte Ablenkung von Ruths Psychopathenauftritt. Die Wolken über uns verweigerten den Rückzug, hielten aber dicht. Wir blieben draußen in der feuchten Luft und hatten Spaß. Sehr viel Spaß.

Normalerweise bin ich kein Komasäufer, aber ich war dermaßen angespannt, dass ich sehr bald bei meiner vierten Bierflasche war. Genau genommen machten wir alle ziemlich kurzen Prozess damit. Amanda war schon reichlich rosa im Gesicht und ließ immer wieder ihren Kopf auf Johnnos Schulter sinken, nur um kurze Zeit später jäh hochzuschrecken. Will wurde Ruth gegenüber immer notgeiler, was sie nicht im Mindesten honorierte. Sie trank Weißwein und war nicht annähernd so blau wie alle anderen. Da saß sie, schmollte und sah uns mit leicht abfälliger Miene beim Spaßhaben zu. Lizzie hatte gerade eine Regel aufgestellt, nach der man jeder Äußerung ein Tiergeräusch nachschieben musste. Vergaß man das, hieß es runter damit. Völlig debil, aber irrsinnig lustig. Alles muhte und blökte, und unser Tisch bekam viele missbilligende Blicke von den paar verbliebenen Gästen ab, die einfach nur gepflegt einen trinken wollten.

Noah schien den Alkohol ebenso zu spüren. Seine Zuneigungsbeweise fielen immer offensiver aus. Normalerweise hätte mich das gestört, weil wir ja ziemlich auf dem Präsentierteller saßen. Aber vier Biere schienen komplett auszureichen, um aus mir eine Exhibitionistin zu machen. Trotzdem ließen wir nicht alle Hemmungen fahren. Er hatte nur seine Hand auf mein Bein gelegt. Okay, vielleicht bewegte sie sich auf besagtem Bein ein wenig nach oben, aber niemals höher als bis zur Schenkelmitte. Schließlich war ich ja nicht Ruth. Mein ganzer

Körper prickelte unter seiner Berührung, während die Wolken über uns immer dunkler und bedrohlicher wurden.

Noch eine Runde, und ich war unleugbar sturzbesoffen. Ich spürte, wie mir der Schädel schwamm, und schrie »TINT TINT TINT, das ist das Geräusch vom Tintenfisch«, während ich mir einen ablachte. Zweifellos würde ich mich dafür morgen in Grund und Boden schämen, aber genau in diesem Moment war mir das schnurzegal. Das Leben war großartig, perfekt und sehr, sehr lustig – auch wenn ich die Einzige sein mochte, die den Witz kapierte. Als ich gerade meine Bierflasche deutlich neben den Tisch gestellt und sie auf dem Boden zerschmettert hatte, beschloss Noah, dass die Zeit für den Heimweg gekommen war.

Er stand auf. »Komm schon, Tollpatsch«, sagte er und nahm meine Hand. »Zeit zum Gehen.«

»Kein Problmm«, lallte ich. »Ich hebssauf.«

Ich schwang mich hinab zu dem grünen Scherbenhaufen und versuchte, etwas davon einzusammeln. Gerade als ich ein besonders scharfkantiges Stück aufheben wollte, hievte Noah mich nach oben.

»Ich glaub, das ist keine so gute Idee, Penny.«

»Kein Problmm. Ich pass immer sehr gut auf.«

»Überlass das dem Barkeeper.«

Er zog mich vorsichtig empor und ich schwankte und grinste in die Runde. Ein breites Strahlelächeln. Einer von Johnnos Kumpeln wirkte regelrecht verschreckt.

»Allsklar, ich geh«, verkündete ich meinen volltrunkenen Freundinnen.

»Escht?«, fragte Amanda, den Kopf auf Johnnos Schulter. »Jettschon?«

Ich nickte, und mein Kopf brauchte einen Augenblick, um sich von der Bewegung zu erholen. »Dann bis Morgn innr Schule.«

Schule. Mit Kater. Der Gedanke schwirrte in mein Wattehirn hinein und auf schnellstem Wege wieder hinaus.

Lizzie kämpfte sich auf die Füße, um sich zu verabschieden. »Pass auf, dass sie gut nach Hause kommt«, trug sie Noah auf. »Ach wart, ich muss ja noch ein Tiergeräusch machen. Iiih-aah iiih-aah. Ich bin ein Esel!«

»Deine Freundinnen sind völlig durchgeknallt«, flüsterte mir Noah zu.

»Ich liebe sssie vom ganzen Herzen«, sagte ich schwankend. Ich versuchte, mich von Ruth zu verabschieden. Unterschwellig war mir bewusst, dass ich damit vermintes Gelände betrat, und so griff ich benebelt zu den unverfänglichsten Worten, die mir einfielen.

»Tschau, Will, tschau, Ruth. Also, dein Haar haben wir optimal eingeführt, was?«

Sie lächelte und wandte sich demonstrativ an Noah. »Deine *Freundin* scheint ja völlig neben der Spur zu sein. Die hat noch nie was vertragen.«

»HAAAALLLLLOOO«, brüllte ich. »Ich bin hier. Ich kann dich hören, Ruth. Mit meinen Ohren. Ich hab Ohren am Kopf. Und die können dich hören.«

Sie ignorierte mich, als wäre ich Will. »Also ich hoffe, sie reihert dir nicht auf die Schuhe.«

Noah nahm mich bei den Schultern und führte mich fort. Ich glaube, er spürte, wie ich kochte.

»Ihr geht's gut. Komm, Penny.«

Er bugsierte mich aus dem Biergarten, während ich rückwärts noch mal allen zuwinkte. Als wir schon fast draußen waren, hörte ich Amanda ein ungeheures »WIIIIIHIHIHIH« ausstoßen, gefolgt von einem panischen Schluckauf.

19

Die Luft war immer noch unglaublich warm, als Noah und ich heimwärts spazierten. Die Zweisamkeit mit ihm nüchterte mich aus. Ansatzweise. Ich gab mir große Mühe, gerade zu gehen, aber es war nicht einfach.

»Weißt du was?«, fragte ich, stolperte über meine eigenen Füße und musste von Noahs starken Armen gestützt werden.

»Was?«

»Ich mag dich.«

»Hmm. Ich glaube, das ist der Sinn der Sache, Penny.«

»Nein, du kapierst das nicht.« Ich hatte mich in seinen Unterarm gekuschelt, was dem reibungslosen Bewegungsablauf nicht gerade förderlich war. »Das ist schlimm. Ich darf dich nämlich eigentlich nicht mögen. Da passieren SCHLIMME Sachen. Normalerweise lass ich nicht zu, dass ich jemanden mag. Besonders nicht Typen wie dich. Du wirst dir mein blödes kleines Herz nehmen und Aa drauf machen.«

Noah lachte. Und zwar ziemlich.

»Danke, dass ich jetzt dieses schöne Bild vor Augen habe.«

»Oh Gott. Ich hab gerade das Wort ›Aa‹ benutzt, oder?«

»Ich fürchte, ja.«

Ich verkroch mich noch tiefer in ihn. »Also, das war's dann wohl. Jetzt wirst du garantiert auf mein Herz Aa machen, wo ich jetzt das Wort ›Aa‹ gesagt habe. Und jetzt sag ich's schon wieder! Kann ich bitte ganz schnell nach Hause und STERBEN?«

Noah grub mich aus seiner Achselhöhle und richtete mich auf.

»Ich kann dich jetzt noch nicht nach Hause bringen. Es ist

erst zwanzig Uhr, und ich glaube kaum, dass deine Eltern begeistert sind, wenn ich dich völlig knülle bei ihnen abliefere.«

Wir gingen weiter. Langsam gehorchten mir meine Beine etwas besser, doch ich war immer noch auf Noahs Unterstützung angewiesen.

»Und wo gehen wir hin?«

»Wieder zu mir.«

Ich drehte mich um und tänzelte rückwärts auf eine Art, die ich für verführerisch hielt. Ich fühlte mich wohl in meiner Haut. Die Tatsache, dass ich gerade wiederholt das Wort »Aa« in den Mund genommen hatte, war schon im Bierrausch untergegangen.

»Was tust du da?«, fragte Noah.

Jetzt sahen wir einander ins Gesicht. Ich machte noch einen Schritt nach hinten und verlor wieder fast das Gleichgewicht. Voller Saufselbstsicherheit nahm ich seine Hand und zog ihn an mich heran. »Also gehen wir jetzt zu dir?«

»Um dich auszunüchtern. Genau.«

Ich blickte zu ihm empor. »Und du wirst meinen Zustand nicht ausnutzen, oder?«, fragte ich leise, meine Hände auf seiner Brust. »Weil, im Moment bin ich sehr leicht zu beeindrucken.«

Noah brach den Blickkontakt als Erster. »Komm schon, Penny. Mach keinen Quatsch.«

Ich schmollte und trat einen vorsichtigen Schritt auf ihn zu. Schlang meine Arme um seinen Hals und küsste ihn. Noah atmete mühsam aus.

»Ich mach keinen Quatsch«, flüsterte ich. »Ich *will,* dass du meinen Zustand ausnutzt.«

Noah löste sich sehr verzögert aus meiner Umklammerung. »Wer bist du und was hast du mit meiner kleinen feministischen Freundin gemacht?«

Ich zuckte die Schultern. Nichts ändert das Wesen eines Menschen gründlicher als Komasaufen. Diese Warnfilmchen im Fernsehen hatten ganz recht.

Noah nahm mich fest bei der Hand und führte mich die Straße hinunter. Obwohl ein kleiner, gut verborgener nüchterner Teil von mir froh darüber sein sollte, dass Noah mein trunkenes und zugegebenermaßen reichlich aufdringliches Verhalten nicht ausnutzte – er hatte keine Chance gegen die Monsterwelle des Zurückgestoßenfühlens. In der untergehenden Sonne steuerten beziehungsweise stolperten wir auf Noahs Wohnung zu. Die Luft wirkte noch gesättigter und entferntes Donnergrollen deutete auf ein bevorstehendes Gewitter hin.

Ich trottete neben Noah her.

Beleidigt.

Ohne ein Wort.

Wir nahmen eine Abkürzung über eine mit riesigen Eichen gesprenkelte Wiese. Es war schon ziemlich dämmrig, und ich beschloss, dass mit dem Gehen jetzt Schluss sein musste. Ohne jede Vorankündigung ließ ich Noahs Hand los und mich ins hohe Gras plumpsen.

Noah blickte sich um. Ich hockte im Schneidersitz, die Arme vor der Brust verschränkt. Schmollend.

»Was stimmt denn jetzt wieder nicht, Penny?«

»Nichts.«

»Das zieht bei mir nicht.« Er seufzte und ließ sich neben mir nieder.

Ich schaute rasch weg – noch immer etwas verlegen. Um die Wiese herum standen ein paar Häuser, aber es war zu dunkel, als dass uns jemand hätte beobachten können. Durch die Vorhangspalten konnte ich orangefarbenes Licht sehen. Wahrscheinlich saßen jetzt alle beim Abendessen oder so.

Ich hatte nicht zu Abend gegessen. Ein Fehler. Nur der schale Biergeschmack hing mir im Mund.

»Sitzen wir jetzt einfach nur hier und schweigen uns an?«

»Du bist doch derjenige, der mich abstoßend findet.« Ich klang wie ein verwöhntes Balg. War mir aber gerade egal.

»Penny. Willst du mir ernsthaft sagen, du bist sauer, weil ich nicht über dich herfalle, während du betrunken bist?«

Der nüchterne Teil meines Hirns gewann kurz die Oberhand. »Na ja, wenn du es so ausdrücken willst …« Ich lächelte in mich hinein.

Noah rückte näher an mich heran, sodass unsere Hintern sich beinahe berührten. Er nahm meine Hand. »Hast du irgendeine Vorstellung, wie schwer ich dir widerstehen kann, Penny Lawson?«

Ich spürte seinen Atem auf meinem Hals. In der Dunkelheit erbebte ich. »Scheinst es aber ganz gut hinzukriegen.«

»Ich versuche hier, mich wie ein Gentleman zu verhalten. Merkst du das nicht?«

»Bei den anderen Mädchen warst du aber kein Gentleman.«

»Penny. Du bist für mich was ganz anderes als diese anderen Mädchen. Deshalb versuch ich ja, deinen betrunkenen Annäherungsversuchen zu widerstehen. Aber es ist sehr, sehr schwer. Glaub mir.«

Ich sehnte mich so sehr nach einem Kuss, dass es schon fast wehtat. Ich beugte mich zu ihm hinüber und drückte meine Lippen auf seinen Hals. »Kannst du dem hier widerstehen?«, fragte ich. Ich senkte meinen Kopf und küsste den Hals noch mal.

Noah schloss die Augen. »Gerade eben so.«

»Und wenn ich das mache?« Vorsichtig knabberte ich an seinem Ohrläppchen und er seufzte leise auf. Ich bedeckte ihn mit Küssen, sein Gesicht, seine Augen, und dann streifte ich spielerisch meine Lippen gegen seine. Die reagierten sofort, aber ich bewegte mich zurück zu seinem Hals.

Noahs Mund blieb halb offen stehen. »Okay. Ich hab's im Griff. Irgendwie …«

»Und wenn ich das mache?«

Ich nahm all meine verbliebene Saufcourage zusammen und küsste ihn voll auf den Mund. Eine Hand lag in seinem Nacken, harkte ihm durchs Haar, und mit der anderen fuhr ich ihm unters Hemd. In dem Moment, als meine Hand seine bloße Haut berührte, stöhnte Noah auf und kapitulierte. Er warf mich auf den Rücken und legte sich auf mich, küsste mich wie im Fieber. Es fühlte sich unglaublich an, so elektrisierend, dass ich im Nu am ganzen Körper Gänsehaut bekam. Ich packte ihn am Kragen.

»Penny, ich versuch hier, einen auf ritterlich zu machen«, murmelte er in meinen Mund.

»Mir doch egal.«

Und das war es auch. Aber so was von.

Jeder vernünftige Gedanke war aus meinem Hirn gefegt und durch Noah ersetzt worden, durch Noah und durch Noahs Geschmack. Ich bemerkte weder, dass der Himmel über uns ein tiefes, undurchdringliches Schwarz angenommen hatte, noch, dass alle Vögel verstummt waren. Mein Rücken bäumte sich auf, um meinen Körper so dicht wie möglich an seinen zu pressen. Ich spürte die kühle Berührung seiner Hände um meine Taille, bevor sie sich meinen Rücken hoch verirrten, unter mein Kleid …

In diesem Moment krachte ein unglaublicher Donner vom Himmel und machte der Situation ein Ende, ehe sie uns komplett entglitt. Vor Schreck schrie ich auf. Wir fuhren gerade noch rechtzeitig auseinander, um die riesige Zickzackgabel eines Blitzes über den Himmel zucken zu sehen.

»Was zum Teufel ist das?«, fragte ich.

Noch bevor Noah den Mund aufmachen konnte, gaben die Wolken ihren Widerstand auf. Wie durch ein Fingerschnipsen waren da statt Luft nur noch schwere, undurchdringliche Regenwände. Binnen Sekunden war ich nass bis auf die Haut. Das Wasser enterte mein dünnes Baumwollkleid, durchtränkte meine Haare und füllte meine Schuhe.

Noah schnappte meine Hand. »Los, komm, wir müssen rein.«

Wir rannten, die Arme zu jämmerlichen Abdeckungen über unseren Köpfen erhoben. Der Regen prallte von den Pflastersteinen ab und hatte bereits regelrechte Ströme gebildet, die an den Straßenrändern entlangschossen. Wir hasteten durch den Wolkenbruch. Manchmal war der Niederschlag so kompakt, dass ich Noah kurz nicht sah, obwohl ich ihm dicht auf den Fersen war. Dann tauchte sein Schattenriss erst im aufflackernden Licht eines Blitzes wieder auf.

»Wir sind gleich da«, brüllte er gegen den Regen an.

Das Gewitter zeigte keinerlei Ermüdungserscheinungen. So was hatte ich noch nie erlebt. Jeder Donnerschlag war derart gewaltig und markerschütternd, dass ich das Ende der Welt gekommen sah. Ich hatte Angst. Es war unmittelbar über uns, und vor meinem geistigen Auge sah ich schon den Blitz in den nassen Boden einschlagen und seine tödliche Kraft durch diesen Fluss von einem Gehweg jagen, den wir gerade durchwateten. Ein weiterer Blitz zeigte uns, dass wir vor Noahs Haus standen. Erleichterung durchflutete mich. Noah gelang es auf Anhieb, seinen Schlüssel ins Schloss zu schieben, dann zerrte er mich in den Hausflur und schlug die Tür hinter uns zu.

20

Hier drinnen war es um einiges ruhiger. Schweigend standen wir da und sahen zu, wie das Unwetter Middletown zerlegte. Der Wind peitschte die Bäume in unnatürliche Formen. Über die Straße fegten die Trümmer und der Wasserpegel stieg und stieg. Die Pfützen schwappten schon fast auf den Gehweg. Wir hörten das Gurgeln aus den Gullys, die Mühe hatten, diese Unmengen an Regenwasser zu schlucken.

Noah nahm meine Hand. »Komm. Wir müssen was Trockenes anziehen.«

Er führte mich in seine Wohnung. Zähneklappernd stand ich in seinem Wohnzimmer, während er ins Bad ging und mit zwei flauschigen weißen Handtüchern wieder herauskam.

»Hier«, sagte er und warf mir eines zu. »Versuch, dich so gut wie möglich trocken zu kriegen, aber besser wäre vielleicht eine heiße Dusche zum Warmwerden.«

Dankbar nahm ich das Handtuch und begann, mich energisch abzurubbeln. Mein Kleid war klitschnass, und als ich den Saum auswrang, ergoss sich ein kleiner Bach auf den Boden. »Ich glaub, auf das Duschangebot komm ich tatsächlich zurück.«

Noah hob anzüglich die Augenbrauen, aber das Gewitter hatte mich völlig ausgenüchtert.

»Allein«, ergänzte ich.

Er zuckte grinsend die Schultern. »Hab ich was gesagt?«

Er führte mich in sein gigantisches Bad mit der monströsen ebenerdigen Dusche. Sie hatte eine von diesen riesigen Edelstahlduschköpfen, die einem das Gefühl geben, im Regenwald zu stehen. Beregnet worden war ich heute zwar schon genug, aber wenigstens war das Wasser hier heiß. Noah zeigte mir, wie ich die Temperatur regeln konnte. Dann verschwand er und kehrte mit einem XL-Shirt zurück.

»Ich steck dein Kleid in den Trockner.« Er legte das Hemd in der Ecke ab. »Solang der läuft, kannst du das überziehen. Das sollte groß genug sein, um alles … äh … zu verdecken. Ich spring dann nach dir rein.«

»Danke.«

»Dann geh ich mal so lange ins Wohnzimmer … und bemüh mich nach Leibeskräften, die Tatsache zu verdrängen, dass du nur ein paar Meter weiter splitternackt herumhüpfst.«

Ich kicherte und bombardierte ihn mit meinem Handtuch. Er fing es auf, hängte es hinter die Tür und ließ mich allein.

Ich stellte das Wasser so heiß wie gerade noch erträglich und drehte voll auf. Es war himmlisch. Ich schrubbte mir die Schminke ab, schnappte mir etwas von Noahs Shampoo und schäumte mich ein. Da waren sie schon, die ersten stichelnden Kopfschmerzen – zweifellos Vorboten des Katers, der mir bevorstand. Ich spülte aus und entdeckte zu meinem Entzücken Conditioner (Noah?), massierte etwas davon ein und spülte nach. Nach dem Abtrocknen zog ich mir Noahs Hemd über den Kopf. Es bedeckte gerade so meinen Hintern und würde es zur Not tun. Ich durchforstete seine Badezimmerschränke und stieß unter dem Waschbecken auf einen Föhn. Unerwartet, aber nützlich. Ich stöpselte ihn ein und föhnte mein Haar kopfüber. Nachdem ich noch den Dampf vom Spiegel gewischt hatte, musterte ich mich eingehend. Nicht übel. Trotz völliger Ungeschminktheit und fliegendem Haar sah ich … vertretbar aus. Noch einmal tief Luft holen, dann verließ ich das Badezimmer.

Noah saß auf einem Handtuch auf dem Sofa, damit seine

durchweichten Klamotten das Leder nicht ruinierten. Er sah Nachrichten.

Ich tapste leise zu ihm hinüber und ließ mich mit Sicherheitsabstand neben ihm nieder, um nicht wieder nass zu werden. Zwei Teebecher dampften vor uns auf dem Tisch.

Ich deutete darauf. »Ich kann dir nur raten, dass einer davon für mich ist.«

»So ist es. Ich dachte, du brauchst noch eine zusätzliche Ausnüchterungskur.« Er betrachtete mich von oben bis unten und ich fuhr mir verlegen durch mein frisch gewaschenes Haar. »Du siehst erschreckend gut aus.«

Ich nahm den Becher und nippte dankbar daran. »Komm nicht auf falsche Gedanken«, warnte ich. »Dieses besoffene Luder, das da vorhin widerrechtlich Besitz von meinem Körper ergriffen hat, ist wieder ins Reich der Vollrauschsünden abgezogen.«

Noah lachte. »Also, ich müsste lügen, wenn ich sagte, es wird mir nicht fehlen. He!«, rief er, als ich ein Kissen nach ihm schleuderte. »Penny. Nur ein Witz. Tut mir leid, dass es mit der Ritterlichkeit nicht so hingehauen hat wie geplant. Du hast echt keinen Schimmer, wie … ähem, sexy du bist. Und, na ja, es ist wirklich schwer, nicht total testosterongesteuert zu reagieren, wenn du dich aufführst wie, na ja, du weißt schon.«

Meine Wangen glühten. In einem Flashback sah ich mich mit schwerer Zunge lallen: *Ich will, dass du meinen Zustand ausnutzt.* So was von peinlich!

Noah spürte mein Unbehagen und rückte näher an mich heran, ganz vorsichtig, um mich nicht schon wieder zu durchnässen. Er nahm meine Hand und ich blickte hinunter auf unsere verschlungenen Finger.

»Schau«, meinte er. »Ich hab noch nie für jemanden so was empfunden und ich will das nicht an die Wand fahren. Ich hab mir noch nie Zeit gelassen … bei Mädchen, und es war nie was

Besonderes. Noch nie. Bei dir möchte ich aber, dass es was Besonderes ist.«

Er begann, meine Daumeninnenseite zu streicheln. Mein Allerschönstes. Kein Wort bekam ich heraus. »Jedenfalls«, fuhr er fort, »auch wenn es mich einige Überwindung kostet, mich nicht auf dich zu stürzen, vielleicht sollten wir die Dinge erst mal etwas ruhiger angehen lassen? Einander besser kennenlernen? Ich möchte dich wirklich kennenlernen, Penny, wirklich ...«

Er umfasste mein Gesicht und versuchte, meine Antwort daraus abzulesen. Ich dachte nach. Seine Worte beruhigten mich. Seine sexuelle Erfahrung hatte mich derart wuschig gemacht, dass ich mich selbst kaum wiedererkannt hatte. Und so großartig sich die Dinge auch anfühlten, die wir veranstalteten, wusste ich im Grunde doch, dass es wahrscheinlich etwas zu schnell ging. Schließlich hatten wir uns erst ein paar Mal getroffen.

»Ich denke, das ist wahrscheinlich eine gute Idee.«

Noah küsste mich auf die Augenbraue. »Also, dann sind wir uns einig? Und wenn's dir jetzt nichts ausmacht, ich muss ganz dringend unter die Dusche.«

Er war immer noch pitschnass und da fiel mir der Sturm wieder ein. Ich blickte aus den riesigen Fenstern und schnappte nach Luft.

»Oh Gott«, sagte ich mit der Hand vor dem Mund. »Da draußen geht's aber ab.«

Das tat es. Aus dem pechschwarzen Himmel schüttete es wie nichts Zweites. Und doch schien alles ganz weit entfernt von Noahs Wohnung, als wären seine Wohnzimmerfenster ein Portal zu einer anderen Welt.

»Ich weiß.« Noah nahm das Handtuch vom Sofa. »Bei den Lokalnachrichten drehen sie schon total durch. Die haben Hochwasserwarnungen ausgegeben.« Er sah meinen Gesichtsausdruck. »Schon okay. Ich hab schon nachgeschaut. In diesem Stadtteil ist alles im grünen Bereich. Meinen sie. Obwohl es vielleicht nicht schlecht wäre, mal bei deinen Eltern anzurufen und ihnen zu sagen, dass du in Sicherheit bist. Ich bring dich dann nach Hause, sobald es zu regnen aufhört.«

Anrufen. Eltern. Meine Mutter sprang sicher schon im Dreieck.

Noah verschwand im Bad. Ich hörte, wie die Dusche losprasselte, und ging hinüber zum Fenster, um besser rausschauen zu können. Ich drückte mein Gesicht an die Scheibe und mein Atem gefror fast vor dem Mund. Der Himmel war dunkel, aber im orangefarbenen Lichtschein der Straßenlaternen konnte man mit etwas Anstrengung den dichten Regen erkennen. Statt in Tropfen fiel er in endlosen Streifen. Ich wanderte zurück zum Sofa und stellte den Fernseher lauter. Irgendeine bedauernswerte Lokalreporterin stand unter einem Regenschirm und versuchte, eine Einschätzung der Lage abzugeben.

»Wie man sieht«, sagte sie, das Gesicht von wild umherpeitschenden Haaren verdeckt, »herrschen hier draußen fast apokalyptische Zustände. Die Meteorologen raten, nur im absoluten Notfall ins Freie zu gehen.« Ein Blitz erhellte Noahs Wohnzimmer und nur eine Millisekunde später zuckte er schon hinter der Frau im Fernseher. Das musste von ganz in der Nähe übertragen werden. Nun teilte sich der Bildschirm, und der Nachrichtensprecher, der kuschelig und warm in seinem Studio saß, bombardierte die gestresste Reporterin mit Fragen.

»Wie sind diese Wetterkapriolen denn nun zu erklären, Jennie?«, fragte der Moderator.

Jennie brauchte einen Moment für die Antwort, weil ihr Riesenschirm sich umgestülpt hatte. Sie mühte sich damit ab, während der brutale Regen derweil ihr Make-up ruinierte. Nach einem entschiedenen Zerren ploppte der Schirm schließlich nach innen und Jennie wandte sich wieder der Kamera zu.

»Gute Frage, Martin«, antwortete sie, ganz Profi, trotz Mascaraschlieren auf der Wange. »Was die Situation hier verschärft, ist die Tatsache, dass kein Wetterdienst diesen Sturm vorhergesagt hat. Er ist buchstäblich aus dem Nichts gekommen. Die Fachleute sind völlig überfragt. Es heißt, es könne etwas mit den für die Jahreszeit unüblich warmen Temperaturen zu tun haben, aber zu diesem Zeitpunkt ist das noch reine Spekulation.« Sie lächelte in die Kamera.

»Und wie ist die Situation in Middletown?«, fragte der Moderator und befingerte seinen Knopf im Ohr.

Die Kamera fuhr abwärts zu Jennies Gummistiefelfüßen, die knöcheltief im Wasser standen. Mir blieb fast die Spucke weg, als die Kamera wegzoomte und enthüllte, dass sie mitten im Zentrum von Middletown stand. Dort hatten wir vor einer Stunde noch gesessen und gezecht. Jetzt stand es fast vollständig unter Wasser.

»Wie Sie sehen, gibt es bereits erste, wenn auch örtlich begrenzte Überschwemmungen«, brüllte Jennie gegen den Wind an. »Die Ladenbesitzer haben Probleme, ihre Geschäfte zu schützen, weil nicht ausreichend Sandsäcke verfügbar sind. Da der Sturm nicht angekündigt war, ist eben auch nicht ausreichend vorgesorgt worden. Zu Personenschäden liegen bisher noch keine Meldungen vor, aber die Bürger werden dringend aufgefordert, in ihren Wohnungen und Häusern zu bleiben und das Unwetter erst mal auszusitzen. Wenn Sie in Flussnähe wohnen und der Wasserpegel weiter steigt, bringen Sie bitte Ihre Wertsachen ins Obergeschoss. Hoffen wir einfach, dass es nicht so weit kommt …«

Ich drückte den Ton weg. Genug gehört. Ich klappte mein feuchtes Handy auf, und na klar: mindestens acht verpasste Anrufe meiner Mutter und zwei Nachrichten auf der Mailbox. Ich hämmerte unsere Nummer ein.

Mum hob sofort ab.

»Penny?«

»Ja, ich bin's.«

»Oh, Gott sei Dank. Wir haben uns langsam Sorgen gemacht. Ich hab's zigmillionenmal bei dir probiert. Warum bist du nicht rangegangen? Wo bist du? Bist du in Sicherheit?«

Ich seufzte und nickte. »Ja, mir geht's gut. Tut mir leid, dass ich nicht abgehoben habe, mein Handy stand auf leise. Aber alles okay, versprochen. Ich bin bei einem Freund zu Hause. Ich glaube, ich muss noch hierbleiben, bis der Regen aufhört.«

Am anderen Ende der Leitung wurde es still. »Bei welchem Freund zu Hause?«

Schluck. »Noah.«

Wieder Schweigen.

»Aha.«

»Wir waren mit Lizzie und den anderen was trinken und dann ist der Regen losgegangen. Wir sind hierher, weil es näher war.«

Noch mehr Schweigen.

»Okay, alles klar. Versuch einfach, heute noch nach Hause zu kommen. Aber wenn es wirklich so schlimm bleibt, dann musst du wohl dort übernachten.«

Das haute mich doch ziemlich um. So weit hatte ich noch gar nicht gedacht.

»Bist du sicher, dass das für dich okay wäre, Mum?«

»Du bist jetzt siebzehn, Penny. Du bist vernünftig. Ich vertraue dir. Versuch nach Hause zu kommen, aber ich verspreche dir, ich raste nicht aus, wenn es nicht klappt. Aber bitte lass dein Handy in deiner Nähe und versprich mir, dich zu melden.«

»Okay.«

»Bis bald.«

Ich legte auf.

Eine Nacht bei Noah. Ha. Just wo wir beschlossen hatten, die Dinge langsamer anzugehen. Ein weiteres Grollen am Himmel bildete den Auftakt zu einer neuen Serie krachender Donnerschläge. Wenn es so weiterging, würde ich hier wohl noch zwei Nächte festsitzen.

Die Dusche prasselte immer noch, und so beschloss ich, mal bei meinen Freundinnen nachzufragen.

Mein erster Anruf galt natürlich Lizzie.

»Das ist der Weltuntergang«, sagte sie, ohne sich mit einer Begrüßung aufzuhalten.

»Nein, ist es nicht. Einfach nur ein wüstes Gewitter. Bist du gut heimgekommen?«

»Mit Ach und Krach. Ich glaube, ich bin immer noch besoffen.«

»Hab ich noch was verpasst?«

»Also, direkt nachdem ihr gegangen seid, hat Ruth Will abgeschleppt und wir sind noch auf eine letzte Runde mit Johnnos Kumpeln dageblieben. Dann haben wir den Himmel gesehen, der schon verdammt nach Jüngstem Gericht aussah, und da sind wir nach Hause gerannt. An mehr kann ich mich nicht erinnern. Dieses Spiel von Noah ist ja absolut tödlich! Egal, geht's dir gut?«

Ich blickte zum Fernseher. Das Wasser schwappte Jennie jetzt schon fast in die Stiefel.

»Alles okay. Ziemlich nass geworden halt, aber ich bin jetzt bei Noah. Ich hab überhaupt keine Ahnung, wie ich nach Hause kommen soll.«

Lizzie quietschte auf. »Dann musst du ja die Nacht dortbleiben!«

Mir wurde etwas mulmig. »Kann passieren.«

Noch ein Quietschen. Ich hielt das Telefon auf Sicherheitsabstand. »Reg dich ab, Lizzie. Vielleicht hört der Regen ja bald auf.«

»Na klar. Schon mal aus dem Fenster geguckt?«

»Könnte er trotzdem«, beharrte ich.

»Also, vergiss nicht: mir alles erzählen.«

»Na klar.«

»Ich schau jetzt weiter Nachrichten. Ich wette, morgen ist keine Schule.«

»Glaubst du?«

»Tu ich. Die steht doch inzwischen sicher unter Wasser.«

»Schon ein bisschen unheimlich, oder?«

»Find ich nicht. Ich wohne schließlich ganz oben auf dem Hügel. Die Schwerkraft bewahrt mich vor allem Übel.«

»Elender Glückspilz.«

Wir plauderten noch ein paar Minuten. Lizzie sagte, sie hätte schon von Amanda gehört, und der ginge es gut. Und Amanda hatte wohl mit Ruth gesprochen, da war auch alles in Butter.

Und so blieb niemand übrig, der noch angerufen werden musste.

Ich streckte mich auf dem Sofa aus, die Beine über der Armlehne, schloss die Augen und hörte, wie der Regen aufs Dach prasselte. Mit Karacho. Ich fürchtete mich. Ich wusste einfach nicht, ob ich schon bereit war, neben Noah zu schlafen. Ich traute mir nicht recht über den Weg. Mein Herz begann zu rasen, und ich musste die Augen zupressen und meine Atemübungen machen, bis es wieder Ruhe gab.

Ich wurde von Noah unterbrochen, der in eine Dampfwolke gehüllt aus dem Badezimmer trat.

»Ohren gewaschen«, verkündete er.

Ich setzte mich auf, aber beinahe hätte es mich gleich wieder hingelegt. Er war immer noch nass und trug nichts als ein Handtuch. Das hing so tief, dass es etwas enthüllte, was man nur als eine wirklich beeindruckende Männerbrust bezeichnen konnte. Mein Herz hämmerte wieder los.

»Was denn?«, fragte Noah auf mein Glotzen hin. Ich wagte mich nicht in seine Nähe. Er sah einfach zu fantastisch aus.

»Ähem«, machte ich. Ich war sicher knallrot. Mal wieder. »Sagen wir einfach, wenn du es ernst meinst mit diesem ›die Dinge langsam angehen lassen‹, dann solltest du nicht SO aus dem Bad kommen.«

Noah grinste.

»Was ist jetzt so lustig?«

Er wirbelte um die eigene Achse. »Bin ich derart unwiderstehlich?«

»Halt die Klappe.«

Triefnass kam er auf mich zu.

Ich hielt mir die Augen zu. »Ich sehe dich nicht.«

Dann stürzte er auf mich zu und hielt mich auf dem Sofa fest.

Mir so viel von seiner nackten Haut hinzuhalten, war wie einem Alkoholiker ein großes Bier zu reichen. Noah, jetzt auf mir liegend, küsste mich sanft auf den Mund, und mein Mund zierte sich nicht. Ohne es zu wollen, fuhr ich über seine nackte Brust. Über uns donnerte es erneut und sein Handtuch rutschte tiefer. Er hörte auf, mich zu küssen.

»Also, was das Langsamangehen betrifft ...«

»Bisher kein Ruhmesblatt, was?«

»Eher nicht.«

»Also, ich war voll auf Linie, bis du unbedingt so nackt hier hereinstolzieren musstest ...« Der Protest lag ihm schon auf den Lippen, aber damit kam er bei mir nicht durch. »Ach, komm. Das war doch pure Berechnung.«

Sein offener Mund formte sich wieder zu einem seiner absolut unwiderstehlichen Grinsen. »Okay. Eventuell.«

Ich richtete mich auf und verbannte seinen muskulösen

Oberkörper aus meinem Gesichtsfeld. »Der Waschbrettbauch überrascht mich jetzt doch. Ist in Musikerkreisen nicht eher der ausgemergelte Look gefragt?«

Noah zuckte die Schultern. »Ich hab viel Tagesfreizeit.«

»Offensichtlich.«

Er grinste wieder.

»Komm, geh schon und pack ihn weg«, sagte ich, woraufhin Noah sich in Richtung Schlafzimmer verzog.

Vollständig verhüllt tauchte er wieder auf und machte sich erneut ans Teekochen. Während er aufs Wasser wartete, schaltete er die Heizung ein, und ich spürte, wie von unten die Wärme aufstieg.

»Sag bloß, du hast Fußbodenheizung.«

Er nickte.

»Deine Eltern sind so richtig reich, was?«

»Denke schon.«

Ich nahm ihm eine Tasse ab. Einen Moment lang saßen wir einfach in stiller Eintracht da.

»Ich kann immer noch nicht glauben, dass du eine Fußbodenheizung hast.«

»Lieber hätte ich Eltern, die sich um mich kümmern. Wie deine.«

»'tschuldigung. Kurz vergessen.«

Ich rutschte etwas näher an ihn heran, damit ich meinen Kopf auf seine Schulter legen konnte. Dann lehnte er seinen Kopf gegen meinen und gemeinsam starrten wir auf den stummen Fernseher.

»Vielleicht musst du über Nacht hierbleiben«, sagte er und sah Jennie zu, wie sie durch die Hauptstraße von Middletown watete.

»Ich weiß. Ich hab meine Mum angerufen und sie hat's erlaubt.«

Er wirkte überrascht. »Im Ernst?«

Ich nickte. Noah hob eine Augenbraue.

»Wahrscheinlich ist es ihr immer noch lieber, ich riskiere meine Unschuld als mein Leben.«

»Klingt vernünftig.«

»Aber Unschuldverlieren steht heute nicht auf dem Programm, oder?«

Sein Grinsen verschwand. »Wohl eher nicht. Nein.« Er atmete mühsam aus. »Oh verdammt. Das wird echt eine Tortur, dich neben mir im Bett zu haben.«

»Vielleicht sollte ich einfach auf dem Sofa übernachten?«

»Och Menno. Echt?« Er streichelte mir die Beine und jedes Mal rutschte seine Hand weiter nach oben.

»Also, wenn du dich nicht benimmst, bleibt mir nichts anderes übrig.«

Noah zog mein Kinn zu sich empor und küsste mich sanft auf die Lippen. »Also, wenn etwas Willenskraft der Preis dafür ist, morgen früh neben dir aufwachen zu dürfen, dann kann ich mich wohl zusammenreißen.«

Ich küsste ihn zurück.

»Meinst du das ernst?«

»Das meine ich.«

Den verbleibenden Abend verbrachten wir zusammengekuschelt auf dem Sofa vor den Nachrichten. Noch nie hatte ich mich mit einem Jungen so entspannt gefühlt. Alles schien angenehm und natürlich, einfach alles. Unsere Körper fügten sich wie Puzzlestücke ineinander und wir redeten ganz frei und unverkrampft. Noah erzählte mir ein wenig aus seiner Kindheit. Wie er immer nur hatte Gitarre spielen wollen. Wie sein Vater ihm geholfen hatte, es zu lernen. Wie sie stundenlang gemeinsam in der Garage gesessen und geklampft hatten. Sein Vater hatte ihm erzählt, früher habe er Rockstar werden wollen, aber als sein Wirtschaftsstudium losging, habe er das Projekt auf Eis gelegt. Und ehe er sich versah, hatte er einen Anzug gehabt, eine Ehefrau und einen Hauskredit. Noah sagte, das sei das einzige Mal gewesen, dass sein Vater ihm irgendwas Persönliches anvertraut habe. Und an diesem Tag habe er sich geschworen, nie irgendetwas Geliebtes aufzugeben, nur weil das Leben dazwischenkam.

Wenn wir nicht redeten, lagen wir uns in den Armen oder küssten uns. Wir verarschten einander oder lieferten uns Scheingefechte. Ich gestand es mir ungern ein, aber so langsam musste ich mich fragen, ob ich mich in Sachen Liebe nicht geirrt hatte. Dieser Abend war alles, was Hollywood mir je zum Thema versprochen hatte, und noch mehr. Manchmal, wenn ich redete oder irgendwelchen Blödsinn verzapfte und rot anlief, ertappte ich Noah dabei, wie er mich anstarrte. Mit großen, forschenden Augen. Mit einem Lächeln auf den Lippen. Und ich wusste, dass er mich genoss. Einfach so, wie ich war. Das war's. Vor Noah konnte ich mich nicht verstellen. Mein Charakter kam beharrlich nach draußen gepurzelt. Aber nichts, was ich sagte oder tat, stieß ihn ab. Im Gegenteil, es schien ihn sogar noch mehr zu entzücken. Und mir ging es genauso. Manchmal stellte ich einfach auf Durchzug, wenn er redete, und sah ihm bloß zu. Wie sich sein Mund bewegte, wie sich bei einem ganz bestimmten Lächeln Grübchen auf seiner Wange bildeten. Wie er sich am Ohr kratzte, wenn er über irgendwas Aufwühlendes oder Unangenehmes sprach. Ich war völlig besessen von jeder kleinen Besonderheit seines Körpers, und alles, was er sagte oder tat, bestärkte mich nur in meiner Ahnung, dass ich mich gerade mit Haut und Haaren in ihn verliebte. Ich wusste, dass das keinen Sinn ergab. Ich kannte ihn ja kaum. Und mir war auch klar, was für ein krasser Verrat an meinen bisherigen Grundsätzen das war. Aber trotzdem wurde ich das Gefühl nicht los, dass wir füreinander bestimmt waren. Dass wir zusammengehörten wie zwei Teile eines Ganzen.

Gegen dreiundzwanzig Uhr zeigte der Sturm noch immer keine Ermüdungserscheinungen. Als ich Mum anrief, um ihr zu sagen, dass ich bei Noah blieb, beschoss der Regen das Dach mit unveränderter Wucht. Mum ermahnte mich, vorsichtig zu sein, und ich zuckte innerlich zusammen und hoffte, sie würde es anders meinen, als es sich anhörte. Als ich aufgelegt hatte, stand Noah schon vor mir.

»Also, meine Schöne. Feierabend.« Er hielt mir seine Hand hin, um mich vom Sofa zu ziehen.

Ich verlegte mich aufs Schmollen. »Aber ich bin noch gar nicht müde.«

»Aber es ist schon nach deiner Schlafenszeit.«

»Woher willst du bitte wissen, wann die ist?«

Ohne Umschweife hob Noah mich hoch und trug mich ins Schlafzimmer. Ich kreischte und kicherte.

»Komm schon. Zeit fürs Bett.«

Er ließ mich auf sein riesiges Doppelbett plumpsen und beugte sich über mich. »Hmm«, sagte er und blickte auf mich herunter. »Das wird schwieriger als gedacht.« Und dann senkte er sich herab und küsste mich. »Viel, viel schwieriger als gedacht.«

Ich brauchte all meine körperliche und geistige Kraft, um ihn von mir zu stoßen und aufzustehen.

»Ich geh jetzt Zähne putzen. Ich sollte längst schlafen, falls du dich erinnerst.«

Ich schloss mich im Badezimmer ein und machte mich bettfertig. Ich putzte meine Zähne notdürftig mit den Fingern, spritzte mir etwas Wasser ins Gesicht und kehrte ins Schlafzimmer zurück.

Noah lag schon unter der Decke.

»Das ist echt mal seltsam«, sagte ich, als ich mich neben ihn legte.

Ich drehte mich zu ihm auf die Seite und stützte mit einem Arm meinen Kopf ab.

»Müde?«

»Eigentlich nicht.«

»Ich auch nicht.«

Mir war sehr bewusst, wie dicht unsere Körper beieinanderlagen – und im Bett fühlte es sich gleich doppelt so intim an.

»Komm her«, sagte er und zog mich zu sich heran. Er küsste mich nicht, hielt mich einfach nur im Arm und starrte mich aus sanften Augen an. Er trug nichts als Boxershorts, und so viel von seiner Haut zu spüren, war fast nicht auszuhalten. Er strich mir übers Haar und küsste mich sacht auf die Wange.

»Du wirst unserem Vorsatz, es langsam angehen zu lassen, doch nicht untreu, oder?«, flüsterte ich.

Er streichelte den Fleck meiner Wange, den er gerade geküsst hatte, und schüttelte den Kopf. »Nein. So ist es sicher das Beste. Aber ich tu mich echt schwer. Ich brauch meine ganze innere Kraft, um hier nicht eine Trockensex-Aktion zu starten.«

Ich kicherte. »Wow. Es lebe die Romantik.«

»Die lebt ja. Und ich werde es dir beweisen.«

»Klaro.«

Noah drehte sich um, knipste seine Nachttischlampe aus und warf uns in die Dunkelheit.

»Ich glaub kaum, dass ich neben dir auch nur ein Auge zumachen kann«, sagte er.

Ich gähnte. Unabsichtlich. »Also, ich brauch schon ein bisschen Schlaf. Ich hab morgen zur ersten Stunde und kann leider nicht blaumachen.«

Ich spürte, wie mir ein elektrischer Schlag das Bein hinunterfuhr, und bemerkte, dass Noah eine Hand unter das XL-Hemd zu meiner Hüfte geschmuggelt hatte.

»Bist du sicher, dass du darin schlafen musst?«

»Vorsicht, Meister«, sagte ich. »Noch kann ich jederzeit mein Sofaexil antreten.«

Er ließ seine Hand, wo sie war. »Sorry. Ich kann einfach nicht aufhören, dich zu berühren. Es ist wie ein Zwang.«

»Hochorigineller Spruch. Selbst ausgedacht?«

»Aber es stimmt doch …«

Langsam gewöhnten sich meine Augen an die Dunkelheit und Noahs Umrisse wurden erkennbar. Das Weiße in seinen Augen leuchtete. »Das mein ich jetzt gar nicht nur … sexuell, Penny«, sagte er. »Na ja, ich steh ganz offensichtlich total auf dich. Aber es ist irgendwie noch mehr.«

Ich lag schweigend da. Mein Herz begann zu pochen, voller Erwartung dessen, was jetzt kommen würde. Ich hatte solche Angst, dass es »Ich liebe dich« sein würde, diese Worte, die mir schon seit Tagen im Kopf herumgeisterten. Diese drei bedrohlichen Worte, die alles ändern, alles noch ernster machen würden zwischen uns – und mich zum kompletten Wendehals. Aber viel größere Angst hatte ich davor, dass er sie *nicht* sagen würde. Das wäre noch schlimmer.

»Die Sache ist die … Ich weiß, das klingt jetzt total schmalzig, aber mir ist, als hätte mein Leben überhaupt keinen Sinn gehabt, bis ich dich getroffen habe. Ich weiß, wir sind gerade erst zusammengekommen, aber mein Leben unterteilt sich irgendwie schon jetzt in die Ohne-Penny- und die Mit-Penny-Ära. Und ich, also na ja, ich liebe einfach alles an dir, Penny, jede Einzelheit. Und die Wahrheit ist …« Er hielt eine Sekunde lang inne und mied meinen Blick. »Ich liebe dich, Penny Lawson.«

Die Worte drangen mir ins Herz und erfüllten meinen Körper mit goldenem Glanz. Ich öffnete meinen Mund und wollte etwas sagen, doch Noah ließ mich nicht.

»Tut mir leid. Ich weiß, das kommt jetzt wahrscheinlich viel zu früh. Und ich weiß, dass du an all das nicht glaubst … Du musst es mir auch nicht sagen. Kein Stress. Ich wollte es nur trotzdem loswerden. Eigentlich hab ich es schon den ganzen Abend sagen wollen … aber …«

Jetzt war ich dran mit Unterbrechen. »Noah? Hör auf zu quasseln.«

Er war sofort still.

Ich holte tief Luft und suchte in der Dunkelheit nach seinem Gesicht. »Ich liebe dich auch.«

Die Worte waren draußen, bevor ich begriff, dass ich sie absolut ernst meinte. Ich liebte. Ich liebte Noah. Ich hatte keine Ahnung, wie das hatte passieren können und warum. Aber dass ich ihn liebte, war im Moment das Einzige in meinem Leben, was ich mit Bestimmtheit wusste.

Noah blieb ruhig.

»Meinst du das ernst?«

Ich nickte. »Wirklich.«

Er atmete tief aus. »Wirklich wirklich?«

Ich lächelte. »Ja!«

»Ich hatte solche Angst, dass du es nicht zurücksagst.«

»Tja, hab ich aber.«

»Dabei sind wir doch gerade erst zusammengekommen.«

»Ich weiß.«

»Und du glaubst nicht an die Liebe.«

»Hab ich bislang auch nicht. Aber jetzt schon. Jetzt total.«

Und wir brachen beide in Lachen aus. Wie die Verrückten, voller Freude, voller Erleichterung. Er zog mich eng an sich, und ich lag in seiner Armbeuge und lächelte mit ihm völlig unkontrolliert um die Wette, wenn wir nicht im Duett lospruste-ten und zu kichern begannen.

Oh Mann, wir machten jedem Schmachtfetzen Ehre. Die alte Penny hätte jetzt den Fernseher angebrüllt, den Bildschirm mit Popcorn bombardiert und geschimpft, das sei ja wohl lächerlich, geradezu grotesk. Wie konnte man nur so rasch »Ich liebe dich« sagen! Ich war bis zur Unkenntlichkeit verwandelt, die Verkörperung all dessen, was ich immer verachtet hatte, und doch war ich so glücklich, dass es mich einfach nicht scherte.

Noah lag ausgestreckt auf dem Rücken.

»Wetten, dass ich gerade der glücklichste Kerl auf Erden bin?«

»Dann kann es ja nicht so schlecht sein.«

Er drehte sich auf die Seite und gab mich damit frei. Ich tat es ihm nach. Unsere Gesichter lagen dicht an dicht.

»Ich liebe dich«, wiederholte er.

»Und ich liebe dich.«

»Aber ich lieb dich verdammt noch mal wirklich wirklich.«

»Und ich lieb dich verdammt noch mal wirklich wirklich.«

Und so blieben wir stundenlang, wiederholten die Worte und lachten beglückt, bis uns schließlich der Schlaf übermannte. Vereint, ja ineinander verknotet, schliefen wir ein, während draußen der Sturm wütete und tobte.

20:2

Rain musste all seine innere Kraft zusammennehmen, um nicht aus der Haut zu fahren. Er fühlte sich krank, richtig elend, und wurde einfach das Gefühl nicht los, sich all das hier nur einzubilden. Es geschah nicht wirklich, es konnte nicht geschehen. Es durfte einfach nicht geschehen.

Mit Grauen las er die Nachrichten-Updates. Seine Hand war wie mit der Maus verwachsen, die er unwillkürlich alle fünf Sekunden klickte, um die Internetseite zu aktualisieren. Das war alles schon viel zu weit gegangen. Er ging davon aus, dass es inzwischen bereits Todesopfer gab – bei Überschwemmungen kam immer jemand um. Wenn Dr. Beaumont doch einfach was GEMACHT hätte.

Sie klebte neben ihm genauso an ihrem Computer fest, allerdings ohne jedes Anzeichen von Aufregung. Sie wirkte sogar äußerst entspannt. Als sie sich zurücklehnte, hatte sie immer noch dieses kranke, sadistische Grinsen im Gesicht.

»Jetzt geht's wirklich ab«, brach sie das unbehagliche Schweigen.

Er verkniff sich wohlweislich die Antwort und biss sich nickend auf die Zunge.

»Faszinierend, oder?« Sein Gemütszustand schien völlig an ihr vorbeizugehen. »Ich wette, von so einer Verbindung haben Sie während Ihrer Ausbildung noch nicht mal zu träumen gewagt. Man kann zwar die Theorie kennen und über die Konsequenzen seine Hypothesen anstellen, aber wenn man es dann in der Realität miterleben darf – das ist einfach nicht dasselbe.«

Immer noch Schweigen.

»Und dieser Fall ist einfach nur faszinierend. Wissen Sie, was ich glaube? Ihre Körper könnten sich einander angepasst haben. Unfassbar, was? Ich hatte noch nie die Möglichkeit, so etwas von Anfang an zu überwachen und dann zuzusehen, wie es sich aufbaut. Eine wirklich außergewöhnliche Entsprechung. Den Lehrgang werden wir praktisch komplett überarbeiten müssen. Und auch für uns bleibt noch so viel zu lernen, zu beobachten …«

Da platzte Rain der Kragen. Noch eine Sekunde länger dieses Gefasel, und er würde ihr den Computer über ihrem selbstzufriedenen Schädel zerdeppern.

»Anita, das ist FALSCH.«

Ihr Lächeln verschwand. »Was haben Sie da gesagt?«

Unfähig, sich noch länger zu beherrschen, sprudelte er nun alles hervor, was er in den letzten Tagen gefühlt hatte, ohne einen Gedanken an seine Karriere, seine berufliche Zukunft, mögliche Disziplinarmaßnahmen.

»Es ist einfach nur falsch. Wie können Sie hier sitzen, ohne einen Finger zu rühren? Wie können Sie das zulassen? Es ist einfach nur unmenschlich. SIE sind unmenschlich. Was machen Sie da mit diesen armen Leuten? Glauben Sie denn nicht, es wird schon hart genug? Wenn wir eingreifen? Sie lassen sie sich einfach verlieben! Warum? Wie können Sie das zulassen? Ich begreife das einfach nicht.« Er knallte seine Maus auf den Tisch.

»Und was ist mit all den anderen, die davon betroffen sind? Wenn hier irgendwer stirbt, ist das Ihre Schuld. Dann haben Sie ein Menschenleben auf dem Gewissen. Ich hab keine Ahnung, weshalb Sie das tun, aber es muss aufhören. Sie müssen aufhören. Ich werde den Verteidigungsminister anrufen und …«

»Sie – werden – nichts – dergleichen – tun.«

Dr. Beaumont schnitt ihm das Wort ab wie ein wandelndes Tranchiermesser. Die kalte Autorität in ihrer Stimme ließ ihm das Blut in den Adern gefrieren. Doch er zwang sich, ihren Blick zu erwidern. In ihren Augen loderten eisige Flammen, ihr Gesicht war das einer Furie. Er schob den Unterkiefer vor und hielt den Blickkontakt.

»Das werde ich, Anita. Das werde ich.«

»Nein, werden Sie nicht.«

»Ihr Verhalten zwingt mich dazu.«

»Ich glaube, Sie verkennen Ihre Situation, Rain.«

Zweifelsohne war sie auf hundertachtzig, aber ihre Stimme war beherrscht und ruhig, und das machte ihn fertig. Unruhig rutschte er auf seinem Stuhl umher.

»Glauben Sie wirklich, der Verteidigungsminister würde einer Null wie Ihnen überhaupt zuhören? Gegen jemanden wie mich? Ich persönlich bin der Meinung, wir müssen dieses Paar weitermachen lassen. Die beiden sind die Ersten, die eine Toleranz gegenüber dem Partner aufgebaut haben. Sehen Sie denn nicht das Potenzial? Wenn wir einen Weg finden könnten, dass die beiden zusammenbleiben?« Sie unterbrach sich kurz, in ihren Augen glitzerte etwas auf, und Rains Hirn sprang jäh zu den Gerüchten, die über sie im Umlauf waren … aufgeschnapptes Ganggeflüster über Anita. Dass sie einmal selbst so ein Pendant gehabt habe. Dass das der Grund sei, weshalb sie für die Firma so wertvoll war, dass ihr »Insiderwissen« unersetzlich sei, hieß es. Aber jetzt war sich Rain nicht mehr so sicher. Wie konnte jemand, der so … der innerlich so kaputt war, noch von Nutzen sein? War das nicht eher ein Risiko?

»Es gibt kein Zurück, Rain, und das wissen Sie. Das wussten Sie, als Sie den Vertrag unterzeichnet, als Sie uns Ihr Leben überschrieben haben. Und als führende Expertin auf diesem Gebiet und Ihre einzige Aussicht auf irgendeine Art von Beför-

derung schlage ich Ihnen jetzt vor, dass Sie verdammt noch mal die Klappe halten, sonst verdonnere ich Sie zur Dateneingabe auf Lebenszeit.«

Rain hatte es die Sprache verschlagen. Den Vertrag hatte er völlig vergessen. Dass er versprochen hatte, sein ganzes Leben in den Dienst dieses Projekts zu stellen. Wie blöd er doch gewesen war. So aus dem Häuschen darüber, in ein großes Geheimnis eingeweiht zu werden, dass er nie einen Gedanken daran verschwendet hatte, was wohl passieren würde, wenn ihm das große Geheimnis gar nicht gefiel …

»Schauen Sie, Anita …«

Sie funkelte ihn an.

»Verzeihung. Dr. Beaumont natürlich. Ich verstehe, was Sie mir sagen wollen, wirklich. Aber meinen Sie nicht, das Ganze läuft ein bisschen aus dem Ruder?«

»Die Entscheidung liegt nicht bei Ihnen, Rain, sondern bei mir. Und jetzt schlage ich vor, Sie holen mir noch einen Kaffee, bevor ich auf die Idee komme, Sie komplett zurückzustufen.«

Was blieb ihm anderes übrig, als abzuziehen und Kaffee zu kochen? Er hatte sich die Suppe eingebrockt, jetzt musste er sie auch auslöffeln und alles nehmen, wie es kam. Und während er darauf wartete, dass der Kaffee durch den Filter lief, glitten seine Gedanken zu den armen Kindern, denen sie den ganzen Ärger zu verdanken hatten. Was er hier durchmachte, war ein Zuckerschlecken im Vergleich zu dem, was ihnen bevorstand. Vielleicht hatte Anita recht. Vielleicht sollte man ihnen ihr kleines Stück vom Glück noch gönnen.

Denn wenn die Sache erst mal ins Rollen kam, würde es für die beiden für immer vorbei sein mit dem Glücklichsein.

21

Als ich erwachte, schien mir die Sonne durch die geschlossenen Lider. Ich stöhnte, rieb mir die Augen und schlug sie dann ganz langsam auf, ohne mich recht zu erinnern, wo ich war. Schock! Noahs Gesicht hing direkt über mir.

»Guten Morgen«, sagte er mit einem gewaltigen Grinsen im Gesicht. Er lag auf der Seite, nur ein paar Zentimeter neben mir.

»Hast du mich beim Schlafen beobachtet, du Spinner? Das läuft nämlich nicht unter romantisch, sondern unter gestört.«

Lachend hielt er sich die Augen zu. »Ich hab nur ganz kurz geschaut. Und auch nicht aus irgendwelchen kranken Gründen, sondern weil ich gewusst hab, dann wirst du wach.«

Ich setzte mich auf und hoffte, dass meine Haare nicht in alle Richtungen abstanden. »Jeder vernünftige Nicht-Spanner nimmt dafür einfach den Wecker.«

»Ich weiß. Ist aber längst nicht so lustig.«

Durch Noahs Erkerfenster strömte die Sonne herein, in ihrem Licht tanzten winzige Staubpartikel durch die Luft.

»Kein Regen mehr?«

»Scheint so. Aber mit Schule ist heute nichts. Ich hab für dich angerufen und gecheckt. Steht teils unter Wasser. Nicht allzu schlimm, aber zum Ausfallen reicht's.«

»Prima. Dann fällt auch Psychologie aus.«

Noah küsste mir die Wange, merklich bemüht, mich nicht anzuatmen. »Frühstück?«

Ich nickte. »Klingt toll.«

»Ich mach Eier.«

Energiegeladen sprang er aus dem Bett, während ich entspannt zurücksank und die Erleichterung genoss, die sich einstellt, wenn man doch nicht aufstehen muss wie befürchtet.

Noah blieb in der Tür stehen. »Penny?«

»Ja?«

Er blickte auf seine Füße. »Was ich ... also was wir da letzte Nacht gesagt haben. War das jetzt so was Pathetisches, was man halt so sagt, wenn draußen die Welt unterzugehen scheint?«

Ich lächelte. Schön, dass er auch unsicher war. »Von meiner Seite aus jedenfalls nicht.« Ich griff nach seinem verwaisten Kissen und schleuderte es nach ihm. »Und was dich betrifft, so möchte ich es dir auch nicht geraten haben.«

Er wich dem Kissen aus, hob es auf und warf es zurück. Obwohl ich mich duckte, erwischte es mich voll am Kopf.

»Ächz!« Ich kippte rücklings aufs Bett und blieb dort etwas geplättet liegen.

Noah brach in Gelächter aus. »Ich liebe dich so völlig, total und überhaupt«, sagte er, legte einen Bauchklatscher aufs Bett hin und verpasste mir noch einen ausgiebigen Kuss, bevor er in die Küche floh.

Zwanzig Minuten später verzehrten wir einträchtig Rührei auf Toast in Noahs Nobelküche, ich in meinem Riesenhemd, er in Boxershorts. Auf Barhockern thronten wir vor seiner prächtigen anthrazitgrauen Arbeitsfläche.

»Kochen kannst du also schon mal«, sagte ich und schaufelte mir die Eier rein.

Noah goss mir Orangensaft nach. »Nur eines meiner zahlreichen Talente.«

»Zu denen die Bescheidenheit offensichtlich nicht gehört.«

Er nahm einen Schluck Saft. »Ha! Ertappt.«

Aus Noahs Schlafzimmer piepste es gedämpft. Barfuß ging ich mein Handy holen und entdeckte eine SMS von Lizzie.

Treffen zu Kaffee und Details um 12. Pünktlich!

»Wer war's?«, fragte Noah.

»Lizzie.«

»Was wollte sie?«

»Später mit mir Kaffee trinken.«

Hin- und hergerissen kehrte ich in die Küche zurück. Einerseits sehnte ich mich danach, meine Freundinnen (abzüglich Ruth) über die gestrigen Enthüllungen zu informieren. Andererseits konnte ich mich nicht von Noah trennen. Allein der Gedanke tat körperlich weh. Ich schüttelte den Kopf.

Nein. Ich war unabhängig. Ich hatte noch ein Leben abseits meines Freundes.

»Schade. Ich hatte gehofft, wir könnten heute was zusammen machen.«

»Was ist mit deiner Bandprobe?«

»Kann ich absagen. Wahrscheinlich ist das Studio eh überschwemmt.«

Wieder Kopfschütteln. »Nein. Genau die Sorte Paar werden wir nicht.«

Noah kam nicht mit. »Welche Sorte?«

»Du weißt schon. Diese Art, die sofort nach ihrem Zusammenkommen aufhört, ein eigenes Leben zu führen. Da weigere ich mich.« Ich knallte mein Glas etwas zu entschieden auf die Platte und verschüttete etwas Saft. »Upps.«

Noah holte einen Lappen von der Spüle und wischte es auf. »Tirade beendet?«

Ich nickte.

»Gut.« Er nahm mich bei der Hand. »Ich habe ein Leben, Penny.« Ich blickte zu meinen halb aufgegessenen Eiern hinunter, ein bisschen verlegen wegen meines Ausbruchs. »Ich hab es geschafft, siebzehn Jahre ohne dich zu existieren. Und ja, auch wenn es nicht so viel Spaß gemacht hat, ich hab's ganz gut hingekriegt. Hier geht's ja nur um einen Tag. Eine Bandprobe.«

Ich starrte weiter auf meinen halb leeren Teller. »'tschuldigung.«

Noah schob mein Kinn nach oben, damit ich ihn anschaute. »Ich versteh ja, worauf du hinauswillst, Penny. Ich weiß, dass du dein eigener Mensch bist, und ich liebe dich dafür. Aber du musst nicht so viel Angst davor haben, dich in ein Klischee zu verwandeln oder so ...«

Unfassbar, wie gut er mich schon kannte. Als würde er direkt in meine Gedanken reinschauen.

»Ich hab da so ein ... Problem mit Klischees«, gab ich zu.

»Welches genau? Meinst du, alle anderen sind eins, nur du nicht?«

»So in etwa.«

Noah stand auf, schob sanft mein Haar zur Seite und küsste mir den Nacken.

»Es ist einfach nur eine Beziehung, Penny. Die sind alle von vorne bis hinten Klischee. An uns ist nichts Besonderes – bis eben auf die Tatsache, dass wir es sind. Du und ich. Aber ich bin froh, dass wir es sind, weil ich das Gefühl habe, dass es was ziemlich Besonderes ist zwischen uns. Aber dieser Kram mit ›Verlieben‹ und so läuft im Grunde bei allen Paaren ähnlich.«

Ich küsste ihn auf den Mund. »Ich wünschte mir ja, ich könnte den ganzen Tag mir dir verbringen. Das ist dir schon klar, oder?«

»Aber was wird dann aus unseren individuellen und unabhängigen Leben?«

»Das war, bevor du all diese netten Sachen gesagt hast.«

»Meine Güte, was für ein Fähnchen im Wind. Ein paar Komplimente, und schon gehen alle Prinzipien über Bord.«

Ich fuhr hoch und schubste ihn. »He. Nimm das zurück.«

Bei meinem nächsten Schubser fing er lächelnd meine Hand ab. »Niemals.«

Ein Noahfinger kitzelte meine Hüfte. Ich schlug seine Hand weg, aber er erwischte sie und nahm mich in den Schwitzkasten, um mich mit der freien Hand wieder zu kitzeln. Ich jaulte auf und begann, ihm ein paar über die Rübe zu ziehen. Er lachte nur und hielt einfach dagegen. Noch mehr Gekitzel. Herrlich und schrecklich zugleich.

»Himmel, führen wir hier jetzt irgendwelche Pseudo-Rangeleien auf?«, keuchte ich. »Das ist echt mal ein Stereotyp.«

Damit schleuderte mich Noah ganz selbstverständlich über seine Schulter. Ich schrie von unten hoch.

»Alles klar. Mir reicht's dann mit dir.«

Er rannte mit mir, die ich da kopfüber baumelte, ins Schlafzimmer. Ich versuchte immer noch, mich von ihm loszureißen, doch er hatte mich schon aufs Bett geworfen. Und ohne mir eine Chance auf Erholung zu gewähren, lag er bereits über mir. Seine Hand auf meinem Bein, langsam auf ihrem Weg nach oben zum Saum meines XL-Hemds.

»Mit Klischees ist es nämlich so«, atmete er schwer in mein Ohr. »Auch wenn sie noch so vorhersagbar sind, sie fühlen sich einfach ziemlich gut an.«

Und dann küsste er mich und gute zehn Minuten lang war mir alles komplett egal.

Wenige Stunden und viele Küsse später entstiegen wir Noahs Wohnung, um unabhängig und gesellig zu sein. Mein Kleid war wieder trocken und Noah hatte mir versichert, ich sei ansehnlich genug, meinen Freundinnen ungeschminkt gegenüberzutreten. Wir steckten in einer derartigen Liebesblase, dass ich den Sturm völlig vergessen hatte. So gab es ein böses Erwachen, als wir auf die Straße traten.

»Meine Fresse«, murmelte ich und schaute mich um.

Es sah aus wie in einem Minikatastrophengebiet. Aus den Gullys sprudelte das Wasser. Abgerissene Äste lagen auf dem Asphalt verteilt und einer saß sogar gemütlich auf einem Autositz und ragte aus der zerschmetterten Windschutzscheibe heraus.

»Das ist echt nicht normal«, sagte Noah und nahm meine Hand.

Wortlos staunend spazierten wir auf die Innenstadt zu und ließen die Spuren der Verwüstung auf uns wirken. Je näher wir dem Zentrum kamen, desto schlimmer wurde es. Ein Telefonmast war umgestürzt und hatte ein Schaufenster durchschlagen. Der Wasserpegel stieg immer höher. Meistens gelang es uns, die überschwemmten Stellen zu umgehen, aber gelegentlich musste mich Noah doch huckepack nehmen und knietief durchs Wasser waten. Er war so umsichtig gewesen, ein paar Ersatzklamotten mitzunehmen, die er dann im Studio anziehen wollte.

Falls das Studio nicht unter Wasser stand.

Als wir schließlich die Innenstadt erreichten, war es trotz aller Nachrichtenbilder ein Schock. Eine schlammige Dreckbrühe schwappte an die Auslagen der Geschäfte und verzweifelt dreinschauende Ladenbesitzer waren unermüdlich am Wasserschöpfen. Dort, wo gestern noch die Reporterin Jennie berichtet hatte, stand jetzt ein Kind in hohen Anglergummistiefeln und ließ sein ferngesteuertes Boot fahren.

»Na, wenigstens einer hat Spaß«, kommentierte Noah.

»Mir ist nicht ganz klar, weshalb Lizzie sich unbedingt mitten in der Stadt zum Kaffee treffen will«, sagte ich. »Da hat doch bestimmt alles zu, oder?«

»Wie ich Lizzie kenne, weiß sie ganz genau, wen es wo wie erwischt hat. Die sammelt sicher schon O-Töne von ihren Nachbarn für das hiesige Drecksblatt.«

Da lag er wohl richtig.

Wir schlängelten uns noch an ein paar üblen Stellen vorbei und standen schließlich vor dem Café. Es hatte geöffnet und durchs Fenster konnte ich Lizzie, Ruth und Amanda ausmachen.

Ich drehte mich zu Noah. »Also, ich geh dann mal ein eigenständiger Mensch sein.«

»Ich auch.«

Da standen wir nun und guckten einander an.

»Ist es jetzt total kitschig, wenn ich sage, du wirst mir fehlen?«, fragte ich und zupfte ihn am T-Shirt.

»Nein«, sagte Noah. »Kitschig ist nur, dass ich gerade genau dasselbe sagen wollte.«

»Oh Gott, wie abgeschmackt wir doch sind.«

Noah gab mir einen flüchtigen knieerweichenden Kuss auf den Mund.

»Abgeschmackter geht's nicht.«

Die Mädels hatten schon ihre Kaffeebecher vor sich, und so ging ich erst mal zur Theke und bestellte meine übliche Bananenmilch.

Ruth beäugte mein Glas, als ich mich neben ihr niederließ. »Dann bist du also immer noch fünf?«

Ich nahm einen Schluck und sank ins klebrige Ledersofa zurück. »Jepp.«

Keine meiner Freundinnen sah aus, als hätte sie viel Schlaf abgekriegt.

»Also, wie ist die Lage?«, fragte ich. »Alles heil geblieben bei euch zu Hause?«

»Bei uns ist es schon ein bisschen überschwemmt«, sagte

Amanda und rang aufgewühlt die Hände. »Nicht schlimm, nur die Küche zum Teil. Aber der Boden ist hin und meine Mum regt sich ziemlich auf.«

»Oh, das tut mir leid.« Ich nahm einen Schluck. »Ich kapier immer noch nicht, von was das kommen soll. Das ist einfach so krass.«

»Also, ich glaube ja, das Ende der Welt steht bevor«, erklärte Lizzie und wirkte aufrichtig erfreut über den verfrühten Abgang unseres Universums. »Diese Christin aus meinem Englischkurs hat gesagt, dass vor dem Weltuntergang noch mal ganz viel Scheiße passiert. Diese Naturkatastrophen sind eigentlich Vorwarnungen.«

»Seit wann bist du denn religiös?«, fragte Ruth.

»Ist doch einfach nur eine Möglichkeit. Und ihr müsst zugeben, dass da was faul ist.«

Ich lachte. »Lizzie, du bist doch nur scharf auf eine Sensationsstory.«

»Kann schon sein.«

»Also, ich glaube, das war einfach nur so ein Wetterkapriolendings«, sagte Ruth. »Obwohl es schon ziemlich grauenhaft war. Will und ich sind mitten rein und ich hab dann bei ihm übernachten müssen.« Sie schüttelte ihr neues scharlachrotes Haar. »War im Grunde total nervig. Eigentlich wollte ich ihn gestern abservieren, aber das ging dann nicht, weil ich ja irgendwo schlafen musste.«

Das sagte sie so nebenher, so völlig abgebrüht. Also hatte Will sein Mindesthaltbarkeitsdatum erreicht, wobei er länger vorgehalten hatte als viele andere. Doch ich begriff immer noch nicht, wie sie so eiskalt sein konnte. Ich war erst, nun ja, eine Woche mit Noah zusammen, aber ich war mir ziemlich sicher, dass meine Welt in Trümmern liegen würde, wenn Schluss mit ihm wäre.

»He Ruthie, du Männerfresserin«, sagte Lizzie und schaltete umgehend in den Mitfühlende-und-konstruktive-Freundin-Modus. »Warum denn das jetzt? Ich dachte, ihr versteht euch so gut?«

Ruth zuckte die Achseln. »Haben wir auch. Aber jetzt ödet er mich halt an. Du weißt ja, wie ich bin.«

Ich wollte ihr ermutigend auf die Schulter klopfen, doch sie wich mir aus. »Willst du drüber reden?«

»Eigentlich nicht. Nicht mit dir. Nimm's mir nicht übel, aber ich hab keinen Bock, das Scheitern meiner Beziehung in Anwesenheit von Frau Megaverknallt durchzukauen.«

Das tat weh. Besonders, nachdem ich stets so pflichtbewusst Ruths Schilderungen ihrer diversen Verliebtheitsphasen mit den verschiedensten Typen gelauscht hatte.

»He komm, das ist jetzt aber nicht fair«, sagte Lizzie. Ich war baff. Normalerweise fuhr sie Ruth nie in die Parade. »Penny kann ja wohl nichts dafür, dass sie glücklich ist.«

»Ich weiß, ich weiß.« Ruth verzog ein wenig den Mund. »Wie auch immer. Wir können ja über Sex reden statt über Liebe, da hab ich kein Problem mit. Wie ist er denn so, Penny? Treffen Noahs Gitarrenfinger die richtigen Punkte bei dir?«

Ich stierte in meine Milch.

Sofort stürzte sich Ruth auf mein verlegenes Schweigen. »Oder hast du noch nicht mit ihm geschlafen?«

Natürlich nicht. Das war ihr völlig klar. Sie wusste, dass wir alle drei noch Jungfrauen waren.

»Äh, öh …«, druckste ich herum.

Jetzt war es Amanda, die mir beisprang. Meine Fresse! Heute musste Nationalfeiertag sein oder so was.

»Du musst uns gar nichts erzählen«, versicherte sie mir. »Das geht uns überhaupt nichts an. Ich rede ja auch nicht mit euch über mich und Johnno.«

»Aber nur, weil ihr noch nicht über die Kussphase rausgekommen seid«, entgegnete Ruth, verärgert, dass sie plötzlich so abgebürstet wurde. »Und weil das voraussichtlich auch bis 2090 so bleiben wird.«

Amanda führte geziert ihren Becher zum Mund. »Da wär ich mir mal nicht so sicher.«

Schlagartig war ich völlig uninteressant. Verblüfft fielen wir allesamt über Amanda her.

»Kann nicht sein.«

»Nee, oder?«

»Komm schon, erzähl ...«

»Wie weit seid ihr gegangen?«

»Hat's was getaugt?« (Dies überraschenderweise von Ruth.)

Doch Amanda verweigerte die Aussage. Sie wurde doppelt so rot wie ich und starrte stumm in ihren Kaffee, bis wir endlich die Klappe hielten.

»Also, öfter mal was Neues«, sagte Ruth. »Amanda tut's, Penny tut's wohl demnächst und ich bin so gut wie solo.«

»Glaubst du wirklich, dass du bald mit Noah schläfst, Penny?«, fragte Lizzie. Sie klang besorgt. Ich war mir nicht so sicher, ob es Sorge um mein Wohlbefinden war oder Sorge, dass das irgendwie einen Keil zwischen uns treiben, uns in zwei unterschiedliche Kategorien teilen würde.

»Wir lassen es langsam angehen.«

»Was? Er will nicht mit dir ins Bett?«

Schönen Dank auch, Ruth.

»Natürlich will er mit mir ins Bett«, fuhr ich sie an. »Aber wir sind gerade erst zusammengekommen und ich bin halt einfach noch nicht so weit.«

»Also, ich an deiner Stelle würde da ziemlich bald den Sack zumachen. So heiße Typen wie Noah haben die Warterei nicht nötig.«

Gerade wollte ich widersprechen, als Lizzie mir noch mal zu Hilfe eilte.

»Komm schon, Ruth, du hast doch gestern mitgekriegt, wie er sie anschaut. Der Junge ist total verknallt.« Sie lächelte mich an. »Ich glaube, der würde bis in alle Ewigkeit auf dich warten, Penny.«

»Nun, hoffen wir's.«

Ruth ging sich noch einen Kaffee holen, wobei sie sich offenbar etwas beruhigte, denn als sie wiederkam, lächelte sie mich beinahe an – das Äußerste, was bei ihr an Entschuldigung zu holen war.

»Also?«, fragte Lizzie. »Mit ihm geschlafen hast du nicht, aber hat er gesagt, dass er dich liebt?«

Ich dachte daran, was wir uns letzte Nacht so alles zugeflüstert hatten, während draußen der Regen niedergeprasselt war. Dabei wurde ich puterrot und das war ihnen Antwort genug.

Amanda und Lizzie kreischten verzückt auf.

»Echt?«, fragte Amanda.

Ich nickte.

»Spuck's aus. Aber restlos«, befahl Lizzie.

Ich linste zu Ruth. Auch wenn sie sich wie die letzte Kackstelze aufführte, machte sie immerhin gerade eine Trennung durch, und da war es nicht wirklich fair, vor ihr auch noch Liebesgeständnisse zu erörtern. Doch sie fing meinen Blick auf und zuckte die Schultern.

»Tu, als wär ich gar nicht da«, sagte sie und bemühte sich noch mal um ein Lächeln. »Immer raus damit. Aber wer das L-Wort fallen lässt, geht's nicht gerade langsam an, finde ich. Nur mal so als Einwand.«

Es floss noch einiges an Kaffee, während ich die letzten paar Tage referierte. Es fühlte sich einfach gut an, mit meinen Freundinnen zu reden, ihre Reaktionen mitzukriegen, ihre Meinungen. Es machte das Ganze wirklicher. Diese unglaubliche Sache, die mir da gerade passierte, war nicht nur ein Hirngespinst. Alle, inklusive Ruth, schnappten genau an den richtigen Stellen nach Luft. Und als ich schließlich mit den Ereignissen der vergangenen Nacht schloss, sanken sie völlig überwältigt in ihre Sitze zurück.

So saßen wir da und schwelgten noch nach, als Lizzie plötzlich etwas aufbrachte, das mir schon längst wieder entfallen war.

»Und was ist denn jetzt aus dieser Ich-glaube-ich-bin-gegen-ihn-allergisch-Phase geworden?«

Ich dachte an meine überfallartigen Panikattacken.

Und schüttelte den Kopf. »Wie weggeblasen. Hat wohl damit nichts zu tun gehabt.«

»Klang auch ein bisschen merkwürdig. Ich hab noch nie gehört, dass irgendwer gegen irgendwen allergisch sein kann.«

Lizzie richtete ihre Scheinwerfer auf Amanda. »So, du stilles Wasser«, sagte sie und bohrte ihr einen Finger in die Seite. »Penny hat ausgepackt. Jetzt du. Was läuft da zwischen Johnno und dir? Ich geh nicht nach Hause, bis ich nicht wenigstens ein schmutziges Detail habe.«

Stunden verstrichen, während wir versuchten, aus Amanda Informationen herauszufoltern. Doch ihre Lippen blieben versiegelt. Sogar, als wir ihr erpressungshalber die Handtasche raubten. Sie meinte, irgendwann würde es uns langweilen. Und behielt recht. Ungefähr eine halbe Stunde später befreite Amanda todesmutig ihre Tasche aus Ruths Klauen, während die gerade mitten in den Schilderungen von Wills sexuellen Unzulänglichkeiten steckte. So viel Draufgängertum verschlug Ruth fast die Sprache. Und tatsächlich war Amandas unerwartete Demonstration von Selbstbewusstsein wesentlich sensationeller als Ruths Enthüllungen. Es war immer das Gleiche: Wenn Ruth mit einem Typen zusammenkam, tönte sie lautstark damit herum, wie unglaublich gut er doch im Bett war. Jede Eroberung hatte den größten Schwanz, den sie je gesehen hatte, die draufgängerischsten Praktiken, die ihr je untergekommen waren, etc. etc. Doch hatte sie den Typen erst mal abgesägt, kam sie mysteriöserweise immer mit diesen superpeinlichen Geschichten an. Wie konnte sie ernsthaft von uns erwarten, dass wir ihr noch irgendwas von dem abkauften, was sie uns da auftischte? Wir waren ja keine Goldfische. Wir hatten ein Gedächtnis. Und wir merkten sehr wohl, dass sie sich in allem ständig selbst widersprach. Aber das hielt sie nicht ab. Und wie immer taten wir ihr den Gefallen und spielten brav mit. Ich glaube, das blieb der einzige Einblick, den ich jemals in Ruths innere Unsicherheit bekam.

Schließlich dämmerte mir, dass ich langsam nach Hause musste.

»Gehst du?«, fragte Lizzie, als ich aufstand.

»Jepp. Ich hab meine Eltern seit gestern früh nicht mehr gesehen. Ich sollte wahrscheinlich mal wieder vorbeischauen, um mich für Zeugung und Geburt und so weiter erkenntlich zu zeigen.«

»Ich komm mit dir.«

»Fein.«

Wir verabschiedeten uns und gingen hinaus, wieder auf den überschwemmten Teil der Stadt zu. Das Wasser hatte sich ziemlich zurückgezogen, was auch gut war, denn diesmal hatte ich keinen Noah, der mich durch die Pfützen trug. Als ich so an ihn dachte, bekam ich Magenkrämpfe, und zu meinem Ärger bemerkte ich, dass mein Gesicht wie von selber lächelte.

»Dann bist du also richtig verliebt?«, fragte Lizzie, als wir uns vorsichtig an einer Riesenlache vorbeimanövrierten.

Ich holte tief Luft. »Glaube schon.« Noch mehr Magenkrämpfe. »Ja, das glaub ich wirklich.«

»Und wie fühlt es sich an?«

Ich guckte zu meiner Freundin. Sie wirkte ein bisschen niedergeschlagen. Und ich konnte es so gut nachempfinden. Ich wäre auch traurig gewesen, wenn es umgekehrt gewesen wäre. So ist das wohl mit dem Erwachsenwerden. Irgendwann wird einem klar, dass man nicht rund um die Uhr mit seinen Freunden zusammen sein kann. Dass sich die Leben zerteilen und jedem Einzelnen unterschiedliche Sachen passieren.

»Willst du die Wahrheit wissen?«

Sie nickte.

»Also Lizzie, in Wahrheit ist es schon ein bisschen erschreckend.«

Das hatte sie nicht erwartet. »Erschreckend?«

»Ja.«

»Inwiefern?«

Ich suchte nach einer Antwort, unsicher, ob ich überhaupt eine hatte.

»Na ja, erst mal ist es ja nichts, was man kontrollieren kann. Und das kann ich überhaupt nicht ab. Es ist, als hätte ich jede Macht über meine Gefühle verloren – die hören einfach nicht mehr auf mich. Die machen einfach, was sie wollen, und überrollen mich und meine klugen Tipps. Ich glaube, ich wollte mich eigentlich gar nicht so dringend in Noah verlieben. Das ist doch völlig unvernünftig. Und trotzdem scheint es, als hätte ich keine Wahl.«

Lizzie lachte. »Das schaffst auch nur du, noch am Verliebtsein lauter negative Aspekte zu finden.«

Ich schüttelte den Kopf. »Das ist nicht negativ. Das ist einfach die Wahrheit. Und was mich noch so erschreckt, ist, wie irre abhängig ich schon bin.«

»Unmöglich, Penny Lawson. Ich dachte schon, den Tag erleb ich nie.«

»Ich weiß. Und das geht mir dermaßen gegen den Strich.«

Je näher wir unserer Wohngegend kamen, desto flacher wurden die Pfützen.

»Also kannst du dich nicht einfach ein bisschen weniger von ihm abhängig machen?«

Wieder musste ich erst mal nachdenken, bis ich eine aufrichtige Antwort zusammenbrachte.

»Ich wünschte, ich könnte es.« Ich reckte die Arme über den Kopf. »Aber nein. Ich fühl mich wie an ihn gefesselt oder so. Als ob ich mich nie wieder erholen könnte, wenn er mir weggenommen würde. Ich hasse dieses Gefühl. Ich hatte mir geschworen, dass ich solche Gefühle wegen eines Jungen nie haben würde. Aber ehrlich, ich kann's einfach nicht ändern. Wenn ich dran denke, ihn zu verlieren, fühl ich mich ganz krank ...« Mir brach die Stimme. »Krank! Wegen eines Jungen.« Mir rollte eine Träne die Wange hinab. »Himmel Lizzie, was läuft da falsch bei mir?«

Ich blieb abrupt stehen und Lizzie schlang einen Arm um mich.

»Penny, du solltest GLÜCKLICH sein. Das weißt du schon, oder?«

Ich nickte. Und vergoss noch eine Träne.

»Schau mal«, sagte Lizzie. »Ich bin noch nie verliebt gewesen, also kann ich auch nicht so tun, als verstünde ich, was du durchmachst. Aber so viel weiß ich. Es soll eine glückliche Zeit sein. GLÜCKLICH?«

»Ich bin glücklich. Und das macht mir Schiss.«

»Wie meinst du das?«

»Nun, ich will einfach nicht, dass mein Glück von einem Typen abhängt. Das hat noch niemandem gutgetan.«

»Das ist doch totaler Blödsinn. Schau dir diese ganzen schrottigen Kinoschmonzetten an, in die alle reinrennen. Da ist keine glücklich, bis sie nicht mit irgendeinem Typen zusammenkommt. Oder diese Schmachtfetzen, die Amanda sich reinzieht. Da läuft doch nichts ohne ›Und sie lebten glücklich bis ans Ende ihrer Tage‹.«

Ich zog die Nase hoch. »Ja, aber das ist ja keine echte Liebe«, sagte ich und rieb mir mit dem Finger die Nase. »Liebe funktioniert ja nicht wie in diesen Filmen, als wär's eine Gleichung, die man nur lösen muss. Schau dir mal echte Liebesgeschichten an. Solche, die nicht so dämlich formelhaft und kurzlebig sind. Ich meine die, die auf die Lehrpläne kommen. Die, die angeblich ewig währen. In diesen Geschichten gehen die Leute immer an der Liebe zugrunde. Die Liebe macht Kleinholz aus ihnen. Versaut ihnen das ganze Leben. Was, wenn es so wird?«

Wir setzten uns wieder in Bewegung. Lizzie sah aus, als müsste sie sich das Lachen verbeißen, und ich konnte es ihr nicht mal übel nehmen. Vielleicht war das doch einen Tick zu dramatisch gewesen.

»Penny. Mein Schatz. Ich liebe dich und ich freue mich sehr für dich und Noah. Aber ihr seid nicht Romeo und Julia oder Cathy und Heathcliff, und noch nicht mal dieses Paar aus *Wie ein einziger Tag*, wegen dem sich alle die Augen ausheulen.« Sie hielt mich immer noch im Arm. »Schau, du bist zum ersten Mal verliebt. Das ist für jeden überwältigend. Du machst dir viel zu viele Gedanken …«

Ich wollte Einspruch erheben, aber sie ließ es nicht zu.

»… das tust du. Das weiß ich genau. Das ist deine Art. Aber bitte, kannst du nicht einfach mal versuchen, es zu genießen? Du hast jemanden gefunden, der dich liebt. Dich. Genau wie du bist. Manche Leute erleben so etwas in ihrem ganzen Leben nicht und du hast es schon im zarten Alter von siebzehn Jahren geschafft. Also hör auf, dich verrückt zu machen, und genieß es. Und vergiss dabei nicht, wer deine Freunde sind.«

Mir war klar, wie vernünftig ihre Worte waren. Doch erleichtert fühlte ich mich kein bisschen, eher missverstanden.

Aber um sie zufriedenzustellen, nickte ich und umarmte sie rasch. »Natürlich vergesse ich euch nicht. Ich bin doch nicht Ruth, um Himmels willen.«

Lizzie lachte. »Haha. Oh, der arme Will. Dem wird bald das Herz gebrochen, was?«

»Ich nehme es stark an.«

»Na ja, er hätte es sich denken können.«

Während wir durch die Straßen spazierten, stellte sich wieder so etwas wie Gelassenheit bei mir ein. Mein Ausbruch hatte mich ehrlich überrascht. Nie hätte ich geahnt, dass ich diese Gedanken mit mir rumschleppte, wenn sie eben nicht so aus mir herausgesprudelt wären. Das Zusammensein mit Noah nahm mich offenbar derart in Anspruch, dass ich erst dann klar denken konnte, wenn er nicht in der Nähe war. Wahrscheinlich war schon allein das Grund zur Sorge, doch dann fielen mir Lizzies Worte wieder ein und ich verordnete mir pures Genießen.

Lizzie und ich trennten uns an unserer üblichen Ecke.

»Danke fürs Zuhören«, sagte ich. »Tut mir leid. Es muss einen rasend machen, mir bei meinem Gejammer zuzuhören. An deiner Stelle würde ich mich hassen.«

»Quatsch, ich versuche, mich mit dir zu freuen. Und du versuchst es bitte auch.«

»Gehen wir morgen zusammen zur Schule?«

»Ganz wie gehabt.«

22

Dad saß da, wo er immer saß.

»Du lebst«, empfing er mich im Wohnzimmer, ein Glas Wasser in der einen und ein Kitkat in der anderen Hand.

»Kann man so sagen.«

Ich setzte mich auf die Armlehne seines Lieblingssessels und umarmte ihn flüchtig. »Habt ihr den Sturm gut überstanden? Sieht nicht so aus, als wär bei uns Wasser eingedrungen.«

Ich brach das Kitkat entzwei und bot Dad eine Hälfte an. Nach kurzem Nachdenken nahm er sich das größere Stück.

»Bei uns war alles in Ordnung.« Er biss ab und verteilte Schokokrümel auf seinem Schoß. »Mum macht sich Sorgen, ob es ihr nicht das Kräuterbeet verhagelt hat, aber davon abgesehen sind wir trockenen Fußes davongekommen.« Er nahm noch einen Bissen Schokolade. »Und bei dir? Schön in Sicherheit bei Noah?«

Ein absonderliches Gefühl, dass Dad von meiner Nacht mit Noah wusste. Was hatte er sich da ausgemalt? Ich hätte ihm gerne von unserer Es-langsam-angehen-Strategie erzählt, aber das war einfach zu peinlich.

Ich legte meinen Kopf auf seine Schulter. »War alles gut. Als es uns draußen überrascht hat, war's ziemlich gruselig, aber als wir erst mal im Haus waren, war alles in Ordnung.« Ich hielt inne. »Schon ein bisschen merkwürdig, das Ganze, oder?«

Dad nickte. »Da sind wir eben mal aus allen Wolken gefallen.«

Einträchtig saßen wir noch eine Weile beisammen und

mampften unsere Schokolade. Dann holte Dad seine Zeitung hervor und begann zu lesen. Noahs kleine Stichelei über mein mangelndes Zeitungsinteresse fiel mir ein, und so las ich über Dads Schulter mit.

Die Titelseite des *Middletown Observers* stand ganz im Zeichen des Sturms. Die Schlagzeile redete nicht um den heißen Brei herum:

Land unter in Middletown! So wütete der Horrorsturm aus dem Nichts.

»Donnerwetter. Ist so viel kaputtgegangen?«

Dad blätterte um. Auf Seite zwei gab es Bilder von der Überschwemmung und haufenweise Fotos von bestürzt dreinblickenden Menschen, die verloren vor ihren ruinierten Läden herumstanden.

»Ziemlich. Die sagen, es wird mindestens einen Monat dauern, bis überall Normalität einkehrt.«

»Und es weiß immer noch keiner, was der Auslöser war?«

»Die haben keinen Schimmer. Die glauben, dass es irgendwas mit dem Nordatlantikstrom zu tun hat, aber normalerweise wird vorgewarnt, wenn ein Unwetter aus der Richtung kommt.«

Gemeinsam lasen wir uns durch die Berichterstattung. Meine Laune hob sich ein wenig, als ich Lizzies Namen in Druckform entdeckte, neben ein paar Zitaten, die sie von geschockten Bürgern zusammengetragen hatte. Die alte Geheimniskrämerin hatte es uns noch nicht mal erzählt. Aber bald wurde es zu deprimierend zum Weiterlesen. Ich unterdrückte ein Gähnen.

»Ich geh dann mal in mein Zimmer.«

»Schlaf gut, Puppi.«

Ich ging nach oben und schlüpfte in meinen Schlafanzug. Wie angenehm, endlich die verregneten Kleider von gestern loszuwerden. Ich kuschelte mich unter die Decke und griff nach meinem Buch. Ich war kaum eine halbe Seite weitergekommen, da klingelte mein Handy.

Ich blickte aufs Display und lächelte. Noah.

»Hallo du«, sagte ich, immer noch lächelnd.

»Raus damit, Schöne, wie war dein Tag ohne mich?«

»Ein einziger Genuss.«

Ich kuschelte mich tiefer unter die Federdecke.

»Ooch. Sag so was nicht. Ich wollte gerade ganz ultrarührselig sagen, wie sehr ich dich vermisst habe.«

»Das wäre wirklich mal rührselig.«

»Na, dann sag ich's eben nicht.«

Der Klang seiner Stimme allein reichte schon aus, die grässlichen Zeitungsartikel aus meinem Hirn zu vertreiben. »Meinetwegen«, lenkte ich ein. »Ich hab dich auch ein kleines bisschen vermisst.«

»Schmalztrine.«

»He!«

»Ich schlag dich nur mit deinen eigenen Waffen.«

Ich hielt das Telefon ans andere Ohr und drehte mich auf die Seite. »Also, wie war die Probe?«

Ich konnte die Aufregung richtig aus Noahs Stimme raushören. »Die war gut. Wirklich gut. Es ist nämlich so: Wir haben da einen ziemlich großen Auftritt an Land gezogen.«

»Oha. Wo denn?«

»Wir haben heute einen Anruf gekriegt von diesem Typen, der uns manchmal Gigs verschafft. Kennst du die Ponyboys?«

Klar kannte ich die Ponyboys. Jeder kannte die Ponyboys. Die waren dauernd im Radio. Eine dieser Indie-Pop-Bands, die es dank einer eingängigen Rockschnulze zu Starruhm gebracht hatten. Ruth und Amanda standen total auf sie und sogar ich hatte ein paar ihrer Songs auf meinem iPod.

»Ja klar. Warum?«

»Nun …« Noah machte eine dramatische Pause. »… in zwei Wochen spielen sie im Complex.«

»Ja. Ruth und Amanda haben Karten. Na und?«

»Anscheinend haben die gern Bands aus der Gegend als Vorgruppe. Die haben uns online gefunden, in unser Demotape reingehört. Und Penny, ich kann's nicht fassen, aber die haben uns gefragt, ob wir vor ihnen spielen wollen.«

Ruckartig setzte ich mich im Bett auf. »Du verarschst mich!«

»Nö.«

»Echt nicht?«

»Nö.«

»Das ist ja der helle Wahnsinn, Noah!« Ich konnte es auch nicht glauben. Das Complex lag ungefähr zwanzig Autominuten entfernt. Dort spielten meist die größeren Nummern. Ich hatte dort selbst schon ein paar Bands gesehen, wenn ich ausnahmsweise mal organisiert genug gewesen war, Tickets zu besorgen.

»Ich glaub, ich steh noch unter Schock. Wir müssen noch so viel proben. Nur zwei Wochen noch! Ich hoffe so, wir versauen das nicht.«

»Ihr werdet das nicht versauen.«

»Ich bestimmt nicht, wenn du dabei bist.«

Ich seufzte. »Ich würde so gern mitkommen, aber es gibt schon seit Ewigkeiten keine Karten mehr.« Was für ein Scheiß! Warum hatte ich mir von Ruth kein Ticket mitbringen lassen? Ich hätte Noah so gerne auf dieser Mordsbühne gesehen.

»Penny, natürlich kommst du mit, du gehörst doch zur Band. Ich krieg dich da schon rein.«

Ich brauchte eine Weile, um das zu verdauen. »Sag das noch mal.«

»Ich krieg dich da rein.«

»Nein, den ersten Teil. Was du zuerst gesagt hast.«

Noah wirkte verwirrt. »Du gehörst zur Band? ...«, riet er.

Ich seufzte beglückt auf und sank in meine Kissen zurück. »Kannst du dir auch nur annähernd vorstellen, wie cool sich das anhört?« Ich lachte los – Mann, war ich peinlich.

Noah lachte auch. »Schon kapiert. Wo doch einer meiner Beweggründe fürs Musikmachen war, Mädchen mit dem Satz ›Ich spiel in einer Band‹ beeindrucken zu können.«

»Bitte erinnere mich nicht daran.«

»Penny, du bist jetzt mein Groupie. Mein einziges Groupie. Und das heißt: Backstage-Ausweise gratis.«

Ich lächelte. »Hab ich dir schon mal gesagt, dass ich dich liebe?«

Er lachte wieder. »Wenn ich es nicht besser wüsste, würde ich jetzt sagen, dass du dich nur der Band wegen für mich interessierst.«

»Also, wenn ich jetzt dein offizielles Groupie bin, heißt das, ich muss mit dir ins Bett?« Das sollte ein Witz sein, aber am anderen Ende der Leitung verstummte es.

»Noah?«, fragte ich, von leichter Panik erfasst. »Bist du noch da?«

Endlich ertönte wieder seine Stimme. »Ganz ehrlich, Penny. Du kannst doch nicht einfach derart übergangslos in so einer Unterhaltung dieses Bild vor mir aufsteigen lassen. Jetzt kann ich an nichts anderes mehr denken.«

Ich kicherte. »Ihr Männer seid so was von eindimensional.«

»Ich fürchte, das stimmt. Obwohl ich mir echt Mühe gebe, vielschichtig zu sein.«

Für einen kurzen Moment ließ ich den Gedanken daran zu, mit Noah zu schlafen, und musste scharf Luft holen. Natürlich jagte es mir immer noch eine Heidenangst ein. Doch wenn ich an die vergangene Nacht dachte und daran, wie es sich auf diesem Gebiet mit ihm anfühlte, dann begann ich zu vibrieren.

Meine Stimme klang rau und atemlos, und ich war selbst überrascht, wie scharf ich mich da plötzlich selbst gemacht hatte. »Bist du dir sicher, dass dieses ›langsam Angehen‹ eine gute Idee ist?«

Wieder Schweigen.

»Ehrlich, Penny, willst du mich umbringen?«

»Sorry.«

»Macht nix. Ich finde es schon eine gute Idee. Es wird nur nicht leicht, das durchzuziehen, das ist alles.« Wieder schwieg er für eine Weile. »Die Sache ist die, Penny. Es ist wegen dir. Du bist so was Besonderes. Wir zwei zusammen sind so was Besonderes. Und ich will es nicht überstürzen. Wir haben so viel Zeit …« Wieder Stille. »Eigentlich, auch aufs Risiko hin, jetzt oberkitschig zu klingen, hab ich das Gefühl, mit dir alle Zeit der Welt zu haben. Ich fühl mich, als würden wir auf immer zusammenbleiben.«

Jetzt konnte ich aber ganz ehrlich so was von überhaupt nicht mehr aufhören zu lächeln.

»Fühlst du das auch?«

Da war sie wieder, diese Nervosität. Ich dachte darüber nach, was er gerade gesagt hatte und was es bedeutete. Für immer. Na ja, zumindest ein Leben lang. Der Gedanke, mit jemandem derart lang zusammen zu sein, hatte etwas Beängstigendes. Und trotzdem wusste ich, dass ich niemals wieder jemanden finden würde wie Noah. Er passte zu mir. Außenstehende mochten uns feixend anschauen und das, was sich bei uns abspielte, als Teenieliebe abtun, aber ich wusste es besser. Deshalb war ich wohl auch so durchgedreht. Es ist einfach nicht so gedacht, dass man mit siebzehn seinen Seelengefährten trifft. Und bis vergangene Woche hatte ich ja noch nicht mal an so was geglaubt. Doch jetzt wusste ich ganz hundertprozentig, dass es richtig war.

»Mir geht's genauso.«

»Wirklich? Ich will dich jetzt nicht überrumpeln. Aber ganz ehrlich? Ich bin selbst ein bisschen überfordert.«

»Na ja, stimmt schon, so ein bisschen am Ausflippen bin ich schon. Aber auch wenn sich das jetzt total melodramatisch und unreif anhört, ich hab das Gefühl, den Rest meines Lebens mit dir verbringen zu können, glücklich und zufrieden.«

Noah seufzte erleichtert auf. »Danke«, sagte er. »Ich hatte schon Schiss, dass ich hier der Einzige bin, dem solche verrückten Sachen im Kopf rumgehen.«

»Nö. Bist du nicht. Sicher pubertäre Hormonraserei oder so.«

»Also, ein bisschen jung mögen wir ja sein, aber schau dir mal Romeo und Julia an. Die waren total wahre-Liebe-heididei und dabei erst vierzehn oder so. Eigentlich ziemlich krass, wenn man's bedenkt.«

Ich lachte. »Und schau dir an, wie gut das geklappt hat.«

»Versuchen wir erst mal, uns nicht umzubringen. Wenigstens nicht sofort.«

Wir sprachen noch ein wenig über das Konzert. Und über Ruth. Ich erzählte ihm, dass sie mit Will Schluss machen wollte, und er wurde ein bisschen sauer. Ich wollte sie noch verteidigen, aber dann gingen mir rasch die Argumente aus.

»Wie dem auch sei«, sagte Noah. »Ich war ganz artig und hab dich den ganzen Tag nicht gesehen, also darf ich dich morgen zur Schule bringen?«

Ich schüttelte den Kopf. »Tut mir leid. Ich geh schon mit Lizzie.«

»Hm, kann ich dich dann nach der Schule sehen? Wir unternehmen was Lustiges. Eine Überraschung. Irgendwas außerhalb meiner Wohnung, damit wir nicht in Versuchung kommen zu … du weißt schon …«

All die unerledigten Schulaufgaben fielen mir ein und ich suchte nach einem Kompromiss.

»Ich hab Hausaufgaben …«

»Ach ja. Klar. Tut mir leid. Ich will dir deinen Abschluss nicht vermasseln.«

Ich ging meinen morgigen Stundenplan im Kopf durch und fand eine Lösung. »Morgen hab ich zwei Freistunden. Wenn ich in die Bibliothek gehe und mich wirklich mal ranhalte, statt mit den Mädels rumzutratschen, dann schaff ich wohl das meiste.«

»Bist du sicher?«

»Ja.«

»Super. Dann bis morgen.«

»Bis morgen.«

»Ach, und Penny?«

»Ja?«

»Ich liebe dich.«

»Ich liebe dich auch.«

23

Am nächsten Morgen traf ich Lizzie. Das Wetter, ganz im Einklang mit seinem momentanen Wankelmut, hatte kurzerhand beschlossen, einen auf Winter zu machen: Es war arschkalt. Ich verpackte mich in meinen Riesenparka, einen Schal, Handschuhe und Mütze und dachte daran, wie ich noch vor zwei Tagen draußen im Biergarten gesessen hatte.

Lizzie tänzelte von einem Fuß auf den anderen, als ich zu ihr stieß.

»Verdammt, ist das kalt!«, sagte sie, Dampfwolken vor dem Mund.

»Was zum Teufel soll jetzt das schon wieder? Hat das Wetter prämenstruelles Syndrom, oder was?«

Auch Lizzie hatte sich gegen den Frost gerüstet: mit einem langen Wollmantel und einem Filzhut. Lizzie hatte ein Hutgesicht.

»Keine Ahnung.« Ich vergrub meine Hände tief in den Taschen. »Aber ich wünschte, es könnte sich wenigstens mal entscheiden. Entweder zieht es einen anständigen Spätsommer durch, mit allen Schikanen, oder es macht so weiter wie jetzt und friert uns bis Mai die Ärsche ab.«

Wir legten einen Zahn zu, um uns aufzuwärmen.

»Ach ja, ganz vergessen«, sagte ich, als wir uns der Schule näherten.

»Noahs Band ist gefragt worden, ob sie beim Konzert der Ponyboys die Vorband sein wollen.«

Lizzie blieb stehen. »Nicht im Ernst!«

»Doch. Er hat gestern Abend extra angerufen und es mir erzählt.«

»Das ist ja der Hammer!«

»Ich konnt's auch erst nicht glauben.«

»Die Ponyboys haben von ihnen erfahren und ausdrücklich sie gewollt?«

»Ja. Scheint so.«

»Hast du schon die Zeitung informiert?«

»Klar, Lizzie«, sagte ich bierernst. »Das war mein erster Gedanke.«

Wir zogen weiter. Es war zu eisig zum Herumstehen.

»Hör mal, das ist eine Supergeschichte für den Lokalteil!« Ihre Stimme überschlug sich fast.

»Wahrscheinlich schon.«

Als wir durchs Schultor stapften, war dort nichts von den üblichen herumtrödelnden Schülerpulks zu sehen. Es war einfach zu kalt.

»Wow. Dein Freund wird berühmt.«

»Hmm, kann sein.«

Mich machte die Sache ehrlich gesagt etwas nervös. Bei diesem Konzert würden Tausende sein. Tausende von Mädchen, die Noah angaffen und sich an meine Stelle wünschen würden. Und wahrscheinlich meinten, er hätte was Besseres verdient. Ich verdrängte den Gedanken.

»Treffen wir uns mittags?«, fragte Lizzie. Wir standen im Flur, wo sich unsere Wege trennten: meiner Richtung Englisch, ihrer Richtung Politische Bildung.

»Kann nicht. Ich muss in die Bibliothek, was wegarbeiten. Noah will mich anscheinend heute Abend zu irgendwas ›Lustigem‹ ausführen, und da muss ich vorher noch ein bisschen Gewissensberuhigung betreiben.«

Lizzie hob die Augenbrauen. »Was Lustiges, hm?«

»So sagte er.«

»Klingt verlockend.«

»Ja. Er holt mich von der Schule ab.«

»Also, richte ihm aus, er soll die Zeitung anrufen.«

»Haha. Mach ich.«

»Und hoffentlich sehen wir uns wenigstens kurz beim Essen?«

»Hoffentlich.«

»Also dann …«

»Bis später.«

Ich ging auf den Englischraum zu und fragte mich, was Noah für den Abend geplant haben mochte. Hoffentlich irgendwas drinnen, bei dieser Kälte. Wie er wohl aussehen mochte in voller Wintermontur, mit Schal, langem Mantel und Mütze? Irgendwas verriet mir, dass das Ergebnis gut sein würde, ziemlich gut sogar. Ich lächelte bei der Vorstellung und war so gefangen in meinen lüsternen Gedankengängen, dass ich den auf mich zusteuernden Frank völlig übersah. Ich knallte voll in ihn rein.

»Verdammt noch mal, Penny. Hirn einschalten!«

Frank wirkte halb belustigt, halb angenervt. Er hatte sich ebenfalls der Kälte angepasst und trug einen fetten Rugbypulli mit einem besonders modisch geknoteten Streifenschal. Eigentlich sah er ganz annehmbar aus.

»Sorry«, sagte ich etwas aus der Bahn geworfen. »Mein Hirn war gerade auf Abwegen.«

»Offensichtlich.« Er ließ unser Klassenzimmer hinter sich und spazierte in die Gegenrichtung davon.

»Wo willst du hin?«

Frank bedeutete mir, ihm zu folgen. »Unser Kurs ist verlegt worden. In dem Raum hat Wasser gestanden. Komm, ich zeig dir, wo wir hinmüssen.«

Er ergriff meine Hand und wir marschierten los. Was er mit

meiner Hand wollte, war mir nicht klar, und ich starrte mit befremdeter Neugier auf unsere verschlungenen Finger. Frank bemerkte meinen Blick und ließ meine Hand fallen wie eine heiße Kartoffel.

Peinliches Schweigen.

»Was hast du denn gestern gemacht, als du so plötzlich frei hattest?«, faselte ich, verzweifelt bemüht, die angespannte Stimmung zwischen uns zu lockern.

»Ääh«, mühte er sich ab. »Nur mit den Jungs abgehangen. Bisschen Video gespielt.«

Wieder quälende Stille.

Die musste ich brechen, das war klar. Peinlich gab es zwischen Frank und mir nicht.

»Frank, warum hast du da eben meine Hand genommen?«

Er brach in Gelächter aus. »Keine Ahnung. Ich wollte das gar nicht. Und dann war's ein bisschen wie ›Au weia, jetzt hab ich ihre Hand genommen, das muss ich jetzt einfach durchziehen‹. War aber echt befremdlich.«

»Äußerst befremdlich.«

»Übrigens hast du schwitzige Hände.«

Ich zog ihm eins über. »He! Du bist hier derjenige, der mit mir Händchen halten wollte.« Ich machte einen Kussmund.

»Ich weiß nicht, wie das passieren konnte. Ich muss dich mit einer anderen verwechselt haben. Mit einer Schärferen, nicht so Durchgeknallten.«

Ich haute ihn noch mal.

»Okay. Das war verdient.«

Als wir beim Übergangsklassenzimmer angekommen waren, hatte sich die Verlegenheit in Luft aufgelöst. Der Ersatzraum ähnelte eher einem baufälligen Schuppen und genügte Ms

Gretchings Ansprüchen sicher in keiner Weise, nicht mal als Notbehelf.

Tatsächlich schoss sie Frank und mir im Moment unseres Eintretens gleich einen bösen Blick zu.

»Penny Lawson«, sagte sie. »Unpünktlich wie immer, wie erfreulich.«

»Verzeihung.« Ich huschte schnell an ihr vorbei zu einem freien Stuhl. »Wir haben das mit der Raumänderung nicht mitgekriegt.«

Frank setzte sich neben mich und eine Weile lang lauschten wir ihrem Wehklagen über den Umzug.

Schließlich hatte sie sich ausgeheult und wurde, als sie sich über den Ersten Weltkrieg und die Schützengräben ausließ, sogar zunehmend munter. Dann verteilte sie Ausgaben vom *Gesang vom großen Feuer* und trug uns auf, mit dem Lesen zu beginnen.

»Ich springe nur noch mal eben in unser Klassenzimmer rüber«, sagte sie. »Um zu prüfen, ob nichts zerstört wurde. Bitte benehmt euch trotz meiner Abwesenheit.«

Ich griff mir mein Exemplar des *Gesangs* und überflog den Klappentext.

»Alter Schwede«, sagte ich und blätterte ein wenig darin herum. »Nicht gerade aufbauend.«

»Das spielt in den Schützengräben, Penny. Wie lustig soll's da schon gewesen sein?«

»Schon klar. Trotzdem: Warum kann nicht wenigstens einer mal ein Buch mit Happy End schreiben?«

Frank begann mit dem ersten Kapitel. »Es gibt haufenweise Bücher, die gut ausgehen«, sagte er mit gesenktem Blick. »Was ist mit diesen ganzen Weiberromanen, über die du sonst immer die Moralkeule schwingst?«

»Spricht da etwa der Fachmann aus dir, Frank?«

»Schnauze. Einmal hab ich versucht, einen dieser Rührschinken von meiner Schwester zu lesen, weil ich meine *Sauna-Geflüster* nicht gefunden hab.«

»Du liest nicht ernsthaft die *Sauna-Geflüster*, oder?«

»Jeden Dienstag.«

»Warum sind wir gleich noch mal Freunde?«

»Wir sind Freunde?«

Wir lasen. Ich war ein bisschen überfragt, was das erste Kapitel mit dem Krieg zu tun haben sollte. Da war nur irgend so ein Typ namens Stephen, der in ein seltsames Haus in Frankreich gezogen war und sich ein bisschen in die Frau des Vermieters verguckt hatte. Ich seufzte. Verbotene Liebe. Und ewig grüßt das Murmeltier. Die Literatur war einfach total besessen davon. Ich las weiter und bemerkte immerhin, dass es gut geschrieben war und bildhaft und der ganze übliche Quatsch. Aber wie bei den meisten Büchern, die wir in Englisch durchnahmen, blieb mir der Subtext völlig schleierhaft. Da musste mich wohl wieder erst Ms Gretching mit der Nase drauf stoßen.

Als ich zum zweiten Kapitel weiterblätterte, seufzte ich noch mal.

»Was ist los, Heulsuse?«, fragte Frank.

»Na ja«, ich tippte mit dem Zeigefinger auf das Cover, »ich weiß ja, dass es ein gutes Buch sein wird. Da wird's haufenweise Vergleiche geben und Metaphern und Spannungsaufbau und vielschichtige Charaktere und Pipapo.«

»Und wo liegt das Problem?«

»Na, das wird ja wohl reichlich deprimierend, oder? Und ich hab keine Lust auf Depression. Das Leben läuft gerade gut. Ich will mich von diesem Buch nicht runterziehen lassen.«

Im Raum war es ziemlich ruhig, wenn man bedachte, dass kein Aufsichtsorgan anwesend war. Nur die Retortenmädchen, Franks und meine Lieblingshassobjekte, waren nicht bei der Sache. Stattdessen reichten sie eine *Cosmopolitan* herum. Und dann war da noch einer, der baskenmützentragende, selbst drehende Individualist, der Fluch jeder Oberstufe. Er las demonstrativ schon im letzten Drittel des Buchs, um damit anzugeben, dass er es schon längst kannte. Dabei schluchzte er leise vor sich hin und schaute alle naselang in die Runde, ob es auch jeder bemerkte.

»Dein Leben läuft also gut«, meinte Frank. »Liegt das an deinem neuen Kerl?«

Ich spürte, wie meine Wangen sich rosa färbten. »Woher weißt du das?«

»Ein paar Leute in der Schule sagen, du hast was mit dem Angebertypen aus dieser Band.«

Ich legte mein Buch ab. »Was für Leute?«

Frank zuckte mit den Schultern. »Leute halt.«

Ich senkte meinen Kopf auf mein Buch. »Verdammte Hacke. Das kann denen doch wurscht sein.«

»Mir ist es völlig wurscht.«

Ich lachte. »Warum fragst du dann?«

»Zwecks höflicher Konversation?«

»Also, auch wenn's dir völlig wurscht ist, eigentlich läuft's ziemlich gut.«

Frank hob eine Augenbraue. »Wirklich?«

Ich nickte. »Wirklich.«

»Wow. Penny Lawson. Verknallt. Wer hätte das gedacht.«

Ich kicherte und griff wieder zu meinem Buch.

»Penny? Hast du da eben allen Ernstes gekichert?«

Er hatte recht. Angewidert schlug ich mir die Hand über den Mund. »Oh Gott. Stimmt, ich *habe* eben gekichert.«

Frank warf einen Blick über beide Schultern. »Ich glaube, ich muss mir einen anderen Platz suchen.«

»Aber es war ein einmaliger Ausrutscher!«

»Aber ein Kichern? Aus Pennys Mund? Da muss es schon unvorstellbar gut laufen.«

Mühsam unterdrückte ich ein erneutes Kichern. Meine Haut ging von Rosa zu Rot über.

»Und wie geht's seiner Band so?«

»Ziemlich gut. In zwei Wochen sind sie Vorgruppe der Ponyboys.«

Das fand selbst Frank spannender als das Buch. »Kann nicht sein! Echt? Die kenn ja sogar ich.«

»Ehrlich.«

»Wow, unglaublich.«

»Wem sagst du das.«

»Dann bist du jetzt also unter die Groupies gegangen.«

Ich zielte mit meinem Buch auf Franks Kopf, der gleich in Deckung ging. Blöderweise flog das Buch quer durchs Zimmer und traf Ms Gretching genau in dem Moment, als sie wieder in die Tür trat.

Zwei Stunden, eine Runde Psychologie und eine gewaltige Gardinenpredigt von Ms Gretching später hatte ich mich in der Bibliothek verbarrikadiert und versuchte wie eine Besessene, mich durch meine Aufgaben zu schaufeln. Ich hatte einen Wall aus Lehrbüchern um mich errichtet, um ja nicht abgelenkt zu werden. Der Gedanke, dass ich Noah nur dann heute Abend sehen konnte, wenn ich meine Sachen erledigt hatte, wirkte wie ein Tritt in den Hintern. Ich hetzte mich durch meine psychologischen Fallstudien und machte einschlägige Notizen. Ich begann mit dem Storyboard für meine nächsten Aufnahmen in Fotografie. Mit *Gemeinsam* hatten wir schon wieder so ein uninspiriertes Thema serviert bekommen, und ich überlegte mir, was ich damit anfangen sollte. Schließlich entschied ich mich für die Schmalspurlösung, Fotos von meinen Freundinnen. Da konnte ich irgendwas über die Wichtigkeit der zwischenmenschlichen Begegnung zusammenschwafeln oder anderen Blödsinn dieser Art. Ruth wäre sicher sofort dabei, noch mal für mich zu posieren. Abgehakt, erledigt. Schließlich las ich noch ein paar Kapitel von *Gesang vom großen Feuer*, weil es sicher kein Fehler war, bei Ms Gretching wieder etwas Schönwetter zu machen. Von Krieg immer noch keine Spur. Aber dieser Stephentyp schaffte es, bei der Frau zu landen. Tatsächlich gab es da eine ziemlich deftige Sexszene und ich musste einfach an Noah denken und wie es mit ihm wäre. Dabei wurde mir ganz heiß, und deshalb war ich auch nicht undankbar, als mein stummgeschaltetes Handy plötzlich vibrierte.

Eine SMS von Lizzie.

Alles klar, Streberin? Kurze Stärkungspause? Treffpunkt wie immer.

Ich beschloss, schon mehr als genug gearbeitet zu haben, um mein Noahtreffen zu rechtfertigen, und so trug ich meine Bücherwand ab, sammelte meinen Kram ein und zog ab zur Mensa.

Die Mädchen steckten mitten in einer Partie Mogeln, als ich ankam. Lizzie war offensichtlich am Verlieren, nach der Unmenge an Karten in ihrer Hand zu schließen.

»Wie steht's, Frau Gewissenhaft?« Sie legte fünf Karten ab. »Vier Asse?«, fügte sie hoffnungsvoll hinzu.

Ruth schob ihr die Karten einfach zurück.

»Ich bin doch nicht bescheuert«, sagte sie und klopfte auf den Tisch.

Ich setzte mich neben Amanda und holte mein Sandwich hervor.

»Wer gewinnt?«

»Ich natürlich«, sagte Ruth.

Amanda nickte mir grüßend zu, legte dann zwei Karten ab und murmelte »zwei Königinnen«.

»Gemogelt!« Ruth klopfte triumphierend und drehte Amandas Karten um. »Zurück an Absender!«

»Da ist ja jemand bester Laune.« Ich biss von meinem Brot ab und stibitzte einen Schluck von Amandas Cola zum Runterspülen. »Du bist ja deutlich besser drauf heute.«

Lizzie zog eine Grimasse. »Du hast Ruths Neuigkeiten noch gar nicht mitgekriegt, Penny, oder?«, fragte sie und versuchte, ihr überquellendes Blatt umzusortieren.

»Was für Neuigkeiten?« Ich guckte zu Ruth, die neckisch hinter ihrer deutlich schmaleren Kartensammlung hervorlächelte.

»Hast du's noch gar nicht gehört? Mit Will und mir ist wieder alles im Lot.«

»Was? Aber gestern warst du doch wild entschlossen, ihn abzuschießen.«

»Tja, aber gestern Abend ist er dann vorbeigekommen und da ist mir klar geworden, wie wichtig er mir doch ist.«

Ich dachte kurz nach.

»Moment mal … hat Will dir von diesem Konzert mit den Ponyboys erzählt?«

Sie mied meinen Blick. »Ach ja. Er hat was in der Richtung erwähnt.«

Sie war einfach unfassbar!

»Na, das ist ja ein Zufall.«

»Was soll das heißen?«

Glücklicherweise sah Lizzie die Streitgefahr schon voraus und schritt ein, ehe ich etwas erwidern konnte.

»Ist das nicht toll, Leute?«, sagte sie. »Amanda und ich können beide eure Backstagepässe mitbenutzen. Das wird echt ein Kracher, was?«

Ruth und ich beäugten uns immer noch. Seufzend ließ ich es auf sich beruhen.

»Klar. Klingt toll.«

Ruth reckte die Arme in die Luft. »Ich kann's nicht fassen, dass mein Freund mit den Ponyboys spielt.«

Ich schluckte.

»Und in die Zeitung kommen sie auch.«

Ich drehte mich zu Lizzie. »Wie?«

Sie rutschte auf ihrem Stuhl herum und schaute etwas verlegen drein. »Na ja«, fing sie an, doch Ruth unterbrach sie.

»Ist das nicht irre?«, sagte sie. »Wir haben bei der Zeitung angerufen und die lassen Lizzie ein Interview mit der Band machen und eine Geschichte dazu schreiben.«

Das musste ich erst mal verdauen. Keine leichte Aufgabe. »Und das hat sich alles in den letzten paar Stunden abgespielt?«

Ruth nickte. »Hat Noah dir noch nicht davon erzählt?«

Hatte er nicht.

»Unsere Freunde sind berühmt.« Ruth versuchte, mit mir einzuschlagen. Ich traf halbherzig ihre Hand, während ich mir noch klar zu werden versuchte, warum mir das alles derart auf den Geist ging.

»Scheint so, ja.«

24

Am Nachmittag kroch die Zeit voran wie Spülreste durchs Abwasserrohr. Irgendwann kam ich zu der Überzeugung, dass die Uhr kaputt sein musste, Hightech-Funkuhr hin oder her. Mein Körper begann, sich nach Noah zu sehnen. Mein Herzschlag legte zu, als könne er spüren, wie Noah auf die Schule zusteuerte und ihr immer näher kam. Als die Zeiger schließlich aufs Ende des Schultags hinschlichen, versuchte ich, mich unauffällig schön zu machen. Zum Glück war meine Fotografielehrerin eher so der »künstlerische Typ«. Sie war viel zu beschäftigt, mit ihrem Riesenschal von Schüler zu Schüler zu flattern und sie fürs Fotografieren von Obdachlosen zu gewinnen, um zu bemerken, dass ich mir unter dem Tisch die Nägel lackierte. Oder mal eben die Lippen schminkte. Oder rasch die Haare kämmte und die Wimpern tuschte.

Als schließlich die Glocke ging, sah ich, na ja, ganz gut aus. Hoffte ich zumindest. Obwohl all meine Bemühungen in dem Moment für die Katz waren, als ich raus in die Kälte trat. Meine Nase begann zu tropfen, meine Haare flatterten in alle Richtungen und der Wind peitschte meine Wangen knallrot. Ich wollte schon zum Tor rennen, zwang mich dann aber zu einem gemessenen Schritt.

Mein Atem stockte, als ich ihn hinten am Schulzaun lehnen sah. Die anderen Mädchen mussten gleich zweimal hinschauen und kicherten im Vorbeigehen, warfen ihr Haar in den Nacken und linsten wimpernklimpernd in seine Richtung. In seinen Winterklamotten sah er einfach unbeschreiblich scharf aus. Er trug Jeans, einen grünen Pulli, Lederjacke und eine Mütze, die sein schwarzes Haar fast völlig bedeckte. Ein grauer Schal betonte seine Wangenknochen so perfekt, dass ich allein davon schon Herzrasen bekam. Über seine Schulter baumelte eine große Tasche.

Er küsste mich so sanft auf den Mund, dass mir die Knie schlotterten.

»Hallo, Schöne«, sagte er und schob gleich noch einen Kuss hinterher. »Darf ich davon ausgehen, dass du artig warst und all deine Sachen erledigt hast?«

Ich nickte geplättet. »Was ist in der Tasche?«

Er tippte sich an die Nase. »Alles zu seiner Zeit.«

»Aber die ist ja monströs! Hast du wen umgebracht? Ich hab keine Lust, dass dieses Überraschungsprogramm darin besteht, ein Grab für einen deiner Gitarrenrivalen zu schaufeln oder so was.«

Noah lachte. »Du wirst es erfahren.« Und er nahm mich bei der Hand und ging los.

»Und, wie war dein Tag?«, fragte ich, immer noch neugierig wegen der Tasche.

»Sehr sonderbar eigentlich. Das hiesige Käseblatt bringt was über die Band.«

Ich lächelte. »Schon gehört. Kann gut sein, dass Lizzie da ihre Hände im Spiel hat.«

»Hab ich's doch gewusst.« Er drückte mir die Hand. »Tja, als Werbung wahrscheinlich nicht schlecht. Obwohl das ja so eine Zeitung ist, die nur von braven alten Leutchen gelesen wird.«

»Und von Lizzie.«

»Das zählt ja wohl nicht.«

»Meinetwegen.«

Noah begann, unsere Hände zwischen uns hin und her zu

schwingen. »Also«, sagte er. »Freust du dich auf die kleine Überraschung des heutigen Abends?«

»Klar. Bin schon total gespannt.«

»Dann bring ich dich noch mal schnell bei dir zu Hause vorbei, damit du dich herrichten kannst.«

»Herrichten?«

»Ja.«

»Für was bitte?«

»Wird nicht verraten.«

»Aber ich bin hergerichtet.« Ich wurde ganz unsicher. Ich hatte doch meine Schminke aufgefrischt, meine Haare waren trotz Wind keine Vollkatastrophe, meine Klamotten passten ... »Seh ich nicht hergerichtet aus?«

Er küsste mich auf den Scheitel. »Du siehst schön aus wie immer. Aber wo wir hingehen, sind Jeans fehl am Platz.«

»Also, jetzt bin ich wirklich neugierig.«

»Tja, du wirst dich noch etwas gedulden müssen.«

Wir spazierten zu mir, nonstop Händchen haltend. Ich konnte den Gedanken an die Sache mit Frank nicht ganz unterdrücken. Er hatte auch meine Hand genommen … und meine Überzeugung, dass er nichts von mir wollte, kam langsam etwas ins Wanken. Ich schob den unangenehmen Gedanken erst mal zur Seite und konzentrierte mich ganz auf Noahs Hand.

Der Wind war immer noch beißend, und ich fragte mich, ob ich vielleicht heimlich noch eine Notfallschicht rötungskaschierende Grundierung auftragen sollte. Noah berichtete mir von dem Fotoshooting für die Zeitung.

»Das klingt ziemlich peinlich, um ehrlich zu sein. Die wollen uns beim Eisenbahntunnel fotografieren. Ich hab echt die Befürchtung, dass die haufenweise ›kantige‹ Aufnahmen von uns machen wollen. Wir schlecht gelaunt vor nacktem Mauerwerk und so.«

»Noah. Deine Band heißt ›Growing Pains‹. Das schreit geradezu nach Schwarz-Weiß-Fotos vor nacktem Mauerwerk.«

»Immer dieses Genörgel an unserem Bandnamen.«

»Der Name ist bescheuert.«

»Wetten, als die Beatles anfingen, fand den Namen auch jeder blöd?«

»Hast du deine Band da eben in einen Topf mit den Beatles geworfen?«

Er reckte die Hände in die Luft. »Oh Gott, wie könnte ich. Krieg dich wieder ein. Keine Sorge.«

Wir hatten mein Haus erreicht und ich wühlte nach dem Schlüssel. Als ich eintrat, reagierte niemand auf mein Rufen. Wir waren allein.

»Komm mit«, sagte ich und führte Noah treppauf. »Mein Zimmer ist oben.«

»Ich darf dein Zimmer sehen?«

»Mach dir keine falschen Hoffnungen.«

»Interessiert mich eben nur, wo du schläfst.«

»Klingt ja gruselig. Was hast du immer mit deinem Geschlafe?«

Ich öffnete die Tür und versuchte, mir in Erinnerung zu rufen, in welchem Zustand ich mein Zimmer heute Morgen verlassen hatte. Das Chaos hielt sich in Grenzen. Rasch kickte ich eine schmutzige Unterhose unters Bett und strich die Bettdecke glatt, bevor Noah sich darauf niederließ und sich umsah.

»Das wäre also Pennys Zimmer.« Er betrachtete meine gerahmten Fotos, meinen alten Teddybären (verdammt, den hätte ich irgendwo verstecken sollen) und mein angeberisches James-Dean-Poster.

»Normalerweise ist es hier nicht so unordentlich«, schwindelte ich.

Noah langte nach meiner Hand und zog mich neben sich. Er strich mit seinen Lippen über meine.

»Es ist perfekt. Es sieht völlig nach dir aus.«

Wieder küsste er mich, diesmal fester, und mein Körper schnappte komplett über. Hungrig leckte ich seine Lippen, schlang meine Arme um seinen Rücken, und bevor ich mich versah, saß ich schon auf ihm und küsste ihn wie eine Wahnsinnige. Es war wundervoll in seiner schönsten Variante.

Als wir schließlich nach Luft schnappten, grinste Noah zu mir hoch.

»Oh Mann, so viel zum Thema Selbstbeherrschung«, meinte er und streichelte mein Gesicht. »Anscheinend bin ich schlichtweg unfähig, mich in deiner Gegenwart zu benehmen.«

Aus den Augenwinkeln sah ich mein Spiegelbild über meinem Schminktisch. Fünf Minuten Küssen hatten gereicht, aus meinem Haar ein Schreckensgebilde zu machen. Ich versuchte, es mit den Fingern in seine gewohnte Form zurückzukneten.

»Na ja, ich schein meine niederen Triebe ja genauso wenig im Griff zu haben. Komm, wir lenken uns ab. Was wollten wir hier gleich noch mal?«

»Ach ja, fast vergessen.«

Noah sprang auf und begann, in seiner Riesentasche herumzuwühlen. Neugierig sah ich zu, wie er eine kleinere, edel aussehende Tüte herauszog. Triumphierend hielt er sie hoch.

»Was ist das?«

»Das ist für dich.«

Ich schob mir eine Haarsträhne hinters Ohr. »Was ist es denn?«

»Mach's auf, dann weißt du's.«

Er stellte die Tüte auf meinem Bett ab. Sie kam aus einem schicken Laden in der Stadt, einem teuren Laden.

»Du musstest mir nichts kaufen«, sagte ich und wendete die Tüte in meinen Händen.

»Sei nicht blöd. Du bist meine Freundin. Außerdem ist es was Praktisches.«

Ich langte hinein. Drinnen lag etwas Weiches und ich zog es heraus. Rot war es, aus einem seidigen Material. Ich rieb es zwischen den Fingern, und dann entfaltete sich der Stoff zum herrlichsten Kleid, das ich jemals gesehen hatte.

»Ein Kleid!«

Da stand ich, völlig perplex. Es hatte genau meine Farbe, ein ganz bestimmtes Rot, an das ich mich aber noch nie herangetraut hatte. Es war relativ hoch geschlossen und schmal geschnitten, hatte lange Ärmel und endete ziemlich weit oberhalb der Knie.

»Es ist wunderschön«, sagte ich, immer noch glotzend.

Noah hielt den Stoff an meinen Körper.

»Passt wie angegossen, glaub ich«, grinste er. »Dafür sollte ich eigentlich irgendeinen Orden kriegen.«

Ich bekam kein Wort heraus. Ich konnte nur das Kleid angaffen.

»Gefällt's dir?«

Ich nickte und schüttelte dann den Kopf.

»Es ist herrlich, Noah. Aber ich kann das ehrlich nicht annehmen. Ich kenne dieses Geschäft, das ist schweineteuer.«

Er zuckte die Schultern, völlig gleichmütig. »Denk dran, ich hab Millionärseltern mit schweren Schuldkomplexen. Vergiss das Geld, probier's einfach mal an.«

»Aber ich hab ja gar keine Gelegenheit, so was anzuziehen. Ich hab nicht das Luxusleben dazu.«

»Und damit wären wir beim heutigen Abendprogramm angelangt.« Sein Lächeln wurde noch breiter. Wieder kramte er in seiner Tasche, zog einen weißen Umschlag hervor und reichte ihn mir.

Nervös schlitzte ich ihn auf und holte zwei Tickets heraus.

Und schnappte nach Luft.

»Ballettkarten?« Ich konnte es kaum glauben.

»Jepp. Und zwar gute. Mein Dad hat eine Loge. Die braucht er, um sich bei seinen potenziellen Kunden einzuschleimen, aber heute ist sie frei. Ich dachte, vielleicht möchtest du dein neues Kleid ausführen?«

Ich kreischte auf und umarmte ihn. »Hast du irgendeine Vorstellung davon, wie sehr ich Ballett liebe?«

Er erwiderte die Umarmung. »Nee. War reine Vermutung. Aber ich weiß, wie gerne sich Mädchen für Anlässe in Schale werfen.«

»Ich liebe liebe liebe LIEBE Ballett.« Ich stand auf und drehte eine kleine Pirouette in meinem Zimmer. »Ich hab als Kind getanzt, weißt du? Ich war eigentlich ganz gut. An Weihnachten ist Mum immer mit mir in eine Vorstellung. Da hab ich mich jedes Mal das ganze Jahr drauf gefreut.«

Noah stand auf und ich sprang ihm theatralisch in die Arme. Er fing mich auf und wirbelte mich herum.

»Und was ist dazwischengekommen, Anna Pawlowa?«, fragte er. »Warum gehst du nicht mehr?«

Ich seufzte. »Du weißt schon, das Übliche. Pubertät, und dann hab ich beschlossen, dass ich meine Samstage fürs Shoppen brauche statt für die Ballettstunden. Was ich natürlich schwer bereue.«

»Nun, dann freu ich mich ja, das Richtige getroffen zu haben.«

»Aber so dermaßen.«

»Probierst du jetzt das Kleid an?«

»Nur wenn du versprichst, nicht zu gucken.«

Er hielt sich die Augen zu. »Ich spicke nicht. Versprochen.«

Eilig schälte ich mich aus meinen Schichten, zog das Kleid über den Kopf und ließ den Stoff an mir hinabgleiten. Dann blickte ich prüfend in den Spiegel.

Wow. War das ein Kleid! Ich wirkte mindestens fünf Jahre älter und dieser Rotton veränderte meinen Teint völlig. Meine Haut sah aus wie Milch, das Braun meiner Haare tief und glänzend.

»Schon fertig?«, fragte Noah, immer noch die Hand vor Augen. »Die Spannung bringt mich noch um.«

»Fertig«, sagte ich und warf mein Haar auf eine Seite.

Noah spreizte die Finger und spähte hindurch. Hielt inne. Dann ließ er die Hände sinken und glotzte einfach nur. Ich lief so rot an wie das Kleid.

»Was ist los? Sieht's grässlich aus?« Ich zupfte nervös am Stoff herum.

Er sagte immer noch keinen Ton.

»Was ist jetzt? Du machst mich völlig kirre.«

Er schnappte sich mein Gesicht, zog mich an sich und küsste mich inbrünstig. Als er sich wieder löste, war ich sogar noch aufgelöster.

»Was sollte das jetzt wieder?«

Noah begann, mir Schultern und Arme abzuküssen. »Du – siehst – so – unfassbar – gut – aus«, sagte er zwischen den Küssen, »dass – ich – gar – nicht – aufhören – kann – dich – zu – küssen.«

Ich kicherte. »Gefällt's dir?«

»Mehr als das.« Er küsste mich noch mal direkt auf den Mund. »Lass uns nicht ins Ballett gehen. Können wir nicht einfach hierbleiben und du lässt das Kleid an?«

»Nein! Ich bin schon total aufgeregt.«

»Aber schau dich doch an.«

»Wann müssen wir los?«

Noah blickte auf seine Uhr.

»In grob einer Stunde.«

»Also, ich muss jetzt meine Haare machen und mich schminken. Zu so einem Kleid darf mein Gesicht nicht so beschissen aussehen.«

»Glaub mir. Beschissen würdest du gar nicht hinkriegen, selbst wenn du's drauf anlegst.«

»Sehr beruhigend.«

Noah gab mir einen abschließenden Kuss.

»Ich muss dich jetzt allein lassen. Ich kleb sonst nur auf dir. Brezel dich auf und ich geh ins Bad und brezel mich da auf.«

»Sag jetzt nicht, du wirst auch ein Kleid tragen.«

Er nickte. »Na klar. Und Pumps. Und diese GÖTTLICHE Handtasche, die ich im Internet bei Coast gefunden habe.«

»Woher kennst du bitte Coast?«

»Davon redet ihr Mädchen doch immer.«

»Gerade noch die Kurve gekriegt.«

Mit einer weiteren mysteriösen Tüte sauste Noah aus meinem Zimmer. Ich rief schnell Mum an, um sie einzuweihen. Sie steigerte sich etwas zu sehr hinein und kostete mich mindestens zehn Minuten Vorbereitungszeit. Dann setzte ich mich an meinen Schminktisch und machte mich an den Verschönerungsprozess – ein Dauergrinsen im Gesicht. Ich beschloss, das Rot des Kleides noch hervorzuheben, indem ich das Make-up minimal hielt und dafür voll auf rote, üppige Lippen setzte. Laut *Cosmo* konnte man die in nur fünf kinderleichten Schritten zaubern. Als ich den Kussmund endlich gemeistert hatte, richtete ich meine Aufmerksamkeit auf mein Haar und beschloss, dass gerade noch genug Zeit für Locken blieb. Ich schaltete mein Glätteisen ein und wickelte mir mühevoll weiche Korkenzieher. Gerade tupfte ich mir etwas von dem teuren

Parfum auf, das Mum mir zum Geburtstag geschenkt hatte, als Noah wieder erschien.

Jetzt war ich dran mit dem Aussetzer.

So … fantastisch sah er aus!

Er hatte sich in einen makellos geschnittenen schwarzen Anzug geworfen, mit steifem weißen Hemd und schmaler schwarzer Krawatte. Und sein Haar war anders. Nicht so chaotisch und wild umherfliegend wie sonst, sondern gekämmt und gebändigt, was sein markantes Kinn nur noch betonte. Der Dreitagebart war verschwunden und übrig blieben nur glatte Haut und schwarze Augen, die mich anstarrten. Wie nicht anders zu erwarten, begann es in meinem Bauch zu hüpfen, als stünde ich am Rand einer riesigen Klippe.

Gerade wollte ich ihm sagen, wie großartig er aussah, als er mir zuvorkam.

»Penny Lawson. Du bist zweifellos das schönste Mädchen von ganz Middletown.«

Ich musste meine ganze Willenskraft bemühen, um mich nicht einfach auf ihn zu stürzen. »Du siehst auch nicht übel aus.«

»Wenn ich's nicht besser wüsste, könnte ich das fast als Kompliment auffassen.«

Er küsste mich und mein Körper verkrampfte sich vor Entzücken. Dann bückte er sich, damit er sein Kinn auf meiner Schulter ablegen konnte, und betrachtete unser Spiegelbild.

»Wir sind ein schönes Paar, weißt du das?«

Ich blickte in den Spiegel vor mir. Noah hatte recht. Wir sahen gar nicht schlecht aus zusammen. Ich erkannte mich fast nicht wieder. Ich war dieses erwachsen aussehende, ziemlich hübsche Mädchen, dem das Glück aus jeder Pore strahlte. Mir war vorher gar nicht klar gewesen, dass ich durch Noah geradezu zwanghaft lächelte, wie entspannt ich mich mit ihm fühlte, wie – okay, das klingt jetzt bekloppt –, wie vervollständigt.

Noah guckte wieder auf die Uhr. »Mist. Wenn wir jetzt nicht gehen, verpassen wir den Zug.«

Und so verließen wir das Haus: Sachen wurden wahllos in Taschen geworfen, ich schrie, weil meine Schuhe wie vom Erdboden verschluckt waren, und dann musste ich noch hektisch mein Handy von Noahs Handy aus anrufen, weil ich das blöde Ding nicht finden konnte.

25

Eine äußerst arktische Zug- und U-Bahnfahrt später tauchten wir schließlich auf den Straßen des West End wieder auf. Genauso eisig. Die Leute hasteten an uns vorbei, um so schnell wie möglich aus der Kälte zu kommen.

»Das Theater ist gleich um die Ecke«, sagte Noah, der mich durch die Menschenmenge dirigierte.

London zu Fuß war ich nicht gewöhnt, und so bekam ich ständig Ellbogen reingerammt und entschuldigte mich auch noch zwanghaft dafür. Als wir am Theater ankamen, standen dort schon scharenweise Leute an, die sich ebenfalls in Schale geworfen hatten. Die Männer trugen Anzug und unter den dicken Wintermänteln der Damen blitzten die herrlichsten Stoffe hervor.

»Da wären wir.« Noah steuerte direkt an der Schlange vorbei auf den Eingang zu.

»Wart mal«, raunte ich. »Müssen wir uns nicht hinten anstellen?«

Er grinste. »Nö.«

Ich folgte ihm mit um mich geschlungenen Armen, so peinlich war mir das. Vordrängeln war noch nie mein Ding gewesen, und ich begriff einfach nicht, wie Noah glauben konnte, damit durchzukommen. Doch als wir den Schalter erreichten, nannte Noah dem Ticketverkäufer leise seinen Namen, und der wusste sofort, wen er vor sich hatte.

»Selbstverständlich, Mr Roberts, Ihre Loge ist für Sie bereit.«

Der Typ gab ein unauffälliges Signal und ein weiterer Helfer kam herbeigesaust. Eilfertig wurden wir durch die Menge geleitet und bekamen sprudelnde Champagnerflöten in die Hände gedrückt.

»Bist du der Sohn des Premierministers oder so?«, flüsterte ich Noah zu, während wir dem Mann eine dunkelrote Treppe hinauffolgten. Ich nahm einen kleinen Schluck Champagner, stolz wie sonst was, dass man mich für achtzehn hielt. Die Bläschen kitzelten mich in der Nase.

»Wir haben eine Loge abonniert, das ist alles«, sagte Noah, der sich über das VIP-Getue keine großen Gedanken zu machen schien. »So behandeln sie all ihre Logen-Abonnenten. Das bezahlt man mit.«

Wir stiegen immer weiter die Stufen empor, eine endlose Treppe nach der anderen. Die anderen Zuschauer verschwanden hinter riesigen Holztüren und der Schwarm dünnte sich immer mehr aus.

»Gleich ist es geschafft, meine Herrschaften«, sagte unser hilfreicher Platzanweiser. Er war nicht der Schlankste und saß in seinem Anzug wie die Wurst in der Pelle. Auf seiner Stirn perlte der Schweiß vom anstrengenden Aufstieg. Es ging höher und höher, bis wir schließlich dicht unter der vergoldeten Decke angekommen waren, an der glänzende Putten im Wolkenhimmel prangten. Unser Anweiser brachte uns zu einer kleinen Tür, die mit einem roten Samtvorhang bedeckt war.

»Herrschaften, Ihre Loge.« Er machte einen kleinen Diener, was ich etwas übertrieben fand.

Dann überraschte mich Noah, indem er einen Zwanzigpfundschein hervorzog und ihm diskret zusteckte. Meinem Teenager-Freund bei so etwas zuzugucken war echt sonderbar. Viel zu erwachsen. Schlagartig wurde mir klar, wie wenig dieser Abend mit meinem Alltag in Middletown zu tun hatte.

Noah legte mir seine Hand auf den Rücken und steuerte mich durch den roten Vorhang. Gerade wollte ich ihn mit der Frage ärgern, ob sein Dad bei der Mafia sei, als ich meine Umgebung in mir aufnahm. Wir waren in einer kleinen, aber luxuriösen und völlig abgeschiedenen Loge auf der rechten Theaterseite gelandet. Sie schwebte weit über dem versammelten Publikum, wie ein Monarch über seinen Untertanen. Bei dem Blick blieb mir fast die Spucke weg. Ein Meer der Eleganz lag da zu unseren Füßen ausgebreitet. Männer in tadellos geschnittenen Designeranzügen führten diamantgespickte Damen zu ihren roten Samtsitzen. In den Juwelen und bestickten Gewändern fing sich das Licht und wurde als Regenbogen an die verzierten Wände geworfen. Die Bühne war noch leer und wartete auf den Auftritt der Tänzerinnen in ihren hüpfenden Tutus.

Ich holte tief Luft und seufzte, beugte meinen Oberkörper über das Geländer, um alles in mir aufzusaugen. Noah drückte sich sacht gegen meinen Rücken und schmuggelte seine Arme um meine Taille.

»Und, was hältst du davon?« Er zog mich an einer Haarsträhne und sein heißer Atem kitzelte mich im Ohr.

Ich war immer noch versunken in den Anblick da unter mir.

»Das ist der Wahnsinn«, gab ich zu. »Wir sind so weit oben. Ich kann nicht fassen, dass das wirklich passiert, dass ich in einer richtigen Theaterloge sitze. Ich fühl mich wie Julia Roberts in *Pretty Woman.*«

Noahs Miene verfinsterte sich. »Geht's da nicht um Prostituierte?«

»Ja. Aber ganz brave Prostituierte. Und da gibt's diese Stelle, wo Richard Gere ihr ein Kleid kauft, übrigens genauso rot wie dieses hier, und dann nimmt er sie mit in die Oper. Einfach ultraromantisch.«

»Hm. Ich bin gar nicht so begeistert, dass du mich mit Richard Gere vergleichst – und dich mit einer Prostituierten.«

Ich beugte mich so weit nach vorn, wie ich mich traute.

»Wow. Direkt unter uns ist noch eine Loge. Wollen wir denen eine Botschaft schreiben und sie dann an einem Faden runterlassen?« In dem Moment, als ich sie aussprach, merkte ich, dass ich die Idee total klasse fand.

Noah lachte nur und küsste meinen Hals. »Dir ist schon klar, dass es hier drinnen keine Schönere gibt als dich, oder?«, fragte er.

Sein Kuss ließ meinen Körper alles über Bord werfen, was noch irgendeine Art von rationalem Verhalten ermöglicht hätte. Ich drückte mich gegen seine Lippen.

»Sehr süß von dir, aber leider Blödsinn.«

Wieder küsste er meinen Hals, was mir herrliche Schauer über den Rücken jagte.

»Du bist nicht nur schön, du bildest dir auch überhaupt nichts darauf ein. Das liebe ich.«

Noch ein Kuss.

Ich wollte gerade irgendwas Witziges und/oder Schlaues erwidern, als Noah mich umdrehte, um mich direkt auf die Lippen zu küssen. Doch in diesem Moment legten unten im Orchester die Streicher los. Rasch riss ich mich zurück.

»Ich hab völlig ausgeblendet, dass wir in der Öffentlichkeit sind«, sagte ich mit Herzklopfen.

»Hm. Plötzlich klingt Ballett gar nicht mehr so toll. Können wir nicht einfach zurück zu mir gehen?«

Ich verzog das Gesicht. »Vergiss es, es geht bestimmt gleich los.«

Ich ließ mich auf meinem großen plüschigen Sitz nieder. In einer Halterung vor mir wartete ein Opernglas, das ich mir gleich schnappte, um das Orchester zu inspizieren.

»Oha«, sagte ich. »Der Geiger dort sieht aus wie der Almöhi.« Ich reichte Noah das Opernglas. »Guck mal.«

Er sah mich ganz seltsam an, griff aber zu und spähte in Richtung Orchestergraben.

»Wow, was für ein Rauschebart.«

Noahs sonderbarer Blick richtete sich wieder auf mich.

»Was ist los?«

»Ich glaub nur einfach nicht, dass irgendwer auf der Welt es fertigbringt, jemanden mehr zu lieben als ich dich in diesem Moment.«

Seine Augen waren durchdringend, fast feurig. Ich hätte ihn schon viel öfter mal auf absonderliches Gesichtshaar hinweisen sollen.

»Ich liebe dich auch.« Ich nahm seine Hand. »Danke, dass wir hergekommen sind. Ich glaube, ich erlebe gerade den romantischen Höhepunkt meines Lebens.«

Er lächelte. »Und dabei hat das Ballett noch nicht mal angefangen.« Dann reckte er sich, wobei sein Hemd aus der Hose rutschte und einen Fingerbreit seines Bauches freigab.

Prompt war das Ballett wieder vergessen.

»Möchtest du was trinken?«

»Häh?«, machte ich, immer noch völlig hypnotisiert von dem winzigen bisschen Haut, das er da zur Schau stellte.

»Noch ein Glas?« Er wies auf meine leere Champagnerflöte. »Möchtest du noch eins?«

Rasch versuchte ich, mein vor Lust schon wieder völlig benebeltes Hirn freizuschütteln. »Äh ja, klar. Wäre toll.«

Noah lehnte sich zu einem Tischchen, das mir bisher noch gar nicht aufgefallen war, und griff nach einem Telefon, das mir ebenso entgangen war.

»Wir haben Telefon?«

Er reckte einen Finger, um mich zum Schweigen zu bringen,

und begann ein Gespräch mit wem auch immer am anderen Ende der Leitung. Gewählt hatte er nicht – anscheinend eine Direktleitung.

»Hallo. Ja, ich rufe aus der obersten Loge an. Eine Flasche Champagner auf Eis, bitte. Danke schön.«

Er hängte auf, mein Mund hing offen.

»Eine Flasche Champagner? Im Ernst?«

Wieder zuckte er gleichmütig die Schultern. »Geht aufs Haus.«

»Na, wenn das so ist ...«

Ich setzte meine Publikums- und Orchesterbetrachtungen fort, bis der Champagner eintraf. Er kam in einem riesigen Eiskübel daher, geschleppt von einem anderen Anzugmann. Der nickte dienstfertig, setzte den Kübel ab und ließ uns schnell wieder allein.

»Wollen wir?«, fragte Noah und schnappte sich die Flasche aus dem Kühler.

»Warum nicht?«

Ich hielt die Champagnerflöten bereit, während Noah mit dem Korken rang. Es gab ein leises Plopp, dann strömte die blassgoldene Flüssigkeit aus der Flasche und ich fing sie gekonnt mit den Gläsern auf. Ein volles Glas ging an Noah, der mir damit zuprostete.

»Aufs sich Verlieben, einander Lieben und die ewige Liebe.« Er stieß mit mir an und nahm einen großen Schluck. Berührt von seinen Worten ließ ich die Gläser noch einmal klirren und tat es ihm nach.

»Wann geht denn jetzt das Ballett los?«, fragte ich in dem Moment, als die Lichter erloschen.

Ich nahm noch einen Schluck Champagner. Gerade war ich zu dem Schluss gekommen, zweifellos das glücklichste Mädchen im gesamten Universum zu sein, als der Vorhang hochging und fünfzehn Ballerinas auf die Bühne sprangen.

Als eine Stunde später die Lichter wieder angingen, hatte ich nur zwei Gedanken: a) Das Ballett war der blanke WAHNSINN und b) Champagner knallt extrem rein.

In die dicht gepackten Reihen im Parkett kam jetzt Bewegung. Männer standen auf und drückten sich gegen ihre Sitzlehnen, um Frauen vorbeizulassen, die wahrscheinlich die gesamte Pause über vor der Toilette anstehen würden; im Foyer umklammerten vermutlich die ersten zappeligen Kinder im Sonntagsstaat überteuerte Eistüten und jammerten ihre Mütter voll, wie öde es doch war, und am Andenkenstand bildete sich eine wohlgeordnete Schlange von Leuten, die zehn Pfund für ein Hochglanz-A4-Programmheft versenken wollten.

Ich hingegen hatte meine Füße auf dem Geländer abgelegt und leerte mein Champagnerglas.

Noah lächelte mich bezaubert an. »Amüsierst du dich?«

Ich nickte nachdrücklich. »Prächtig. Hast du mitgekriegt, wie die tanzen, Noah? Der helle Wahnsinn, oder? Warum hab ich nur mit Ballett aufgehört? Ich hätte Primaballerina werden können. Ich LIEBE Ballett einfach so. Du auch? Meinst du, du kannst auch so hoch hüpfen wie die?«

Ich bekam einen Schluckauf und Noah prustete los.

»Penny Lawson, bist du betrunken? Das waren doch nur zwei Gläser.«

Entrüstet sank ich in meinen Sessel zurück und setzte zur Gegenwehr an. »Betrunken? Blödsinn, wie kommst du denn darauf?« Ich wedelte energisch mit dem Glas in meiner Hand, um zu betonen, wie stocknüchtern ich doch war, und der Champagnerrest segelte durch die Luft und in hohem Bogen über das Geländer.

»Upps.«

Ich ging in die Knie, um unerkannt zu bleiben, und lugte über den Rand. Unter uns stand eine Gruppe verwirrter alter Leute. Eine Frau mit einem feuchten Fleck auf ihrem leuchtend blauen Kleid hielt ihre Handfläche hoch, um zu prüfen, ob es hier drinnen regnete. Der Mann, den ich für ihren Gatten hielt, schaute suchend um sich, um die Quelle dieser plötzlichen Flüssigkeitsattacke auszumachen. Und als ob sie meine Blicke gespürt hätten, drehten plötzlich beide ihren Kopf in meine Richtung.

»Scheiße«, flüsterte ich und ging blitzschnell in Deckung.

Noah war sofort neben mir auf den Knien und kämpfte gegen einen Lachanfall.

»Du hast das nicht gesehen, oder?«

»Ich glaub's einfach nicht«, stieß er zwischen Glucksern hervor. »Dich kann man echt nirgendwo mit hinnehmen.«

»Das war ein Unfall!«

»Könntest du bitte versuchen, in der zweiten Hälfte keine Zuschauer zu ertränken?«

»Mach ich doch gar nicht.«

Ganz plötzlich wurde mir klar, dass ich dringend eine Toilette brauchte. Sogar äußerst dringend. Und als ich aufstand, merkte ich, dass sich der Raum ganz leicht drehte.

»Oh nein«, wimmerte ich, als mich eine Ahnung beschlich. »Ich glaube, ich bin betrunken.«

Noah lachte noch mal aus vollem Hals und sprang dann auf, um mich zu stützen. »Meinst du wirklich?«

»Ich bin betrunken, und das im Ballett! Schande! Das war mein erster Champagner.«

»Das sind nur die Bläschen, die dir zu Kopf gestiegen sind. In ein paar Minuten ist alles wieder okay. Aber dir ist schon klar, dass das dein zweiter Vollsuff ist diese Woche? Langsam glaub ich, du hast da ein Problem.«

»Daran bist nur du schuld«, murrte ich und ging zur Tür. »Du machst mich nervös.«

»Wohin willst du, du Schnapsnase?«

»Toilette.«

Dezent taumelnd trat ich auf den noblen Flur und folgte den Toilettenschildern. Bitte, bitte keine Schlange! Glück gehabt. Das WC in diesem Stockwerk schien ein Geheimtipp zu sein. Vielleicht war es nur für Logenabonnenten.

Ich tat das Notwendige und musterte mich dann im Spiegel, während ich mir die Hände wusch. Die Spiegelschau war eine verlässliche Ausnüchterungsmethode, fand ich, und so brachte ich fünf Minuten damit zu, mich wieder zu sammeln. Dass ich diese Person da im Spiegel sein sollte, ging mir immer noch nicht ganz runter. Sie sah viel zu glücklich aus. So einen Gesichtsausdruck trugen sonst nur Pärchen, die sonntagmorgens im Park herumspazierten, oder Mädchen, die einem in der Bahn gegenübersaßen und gerade mit einem kleinen Klingelton eine SMS von ihrem Liebsten erhielten. So sah die Liebe aus. So sah ich jetzt aus. Und ich schickte ein Stoßgebet zu wem auch immer, dass es ewig so bleiben würde.

Als ich in die Loge zurückkehrte, ging die Glocke und verkündete das Ende der Pause.

Noah hatte eine Zweiliterflasche Wasser vor sich. Er reichte mir ein Glas. »Runter damit.«

Ich exte das Glas und reichte es ihm zurück. Er füllte es gleich noch mal auf. Verschämt nippte ich an meinem zweiten Glas.

»Warum dreht sich mir der Kopf? Ehrlich, so viel war das doch gar nicht.«

»Hab ich dir doch gesagt. Weil diese Champagnerbläschen tödlich sind, wenn man sie nicht gewohnt ist.«

»Und du bist sie gewohnt, wie ich annehmen darf.«

»Natürlich.«

Ich machte einen Schmollmund. »Jetzt hab ich das Ballett versaut.«

»Du hast kein bisschen Ballett versaut.« Er bedeutete mir, mich auf seinen Schoß zu setzen. »Komm.«

Ich ließ mich so elegant wie möglich auf ihm nieder und er zog mich näher an sich heran. Ich lehnte meinen Kopf an sein Schlüsselbein und inhalierte den sauberen Geruch seines gestärkten Hemds.

»Ich liebe dich so sehr, Noah«, sagte ich und spielte mit seinen Manschettenknöpfen. »Danke, dass du mich ins Ballett mitgenommen hast.« Meine Hand glitt seinen Arm hoch und schon streichelte ich über seine Brust. »Weißt du was?«, flüsterte ich. »Ich glaube, hier oben kann uns niemand sehen …«

Noah sagte nichts, aber sein Griff um meinen Rücken wurde fester.

Ich rückte mit meinem Gesicht dichter an ihn heran und küsste ihn. »Wir könnten … alles tun … und niemand würde was mitkriegen.«

Noah küsste mich zögerlich zurück. »Penny. Du bist wirklich betrunken.«

»Jetzt nicht mehr«, protestierte ich und schlang ihm die Arme um den Hals. »Ich war's schon, aber nur ungefähr fünf Minuten. Dann hab ich mein Spiegelbild angeguckt, das hilft immer, aber es hat gar nicht nach mir ausgeschaut.«

»Was um Himmels willen redest du da?«

Ich konnte mich nicht länger zurückhalten. Ich wollte ihn küssen, jetzt, hier, mitten im Ballett.

Und so brachte ich ihn mit meinen Lippen zum Schweigen, und immer wenn er mich bremsen oder sich beschweren wollte, küsste ich ihn intensiver. Bald waren seine Hände in meinen Haaren verknotet, und er erwiderte gierig meine Küsse, ohne dass wir uns auch nur im Mindesten um das Spektakel geschert hätten, das wir den Zuschauern da unten im Parkett boten. Das Licht ging aus und das Orchester legte los. Mitten im Kuss schubste ich Noah fort und richtete meine Aufmerksamkeit auf die Bühne.

»He!«, sagte er.

»Pssst – es geht los.«

Ich rückte meinen Stuhl so nahe an ihn heran, dass unsere Beine sich berührten. Dann hielt ich mich am Geländer fest, um einen guten Ausblick auf die Tänzer zu haben. Sie wirbelten ihre athletischen Körper über die Bühne, eine einzige fließende, der Schwerkraft trotzende Bewegungsabfolge. Ich war wie gebannt von der Schönheit des Anblicks, von den Kostümen, von der Art, wie die Männer die Frauen einfach aufhoben und scheinbar mühelos durch die Luft schleuderten. Doch dann wurde der Zauber gebrochen, nein, ersetzt durch einen viel mächtigeren: Noahs Hand auf meinem Knie.

»Hallo du«, flüsterte ich und blickte auf mein Bein hinab. Seine Hand war schon zwei Zentimeter höher gekrochen.

»Psst«, sagte er, den Blick immer noch streng auf die Bühne gerichtet. »Ich schau mir hier das Ballett an.«

Mein Bein hatte unter seiner Berührung Feuer gefangen, das direkt aus seiner Hand zu kommen schien. Wild entschlossen, mir keine Blöße zu geben, wandte ich meine Aufmerksamkeit wieder der Bühne zu, konnte mich aber kaum konzentrieren.

Noahs Hand war noch einen Zentimeter weitergewandert und lag jetzt direkt unter dem Saum meines roten Kleids. Ich setzte mich etwas aufrechter hin. Ein taktischer Fehler – denn damit rutschte die Hand noch weiter nach oben. Nicht höher als bis zur Mitte meines Oberschenkels, aber das reichte schon, um mich in den totalen Ausnahmezustand zu versetzen. Das geringste Flattern seiner Finger wirkte auf mich, als hätte er meinen Körper an ein Drehstromnetz angeschlossen. Mir blieb nichts anderes übrig, als es ihm irgendwie heimzuzahlen, und so langte ich zu ihm hinüber und legte meine Hand so hoch auf sein Bein, wie ich mich traute. Noah schnappte nach Luft. Ich lächelte und klimperte mit meinen Fingern auf ihm herum, den Blick unverwandt auf die Tänzer gerichtet.

Ich habe ehrlich keine Ahnung, was in der zweiten Hälfte des Balletts passierte. Ich kann nur sagen, dass es die erotischste Dreiviertelstunde meines Lebens war, der absolute Irrsinn. Mir war, als würde zwischen uns eine Starkstromleitung verlaufen – und das, obwohl Noah ganz Gentleman blieb und seine Hand nie über eine bestimmte Grenze hinaufklettern ließ. Aber es war trotzdem intim genug, um in mir eine gewaltige Reaktion zu entfachen. Jedes Härchen sträubte sich, mein Atem ging schwer. Doch Noah schien umgekehrt nicht minder aus der Bahn geworfen. Sein Bein bebte. Irgendwann zitterte es so stark, dass sein übriger Körper sich regelrecht in Krämpfen wand.

Ist das noch normal?, wollte ich mich zwischendurch fragen, doch es brauchte nur den Druck von Noahs Fingern und der Gedanke war vergessen, bevor er je wirklich Gestalt angenommen hatte.

Das Tosen des Beifalls war es schließlich, das uns aus den Fängen dieses Bannes oder was auch immer befreite.

Noahs Hand verließ mein Bein, als er sich zum Klatschen erhob. Ich schüttelte benebelt den Kopf und stand auf, um mitzumachen. Die Tänzerinnen in ihren Tutus strahlten ins Publikum und knicksten. Das konnte jetzt aber noch nicht die ganze Vorstellung gewesen sein, oder? Doch der Vorhang glitt herab und der Massenexodus setzte ein. Die Leute drängelten und schubsten, um sich durch die engen Ausgänge zu quetschen, die Taschen an ihre Seiten gepresst, die Programme säuberlich unter die Arme geklemmt.

»Bleiben wir noch ein paar Minuten hier?«, fragte Noah. »Bis das erste Gedränge vorüber ist?«

Ich nickte, immer noch völlig neben mir, und er ergriff meine Hand.

»Ich kann jetzt nur für mich sprechen«, sagte er und hob vielsagend eine Augenbraue. »Aber ich glaube, über den letzten Akt könnte ich dir null Komma nichts erzählen.« Er beugte sich hinunter und drückte mir einen flüchtigen Kuss auf den Mund. »Du hast einen echt merkwürdigen Effekt auf mich, Penny. Ich glaube, ich bin abhängig von dir.«

Mehr als ein Händedruck war von mir nicht zu bekommen; mein Körper war immer noch in der Erholungsphase.

Vorsichtig holte ich mir meinen Mantel und meine Tasche und leerte mein Wasserglas. Punkt für Noah. Die Champagnerwirkung war schon völlig verflogen. Vielleicht waren es wirklich nur die Bläschen gewesen. Er hielt mir den Mantel auf, damit ich hineingleiten konnte.

»Alles in Ordnung?«

Ich nickte. »Mir geht's gut, nur …«

»Ein bisschen überwältigt?«

Ich nickte noch einmal.

Unten im Parkett war das Schlimmste vorüber. Noch ein letzter prüfender Blick, ob ich auch alles hatte, und dann verließ ich an Noahs Hand die Loge, um ins wahre Leben zurückzustolpern.

»Brrrr. Da draußen wird's jetzt richtig kalt, oder?«, fragte Noah, als wir uns das Treppenhaus hinunterschlängelten.

»Denke schon.«

Unten angekommen sahen wir, dass sich beim Ausgang ein Stau gebildet hatte.

»Was ist denn da los?«, fragte ich. »Warum gehen die nicht einfach raus?«

Wir drängelten uns durch die Menschentrauben. Die kalte Luft von draußen peitschte mir ins Gesicht.

Ich guckte durchs Fenster.

»Oje.«

Im Verlauf einer einzigen Ballettaufführung war über London ein mordsmäßiger Schneesturm niedergegangen, der alles unter mehreren Zentimetern Schnee begraben hatte. Elegant gekleidete Damen traten auf die Straße und verloren sofort den Halt unter ihren hohen Hacken.

»Wo zum Teufel kommt der Schnee her?«, fragte ich Noah.

Er stand auf Zehenspitzen und spähte über die Köpfe der Leute hinweg nach draußen.

»Nicht die leiseste Ahnung«, sagte er mit besorgtem Gesicht. »Aber der Rückweg könnte zum Problem werden.«

Oh Gott. Die Züge. England hatte diese nervige Angewohnheit, sofort beleidigt zum völligen Erliegen zu kommen, wenn das Wetter sich unvorschriftsmäßig verhielt.

»Kommen wir wieder nach Hause, was meinst du?«

Noah schnitt eine Grimasse. »Keine Ahnung.«

Wir begannen, uns durch die Menge zu schieben. Das Nadelöhr war nur entstanden, weil einige Leute sich schlichtweg weigerten, einen Fuß nach draußen zu setzen, als würde der Schnee wie von Zauberhand dahinschmelzen, wenn man nur sauer genug auf ihn war. Ein paar strategisch eingesetzte Ellbogenstöße später standen wir in der Kälte und bekamen sanft fette, schwere Schneeflocken auf den Kopf.

»Komm, auf zur U-Bahn«, sagte Noah, meine Hand fest umklammert, damit ich auf meinen Absätzen nicht herumschlitterte. »Hoffentlich gibt's noch einen Zug nach Middletown.«

Mich hatte etwas die Panik gepackt. In London kannte ich niemanden und hatte deshalb auch nichts, wo ich unterkommen konnte. Verwirrt war ich außerdem. Ich war ja eben erst aus meinem Noah-Koma erwacht, und dieser unerwartete Schneefall war einfach viel zu abwegig, um eben mal rasch verarbeitet zu werden.

Wir stapften die Stufen zur U-Bahn hinunter, hasteten in einen Waggon und warteten ungeduldig, bis die Bahn der Victoria Station entgegenglitt. Die ganze Zeit über hielt Noah meine Hand, aber nicht auf liebevolle Art, sondern eher, um sich durch intensives Kneten an ihr abzureagieren. Ungefähr fünfzehn Minuten später joggten wir die Rolltreppen hoch und nach einer eiligen Rutschpartie über zugeschneite Straßen standen wir bibbernd vor der Anzeigetafel des Bahnhofs.

»Schau«, zeigte ich. »Da gibt's einen Zug nach Middletown … oh … gestrichen.«

Bei genauerer Betrachtung der riesigen Tafel wurde mir klar, dass eigentlich neben jeder Verbindung ein rotes Licht blinkte, um ihren Ausfall zu markieren.

»Shit. Was machen wir jetzt?«

»Bin noch überfragt.«

In meiner Tasche meldete sich mein Handy gleich mehrfach. Sein vibrierendes Drängeln passte prima zur Situation. Ich kramte es hervor und sah, dass Mum mich während meiner empfanglosen Zeit in der U-Bahn zweimal angerufen hatte.

»Oh Gott. Meine Mum macht sich Sorgen. Ich ruf mal zu Hause an und frag, ob's da auch so schneit«, sagte ich.

»Okay. Und ich ruf bei der Bahn an und finde mal raus, was da los ist.« Mit finsterer Miene klappte Noah sein Handy auf.

Beim Wählen stampfte ich ein wenig auf der Stelle, um meine Füße aufzutauen. Vergeblich.

Mum hob nach nur zweimal Klingeln ab.

»Penny?«

»Ja, ich bin's.«

»Um Himmels willen, wo bist du? Hier schneit's wie verrückt.

Bitte sag mir, dass du noch rechtzeitig aus London rausgekommen bist.« Ihre Stimme klang leicht panisch, aber ich merkte, dass sie das zu überspielen versuchte.

»Wir hängen noch am Bahnhof fest. Das Ballett ist erst seit zwanzig Minuten aus. Wir haben gar nicht mitgekriegt, dass es angefangen hat zu schneien.«

»Also, in den Nachrichten heißt es, dass es für diesen Schnee überhaupt keine Vorwarnung gegeben hat, genau wie bei dem Unwetter. Das gefällt mir alles nicht. Vor ein paar Tagen war ich ja noch kurzärmelig im Garten. Penny, was machst du jetzt? Wie kommst du nach Hause?«

»Ich weiß es noch nicht.«

»Aber irgendwelche Züge müssen doch fahren.«

»Ja. Das müssen sie eigentlich.«

Gerade als ich das gesagt hatte, hörte ich Noah ein, zwei Meter von mir entfernt diskutieren. Er hatte endlich jemanden an der Strippe. »Dann wollen Sie mir also erklären, dass noch mindestens vier Stunden kein einziger Zug verkehren wird?«, fragte er fassungslos.

»Oh nein.«

»Was ist los?«, fragte Mum.

»Ich glaube, das mit den Zügen hat sich gerade erledigt.«

Inzwischen waren noch mehr Leute ins Bahnhofsgebäude gekommen, größtenteils in Abendgarderobe. Sie standen neben uns, und ich sah die wachsende Panik auf ihren Gesichtern, als sie das mit der Anzeigetafel kapierten. Noah telefonierte inzwischen mit jemand anderem. Ich wandte mich wieder meiner Mutter zu, die gerade das große Flattern bekam.

»Oh Gott, Penny, wie kommst du bloß nach Hause?«

»Ich kann's dir noch nicht sagen.« Mein Magen verknotete sich. Inzwischen schienen alle Aufführungen in allen Theatern zu Ende zu sein, denn immer mehr Leute strömten in den Bahnhof und begannen, auf die Schienenarbeiter in ihren reflektierenden Neon-Anoraks loszugehen, um mehr zu erfahren.

»Soll ich mal bei Tante Suzie anrufen? Die könnte dich vielleicht für die Nacht unterbringen.«

Der Gedanke jagte mir einen Schauer über den Rücken. Die Schwester meiner Mum war eine der unangenehmsten Personen, die ich je erlebt hatte. Sie war eine strenggläubige Katholikin und lebte ganz allein in dieser riesigen gruseligen Stadtvilla am nördlichsten Zipfel von London.

»Hmm. Ich bin mir nicht sicher, wie sie es aufnimmt, wenn ich Noah anschleppe.«

Trotz ihrer Sorgen lachte meine Mutter in den Hörer.

»Ja. Du hast recht. Da trifft sie der Schlag.«

Noah hatte inzwischen aufgelegt und gestikulierte mir zu.

»Einen Augenblick, Mum. Noah will mir was sagen. Ich meld mich wieder.«

Ich klappte mein Handy zu. »Alles geklärt«, sagte er mit unbehaglichem Gesichtsausdruck.

Ich begriff gar nichts.

»Ich begreife gar nichts«, sagte ich.

»Ich hab uns ein Hotelzimmer gebucht.«

Ich schüttelte ungläubig den Kopf. »Du hast was?«

»Ein Hotelzimmer gebucht.«

»Und was ist mit Heimfahren?«

»Na ja, daraus wird ja wohl nichts, oder?«

»Aber …«

»Was aber?«

»Na, ich hab kein Geld.«

»Schon okay. Ich hab eben meine Eltern angerufen. Die Suite geht auf's Firmenkonto.«

Jetzt brauchte ich das Kopfschütteln dringend, um sicherzustellen, dass mein Hirn noch richtig funktionierte.

»Moment mal. Wann genau ist aus diesem Zimmer eine Suite geworden?«

Noah brachte wieder sein gleichmütiges Schulterzucken, aber mir machte er nichts vor. Mir zuliebe mochte er tun, als sei alles okay, doch in Wirklichkeit war er genauso angespannt wie ich.

»Das meine ich immer automatisch mit Hotelzimmer.«

»Ach ja. Ich vergaß.«

Noah umfasste mein Gesicht und zwang mich, seinen Blick zu erwidern. »Penny? Alles in Ordnung? Es ist nur für die eine Nacht. Ich sehe uns heute einfach nicht mehr nach Hause kommen, und da hab ich gemeint, uns bleibt da nur eine Übernachtung in London.«

Ich sah ihn an, ein wenig beruhigt von seinem Blick. »Mir geht's ... gut. Einfach nur ein bisschen, na ja, geschockt, sonst nichts.«

»Das ist wieder eine von diesen Wetterkapriolen. Wenn so was passiert, dann muss man sich halt der Situation fügen.«

Ich wusste, dass er recht hatte, aber ich war immer noch völlig benebelt. Und Noah wirkte ... auch ein bisschen neben der Spur. Wahrscheinlich wollte er sich wie ein echter Mann verhalten – überlegen und ruhig –, aber er kam mit der Situation nicht klar. Das spürte ich. Nur: Warum sagte er es mir nicht einfach? Ein unwillkürliches Zittern jagte durch meinen Körper und rief mir in Erinnerung, wie kalt es doch war.

»Dieses Hotel«, sagte ich. »Ist das weit?«

Noah setzte ein Lächeln auf. Es wirkte angestrengt.

»Gleich um die Ecke. Komm, wir gehen.«

Und er führte mich aus der Bahnhofshalle, fort von all den ratlosen Leuten, die sich fragten, wie sie jemals wieder nach Hause kommen sollten.

26

Es schneite immer noch ohne Unterlass, als wir uns den Weg durch die Hauptstadtstraßen bahnten. Meine Schuhe waren hinüber, meine Füße trieften. Die meisten Leute, die unseren Weg kreuzten, hatten in den Kopfloses-Huhn-Modus geschaltet und knirschten in ihrer Abendgarderobe durch die Kälte, ihre Handys ans Ohr gepresst. Langsam ließ ich bei mir etwas Erleichterung zu. Würde schon alles gut werden. Ich rief Mum an und erläuterte ihr den Plan. Sie wirkte geschockt, gab dann aber zu, dass es unter den Umständen wohl das Schlaueste war.

»Und du sagst, seine Eltern haben euch eine Suite gebucht?«

Ich wandte den Kopf von Noah weg und schirmte meinen Mund mit der Hand ab.

»Ja. Alles auf Firmenrechnung.«

Pause. Die neurotischen Hirnrädchen meiner Mutter liefen auf Hochtouren.

»Heißt das, wir müssen das zurückzahlen?«

»Unwahrscheinlich. Ich hab's Noah angeboten, aber er wollte nicht. Ich glaube, Last-Minute-Suitebuchungen sind für die nicht ganz so eine große Sache wie für uns.«

Noah spürte, dass es sich um ihn drehte, und legte fragend den Kopf schief.

»Ich muss jetzt aufhören, Mum«, sagte ich und legte auf, ehe er noch mehr mitkriegen konnte.

Noah hatte recht. Das Hotel war wirklich nur ein paar Minuten entfernt. Als wir ankamen, blieb ich erst mal stehen und gaffte. Das war nicht einfach irgendein Hotel. Das war ein riesiger nobler Kasten mit einer gewaltigen Marmortreppe, die zum vollverglasten Eingang emporführte. Die Fünf Sterne sprangen einem geradezu entgegen.

»Hätten wir nicht einfach in irgendeiner Jugendherberge unterkommen können?«, fragte ich mit zweifelndem Blick auf die angeberischen Minibäume, die in ihren Kübeln die Treppe säumten. »Der Laden scheint ja ein bisschen … kostspielig zu sein.«

Noah nahm mich bei der Hand und führte mich die Stufen hinauf. »Wann begreifst du endlich, dass Geld bei mir echt keine Rolle spielt? Da können wir es uns wenigstens gut gehen lassen.«

Ein kleiner Mann mit Melone auf dem Kopf eilte herbei und hielt uns die Tür auf. Ich dankte ihm voller Schuldbewusstsein, weil er raus in die Kälte musste, aber Noah schritt einfach an ihm vorbei, ohne ihn wahrzunehmen.

Es war mehr als befremdlich, Noah so zu erleben. Okay, dass er Geld im Hintergrund hatte, wusste ich. Aber ihn an so einem Ort zu sehen, so gewöhnt an einen Lebensstil, mit dem man sich nur dann wohlfühlt, wenn man ihn sich leisten kann, das war wie ein Blick auf einen anderen Menschen. Ich war mir gar nicht sicher, ob mir das gefiel. Ob *er* mir so gefiel. Und die Tatsache, dass er seit Verlassen des Bahnhofs kaum ein Wort mit mir gewechselt hatte, machte die Sache auch nicht besser.

Allein schon der Empfangsbereich des Hotels haute mich um. Nach dem Ballett war das jetzt schon fast ein Luxus-Overkill für mich und meine Ahnungslosigkeit in Sachen Benimmregeln wurde mir schmerzlich bewusst. Ich versuchte, die Unbeeindruckte zu mimen, als ich den dicken roten Teppich, die Marmorstatuen und die hohen Decken betrachtete. Doch meine Kinnlade klappte beharrlich nach unten. Und während Noah uns an der monströsen vergoldeten Rezeption eincheckte, fiel mir auf, dass ich mich schon mindestens eine Million Mal bedankt hatte.

Noah war immer noch … merkwürdig. Er bedankte sich bei niemandem und schien mit den Gedanken ganz woanders. Als wir zum Aufzug gingen, wollte ich seine Hand nehmen, doch er drückte sie nur kurz und ließ sie dann fallen.

Der Lift war ebenso gülden, und mit jedem Stockwerk, das wir nach oben schossen, gingen mir die Augen noch mehr über. Ping, die Tür glitt auf und entließ uns auf einen Flur mit nur einer Tür.

Wieder konnte ich nur glotzen. »Wir haben den ganzen Flur für uns?«

Noah zuckte die Schultern. »Ist halt 'ne Suite.«

Okay. Irgendwas stank hier ganz gewaltig.

»Aber natürlich.«

Noah schob ein schwarzes Kreditkartendings ins Schloss, die Tür sprang auf und enthüllte ein Hotelzimmer, wie ich noch nie eines gesehen hatte, weder im Fernsehen noch in einer Zeitschrift und schon gar nicht im wahren Leben. Es war mehr Luxuswohnung als Hotelzimmer. Es gab ein Wohnzimmer mit einem Fernseher im Kinoformat, ein Kaminfeuer mit Fernbedienung und ein Bad mit einer Wanne, in der man Bahnen schwimmen konnte.

Ich japste auf und rannte hinein, um alles genauer unter die Lupe zu nehmen.

»Noah, da gibt's Morgenmäntel«, brüllte ich ihm zu. »Richtige Morgenmäntel, wie im Film.«

Keine Antwort, aber das war mir in meiner Aufregung ziemlich schnurz.

Ich rannte ins Wohnzimmer und ließ mich aufs Sofa plumpsen.

»Auf das Sofa passen zwölf Leute«, brüllte ich wieder in seine Richtung. »Wie haben die dieses Riesenteil nur durch die Tür gebracht? Oh, guck, Pralinen!«

Ich riss die schwarze Schachtel auf und wühlte mich durch die verschiedenen Schichten. Griff mir eine mit Karamell und stopfte sie mir in den Mund. Immer noch leicht übertourig raste ich zu den gigantischen Fenstern und zerrte an den Vorhängen.

Mir war gar nicht klar gewesen, wie hoch oben wir waren. Ganz London konnte man sehen. Trotz des Schneegestöbers, das den Blick etwas behinderte, konnte ich meilenweit die Stadt überblicken. Sie sah viel hübscher aus als sonst. Der Schmutz, das Grau hatten eine Auszeit genommen und waren durch ein Winterwunderland mit weißem Teppich ersetzt worden.

Doch so aufrichtig meine Begeisterung auch war, eine Menge davon entsprang meinem Bemühen, Noahs unvermitteltes Stimmungstief zu übertünchen. Woher das kam, wusste ich nicht, aber irgendwo zwischen dem Bahnhof und hier hatte er sich von perfekt zu befremdlich gewandelt. Ich bibberte. Das Beste war wohl, ihn eine Weile im eigenen Saft schmoren zu lassen und mich erst mal aufzutauen.

»Ich steig in die Wanne.«

Wieder keine Antwort. Und so schloss ich die Badezimmertür ganz einfach zu.

Während das Wasser aus den fetten Goldarmaturen schoss, experimentierte ich mit all den dargebotenen Gratisschönheitsartikeln. Großzügig goss ich Molton-Brown-Luxusschaumbad ins Wasser und öffnete sämtliche anderen Flaschen zum Geruchscheck. Als die Wanne voll war, schlüpfte ich aus meinem wunderschönen Seidenkleid und versank genüsslich im heißen Schaum.

Himmlisch. Bis zu meinem Tauchgang war mir gar nicht klar gewesen, wie verfroren ich gewesen war. Zu meinem

Entzücken ließ sich die Wanne allein durch Druck auf die Armatur in einen extragroßen Whirlpool verwandeln. Der heiße Strahl aus den Düsen vertrieb all den Stress, den mir Schnee, Heimreiseprobleme und Noahs Seltsamkeit bereitet hatten. Ich begann sogar, aus vollem Hals *Kiss* von Prince zu schmettern, um die Badeszene aus *Pretty Woman* nachzuempfinden.

Ich aalte mich im Wasser, bis es kalt wurde, und entstieg der Wanne als neuer Mensch. In einen viel zu großen Bademantel gehüllt marschierte ich ins Schlafzimmer, ein feuchtes Haargestrüpp um meine Schultern.

Im Schlafzimmer lief der Breitbildfernseher und Noah saß auf dem Bett und starrte drauf. Noch immer verströmte er miese Laune und schien mein Eintreten kaum zu registrieren. Das allein hätte mir schon gereicht, doch da fiel mein Blick auf etwas noch viel Entsetzlicheres.

In der Mitte des riesigen, supervornehmen Bettes hatte Noah einen kunstvollen Schutzwall errichtet. Sämtliche Zierkissen hatte er vom Sofa genommen und sie zusammen mit den Ersatzkopfkissen zu einem großen, mit einem Laken bedeckten Bremshügel aufgehäuft. Jetzt saß er auf der einen Seite und stierte unverwandt auf die Mattscheibe. Eine mit Farbe aufgepinselte Trennlinie wäre im Vergleich dezent gewesen.

Ein wilder Gefühlscocktail kochte in mir hoch. Panik. Bestürzung. Schmerz. Verwirrung. Doch es siegte der Ärger. Und noch bevor ich mir meinen Text zurechtgelegt hatte, war ich schon hinübergerannt, hatte mir die Fernbedienung gekrallt, den Fernseher ausgeschaltet und die Fernbedienung nach Noah geschleudert.

»Was zum Teufel läuft hier eigentlich?«, brüllte ich.

Noah hielt sich die Hände vor den Kopf, um sich vor weiteren Geschossen zu schützen.

»Autsch! Was ist denn los?«

Und noch immer kein Blick ins Gesicht. Meine Wut nahm Formen an.

»Noah, ich bin keins von diesen Mädels, die sich deine Scheiße einfach antun und hier süß lächelnd rumsitzen, während du dich wie ein Arschloch aufführst. Natürlich weißt du, was los ist.«

Ich wies auf seinen provisorischen Schutzwall.

Seine Augen folgten meinem Finger.

»Oh. Das«, sagte er mit Roboterstimme.

»Was sonst!« Meine Arme peitschten in der Luft umher, genauso rasend wie ich. »Was zum Teufel soll das? Hab ich irgendeine ansteckende Krankheit oder was? Seit wir aus dem Ballett raus sind, hast du fast nichts mehr mit mir geredet, hier im Hotel hast du mich noch nicht mit dem Arsch angeschaut, und jetzt sehe ich auf dem Bett so was wie die Eigenbauvariante eines Penny-Abwehr-Kraftfelds. Was stimmt denn auf einmal nicht mehr? Was hab ich denn gemacht?«

Meine Wut wich plötzlich meiner Traurigkeit und meine Stimme brach. Mir ging auf, wie sehr mich dieser Tag geschlaucht hatte mit seinem grenzenlosen Ereignisreichtum. Mein Schulweg mit Lizzie schien Jahre zurückzuliegen. Und jetzt war ich hier, keine vierundzwanzig Stunden später, gefangen in einer überkandidelten Hotelsuite, vor der Tür ein Szenario wie in *The Day After Tomorrow* und mein Freund führte sich auf wie ein Vollidiot. Beschämt spürte ich, wie mir eine Träne die Wange hinabkullerte.

»Findest du mich auf einmal so abstoßend, dass du ernsthaft eine Wand zwischen uns hochziehen musst, um mich dir vom Leib zu halten?«

Noch eine Träne.

Sofort war Noah neben mir und umschlang mich mit seinen

Armen, sanft und beruhigend. Verlegen versuchte ich ihn abzuwehren, aber er hielt mich fest und strich mir übers Haar.

»Psst, Penny. Tut mir leid. Dich so weinen zu sehen, ist schrecklich.«

»Dann bring mich halt nicht zum Weinen, verdammte Hacke.« Ich wischte mir über die Augen.

»Glaubst du im Ernst, ich hab das gebastelt, weil ich dich nicht mag?«

»Keine Ahnung. Aber es ist sonderbar. Und gemein. Und woher soll ich wissen, wieso du irgendwas tust, wenn du nicht mit mir sprichst?«

Ich ließ mich aufs Bett plumpsen, zu aufgewühlt, um zu würdigen, wie weich und luxuriös es war. Noah setzte sich neben mich.

»He«, sagte ich. »Das ist meine Seite.«

Er lachte.

»Gar nicht komisch.«

Er versuchte, meinen Blick einzufangen. »Ich weiß, dass es nicht komisch ist. Ich war ein totales Arschloch. Lass es mich erklären, ja?«

Ich blickte hoch in sein schönes Gesicht. Ich selbst sah grauenhaft aus, kein Zweifel. Weinen machte immer eine totale Vogelscheuche aus mir, aber das wusste er jetzt eben. Nicht mehr zu ändern.

»Okay … Penny … Himmel, ich weiß nicht, wie ich das erklären soll.«

»Versuch's.«

»Klar. Natürlich … na ja … ich bin einfach nur ausgeflippt, mehr nicht.«

»Ausgeflippt? Warum?«

»Jetzt kommt der schwierige Teil … wegen uns.«

Angst presste sich durch meine Adern und einen Moment

lang rang ich nach Luft. Die Tränen, die gerade auf dem Rückzug gewesen waren, machten auf der Stelle kehrt und flossen wieder hemmungslos.

»Hast du's dir anders überlegt?«, bebte meine Stimme.

»Soll das ein Witz sein? Natürlich nicht.«

Erleichterung überrollte mich und noch mehr Tränen schossen aus meinen Augen. Völlig perplex von meiner Reaktion umarmte Noah mich fest und flüsterte mir ins Ohr.

»Penny. Es tut mir so leid. Ich wollte dich wirklich nicht traurig machen. Es ist genau das Gegenteil von dem, was du glaubst. Die Wahrheit ist, nun ja, das heute Abend ... das war einfach überwältigend. Aber es war *zu* überwältigend. Verstehst du?«

Ich war viel zu aufgewühlt für Worte und so schüttelte ich einfach den Kopf.

»Die Sache ist nur, ich hab dir ja schon gesagt, dass ich so was noch nie für ein Mädchen empfunden habe. Ich hab mich einfach nie groß dafür interessiert, was sie gedacht oder gefühlt haben, und es war, du weißt schon, einfach nur körperlich. Und bei dir ist es was anderes. Du bedeutest mir so viel, dass ich einfach die totale Panik habe, dass ich's an die Wand fahre.«

»Das kapier ich nicht.«

»Na, so sehr ich dich auch liebe, du machst mich einfach auch unglaublich an. Und normalerweise hätte ich nicht solche Hemmungen, die Sache voranzutreiben. Aber wir haben ja schon drüber geredet, und, wie du weißt, ja auch beschlossen, es etwas langsamer anzugehen, und das finde ich auch richtig, ganz und gar richtig, und ich will dich nicht zu irgendwas drängen.«

Inzwischen waren meine Tränen so weit versiegt, dass ich seinen Kampf um die passenden Worte so richtig genießen konnte.

»Aber was ist denn jetzt heute Abend passiert? Was soll diese Monsterbarriere im Bett?«

Noah lächelte verkrampft. »Das ist es ja. Indem ich mich damit rumgequält habe, die Sache nicht zu ruinieren, hab ich genau das gemacht. Penny, hast du auch nur irgendeine Vorstellung, was du da im Ballett mit mir angestellt hast?«

Ich dachte an die Berührungen, die schwirrende Elektrizität zwischen uns. »Da wurde alles so ein bisschen heiß …«

»Ein bisschen? Penny. Du hast ja keine Ahnung, wie nah ich daran war, dich einfach zu bespringen, genau da, wo uns jeder hätte sehen können.«

Ich kicherte.

»Ernsthaft. So einen Drang habe ich noch nie verspürt. Das war wahrscheinlich das überwältigendste Gefühl meines Lebens. Viel mächtiger als ich selbst. Da hab ich kapiert, dass ich meine Selbstkontrolle verlieren und mich einfach auf dich stürzen und dich für immer in die Flucht schlagen könnte.«

Ich lächelte schniefend.

»Penny, ich meine das ernst. Ich hab mich kaum mehr im Griff gehabt. Aber immerhin hatte ich noch die Hoffnung, wenn ich dich nur nach Hause schaffe, dann ist alles wieder in Ordnung. Und dann war da plötzlich dieser verdammte Schnee. Und der Gedanke, dich die ganze Nacht neben mir im Bett zu haben und nichts tun zu können … also … ich hab mir nicht mehr über den Weg getraut … und da …«

»… hast du dich in einen introvertierten Vollidioten verwandelt und eine Anti-Penny-Anlage errichtet, ohne ein Wort der Erklärung?«, schloss ich für ihn.

Noah lachte und hielt seine Hände an mein Gesicht. »Kurz gesagt: ja. Entschuldige.«

Ich atmete erleichtert aus.

»Bist du jetzt sauer auf mich?« Er wirkte ernsthaft besorgt.

Ich nickte, um gleich darauf den Kopf zu schütteln. »Ja. Nein. Nicht sehr. Aber tu mir das nie wieder an. Dieses

Schweigen. Das ist grauenhaft und ich lass das nicht mit mir machen.«

»Ich weiß. Tut mir leid. Nie wieder.«

Ich dachte ans Ballett zurück. All die Gefühle waren schlagartig wieder da – und jetzt waren wir allein. Nichts und niemand konnte uns hier daran hindern, einfach dem Ruf der Hormone zu folgen.

Ich reckte mich und küsste Noah sanft auf den Mund. Er grunzte leise auf und erwiderte den Kuss. Und dann verwandelte einer von uns, ich kann gar nicht sagen wer, diesen Kuss in fieberhafte Leidenschaft. Ich war völlig weggetreten. Plötzlich lag Noah auf dem Rücken und ich auf ihm drauf. Meine Augen hatte ich im verzückten Wahn geschlossen, meine Arme umklammerten seinen Nacken und seine Hände glitten seitlich an mir hinab, liebkosten meinen Körper. Ich stöhnte in seinen Mund.

Aber dann waren Noahs Lippen auf einmal weg, ließen meinen Mund leer und offen zurück.

»Kapierst du jetzt, wofür die Trennwand da ist?«

Wir atmeten beide schwer.

»Ja, ich denke, die hat ihre Berechtigung«, keuchte ich, noch immer unglaublich angeturnt.

Ich stieg von Noah herunter und er rollte sich über die improvisierte Schutzbarriere.

»Ich glaube, ich muss mal ein paar Augenblicke hier drüben verbringen.«

Ich schob die Unterlippe vor. »Muss das sein?«

»Ja, Penny. Es muss.«

»Aber was, wenn ich bei dieser ganzen Es-langsam-angehen-Geschichte einen Sinneswandel hatte?«

Noah hielt sich die Ohren zu. »Rhabarber Rhabarber Rhabarber. Ich hör dir nicht zu.«

Ich langte zu ihm herüber und befreite seine Ohren. Schon allein die Berührung jagte mir Elektroschocks durch sämtliche Gliedmaßen.

»Im Ernst? Darf man denn seine Meinung nicht ändern?« Ich wollte ihn so sehr. Und es wäre perfekt – eine Suite im Fünf-Sterne-Hotel, nach einem Ballettabend, draußen die Schneeflocken. So eine Entjungferungsgeschichte hatten sicher nicht viele Mädchen zu bieten. Natürlich hatte ich eine Heidenangst, aber gleichzeitig hatte ich noch nie in meinem Leben etwas mehr gewollt als ihn. Nicht so sehr den Akt an sich, vor dem ich wie gesagt einen Riesenschiss hatte, aber die Nähe, die er uns schenken würde. Wie uns das Miteinanderschlafen als Paar weiterbringen würde.

Ich streichelte Noahs Gesicht und spähte durch meinen Wimpernvorhang zu ihm empor – verführerisch hoffentlich.

Aber er jaulte nur auf und fuhr hoch.

»Nein nein nein nein nein, MANN, ich halt's nicht AUS.«

Ich lachte, verletzt und belustigt zugleich. »Dann darf man seine Meinung also nicht ändern.«

»Nein.«

»Scheint mir nicht besonders fair. Darf ich mich und meine Wünsche nicht selbst einschätzen?«

»Darum geht es nicht, Penny. Du weißt besser über dich Bescheid als jeder andere, den ich kenne. Du machst nichts, was du nicht willst. Aber trotzdem: Wir lernen uns gerade erst kennen. Ich will das echt nicht übers Knie brechen. Obwohl alles in mir danach schreit.«

Ich war offiziell besiegt und wusste, dass er recht hatte. Wir waren eben erst zusammengekommen. Eile hatte da überhaupt keinen Wert. Besonders, da es sich für mich nach »für immer« anfühlte und wir gerade erst am Anfang standen. Für alles Weitere blieb uns noch jede Menge Zeit.

Ich hielt die Hände hoch. »Okay. Verführung abgeblasen. Schau, ich berühr dich nicht mehr. Aber bitte! Ich brauche Ablenkung. Wirf den Fernseher wieder an.«

Noah schnappte sich die Fernbedienung. »Nichts lieber als das.«

Den Schnee hatten wir schon fast vergessen, doch der Nachrichtenkanal brachte uns sofort auf den neuesten Chaos- und Verwüstungsstand. Noah und ich hielten über der Bettenbarriere Händchen und sahen zu, wie eine aufgekratzte Reporterin jedes noch so kleine Horrordetail ausbreitete.

»Wie bereits erwähnt«, sagte sie mit einem schmierigen Grinsen auf ihrem aufgedonnerten Gesicht, »hat es keinerlei Schneewarnung gegeben. Der Wetterdienst steht vor demselben Rätsel wie die Bevölkerung. Doch vorhergesagt oder nicht – in der Hauptstadt geht aktuell gar nichts mehr und auch im Großraum London sorgt der Schneefall weiterhin für Störungen.«

Auf der Mattscheibe erschienen nun Szenen aus dem Schneechaos. Autos waren in Lastwagen geschlittert, frierende Hunde schlotterten und von Panik ergriffene Pendler starrten irren Blicks auf die Anzeigetafeln am Bahnhof.

»Guck mal.« Ich wies auf den Fernseher. »Da genau waren wir gerade.«

Ein nicht minder kriecherischer Reporter interviewte Verzweifelte an der Victoria Station. Eine zaghafte Blondine mit einem verfroren aussehenden Kleinkind auf der Hüfte wurde gerade ausgefragt.

»Wie steht's mit Ihnen?«, fragte der Reportertyp. »Was bedeutet der Schnee für Ihre Abendgestaltung?«

Die blonde Frau antwortete dem Reporter, nicht der Kamera.

»Ich weiß gar nicht, was ich jetzt tun soll«, hauchte sie ins Mikrofon. »Ich bin ja heute Nachmittag nur auf einen Sprung nach London rein, um eine Freundin zu treffen, und jetzt weiß ich gar nicht, wie ich nach Hause kommen soll. Ich glaub, ich muss mir für die Nacht ein Hotel suchen, aber ich hab gar nichts für mein Baby dabei.« Sie wuchtete das Kind von einer Hüfte auf die andere. »Ich bin ziemlich angefressen, ums mal deutlich zu sagen. Ich versteh nicht, wie diese Wetterfrösche nicht wissen können, dass es schneien soll. Wir leben hier ja angeblich im einundzwanzigsten Jahrhundert ...«

»Das ist echt nicht zu glauben«, sagte Noah. »Hierherzukommen war absolut die richtige Entscheidung.«

Die Frau jammerte weiter, doch der Reporter nestelte sich plötzlich seinen Stöpsel ins Ohr und seine Miene verfinsterte sich.

»Darf ich Sie hier unterbrechen?«, fragte er, den Finger immer noch auf sein Ohr gepresst. »Wir bekommen gerade eine Eilmeldung rein ... Moment ... vielen Dank und damit zurück ins Studio.« Der Reporter drehte sich zur Kamera und verabschiedete sich winkend, während die blonde Frau wie ein verschreckter Fisch in die Linse glupschte.

Ins Studio zurückkatapultiert, wurden Noah und ich von einer Nachrichtensprecherin mit grimmig entschlossenem Gesicht begrüßt.

»Verzeihen Sie die Unterbrechung«, sagte sie. »Aber wie wir gerade erfahren haben, ist es aufgrund der widrigen Witterungsverhältnisse auf der M25 zu einem tragischen Auffahrunfall gekommen. Schätzungen zufolge sind mindestens zwölf Fahrzeuge beteiligt, Todesfälle werden nicht ausgeschlossen.«

»Das klingt nicht gut«, sagte Noah.

In meinem Magen stellte sich dieses verquere Gefühl ein, das Katastrophen in einem auslösen, die einen selbst nicht betreffen. Eine Mischung aus Erleichterung und Mitleid, doch viel mehr noch eine unerklärliche Neugier auf das winzigste Infohäppchen.

Der Fernseher sprang zu einer verwackelten Luftaufnahme der Unfallstelle, aufgenommen von einem Hubschrauber.

»Der Rückstau in beide Richtungen der Autobahn beträgt jetzt schon etliche Kilometer, aber das Hauptproblem besteht darin, dass die Rettungskräfte wegen des starken Schneefalls nicht zu der Unfallstelle vordringen können. Wir warten gerade auf einen Vor-Ort-Bericht.«

Ich beugte mich näher zum Fernseher, der plötzlich verstummte, und blickte dann zu Noah, der gequält die Fernbedienung hochhielt.

»Entschuldige. Macht dir doch nichts aus, oder? Ich glaub, mehr von diesem Horror pack ich jetzt einfach nicht.«

Ich zuckte die Schultern. »Du hast recht.« Ich lehnte mich zu ihm hinüber, küsste ihn sachte auf die Wange und krallte mir die Fernbedienung. »Gibt's hier einen Kinokanal?«

»Willst du einen Film sehen?«

»Nicht unbedingt. Aber ich hab keine Lust, hier schweigend mit einem riesigen Wall zwischen uns rumzuliegen, bis ich müde werde.«

»Wir könnten den Wall abbauen.«

»Wow. Echt? Ich alter Glückspilz«, sagte ich sarkastisch.

Noah begann, den Kissenstapel abzutragen. »Freu dich aber nicht zu sehr«, sagte er. »Zur Schlafenszeit wird der neu errichtet. Ich hab mich immer noch nicht vom Ballett erholt.«

Lachend half ich ihm, den Rest der Kissen runterzuschubsen. »Meinetwegen. Komm, lass uns den unerotischsten Film aller Zeiten aussuchen.«

Ich zappte durch die Kanäle, während Noah bei der Rezeption anrief und um zwei Pyjamas bat. Innerhalb von fünf Minuten waren sie da und wir zogen uns um. Es waren die Edelmodelle aus Flanell, herrlich warm, aber optisch das Allerletzte, ideale Liebestöter also. Wir lachten einander ausgiebig aus und kuschelten uns dann unter die Decken, ließen aber einen kleinen Spalt in den Vorhängen offen, damit wir den Schneefall draußen beobachten konnten.

»Filmauswahl schon getroffen?«, fragte Noah und rückte etwas näher. Ich rutschte unter seinen Arm.

»Na ja, entweder schrottiges Geballer oder schrottiger Herzschmerz.«

»Igitt. Klingt beides furchtbar. Was wäre die Herzschmerzvariante?«

Ich verzog das Gesicht. »*Twilight.*«

»Haha. Im Ernst?«

»Für ein Fünf-Sterne-Hotel ist die Auswahl echt bescheiden.«

»Schon mal gesehen?«

»Nö. Kannst du mich mit jagen. Aber die Mädels sind BESESSEN davon. Amanda hat alle Teile auf DVD, und wenn sie die anschaut, geht sie nicht mal ans Telefon.«

Noah fuhr sich mit der Hand durchs Haar. »Na ja, vielleicht ganz interessant zu sehen, weshalb die so einen Bohei drum machen.«

»Kann sein. Dieser Schauspieler sieht ja auch nicht übel aus.«

»He!«

»Was denn?«, protestierte ich. »Nur eine Feststellung.«

»Also, ich schau das auf keinen Fall, wenn du diesem Robert Dingsdabumsda hinterherschmachtest.«

»Ich werd nicht schmachten.«

»Dann los.«

Überraschenderweise war der Film gar nicht mal so scheiße.

Noah jedoch war weniger überzeugt.

Schon wieder drückte er auf Pause.

»Ich kapier's einfach nicht«, sagte er.

»Was gibt's da groß zu kapieren? Er ist Vampir. Sie nicht.«

Er schüttelte den Kopf. »Na, so viel hab ich auch geschnallt. Aber ich versteh nicht, warum die Mädchen so darauf fliegen.«

Ich schaute wieder auf das eingefrorene Bild. Die beiden Hauptdarsteller starrten einander innig an, womit sie überhaupt einen nicht unbeträchtlichen Teil der Handlung bestritten.

»Weil's ganz romantisch ist, schätz ich mal.«

»Warum? Was ist daran romantisch?«

»Weiß nicht ... weil ihre Liebe stärker ist als die ganzen Steine, die ihnen das Leben in den Weg schmeißt ... der übliche Kram ... er will sie essen ... sie will nicht gegessen werden ...«

»Genau das geht mir nicht rein.« Noah wirkte ehrlich verwirrt – und ein bisschen kindlich in seinem Riesenpyjama. »Du. Die anderen Mädchen. Was soll das mit dieser fixen Idee, dass Liebe eine Qual sein muss? Dass es nur wahre Romantik ist, wenn man vorher dafür durch die Hölle gegangen ist? Warum können Mädchen nicht einfach drauf aus sein, ganz ohne Probleme irgendwen Netten kennenzulernen?«

Ich spürte ein Lächeln auf meinem Gesicht. Oh je. Jungs waren einfach so anders als Mädchen.

»Als Buch- oder Filmstoff gäbe das aber wenig her«, zog ich ihn auf.

»Ich kapier's immer noch nicht.«

»Weil du halt kein Mädchen bist.«

»Gott sei Dank. Nichts für ungut. Aber mal ehrlich, ihr Mädchen habt's ganz schön schwer.«

»Weiß ich.«

Noah drehte sich auf den Bauch und sah zu mir empor. »Mir ist noch nie was so leichtgefallen, Penny, wie mich in dich zu verlieben. Ganz ohne Nachdenken. Es ist einfach so passiert.«

»Na und? Worauf willst du hinaus?«

»Na ja, soll das dann heißen, dass unsere Liebe weniger wert ist? Weil wir sie uns nicht verdienen mussten? Sind wir keine große Liebesgeschichte, weil es keinen Kampf darum gab? Wir sind einfach … du weißt schon … Freund und Freundin …«

Er sah so niedlich und so angespannt aus, dass ich einfach in seinen Haaren rumwuscheln musste.

»Das geht dir ja so richtig nah, was?«

»Nicht unbedingt. Ich will nur nicht, dass du diesen Film siehst und dir wünschst, wir hätten mehr Drama.«

Ich verlagerte mein Gewicht auf dem Bett. »Ich bin mir ganz sicher, dass das Drama noch kommt. Das Sich-Verlieben dürfte noch der einfachste Teil gewesen sein. Die ganzen Tragödien spielen sich erst beim Zusammenbleiben ab.«

Noah betrachtete mich mit einem seiner tiefen, forschenden Blicke. »Ich kann mir nicht vorstellen, dass ich irgendwann nicht mehr mit dir zusammen sein wollte«, flüsterte er.

»Ich mir auch nicht.«

»Obwohl ich kein Vampir bin? Oder ein Werwolf? Obwohl das Zusammensein mit mir nicht zu irgendeiner Blockbuster-Katastrophe führen wird?«

Ich schüttelte den Kopf. »Glatt und reibungslos reicht mir vollauf.«

Wir kuschelten uns näher aneinander und ließen den Film weiterlaufen. Binnen Minuten waren wir beide eingeschlafen, eng verschlungen in der Mitte des feisten Luxusbetts.

Barrierefrei.

26:2

Tot.

Rain bekam es nicht in den Kopf.

Da waren Leute gestorben, wirklich gestorben.

Immer noch saß er im Computerlabor, seinem neuen Zuhause, wie es schien. Eigentlich war ihm schon völlig entfallen, wie es in seiner eigenen Wohnung aussah, so lange hatte er nicht mehr dort geschlafen. Schlaf war ohnehin ein Luxus, den er sich gegenwärtig nicht erlauben konnte. Und schlafen hätte er sowieso nicht können, jetzt nicht mehr.

Als er von den Todesfällen erfahren hatte, hatte er sich unauffällig entschuldigt und war auf die Toilette gegangen. Dort hatte er sich über die Schüssel gebeugt und sich übergeben, bis nichts mehr hochkam. Als der Brechreiz endlich abgeklungen war, hatte er sich die Hände gewaschen und sein Gesicht im Spiegel betrachtet. Beschämt musste er sich eingestehen, dass dieser Mensch da im Spiegel ihm völlig fremd war. Das frische, eifrige Gesicht, das bei den Frauen so gut ankam, war Geschichte. In den letzten paar Wochen war er um mindestens fünf Jahre gealtert. Gelbliche Haut, dunkle Tränensäcke unter den eingesunkenen Augen, und neulich früh hatte er doch tatsächlich ein paar graue Stellen in seinem Haar gefunden. Graue Haare? Mit Anfang zwanzig?

Doch nichts davon hatte mehr Bedeutung – seine Erscheinung, seine Eitelkeit, sein Stolz. Nichts davon hatte er verdient. Menschen waren tot und er war dafür verantwortlich. Darüber würde er nie hinwegkommen.

Dr. Beaumont war immer noch an seiner Seite, seine Spießgesellin. Seltsamerweise hatten die Ereignisse der vergangenen Woche auf ihr Äußeres genau den gegenteiligen Effekt gehabt. Regelrecht aufgeblüht war sie. Ihre Lippen waren röter, die Wangen rosiger, ihre Augen hell und glänzend trotz allen Schlafmangels. Aber jede Anziehungskraft, die sie auf ihn ausgeübt hatte, war verpufft. Jetzt widerte sie ihn nur noch an. Die Todesfälle hatte sie »ihr kleines Geheimnis« genannt, fast wie im Flirt. Einfach nur grauenhaft!

Rain war völlig ratlos, was er tun, wie er mit der Situation umgehen sollte. Er wünschte sich, viel früher jemand anderen informiert zu haben, jemanden ganz oben in der Hackordnung, noch über Anita. Aber diese ganze verkorkste Organisation hier tat so geheimnisvoll, dass er noch nicht mal wusste, wer ihr Vorgesetzter war. Und außerdem, würde man ihm wirklich mehr Gehör schenken als ihr? Nach allem, was sie für die Firma getan hatte? Ohne sie waren die nichts – und das wusste sie genau.

»Das ist kein Mord, das ist Ihnen klar, oder?«, hatte sie ihm letzte Nacht während der Nachrichten gesagt. »Wir sind für diese Todesfälle nicht unmittelbar verantwortlich.«

Rain hatte immer noch erschüttert auf die Tragödie gestarrt, die sich da auf ihrem globalen Nachrichtenticker entfaltete.

»Aber wir sind auch nicht unschuldig«, murmelte er. »Diese Leute wären noch am Leben, wenn wir früher eingegriffen hätten …«

»Das können Sie nicht mit Bestimmtheit sagen.«

»Aber sicher kann ich das!«

Er stand auf und begann, auf und ab zu tigern. »Anita, Verzeihung, Dr. Beaumont, meine ich, wenn wir früher etwas getan hätten, wenn wir das Zugriffskommando eher losgeschickt hätten, dann wären diese widrigen Witterungsverhältnisse gar nicht erst aufgetreten. Die Straße wäre nicht vereist, das erste Auto wäre nicht ins Rutschen gekommen und Dutzende von Menschen würden jetzt nicht in ihren Autos sterben oder in ihnen gefangen sitzen. Sehen Sie das denn nicht? Ursache und Wirkung? All das ist eingetreten, weil wir nicht eingegriffen haben. Wie beim Schmetterlingseffekt. In der Chaostheorie. Genau das hab ich im Ausbildungslager gelernt. Deshalb habe ich diesen Job angenommen. Um genau das zu verhindern. Um Gutes zu tun. Um Leben zu retten, nicht, um sie auszulöschen.«

Er setzte sich wieder hin und senkte seinen Kopf auf den Tisch. Sollte sie ihn doch feuern. Obwohl er so viel wusste, dass man ihn wohl eher »entsorgen« würde. Er kämpfte gegen die Tränen.

Anita, gelassen wie eh und je, wartete ab, bis er sich beruhigt hatte.

»Das ist die eine Interpretationsmöglichkeit.«

»Die einzige.«

»Da irren Sie sich.«

»Ach wirklich?« Er blickte auf. »Wie denn? Verraten Sie mir doch bitte, mit welchen Argumenten Sie sich da aus der Verantwortung stehlen wollen.«

Sie trommelte mit ihrem Stift auf den Tisch – der einzige Hinweis auf mögliche Gewissensregungen. »Rain, Sie wissen schon, warum ich diesen Laden hier leite, oder? Ich bin mir sicher, die Gerüchte sind nicht an Ihnen vorbeigegangen.«

Er konnte sie nicht ansehen. Nein, die waren nicht an ihm vorbeigegangen. Er hatte sich nur noch nicht entschieden, ob er ihnen Glauben schenken sollte. Er hatte sie immer für Teeküchentratsch gehalten. Anita genoss in der Firma höchstes Ansehen, wurde jedoch zugleich ziemlich flächendeckend verabscheut. Ihre Stimmungsschwankungen hob sie sich nicht spezi-

ell für Rain auf; sie haute ihre Beleidigungen allen und jedem um die Ohren. Gegenwehr sinnlos.

»Wie dem auch sei«, fuhr sie fort. »Aufgrund meiner … Lebensumstände bin ich zweifellos die wichtigste Person in dieser Firma. Sie wissen das, ich weiß das, selbst dieser nervtötende Praktikant, der hier die Böden bohnert, weiß es.« Sie lächelte schief. »Mit diesem Gedanken im Hinterkopf will ich diesmal noch darüber hinwegsehen, dass Sie mich quasi des Mordes bezichtigt haben. Aber nur dieses eine Mal …«

»Worauf wollen Sie hinaus?«

»Was ich Ihnen damit sagen will, Rain: Ich weiß, was ich tue. Vertrauen Sie mir endlich.«

Er blickte in ihre kalten Stahlaugen und nahm all seinen Mut zusammen.

»Wenn die Gerüchte zutreffen, Dr. Beaumont, dann müsste ich es eigentlich für unklug halten, Ihnen zu trauen.«

Sie schreckte zurück, als hätte er sie geohrfeigt. »Was zum Teufel soll das heißen?«

Er zuckte die Schultern. Wütend, ausgelaugt. »Das heißt, wie kann ich mir sicher sein, dass Sie im besten Interesse des Universums handeln? Und deshalb sind wir doch hier, oder? Um einen Kontakt der Pendants zu verhindern. Um zu verhindern, dass Menschen sterben müssen und die Erde aufhört, sich um die eigene Achse zu drehen. Aber Sie haben es selbst gesagt, dieses Paar hat eine Toleranz aufgebaut … und was, wenn Sie jetzt denken: Wenn die beiden eine Toleranz aufbauen können … vielleicht könnte ich dann auch eine Toleranz aufbauen … gegenüber meinem Seelengefährten.«

Er erhob sich. »Und es tut mir leid, aber durch Ihr beschissenes kleines Wissenschaftsprojekt haben Menschen ihr Leben verloren. Das ist Ihre Schuld, Anita! Sie haben völlig die Kontrolle verloren – gestehen Sie sich's endlich ein!«

Anita stand sehr knapp davor, die Beherrschung zu verlieren. Sie führte ihr Gesicht ganz nah an seines und ihre Worte waren ein Grollen.

»Wie können Sie es wagen. Sie haben kein Recht. Aber überhaupt keines! Ich weiß, was ich tue, Rain. Wir haben diese Leute nicht sterben lassen. Das war ein Unfall.«

»Ein Unfall, den wir hätten verhindern können.«

»Das können Sie nicht mit Gewissheit sagen.«

»Dieser Schneesturm war nicht angekündigt.«

»Vergessen Sie doch mal den Schneesturm! Begreifen Sie denn gar nichts, Rain? Wir müssen diese Verbindung erst mal zulassen. Sie kennen die Daten, so was haben wir vorher noch nie gesehen. Dieses Paar baut sich eine Immunität auf – Immunität! Glauben Sie nicht, dass das allein das Dranbleiben rechtfertigt? Denken Sie doch mal nach, was das bedeuten könnte, wenn wir uns das zunutze machen. Wie viel mehr Leben wir retten könnten, wenn die Leute davon ›heilbar‹ wären, Seelengefährten zu sein? Diese Messwerte sind bisher völlig einmalig, sie folgen keinem bekannten Muster. Als ob all unsere Forschungsergebnisse aus dem Ruder gelaufen und plötzlich viel größer und schrecklicher und völlig unvorhersagbar geworden wären. Die Trennung ist unvermeidlich, da haben Sie recht – aber alle Daten, die wir bis dahin noch sammeln können, sind Gold wert. Die könnten vielleicht Hunderttausenden das Leben retten. Was, wenn sich mal wieder zwei solche Pendants finden sollten? Dann stehen wir wieder mit leeren Händen da, es sei denn, wir lassen jetzt diese beiden noch eine Weile machen. Es ist für die gute Sache, Rain. Sehen Sie das denn gar nicht?«

Rains Augen blieben auf den Monitor geheftet. »Und diese Leute, die umgekommen sind? Wollen Sie mir allen Ernstes weismachen, dass die nur … Kollateralschäden sind?«

Anita lächelte ihn an, ein breites Lächeln, bei dem es ihm die Schuhe auszog. Sie hatte echt nicht mehr alle Tassen im Schrank. Aber so dermaßen. Doch was blieb ihm jetzt noch übrig?

»Endlich haben Sie's begriffen«, strahlte sie.

Das war der Moment, in dem Rain sich zur Toilette verabschiedete und würgte, bis in ihm drinnen alles leer und wund war.

27

Als ich die Augen aufschlug, fand ich mich neben Noah im Bett wieder. Der Fernseher lief immer noch. Offenbar hatte er die ganze Nacht den Film in Dauerschleife gezeigt. Das Twilight-Pärchen hielt immer noch gegenseitig die Gesichter umklammert und die weibliche Hauptdarstellerin heulte, als sie sich zum letzten Mal küssten. Ich musste lächeln. Kein Mensch sieht beim Weinen so gut aus. Und bei einem Kuss mitten in so einer Flennorgie müsste viel mehr Rotz im Spiel sein.

Ich schaltete aus, stieg vorsichtig aus dem Bett, um Noah nicht aufzuwecken, und tapste barfuß ans Fenster.

Auf dem übergroßen Fensterbrett sitzend blickte ich auf die Stadt, die sich unter mir ausbreitete. Der Schnee war verschwunden, so sang- und klanglos, wie man es von London gewöhnt war. Die wunderschöne weiße Decke hatte sich in braunen Matsch verwandelt, der sich an den Rändern der verstopften Straßen auftürmte. Mit geschlossenen Augen lauschte ich den Großstadtgeräuschen und machte meine Atemübungen. Die nächste überteuerte Therapiesitzung mit Dr. Ashley kam bestimmt und da wollte ich einen besseren Eindruck hinterlassen.

Die Welt versank im Nebel, während ich mich nur auf meinen Atem, meinen Brustkorb, meinen Körper und den Moment konzentrierte – bis ich Noah, Noahs Körper, plötzlich neben mir spürte.

Ich schlug die Augen auf und sah, dass ich tatsächlich interessiertes Publikum hatte.

»Was wird das, wenn's fertig ist?«

Ich blickte unschuldig zu ihm auf. »Meine Übungen.«

»Aha. Und was für Übungen könnten das sein?«

»So was wie Meditation. Soll ich jeden Morgen machen.«

»Na dann.« Noah schaute raus. »Der Schnee ist weg.«

»Jepp.«

»Schade. Wäre ganz romantisch gewesen, hier noch einen Tag mit dir eingeschneit zu sein.«

Ich lehnte meinen Kopf zurück und er zerwuschelte mir die Haare.

»Quäl mich nicht. Bis wann müssen wir hier draußen sein?«

»Elf.«

»Und wie spät ist es jetzt?«

»Halb neun.«

»Heißt das, wir haben noch genug Zeit für den Zimmerservice?«

Noah lächelte. »Und das, liebe Penny, ist ein weiterer Grund, weshalb ich dich liebe.«

Zwanzig Minuten später, und unsere Suite ähnelte einem enormen Kuscheltierpicknick, natürlich ohne Kuscheltiere. Allein der Gedanke an einen Zimmerservice hatte mich völlig aus dem Häuschen gebracht, und als Noah mir noch verraten hatte, dass alle Rechnungen über das Spesenkonto der Firma liefen – und ich demnach freie Hand beim Bestellen hätte –, da war es möglicherweise eine Spur mit mir durchgegangen.

»Oh Gott, du musst diese Eier Benedict probieren«, sagte ich, bäuchlings auf dem Teppich ausgestreckt und mich gleichzeitig vollstopfend. »Die schmecken wie der Weltfrieden. Weltfrieden in Eierform.«

Auf der anderen Seite unseres improvisierten Picknicks hob

Noah eine Augenbraue. Der Pfannkuchenstapel vor ihm war so hoch, dass sein Gesicht kaum zu sehen war.

»Weltfriedenseier? Was es alles gibt.«

»Na, wenn jeder diese Eier zum Frühstück äße, gäbe es bestimmt keine Kriege mehr.« Ich nahm noch einen großen Bissen. »Eier Benedict waren mir bisher kein Begriff, aber mögen tu ich sie definitiv.«

Noah lachte und schenkte sich noch etwas frisch gepressten Orangensaft nach. »Wenn du die Eier dort gut findest, dann warte mal ab, bis du die Pfannkuchen probiert hast.«

»Die mit Blaubeeren?«

»Jepp.«

»Achtung. Ich komme rüber.«

Ich sprintete zu Noahs Seite. Er spießte ein Pfannkuchenstück auf seine Gabel und hielt sie hoch. Ich schloss die Augen und ließ sie mir in den Mund gleiten.

Stöhn! »Mmmmh. Weltfriedenspfannkuchen. Boah, sind die gut! Noah, warum kochen die hier nicht für die UNO?«

Er lachte wieder.

Ich schnappte mir Noahs Gabel und stürzte mich auf den Obstsalat, spießte mir gierig saftige rote Melonenstücke auf.

»Dabei steh ich eigentlich gar nicht so auf Melone«, sagte ich und schaufelte mir noch mehr rein.

Noah betrachtete mich nur mit diesem besonderen schmalen Lächeln, wie immer, wenn ich ihn irgendwie erheiterte.

»Ich hab noch nie erlebt, dass sich jemand derartig für ein Frühstück begeistert hat.«

»Echt nicht? Dabei ist das doch die wichtigste Mahlzeit des Tages. Manchmal schmiede ich schon beim Ins-Bett-Gehen Pläne fürs Frühstück, und dann bin ich so aufgeregt, dass ich nicht einschlafen kann.«

»So was kann auch nur aus deinem Mund kommen.«

»Ist mir doch schnurz. Hauptsache, es schmeckt!«

Als wir (und mit »wir« meine ich mich) das Fressgelage beendet hatten, checkten wir aus dem Hotel aus und nahmen einen ausnahmsweise planmäßigen Zug zurück nach Middletown und in die Realität.

Viel eher als gewollt standen Noah und ich schon vor meiner Tür.

»Danke noch mal für diesen unglaublichen Abend«, sagte ich und drückte ihm einen Kuss neben sein Auge. »Ich glaube, den werde ich nie vergessen.«

»Ich fand es auch unbeschreiblich.« Er verwob seine Finger mit meinen und beugte sich dann zu einem verstohlenen Kuss auf den Mund zu mir hinunter – einem ganz kurzen, falls Mum aus dem Fenster spähte.

Ich zitterte. Im Gegensatz zu den matschigen Hauptstadtstraßen lag in Middletown noch richtig viel Schnee.

Noah schnitt eine Grimasse. »Ich fürchte, ich muss dir noch was Blödes sagen.«

»Nämlich?«

»Mach dir keinen Kopf. Ich glaube nur, wir können uns die nächsten zwei Wochen nicht ganz so viel sehen, wie ich das gerne hätte.«

Meine Stimmung rutschte sofort in den Keller.

Aber ich riss mich zusammen. *Stark sein. Unabhängig sein.* Mein Mantra.

»Oh«, sagte ich. »Wie kommt's?«

»Bandproben. Vor diesem Konzert gibt's noch so viel zu tun. Ich kann nicht glauben, dass es nur noch zwei Wochen sind bis dorthin. Wir sind noch eine echte Vollkatastrophe.«

»Ihr seid keine Vollkatastrophe. Ihr seid großartig!«

»Danke, aber wir brauchen definitiv noch eine MENGE Proben, wenn wir neben den Ponyboys einigermaßen professionell rüberkommen wollen.«

Enttäuscht guckte ich runter auf den Schnee zu meinen Füßen.

Noah streichelte mein Gesicht.

»Dir ist schon klar, wie unglaublich schlimm es sein wird, dich nicht dauernd sehen zu können«, sagte er. »Keine Ahnung, wie ich das durchhalten soll. Klinge ich jetzt wie ein sentimentaler Trottel? Ich wette, du freust dich schon, mich mal von der Backe zu haben …«

Ich lächelte, um ihn zu ärgern. »Ja, bisschen Ruhe vor dir kommt mir durchaus gelegen.«

»He!«

Ich lachte und küsste ihn mitten auf den Mund.

»NATÜRLICH wirst du mir fehlen, du Riesenknallkopf«, sagte ich und schlang die Arme um ihn. »So, so, so.«

Noah erwiderte die Umarmung. »Gut zu wissen.«

Und dann küssten wir uns noch einmal und scherten uns nicht darum, ob meine Mutter hinter den Gardinen lauerte.

Mum und Dad fingen mich im Flur ab.

»Schön, dass du wieder da bist«, sagte Mum, einen Teller in der einen Hand und ein Geschirrtuch in der anderen. Freier Tag, ein Wintertraum vor der Tür – wer außer ihr würde sich da auf den Haushalt stürzen? »Wie war der Schnee in London?«

Ich gab beiden rasch einen Begrüßungskuss. »Alles schon weggeschmolzen, aber hier ist es ja noch wie in Narnia. Bin nur etwas unpassend angezogen.«

Sie betrachteten meine Ballettaufmachung.

»Ich erinnere mich nicht, dieses Kleid schon mal gesehen zu

haben«, sagte Dad mit erstaunlich weiblichem Blick für die Garderobenneuzugänge seiner Tochter.

Ich wurde rot und machte eine halbe Drehung. »Das hab ich von Noah bekommen.«

»Ein Kleid hat er dir gekauft? Ein Junge im Teenageralter hat dir ein Kleid gekauft?« Dad schob sich die Brille hoch. »Na so was …«

»Und dann hat er sie ins Ballett ausgeführt und anschließend sind sie im Fünf-Sterne-Hotel abgestiegen«, erinnerte ihn meine Mutter.

»Hmm. Dieser Freund von dir, der hat wohl Geld?«

»Ja, glaub schon. Also, eigentlich weiß ich es. Ja.«

»Muss er wohl haben«, bemerkte Mum.

»Aber du magst ihn auch? Behandelt er dich gut? Nicht nur, weil er dir Sachen kauft und dich an exotische Orte ausführt, sondern weil du dich bei ihm wohl in deiner Haut fühlst?«

Was sollte auf einmal dieses Kreuzverhör? Übernahm jetzt Dad die Gluckenrolle?

»Ja. Er behandelt mich sehr gut. Ich kann ihn dir vorstellen, wenn du möchtest.«

»Ja, das wäre schön.«

»Kann ich jetzt hoch und mich umziehen? Ich bin ein Eisklumpen.«

Dad lächelte und wurde wieder er selbst. »Natürlich.«

Ich ging hoch, um zu duschen. Gerade als ich das Wasser aufdrehen wollte, bekam ich ein paar Gesprächsfetzen mit, die die Treppe heraufgeweht kamen.

»Wo hat sie den denn aufgetrieben, diesen … Millionär?«

»Er spielt in einer Band.«

»Wie könnte es anders sein.«

»Aber in letzter Zeit war sie wieder viel fröhlicher. Keine Panikattacken mehr, und auch nicht diese schrecklichen Heulkrämpfe.«

»Ich weiß. Das ist ja auch alles großartig, aber ich möchte, dass sie mit sich selbst glücklich ist und nicht, weil irgendein Junge sie mag.«

»Da musst du keine Bedenken haben. Penny hat schon immer ein gutes Selbstwertgefühl gehabt, das hat sie dir zu verdanken. Und sie darf jetzt auch mal einen Freund haben. Sie ist eindeutig im richtigen Alter dafür. Und er scheint sie wirklich zu mögen. Zumindest treibt er keine Spielchen mit ihr oder macht sie fertig ...«

»Du hast ja recht. Aber es ist schon seltsam, mit anzuschauen, wie deine Tochter sich verliebt, oder?«

Das entlockte mir ein Lächeln, während ich mir meine Strumpfhose abpellte und unter die Dusche trat.

»Ja, sehr seltsam. Aber ich glaube nicht, dass du dir da Sorgen machen musst.«

Ich drehte das Wasser auf, das den Klang ihrer Stimmen einfach wegspülte. Eine überwältigende Liebe für die beiden wallte in mir hoch. Wahrscheinlich mussten sie Noah wirklich kennenlernen. Ich wusste, Dad würde dann begreifen, dass er nicht irgendeinen reichen Schnösel vor sich hatte. Obwohl es für diese Elternkennenlerngeschichte ja noch schrecklich früh war. Oder nicht? Aber mit Noah war sowieso alles Überholspur. Und das Komische: Es fühlte sich so richtig an. So hundertprozentig völlig richtig.

Beim Anziehen klingelte plötzlich mein Handy. Lizzie. Ich wappnete mich fürs Verhör.

Aufklappen konnte ich gerade noch, doch eine Begrüßung war nicht mehr drin.

»Und was war?«

»Dir auch Hallo.«

»Scheiß auf die Höflichkeiten. Was ist passiert?«

»Warum interessiert dich das so?«

Ich versuchte, mir einen Pulli überzuziehen, ohne das Handy vom Ohr zu nehmen.

»Weil ich mich letzte Nacht so gelangweilt habe und so eingesperrt war wegen dem Schnee, dass ich ernsthaft erwogen hab, mit meiner Katze das Knutschen zu üben.«

Ich kicherte. »So schlimm schon?«

»Ich werd's überleben. Die Nachrichten sind und bleiben meine einzige Liebe.«

»Na klar.«

»Also, raus damit. Wohin hat er dich verschleppt?«

Ich machte eine dramatische Pause. »Er ist mit mir ins Ballett.«

Ein Japsen. »Echt?«

»Jepp.«

»Wow.«

»Und das ist noch nicht alles.«

»Nicht?«

»Nein. Er hat mir extra ein Kleid dafür gekauft. Und dann sind wir in London eingeschneit worden und mussten schließlich im Fünf-Sterne-Hotel übernachten.«

Stille.

»Lizzie?«

Kein Laut.

»Lizzie?«

Schweigen.

»LIZZIE?«

»Bin noch da«, röchelte sie. »Verzeihung. Bin vor Aufregung vom Stuhl gekippt und hab eine Weile gebraucht, um das Handy zu finden.«

Ich lachte.

»Aber mal im Ernst, Penny, ist er ein Roboter? Oder hat er irgendein ganz besonderes Wie-werde-ich-der-perfekte-Freund-Handbuch gelesen? Und wenn, können wir dann einen Berg davon kaufen und es in ganz Middletown verteilen, damit jeder Typ hier es zu lesen kriegt?«

Sie brachte mich schon wieder zum Lachen. »Ist fast schon Brechreiz erregend, was?«

»Ja. Richtig abstoßend. Ich hasse dich. Aber gleichzeitig will ich alles wissen.«

»Also …«, fing ich an.

»Nicht übers Telefon. Ich will jedes noch so kleine Detail. Von Angesicht zu Angesicht. Wir gehen Schlitten fahren. Du, Ruth, Amanda und vielleicht noch welche von Johnnos Kumpeln. Komm. Und dann packst du aus.«

»Schlitten fahren?«

»Ja.«

»Ernsthaft?«

»Ja.«

»Wir sind noch nie Schlitten gefahren.«

»Na ja, ich dachte, nachdem der Weltuntergang ja wohl bevorsteht, hätten wir damit wenigstens einen Punkt auf der Liste abgehakt, bevor die Apokalypse kommt.«

»Glaubst du wirklich, das ist der Weltuntergang?«

»Ja. Das Wetter weiß es immer am besten.«

Ich zog eine Schrankschublade auf und kramte nach Rodelgarderobe. »Das war einfach ein Unwetter und dann ein bisschen Schnee.«

»Und der Stromausfall.«

»Der hatte doch nichts mit dem Wetter zu tun.«

»Aber woran's lag, weiß noch immer kein Mensch.«

»Hmm.«

»Und der Herbst war total warm.«

»Das läuft unter Erderwärmung.«

»Das läuft unter Schluss, aus, finito. Hab ich im Internet gelesen. Hat was mit Riesen und Mönchen zu tun, und dass der Kalender endet und so.«

Ich betrachtete mein Spiegelbild und trainierte die einseitige Augenbrauenhebung.

»Tja«, sagte ich. »Wenn das tatsächlich der Weltuntergang sein sollte, wäre das ziemlich schade, weil du dann nie die Chance hast, erwachsen zu werden und eine richtige Journalistin.«

Lizzie verstummte.

»Na ja, vielleicht ist es ja auch nur ganz der Anfang vom Weltuntergang. Ich bin mir sicher, wir haben noch ein paar Jährchen oder Jahrzehnte vor uns.«

»Na klar.«

»Also, wir treffen uns oben im Stadtwäldchen, so gegen zwei.«

»Gebongt.«

Und damit legten wir auf.

Es war herrlich, so im Schnee den Hügel hinaufzustapfen. Das Stadtwäldchen war der Wintertraum hoch zehn, jeder Baum trug eine überfrorene Schneeschicht. Nie hatte ich geglaubt, dass der Wald verbesserungsfähig sein könnte, aber mit Schnee – wow. Das haute einen echt um. Sosehr ich auch immer rumjammerte über mein langweiliges Vorstadtdasein, heute freute ich mich wie ein Schneekönig. In London war die weiße Pracht schon im Morgengrauen zertrampelt gewesen, weil ja alle zur Arbeit oder zur Schule mussten. Aber hier gab es noch riesige unberührte Felder, ohne jegliche Fußstapfen oder Autospuren.

Meine drei Freundinnen standen schon oben, als ich ankam.

»Hallo zusammen«, brüllte ich winkend.

Sie winkten zurück. Sie hatten wie ich auf die Zwiebeltechnik gesetzt und sahen aufgeblasen und kindlich aus. Sogar Ruth trug eine Pudelmütze, unter der ihr feuerrotes Haar hervorlugte. Alle Wangen waren rosa, die Münder lächelten, als hätte Schnee die Fähigkeit, noch die überzeugteste Nörgeltante glücklich zu machen.

»Kein Wort über die Mütze«, warnte Ruth, als ich zu ihnen stieß. »Ich kann nur beten, dass Johnno und seine Kumpel hier nicht aufkreuzen, sonst muss ich sie abnehmen und mir den Schädel abfrieren.«

Lizzie trug einen mir völlig unbekannten Eskimo-Anorak und hatte die Pelzkapuze auf dem Kopf.

»Ist das nicht toll?«, fragte sie mit gefrorenen Atemwölkchen. »Schau dir unsere Schlitten an.«

Mein Blick fiel auf zwei Teetabletts und einen Gummiring. »Das sind keine Schlitten.«

»Die werden's schon tun.«

»Ihr zuerst«, sagte Amanda. Sie sah am kindlichsten von allen aus mit ihren zahlreichen Hüllen und dem kleinen Gesicht, das unter ihrem Schalarrangement hervorlugte. »Aber vorher«, fügte sie hinzu, »möchte ich alles über dieses Ballett und das Hotel hören.« Sie zwinkerte mir zu.

Ich drehte mich zu Lizzie.

»Du hast gepetzt!«

Sie zuckte die Schultern. »Natürlich hab ich's erzählt. Warum tust du so überrascht?«

»Ist es nicht etwas zu kalt zum Reden?«

»Nö«, sagte Ruth. Das bevorstehende Noah-Gespräch schien sie nicht zu jucken. Vielleicht pflasterte der Schnee ja wirklich alle Wunden zu. »Mir ist alles recht, was mir eine Gnadenfrist verschafft, bevor ich von Lizzie auf diesem verdammten Tablett über die Klippe geschubst werde.«

»Also dann.«

Da standen wir nun also schlotternd und ich berichtete von dem Kleid, dem Ballett, dem Schnee und dem Hotel – unter Aussparung der Bettenbarriere und des Streits. Sie japsten und quietschten, und natürlich verlangten sie, bei mir vorbeikommen und Das Kleid ansehen zu dürfen.

»Wow«, sagte Amanda. »Dein Leben ist echt wie im Film, Penny. Ich meine, so was passiert in Realität einfach nicht.«

Ich wusste, dass sie recht hatte, doch ich konnte ihr schlecht zustimmen – viel zu angeberisch. Deshalb zuckte ich einfach mit den Schultern. »Ich hab Glück gehabt, mehr nicht.«

Ruth war ein bisschen gedämpft.

»Wie läuft's mit dir und Will?«, wagte ich mich vor und hoffte, dass sie seit unserem letzten Treffen nicht ihre Meinung geändert und ihn in die Wüste geschickt hatte.

Sie lächelte. »Super, ja. Du solltest mal mein Outfit fürs Konzert sehen. Der Wahnsinn.«

»Du weißt jetzt schon, was du anziehst? Das ist doch noch zwei Wochen hin.«

Sie sah mich augenrollend an, als wäre ich ein Kind, dem man die Welt erst mühsam erklären muss. »Penny, das ist eine große Sache und man muss uns die professionellen Groupies ansehen können.«

Ich streckte die Zunge raus. »Wurks. Groupie sein will ich nicht. Warum nicht einfach die Freundin vom Gitarristen? Schließlich können die ja von Glück reden, uns zu haben.«

Schon wieder dieses Gesicht. »Meinetwegen. Aber glaub mir, wenn du nicht mit ihm ins Bett gehst, dann gibt's da Hunderte anderer Mädchen, die das gerne für dich übernehmen.«

»Das Risiko geh ich gerne ein.« Meine Stimme brach ein wenig und verriet, dass ich die Selbstsicherheit nur spielte.

»Ich sag ja nur.«

Ich versuchte, mich nicht von ihren Worten aus dem Takt bringen zu lassen, doch sie taten es trotzdem. Und genau das sollten sie wohl auch.

»Kommt schon«, sagte Lizzie, wie üblich in der Rolle des Friedensengels. »Wir probieren jetzt die Schlitten aus.«

Allgemeines Stöhnen, doch gehorsam brachten wir uns in Position.

»Wie funktioniert das jetzt?«, fragte ich und grätschte mich über ein Teetablett.

Lizzie kratzte sich mit ihrem Fäustling den Kopf. »Ähem. Bin mir nicht ganz sicher. Ich denke mal, man setzt sich einfach drauf und stößt sich mit den Füßen ab.«

Vorsichtig senkte ich meinen Hintern darauf und winkelte die Beine an.

Nichts passierte.

»Da passiert nichts.«

»Öh … vielleicht muss man dich anschubsen.«

»Okay. Aber pass bloß auf!«

Lizzie tatschte mir auf den Rücken. Wirkung gleich null.

»Lizzie. Das war nix. Schieb fester.«

»Sicher?«

»Klar. Dann schauen wir mal, was die Dinger draufhaben.«

Und bevor ich mich versah, sauste ich schon den Hügel hinab, kreischend, mein Haar hinter mir im Wind und den aufgepflügten Schnee im Gesicht.

»Waaaaaaaaaaaaaaaaaaaaaaaaaaaaaaaaaaaaaaaaaaaaaaaaah!«

Ich holperte über Fuchsbauten, schlitterte Kurven um Gassi gehende Familien herum und war viel zu schnell am Fuße des Hügels angekommen.

Ich sprang auf, drehte mich um und winkte meinen Freundinnen zu, die oben auf dem Hügel aussahen wie eine Zwergenschar.

»NOCH ALLES DRAN?«, rief Amanda.

»DAS MÜSST IHR ERLEBT HABEN«, schrie ich zurück.

Die nächsten Stunden verbrachten wir damit, den Hügel hinaufzustapfen und hinunterzusausen und uns gegenseitig anzuschubsen. Johnno und seine Freunde stießen dazu und Ruths Mütze verschwand wie von Zauberhand in ihrer Jackentasche. Wir veranstalteten ein Schlittenturnier, indem wir mit den beiden Tabletts Wettrennen fuhren. Irgendwann versuchten wir, ein Tablett mit zwei Mann zu besetzen, um zu sehen, ob die Schwerkraft (Johnno hatte Physik gewählt) uns schneller machte. Leider vollführten wir dieses Experiment mit Amanda und einem von Johnnos Kumpeln, und sie war zu schüchtern, um sich richtig an ihm festzuhalten. Das bedeutete, dass es sie auf halbem Wege abwärts vom Tablett fegte und sie mit überraschter Miene durch die Luft segelte, bevor sie Gesicht voran in einer enormen Schneewehe landete. Das führte natürlich zu einem Mordsgelächter und rasch entwickelte sich der Wettkampf zu einer Versuchsreihe hinsichtlich der maximalen Beladbarkeit eines Teetabletts.

Bei all dem Spaß vergaß ich zwischendurch sogar die stichelnde Bemerkung von Ruth vorhin, obwohl sie meinen wohlvertrauten Noah-Ängsten wieder neuen Zunder gegeben hatte. Die Tatsache, dass ich ihn in der nächsten Zeit kaum zu Gesicht bekommen würde, war da bestimmt auch nicht gerade hilfreich. Doch ich gab mein Bestes, die Ängste, sobald sie aufploppten, wieder zu verdrängen.

Viel zu schnell kam die Dunkelheit und einer nach dem anderen stapfte nach Hause. Lizzie und ich gingen gemeinsam.

»Es fängt an zu tauen«, jammerte sie und kickte mit ihrem

Gummistiefel in einen Schneehaufen. »Ist das schon das Ende der olympischen Winterspiele von Middletown?«

Sie hatte recht. Da wurde Matsch draus, ganz eindeutig.

»Wenigstens hat's so viel geschneit, dass die Schule ausgefallen ist«, sagte ich. »Heute den ganzen Tag drinnen, das wäre mal scheiße gewesen.«

»Würg. Schule. Ich bin so hintendran mit meinen Aufgaben, dass es schon nicht mehr lustig ist.«

»Ich auch.«

»Ja klar. Das sagst du immer und dann hast du's doch.«

»Diesmal nicht. Keine Ahnung. Im Moment scheint die Zeit einfach nicht zu reichen, um irgendwas hinzukriegen.«

Lizzie guckte mich wimpernklimpernd an. »Kann es Liiiiiiiiiiiieeeebe sein?«

Ich schubste sie in einen Schneehaufen. Sie quietschte und rappelte sich mühsam auf, in den Yeti verwandelt.

»Autsch!«

»Du siehst aus wie der Schneemensch.«

»Und du siehst aus wie meine fünfjährige Cousine, wenn wir sie für den Weihnachtsspaziergang einwickeln.«

Wir stapften noch eine Weile weiter, auf zunehmend tauben Füßen.

»Mach dir mal keinen Kopf wegen Ruths Gerede«, sagte Lizzie, den Blick immer noch nach vorn gerichtet. »Ich glaub nicht, dass du Angst haben musst, dass Noah mit irgendeinem Groupie durchbrennt.«

Genau das liebte ich an Lizzie. Manchmal konnte sie völlig aus dem Blauen heraus Gedanken lesen und genau das sagen, was man hören wollte.

»Danke.«

»Ich komm nicht drüber hinweg, dass er dir ein Kleid gekauft hat.«

Ich lachte. »Ich auch nicht.«

Wir schwiegen wieder.

»Penny?«

»Ja?«

»Du hast ein Riesenglück, das weißt du, oder?«

Ich dachte an Noah und wie sich das Aufwachen heute morgen neben ihm angefühlt hatte.

»Ich weiß.«

Das Auswickeln zu Hause dauerte an die zehn Millionen Jahre. Ich stand auf der Fußmatte und häutete mich wie eine Schlange.

Meine Mutter stierte auf den durchweichten Klamottenstapel auf der Schwelle.

»Die wasche aber nicht alle *ich*. Du hast ja deine gesamte Garderobe schmutzig gemacht.«

Ich schüttelte ein Bein im Versuch, meinen Fuß aus dem Gummistiefel zu befreien. »Ich weiß. Ich kümmer mich selbst drum. Draußen ist es halt schweinekalt!«

»Hmm.«

Missmutig rauschte sie davon. Schließlich war uns beiden klar, dass sie es sich nicht würde verkneifen können und trotzdem für mich waschen würde. Sie konnte es einfach nicht ertragen, mich die Waschmaschine benutzen zu sehen. Angeblich war ich zu »grob« mit den Knöpfen.

Als ich schließlich alle Schneeklamotten los war, ging ich ins Wohnzimmer, um nach Dad zu schauen.

Hinter einem Berg von Zeitungen drang ein Grummeln hervor.

»Dad, bist du hier irgendwo?«

Sein finsteres Gesicht erschien über dem Stapelrand. Er faltete eine Zeitung zusammen.

»Deine Mutter zwingt mich, meinen freien Tag dem Recycling zu opfern.«

»Klingt erschreckend.«

»Ist es auch. Aber in ihren aktionistischen Phasen ist mit ihr nicht zu spaßen.«

»Soll ich dir unter die Arme greifen?«

Er grinste. »Nur zu.«

Ich setzte mich auf den Teppich, neben den monströsen Rückstau an alten Zeitungen, und half ihm beim Aussortieren.

»Himmel, Dad, warum hebst du die alle auf?«

»Vielleicht brauch ich sie ja eines Tages noch.«

»Wofür? Für eine Reportage über die hiesige Abfallverwertungsanlage?«

»Warum nicht?«

Ich wollte gerade eine weitere Ausgabe auf den Weg-damit-Stapel legen, als mir eine Schlagzeile ins Auge stach.

»Moment mal«, sagte ich. »Die ist ja von heute.«

Die Titelseite war ganz schwarz, ohne die übliche Werbung für ortsansässige Taxiunternehmen. Bei der Schlagzeile musste ich nach Luft schnappen.

MASSENKARAMBOLAGE IM SCHNEE: MINDESTENS ZWANZIG TOTE.

Ein Foto zeigte Autos, zusammengeknüllt wie entsorgte Spickzettel, und zu schrecklichen Winkeln deformiertes Metall.

Eine kurze Erinnerung an gestern Abend flackerte in mir auf – die Fernsehnachrichten.

»Dad«, sagte ich und zog die Zeitung näher zu mir. »Das war auf der M25?«

Dad nickte. »Ganz nah bei unserer Ausfahrt.«

»Das kam gestern Abend im Fernsehen. Mir war nicht klar, dass das direkt hier war.«

Ich schlug die Zeitung auf. Auf Seite zwei und drei gab es

zwischen den Text geklemmt einige grobkörnige Aufnahmen von Menschen, die letzte Nacht ihr Leben verloren hatten. Fast anklagend blickten sie mir vom billigen Zeitungspapier entgegen. Als wüssten sie, dass ich mit meinem Freund einen Film geguckt und mich königlich amüsiert hatte, während zeitgleich ihre gesamte Existenz einfach ausgelöscht worden war, wie eine gelöste Gleichung auf einer Schultafel.

Mich schauderte.

»Irgendwer, den wir kennen?« Ich betrachtete die Fotos, ohne jemanden ausmachen zu können.

Dad schüttelte den Kopf und blätterte um.

»Einige Leichen haben sie noch nicht identifiziert«, sagte er mit leicht erhobener Stimme. »Aber ich bin mir sicher, wenn da jemand aus unserem Bekanntenkreis darunter wäre, wüssten wir es inzwischen.«

Ich ließ die Zeitung auf den Couchtisch fallen. »Dad. Was ist da los?«

»Da bin ich überfragt, Penny. Erderwärmung? Normalerweise hat so was immer mit der Erderwärmung zu tun.«

Ich las noch eine Minute über seine Schulter in der Zeitung mit, bevor ich aufstand und mich reckte.

»Bett?«

»Ja, wahrscheinlich. Aber erst versuch ich noch, ein bisschen was wegzuarbeiten.«

»Siehst du Noah dieses Wochenende noch mal?« Er fragte es ganz nebenbei, doch über die Lesebrille hinweg traf mich sein Blick.

Ich schüttelte den Kopf. »Nö. Glaub ich nicht. Er muss noch richtig viel proben für dieses Riesenkonzert.«

Dad grinste schief. »Meine Tochter. Freundin eines Rockstars ... dass ich das noch erleben darf.«

»So sehe ich das nicht«, lächelte ich zurück. »Für mich ist das mein Freund, der mit einem intelligenten, wunderbaren Mädchen zusammen ist und heilfroh sein kann, dass er sie hat.«

Für Dad war Selbstwertgefühl immer eine große Sache und daher rührte vielleicht auch seine plötzliche Angst wegen Noah. Vielleicht fürchtete er, ich würde mich verlieren, wenn ich erst mal angefangen hatte, mich zu teilen.

Sein Grinsen dehnte sich zu einem echten Lächeln. »So kenn ich meine Tochter.«

28

Ich saß vor dem Taschentuchspender und wartete darauf, dass Dr. Ashley das Schweigen brach.

An der Wand hing ein neues gerahmtes Bild – schon wieder so ein nichtssagendes Aquarell hinter Plexiglas.

Ein guter Start in eine Therapiesitzung sah anders aus. Dabei hatte ich mich entschuldigt, hatte zur Begrüßung etwas vor mich hin gemurmelt, obwohl ich mit Entschuldigungen so meine Probleme habe. Aber die tief verwurzelte Kraft der guten Manieren hatte das Rennen gemacht.

»Bitte, Penny? Ich habe dich nicht verstanden.«

Ich hatte zu Boden geblickt, wie ein Kleinkind, das gezwungen wird, sich in der Sandkiste bei jemandem zu entschuldigen.

»Ich hab gesagt, tut mir leid, dass ich das letzte Mal ein bisschen aus der Rolle gefallen bin.«

Daraufhin hatte Dr. Ashley sich die Hände gerieben. Vor Entzücken? Nein. Pure Einbildung.

»Geht völlig in Ordnung, Penny. Wir geraten alle gelegentlich etwas aus der Fassung.«

Er umgekehrt hatte sich nicht entschuldigt, und mir war entfallen, ob er Grund dazu gehabt hätte. Doch ich hatte immer geglaubt, das sei eine der Grundregeln, wenn man sich entschuldigt. Die Standardantwort lautete: »Mir tut es auch leid«, selbst wenn man gar nichts getan hat, was einem leidtun könnte. So gehörte es sich einfach.

Das war vor fünf Minuten gewesen, und ich wartete immer noch darauf, dass er etwas sagte. Die Sache war nur, mir war klar, dass er das nicht tun würde. Warum auch? Bezahlt wurde er in jedem Fall, ob ich jetzt redete oder nicht.

»Also, wenn ich jetzt nichts sage, dann sitzen wir die ganze Stunde nur hier rum und schweigen uns an.«

Dr. Ashley verknotete seine Finger und entknotete sie wieder. »Du musst nichts sagen, wenn du nicht möchtest, Penny.«

»Aber kassieren tun Sie dann trotzdem, oder?«

Ärger glitt über sein Gesicht, doch er gab sein Bestes, es mit einem schmalen Lächeln zu überspielen.

»Das würde ich wohl.«

»Leicht verdientes Geld, was?«

Frisch aufflackernder Ärger. Mir ging auf, dass ich schon wieder verbal danebengriff.

»Tut mir leid. Ich bin schon wieder unhöflich, nicht?«

»Wie war denn so deine Woche?«

Ein klassischer Trick. Ablenkung.

Ich zuckte die Schultern. »Okay.«

»Irgendwelche Panikattacken? Gedanken, die nicht hilfreich waren?«

Diese »unhilfreichen Gedanken« waren eine meiner Lieblingsformulierungen aus seinem Repertoire. Sie beschwor das Bild herauf, wie meine Gedanken kleinen Elfen gleich in meinem Kopf herumhuschten und Haushaltspflichten erledigten. Wann war ein Gedanke schon jemals hilfreich gewesen? Mal abgesehen von den großen hilfreichen Gedanken, die berühmte Leute gehabt hatten. Wie Edisons Geistesblitz mit den Glühbirnen und die Sache mit dem Apfel bei Newton. Die meisten meiner Gedanken halfen bei überhaupt nichts. Wie zweckdienlich war bitte der Gedanke, *sieht mein Haar heute okay aus?* Aber Dr. Ashley meinte etwas ganz anderes damit. Laut ihm waren das Gedanken, die nur negative Folgen haben konnten.

Ich schüttelte den Kopf. »Eigentlich ist es mir viel besser gegangen. Keine Probleme. Nicht die Bohne.«

»Und woran könnte das liegen, deiner Meinung nach?«

Noch ein Schulterzucken. Wenn ich doch für jedes Schulterzucken in dieser Praxis ein Pfund einsacken könnte …

»Deine Mutter hat ja erwähnt, du hättest jemanden kennengelernt …«

Ich wurde knallrot. Ich würde sie umbringen.

»Wir haben das Thema schon letztes Mal kurz gestreift. An deinem Gesicht kann ich ablesen, dass du nicht allzu erpicht darauf bist, darüber zu sprechen, aber dieser … Freund? Darf ich ihn so nennen?«

Ich nickte, jetzt rot von Kopf bis Fuß.

»Dieser Freund. Glaubst du, der hat dir geholfen? Oder ist das reiner Zufall?«

Ich dachte an meine Ohnmachtsanfälle, als ich Noah kennengelernt hatte. Damals war ich überzeugt gewesen, dass die etwas mit ihm zu tun hatten. Jetzt konnte ich nur noch darüber lachen. Irgendwann hatte ich doch ernsthaft geglaubt, gegen ihn ALLERGISCH zu sein. So was von blöd. Jetzt, wo ich ihn andauernd sah und mit meinem Körper wieder alles im Lot war, wusste ich das natürlich. Okay, manchmal fühlte ich mich etwas außer Atem und so, als würde mir das Herz aus der Brust springen, aber das war doch normal, wenn man verliebt war, oder? Genau daher rührten doch die ganzen abgeschmackten Redensarten. Liebe kurbelt das Adrenalin an. Und über Adrenalin wusste ich dank Dr. Ashley bestens Bescheid. Über Kampf- und Fluchtmechanismen, in die mein Körper manchmal ganz ohne meine Zustimmung umschaltete.

»Du scheinst tief in Gedanken versunken zu sein, Penny.«

»Hä?«

»Würdest du die Klasse daran teilhaben lassen?« Er grinste über seinen eigenen Scherz. Wie ich das an Leuten hasste.

»Äh …«

Sollte ich darüber reden? Wohl auch schon egal. Mum und Dad blechten ihm genug.

»Wäre das denn möglich? Dass ein Freund bei so was hilft? Seitdem wir zusammen sind, scheint sich's ja gelegt zu haben.«

Er nickte und drückte vor seinem Gesicht die Fingerspitzen gegeneinander. »Aha.«

»Vielleicht ist es ja auch einfach nur Zufall. Vielleicht bringen die ganzen Atemübungen jetzt endlich was.«

»Vielleicht, aber es könnte auch kein Zufall sein.«

»Glauben *Sie* denn an einen Zufall?«, forderte ich ihn heraus.

Er griff zu seinem goldenen Füller. Ich dachte schon, jetzt würde er sich wieder seine obergeheimen Notizen machen, doch das tat er nicht. Stattdessen rollte er den Füller zwischen seinen Fingern.

»Hm. Schwierige Frage.«

Ich blieb stumm.

»Im Hirn gibt es kaum Zufälle. Die Verbindungen, sogar die angeblich ›fehlerhaften‹, sind eigentlich ziemlich logisch.«

Er dachte noch einen Moment darüber nach.

»Und deshalb ist es interessant, dass deine Symptome, um sie mal so zu nennen, sich … rar gemacht haben, seitdem du eine männliche Begleitung gefunden hast.«

Über diese Formulierung musste ich lächeln. Das klang, als sei Noah jemand, der mich auf die Dorfbälle begleiten würde.

»Deshalb könnte es sein, dass einige deiner Probleme von einem tief verwurzelten Bedürfnis herrühren, gewollt zu werden.«

Moment mal. Dieser Teil klang aber überhaupt nicht richtig.

»… und jetzt, wo du endlich jemanden gefunden hast, der dich will, … fühlst du dich … *bestätigt.*«

Unwillkürlich ballte ich die Fäuste. »Das ist doch Quatsch«, schoss es aus mir heraus.

Dr. Ashley schaute besorgt drein. Er rutschte in seinem Sessel umher und nahm wieder seine professionelle Pose ein. »Keine Sorge, Penny. Das ist ganz normal.«

Normal? War dieses Wort nicht völlig verpönt in der Therapie? War dieses Wort nicht total verpönt in der modernen Gesellschaft? Das Wort »normal« durfte man einfach nicht mehr sagen. Das war genau wie die »tut mir leid, mir tut's auch leid«-Regel. Man verwendete das Wort »normal« und ganz automatisch sagte jeder: »Ja, aber was ist schon normal?«, und kam sich dabei irre klug vor.

Zorn kochte in mir hoch. Deutlich heftiger als üblich.

Ich griff zum Sarkasmus. »Ach, das ist also *normal,* was?«, höhnte ich naserümpfend. »Es ist normal, dass alle weiblichen Probleme daher rühren, dass Frauen die Bestätigung eines Mannes brauchen.«

Er blieb ruhig, wie gewöhnlich, obwohl ihm garantiert nicht entging, dass *ich* gerade ziemlich *un*ruhig wurde.

»Das habe ich nicht gesagt, Penny.«

»Aber angedeutet.«

»Nein, das habe ich nicht.«

»Haben Sie wohl.«

Er legte den Füller ab und seufzte. »Ich streite mich nicht mit dir, Penny.«

»Glauben Sie das im Ernst?« Ich merkte, wie meine Stimme brüchig wurde. »Dass ich jetzt glücklich bin, dass ich jetzt … psychisch gesund bin, nur weil ich einen Freund habe?«

Er lüpfte den allzu wohlvertrauten Taschentuchspender, zupfte eines heraus und reichte es mir.

Ich hatte meine Tränen gar nicht bemerkt. Verdammte Hacke. Fast jede Sitzung das gleiche Spiel.

Ich versuchte, mich wieder einzukriegen, aber das Wort »bestätigt« brodelte in meinen Gedanken auf, als wäre mein Kopf ein Kessel heißer Giftsuppe.

»Geht es dir wieder besser, Penny?«

Ich nickte. »Ja, danke.«

»Glaubst du, du könntest mit mir eine Übung ausprobieren?«

Nick, nick.

Seine Stimme war jetzt ganz sanft, beruhigend, als würde er mir eine Gute-Nacht-Geschichte vorlesen. »Dieser Freund, den du da hast …«

»Noah.«

»Noah? Alles klar. Jetzt möchte ich, dass du dich ganz bequem hinsetzt, dich entspannst und die Augen schließt.«

Ich tat wie geheißen.

»Und jetzt möchte ich, dass du dir ganz langsam vorstellst, dass Noah, aus welchen Gründen auch immer, nicht Teil deines Lebens sein kann … dass du ihn niemals wiedersiehst … dass er aus heiterem Himmel verschwindet …«

Ich lehnte mich zurück und ließ die Gedanken zu. Sofort wurde meine Brust ganz eng, mein Atem flach.

»Stell dir vor, jeden Morgen mit der Gewissheit aufzuwachen, dass du ihn nie wieder sehen wirst …«

Ich konnte spüren, wie meine Augen aus ihren Höhlen hervortraten. Ich stellte es mir vor. Stellte mir vor, wie ich in meinem Bett aufwachte, die Sonne durchs Fenster hineinfloss, auf nichts. Stellte mir vor, wie es wäre, ihn nie wieder zu riechen, ihn nie wieder lächeln zu sehen. Mein Hals schnürte sich zu. Ich stellte mir vor, an seiner Wohnung vorbeizugehen im Wissen, dass er da nicht mehr wohnte. Stellte mir vor, ganz oben im

Stadtwäldchen zu sitzen und mich an unseren ersten Kuss zu erinnern, aber nun war es völlig verlassen dort und nie wieder würde ich ihn dort neben mir haben. Ich röchelte.

»Vorsicht, Penny. Atmen! ATMEN!«

Dr. Ashleys Stimme kam von ganz weit her. Ich würgte, in meinem Hals stieg Panik auf. Ich schluckte, schnappte nach Luft, aber nichts kam an. Ich erstickte. In meinem Kopf war nur Noah. Und der Schmerz. Der Schmerz, nicht für immer mit ihm zusammen sein zu können. Da war Finsternis und ich stolperte mitten hinein, blind. Taumelte … und fiel … und weit entfernt konnte ich vage vernehmen, wie jemand meinen Namen rief.

Traurigkeit. Unfassbare Traurigkeit. Mein Magen tat weh davon. Mein Herz fühlte sich an, als wäre es im wahrsten Sinne des Wortes entzweigeschnitten worden. Ich hörte Schreie, aber ich sah nichts. Nur Dunkelheit.

Und dann kam ich zu mir.

»Penny? Penny? Kannst du mich hören?«

Aua.

Jemand tätschelte mir das Gesicht. Die Dunkelheit wich der Verwirrung. Wo zum Henker war ich?

»Penny? Ich glaube, sie wacht auf.«

Langsam wurde mir bewusst, dass ich einen Körper hatte. Meine Gliedmaßen meldeten sich zurück. Mit Schmerzen. Wo auch immer ich hier war, bequem war es nicht. Mein Bett schied aus. Betten waren gewöhnlich bedeutend gemütlicher als das hier.

Ich wollte die Augen aufschlagen, doch allein der Gedanke daran war schon zu viel. Also hielt ich sie geschlossen.

»Penny? Wenn du mich hören kannst, wackle bitte mal mit dem Finger.«

Wackeln? Das sollte drin sein. Ich wies mein Hirn an, mit

meinem kleinen Finger zu wackeln, und mein Gehirn gehorchte. Ich spürte ihn wackeln.

»Du bist wieder da. Okay. Penny, wenn du dann so weit bist, versuch die Augen aufzumachen. Ganz langsam.«

Ich klappte das rechte Auge auf, doch das Licht tat weh. Ich schloss es wieder, legte eine kurze Pause ein und unternahm noch einen Anlauf. Es brannte, aber ich hielt es offen und klappte noch das andere auf. Zunächst sah ich gar nichts. Nur einen Schleier. Doch dann verwandelte sich der Schleier in ein Gesicht. Ein fremdes. Es war ein abgebrüht aussehendes Frauengesicht. Um ehrlich zu sein, das Gesicht eines Mannweibs.

»Und wer sind Sie jetzt?«

Sie lachte nur. »Ihre Patientin weilt wieder unter uns, Dr. Ashley.«

Dr. Ashley? War der auch da?

Ich drehte den Kopf. Autsch. Das tat weh. Dann kam Dr. Ashley ins Blickfeld. Er hockte auf dem Fußboden. Wie absonderlich. Ich wollte mich etwas bequemer hinlegen, konnte mich aber nicht rühren. Irgendwas drückte mich nach unten. He! Das Mannweib war's. Sie hielt mich fest.

»Langsam, langsam«, sagte das Mannweib. »Versuch, noch kurz still zu liegen.«

»Penny?« Dr. Ashleys Stimme klang noch sanfter als vorhin bei der Gute-Nacht-Geschichte.

»Weißt du, wo du bist?«

»Das ist unbequem.«

»Tut mir leid. Weißt du, wo du bist?«

Ich drehte den Kopf, wieder unter Qualen, und sah mich um. Langsam dämmerte es mir, erst ganz schwach, dann immer stärker. Die belanglosen Aquarelle, die Sessel, die Schachtel mit den Taschentüchern.

»Wir sind in Ihrer Praxis«, sagte ich nicht ohne Stolz.

»So ist es. Weißt du, was geschehen ist?«

Ich schüttelte den Kopf.

»Du bist ohnmächtig geworden. Ich glaube, du hattest eine Panikattacke und hast deshalb das Bewusstsein verloren. Du bist in Ordnung, aber als du vom Stuhl gefallen bist, hast du dir den Kopf angeschlagen. Ich habe es nicht mehr rechtzeitig zu dir geschafft, das tut mir sehr leid.«

Ohnmächtig?

Und mit diesem Informationsfetzen kamen alle Erinnerungen zurück. Der Termin, Dr. Ashley, der Gedanke an Noah und dass er weg war … weg …

»Noah?«, fragte ich besorgt.

»Alles in Ordnung, Penny. Es war nur eine Übung, weißt du noch?«

Erleichterung durchströmte mich. Natürlich! Die Übung! Es war nicht echt gewesen. Noah war noch da. Er gehörte immer noch mir. Ich spürte, wie die Wärme in meinen Körper zurückkehrte, mich stark machte.

»Mary, würden Sie sie aufsetzen? Ich glaube, ihr geht's besser.«

Das Mannweib zerrte mich an den Achselhöhlen hoch und wuchtete mich in den Sessel.

»Danke, Mary. Ich glaube, jetzt kann ich wieder übernehmen.«

»Achten Sie darauf, dass sie das Zuckerwasser trinkt.«

Ich blickte zum Tisch. Neben den Taschentüchern stand ein Glas. Ich nahm es und trank ein paar Schlucke. Es schmeckte gut, viel besser als gewöhnliches Wasser.

Mary ging und wir blieben schweigend zurück. Verwirrt nippte ich am Wasser. »Was war los?«

»Das hab ich dir schon gesagt. Du bist in Ohnmacht gefallen.«

Oh Mann, erzähl mir was Neues. »Aber warum?«

»Verrat du es mir, Penny.«

Der kühle Lederbezug des Sessels an meiner Haut fühlte sich gut an. Ich fläzte mich hinein. Dachte wieder an Noah, an das Ohne-ihn, und allein die Erinnerung ließ mir das Herz rasen.

»Noah. Sie haben mir gesagt, ich soll mir mein Leben ohne Noah vorstellen ...«

»Hab ich.«

»... und da bin ich umgekippt.«

»Das bist du.«

Ich drückte meine Hand gegen mein Gesicht und merkte, wie nass es war. Ich hatte geweint. Und es noch nicht mal gemerkt.

»Also, normal ist das nicht, oder?«

»Das Wort ›normal‹ möchte ich innerhalb dieser vier Wände nicht hören, Penny.«

»Moment mal. Sie haben es doch vorhin selbst verwendet, Sie Heuchler.«

Dr. Ashley lächelte. »Ich sehe, du bist auf dem Weg der Besserung.«

»Sie haben es verwendet.« Hatte er auch. Ich wusste noch sehr genau, wie er es gesagt hatte.

»Habe ich möglicherweise.«

»Haben Sie hundertprozentig.«

Ich grinste in mich hinein, doch beim Gedanken an den ungeheuren Vorfall eben verging mir das Grinsen schnell wieder.

»Was hat das zu bedeuten, Dr. Ashley?« Wie unfassbar peinlich war das alles! Ich konnte es einfach nicht glauben. Waren meine Gefühle für Noah wirklich so schnell außer Kontrolle geraten? War er wirklich für das Ende meiner Panikattacken verantwortlich? Weil ich mich jetzt *bestätigt* fühlte?

Mir wurde ganz anders.

»Das bedeutet, dass wir uns ab jetzt zweimal die Woche sehen.«

29

In der Woche vor dem großen Auftritt musste ich mit dem Englischkurs nach London. Statt uns auf die Abschlussprüfung vorzubereiten, nutzte Ms Gretching unser aktuelles Thema, den Ersten Weltkrieg, um uns durchs Imperial War Museum zu schleifen. Wieder mal typisch. Und so waren Frank und ich gezwungen, es einen ganzen Tag lang miteinander auszuhalten.

Bereits im Zug begann die Sache zu kippen.

Ich schaute aus dem Fenster, während Frank vorgab, eine Qualitätszeitung zu lesen.

»Du machst hier keinem was vor«, murmelte ich und sah zu, wie Schafe und Felder vorbeiflitzten.

Frank blickte auf; das Fenster spiegelte sein verwirrtes Gesicht. »Hä?«

»Deine Zeitung. Du willst so wirken, als wärst du total am Weltgeschehen interessiert. Dabei weiß ich, dass du nur den Sportteil gelesen hast und seit zwanzig Minuten versuchst, aus dieser Wirtschaftsdoppelseite schlau zu werden. Hör auf mit dem Gepose.«

Frank faltete die Zeitung zusammen. »Ich hab nicht gepost.«

»Doch, hast du.«

»Okay … vielleicht minimal.«

»Sag ich doch.«

»Ich langweile mich. Und ich kann's nicht fassen, dass ich wegen eines blöden Museums mein Rugby-Training verpasse.«

Ich verdrehte die Augen. »Armer Kleiner. Wie wirst du jemals darüber hinwegkommen?«

»Schnauze.«

»Ich meine, scheiß auf die Schützengräben – das ist doch Babykram. Verpasstes Rugby-Training – das ist wirkliches Drama.«

»Ich hab's verstanden.«

»Dann habe ich meine Mission ja erfüllt.«

Frank lehnte sich in seinen Sitz zurück und atmete langsam aus. »Das wird ein langer, langer Tag.«

Der Zug raste weiter. Ich las ein bisschen in Franks Zeitung. Wir versuchten, gemeinsam etwas auf seinem iPod zu hören, konnten uns aber auf nichts einigen. Ich aß einen Müsliriegel und gab ihm die Hälfte ab.

Irgendwie schien es, als fühlten wir uns nicht mehr so wohl miteinander wie im Klassenzimmer. Alles war etwas gekünstelt, so ganz anders als sonst.

Frank brach das leicht peinliche Schweigen. »Und, weißt du schon, was du an der Uni machen willst?«

Die Universität. Schrecklich. Ich hatte den Gedanken noch völlig verdrängt.

»Das müssen wir doch erst nächstes Jahr entscheiden, oder?«

»Schon, aber wenigstens eine grobe Vorstellung wirst du ja wohl haben. Die Studienplatzvergabe kommt schneller, als man denkt.«

Ein paar Universitätsprospekte hatte ich schon im Briefkasten gehabt, doch die hatte ich nur überflogen. Ich konnte mich nicht lange darauf konzentrieren. Dann drehte ich durch und pfefferte sie unter meinen Schreibtisch.

»Na ja …«, sagte ich. »Ich wollte immer Englisch machen, aber Ms Gretching schreckt mich irgendwie ab.«

»Ich hab auch an Englisch gedacht.«

Das überraschte mich. Klar, Frank hatte immer gute Noten, aber dass es ihm Spaß machte …

»Echt? Nicht Sportwissenschaften?«

»Soll das ein Witz sein? Hast du eine Ahnung, wie viele Mädchen Englisch machen?«

Ich rammte ihm meinen Ellbogen in die Seite.

»Autsch.«

»Du wählst echt dein Studienfach nach seinem Aufreißpotenzial?«

Frank rieb sich den Arm. »Nicht ausschließlich, aber ganz uninteressant ist das ja nicht. Ich will nicht drei Jahre nur von Männern umgeben sein.«

»Und welche frauenfreundlichen Unis hast du dir bisher angeschaut?«

Er zählte sie an seiner Hand ab. »Leeds, Edinburgh, Exeter, ach ja, und Sheffield …«

Ich schoss in meinem Sitz auf. »Sheffield? Das überleg ich mir auch.«

»Echt?«

»Jepp.«

»Dann landen wir vielleicht an derselben Uni.«

»Im selben Kurs …«

»Vielleicht.«

Schweigend dachten wir über unsere Zukunft nach.

»Allerdings wären wir da wohl kaum befreundet«, sagte ich.

Franks Gesichtszüge entgleisten – nur eine Sekunde lang –, aber vielleicht bildete ich mir das auch nur ein. »Wieso nicht?«

»Na ja, du wärst ja rund um die Uhr mit deinem Unisport ausgelastet, oder? Rugby, Fußball, Kricket. Überblicksvorlesung ›Einführung in den männlichen Chauvinismus‹? Und du würdest im Rudel um die Häuser ziehen und mit deinen Chlamydien rumprotzen und ›geile‹ Trinkspiele mit Mutproben veranstalten. Ich werd so tun müssen, als würde ich dich nicht kennen.«

Frank wurde biestig. »Ach ja? Und du wärst wahrscheinlich vollauf damit beschäftigt, in irgendwelchen versifften Clubs zweifelhafte Scheißbands anzuschauen, bei Starbucks und Co. rumzuhängen, über Kommunismus zu diskutieren und Studentendemos zu organisieren. Da werd ich auch so tun müssen, als würde ich dich nicht kennen.«

»Siehst du. Sag ich doch, dass wir nicht mehr befreundet wären.«

»Sind wir denn *jetzt* überhaupt befreundet?«

»Oh Gott, ich hoffe nicht.«

»Ich auch.«

Und wir lachten beide.

Frank fing an, die Quadrate im Zeitungskreuzworträtsel mit einem schmierenden Kuli auszumalen. »Was ist dann mit deinem Typen? Was macht der Herr Rockstar, während du deinen Horizont erweiterst?«

Noah.

Uni.

Das war ein Gedanke, der mir schon mal flüchtig gekommen war, den ich jedoch umgehend und vehement aus meinem Hirn verbannt hatte. Er war einfach zu schmerzhaft.

»Das kriegen wir schon irgendwie hin.« Ich konnte Frank nicht in die Augen sehen.

Sein Ton wurde sarkastisch. »Ja klar, weil ja so viele Paare zusammenbleiben, wenn einer von ihnen an die Uni geht.«

Seine Worte stachen wie Eispickel. Im Gedanken an den Vorfall bei Dr. Ashley versuchte ich, die Panik in meinem Hals zu unterdrücken.

»Also, das ist ja noch eine ganze Weile hin«, gab ich schwer atmend zurück.

»Nur noch ein Jahr. Das ist schnell rum.«

Ich riss mein Gesicht zu ihm herum. »Ernsthaft, Frank, spar's dir! Was ist denn in dich gefahren? Eifersüchtig? Liegt's daran? Oder erträgst du's einfach nicht, wenn andere Leute glücklich sind? Egal, halt einfach die Klappe. Ich will nicht über die Uni reden, klar?«

Franks Gesicht durchlief im Eiltempo eine ganze Serie von Emotionen. Er machte den Mund auf, sagte aber nichts. Seine Wangen wurden knallrot und er tauchte schnell hinter seiner Zeitung ab.

Eine quälend lange Stille senkte sich über uns, während ich über alles nachdachte. Wann war diese Seltsamkeit zwischen Frank und mir losgegangen? Mit Noah und mir? *War* er eifersüchtig?

Ich schüttelte den Kopf.

Nein. Unmöglich. Er hatte es wiederholt gesagt. Ich war nicht sein Typ.

Der Zug fuhr in den Bahnhof ein. Die Fahrgäste erhoben sich, Mitschüler inbegriffen, und begannen, ihre Taschen aus den Gepäckfächern zu ziehen.

»Ist es jetzt rum?«, fragte ich.

»Ist was jetzt rum?«

»Dein männliches Äquivalent zum Prämenstruellen Syndrom.«

»Wieso ich? Du bist doch hier diejenige, die mich angebrüllt hat.«

»Also, dein Verhalten war ja auch echt das Letzte.«

»Vielleicht.«

»Das ist keine Entschuldigung.«

Er machte eine huldigende Handbewegung, als sei ich die Queen. »Ich bitte ausdrücklich um Verzeihung, Penny Lawson«, sagte er. »Ich bin mir sicher, dass du und Herr Emo Seelengefährten seid und auf ewig zusammenbleiben werdet.«

Seine Worte berührten irgendetwas in mir, und plötzlich bekam ich das entsetzliche Gefühl in meinem Magen, dass etwas faul war.

»Darf ich dein Schweigen dahingehend deuten, dass meine Entschuldigung zurückgewiesen wurde?« Frank sah mich forschend an.

Ich schüttelte den Kopf. »Ähm ... nein ... ist in Ordnung. Ich verzeihe dir.«

»Penny, alles okay mit dir?«

Nein. Irgendetwas Entsetzliches wird geschehen.

»Alles okay.« Ich schnappte mir meine Tasche und machte mich ans Aussteigen. »Kommst du?«

Frank stand auf und reckte sich. Sein Rugby-Shirt rutschte hoch und entblößte ein paar Zentimeter Haut. Er erwischte mich beim Gucken, aber statt sich über mein Gespanne lustig zu machen, wurde er nur rot und zog sein Hemd runter.

»Ja«, seufzte er. »Komme schon.«

»Der steht auf dich«, verkündete Noah und schwang im Gehen mit unseren Händen.

»Quatsch, ich bin so was von überhaupt nicht sein Typ.«

»Penny«, er steuerte mich nach links. »Du bist so gut wie jedermanns Typ. Schön, schlau, lustig. Was sollte ihm da nicht gefallen?«

Ich wurde rot. »Das verstehst du nicht. Wir sind nur befreundet.«

»Von deiner Seite aus vielleicht.«

»Nein, stimmt nicht.«

»Also, ich glaube, er steht auf dich.«

»Und ich glaube, du bist nicht gerade hilfreich hier.«

»Wie sollte ich auch? Wo du mir im Grunde sagst, dass ein anderer Typ auf dich steht.«

»ER STEHT NICHT AUF MICH!!!!!«

Ein vorbeilaufender Jogger glotzte uns erschrocken an und Noah prustete los.

»Okay. Beruhig dich, Schöne.«

»Wie soll ich mich beruhigen! Du weigerst dich, meine Perspektive einzunehmen, und schleifst mich obendrein noch zum Kegeln.«

Seit dem Ballett hatte eine sonderbare Entwicklung stattgefunden und so langsam ging mir die schwer auf die Nerven. Wenn Noah und ich es mal schafften, uns zwischen den Proben zu treffen, wählte er mit sicherem Griff die unerotischsten Stelldicheins, die man sich denken konnte. Immer nur bei hellem Tageslicht. Niemals zu zweit. Zuerst das Pfannkuchenhaus, dann Einkaufen, dann auf einen Kaffee und jetzt auch noch zum Kegeln, verdammt noch mal.

»Ehrlich, Noah, kein Mensch geht mehr kegeln«, erklärte ich ihm auf dem Weg zur Kegelbahn von Middletown.

»Warum gibt's dann Kegelbahnen?«

»Um mich persönlich zu quälen.«

Noah streckte mir die Zunge raus. »Könnte doch lustig sein.«

»Nichts kann je lustig sein, wofür man derart hässliche Schuhe braucht.«

Er packte mich am Arm, zerrte mich hinein und bezahlte zwei Spiele.

Wir übergaben unsere Schuhe an die schlecht gelaunteste Frau der Weltgeschichte, die mir im Austausch für meine roten Ballerinas vollgeschwitzte Clownsschuhe überreichte.

»Ist nicht ein einziges Spiel schon Folter genug?«, zischte ich Noah zu, als ich mit dem Fuß hineinglitt. »Wurks! Die sind ja noch warm.«

Noah lachte nur. »Du siehst sexy drin aus.«

»Halt die Klappe.«

Aber als ich die Horrorschuhe mal überwunden hatte, besserte sich meine Laune schlagartig. Alle neune, gleich beim ersten Mal!

»Juhuuu«, kreischte ich und feierte mich durch einen Luftsprung. »Hast du das gesehen? Ich bin die Beste, das ist schon mal sonnenklar!«

Noah nickte anerkennend. »Glück gehabt.«

»Nicht Glück. Können.«

Noah übte noch eine ganze Weile seinen Wurf, bevor er schließlich Anlauf nahm und seine Kugel die Bahn hinabschickte. Sie schlug einen verhängnisvollen Schlingerkurs ein, scherte dann aus und hüpfte in die Rinne.

Ich amüsierte mich königlich.

»Du Flasche!« Ich formte mit den Händen ein Megafon vor meinem Mund. »Rinnenwurf.«

»Ich will dich nur in falscher Sicherheit wiegen.«

»Na klar.«

Er griff sich noch eine Kugel, machte probehalber ein paar weitere Trockenschwünge und ließ dann los. Diesmal raste die Kugel ziemlich aggressiv die Bahn hinunter, kam aber vom Kurs ab und warf nur einen mickrigen Kegel um.

»Hmmm«, sagte ich. »Ich glaube dir. Allerdings dürfte ich damit die Einzige sein.«

Noahs Lächeln wurde zur Grimasse.

»Kegeln ist gar nicht mal so blöd«, grinste ich selbstgefällig. Ich gab Noah einen flüchtigen Kuss auf die Lippen, holte mir noch eine Kugel, stellte mich auf und ließ sie rollen. Acht Kegel räumte sie ab und ich gönnte mir ein kleines Triumphgeheul.

»Kegeln ist sogar richtig lustig. Macht Spaß, oder?«

Noahs Gesicht verzerrte sich noch mehr.

Ein Spiel später (ich hatte natürlich gewonnen), und Noah und ich waren bereit, die traditionelle Herangehensweise ans Kegeln aufzugeben.

»Ich kann nicht glauben, dass die Schuhfrau dich wegen deiner miesen Störaktionen so zusammengefaltet hat.«

Ich kicherte. »Und ich kann nicht glauben, dass sie uns mit Hallenverweis gedroht hat.«

»Du bist auch ziemlich ausfallend geworden.«

»Mir ist nur mein Erfolg zu Kopf gestiegen. Ich wollte diesen Mann da gar nicht beleidigen. Der muss gedacht haben, ich hab ihn mitgemeint.«

»Also, glaubst du, du hast dich genug im Griff für noch ein Spiel?«

Wir saßen nebeneinander, mein Kopf auf seiner Schulter. Ziemlich verranzt war es hier. Der Teppich war mit Flecken zweifelhafter Herkunft übersät, bauchfreie Teenagergruppen flirteten miteinander oder zofften sich, und über den Fernseher an der Decke war jetzt mindestens schon zum dritten Mal Justin Bieber geflimmert. Doch trotz allem fühlte es sich für mich an wie der romantischste Ort auf Erden. Beim Zusammensein mit Noah war es immer, als hätte mir jemand einen riesigen Klumpen Vaseline über das periphere Gesichtsfeld geschmiert und so diese neblige, weichgezeichnete, perfekte Welt geschaffen.

»Ja, ich glaube, ich kann mich zusammenreißen«, sagte ich nach einigem Nachdenken. »Ich hab eine Idee, wie man das Spiel etwas aufmotzen könnte.«

Noah hörte auf, mir übers Haar zu streicheln. »Wie aufregend.«

»Hast du je Horoskope gelesen, als du noch jünger warst?«

»Also hör mal, natürlich nicht. Ich bin ein Kerl, erinnerst du dich?«

»Weißt du dann überhaupt, welches Sternzeichen du bist?«

»Na, also das weiß ich dann doch: Jungfrau.«

Ich drehte mich zu ihm und unsere Nasen berührten einander. »Was hältst du von Kosmischem Kegeln?«

Sein hinreißendes Grinsen erschien. »Lass hören.«

»Nun, das klassische Kegeln steigt mir offensichtlich zu sehr zu Kopf und ich muss mich benehmen, damit der Schuhdrache uns nicht abmurkst. Aber was, wenn wir unseren Ergebnissen eine tiefere Bedeutung geben?«

»Ich komm nicht wirklich mit.«

»Also, wir stellen der Kugel Fragen zu unserem Leben. Schicksalsfragen an den Kosmos, wie beim Magic-8-Ball. Und wenn wir die Kugel dann werfen, enthüllt sie je nach Ergebnis unsere Zukunft.«

Noah stand auf. »Klingt gut.«

»Du zuerst.«

»Okay.«

Er nahm seine blaue Lieblingskugel. »Welche Frage soll ich ihr stellen?«

»Ganz wie du willst.«

»Hmm. Wie wär's mit: Wird meine Band irgendwann mal berühmter als die Ponyboys?«

»Gute Frage.«

Schon wollte er werfen, aber ich hielt ihn zurück. »Moment!«

Er fuhr mitten in der Pendelbewegung herum. »Was denn?«

»Du musst der Kugel vorher noch die Bedingungen nennen, damit sie weiß, auf welchen kosmischen Weg sie dich führen soll.«

Noah lächelte wieder. »Natürlich.«

»Also«, fuhr ich fort. »Wenn du alle neune hast, heißt das, eure Band stampft die Ponyboys in Grund und Boden. Euer Debütalbum kriegt x-mal Platin, ihr räumt bei den NME-Awards ab und kriegt dann das Wembleystadion voll.«

»Hört sich gut an.«

»Ja. Aber falls du erst im zweiten Anlauf abräumst, dann wird alles so lala. Du kriegst einen Plattenvertrag und verdienst genug, um von der Musik zu leben, aber den richtigen Durchbruch schaffst du nie, sondern tingelst mit deiner Band von einem Uni-Jahrgangstreffen zum nächsten.«

Noah nickte. »Klingt immer noch ziemlich gut. Was, wenn ich gar nichts treffe?«

Ich zuckte die Schultern.

»Also, abgesehen davon, dass du dann eine absolute Kegelniete bist, wird's deine Band auch nie schaffen. Mit Mitte dreißig wirst du immer noch versuchen, den sogenannten Fuß in die Tür zu kriegen, und trittst in Scheißläden mit leeren Tanzflächen auf. Dann endest du in einem Bürojob, der so entsetzlich ist, dass du den halben Tag in der Toilettenkabine verbringst und rumschluchzt, wie sehr du dein Talent vergeudest.«

Noah drehte die Kugel in seinen Händen. »Jetzt fühl ich mich doch ziemlich unter Druck gesetzt«, sagte er. »Kosmisches Kegeln macht mir Schiss.«

»Ach was, du Weichei. Wirf einfach die Kugel.«

Diesmal konzentrierte sich Noah wirklich auf seinen Wurf. Er riss den Arm zurück, beugte sich nach vorn und gab die Kugel frei. Mit Karacho schoss sie die Bahn hinunter und machte kurzen Prozess mit den Kegeln.

Noah machte einen Luftsprung. »Juhuuuuu! Wembley, ich komme!«

Er hob mich hoch, wirbelte mich herum und drückte mir einen schwindelerregenden Kuss auf die Lippen.

»Zufrieden?«

»Zufrieden? Ich spiel im Wembley! Die Kugel hat's gesagt!«

»Gut gemacht. Ich freue mich für dich.«

»Alles klar. Jetzt bist du dran.«

In der nächsten halben Stunde lernten wir ziemlich viel über unsere Zukunft. Ich würde in all meinen Fächern bestehen, aber trotzdem nur auf meiner Zweitwahl-Uni landen. Noah fand heraus, dass er als Fettsüchtiger enden würde (Rinnenwurf). Ich würde Ruth in unserem Wer-bekommt-das-bessere-Leben-Wettbewerb schlagen. Und das Kosmische Kegeln enthüllte auch, dass ich zwei Kinder haben würde, einen Jungen und ein Mädchen.

Noah nahm meine Hand und drückte sie. »Stell dir mal vor, wie großartig unsere Kinder sein werden«, sagte er.

Und ich kippte beinahe um vor Verzückung über das Versprechen, das darin lag.

»Wow«, sagte ich. »Unsere Lebenswege sind jetzt so ziemlich festgelegt. Kein Raum mehr für irgendwelche Überraschungen, glaube ich.«

Noah wies auf die Ergebnisanzeige. »Im Moment liegt es Kopf an Kopf. Und du hast den letzten Wurf, also mach was draus.«

»Okay.« Ich griff mir eine Kugel. »Dieser letzte ist für uns. Bei ›alle neune‹ reiten wir in den Sonnenaufgang und leben glücklich bis an unser Lebensende, wie im Märchen.«

»Versieb das nicht.«

»Tu ich nicht, keine Sorge. Ach ja: Wenn ich erst im zweiten Anlauf abräume, dann bleiben wir trotzdem zusammen, aber es wird schwer. Um die vierzig kriselt es ganz gewaltig, doch wir stehen das durch, mit viel Paartherapie.«

»Hmm. Nicht gerade ideal. Aber immerhin bleiben wir zusammen. Was, wenn du keinen einzigen Kegel umlegst?«

Ich seufzte und dachte an meinen Termin bei Dr. Ashley.

»Tja, das heißt dann, dass wir's nicht schaffen. Dann enden wir damit, füreinander die ›erste Liebe‹ gewesen zu sein, und werden ab und an im Suff bei Partygesprächen wiedergekäut.

Wir entwickeln uns weiter, treffen andere Leute, leben getrennte Leben.«

Die Worte blieben mir im Hals stecken. Noah schien es auch nicht sonderlich gut damit zu gehen.

»Na dann«, sagte er und versuchte, es mit einem schiefen Grinsen ins Komische zu kehren. »Dann kegel mal los und stell die Weichen für unsere Zukunft.«

Um meine sportlichen Leistungen hatte ich mich in meinem ganzen Leben noch nicht geschert. Aber jetzt wollte ich mehr als alles auf der Welt diese neun Kegel abräumen. Konzentriert nahm ich sie ins Visier. Sie schienen auf einmal viel weiter entfernt als vorher. Ich atmete durch und führte den Wurf in meinem Kopf schon mal aus. Hob die Kugel, nahm Anlauf ... doch gerade als ich loslassen wollte, rutschte ich auf irgendetwas aus. Ich schwankte einen Augenblick, versuchte, das Gleichgewicht zu halten, doch vergeblich. Die Kugel flog aus meiner Hand, rückwärts durch die Luft und verfehlte die Familie auf der Nachbarbahn nur um ein Haar. Mit einem durchdringenden »Ufffz« landete ich auf meinem Hintern.

Gelächter. Das meiste von Noah, der Rest von der beinahe getroffenen Familie.

Noah stand hinter mir und applaudierte. »Allererste Sahne! Unübertrefflich«, stieß er schnaubend zwischen Schluckaufsalven hervor. »Dein Gesicht hättest du sehen müssen! Obwohl: Mir graust bei der Frage, was das für unsere gemeinsame Zukunft bedeutet. Ich fürchte, fürs Rückwärtsschleudern haben wir gar keine Kosmische Regel aufgestellt.«

Ich brach ebenfalls in Lachen aus, hörte jedoch abrupt auf, als ich sah, dass die missgelaunte Kegelschuhfrau angerauscht kam.

Ihr Gesicht war knallrot, die Schweinsäuglein wölbten sich hervor.

»Ich dachte, ich hätte Sie davor gewarnt«, keuchte sie wutschnaubend, »noch für weitere Störungen zu sorgen.«

Ich senkte den Blick auf meine Clownsschuhe und sah, dass ein Schnürsenkel offen war. Also darauf war ich ausgerutscht.

»Das war nur ein Unfall«, beteuerte ich. »Diese Bahnen sind ja spiegelglatt.«

»Ist mir gleich. Ich möchte, dass Sie gehen, alle beide. Sofort.«

Ich wollte gerade protestieren, als Noah mich um des lieben Friedens willen wegführte.

»Aber das war KEINE ABSICHT«, rief ich, als wir unsere Schuhe zurücktauschten.

»Pssst. Komm schon. Wir gehen was essen.«

Die Griesgrämin begleitete uns bis an die Tür, um sicherzustellen, dass wir wirklich gingen.

Draußen war es eisig.

»Ist das gerade wirklich passiert?«, fragte ich.

Noah legte seinen Arm um mich. »Ja.«

»Ernsthaft? Bin ich gerade aus einer … Kegelbahn rausgeworfen worden?«

»Ganz genau.«

Und dann lachten wir. Laut und lange. Bis Noah mich enger an sich drückte. »Ich liebe dich so sehr, Penny Lawson«, sagte er und küsste mich auf den Scheitel. »Du machst mich so überirdisch glücklich.«

Ich musste lächeln, doch noch dringender musste ich jetzt mal genau nachhaken.

»Wenn ich dich so glücklich mache, warum sehen wir uns dann nie allein?«

Noah drehte mich zu sich. »Was meinst du damit?«

»Ach, nichts.«

»Penny?«

Ich senkte den Blick zu meinen Füßen.

»Nur ... also weißt du, ich bin ja nicht bescheuert. Seit Ewigkeiten bin ich nicht in deiner Wohnung gewesen. Genau genommen waren wir seit London nirgendwo mehr zu zweit, und dazu kommt diese endlose Liste unerotischer Aktivitäten, die du ausgearbeitet hast. Nur, damit wir ständig unter Beobachtung stehen. Das ist echt ziemlich durchsichtig.«

Noah kratzte sich am Ohr und schaute unbehaglich drein. »Was soll das heißen, ziemlich durchsichtig?«

»Sex. Du willst vermeiden, dass wir allein sind.«

Noah seufzte. »Ich hab einfach gedacht, wir täten uns leichter, wenn wir unter Leuten bleiben. An Orten ohne ein Bett in Reichweite.«

»Wie zum Beispiel Kegelbahnen und Pfannkuchenhäuser?«

Noah richtete einen Finger auf mich. »He! Du kannst nicht bestreiten, dass es lustig war.«

»Ja, schon. Aber trotzdem ... Noah, ich find's unfair, dass ich bei alldem kein Wörtchen mitreden darf.«

»Bei alldem?«

Ich wies auf den Abstand zwischen uns. »Das hier? Uns. Sex. Mir passt nicht, dass du hier derjenige bist, der allein entscheidet, wann wir so weit sind.«

Er schüttelte den Kopf. »So hab ich das ja gar nicht gemeint.«

»Das ist auch meine Entscheidung, weißt du? Ich bin nicht irgendeine Minderjährige mit emotionalen Defiziten, über die du bestimmen kannst. Ich bin deine Freundin.«

»Ich will dich einfach nicht unter Druck setzen.«

»Das tust du nicht.«

»Aber ich würde es vielleicht tun, wenn ich mit dir alleine bin. Und davor hab ich Schiss.«

Ich lächelte. »Findest du nicht, es sollte unsere gemeinsame

Entscheidung sein, wann und ob wir unsere Triebe *nicht* beherrschen?«

Jetzt lächelte er auch. »Ja, wahrscheinlich hast du recht.«

»Wenn ich dich schon beim Bowlen derart problemlos auf deinen Platz verweise, werd ich ja wohl im Schlafzimmer auch noch mit dir fertig.«

»Du hast ja recht.«

»Noah, wie oft soll ich's dir noch sagen? Ich hab *immer* recht.«

Und dann drückte er mich fest an sich und wir gingen uns stärken.

29:2

Die Kunst, sich gleichzeitig zu konzentrieren und zu schlafen, hatte Rain mittlerweile perfektioniert. Gäbe es eine olympische Disziplin namens »Konzenschlafen«, wäre Rain tatsächlich ein heißer Kandidat für Gold. An seinen letzten Schlaf im klassischen Sinne des Worts konnte er sich nicht mal mehr erinnern. Bei Schlaf dachte man an Betten, Schlafanzüge, acht Stunden, Wecker. Wohingegen er sein Bett seit Wochen nicht mehr gesehen hatte. Kleidung und Lebensmittel wurden ins Labor geliefert, Duschen gab es in den Hightech-Sanitäranlagen, und Treffen mit Freunden standen ohnehin nicht zur Debatte, solange die Situation hier nicht bereinigt war. Nicht, dass ihm noch irgendwelche Freunde geblieben wären. Die meisten hatte er schon während seiner knallharten Ausbildung aus den Augen verloren. Offensichtlich hatte die Mehrzahl der Leute wenig Geduld mit jemandem, der ständig alle Verabredungen absagte, ohne jemals einen Grund dafür nennen zu dürfen. Doch in Wahrheit würden sie die Wahrheit ja gar nicht verkraften. Das würde alles kaputtmachen. Jeden. Er selbst wäre ja auch nur allzu gerne wieder ahnungslos. Erwünscht war, dass man innerhalb der Firma Freundschaften schloss und Partner fand. Die Firma als eine Art wissenschaftlich-inzestuöse Kontaktvermittlung. Und in gewisser Hinsicht ergab das sogar Sinn. Rain konnte sich nicht vorstellen, je mit einer Frau zusammenzukommen, die er nicht einweihen durfte. Sie sagen zu hören, dass sie ihn liebte, und es ihr nicht erwidern zu können. Wie sollte er auch? Es war ja völlig bedeutungslos.

Er verarbeitete kaum noch, was er auf dem Monitor sah. Seine Augen hatten sich mittlerweile so daran gewöhnt, dass er die Daten schon fast unterbewusst erfasste. Das ging inzwischen beinahe instinktiv. Dr. Beaumont hatte ihn schon darauf vorbereitet.

Als hätte sie seine Gedanken gelesen, stand sie plötzlich neben ihm.

»Rain?«, fragte sie gebieterisch.

Er schnalzte ins volle Bewusstsein zurück, sein Körper starr vor Schreck.

»Dr. Beaumont?« Hektisch tippte er vor sich hin, um seine Weggetretenheit zu kaschieren.

Doch zwischen ihn und die Tastatur drängte sich plötzlich ein großer Reiserucksack. Mit einem Wumms landete er vor seiner Nase und verscheuchte den Rest seines Dämmerzustands.

»Gehen Sie packen.«

»Packen?« War er jetzt gefeuert?

»In Ihrem Spind ist Kleidung zum Wechseln. Nehmen Sie genug mit, es muss mindestens zwei Wochen reichen.«

Er drehte sich zu ihr. Sie wirkte völlig aufgelöst. Ihre sonst so makellose Frisur sah aus wie ein Gestrüpp, in das sich eine Brille verheddert hatte. Und ihr Gesicht war rot gefleckt, als hätte sie geweint … Wenn sie dazu überhaupt fähig gewesen wäre.

»Ich verstehe nicht …«, fing er an, doch sie fiel ihm ins Wort.

»Wir fliegen nach England. Die Privatmaschine geht in einer halben Stunde.«

Verwirrt blickte Rain vom Rucksack zu ihrem Gesicht und wieder zurück zum Rucksack.

»England?«

»Ja. Packen Sie. Und zwar sofort.«

Er zuckte mit dem Kopf. »Ich begreife noch immer nicht.«

Ein Anflug von Ungeduld huschte über ihr Gesicht. »Was gibt's daran nicht zu verstehen, Rain?«

Er wies ruckartig mit dem Daumen auf die Bildschirme. »Es hat doch kaum Ausschläge gegeben in letzter Zeit. Es ist wirklich ruhig gewesen.«

»Rain, Rain, Rain, hab ich Ihnen denn gar nichts beigebracht?« Sie fuhr sich mit den Händen durchs Haar. »Haben Sie sich die Daten nicht angeschaut?«

»Doch. Alles bestens. Die Toleranz, von der Sie immer reden, die scheint noch wirksam zu sein.«

Sie blickte höhnisch auf seinen Bildschirm. »Sie schauen sich nur die Messungen an, die einlaufen, wenn beide zusammen sind. Aber das Energieniveau der beiden separat, das haben Sie nicht verfolgt?«

Er verneinte kopfschüttelnd. »Warum sollte ich? Sorgen müssen wir uns doch nur machen, wenn beide zusammen sind.«

»Sie hirnverbrannter Idiot!« Sie beugte sich vor und rief von beiden Pendants die jeweiligen Daten der letzten vierundzwanzig Stunden auf. Sofort erkannte Rain den massiven Ausschlag in ihren jeweiligen Energiekurven, fast genau zum identischen Zeitpunkt.

Er schnappte nach Luft. »Was soll das heißen?«

»Das heißt, dass sie gerade beschlossen haben, miteinander zu schlafen.«

Sein Herz rutschte ihm in die Hose und pures Grauen packte ihn. »Was? Wie denn? Die sind doch noch nicht mal am gleichen Ort.«

»Das sind Seelengefährten, Rain. Die müssen sich nicht im selben Raum aufhalten, um solche Entscheidungen zu treffen – die nehmen einander wahr, falls Sie sich erinnern.«

Er stand auf, plötzlich von wilder Eile ergriffen. »Wir müssen sie abfangen.«

Anita nickte heftig. »Na endlich, Sie haben's kapiert. Und jetzt gehen Sie endlich packen!«

Er schnappte sich den Rucksack und flitzte los, nur um direkt vor der Tür abzubremsen und sich noch einmal umzudrehen.

»Anita? Das ist ein Acht-Stunden-Flug. Was, wenn wir nicht rechtzeitig bei ihnen sind?«

Jede verbliebene Farbe floss aus ihrem Gesicht. Ihre Antwort war kaum mehr als ein Flüstern.

»Dann habe ich einen gewaltigen Fehler gemacht.«

30

Und schon war der Tag des großen Auftritts gekommen.

»Heute Nacht gehst du mit ihm ins Bett, was?«, fragte Lizzie. Sie nahm gerade meinen Schminktisch in Beschlag und bürstete eine Mascaraschicht nach der anderen auf.

»Was? Red keinen Blödsinn. Natürlich nicht.«

»Wirst du doch. Das ist so dermaßen offensichtlich.« Ruth hatte sich mein Glätteisen unter den Nagel gerissen und war seit fast einer Stunde dabei, ihrem roten Haar einen Außenschwung zu verleihen. »Sonst hättest du dir nicht die Fußnägel lackiert.«

Ich blickte hinab zu meinen perfekt pedikürten Füßen, an denen ich den ganzen Morgen über rumpoliert hatte. »Darf ein Mädchen nicht einfach schöne Fußnägel haben wollen?«

»Bisher waren dir deine Fußnägel doch immer total schnuppe«, sagte Amanda. Sie belagerte meinen Zweitspiegel und trug Lipgloss auf. »Du lackierst sie dir ja fast den ganzen Sommer über nicht, noch nicht mal zur Flipflopzeit.«

Die Mädchen waren bei mir eingefallen, um sich schön zu machen und vor dem Konzert ein wenig vorzuglühen. Ich hatte mich darauf gefreut. Normalerweise waren diese gemeinsamen Vorbereitungen der beste Teil des Abends, doch diesmal … Nein. Die nahmen mich derart in die Mangel, dass es schon nicht mehr feierlich war.

Ich nahm einen Schluck von meinem Rosé und setzte mich aufs Bett.

»Ich glaub wirklich nicht, dass meine Fußnägel irgendwas

darüber aussagen, ob ich vorhabe, mit meinem Freund zu schlafen oder nicht.«

»Das magst du durchaus glauben«, sagte Lizzie, schob ihre Mascarabürste zurück ins Röhrchen und zog den Eyeliner hervor. »Aber unterbewusst schließt du es nicht aus. Deshalb machst du dich heute auch so mit deinem Aussehen verrückt.«

»Ich mach mich kein bisschen mit meinem Aussehen verrückt. Ich würde mich nur gern einfach in meinem eigenen Zuhause fertig machen, ohne dass ihr« – ich machte eine Rundumgeste – »sämtliche spiegelnden Oberflächen und meine komplette Schmink- und Frisierausrüstung mit Beschlag belegt.«

Ruth knipste das Glätteisen aus und legte es, immer noch glühend, mitten auf meinen Teppich. Ich schnitt eine schmerzvolle Grimasse, verkniff mir aber jeden Kommentar.

»Ach, komm runter, Lawson«, sagte sie. »Um deine Schönheit kümmern wir uns schon. Keine Sorge.«

Ich nahm noch einen Schluck Wein. »Nee, schönen Dank auch …« Über Amandas Kopf hinweg musterte ich mein nacktes Gesicht im Spiegel. »An meine Haare und mein Make-up lass ich niemanden ran.«

»Nun stell dich nicht so an«, sagte Lizzie. »Vertrau uns. Du wirst absolut bemerkenswert aussehen.«

»Bemerkenswert heißt doch gar nichts. Manchmal machst du Bemerkungen über Leute, weil sie GRAUENHAFT aussehen.«

»Im Ernst, krieg dich ein. Du wirst fabelhaft aussehen. Vertrau uns. Das Kleid war ja schon mal ein Volltreffer, oder?«

Ich blickte hinunter auf das wunderschöne grüne Kleid, zu dessen Kauf ich mich hatte breitschlagen lassen. Es sah noch genauso perfekt aus wie im Geschäft. Eigentlich sah es derart gut aus, dass ich mich bewusst bremsen musste, nicht alle paar Sekunden in den Spiegel zu schauen.

Lizzie war inzwischen fertig mit ihrer Kajalumrandung und ließ alle Utensilien in ihr Schminktäschchen zurückplumpsen.

»Voilà.« Sie machte einen Schmollmund in den Spiegel und drehte sich dann zu mir. »So, und jetzt du.«

Ruth betonierte ihr Haar mit drei Litern Haarspray. »Ich wär dann auch so weit. Ich kann dir helfen.«

Oh Herr im Himmel.

»Jetzt schau nicht so verschreckt.« Lizzie kam mit einem bösartigen Glitzern im Auge auf mich zu und hielt ihre Schminktasche umklammert wie ein gefährliches Werkzeug.

»Du wirst sensationell aussehen. Noah wird denken, er hat sechs Richtige im Lotto.«

Ich exte meinen Rest Rosé und schloss die Augen.

»Meinetwegen. Tut, was ihr nicht lassen könnt.«

Ich traute mich nicht, die Augen wieder aufzumachen. Besonders nach dem Gemurmel meiner Freundinnen: »Upps«, »Igitt, nicht diese Farbe«, »Da sollten wir wieder was wegwischen«. Und so hielt ich sie eisern geschlossen, als Lizzie verkündete, ich sei jetzt fertig.

»Danke, Mädels. Sieht super aus.«

»Penny. Du hast es dir ja noch nicht mal angeguckt. Mach die verdammten Augen auf.«

Nervös öffnete ich erst das eine, dann das andere Auge und gestattete mir einen zögerlichen Blick in den Spiegel.

Keuch.

Das Mädchen, das mir entgegenschaute, sah mir nicht im Mindesten ähnlich. Ich war durch eine atemberaubende, elegante Frau ersetzt worden. Jawohl, Frau. Sie hatten irgendwas mit meinen Augen angestellt, wie bei einer Katze, mit grünem Lidschatten, der perfekt zum Kleid passte. Wangenknochen, deren Existenz ich nie geahnt hatte, waren von irgendeinem wunderwirkenden Rouge herausmodelliert worden. Meine Lippen hatten eine natürliche Farbe, schmollten aber dank Lipgloss, als hätte mich eine Biene hineingestochen. Das alles wurde eingerahmt von vereinzelten Kringellöckchen, während der Rest meines sonst immer so schlappen Haars nachlässig aufgesteckt worden war.

»Gefällt's dir?«, fragte Amanda, den Puderpinsel noch in der Hand. »Sind die Augen irgendwie übertrieben?«

»Überhaupt nicht! Die sind klasse!«, sagte ich, völlig unfähig, den Blick von meinem eigenen Spiegelbild loszureißen.

»Die Frisur ist von mir«, sagte Lizzie. »Gefallen dir die Haare?«

»Fantastisch«, gab ich zu. »Ich weiß nicht, wie du das hingekriegt hast, aber da muss Magie im Spiel sein. Ich hab nie kapiert, was man mit Haarnadeln eigentlich anstellen soll.«

»Jetzt wirst du mit ihm schlafen, hundertpro.« Ruths Augen glühten. »Wenn Noah dich so sieht, wird er gar nicht anders können.«

»Wow, Ruth«, sagte ich. »War das allen Ernstes ein Kompliment?«

Sie streckte mir die Zunge raus. »Weißt du was? Ich geb's nur ungern zu, aber du siehst gut aus, Zwerg. Jetzt wünschte ich, ich hätte Lizzie an meine Haare gelassen. Ich wollte aber erst mal abwarten, was sie mit deinen veranstaltet.«

»Und genau das«, sagte ich, »nennt man Schicksal.«

Ich schnappte mir die Flasche und verteilte den Rest gleichmäßig auf unsere Gläser. Wir hatten uns nur eine Flasche geteilt. Keine von uns wollte sich zulaufen lassen und den Abend ruinieren.

»Ich spreche einen Toast aus, Mädels. Auf einen wunderbar gelungenen Abend.«

»Da schließe ich mich an«, rief Lizzie.

»Ich auch«, sagte Amanda.

Und Ruth ließ ihr Glas an unsere klirren. »Und auf Penny, bei der sich endlich mal was tut.«

Ich ging spielerisch auf sie los. »Ich – geh – nicht – mit – ihm – ins – Bett. Fußnägel hin oder her.«

Ruth nahm einen Schluck.

»Ja, ja, ja,«, murrte sie. »Warte nur, bis du ihn auf der Bühne siehst.«

In eine Feuerwolke aus mädchenhafter Stimmung gehüllt bestiegen wir den Bus. Der Wein hatte uns verkichert gemacht und offenbar ziemlich nervtötend, denn die Rentner, die ganz unschuldig ihre Einkäufe nach Hause transportieren wollten, wirkten zunehmend gereizt.

Alles begann ganz harmlos mit einem Ponyboys-Song, vorgetragen von Ruth. Das heizte uns alle an und rasch stimmten wir ein. Als wir das Repertoire der Ponyboys erschöpft hatten, stiegen wir auf Queen um, unseren persönlichen Favoriten. Das Problem war nur: Wenn man etwas angeschickert ist, vergisst man gern, dass alle anderen nicht angeschickert sind, und deshalb stießen unsere Bitten an den Busfahrer, doch die Galileo-Teile der *Bohemian Rhapsody* zu übernehmen, auf taube Ohren. Ich glaube gar nicht so sehr, dass der Wein für unser aufdringliches Die-jungen-Leute-heutzutage-haben-kein-Respektverhalten verantwortlich war, sondern die Aufregung. Die prickelnde Erwartung dessen, was der Abend für uns bereithalten würde. Ein Abend, an dem wir wahrscheinlich massenhaft süße Erinnerungen sammeln würden, die wir in ein paar Jahrzehnten, wenn wir alt und langweilig waren, immer wieder durchkauen konnten.

Als der Busfahrer uns endlich absetzte, sichtlich erleichtert, war die Sonne schon untergegangen. Nur ein roter Streifen Tag glühte noch über dem Horizont und ließ die Arena in unheimlichem Licht erglimmen. Die Teenager hatten vor dem Eingang bereits eine Schlange aus bibbernden, unterbekleideten Leibern gebildet. Die Mädchen drückten im Stehen die Arme gegen die Brust, warfen ihr Haar zurück und giggelten herum, trotz zunehmend blauer Lippen und nackten Gänsehautbäuchen. Die Jungs waren in ihre uniforme Konzertmontur gehüllt – Jeans und Band-T-Shirt. Sie gaben ebenfalls vor, nicht zu frieren, doch ihre Technik bestand im Brustkorbaufblasen und in Ablenkung durch Billigdosenbier, das sie um die Wette soffen.

Da standen wir nun und betrachteten das Gedränge.

»Da ist aber schon ein ganzer Haufen Leute da«, sagte Amanda zähneklappernd, die Arme um ihr schwarzes Kleid geschlungen. »Dabei dauert's doch noch über eine Stunde bis zum Einlass.«

Ruth zuckte die Schultern. »Die Ponyboys sind halt ein Riesending. Da wollen alle in die erste Reihe.«

Lizzie hüpfte von einem Bein aufs andere wie ein Kind, das mal Pipi muss.

Es war eisig. Ich spürte, wie sich mein Körper unter dem dünnen Seidenkleid mit Gänsehaut überzog. »Ich bin nur froh, dass wir direkt reingehen können.«

Lizzie nickte. »Ich auch. Wo müssen wir hin?«

Meine Augen suchten die Wände der eindrucksvollen Arena ab. »Keine Ahnung. Wahrscheinlich zum Bühneneingang, wo auch immer der ist.«

»Na ja, vorne wohl kaum, oder?«, sagte Ruth. »Komm, wir gehen mal herum. Das hält uns warm.«

Wir begannen, den riesigen Bau zu umrunden. In dem hätte man locker die komplette Einwohnerschaft von Middletown unterbringen können und noch ein, zwei Nachbargemeinden dazu.

»Ich kann nicht fassen, dass mein Freund in so einem Megastadion auftritt«, murmelte ich vor mich hin.

»Meiner auch«, warf Ruth ein. »Vergiss Will nicht.«

Lizzie verdrehte die Augen. »Wie sollten wir auch?«, flüsterte sie und ich kicherte in mich hinein.

Nachdem wir eine Weile in unseren Pumps dahingeklackert waren, kam ein Parkplatz mit lauter weißen Lastwagen und einem gigantischen Tourbus in Sicht.

»Ich glaube, da ist es«, sagte Ruth. »Wow. Das muss der Tourbus der Ponyboys sein.«

»Gott, ist der riesig!« Amanda kriegte den Mund gar nicht mehr zu.

Das meiste schien sich vor einer Doppeltür abzuspielen, die von einem Paar ebenso fettleibiger wie Furcht einflößender Türsteher bewacht wurde. Sie trugen schwarze *Men-in-Black*-Anzüge und Sonnenbrillen, obwohl es inzwischen stockdunkel war. Sie nickten den Scharen untersetzter Männer zu, die Soundanlagen an ihnen vorbeischleppten.

»Ich nehm mal an, das sind die Typen, die unsere Backstagepässe haben«, schluckte ich. Hoffentlich hatte Noah daran gedacht, sie zu hinterlegen.

Wir staksten hinüber, sämtliche Hochgefühle sicher unter Verschluss, da zweifellos jedes Fehlverhalten unsererseits den Abend frühzeitig beenden würde. Die Türsteher drehten sich zu uns um.

»Groupies müssen sich genauso anstellen wie jeder andere

auch«, dröhnte der Größere von beiden. »Und mir ist scheißegal, mit welchem Bandmitglied ihr euch zum Vögeln verabredet habt, geht bitte zum Vordereingang.«

Also, dieser Kommentar brachte mich echt auf die Palme.

»Wir sind keine Fans«, sagte ich knapp. »Wir sind enge Freundinnen der Vorband …«

Der etwas weniger Fette unterbrach mich. »Das sagen alle Fans. Enge Freundinnen, ich bepiss mich. Ab nach vorne, Mädels. Abflug.«

Da war er bei mir aber an die Falsche geraten. »Sie hören mir nicht zu. Wir sind keine blöden Fans. Wir sind mit der Band hier …«

Der Fette klappte den Mund auf.

»… und bevor Sie mir wieder ins Wort fallen und uns noch mehr Beleidigungen an den Kopf werfen, schlage ich vor, dass Sie einfach mal einen Blick auf Ihre Liste werfen, wo Sie schwarz auf weiß unsere Namen finden werden.«

»Na gut …«, sagte der Dünnere gereizt. »Wie heißt ihr?«

»Penny Lawson, Elizabeth Heeley, Amanda Price und Ruth Cosmos.«

Der Mann kramte in seinem Anzug herum und zog ein zerknülltes Papier hervor.

»Solltet ihr Mädels hier nicht draufstehen, bezweifle ich schwer, dass ihr *überhaupt* reinkommt nach der dreisten Nummer hier.«

»Wir stehen drauf«, sagte ich, drückte die Daumen und betete wie besessen, dass Noah es nicht vergessen hatte.

Mit tief gefurchter Stirn betrachtete der Ordner das Ende seiner Liste. »Ah ja. Da hab ich euch ja.«

Ich verspürte ein überwältigendes Bedürfnis, ihm ein »Hab ich's nicht gesagt?« reinzudrücken, verkniff es mir aber.

»Lassen Sie uns jetzt rein?«, fragte Ruth.

»Klar.« Zögerlich gab er den Weg frei. »Da entlang und dann links.«

Als wir erst mal sicher drinnen waren, sprang unsere Begeisterung wieder auf volle Voltzahl und entlud sich in aufgeregtem Johlen.

»Meine Fresse«, sagte Amanda. »Ich hab echt nicht mehr daran geglaubt, dass wir reinkommen.«

»Wo zum Teufel kam diese Selbstsicherheit her, Penny?«, fragte Lizzie. »Normalerweise traust du dich doch nicht mal, kaltes Essen im Restaurant zurückzuschicken, selbst wenn es noch tiefgefroren ist.«

Ich lachte. »Ich hasse Türsteher. Alles Dummbratzen, die glauben, sie haben was zu melden. Die wecken die Powerfrau in mir.«

Auf hohen Hacken trudelten wir den Gang entlang, fasziniert von all dem Gewusel um uns herum. Überall waren Kabel, kilometerweise Kabel, und jeder, an dem wir vorbeikamen, trug ein Klemmbrett mit sich rum. Ich hatte jede Orientierung verloren und hoffte, dass diese Abbiegung nach links sich irgendwann auftun würde, bevor mich meine hohen Absätze umbrachten.

Und dann erschienen wie aus dem Nichts Noah und seine Jungs aus irgendeiner Ritze in der Wand.

Noah entdeckte uns und lächelte – ein riesiges, strahlendes Grinsen, das direkt auf mich gerichtet war.

»Ihr habt's geschafft!«

Er sah UMWERFEND aus. Er musste nur auf mich zugehen, um mir die Knie weich zu machen. Er trug zerfetzte dunkle Jeans und ein schlichtes schwarzes T-Shirt, doch unter dem Stoff zeichnete sich jeder Muskel einzeln ab und die Wölbungen seiner Arme waren ausgestellt wie in der Glasvitrine. Eine Kette trug er auch, so ein indianermäßiges Perlendings, normalerweise ein gefundenes Fressen für meinen Hohn. Egal – an Noah sah sie lässig und großartig aus. Er hatte sich sogar die Mühe gemacht, sich eine Fünfzigerjahre-Tolle hinzugelen und sie dann noch gekonnt zu zerzausen. Wie gern hätte ich da selbst reingewuschelt. Ich wollte sein Gesicht in die Hände nehmen. Durch die Seide meines Kleids wummerte mein Herz wie verrückt und ich brauchte meine ganze Selbstbeherrschung, um mich nicht auf ihn zu stürzen.

Dann waren seine Arme um mich geschlungen, umfassten mich und ich spürte die Feuchtigkeit seines Kusses auf meiner Wange und roch seinen herrlichen Geruch.

»Wir wären fast nicht reingekommen«, murmelte ich in seine Brust. »Die Türsteher waren wirklich das Letzte.«

»Die sind der Albtraum gewesen«, meinte er. »Einer hat die Ehefrau von Brian ein Groupie genannt und sie draußen anstehen lassen. Sie hat total rotgesehen und Brian angerufen und gefragt, ob er wirklich Groupies hat.«

Ich entwand mich seinen Armen. »Brian? Wie Brian von den Ponyboys? Mit dem hast du dich unterhalten?«

Noah nickte. »Ja. Wir haben den ganzen Nachmittag zusammen rumgehangen. Die sind wirklich nett.«

»Und ganz zufällig auch nicht ohne Einfluss.«

Er lachte. »Muss man wohl so sehen.«

Die anderen rissen hinter uns gemeinsam ihre Witze. Ruth hatte Will bereits publikumswirksam abgeknutscht wie ein Tier, um ihn »zu entspannen«, und alle anderen schienen ein Herz und eine Seele. Lizzie walzte unser Intermezzo mit den fettleibigen Türstehern bis ins kleinste Detail aus und hatte die Lacher auf ihrer Seite.

Hier drinnen war es viel wärmer und ich schlüpfte aus meinem Mantel.

»Kann ich den irgendwo deponieren?«, fragte ich Noah. Ich

hielt ihm den Mantel unter die Nase, aber er starrte mich nur an wie gelähmt. »Was ist los?«

»Penny, du siehst unglaublich aus«, flüsterte er.

Ich errötete und drehte mich neckisch um die eigene Achse. »Das ist mein neues Kleid. Gefällt es dir?«

Noah zog mich praktisch mit Blicken aus. »Gefallen? Im Ernst? Wie soll ich mich konzentrieren, wenn du im Publikum stehst und *so* aussiehst?«

Lächelnd aalte ich mich in seiner Aufmerksamkeit. Dann schnippte ich vor seinen Augen ein paar Mal neckisch mit den Fingern, als müsste ich den hypnotischen Lustbann brechen.

»Mantel«, sagte ich. »Wohin damit?«

Noah schnappte sich meinen Arm und führte mich fort. »Hier. Ich zeig dir, wo.«

Er führte mich durch seine Garderobe, in einen kleinen begehbaren Wandschrank hinein, wo eine Menge Mäntel, Schals und Taschen herunterbaumelten.

»Hier«, sagte er. »Nach dem Konzert kannst du ihn dir wieder abholen.«

»Danke.« Ich zog einen Kleiderbügel herunter und hängte meinen Mantel darauf. Als ich mich wieder umdrehte, nahm Noahs Mund mich in Empfang. Ich wurde rücklings in die Jacken geschubst und schon lag ich in seinen Armen.

»Noah? Was wird das hier?«

Er antwortete zwischen Küssen auf meinen Hals. »Komm schon. Du siehst so wunderschön aus.«

»Musst du nicht noch irgendwas proben oder so?«

»Pssst.«

Mehr an Gegenwehr hatte ich einfach nicht zu bieten – ich küsste ihn zurück, wie eine Besessene.

31

Im Zustand völliger Auflösung und unter dem Gejohle unserer Freunde entstiegen wir der Garderobe. Peinlicher ging es kaum.

»Das hat ja ein Weilchen gedauert«, sagte Will anzüglich. Er stand aufgepumpt da wie ein Bodybuilder, einen Arm um Ruth gelegt. In der Rolle des Rockgotts schien er sich zu gefallen, auch wenn es nur für einen Abend war.

»Tja … haben uns wohl verlaufen«, lachte Noah und schlang seinen Arm um mich.

»Verlaufen?«

»Jepp.«

»In euren Mündern?«

Noah lachte wieder. »Könnte sein. Also, hat jeder die Setlist im Kopf?«, fragte er mit einem Händeklatschen, als sei nichts geschehen.

»Klar, Boss«, schallte es von der Band zurück.

»Und war jeder noch mal pinkeln? Ich weiß, klingt bescheuert, aber es wäre wirklich blöd, wenn irgendwer mitten im Auftritt pissen muss.«

»Mensch, Noah«, sagte Ryan. »Ich glaube, du kannst uns schon zutrauen, dass wir unsere Harnausscheidung so weit im Griff haben.«

»Ich mein ja nur. Kommt nicht so gut auf der Bühne. Und ich sage nur Oxford, Jack.«

Unter dem Gefeixe seiner Kumpel wurde Jack knallrot.

»Halt die Klappe. Da haben wir ja wohl stundenlang im Stau gesteckt.«

»Geh einfach, und niemand erfährt, was passiert ist.«

Mir war es bisher noch gar nicht aufgefallen – ich war viel zu versunken gewesen in meinen Anfängerkurs Hemmungslosigkeit –, aber Noah war ein einziges Nervenbündel. Er schwenkte meine Hand manisch herum und spielte dabei Klavier auf seiner Hüfte. Und gleichzeitig legte er noch einen Ministepptanz auf dem Flurlinoleum hin. Wäre es nicht so rührend gewesen, ich hätte ihn total verarscht. Stattdessen drückte ich ihm die Hand und flüsterte: »Nervös?«

»So offensichtlich?«

Ich schob ihm eine Haarsträhne aus dem Gesicht.

»Ihr werdet alle umhauen. Das weißt du doch, oder?«

»Ich hoffe nur, dass ich da nicht ausraste und es für alle anderen versaue. Das ist unsere große Chance, Penny.«

Seine Augen waren weit aufgerissen, voller Verletzlichkeit, und in dieser Sekunde liebte ich ihn mehr als jemals zuvor. Es brauste mir in den Adern, machte mich innerlich warm und schummrig zugleich.

»Ich schwör dir, das passiert nicht. Aber solltest du wirklich das Gefühl kriegen, dass du gleich überschnappst, dann such einfach mein Gesicht in der Menge. Ich steh da unten in der ersten Reihe und wehre deine Groupies mit dem Baseballschläger ab ...« Er lächelte. »... und außerdem, was auch immer passiert, du kannst dir ganz sicher sein, dass dich jemand liebt. Ohne Wenn und Aber. Sogar wenn du deine Gitarre falsch rum hältst und in Tränen ausbrichst.« Er lächelte wieder. »Und das ist letztlich das Einzige, worauf es im Leben wirklich ankommt, oder?«

Noahs Blick loderte, und einen Moment lang dachte ich schon, er würde wieder über mich herfallen. Stattdessen begannen seine Augen ein klein wenig zu schimmern und er streichelte die weiche Haut auf meiner Wange.

»Ich hab so ein Glück mit dir.«

»Kann man wohl sagen.«

Meine Worte schienen ihn beruhigt zu haben und wir wandten uns den anderen und ihren Wortscharmützeln zu. Ryan prahlte gerade mit den ganzen Mädchen im Publikum, um die er sich später hinter der Bühne »persönlich kümmern« würde. Das viele Adrenalin schien seinem Hirn nicht sonderlich gutzutun. Das war natürlich Wasser auf Lizzies Mühlen, die sofort in eine ihrer wohleinstudierten Volksreden über den Feminismus ausbrach. Jack hatte Amanda gefragt, ob er seine Trommelwirbel noch mal auf ihrem Rücken üben dürfe, und sie hatte sich etwas verlegen nach vorn gebeugt und wahrte standhaft ihr Lächeln, während er auf sie eindrosch. Und Will versuchte erfolglos, Ruths Aufmerksamkeit zu erheischen, während sie ziemlich beschäftigt damit war, noch wichtigere Leute in unserer Umgebung auszumachen.

Mit Erfolg, denn plötzlich leuchteten ihre Augen auf. Sie reckte die Hand in die Luft, um uns zum Schweigen zu bringen.

»Leute!«, sagte sie. »Da ist die Band.«

Tatsächlich. Die Ponyboys steuerten direkt auf uns zu. In mir wurde wieder alles ganz glibberig.

Brian, der Leadsänger, war aus unerfindlichen Gründen klitschnass, als wäre er gerade der Dusche entstiegen. Die anderen drei Bandmitglieder hatte er im Schlepptau. Ihre Namen hatte ich vergessen – eigentlich drehte sich immer alles nur um Brian. Hinter ihnen schmollte eine aufgebrachte kleine Blondine. Brians Frau, vermutete ich, immer noch stinksauer wegen des Groupiedebakels.

»Dudes und Dudetten«, grüßte uns Brian mit pseudoamerikanischem Zungenschlag und gab Noah einen High-Five.

Ponyboys-Brian. Ponyboys-Brian klatschte da meinen Freund ab, als täte er jeden Tag nichts anderes.

»Alles klar, Brian?«, gab Noah gelassen zurück. »Du wirkst leicht angefeuchtet, Alter. Was ist passiert?«

Brian schüttelte seine braune Mähne, eine Sprühdusche, die uns alle zusammenzucken ließ.

»Ich bin nur kurz raus, um eine zu rauchen«, sagte er. »Ihr wisst schon, kleines Beruhigungskippchen und so? Egal, da gibt's plötzlich so völlig aus heiterem Himmel einen Wahnsinnsdonnerschlag und es beginnt, TOTAL loszupissen, und ich bin sofort völlig durchgeweicht. Krass, oder? Erinnert mich an damals in New Orleans, als ...«

Und so laberte er dahin. Mir war ziemlich schnell klar, dass Brian sich gerne selbst reden hörte. Dass ihm keiner zuhörte, schien ihn nicht zu jucken. Meine Freundinnen starrten ihn einfach nur an, als könnten sie nicht glauben, dass er echt war. Seine Bandkollegen warteten geduldig ab, bis er ausgequasselt hatte, und verdrehten die Augen, als hätten sie die Story schon zigmal gehört. Nur Noah nickte höflich und brummte zustimmend an den richtigen Stellen.

Als die Geschichte endlich ein Ende gefunden hatte – Informationsgehalt: In New Orleans hatte es geregnet und Brian war nass geworden –, blickte der auf die Uhr.

»Verdammt, so spät schon? Ihr müsst bald rauf.«

»Wir sollten noch ein paar Sachen checken, denk ich«, sagte Noah.

»Viel Glück, Jungs, auch wenn ihr's nicht nötig habt. Ich hab euch beim Proben gehört, ihr bringt den Laden zum Kochen.« Brian gab Noah schon wieder fünf. »Auf eure bescheidenere Weise, versteht sich.«

Und damit zog er in die Gegenrichtung ab, irgendwas von Handtüchern murmelnd. Band und Ehefrau folgten ihm pflichtschuldig.

Wir blieben zurück, vorübergehend sprachlos.

»Wow«, sagte Lizzie. »Ich fasse es nicht, dass ich gerade Brian von den Ponyboys beinah kennengelernt habe.«

»Vollspinner, oder?«, sagte Ryan. »Vorhin haben wir ihn dabei erwischt, wie er völlig wirr auf der Geige vor sich hin gesägt hat.«

Noah klatschte in die Hände. »Okay, Jungs, alle herhören. Ich möchte jetzt, dass ihr alle auf die Toilette geht. Besonders du, Jack.«

»Oh Mann, nicht schon wieder. Die Blasenpolizei ist auf Streife.«

»Ich mein's ernst. In fünf Minuten treffen wir uns wieder hier und machen uns bereit.« Er drehte sich zu uns. »Mädels, ihr solltet vielleicht nach vorn gehen. Die Sicherheitsleute kümmern sich drum, dass ihr gut sehen könnt.«

Ein geschäftiges Durcheinander setzte ein und alles stob in sämtliche Himmelsrichtungen auseinander. Ich wollte gerade meinen Freundinnen Richtung Bühne folgen, als meine Hand zurückgerissen wurde.

»He«, rief Noah und wirbelte mich zu sich heran.

Ich kratzte ihn ganz oben an der Brust, wo seine nackte Haut hervorblitzte. »Selber he.«

»Wünschst du mir gar kein Glück?«

Ich spielte an seiner Kette herum. »Du brauchst kein Glück. Aber trotzdem: Hals und Beinbruch!«

»Krieg ich noch einen Glückskuss?«

Ich führte meine Lippen an seine und strich sanft darüber. Glitt zart mit meiner Zungenspitze über seine und zog mich dann zurück.

»Komm schon, Rockgott«, sagte ich. »Zeig ihnen, wo der Hammer hängt.«

Er schenkte mir sein herrliches Lächeln. »Ich liebe dich.«

»Ich liebe dich noch mehr. Und jetzt geh da raus und beweis allen, wie sensationell ihr seid.«

Und ich drehte mich um und rannte Lizzie, Ruth und Amanda nach, noch immer etwas überfordert von dem Gedanken, dass mein Freund gleich auf dieser Wahnsinnsbühne da draußen stehen sollte.

Ganz wie Noah versprochen hatte, ließen uns die Bühnenarbeiter bei der ersten Reihe hinein.

»Rutscht da einfach durch«, sagte eine blonde Frau mit Klemmbrett. »Von der Seite aus habt ihr den besten Blick.«

Wir dankten ihr und schoben uns durch die Menge. Unsere Ankunft war so gar nicht im Sinne einer Unzahl von Mädchen, die ihre halb nackten Körper in die erste Reihe gewalzt hatten und uns sofort wüst als Vordränglerinnen beschimpften. Gut, dass wir Ruth dabeihatten. Die negative Aufmerksamkeit ließ sie zu Hochform auflaufen und mit einem gewaltigen Strahlegrinsen zeigte sie allen den Mittelfinger.

»Stellt euch mal vor«, rief sie uns über die Schulter zu. »Diese Verliererinnen haben sich stundenlang im Regen anstellen müssen und wir können einfach nach vorn durchspazieren. Mensch, ich liebe es, mit der Band ins Bett zu gehen.«

Lizzie grinste, offensichtlich völlig unbeeindruckt von dem feindseligen Empfang, der uns bereitet wurde. »Und ich muss noch nicht mal mit irgendwem ins Bett. Das erledigen schon meine Freundinnen, und ich krieg's einfach so.«

»Bei Jack brauchst du nur zugreifen«, sagte Ruth. »Der steht total auf dich.«

Lizzie schnitt eine Grimasse, und ich lächelte in mich hinein, weil mir ihr Vortrag über die wahre Liebe von vor ein paar Wochen wieder in den Sinn kam.

»Wann geht's los?«, fragte Amanda. Sie wirkte ein bisschen zerknautscht, versuchte aber, sich zurechtzuzupfen.

Ich guckte auf mein Handy. »Fünf Minuten.«

»Mann, ist das aufregend!«

»Mach mich nicht noch nervöser.«

Für neunzehn Uhr war die Halle schon ziemlich voll. Normalerweise ließen die Leute die Vorgruppen einfach links liegen und trudelten erst fünf Minuten vor den eigentlichen Stars ein. Das Vorprogramm stand man üblicherweise einfach nur irgendwie durch, um sich die guten Plätze zu sichern. Aber wie es aussah, waren die Leute hier auch wegen der Growing Pains gekommen.

Unseren persönlichen Freiraum mussten wir uns erst errempeln und ein paar Mädchen beiseiteschubsen, von denen einige es unverholen auf die Bandmitglieder abgesehen hatten. Ein Mädchen trug ein *I-love-Brian*-T-Shirt und berichtete ihrer Freundin aufgeregt von dem »total romantischen« Sex, den sie mit ihm nach einem Konzert auf irgendeiner Clubtoilette gehabt hatte.

»Das war so süß«, sagte sie. »Er hat für mich echt was ganz Besonderes draus gemacht. Er hat seinen Mantel auf dem Kloboden ausgebreitet, damit ich am Rücken nicht so friere.«

Die arme Ehefrau.

Ihre Freundin, ein großes Mädchen mit langen braunen Haaren, verschlang die Details.

»Brian ist eine Null«, sagte sie und schleuderte ihre Haare über die nackte Schulter zurück. »Hast du die Fotos von der Vorband gesehen? Dieser Gitarrist! Ich werd heut Abend so was von hinter die Bühne gehen!«

Moment mal! Redete die da von Noah?

»Ich hab gehört, die sind total gut«, sagte Frau Toilettensex. »Und ich hab auch gehört, dass dieser Gitarrist ein total geiler Bock sein soll. Der fickt alles, was nicht bei drei auf dem Baum ist.«

»Solang ich das bin, soll's mir recht sein.«

Meine Laune ging den Bach runter.

»Hey.« Lizzie stupste mich in die Rippen und riss mich aus meiner Wut- und Unsicherheitsattacke heraus.

»Was?«

»Ich will dir ja nicht den Abend ruinieren, aber …« Sie deutete ein Stück weiter nach links in der ersten Reihe. »… ich dachte, das solltest du wissen.«

Ich folgte ihrem Finger. »Oh nein.«

»Ich glaub kaum, dass die Ärger machen wird.«

Es war Portia. Die hatte ich völlig vergessen. Sie Noah jedoch offensichtlich nicht. Sie hatte sich einen Platz direkt in der Mitte gesichert und beäugte die Bühne mit gewohnt entschlossenem Blick. Dass sie dabei so fabelhaft aussah, machte die Sache nicht besser. Sie trug ein silbernes Schlauchkleid, das im Scheinwerferlicht funkelte. Wie ein verlängerter Heiligenschein glitt ihr langes blondes Haar ihren Rücken hinab und ihr Make-up war das eines Vollprofis.

Ich stöhnte. »Ich hätte nicht herkommen sollen.«

»Was? Warum denn das nicht?«

Ich wies auf all die Mädchen um mich herum. Sie spürten, dass die Band gleich loslegen würde, es surrte nur so vor Energie und das große Schubsen hatte eingesetzt. Eben noch schüchtern wirkende Mädchen mutierten schlagartig zu Furien, die Leuten ihre Ellbogen reinrammten und ihnen aus gezieltem Versehen auf die Zehen trampelten, um sich ihre Plätze zu sichern.

»Das hier«, sagte ich, »ist Gift für mein Selbstbewusstsein.«

Lizzie schlang ihren Arm um mich. »Komm, jetzt red dir nichts ein. Noah ist hin und weg von dir, das sieht ein Blinder.«

»Aber wie soll ich mit den ganzen Mädchen hier mithalten?«

»Weil du«, sagte Lizzie, »Penny Lawson bist und brillant. Du bist hier, um Spaß zu haben! Penny, wir haben Backstagekarten für das größte Konzert, das es jemals in Middletown gegeben hat. Jetzt schluck schon dieses Anti-Ego-Bonbon runter, an dem du da rumlutschst, und amüsier dich.«

Ich wollte gerade antworten, als das Licht ausging und das Kreischen begann.

Mein Herz begann heftiger zu schlagen. Das erste Konzert schoss mir in den Kopf – mein allererster Blick auf Noah. Eine Million Jahre schien das her zu sein.

Ich sah die dunklen Gestalten auf die Bühne treten und konnte an meinen Körperreaktionen ablesen, dass er es war.

Die Schreie wurden lauter, die Stimmung fast hysterisch. Das Geschubse nahm zu, doch die Absperrung vor uns gab uns Schutz.

Ich sah, wie auf unserer Bühnenseite Noah seine Gitarre aufhob. Er schien so weit entfernt, obwohl es eigentlich nur ein paar Meter waren. Ich fragte mich, was sich gerade in seinem Kopf abspielte, und betete, dass alles gut laufen würde für ihn.

Ryans Stimme dröhnte durch die Arena.

»Willkommen Middletown. Wir – sind – Growing Pains!«

Die Bühnenscheinwerfer flammten auf und die Band stürzte sich in einen ihrer besten Songs. Die wogende Zuschauermenge drehte völlig durch und begann, in einem einzigen drängenden, mitreißenden Strudel auf- und abzuspringen. Doch lächeln konnte ich auch ohne Boden unter den Füßen.

Noah hatte sich umsonst verrückt gemacht. Seine Hände glitten den Gitarrenhals schneller auf und ab, als man zuschauen konnte. Jede einzelne seiner Noten ging perfekt mit dem wild treibenden Schlagzeug einher. Ryans Stimme hatte nie besser geklungen. Sie waren gut. Einfach gut. Und binnen weniger als zwanzig Sekunden wussten das alle hier. Die Band wusste es auch. Noah richtete sich auf, und zum ersten Mal blickte er in die Menge – im vollen Vertrauen darauf, dass seine Hände allein übernehmen würden, während er das Spektakel in sich aufsog. Und seine Augen fanden meine. Meine. Mein Gesicht unter Tausenden. Er schickte mir sein allerschönstes Lächeln. Und meine Knie wurden weich, als mir klar wurde, dass mir nie ein anderer gefallen würde als er. Nie im Leben.

Zwei Songs, und die Menge rastete vollends aus. Getränke wurden einfach so durch die Luft geschleudert und ich war dankbar für unsere Randposition außerhalb der Schusslinie. Zu meinem Ergötzen erspähte ich die greinende Portia, die ein fast randvolles Bierbechergeschoss abgekriegt hatte und jetzt mit einer komplett ruinierten Frisur dastand. Wahnsinn: Sogar Damenunterwäsche segelte immer wieder durch die Luft. Ryan war wieder zur Rampensau mutiert, nicht im Traum hätte man vermutet, wie schüchtern er im wahren Leben war. Er stülpte sich Höschen über den Kopf oder schleuderte sie ins Publikum zurück.

Die Band ging zu ihren ska-angehauchten Songs über, und alles begann wie wild zu tanzen, bis der ganze Stehbereich wie ein einziges riesiges Lebewesen wirkte. Die beiden Toilettensexmädchen hatten ihre Arme um mich geschlungen und zwangen mich, mit ihnen Pogo zu tanzen. Aber ich konnte mich nur auf eines konzentrieren: Noah. Ich konnte mich einfach nicht sattsehen an ihm. Lust durchzischte meinen Körper, ich brauchte ihn wie eine Verdurstende das Wasser. Und auch wenn ich das Ruth gegenüber nie zugegeben hätte: Ich war froh, mir die Fußnägel lackiert zu haben. Nie hatte ich irgendetwas so sehr gewollt wie Noah in diesem Moment. Seine Arme um meinen Leib, seine Haut auf meiner Haut. Ich hatte meine Mühe und Not, nicht auf die Bühne zu springen und mir das Kleid runterzureißen.

Leider schien ich bei Weitem nicht die Einzige zu sein, die solche Empfindungen hegte.

»Dieser Gitarrist ist dermaßen HEISS«, kreischte eines der hüpfenden Mädchen mir mitten im Sprung ins Ohr.

Ich konnte bloß nicken. Unsere Freundschaft würde wohl kaum von langer Dauer sein, wenn ich mich zu ihr umdrehte und ihr arrogant auf die Nase band: »Ich weiß. Wir sind zusammen.«

Meine Freundinnen waren genauso hin und weg. Lizzie war der Rhythmus ins Blut gefahren – immer ein Bild für die Götter, da sie tanzt wie eine Bekloppte. Amanda wippte mit dem Kopf auf und ab und hielt gleichzeitig besorgt nach fliegenden Bierbechern Ausschau. Ruth hing halb über der Absperrung und leckte sich bei jedem Augenkontakt mit Will die Lippen. Doch diesmal hatten sich die Machtverhältnisse zwischen den beiden verkehrt, denn Will würdigte sie kaum eines Blickes. Er hatte sich in die Menge verknallt, suhlte sich in ihrer Anerkennung, glühte innerlich, als wäre er eine Pflanze bei der Fotosynthese.

Nach vier Liedern am Stück hielt die Band inne. Die Lichter erloschen, und Ryan trat ans Mikrofon (das er zwecks Stagediving eine Weile verlassen hatte).

»Hallo, ihr«, sagte er und hielt kurz inne, damit alles in Jubel ausbrechen konnte. Überwältigt schüttelte er den Kopf. »Wir kommen euch jetzt mal ganz akustisch. Wie ihr wisst, bin ich ein begnadeter Sänger ...«

Die Menge juchzte und jauchzte.

»... aber für diesen Song werd ich ausnahmsweise an unseren sagenhaften Gitarristen hier übergeben.« Er wies auf Noah und alles brach erneut in Jubel aus. »Er hat ihn geschrieben, und deshalb ist es nur fair, wenn er ihn auch singen darf. Leute, ich präsentiere euch Noah Roberts.«

Noch mehr Gekreische, als Noah aufs Mikrofon zuging und Ryan etwas ins Ohr flüsterte. Sie tauschten einen freundschaftlichen Handschlag.

»Was wird das jetzt?«, fragte Lizzie. »Ich wusste nicht, dass die auch unplugged machen.«

»Wusste ich auch nicht.«

Noah zog sich einen Hocker heran und ließ sich mit einer akustischen Gitarre auf dem Schoß nieder.

»Danke schön«, sagte er und wartete, bis die Menge sich beruhigt hatte. »Okay, das hier ist ein ganz neues Lied, das ich über ein ganz besonderes Mädchen geschrieben habe …«

Alles verschwamm.

»… Penny heißt sie und sie ist heute Abend hier.«

Ich konnte einfach nicht glauben, was da passierte. Lizzies Gequietsche neben mir drang kaum zu mir durch.

»Sie ist das Beste, was mir je im Leben passiert ist, und ich wollte einfach nur, dass ihr alle wisst, wie wunderbar sie ist.«

Und dann griff er in die Saiten, öffnete seinen Mund und sang los.

Es war wunderschön. Extremste Voreingenommenheit hin oder her – verdammt, schließlich handelte das Lied ja von mir –, aber wunderschön war es wirklich. Ich hatte Noah noch nie singen hören, doch seine Stimme war wie Schokolade, die in einer warmen Tasse Tee dahinschmolz. Der Text rührte mich fast zu Tränen. Lizzie musste mich regelrecht aufrecht halten, so sehr zerfloss ich innerlich. Noah starrte mich den ganzen Song über an; es war, als wären wir ganz allein, mal abgesehen von dem Meer von iPhones, das um uns herumwogte. Ich wurde den Gedanken nicht los, dass so was in Wirklichkeit einfach nicht passiert, schon gar nicht Mädchen wie mir. Klar, in Filmen oder Büchern oder schmalzigen Fernsehsendungen gab's das schon, aber im wahren Leben?

Zwar wurde der Moment kurzzeitig von meinen neuen Groupiefreundinnen getrübt, die mir neidgetränkte Beleidungen an den Kopf schleuderten, aber trotz allem war er völlig, hundertprozentig perfekt. Als das Lied zu Ende war, blieb die Menge ein, zwei Sekunden lang still. Noah blickte verlegen auf, als sei ihm eben erst klar geworden, wo er sich eigentlich befand. Und dann brach das Klatschen los, die Jubelrufe, die Schreie, und er begann übers ganze Gesicht zu strahlen.

»Ich kann nicht glauben, dass das gerade passiert ist«, brüllte Lizzie in mein Ohr. »Es ist offiziell, du hast den perfektesten Freund aller Zeiten.«

Ich konnte nur lächeln, während Ryan erneut das Mikrofon übernahm. Die Band setzte zu ihrem Abschlusssong an, einem dröhnenden, basslastigen Track, der wieder allen in die Beine fuhr. Völlig euphoriegedopt sprang ich auf und ab, starrte Noah an, liebte ihn, begehrte ihn. Und dann verkündeten die letzten Akkorde das Ende des Sets und der Hardcoreapplaus setzte ein. Mit überglücklichen Kindergesichtern standen die Jungs auf und verbeugten sich. Ich kreischte aus vollem Hals bis zur Schmerzgrenze, während Lizzie einen beeindruckenden Zweifingerpfiff ausstieß. Meine Hände waren wund geklatscht, Schweiß tropfte mir von der Stirn, und als das Licht anging, war mir, als erwachte ich aus einem Traum. Konservenmusik dudelte im Hintergrund aus den Lautsprechern, während die Leute sich auf die Bar und die Toiletten verteilten oder gleich an Ort und Stelle blieben, um ihren Platz für den Hauptact zu verteidigen. Ruth, Amanda, Lizzie und ich rührten uns nicht vom Fleck, hüpften auf und nieder, umarmten uns und quietschten einander die Ohren voll vor lauter Aufregung und Hibbeligkeit.

Der Regen trommelte auf die Windschutzscheibe des Jeeps. Die Scheibenwischer hatten alle Mühe, die wütenden Wassermassen abzuschaben, die da auf sie niederprasselten. Dunkel war es, die Luft elektrisch aufgeladen vom Gewitter.

Rain schaute aus dem Fenster. Nervös spielte er auf seinen Knien Klavier, ging den Einsatzplan immer wieder im Kopf durch und betete, dass er es nicht an die Wand fahren würde. Sein Jeep führte einen Konvoi von sechs Wagen an, leitete sie über die Landstraßen, deren Gabelungen und Kurven sich völlig überraschend aus der regennassen Finsternis herausschälten. Er war nur froh, dass er nicht hinterm Lenkrad saß.

Anita hockte neben ihm, hoch konzentriert, den Laptop auf dem Schoß. Mit gerunzelter Stirn entschlüsselte sie die Daten, die aggressiv den Bildschirm heruntertropften. Auf Rains anderer Seite saß einer vom Spezialeinsatzkommando. Er sah ihn zum ersten Mal: ein Angst einflößender Hüne, in voller Montur samt Helm, Maschinenpistole, Schlagstock und kugelsicherer Weste. In den anderen Jeeps saßen seine Kollegen, ebenfalls bereit zum Zugriff. Natürlich alle geheim und vertraulich angeworben. Über die Zielpersonen und deren Taten waren sie nicht informiert, man hatte ihnen lediglich gesagt, dass sie gefährlich waren und ausgeschaltet werden mussten. Natürlich vorzugsweise lebendig, doch in solchen Situationen konnte man nie wissen. Manchmal blieb einem keine Wahl. Gefährliche Leute sind dann am gefährlichsten, wenn sie sich ihrer eigenen Macht nicht bewusst sind. Wie wenn man einem Dreijährigen strategische Kernwaffen anvertrauen würde.

Um nicht von Herrn Muskelpaket gehört zu werden, flüsterte Rain: »Dieses Unwetter? Haben die das auch ausgelöst?«

Anitas Auge zuckte, doch sie antwortete nicht sofort. Erst vergewisserte sie sich mit einem Blick aus dem Augenwinkel, dass der Agent geistesabwesend aus dem Fenster stierte.

»Ich schätze schon«, flüsterte sie zurück. »Die Messungen weisen auf jeden Fall darauf hin. Ich denke, heute ist die Nacht der Nächte.«

Rain zitterte. Er war sich der Zerbrechlichkeit seines bedeutungslosen Lebens schmerzhaft bewusst. Wenn heute Abend auch nur das Geringste falsch lief, konnte alles zu Ende sein.

»Haben wir zu lange zugeschaut?«, sprach er seine Befürchtungen aus. »Kommen wir noch rechtzeitig?«

»Wir geben die Hoffnung nicht auf.«

Und das sollte ihn aufmuntern?

Der Jeep machte eine scharfe Linkskurve und kam in einer Riesenpfütze ins Schlingern. Rain riss es zur Seite und er knallte in Anita rein, quetschte sie gegen die Autotür.

»Tut mir leid.«

»Schon okay.«

»Anita?«

Die Strecke schien jetzt gerader zu werden, den vollen Lichtkegeln der Autoscheinwerfer nach zu schließen, die sich in die Dunkelheit bohrten.

»Ich fürchte mich ein bisschen.«

Er wusste nicht genau, weshalb er das eingestand, besonders ihr gegenüber. Aber es war die Wahrheit. Er war völlig außer sich vor Angst und konnte mit niemand anderem darüber reden. Seine Familie und seine Handvoll verbliebener Freunde waren Tausende von Kilometern entfernt, in seliger Unkenntnis der Gefahr, in der er schwebte – und letztlich auch sie selbst, falls er versagte. Er brauchte Rückversicherung.

Anita langte zu ihm herüber und nahm seine Hand. Zu seiner Überraschung drückte sie sie sanft.

»Keine Sorge. Wir kommen noch rechtzeitig. Die haben keine Ahnung, was ihnen blüht.«

32

Eine Bühnenarbeiterin winkte uns zu, und wir hängten uns über die Absperrung, um sie verstehen zu können.

»Die Band fragt, ob ihr nach hinten kommen und die Ponyboys von dort aus anschauen möchtet.«

»Na klar wollen wir«, sagte Lizzie, der vor Begeisterung fast die Augen aus dem Kopf quollen.

Wir schlüpften durch in den Backstagebereich, ohne dem Giftblickgewitter um uns herum Beachtung zu schenken.

Lizzie hielt meine Hüfte umklammert, Amanda grapschte sich Lizzies Taille und Ruth Amandas, sodass wir beinahe eine Polonaise bildeten. Nicht gerade das Einmaleins des coolen Verhaltens, aber wir waren viel zu sehr aus dem Häuschen, um auf so was zu achten.

Die Band wartete im Flur, euphorisch und zugleich völlig jenseits von Gut und Böse. Sie sprangen sich gegenseitig auf den Rücken, wie das nur völlig durchgeknallte Jungs zustande bringen. Doch als Noah mich entdeckte, schubste er Jack von sich runter und strahlte mich an. Ich befreite mich aus der Polonaise, sprintete los und warf die Arme um seinen Hals. Er wollte mich auffangen und geriet ins Taumeln. Quietschend umklammerte ich ihn. Spürte, wie er seinen Schweiß auf mir verschmierte. Er roch himmlisch.

»Du warst so gut, so, so gut«, stammelte ich in sein Ohr. »Dieses Lied für mich. Meine Fresse, Noah. Hast du all die Leute da draußen mitgekriegt? Ich wette, jetzt sind an die zweitausend Mädchen in dich verknallt.«

Noah erwiderte meine Umarmung. Aus seinen Haaren tropfte der Schweiß auf meine Wange, doch mich störte das kein bisschen.

»Lief gut, oder?« Noah schaffte es nicht, sein Grinsen zu unterdrücken. »Und das Lied hat dir echt gefallen? Ich hab die letzten Wochen dran gearbeitet, aber ich hatte Angst, du würdest es pathetisch finden.«

Ich verpasste ihm einen Kuss auf die Lippen.

»Es war auch pathetisch. Pathetischer geht's kaum. Und wenn es nicht um mich gegangen wäre, würde ich mir jetzt auch das Maul zerreißen. Aber es ging um mich und deshalb war das der schönste Moment meines Lebens.«

Noch so ein Erdbebenlächeln.

»Die anderen waren aber auch grandios.« Ich wandte mich um, um ihnen zu gratulieren. Ruth hatte Will gegen die Wand gepresst und attackierte seinen Mund mit allem, was sie hatte. Und Lizzie hatte Ryan und Jack in die Polonaise eingegliedert. Sie schlängelten sich den Flur auf und ab und sangen »Wir rocken, wir rocken, wir rocken.« Lachend drehte ich mich zurück zu Noah.

Er starrte mich an. Sein Blick war plötzlich ganz eindringlich, als könne er direkt in mein Herz schauen. Mit glühendem Kopf fragte ich mich, ob er dort meine Pläne für die heutige Nacht entziffern konnte.

»Warum wirst du so rot?«, fragte er und umfasste sanft mein Gesicht.

Ich lehnte meine Wange gegen seine Hand. »Bin ich das?«

»Jepp. Puterrot. Sieht süß aus.«

Prompt wurde ich noch röter.

»Jetzt wie ein Puter mit Rouge.«

»He!«

»Was lässt dich denn so erröten?«

Ich überlegte, es ihm einfach zu sagen – fragte mich, ob ich das bringen würde. War ich sexy genug, über Sex zu reden, ohne dass es total peinlich wurde? Ich wollte ihn so sehr.

»Es ist nur ...«, begann ich und schlang einen Arm um Noahs Nacken,»... ich möchte wirklich, dass heute Nacht die Nacht wird, in der wir ... du weißt schon.«

Noah hielt mich auf Armeslänge entfernt und mein ohnehin feuerrotes Gesicht wurde noch heißer. Doch auf seinem Gesicht klebte ein diebisches Grinsen. Seine Brauen wölbten sich, die Augen darunter sprühten Funken.

»Penny? Bist du dir sicher?« Er küsste mir den Hals. Der sanfte Druck auf der empfindlichen Haut reichte schon, um mich aufwimmern zu lassen.

»Ich bin mir noch nie so sicher über etwas gewesen«, seufzte ich. »Noch nie im Leben.«

Und damit presste Noah seine Lippen auf meine, seine Zunge versenkte sich in meinen Mund, schmeckte mich, so wie ich ihn schmeckte. Seine Hände krallten sich in mein Kleid und ich streichelte ihn ebenso gierig zurück. Die Innenseiten meiner Beine begannen zu brennen, ein Gefühl, das ich noch nie gehabt hatte, als hätten meine Innenschenkel ihre ganz eigene Geduldsschwelle, die jetzt offensichtlich überschritten worden war.

Irgendwo hustete es.

»Herr im Himmel, ihr beiden seid ja schlimmer als Ruth und Will. Euch entgeht ja der ganze Triumphzug.«

Zurück in die Wirklichkeit gezerrt, drehte ich mich um und merkte, dass wir Publikum hatten. Sogar Ruth und Will hatten sich voneinander losgerissen, um bloß nichts von der Vorstellung zu verpassen.

»Sorry«, murmelte ich.

Noah lachte und legte seinen Arm um mich. »Hey, Penny hat sich nur bei mir für das Lied bedankt.«

»Ja, ja, schon klar«, sagte Lizzie. »Aber hier findet ein Triumphzug statt, und wir verlangen, dass ihr euren Teil dazu beitragt.«

Ich verdrehte die Augen, schnappte mir Noahs Hand und zog ihn ans Ende der Schlange. Lizzie begann wieder, die Polonaise anzuführen, und so wanden wir uns den Flur entlang und brüllten »Wir rocken, wir rocken, wir rocken.«

Es lässt sich nicht leugnen, dass wir zumindest für den Moment völlig vergessen hatten, auf was für einem coolen Konzert wir uns befanden. Die Siegesparade entfaltete ihre Macht und Lizzies Singsang war ansteckend. Alles grölte und lachte. Die Erleichterung schien den Jungs aus allen Poren zu strömen, während sie sich so im Nachglanz sonnten.

Natürlich endete alles in einer taumeligen Vollbremsung, als wir direkt in Brian und die übrigen Ponyboys hineinpolonaisten. Ihre Outfits deckten die ganze Bandbreite des Coolseins ab. Auf jeden Fall waren eine Menge schmale Krawatten und Haargel im Spiel.

Brian beäugte unseren behelfsmäßigen Triumphzug und stellte die einzige naheliegende Frage. »Öhm. Macht ihr da 'ne Polonaise?«

»Das ist ein Triumphzug«, erklärte Lizzie sachlich. »Zur Feier des gelungenen Auftritts.«

Brian dachte einen Moment nach und grinste dann von einem Ohr zum anderen. »Triumphpolonaise. Das wär's! Jungs, das sollten wir auch einführen.«

Die Band wirkte nicht ganz so angetan von der Idee.

»Übrigens wart ihr der Hammer.« Brian begann, die Growing Pains einzeln abzuklatschen. »So eine gute Vorband haben wir seit Ewigkeiten nicht gehabt. Ich sollte vielleicht mal mit unserem Manager reden, ob ihr für den Rest der Tour mitkommen könnt.«

Noah schaute die anderen an mit seinem obersüßen Ich-bin-so-dermaßen-aufgeregt-dass-es-mich-gleich-zerreißt-aber-ich-darf's-mir-nicht-anmerken-lassen-Lächeln. »Das wäre großartig.«

»Na super, ich sprech dann nach dem Konzert gleich mit Howie. Apropos ...« Brian spähte den Flur hinunter. »... ich glaube, wir sollten da besser mal rausgehen. Schaut ihr von hinten aus zu?«

Wir nickten.

»Na dann ...« Er schwang sich die Gitarre über den Kopf. »Bringen wir's hinter uns.«

Und die Band schob sich an unserer Parade vorbei und machte sich auf in Richtung Bühne, dem peitschenden Applaus entgegen, der durch den Gang widerhallte.

Wir rannten ihnen hinterher, um ja nichts von ihrem Set zu verpassen, und postierten uns an der Seite der Bühne. Die Ponyboys hielten sich nicht groß mit Firlefanz auf. Sie gingen einfach völlig grußlos hinaus und ließen ihren ersten Song vom Stapel, eine skamäßige Coverversion von *Walkin' on Broken Glass*. Das war ihr größter Hit und die Zuschauer rasteten total aus. Merkwürdig, das aus dem Backstagebereich zu erleben. Im Grunde wie aus der Musiker-Perspektive, ein absoluter Wahnsinn. Die Menschenmenge schien gar kein Ende zu nehmen. Kein Wunder, dass Noah so aufgeputscht war. Selbst ich wurde ganz high von der Energie, die die Fans verströmten, obwohl ich gar nicht direkt vor ihnen stand.

Doch trotz dieser überwältigenden Atmosphäre hatte ich nur eines im Kopf: Noah.

Er stand hinter mir, seine Arme um meine Taille, sein Kinn auf meine Schulter gelegt. Züchtiger ging es kaum, doch mehr brauchte es gar nicht, um auf jedem Quadratzentimeter meiner Haut ein Feuerwerk zu entzünden. Ich sehnte mich danach, dass seine Hände tiefer rutschten, sein Griff um mich fester wurde. Ich spürte, wie sein heißer Atem durch meine Haare blies und Schauer über Schauer in mir hervorrief.

Ich versuchte, mich auf die Musik einzulassen. Schließlich schienen alle anderen das ja auch hinzukriegen. Lizzie und Amanda hielten sich an den Händen und hüpften auf und nieder. Ryan und Jack machten dieses seltsame Jungen-Kopfgenicke und sogar Ruth und Will schienen inbrünstig zu lauschen. Doch für mich waren die Lieder wie Hintergrundgedudel aus dem Radio. Ich konnte mich auf nichts konzentrieren außer auf Noah. Es brachte mich fast um. Primitive Lust, nichts, was ich auch nur andeutungsweise schon mal erlebt hätte.

Ich war mir sicher, dass er genauso von der Musik gebannt war wie alle anderen, und schämte mich sogar für meine streunenden Gedanken. Doch gerade als ich die Hoffnung aufgegeben hatte, schob er mein Haar zurück und flüsterte sanft: »Komm, wir verschwinden.«

Der Klang seiner Stimme allein reichte aus, noch mal 10 000 Volt durch mich hindurchzujagen.

»Was ist mit dem Konzert? Willst du nicht bleiben? Musst du nicht bleiben?«

Noah schüttelte den Kopf. »Die Roadies liefern uns morgen Vormittag unsere Instrumente direkt zum Probenraum.« Mit seinem kleinen Finger strich er mir vorsichtig über den Hals. »Nein, ich will gehen. Es gibt so viele Dinge, die ich jetzt gerade machen möchte, und ...«, er senkte seine Stimme, »... für die meisten müssen wir alleine sein.«

Er griff meine Hand und zog mich fort. Meine Freundinnen, völlig abgetaucht in die Musik, bemerkten unseren Abgang gar nicht.

Wir sausten auf den Ausgang zu; die Flure waren völlig verwaist. In der Garderobe legten wir einen kurzen Zwischenstopp ein, um unsere Jacken einzusammeln – und kichernd noch mal unsere Kussszene von vor dem Konzert nachzustellen. Genau genommen schien es meinen Lippen völlig unmöglich zu sein, ohne Noahs Gesellschaft auszukommen. Wir legten immer wieder Knutschpausen ein, halb leidenschaftlich, halb verkichert, bevor wir unseren hastigen Abgang wieder aufnahmen. Gerade als wir rausgehen wollten, zog mich Noah noch mal auf einen Kuss an sich. Er schob mich gegen die Wand, sein ganzes Körpergewicht drückte sich gegen mich und seine Hände erforschten meinen Körper, seine Zunge meinen Mund. Als wir nach Luft schnappten, sah ich direkt neben uns den fetten Türsteher herumlungern und uns mit Blicken erdolchen.

»Hab's doch gewusst«, sagte er mit schwabbelndem Gesicht. »Hab's doch gleich gewusst, ein verdammtes Groupie.«

Wir konnten nur noch lachen, als wir an ihm vorbei ins Freie flüchteten.

Ich hatte ganz vergessen, dass es ja regnen sollte. Und das tat es auch. Wie aus Kübeln. Fünf Sekunden nach Verlassen der Arena waren wir durchweicht bis auf die Knochen.

Ich hielt mir den Mantel über den Kopf – ein jämmerlicher Versuch, mein Kleid zu schützen.

»Warum muss uns das andauernd passieren?«, fragte ich Noah, gegen den heulenden Wind anbrüllend.

»Keine Ahnung«, rief er zurück, Sturzbäche im Gesicht. »Aber so langsam wird's etwas ermüdend.«

Der Wind war so heftig, dass es einiger Kraftanstrengung bedurfte, um überhaupt den Taxistand zu erreichen. Ein paar der Absperrungen hatte es umgeweht und wir stiegen vorsichtig über sie hinweg, traten in die unvermeidlichen Pfützen und durchnässten unsere Schuhe. Da alle anderen noch drinnen waren, stand uns gleich ein Taxi zum Hineinstolpern zur Verfügung.

Noah streckte die Hand aus, um mir in den Wagen zu helfen. Ich ergriff sie. Neue Elektrostöße. Ich rückte so dicht an ihn heran, wie es mein Sicherheitsgurt erlaubte.

»Dieser Regen ist einfach der Abschuss«, murrte der Taxifahrer. Schwer zu sagen, ob er geflissentlich ignorierte oder tatsächlich nicht bemerkte, wie Noahs Hand mein Bein hinaufrutschte. »So was hab ich mein Lebtag noch nicht gesehen. Und das nach all dem Schnee neulich ...«

Seine Worte drangen kaum zu mir durch. Im Grunde registrierte ich noch nicht mal das Unwetter richtig, das auf das Auto niedertrommelte. Es war, als hätte ich eine Hirnoperation am Lustzentrum hinter mir. Allein Noahs Hand auf meinem Bein zählte – und wie gut sie sich doch anfühlte.

Die Fahrt schien gar kein Ende nehmen zu wollen, ich verzehrte mich danach, mit ihm allein zu sein. Immer wieder spulte mein Gehirn seinen Bühnenauftritt ab. Ruth hatte recht, ein gewaltigeres Aphrodisiakum gab es nicht. Endlich bremste das Taxi, und Noah drückte dem Fahrer irgendwelche Scheine in die Hand, um mich dann quasi aus dem Taxi herauszuzerren. Wir rannten durch den Regen, in Noahs Haus hinein, direkt in den Aufzug.

In dem Moment, als wir wirklich allein waren, ging in uns die Sonne auf. Kein SmallTalk mehr. Keine Spur von Lampenfieber. Der Bereich meines Hirns, der gewöhnlich alles unters Mikroskop legte, schien heute völlig abgeschaltet zu sein. Noah presste mich gegen die Aufzugwand und weiter ging es mit dem Küssen. Ehe ich mich versah, war mein Kleid schon über die Hüfte hochgeschoben. Dauerklingeln signalisierte, dass wir Noahs Stockwerk längst erreicht hatten, aber wir blieben, wo wir waren: vor den sich öffnenden und wieder schließenden

Fahrstuhltüren, gleichgültig gegenüber möglichen Zeugen. Noahs Hände bewegten sich jetzt langsam, aber beharrlich meine Oberschenkelinnenseite hinauf, bis er bei meinem Höschen angelangt war und ich aufkeuchte.

Und dann schreckte er zurück, ohne jede Vorwarnung.

»Noah«, rief ich, von Panik ergriffen. »Was ist los?«

Er küsste mich flüchtig und richtete sich dann wieder auf.

»Nicht so, Penny.«

»Was redest du da?« Meine Lippen begannen zu zittern. »Willst du plötzlich nicht mehr?«

Und da begann Noah zu lachen. »Mensch! NA KLAR will ich.« Er beugte sich nochmals kussheischend zu mir hinab, doch ich blieb starr.

»Das ist unser erstes Mal, Penny«, sagte er und fuhr sich mit den Händen durch sein klitschnasses Haar. »Auch wenn das jetzt nicht besonders männlich klingt, ich will, dass es was Besonderes ist. Nicht nur irgendein hormongesteuerter Quickie.« Er starrte mir direkt in die Augen. »Ich will, dass wir uns lieben, Penny.«

»Ich will auch, dass wir uns lieben. Ich kapier nur nicht ...«

Hier fiel mir die Aufzugglocke ins Wort und die Türen glitten wieder auf. Noah lachte noch einmal.

»Können wir nicht wenigstens rein in die Wohnung? Und mir kurz die Chance geben, es uns ein bisschen schön zu machen? Damit ich etwas runterkommen kann und dich nicht bespringe wie ein brünstiger Hirsch?«

Endlich kam bei mir an, was er meinte, und ich entspannte mich. »Okay.«

Er wirkte besorgt. »Verstehst du das?«

Ich nickte und er nahm meine Hand und führte mich zu seiner Wohnungstür.

»Ja, schon kapiert.« Ich blickte runter auf meine durchweichten Füße. »Außerdem hab ich immer noch die nassen Schuhe an.«

»Genau das meine ich. Lass uns das nicht überstürzen.«

Er schloss auf und ging als Erster hinein. Ich folgte ihm und schaute verwundert zu, wie er hektisch in der Wohnung umherschoss.

»Was wird das?«

Er wirkte leicht verlegen. »Nur bisschen romantische Beleuchtung.« Er zückte ein Feuerzeug und begann, auf seinem Couchtisch gleich mehrere Kerzen zu entzünden. Ich sah mich um. Kerzen, so weit das Auge reichte.

»Ein, zwei Kerzchen aufgestellt, was?«, lächelte ich. »Schon bisschen vermessen, findest du nicht? Wie konntest du wissen, dass ich heute Abend mit dir schlafe?«

Noch ein verlegener Blick. »Keine Ahnung … Hab ich nicht … Wär ja auch so schön gewesen, selbst wenn wir nicht hätten oder würden. Ich hatte einfach so ein Gefühl … Warum lachst du?«

Ich zog meine Schuhe aus und präsentierte ihm meine Füße.

»Meine Fußnägel. Heute Nachmittag lackiert.«

Er wirkte verwirrt.

»Und … na ja … Sonst mach ich mir die Mühe nicht. Aber heute Abend wollte ich so schön sein wie möglich … Ich hatte wohl auch so ein Gefühl, schätz ich.«

Wir sahen uns einen Augenblick einfach nur staunend an und dann war Noah neben mir. Diesmal gab es keinen leidenschaftlichen Kuss, sondern eine inbrünstige Umarmung. Und ich glaube, es fühlte sich fast noch schöner an. Nicht so fahrig, nicht so teenagerhaft.

»Bist du dir immer noch ganz sicher, dass du das möchtest?«, flüsterte er. »Ich warte auf dich, so lange du willst.«

Ich umarmte ihn, beruhigt von seinem Apfelduft.

»Ich bin mir so dermaßen sicher.«

Anitas Computer begann fieberhaft zu piepsen.

Reflexhaft begann sie, auf die Tastatur einzuhämmern und mathematische Gleichungen vor sich hin zu murmeln.

Ohne sie stören zu wollen, lehnte sich Rain zu ihr hinüber und spähte auf den Bildschirm. Er versuchte, die Daten zu entziffern, doch aus diesem Winkel war das unmöglich. Sollte sie es tun.

Der Muskelprotz neben ihm achtete nicht auf den Rechner, sondern starrte geistesabwesend aus dem Fenster. Sein Körper nahm zunehmend auch Rains Sitz in Beschlag und das nervte ihn total. Von Fremden ließ er sich ungern berühren.

»Scheiße!«, zischte Anita. Fluchen war neu bei ihr, jedenfalls vor ihm.

»Was ist los?«

Er war sich gar nicht sicher, ob er die Antwort hören wollte. Sein Herz wummerte ihm gegen die Rippen, Adrenalin durchströmte seinen Körper und sein Atem ging schneller. Er ignorierte die Symptome. Über die wusste er noch aus der Ausbildung Bescheid. Das war die Kampf-oder-Flucht-Reaktion, die außergewöhnliche Fähigkeit des Körpers, mit der Angst fertig zu werden. Das Gefahrenzentrum in seinem Hirn sandte eine ganze Spezialeinheit an biologischen Helferlein aus, um seine Sicherheit zu gewährleisten. Sein Körper pumpte ihn mit kraftspendendem Adrenalin voll, damit er entweder alles plattmachen oder aus der Gefahrenzone flüchten konnte. Seine Atmung beschleunigte sich, um seine Lungenkapazität zu steigern und ihn schneller und ausdauernder rennen zu lassen. Sogar die Tatsache, dass er ganz plötzlich dringend pinkeln musste, hatte er seinen Selbsterhaltungs-Botenstoffen zu verdanken. Wenn er jetzt seine Blase entleerte, wöge er weniger und wäre noch schneller auf den Beinen. Rain würde nie völlig durchschauen, was für eine mächtige Wirkung das Hirn über seinen Körper ausübte. Da gab es so viel, was man noch nicht wusste – besonders über das Potenzial von Körper und Geist, wenn sie einmal vereint waren. Anita hatte mal gemeint, dass man da erst ganz am Anfang stehe. Und wenn sie heute Nacht nicht alle draufgingen, würden sie der Sache vielleicht ein wenig näher kommen.

Sie antwortete ihm nicht gleich. Ihre Unterlippe zitterte.

»Was ist los?«, fragte er erneut und versuchte, seine Stimme angstfrei zu halten.

»Wir müssen da hin, so schnell wie möglich«, sagte sie. »Ich bin mir nicht sicher, ob es noch reicht.«

Sie schwenkte den Laptop, damit Rain sehen konnte. Er blickte auf die Daten und zählte eins und eins zusammen.

»Oh mein Gott …«, war alles, was ihm einfiel.

Anita beugte sich vor und wandte sich gebieterisch an den Fahrer. »Sie müssen schneller fahren!«

Der Fahrer zuckte die Schultern. »Gnädige Frau, mir ist schon klar, dass Sie's eilig haben, aber gucken Sie doch mal aus dem Fenster. Ich fahre hier durch ein Unwetter. Ich fahre so schnell, wie ich's verantworten kann.«

»Wenn Sie nicht Gas geben, kommen wir zu spät, und dann sind Sie so oder so tot.« Anita sprach ganz ruhig, ohne den Hauch eines Gefühls in der Stimme.

Nackte Angst breitete sich wie ein Schmerz in Rains Brust aus. Sie hatte recht. Konnte dies das Ende sein? All der Aufwand, und dann kamen sie einfach nicht rechtzeitig?

Der Fahrer lachte. »Haha. Sehr lustig.«

»Das ist kein Witz. Und jetzt drücken Sie auf die Tube!«

Der Fahrer wandte sich verunsichert um, aber ein Blick in Rains Gesicht reichte: Und er trat das Gaspedal durch und beschleunigte auf 150.

Rain sah aus dem Fenster in die vorbeijagende Schwärze,

durch die auf der Scheibe explodierenden Regentropfen hindurch. Da entdeckte er in der Finsternis ein schlichtes weißes Schild. Es war von zwei Lampen beleuchtet und von einem gepflegten Blumenbeet umgeben.

»Willkommen in Middletown.«

Rain schluckte.

»Wir sind da.«

33

Kurz darauf war Noahs Wohnung nicht wiederzuerkennen. Jede Oberfläche war mit flackernden Kerzen zugestellt, die alles in goldenen Glanz tauchten.

Langsam wurde ich doch etwas nervös.

Noah zog mich zu sich heran, schlang seine Arme um meinen Rücken und begann, langsam mit mir zu stummer Musik zu tanzen.

»Das ist wunderschön«, flüsterte ich, meine Füße ganz im Takt mit seinen.

»Nicht etwas übertrieben?«

»Nein, perfekt.«

Langsam drehten wir uns um die eigene Achse und ich dachte noch mal drüber nach. »Obwohl du für einen angeblich heterosexuellen Mann verdammt viele Kerzen im Haus hast.«

Er lachte. »Ich mag eben Kerzen.«

»Schon klar. Aber welcher Junge hat an die zehn Millionen davon?« Ich blickte hinab auf den Glascouchtisch. »Wart mal ... sind da auch Duftkerzen dabei?«

Er wirbelte mich herum. »Ach was.«

Ich reckte prüfend den Hals über seine Schulter und schnupperte.

»Das sind Duftkerzen«, triumphierte ich. »Vanille?«

Noah wurde ein bisschen rot. »Hast du ein Vanilleproblem?«

»Keineswegs. Ist doch toll, dass du mit deiner Sexualität so im Reinen bist, dass du ... he!«

Noah hatte mich in die Rippen geboxt.

Ich zahlte es ihm heim, kitzelte ihn und kreischend vor Lachen brachen wir auf dem Sofa zusammen. Noah war natürlich stärker als ich, und so gelang es ihm, mir die Arme über dem Kopf festzuhalten und mich gnadenlos zu kitzeln. Japsend flehte ich um Gnade, doch sobald er mich erhörte, musste ich nur »Vanille« hauchen, und eine neue Attacke brach los.

Gerade hatte ich meinen Mund zum Lachen besonders weit aufgerissen, als Noah seine Lippen auf meine drückte und die Stimmung völlig umschlug. Ich reckte mich ihm entgegen und wir versanken in einen endlosen, köstlichen Kuss. Irgendwo über uns donnerte es, doch ich nahm es kaum wahr. Noah hatte sich von mir losgerissen und starrte mir direkt in die Augen. Er war so wunderschön. Seine Augen so schwarz, seine Wangen rot, sein immer noch feuchtes Haar schief in seiner Stirn. Verletzlichkeit umgab ihn, in seinem Gesicht lag eine Offenheit, die nur ich zu sehen bekam. Intimität in ihrer reinsten Form.

»Ich liebe dich«, sagte er. »Ich liebe dich so sehr, dass es körperlich eigentlich unmöglich ist.«

Ich langte empor und liebkoste sanft seine Lippen. »Ich liebe dich auch. So unglaublich sehr.«

Und dann war es höchste Zeit, das Reden einfach sein zu lassen und aufs Sofa zurückzufallen.

Dass unten eine ganze Wagenkolonne vorfuhr, bekam ich gar nicht mit.

Donner erschütterte die Autoscheiben. Rain fuhr zusammen, eine ursprüngliche, kreatürliche Angst erfasste ihn.

»Wir kommen zu spät«, flüsterte er. »Es ist so weit.«

Anitas Gesicht war kreidebleich, ihr entschlossener, maskenhafter Gesichtsausdruck jedoch unverändert.

»Wenn es zu spät wäre, wären wir längst tot.«

Mit quietschenden Reifen rasten der Jeep und sein Konvoi eine Wohnstraße mit sorgfältig gestutzten Hecken entlang.

»Hier sind wir richtig«, drängte Anita. »Da rechts ranfahren. Schnell!«

Vor einem teuer aussehenden Wohnblock bremste der Jeep scharf ab.

»Alles klar. Wir müssen ins oberste Stockwerk. Rein da. Sofort. Los los los los.«

Die Männer sprangen aus den Wagen und stürmten zur Tür, die Waffen gezückt.

Rain blickte noch einmal Anita an – vielleicht zum letzten Mal.

»Und auf geht's«, sagte sie, beinahe lächelnd.

Sie sprangen in den strömenden Regen hinaus und folgten der Truppe.

Noahs Mund hatte sich von meinem Hals zu meiner Brust hinabbewegt. Unsere Körper waren praktisch ineinander verschmolzen, aneinandergefesselt – Lippen auf Fleisch, Lippen auf Lippen, Fleisch auf Fleisch. Fachmännisch wand er seine Hand um meinen Rücken und ließ meinen BH aufschnappen. Bedeckte mein Schlüsselbein mit Küssen. Unglaublich fühlte sich das an. Aufseufzend ließ ich den Kopf nach hinten sinken. Da spürte ich eine Erschütterung und Noah hielt inne.

»Was war das?«

Noch eine Erschütterung, stärker diesmal. Die Wände der Wohnung erzitterten, das Kerzenlicht flackerte.

»Ist das ein Erdbeben?«

Das Zimmer kam wieder zur Ruhe.

Noah schüttelte den Kopf. »Middletown liegt nicht gerade an einer der Bruchlinien. War wohl eher ein großer

Lastwagen.« Sein Mund kehrte zu meinem Hals zurück und seine Hände fuhren meine Schenkelinnenseiten empor. »Also«, sagte er. »Wo waren wir stehen geblieben?«

Als sie das Treppenhaus erreichten, begann die Erde zu beben. Nicht sonderlich stark zunächst, doch dann lief eine regelrechte Schockwelle durchs Gebäude. Mehrere Agenten kamen auf den Stufen ins Stolpern und schlugen der Länge nach hin. Ihre Augen waren vor Verwirrung und Furcht weit aufgerissen. Sie blieben am Boden und sahen beinahe ehrfürchtig zu, wie die Welt um sie herum ins Ruckeln kam.

Anita, die sich Schutz suchend an die Wand gedrückt hatte, brüllte ihre Anweisungen.

»Rauf da! Rauf da jetzt! Rauf da rauf da RAUF DA!«

Die Erschütterung flaute ab und Rain strauchelte über seine eigenen Füße, dem Einsatzkommando hinterher.

»Wir kommen zu spät. Wir kommen zu spät. Wir kommen zu spät.«

Er schickte ein Stoßgebet gen Himmel. Für seine Familie, seine Freunde, für sich selbst.

Ich zerrte an Noahs T-Shirt. Es glitt über seinen Kopf und schwebte zu Boden. Seine Brust war perfekt und mein Mund ging auf Entdeckungsreise. Seine Finger fuhren die Ränder meines Höschens entlang. Die Lust, die seine Berührung mir schenkte, ging schon ins Unerträgliche. Mit einem dumpfen Stöhnen reckte ich meinen Körper seinen Händen entgegen. Er war noch immer dabei, meinen Nacken zu küssen, als ich spürte, wie er an meinem Slip zupfte und ihn zu meinen Knien hinabzog. Und dann richtete er sich auf, fingerte an seiner Gürtelschnalle herum, schälte sich aus seiner Jeans. Der große Moment stand unmittelbar bevor. Ich war völlig gefangen in meiner Vorfreude, bis zum Zerreißen gespannt. Noah blickte mir tief in die Augen und schob mich sanft auf den Rücken. Ich wartete. Auf die Verbindung, das Gefühl der Vereinigung. Darauf, dass wir körperlich spürten, wozu wir immer bestimmt gewesen waren – eine Einheit zu bilden. Zwei Menschen, jeder für sich unvollständig, zu einem perfekten Ganzen verschmolzen.

Da unterbrach uns ein lautes, entsetzliches Hämmern an der Tür.

Sie erreichten das oberste Stockwerk und preschten den Flur entlang. Lautstark bollerten die Agenten an die Tür. Anita und Rain drückten sich an allen vorbei und stellten sich an die Türschwelle, direkt neben den schwer bewaffneten Hünen aus ihrem Jeep.

Keine Reaktion.

Anita streckte den Arm aus und klopfte erneut. Ihr zartes Handgelenk produzierte ein erstaunlich wirkungsvolles Pochen.

Dann brüllte sie durch die Tür. »Hier ist das FBI. Öffnen Sie oder wir brechen die Tür auf.«

Immer noch keine Antwort.

Sie trat zur Seite und gab den Agenten ihre Anweisungen. »Nicht töten, wenn möglich. Aber sollten sie versuchen, einander zu berühren, machen Sie sie sofort unschädlich.«

Der bullige Einsatzleiter nickte seinen Männern zu. Und dann war die Tür mit einem Schlag offen und alles stürmte hinein.

»Was zum Teufel ist da los?«

Wir waren auseinandergefahren und starrten die Tür an wie eine tickende Zeitbombe.

»Ich hab nicht die blasseste Ahnung«, sagte Noah.

»Will uns da jemand verarschen?« Hastig zog ich meine Träger hoch.

Wieder klopfte es. Diesmal sprangen wir aufeinander zu und klammerten uns angstvoll aneinander.

Eine Stimme ertönte. Sie war schrill und jagte mir Angstschauer über den Rücken.

»Das FBI?«, murmelte Noah. »Das muss ein Witz sein.«

Mein Herz schlug wie verrückt, während wir beide auf die Tür starrten.

Und plötzlich war da keine Tür mehr. Eine Heerschar Soldaten rannte auf uns zu, die Waffen im Anschlag. Ich begann zu schreien und heftete mich fest an Noah.

Das ist ein Traum. Das ist ein Traum. Das ist ein Traum.

Alles wurde ganz langsam. Ein muskulöser Mann stürmte direkt auf uns zu, und mir wurde klar, dass er Noah fortreißen wollte. Ich kreischte lauter und betete, dass die Nachbarn die Polizei alarmieren würden. Ich musste bei Noah bleiben. Ich schnappte mir seine Hand und weigerte mich, loszulassen, immer noch aus vollem Hals brüllend: »Sie dürfen ihn nicht mitnehmen! Sie dürfen ihn nicht mitnehmen!«

Und da spürte ich, wie mich etwas in den Bauch pikste. Ich blickte zu meiner Taille hinunter und sah, dass dort eine winzige Nadel herausragte.

»Nein«, brüllte Noah, aber es klang, als sei er unter Wasser. Mein Kopf trübte sich ein und plötzlich wollte ich nur noch schlafen. Inmitten all dieses Irrsinns fühlte ich mich ganz ruhig.

Das ist nur ein Traum, redete ich mir ein.

Noahs Gesichtsausdruck, die Angst in seinen Augen, sein perfekter Mund, aufgerissen zu einem riesigen O, all das wirkte wie aus Plastik gegossen. Fremde Männer legten ihn in seiner eigenen Wohnung in Fesseln.

Ich lächelte.

Und da kam schon der Schlaf und ich ergab mich der Dunkelheit.

Zunächst dachte Rain, im Zimmer würde es brennen. Überall waren Flammen und es herrschte eine Bullenhitze. Doch dann wurde ihm klar, dass es Kerzen waren. Sie waren überall, auf jedem Tisch. In dem Zimmer stank es.

Wow. Für zwei Teenager eine ganz schöne Romantikkeule, dachte er.

Das Pärchen schwankte verständlicherweise irgendwo zwischen Schock und Versteinerung. Das Mädchen wollte einfach nicht aufhören zu schreien. Als die Agenten versuchten, sie auseinanderzureißen, warf sie sich auf ihren Freund und brüllte noch lauter.

»Sie dürfen ihn nicht mitnehmen! Sie dürfen ihn nicht mitnehmen!«

Dürfen wir. Werden wir. Müssen wir.

Rain tat sie leid.

Sie gab einfach keine Ruhe, und so schossen sie mit dem Betäubungsgewehr auf sie. Binnen Sekunden war sie bewusstlos, ihr Körper auf die Seite gesackt.

Jetzt begann ihr Freund zu brüllen und auf die Beamten loszugehen, aber der Hänfling hatte keine Chance.

Die Männer zielten auch auf ihn und damit war Ruhe im Karton.

Anita trat ins Zimmer und blickte um sich, betrachtete die Kerzen und die beiden bewusstlosen Teenager auf dem Sofa.

»Ach Gottchen, wie romantisch«, sagte sie und brach in schallendes Gelächter aus.

Sie sicherten das Umfeld. Klopften bei ein paar Nachbarn und verbreiteten das Gerücht, der Junge habe eine Drogengeschichte am Laufen. Die nickten verblüfft, schluckten alles brav und freuten sich darauf, es ihren Freunden am nächsten Tag bei einer Tasse Kaffee auszubreiten.

Rain löschte eine Kerze nach der anderen. Jetzt roch das Zimmer, als sei ein ganzer Geburtstagskuchen ausgepustet worden, nach all den Wünschen, die auf dem Rauch davontrieben.

Nur eine Kerze brannte noch, auf dem Couchtisch direkt neben dem Mädchen. Rain beugte sich vor, um sie auszublasen, aber ihr Gesicht lenkte ihn ab. Auf den ersten Blick wirkte sie friedlich, um ihre Lippen spielte sogar ein leichtes Lächeln. Doch als er näher kam, sah er eine Träne auf ihrer Wange glänzen. Die Erleichterung, die er zunächst verspürt hatte, als die Lebensgefahr vorüber war, machte nun einem ganz anderen Gefühl Platz, einem höchst unangenehmen.

Schuldbewusstsein.

Er ließ sich auf dem Boden nieder und betrachtete das Mädchen ganz genau. Sie war ein hübsches kleines Ding. Ihr grünes Kleid war verknittert, ein dünner Träger von der Schulter gerutscht. Sanft zog er ihn wieder hoch und pustete die verbliebene Kerze aus.

Er spürte, dass Anita hinter ihm stand.

»Ein hübsches Pärchen, die beiden, oder?«, sagte sie. »Man würde doch nie glauben, dass zwei derart junge Leute so viel Probleme bereiten können.«

Rain antwortete nicht. Das Gesicht des Jungen war ebenso friedlich. Sollte er die Bewusstlosigkeit genießen, solange sie währte – denn von nun an würde es nur noch Schmerz für ihn geben.

»Das haben wir sauber hingekriegt«, fuhr Anita fort. »Biss-

chen Arsch auf Kante, aber das nehme ich auf meine Kappe. Ich war diejenige, die es hat weiterlaufen lassen.«

Sie kniete sich neben Rain auf den Boden und musterte ihrerseits das Gesicht des Mädchens. Falls sie die Träne bemerkte, fand sie sie jedenfalls nicht erwähnenswert.

»Da stehen uns interessante Tage bevor. Ich kann's gar nicht erwarten, was wir alles aus denen rausquetschen werden.«

Rain wurde etwas flau. Plötzlich war er sich gar nicht mehr sicher, ob er in die nächste Stufe überhaupt einbezogen werden wollte. Auf dem Papier mochte das ja alles seine wissenschaftliche Berechtigung haben. Doch in der Praxis, war es da nicht … na ja … falsch?

Der hünenhafte Agent kehrte ins Zimmer zurück. Die Dielen knarrten unter seinem Gewicht.

»Alles in trockenen Tüchern«, sagte er mit unverhohlener Selbstzufriedenheit. »Wie verfahren wir jetzt mit den Zielpersonen?«

Anita erhob sich und nickte in ihre Richtung. »Bringen Sie sie zurück in die Zentrale. Aber auf jeden Fall in getrennten Fahrzeugen.«

Grob griff der Muskelprotz nach dem Jungen und warf ihn sich über die Schulter wie eine schlaffe Lumpenpuppe. Ein weiterer Agent bückte sich und hob das Mädchen auf, einen Tick sanfter. Ihr Kopf fiel ihr schwer in den Nacken, und Rain sah, wie die Träne über ihre Wange nach oben rann und graziös auf den Holzboden perlte.

»Nichts wie raus hier«, sagte Anita.

Damit gingen sie und zogen die Tür hinter sich ins Schloss.

34

Das Schlimmste an einem üblen Traum ist wohl der Moment, in dem man aufwacht und alles immer noch für echt hält. Dieser Albtraum hier war extrem hartnäckig: Er machte nicht die geringsten Anstalten, sich zu verziehen.

Ich lag auf einem unbequemen Bett, das an der Wand befestigt war, und hatte nicht den leisesten Schimmer, wie lange ich mich schon wälzte und seufzte und versuchte, zu mir zu kommen. Ich wollte feststellen, dass ich eigentlich zu Hause in meinem warmen Bett lag, unter meiner lila Federdecke, während Mum unten das Frühstück machte und auf meinem Handy neben dem Bett eine SMS von Noah mir mitteilte, dass er mich liebte.

Aber der Traum wollte und wollte nicht zerrieseln. Jedes Mal wenn ich die Augen aufschlug, um mich selbst wachzuzwingen, war es nicht mein Zimmer, das ich da sah. Es war eine Art Gefängniszelle. In einer Ecke gab es ein Waschbecken und eine Toilette, und ein klitzekleines Fenster warf ein klitzekleines Lichtquadrat auf die Wand. Meine Hüfte schmerzte. Ich lüpfte ein mir unbekanntes Oberteil und bemerkte eine kleine Blutkruste. Woher kam die? Von einer Nadel? Nadel – da war irgendwas mit einer Nadel. Mein Schädel pochte stumpf vor sich hin, genau wie bei einem Rotweinkater. Mein Mund fühlte sich an, als wäre die Wüste Sahara dort eingezogen. Auf dem Boden neben mir stand eine Wasserkaraffe, aber ich wagte nicht, daraus zu trinken.

Ich versuchte, mich zu erinnern, wie ich hierhergekommen war, doch mein Kopf reagierte nur mit noch mehr Schmerzen.

Da war das Konzert. Dann die Flucht mit Noah durch den Regen. Wann war das gewesen? Irgendwann heute? Vor Tagen? Keine Ahnung. Mir fiel seine Wohnung wieder ein, die Kerzen, das Sofa.

Noah …? Wo steckte er?

Und da kam schlagartig alles wieder – die aufgebrochene Tür, die hereinstürmenden Männer, wie sie ihn hatten verschleppen wollen. Das Geschrei.

Und nichts.

Brodelnde Panik machte sich in meinen Gedärmen breit. Wo hatten sie Noah hinverschleppt? Ich blickte mich in diesem seltsamen kleinen Raum um und versuchte herauszufinden, wo ich war und warum. Keinerlei Anhaltspunkte. Ich wusste ja noch nicht mal, wie lange ich ohnmächtig gewesen war. Mir blieb nur das Wummern in meinem Magen, ein Signal, dass etwas Entsetzliches geschehen war.

Ich schloss die Augen und betete zu jedem Gott, über den ich je für meine Religionsklausuren gelernt hatte, dass der Schlaf kommen und das hier wegmachen möge.

Ich musste noch einmal weggedämmert sein, doch leider dauerte auch diese Bewusstlosigkeit nicht ewig. Als ich zu mir kam, war das Lichtquadrat an der Wand verschwunden. Es war also Nacht draußen. Ich lag auf dem Rücken und versuchte, mein Hirn daran zu hindern, sich mit fliegenden Fahnen in die Panik zu stürzen. Ich atmete ein und aus, legte meine Hände auf die Brust und versuchte herauszufinden, was ich tun sollte. Zehn Millionen Gedanken wuselten in meinem Kopf herum. Wo war ich? Was war passiert? War ich in Gefahr? Würde ich hier jemals wieder herauskommen? Würden sie mich umbringen? Würde ich je meine Eltern wiedersehen? Freunde wiedersehen? Noah wiedersehen?

Dann schlug das vertraute Engegefühl zu. Ich versuchte zu atmen, inhalierte jedoch nur abgestandene Luft. Versuchte zu schreien, bekam jedoch nur ein Keuchen zustande, versank tiefer in meiner Panik. Hier gab es keine Hilfe, keine Freunde, keine Ärzte. Ich würde ersticken und sterben, in diesem absonderlichen Raum, einsam und verlassen. Ich sog noch mal, wieder nichts. Mein Hals brannte, mein Blick trübte sich ein.

Kämpf dagegen an, befahl ich mir, doch mein Körper hatte das Kommando längst an sich gerissen. Ich begann zu würgen. Flammen loderten durch meinen Hals und ich spürte die Tränen auf meinen Wangen, heiß, nass.

Wieder versuchte ich zu schreien, in der Hoffnung, dass mich jemand hören würde, irgendwer. Und wieder wurde ich von meinem Körper im Stich gelassen und hinabgerissen in die Finsternis.

Als ich zu mir kam, spürte ich einen Druck in den Achselhöhlen, doch mein Blick war viel zu vernebelt, um irgendwas zu erkennen.

Da waren Stimmen, fremde Stimmen.

»Ist sie in Ordnung?«

»Ich weiß nicht genau. Sie hat sich ziemlich den Kopf angehauen, als sie aus dem Bett gekippt ist.«

»Sie sollten doch auf sie achtgeben!«

»Sie hat geschlafen! Ich war nur mal kurz pinkeln. Komm ich zurück und da hat sie diesen Anfall.«

»Sie sollen sie nicht unbeaufsichtigt lassen! Dr. Beaumont hat davor gewarnt, dass so etwas passiert. Sie ist auf Entzug.«

Mein Hals brannte schon wieder.

»Achtung, sie übergibt sich.«

Ich kippte meinen Kopf nach vorne, keuchte und kotzte auf den Betonboden. Irgendwer streichelte mir über den Rücken, aber Lizzie war es nicht, und ganz bestimmt nicht Noah. Ich begann zu weinen. Tränen kullerten mir über die Wange, hinein in die Schweinerei, die ich auf dem Boden veranstaltet hatte.

»He, Kleines. Alles okay?«

Ich hatte viel zu große Angst, um zu antworteten, und weinte einfach weiter.

»Ich glaube, sie ist fertig. Mensch, stinkt das.«

»Dann holen Sie was zum Aufwischen. Und sagen Sie Rain Bescheid. Der wird wissen, was zu tun ist.«

Ich verstand gar nichts.

Wieder spürte ich den Druck und dann wurde ich aufs Bett gehievt. Wimmernd rollte ich mich zusammen wie ein Fötus, einen üblen Geschmack im Mund.

Ich konnte den Menschen, der dageblieben war, neben mir atmen hören. Er machte keine Anstalten, mit mir zu reden, obwohl er sich an mein Fußende setzte. Ich rollte mich noch enger zusammen, damit ich ihn nicht berühren musste.

Schritte.

Jemand kam ins Zimmer.

Eine Stimme. Amerikaner. »Hat sie einen Panikanfall gehabt?«

Woher wussten die das?

Die Person auf meinem Bett antwortete. »Das war es also?«

»Sie sollten doch genau auf die Anzeichen achten. Was hat sie vorher getan?« Die Stimme des Amerikaners klang aufgebracht. War das ein gutes Zeichen? Wenn er sich um mein Wohlergehen sorgte, würden sie mich wohl kaum umbringen. Aber wenn nicht, warum war ich dann hier?

»Nichts, ehrlich. Sie hat geschlafen und von einer Minute auf die andere ist sie ausgetickt.«

»Sie können jetzt gehen. Ich kümmere mich darum.«

Der Mensch stand auf und ging. Ich zog meine Beine noch enger an mich heran.

»Penny?«

Der Typ kannte meinen Namen. Ich steckte meinen Kopf unter die Arme und versuchte, mein Gesicht zu verbergen.

»Penny? Bist du okay?«

Was für eine Frage. Ich war gekidnappt worden, wahrscheinlich von diesem dahergelaufenen Amerikaner. Warum erst jemanden entführen und dann nett zu ihm sein? Versuchte er, mir dieses Stockholm-Syndrom-Dings zu verpassen?

Ich fühlte, wie mein Bett knarrte, und schloss daraus, dass er sich zu mir gesetzt hatte.

»Penny. Mir ist klar, dass du Angst hast. Du sollst nur wissen, dass wir dir nichts zuleide tun werden. Du bist hier in Sicherheit.«

Ich murmelte etwas in mich hinein.

»Was hast du gesagt?«

Ich hielt die Augen geschlossen, machte aber den Mund auf. »Genau das erzählen einem doch Leute, die einem was antun wollen. Damit man sich abregt.«

»Das ist nicht wahr.«

Das kaufte ich ihm nicht ab.

»Penny? Würde es dir was ausmachen, mich anzuschauen? Ich bin hier, um dir zu helfen.«

Das machte mir sogar sehr viel aus. Doch andererseits war es die einzige Möglichkeit, der Sache hier auf den Grund zu gehen.

Ganz langsam schlug ich die Augen auf und nahm mein seltsames Gefängnis zum ersten Mal richtig wahr. Am Fußende meines Bettes saß ein sonderbar aussehender Mann. Er trug einen Laborkittel über einer labbrigen Jeans und einem ausgeleierten Pullover. Seine Haare waren halblang und um den Hals trug er eine dieser Holzperlenketten für Möchtegernsurfer. Wie Noah eine gehabt hatte. Noah …

»Hallo, Penny.«

Ich starrte ihn so vernichtend an wie irgend möglich.

»Ich bin Rain.«

»Wo bin ich hier? Wo sind meine Eltern? Wissen die, dass ich hier bin?«

Er reckte seine Hände in die Höhe. »Moment, Moment, das sind viele Fragen auf einmal. Ich wette, am allerdringendsten möchtest du wissen, warum du hier bist?«

Da der Typ tatsächlich nicht sonderlich bedrohlich aussah, hievte ich mich mühsam in Sitzposition. »Werden Sie es mir sagen?«

Er strich sich mit den Händen durchs Haar und seufzte. »Leider darf ich das nicht. Aber Dr. Beaumont möchte mit dir sprechen und sie erklärt dir alles.«

»Werden Sie mich umbringen?« Ich fragte ihn einfach freiheraus. Besser wissen, woran man ist.

Rain wirkte schockiert. »Um Himmels willen, nein. Natürlich nicht. Hast du ernsthaft geglaubt …?« Sein Satz blieb in der Luft hängen. »Schau mal. Du bist in Sicherheit. Und dein Freund ist auch hier, und auch in Sicherheit.«

Noah? Er war hier? Mein Herz begann zu wummern.

»Ich will ihn sehen«, bat ich mit zitternder Stimme.

Noch ein Kopfschütteln. »Ich fürchte, das ist im Moment unmöglich.«

Noah war hier! Hier? Ich musste ihn sehen! Was taten die ihm an? Die nackte Panik meldete sich zurück. Noch mehr Galle stieg in meinem Hals auf.

»Lassen Sie mich ihn sehen!«, brüllte ich. »Ich will ihn sehen!«

Jetzt wirkte der Mann völlig überfordert. »Ich hab dir gesagt, dass das nicht geht.«

Aus Panik wurde Wut.

»LASSEN SIE MICH ZU IHM!«

Mein Atem stockte und wieder umwölkte sich mein Blick. Noah. Ich brauchte ihn. Mit ihm würde das alles verschwinden. Ich musste ihn halten, musste von ihm gehalten werden. Ich brauchte es, dass er mir übers Haar strich, mein Gesicht umfasste und mir sagte, das alles sei ein Traum und bald würden wir in seinem sonnendurchfluteten Zimmer aufwachen und über meinen lächerlichen Albtraum lachen.

Obwohl es zunehmend offensichtlich wurde, dass das hier kein Albtraum war.

»Noah«, kreischte ich.

»Schhh, Penny. Steigere dich da doch nicht so rein.«

»Noah! Noah? Noah. Noah. Noah ...«

Mein Herz wummerte, mein Hirn kam ins Schweben.

»Penny?«

»Noah Noah Noah Noah Noah ...«

Und noch einmal stürzte ich ins Nichts, diesmal mehr als bereitwillig.

Geflüster weckte mich auf.

»Das ist schlimmer, als ich es mir je vorgestellt hätte.« Wieder dieser Rain.

»Was meinen Sie damit?«

»Die Verbindung. Die ist einfach zu stark. Wir hätten schon vor Wochen eingreifen sollen.«

»Was wollen Sie damit andeuten?«

Vielsagendes Schweigen.

Ich hielt die Augen geschlossen und lauschte.

»Schauen Sie sie doch an, sie ist völlig am Ende. Eine Attacke nach der anderen. Und im Schlaf schreit sie dauernd seinen Namen. Und er ist genauso übel dran.« Rain redete von Noah! Verzweifelt versuchte ich, meine instinktive Reaktion unter der Decke zu halten, um mir ja nicht anmerken zu lassen, dass ich wach war.

»Er hat sich völlig in sein Schneckenhaus verkrochen, spricht kaum ein Wort, höchstens um nach ihrem Befinden zu fragen und ob er sie sehen kann. Und als wir ihm das verweigert haben, hat er sich auf dem Bett zusammengerollt und seitdem nicht mehr gerührt. Die sind beide in einem erbärmlichen Zustand, Anita! Wie können wir von ihnen erwarten, dass sie ganz normal weitermachen, wenn ...«

Die andere, unbekannte Stimme schnitt ihm das Wort ab. Eine Frauenstimme. Ich mochte sie nicht.

»Das kann Ihnen doch völlig gleich sein, Rain.«

»Ich mach mir eben Sorgen um die beiden.«

»Davon müssen Sie sich einfach mal frei machen. Gestern war es auch Ihr Leben, das da auf dem Spiel stand, schon vergessen?«

Schweigen.

»Nein.«

»Gut. Und jetzt lassen Sie uns diese tragisch Liebende mal aufwecken.«

Damit war wohl ich gemeint. Ich spielte weiter die Bewusstlose.

Sie stand direkt über meinem Bett, das spürte ich.

»Dann mal los, Penny, hoch mit dir. Ich weiß, du schläfst nicht wirklich.«

Meine Augen blieben zu.

»Das Theater wird dir auch nicht helfen. Ich muss mit dir sprechen. Das können wir entweder auf die sanfte Tour machen, indem du kooperierst, oder wir machen es mit Gewalt. Es liegt bei dir, Schätzchen.«

Ihre Stimme klang locker-flockig. Die darunter verborgene Bösartigkeit entging mir nicht.

Zögerlich schlug ich die Augen auf und taxierte meine Entführerin.

Sie war unerwartet hübsch. Groß, schlank, Designerbrille. Ihre Haare waren zu einem komplizierten, straffen Knoten aufgesteckt. Nicht die Spur eines Lächelns.

»Schon besser. Kommst du mit auf ein kleines Gespräch?«

Ich starrte sie nur an, halb verschrecktes Kaninchen, halb rasende Furie.

»Gut. Dann müssen wir jetzt leider die Handschellen anlegen, fürchte ich.«

Was?

Sie las das Entsetzen in meinem Gesicht.

»Nur zu unserer eigenen Sicherheit. Reine Formsache.«

Ihre Sicherheit? Hatten die etwa Angst, ich würde ihnen was tun? Ich war hier doch diejenige, die entführt, betäubt und eingesperrt worden war!

Ich hielt ihr meine Hände entgegen und beschloss, die Rebellion so lang aufzuschieben, bis ich aus dieser verdammten Zelle raus war.

Rain zog ein Paar Handschellen aus seinem Labormantel und ließ sie über meinen Handgelenken zuschnappen. Ich stand auf.

»Komm mit.«

Meine Beine waren ganz schwach. Teils aus Angst, teils weil ich sie schon weiß Gott wie lange nicht mehr benutzt hatte. Meine Zellentür führte auf einen schmalen Gang hinaus. Ich blickte mich hektisch nach irgendwelchen Hinweisen auf Noah um, doch da war nichts zu sehen. Die Frau hielt eine Ausweiskarte an eine Sicherheitstür, die sofort piepste und aufglitt, um den Weg zu einem neuen Gang freizugeben. Ich trottete einfach hinterher.

Es war wie auf einer internationalen Raumstation. Was für eine Organisation auch immer hinter dem Ganzen hier steckte, sie hatte Geld. Und Hochtechnologie, dem Iris-Scanner an der Schleuse nach zu schließen. Keine Menschenseele kreuzte unseren Weg, was auffällig war. Es schien sich nicht um gewöhnliche Unterbesetzung zu handeln, sondern eher um einen künstlich herbeigeführten Leerstand – als hätte man das Gebäude eigens für mich evakuiert.

Vor einer schmalen weißen Tür blieben wir stehen.

»Da wären wir«, sagte die Frau.

Sie führten mich hinein, befreiten mich von den Handschellen und bedeuteten mir, mich zu setzen. Es war ein kleiner Raum. Nichts Aufregendes, nur ein Tisch mit drei Stühlen. Sie nahmen mir gegenüber Platz. Vor mir stand ein Teller mit Sandwiches und ein Glas mit etwas, das wie Bananenmilch aussah. Ich beäugte den Teller. Der Magen hing mir in den Kniekehlen, aber das roch schwer nach einer Falle.

»Du solltest was essen«, sagte die Frau. »Es ist Marmite drauf. Dazu Bananenmilch. Deine Lieblingskombination.«

Keine Ahnung, woher sie das wussten. Mir wurde ganz schlecht.

»Und nein, vergiftet ist es nicht«, fügte sie hinzu, meine Gedanken erratend. »Wie mein Kollege Rain dir vorhin schon gesagt hat, wir wollen dir nichts tun.«

Mein Magen knurrte, als spürte er das Essen in seiner Nähe. Zögernd nahm ich mir ein Brot und nagte ein wenig an einer Ecke. Schluckte. Nichts passierte. Ich nahm noch einen kleinen Bissen. Und noch einen. Dann ein Schlückchen Bananenmilch. Wieder warten. Immer noch nichts. Noch einen Schluck.

Schwupps war der Teller leer. Die Frau wirkte erfreut.

»Gut, gut«, murmelte sie.

Ich erwiderte ihren starren Blick.

»Warum bin ich hier?«, fragte ich. Das Essen hatte mir geholfen, meinen Mut wiederzufinden.

»Warum stellen wir uns nicht erst mal vor?«, sagte sie. »Hi, Penny. Ich bin Dr. Anita Beaumont und das ist Rain Hamilton, mein Assistent.«

Ich sprang nicht drauf an. »Warum bin ich hier?«

Darauf sprang sie nicht an. »Nun«, fuhr sie fort. »Wir haben dich schon eine ganze Weile im Auge, auch wenn du vielleicht nichts davon …«

Ich musste wohl lauter werden. »WARUM BIN ICH HIER?« Beim Aufstehen trat ich meinen Stuhl von mir. »Wissen meine Eltern, dass ich hier bin? Geht es ihnen gut? Wo ist Noah? Was haben Sie mit ihm gemacht? Mit welchem Recht halten Sie mich hier gefangen? Sie sind nicht die Polizei.«

Anita kniff die Augen zusammen. Hinter den dicken Brillengläsern sahen sie aus wie Schlitze.

»Setz dich hin, Penny.«

Tat ich nicht.

»Setz dich«, sagte sie schärfer. »Und dann beantworte ich deine Fragen.«

Wie ein aufmüpfiger, angeödeter Teenager im Matheunterricht verdrehte ich die Augen und ließ mich widerstrebend auf meinen Stuhl zurückfallen. »Also?«

Anita legte beide Hände auf den Tisch und beugte sich vor. Sie redete hastig. »Die Anti-Terror-Gesetze ermächtigen uns, dich hier festzuhalten. Auch wenn in letzter Zeit in deinem Land ein Mordsgewese darum gemacht worden ist: Rein rechtlich ist es mir gestattet, dich achtundzwanzig Tage lang hierzubehalten.«

Mir schwirrte der Schädel.

»Terrorismus?« Ich schüttelte den Kopf. »Das muss ein Irrtum sein. Ich bin keine Terroristin. Noah und ich … ehrlich …

da muss irgendwer was durcheinandergebracht haben. Ich würde NIEMALS irgendwem was tun. Ich bin nicht gefährlich.«

Anita musterte mich über ihre Brille hinweg.

»Im Gegenteil, Penny. Jetzt, zu diesem Zeitpunkt, darf man dich und deinen *Freund*«, sie spie das Wort fast aus, »getrost als die gefährlichsten Menschen des Planeten betrachten.«

Ich ließ ihre Worte in mich einsickern, um dann laut loszulachen. »Das soll ja wohl ein Witz sein!«

»Aber ganz bestimmt nicht.«

Ich legte meine Hände auf den Tisch. Eigentlich wollte ich sie ja nicht draufknallen lassen, es passierte mir einfach. »Das ist doch völlig verrückt! Ich bin nicht gefährlich. Ich könnte ja nicht mal jemanden boxen, ohne mir die Hand zu brechen.«

»Es wird etwas dauern, dir das zu erklären.«

Ich konnte nur den Kopf schütteln. »Das müssen *Sie mir* erklären? Soll *ich* hier nicht die Terroristin sein von uns beiden? Sollten *Sie* da nicht Informationen aus *mir* rauskitzeln? Wo ist eigentlich Ihre Erlaubnis, mich hier wegzusperren? Ich seh gar keinen Haftbefehl.«

Ruhig langte Anita in ihre Kitteltasche und zog ein Papier heraus. Sie faltete es auseinander und schob es mir über den Tisch. Oben trug es ein offiziell aussehendes Wappenbild. Ich las meinen Namen, und Noahs. Und auch die Worte *Streng vertraulich* und *Betrifft: Innere Sicherheit*.

»Was ist das?«

»Das ist der Haftbefehl gegen euch. Unterzeichnet vom Verteidigungsminister und von eurem Premierminister, wie du sehen kannst.«

Premierminister? In mir drehte sich alles. Ich legte das Blatt mit der Schrift nach unten auf den Tisch.

»Penny?«

»Ich will nach Hause.«

»Das kannst du vielleicht auch. Mach dir keine Sorgen um deine Eltern. Wir haben sie kontaktiert; sie wissen, dass du in Sicherheit bist. Doch ich fürchte, du und ich, wir müssen uns vorher noch unterhalten.«

Ich hob den Kopf und sah ihr ins Gesicht. »Worüber?«

»Über dich und Noah.«

Bei der Erwähnung seines Namens schossen mir erneut die Tränen in die Augen. »Ich kapier nicht, was hier gespielt wird und womit wir irgendwas zu tun haben sollen …«, würgte ich heraus. »Wir sind nicht gefährlich und verbrochen haben wir auch nichts.«

Die Tränen kullerten immer schneller und ich ließ sie laufen, darauf kam es jetzt auch nicht mehr an. Wenn sie mich hier schon achtundzwanzig Tage festhalten durften, dann mussten sie auch mein Geflenne ertragen.

Anita wandte sich an Rain. »Würden Sie uns kurz allein lassen?«, fragte sie.

Ich wollte nicht, dass er ging, er schien netter als sie. Er selbst schien auch nicht gerade wild darauf zu sein, doch er schob seinen Stuhl zurück und verzog sich.

Blieben nur noch Anita und ich übrig. Nur wir beide.

35

Ich sah sie an, sie sah mich an.

Ich war jetzt schon völlig am Ende.

Sie ergriff das Wort.

»Miss Penny Lawson. Was ich dir jetzt erzähle, wird so streng geheim gehalten, dass wohl keine hundert Menschen auf diesem Planeten davon wissen.«

»Warum verraten Sie es mir dann?«

»Weil es dein Recht ist. Ich kann dir versprechen, dass du es gar nicht wissen *willst*, genauso wenig, wie ich es wissen wollte. Aber es gibt keinen Weg zurück. Von diesem Moment an wird dein Leben sehr schwer werden.«

Ich war mir nicht sicher, ob ich überhaupt noch die Fähigkeit zum Überraschtsein besaß.

»Also, dann schießen Sie mal los«, sagte ich. Schlimmer konnte es ja wirklich kaum werden.

»Bist du verliebt, Penny Lawson?«

Die Frage war so taktlos, dass sie mich tatsächlich überraschte.

Ich funkelte sie an. »Ich wüsste nicht, was Sie das angeht.«

»Oh, glaub mir, es geht mich sehr viel an. Also, bist du's oder bist du's nicht?«

Ich dachte an Noah und sofort tröpfelte Wärme durch meinen Körper.

»Ja«, antwortete ich mit gesenktem Kopf.

Fast lässig lehnte sich Anita in ihrem Stuhl zurück.

»Wissenschaftlich gesehen ist die Liebe ein seltsames Phänomen«, sagte sie. »Bis zum heutigen Tag ist es uns nicht gelungen, es wirklich zu erfassen. Es stellt einfach so unvorhersagbare Dinge mit dem Körper an. Hast du beispielsweise gewusst, dass ein verliebter Mensch häufig ein vermindertes Schmerzempfinden besitzt?«

Ich schüttelte den Kopf.

»Faszinierende Studie. Die haben einen Haufen frisch verknallter Schüler in den USA untersucht, Paare, die sich gerade erst gefunden hatten, und haben festgestellt, dass deren Schmerzgrenze deutlich höher lag als bei einer Kontrollgruppe von Singles. Vermutlich deshalb, weil Verliebte sich durch ihren Partner bestätigt fühlen, weil sie jemanden haben, dem sie abends noch eine SMS schicken können.«

Ich ließ sie einfach reden.

»Liebe steigert auch die Kreativität. Hast du das gewusst?«

Wieder schüttelte ich den Kopf.

»Tut sie wirklich. Diese ganzen elektrischen Prozesse im Hirn während dem, was man gemeinhin gern die ›Flitterwochen-Phase‹ nennt, die sind derart stark, dass sie tatsächlich ein wahres kreatives Feuerwerk auslösen können.«

Sie setzte ihre Brille ab und legte zu meiner Verblüffung einfach ihre Stöckelschuhfüße auf den Tisch.

»Und natürlich ist die Liebe auch der Gesundheit sehr zuträglich. Man wird, statistisch gesprochen, seltener krank. Und meine momentane Lieblingsentdeckung?« Sie schaute ganz begeistert drein. »Vor Kurzem hat man rausgefunden, dass die Liebe tatsächlich eine drogenähnliche Wirkung auf den Körper hat. Ist das nicht unglaublich? Gehirnaufnahmen zeigen, dass die aufleuchtenden Rezeptoren im Hirn eines Verliebten genau die gleichen sind wie bei einem Heroinsüchtigen, der sich gerade einen Schuss setzt, oder bei einer Koksnase, die sich eine Line zieht. Deshalb drehen die Leute auch so durch, wenn sie sich verlieben. Deshalb gibt es all die abgeschmackten Liebeslieder und schmalztriefenden Gedichte. Deshalb stürzen sich die Leute in Affären. Sie tun es, weil sie im ersten Liebesrausch im Grunde nichts anderes sind als Drogensüchtige. Das erklärt die Dopamin-Achterbahnfahrten, die völlig irrationalen Unsicherheiten, Angstzustände und die Eifersucht. Die körperlichen Entzugserscheinungen, wenn man seinen Freund mal eine Woche lang nicht sieht.«

Meinem Ärger, meiner Angst und Bestürzung zum Trotz fand ich das eigentlich alles nicht uninteressant. Ich rückte näher, um besser zu hören, und verglich ihre Aussagen mit meinen Gefühlen für Noah. Schien alles zu passen.

Anita stieß einen tiefen Seufzer aus. »Natürlich«, sagte sie, »ist das alles eine einzige Illusion.«

Ich hob eine Augenbraue.

»Ach hör auf, Schätzchen, du bist ein Teenager. In dem Alter ist man doch Zynikerin, oder? Dieser erste Liebeswahn ist kein bisschen romantisch, der ist reine Biologie. Das Ziel unserer Spezies, Miss Lawson, ist die Fortpflanzung. Mehr nicht. Wir machen uns nur vor, dass da mehr dran sein muss. Wir schreiben verschwurbelte Bücher, errichten Wolkenkratzer und philosophieren uns was über ein Leben nach dem Tod zusammen, im verzweifelten Versuch, irgendwas von uns überdauern zu lassen. Wir tun so, als wären wir nicht bloß dazu da, uns fortzupflanzen, zu sterben und dann alles den Nachkommen zu überlassen. Aber genau das ist der Sinn des Lebens. Sich reproduzieren und sterben. Deprimierend, was? Kein Wunder, dass wir uns diese Liebesillusion zusammengezimmert haben, um die Enttäuschung zu übertünchen.«

Sie nahm ihre Füße vom Tisch und beugte sich verschwörerisch zu mir rüber. »Möchtest du ein Geheimnis wissen?«

Ich nickte, obwohl ich mir relativ sicher war, dass sie es mir so oder so verraten würde. Dramatischer Spannungsaufbau schien ja offenbar ihr Ding zu sein.

»Liebe ist nichts als Hormone«, flüsterte sie.

»Hormone?«

»Ja. Millionen von Hormonen. Unsere verblödete Spezies tut so, als sei mehr daran. Dass man sich ›aussuchen‹ dürfe, wen man liebt, und dass irgendwo da draußen der oder die ›Richtige‹ wartet. Lächerlich! Liebe existiert, um den Paarungsprozess zu vereinfachen. Wenn eine Person sich zu einem Angehörigen des anderen Geschlechts hingezogen fühlt, dann gibt es für diese Anziehung nur eine Basis – wird dieser Mensch mir gesunden Nachwuchs verschaffen?«

Ich streckte die Arme nach vorn. »Ich hab den Bio-Lehrplan zehnte Klasse noch intus«, sagte ich. »Ich weiß, was Sie mir da verklickern wollen. Sie reden von Pheromonen, oder? Diesem Geruch, den wir angeblich unbewusst absondern, um andere Leute anzulocken?«

Anita zuckte zusammen. »Ja. Du hast recht. Ich bin beeindruckt.« Sie lächelte dürr. »Unsere Pheromone sind unser ureigenster Parfümcocktail. Doch statt nach Vanille oder Rosen oder Mariah Careys neu zusammengepanschtem Drogerieduftwasser zu riechen, sind sie eher wie eine Reibeduftprobe, die alles über deinen Gencode verrät. Damit Angehörige des anderen Geschlechts dich unterbewusst erschnüffeln und sagen können, ob ihr genetisch zueinanderpasst.«

Ich musste an all meine Antiromantiktiraden aus der Prä-Noah-Ära denken. »Das sind doch alles alte Hüte.«

Sie beachtete mich gar nicht. »Aber interessant ist doch, wie sich die Menschen weigern, diese schlichten Wahrheiten einfach anzuerkennen. Sie *wollen* an die Liebe glauben, sie brauchen das. Sie gaukeln sich tiefe, bedeutungsvolle Bindungen vor, um sich besser zu fühlen. Wirklich jämmerlich.«

Mir wurde immer stärker bewusst, wie wenig ich diese Frau ausstehen konnte. Auch wenn sie die Wissenschaft auf ihrer Seite haben mochte, ihre Ansichten zum Thema Liebe und Beziehungen waren einfach nur … rückständig.

»Oh, là là«, sagte ich. »Da ist wohl jemand Single.«

Das kam bei Dr. Beaumont nicht sonderlich gut an.

»Ah, richtig«, sagte sie und kramte in ihren Papieren herum. »Frech wie Rotz, das hab ich ja gelesen. Du hältst dich wohl für eine ziemliche Ironikerin, was?« Schwungvoll zog sie ein amtlich aussehendes A4-Blatt hervor.

»Los geht's.« Sie begann, daraus vorzutragen. »Penny Lawson ist eine faszinierende Patientin von außerordentlicher Willenskraft. Sie ist die einzige meiner Patienten, die jemals im Behandlungszimmer die Konfrontation mit mir gesucht hat. Wie jeder gewöhnliche Pubertierende glaubt sie, die Wahrheit gepachtet zu haben, und schmettert zumeist jede Information ab, die auf das Gegenteil hinweist.«

Schock.

»Was zum Teufel ist das?«

Sie ließ das Blatt sinken.

»Dies ist ein Bericht, den uns dein Therapeut, Dr. Ashley, erstellt hat. Er hat auf unsere Anweisung hin ein Auge auf dich gehabt.«

»Sie haben mich von meinem Therapeuten ausspionieren lassen?«

Anita lächelte. »Er hatte keine große Wahl. Hat ständig was vom Arztgeheimnis schwadroniert, aber bei uns gibt's keine großen Diskussionen. Wie dem auch sei, er hat uns interessante Einblicke in deine Beziehung mit Noah beschert.«

Noah.

Allein sein Name löste so viele Emotionen aus, dass ich sie kaum unter dem Deckel halten konnte. Ich dachte an meine vergangenen Termine bei Dr. Ashley und so langsam ergab sich da ein Bild. Da war diese seltsame Sitzung gewesen, wo er mich über Noah ausgequetscht hatte und ich ausgerastet war. Und seine ständige wilde Entschlossenheit, meinen Freund aufs Tapet zu bringen, obwohl ich ihn gar nicht erwähnt hatte. Die Wahrheit fügte sich ineinander wie riesige Puzzleteile, die ich längst hätte zusammensetzen sollen.

Dr. Anita sah mich mit einem selbstzufriedenen Lächeln an. »Du bist ja so still geworden.«

So mörderisch hatte ich noch nie jemanden angestarrt. »Bringen wir's einfach hinter uns, wenn's recht ist«, sagte ich. »Sie waren da stehen geblieben, wo jeder, der in einer Beziehung steckt, ein verblendeter Trottel ist.«

Das Lächeln schien sie jetzt etwas mehr Mühe zu kosten.

»Nun, worauf ich hinauswollte: Für neunundneunzig Prozent der Bevölkerung sieht die Wahrheit doch so aus. Sie finden jemanden, mit dem sie genetisch kompatibel sind, machen sich vor, sie wären ›verliebt‹, produzieren ein paar Hormone und bleiben dann aufgrund gemeinsamer Erfahrungen und alter Gewohnheit zusammen. Dann sterben sie und ihre Kinder machen genauso weiter.«

»Sie sollten Liebesromane schreiben«, sagte ich trocken. »Diese *Romeo-und-Julia*-Fassung geht sicher weg wie warme Semmeln. Nummer eins auf sämtlichen Bestsellerlisten.«

Anita zuckte etwas zusammen. Sie blätterte auf eine andere Seite in ihrer Akte und überflog sie. »Womit wir bei dir und Noah wären.«

Ich richtete mich auf.

Sie nahm ihre Brille ab und schien sich fast zu entspannen.

»Sag mal, Penny, glaubst du an Seelenverwandtschaft?«

»*Sie* schon mal nicht, das hab ich kapiert.«

Anita kämmte sich eine weitere unsichtbare Strähne aus

dem Gesicht. »Eigentlich«, sagte sie, »ist das der Teil, wo es wirklich interessant wird.«

Ich konnte mir nicht helfen. Irgendetwas daran, wie sie den letzten Satz gehaucht hatte, ließ mich näher an den Tisch rücken.

»Wie gesagt, das gewöhnliche Leben und die gewöhnliche Liebe sind nicht romantisch.«

Das Deckenlicht flackerte.

»Während die Seelengefährten-Vorstellung durchaus romantisch ist. Die Leute stehen drauf. Der Gedanke, dass es da draußen einen Menschen gibt, der nur für dich bestimmt ist, der genau zu dir passt, deine andere Hälfte. Der Gedanke ist so verführerisch, dass die Menschen völlig die Tatsache verdrängen, dass wir, selbst wenn wir einen Seelengefährten hätten, ihn wahrscheinlich niemals treffen würden. Ich meine, wie stehen bitte die Chancen, dass dein Seelengefährte praktischerweise ausgerechnet Barry aus dem Büro ist oder das Mädchen am Nebentisch in der Kneipe?«

Ich nickte. Da hatte sie nicht unrecht.

Sie setzte ihre Brille wieder auf und senkte die Stimme.

»Die Sache ist die«, sagte sie gedämpft und beugte sich dicht zu mir. »Was die Leute nicht wissen, ist, dass ab und zu tatsächlich zwei Menschen auf diesem Planeten geboren werden, die in allen wesentlichen Aspekten perfekt zueinanderpassen.«

Ein Zittern durchfuhr mich. »Inwiefern zueinanderpassen?«

»In vielerlei Hinsicht. Das Wichtigste ist, dass sie genetisch in einem Maße gegensätzlich sind, dass ihre Anziehungskraft ins Unendliche steigt. Aus wissenschaftlicher Sicht sind sie das perfekte Paar. Sagen wir, es gibt nur wenige auserwählte Leute, die mit einem fehlenden Puzzleteil geboren werden. Und wenn diese zwei füreinander bestimmten Pendants aufeinandertreffen, fühlt es sich für sie so an, als wären sie plötzlich komplett.«

Das war also ihr Thema: Mir fiel auf, wie ihre Augen mit jedem Wort mehr zu glitzern schienen.

»Natürlich spricht alles dagegen, dass sich so etwas ergibt. Die Wahrscheinlichkeit, jemals den Weg seines Pendants zu kreuzen, geht gegen null. Normalerweise ist es irgendein reiches Gör aus New York, das zu einem armen Bäuerlein auf den Philippinen gehört. Wie sollten die sich jemals treffen? Statistisch gesehen ist es fast unmöglich, dass eins dieser einzigartigen Paare sich über den Weg läuft. Die Welt ist zu groß. Also leben sie einfach ihr Leben und verlieben sich eben auf Hormonbasis, wie jeder andere auch. Vielleicht heiraten sie sogar und kriegen Kinder. Obwohl die meisten Menschen mit Pendant ein Leben in Einsamkeit wählen. Nicht bewusst, sondern eher, weil niemand, den sie kennenlernen, ihnen je die Erfüllung bieten könnte, nach der sie so sehr dürsten.«

Ich dachte an die Akte, die da vor ihr auf dem Tisch lag. Daran, dass sie Dr. Ashley darauf angesetzt hatte, mich auszuspionieren. Und dann dachte ich daran, wie ich mich gefühlt hatte, als ich Noah begegnet war.

Wieder erzitterte ich.

»Und was haben Sie damit zu tun?«

Anita richtete sich auf.

»Schlicht gesagt: Sollten sich diese Paare treffen, könnte das in einer Katastrophe enden.«

»Entschuldigung, wie war das?«

»Das ist gefährlicher, als dein kleines Hirn es sich jemals auszumalen vermag.«

Mir fielen ihre Worte von vorhin wieder ein. Als es darum ging, dass Noah und ich die zwei gefährlichsten Menschen auf Erden seien.

Meine Stimme klang seltsam hohl.

»Dann sind Noah und ich …?«

Anitas Lächeln war einfach widerlich.

»Genau so ist es. Du und Noah, ihr seid Pendants – füreinander bestimmt. Wenn ihr eher fürs Romantische seid, würdet ihr euch wahrscheinlich als Seelengefährten bezeichnen.«

36

»Seelengefährten?«

»Ja.«

»Noah und ich?«

»Genau.«

Was sie da behauptete, war so enorm, dass ich es gar nicht verarbeiten konnte. Meine eine Gehirnhälfte, das Revier der pragmatischen, zynischen Penny, schnaubte und höhnte »sicher doch«, während die andere Hälfte, die der neuen, romantischen Penny, geboren und genährt seit meinem ersten Treffen mit Noah, keine Spur erstaunt war.

Ich brauchte mehr Antworten.

»Warum sind wir gefährlich?«

»Das sind sehr komplexe Fragen der Wissenschaft. Selbst ich hab da teils noch meine Probleme.«

»Ich trau mir durchaus zu, Ihnen zu folgen.«

Dr. Beaumont beugte sich noch näher zu mir. »Ich hab dich vorhin schon gewarnt«, flüsterte sie. »Du wirst dir wünschen, ich hätte es dir nie erzählt ...«

Ich dachte an die schreckliche Gefängniszelle, in der ich geschlafen hatte. »Was auch immer Sie mir erzählen, schlimmer kann's wohl kaum mehr werden.«

Sie lächelte. »Das glaubst du. Na gut, wie du willst.« Jetzt begann sie, auf und ab zu tigern. »Ich hab dir schon gesagt, was für eine mächtige Wirkung die ganz gewöhnliche Liebe auf die Menschen hat – auf Paare, die nur aus rein hormonellen Gründen zusammen sind.«

Ich nickte.

»Nun, als wir diese ›normalen‹ Paare mal im Vergleich zu Seelengefährtenpaaren untersucht haben, ist uns ein grundlegender Unterschied aufgefallen.«

Sie fuhr auf dem Absatz herum und schaute mich an. »Weißt du, was im Körper abläuft, wenn Leute sich verlieben?«

Ich schüttelte den Kopf. »Keine Ahnung. Was Feines?«, fragte ich sarkastisch.

Anita hob eine Augenbraue. »Du bist ja eine ganz Schlaue. Liebe ist im Grunde ein chemischer Prozess. Wenn man sich in jemanden verliebt, ist das, als ob man einen chemischen Sprengkopf in den Körper kriegt. Und man kann nichts dagegen tun. Alles wird überflutet vom Dopamin, unserem ›Glückshormon‹, und das Hochgefühl ist das gleiche wie beim Drogenkonsum, wie vorhin gesagt. Und dann gibt's noch Noradrenalin«, sie zählte es an ihren Fingern ab, »meist einfach Adrenalin genannt. Das ist das Hormon, dem wir all die schwitzigen Handflächen und das Herzrasen zu verdanken haben. Dann rührt man noch Serotonin dazu – noch ein Glückshormon, das daran schuld ist, dass sich Liebeskranke wie die Schwachköpfe aufführen.«

»Ganz schöner Cocktail, wie sich's anhört.«

»Schlimmer, als du glaubst.« Anita wollte noch etwas hinzufügen, bremste sich aber und klappte den Mund zu. Sie zog sich ihren Stuhl heran und setzte sich wieder, um mir direkt in die Augen zu starren.

»Hast du eine Vorstellung, was ein Mensch so an Elektrizität und Magnetismus produziert?«

Ich zuckte die Schultern. »Eine Menge?«

Darüber musste sie lächeln. »Nicht gerade wissenschaftlich, aber ja, eine Menge. Mehr, als den Leuten bewusst ist. Im Grunde ist es Elektrizität, die das Herz antreibt und dafür sorgt, dass das Blut durch den Körper gepumpt wird. Das ist den Leuten nicht wirklich klar. Wir haben unsere ganz eigenen Generatoren, genau hier.« Flüchtig berührte sie sich oberhalb ihrer linken Brust.

»Und dazu kommt noch das Hämoglobin in unseren Blutzellen. Das ist eisenhaltig und hat eine starke Magnetwirkung. Das macht man sich bei den Kernspinaufnahmen zunutze.«

Ich verdrehte die Augen. »Äußerst interessant das alles, aber Sie haben mir immer noch nicht gesagt, was das mit Noahs und meiner Andersartigkeit zu tun hat. Was macht uns denn jetzt zu Seelengefährten?«

Sie verstummte für einen Augenblick. »Nun, soweit für uns ersichtlich, setzt ›normalen‹ Pärchen dieser Chemiecocktail nicht allzu schwer zu. Aber bei Seelengefährtenpärchen ist das eine ganz, ganz andere Geschichte.«

»Anders inwiefern?«

»Das ist es ja. Bei einer gewöhnlichen Beziehung haben die Hormone keinen Einfluss auf die elektrischen und magnetischen Vorgänge im Körper. Klar, bisschen Verlegenheit, Nervosität und Schweißausbrüche, aber damit hat sich's auch schon. Der Unterschied bei dir und Noah ist jedoch, dass diese Liebeschemikalien bei euch irgendwie die körpereigene Elektrizität anzapfen. Wenn bei euch die Hormone sprudeln, dann lösen sie anscheinend irgendeine Reaktion aus. Die ›Liebe‹ zwischen euch erzeugt dann ein zunehmend starkes elektrisches Feld und ein Magnetfeld.«

Ich verstand nur noch Bahnhof. »Hä?«

»Das haben wir rausgefunden, als wir andere Paare wie euch untersucht haben. Was die Sache noch interessanter macht: Diese Felder entstehen schon, bevor ihr euch überhaupt kennenlernt und ineinander verliebt. Ein Abstand von bis zu drei Kilometern reicht, dann schießen aus euren Hirnen schon Liebesbotenstoffe in eure Körper. Wir stehen da mit unseren Erklärungsmodellen noch ganz am Anfang, aber es scheint, dass die freigesetzte Energie sich wie eine Art Zielrakete verhält, damit ihr euch gegenseitig suchen könnt, wie zwei Magnete, die es aus einiger Entfernung zueinanderzieht. Die elektrischen und magnetischen Impulse sind so stark, dass fast nichts sie aufhalten kann. Und sehr zerstörerisch ...«

Ich fiel ihr ins Wort. »Wie – zerstörerisch?«

Sie rekelte sich, gähnte ein wenig und nippte an ihrem Wasser.

»Sag mal, Penny«, sagte sie mit einer ganz veränderten Stimme, weicher, weniger autoritär. »Wann haben deine Panikattacken begonnen?«

Diese furchtbare Erdkundestunde. »Vor zwei Jahren.«

Anita nickte. »Interessant. Und Noahs Depressionen? Weißt du, wann die erstmals aufgetreten sind?«

Im Kopf blätterte ich durch die Vergangenheit wie durch ein Daumenkino, bis hin zu der Stelle, wo Noah mir in seiner Wohnung sein Herz ausgeschüttet hatte. Als wir begonnen hatten, uns zu lieben, uns zu vertrauen. Schon schien es mir wie in einem anderen Leben.

»Ich glaube, er hat gemeint, mit seinem Umzug nach Middletown ging es los.«

Noch ein Nicken. »Und das ist wie lange her?«

»Ungefähr zwei Jahre ...« Meine Kinnlade fiel runter, zeitgleich mit ungefähr einer Million Groschen. »Moment mal, meinen Sie damit etwa, unsere Probleme hängen zusammen?«

Zum ersten Mal seit unserer Begegnung wirkte Dr. Beaumont fast etwas mitleidig. »Bingo.«

»Aber wie? Ich kapier nicht ...«

»Ihr seid nah genug beieinander gewesen, um einander wahrzunehmen, und durch die elektrischen Felder ist bei euch alles durcheinandergeworfen worden. Noah so dicht bei dir zu haben, war für dich wie auf den elektrischen Stuhl gefesselt zu werden und den Saft voll aufgedreht zu bekommen.«

Mein Erinnerungsdaumenkino wirbelte auf eine andere Seite und mir fiel der Abend jenes ersten Konzerts ein. Dieser Supergau von einem Panikanfall. Noch ein Wirbeln, und ich musste an all diese frühen Treffen denken. Wie mein Herz gewummert hatte wie das eines Vogelkükens, das gleich geschnappt und gefressen wird, wie mein Atem auf Stakkatorhythmus umgeschaltet hatte wie bei einem experimentellen Orchesterwerk.

Und all das hatte Noah verursacht?

»Hab ich deshalb, als ich Noah zum ersten Mal gesehen habe, diese Mordspanikattacke gekriegt?«

Die Enthüllung schien Anita nicht zu überraschen. »Ja. Und das erklärt auch Mr Roberts' plötzliche Probleme, als er nach Middletown und in deine Nähe gezogen ist. Eure Körper haben unterschiedlich auf die Magnetfelder reagiert. Bei dir hat es unmittelbar auf die elementaren Körperfunktionen wie Atmung und Herzschlag eingewirkt, während bei Noah die elektrischen Entladungsmuster seiner Hirnzellen durcheinandergebracht wurden.«

Eine Weile sagte keine von uns etwas. Ich war dankbar für die Antworten, doch gleichzeitig waren jetzt noch viel mehr Fragen offen. Ich nahm mir fest vor, meiner armen Mutter auszurichten, dass sie an keinem meiner psychischen Probleme schuld war. Sie würde drei Kreuze machen. Vorausgesetzt, ich würde sie jemals wiedersehen.

»Na los, erzählen Sie schon weiter«, sagte ich. »Ich bin ganz Ohr. Warum sind wir gefährlich? Diese Elektrizität stört doch keinen außer uns, oder? Eine Panikattacke hin und wieder, das kann ich schon aushalten, wenn ich dafür mit Noah zusammenbleiben kann.«

Die Augen der Wissenschaftlerin verfinsterten sich und nun war wieder ihre Gruselstimme dran. Was auch immer sie an Mitleid für mich aufgebracht hatte, jetzt war es verbraucht.

»Und genau da täuschst du dich, Penny. Wenn zwei Pendants zueinanderfinden, betrifft das nicht nur das Paar. Die Elektrizität beginnt, sich aus den wechselseitigen Feldern zu speisen und aufzubauen, sie überlädt sich und bildet ihr eigenes Kraftfeld. Unterschätze nie die Macht eines Gehirns und eines Körpers. Wenn schon ein so simpler Vorgang wie das Verlieben zweier normaler Menschen deren Kreativität fördert und ihr Schmerzempfinden senkt – dann stell dir nur mal vor, was sich bei einem Seelengefährtenpaar abspielt, deren Hirne und Körper fest miteinander verdrahtet sind und das so viel Energie produziert wie ein Kraftwerk.«

Ich nahm einen Schluck Wasser und bemerkte, wie meine Hände flatterten.

»Irgendwann ist diese Energie dann zu viel. Eure Körper erzeugen diese ganze Spannung, aber es gibt kein Ventil – und so entweicht sie einfach in die Umgebung. Jetzt denkst du sicher, wie viel Schaden kann das schon anrichten? Aber du wirst staunen. Die Existenz unseres Planeten hängt von einem ausgeklügelten, ziemlich empfindlichen Gleichgewicht ab. Überall herrscht Ausgewogenheit – der Nord- und der Südpol, die Vorhersagbarkeit der Gezeiten – all die Gesetzmäßigkeiten und Abläufe, die letztlich unbedingt stabil bleiben müssen. Aber du und Noah, ihr produziert eine derart astronomische Menge an Energie, dass diese Balance durcheinandergewirbelt wird. Das schafft elektrische Spannungsstöße, Kurzschlüsse, wirft Wettermuster über den Haufen und hat sogar Einfluss auf die Kontinentalverschiebung.«

Ich konnte nicht anders, ich musste losprusten. »Na klar«,

sagte ich. »Noah und ich – zwei Superheroes, die Vulkane zum Ausbruch bringen und Springfluten verursachen.«

Mein Lachen kam nicht besonders gut an. Anita durchbohrte mich mit einem sengenden Blick. »Seitdem du Noah kennengelernt hast, sind mindestens zwanzig Leute umgekommen«, sagte sie.

Da platzte mir der Kragen. »Wie können Sie so was behaupten! Wir haben niemandem was getan!«

Ihre Stimme troff jetzt vor Sarkasmus. »Ach nein?« Sie nahm sich eine weitere Akte und blätterte sie durch. »Also, dann schauen wir mal ... Ach ja, vor gar nicht allzu langer Zeit habt ihr ganz Middletown mit einem Stromausfall lahmgelegt, auch wenn da niemand zu Tode gekommen ist. Und kurz darauf die Überschwemmung. Hat die nicht mindestens ein Dutzend Geschäftsleute in den Ruin gestürzt? Und dann der Schneesturm, den ihr verursacht habt. Der hat zu diesem riesigen Auffahrunfall auf der Autobahn geführt, mit zahlreichen Todesopfern.« Sie blätterte nochmals um. »Und ich bin mir nicht sicher, ob dir bewusst ist, dass eure Aktion von gestern Abend ein kleines Erdbeben verursacht hat. Hätten wir dem gestrigen Geschehen freien Lauf gelassen – dann säßen wir jetzt wohl kaum hier, um so angenehm zu plaudern.«

Ich hielt dieses abstoßende Weib vor meiner Nase einfach nicht mehr aus. »Wie können Sie das wagen? Nichts von alldem hatte irgendwas mit uns zu tun. Das war reiner Zufall. Wie können Sie es wagen, uns für all diese Todesfälle verantwortlich zu machen?«

»Wenn hier jemand verantwortlich ist, dann ich«, sagte Anita plötzlich in völlig verändertem Ton. »Ihr konntet nicht wissen, was ihr tut, und wir haben es nicht schnell genug zu euch geschafft. Aber ich bin noch nicht fertig mit meinen Erklärungen, Penny. Du musst wissen, dass bestimmte ... äh ... Aktivitäten – okay, keine falsche Scham –, dass *sexuelle* Aktivitäten zu einer massiven Absonderung von Erregungshormonen führen, die unmittelbar die Magnetfelder ankurbeln. Die sexuelle Erregung von Noah und dir wirkt ungefähr so, als würde man einen Kanister Benzin auf ein Lagerfeuer kippen.«

Ich wurde rot.

Anita war es nicht entgangen, ihrem finsteren Grinsen nach zu schließen. »Schau doch mal zurück, Penny. Als all diese Dinge passiert sind, was hat sich da zwischen dir und Noah abgespielt? Habt ihr euch geküsst? Seid ihr euren Trieben gefolgt? Da kann euch niemand einen Strick draus drehen. Wie gesagt, die sexuelle Anziehungskraft zwischen zwei Pendants übersteigt praktisch jede Vorstellungskraft. Und wenn so ein Paar dann Geschlechtsverkehr hat, ist der Energieausstoß derart immens, dass es zu Katastrophen kommt.«

Meine Tränen waren heiß, weil ich innerlich kochte. Noah und ich waren kurz davor gewesen, miteinander zu schlafen. Wenn ich dieser sonderbaren Fremden glauben sollte: Was wäre passiert, wenn wir es durchgezogen hätten?

Eine Katastrophe? Mich schauderte.

Sie redete immer noch, etwas gelassener als vorher.

»Meine Aufgabe ist es, solche Paare aufzuspüren und sie zu trennen, bevor es zum Geschlechtsakt kommt. Sonst müssen Menschen sterben, so einfach ist das. Und nicht immer war ich schnell genug, Penny. Vor zwei Jahren habe ich zuletzt versagt.«

Sie senkte den Blick auf die Tischplatte und ich konnte einen Funken Menschlichkeit hinter ihrer harten amtlichen Schale aufblitzen sehen. Einen Moment des Schuldgefühls, das sich in Zorn ausdrückte.

»Ein Taifun. So viele Todesopfer. Nur weil ich zwei Pendants nicht rechtzeitig gefunden habe.«

Ich schüttelte vehement den Kopf. »Nein nein nein nein nein.«

»Doch, Penny. Das ist die Wahrheit.«

»Ist es nicht. Das ist reiner Zufall. Unfälle passieren, schlimme Dinge passieren. So ist das Leben. Sie lügen.«

»Ich versichere dir, dass ich nicht lüge. Warum, glaubst du, sind wir sonst hier, Penny? Warum sollte es diese Vollmacht deines Premierministers geben, die es mir gestattet, dich so lange wie nötig in Gewahrsam zu nehmen? Noah und du, ihr seid im Doppelpack einfach eine Gefahr für die Allgemeinheit. Das ist eine wissenschaftliche Tatsache.«

Mir stiegen die Tränen in die Augen. So langsam schwante mir, worauf das hier hinauslaufen würde. »Wir haben nie jemandem wehtun wollen«, schluchzte ich.

»Ich weiß, dass ihr das nicht wolltet, aber Tatsache ist, dass ihr es tun werdet, wenn ihr zusammenbleibt«, gab sie ruhig zurück.

Wenn. Das Wort schnitt durch mich hindurch wie der Schmerz beim Sprung in eisiges Wasser. *Wenn* wir zusammenblieben. *Wenn*. Bis heute war ich davon ausgegangen, dass ich Noah bis an mein Lebensende bei mir haben würde. Und jetzt sollte uns das gar nicht erlaubt sein?

»Warum … weiß dann keiner davon?«, brachte ich schließlich hervor. »Warum ist das so ein Staatsgeheimnis? Das ist doch nicht fair. Das sollten doch alle wissen.«

Anita platzte wieder der Kragen. »Sag mal, wie blöd bist du eigentlich? Wie würden denn wohl die Leute reagieren, wenn sie wüssten, dass jedes Jahr Menschen geboren werden, die das Potenzial haben, die Welt in den Abgrund zu stürzen, sobald sie sich begegnen und miteinander ins Bett springen? Das würde doch eine Massenpanik auslösen! Und was, wenn wir die Existenz von Seelengefährten bestätigen? Dass es sie wirklich gibt?

Das würde unsere Gesellschaft doch in den Grundfesten erschüttern. Familien würden zerbrechen, Beziehungen auseinandergehen. Jeder würde wissen wollen, ob er ein Pendant hat, und versuchen, es zu finden! Das würde zum totalen Kollaps führen.«

Sie versuchte, die apokalyptischen Bilder mit einem energischen Kopfschütteln loszuwerden.

»Nein, so ist es am besten. Die Welt braucht unseren Schutz. So, wie wir ihn bieten können.«

»Und wie lange wissen sie schon davon? Ich meine, die, für die Sie arbeiten. Wer auch immer die sind? Wie lange wissen die das schon? Jahre? Jahrhunderte?«

»Die Firma ist vor ungefähr fünfzig Jahren gegründet worden, als wir unsere Theorien und deren Bedeutung wissenschaftlich belegen konnten. Aber quer durch die Geschichte gibt es Hinweise, dass die katastrophale Wirkung wahrer Liebe schon lange vor uns erkannt wurde. Auch wenn ihnen die wissenschaftliche Ebene dahinter nicht klar gewesen sein mag: Viele große Denker und literarische Genies haben mit dem Gedanken gespielt, dass wahre Liebe sich stets selbst zerstört.

Denk doch beispielsweise mal an Shakespeare mit Romeo und Julia. Zwei unglückselige Liebende, deren Besessenheit nach und nach alles kaputt macht. Nicht umsonst ist Shakespeares Geschichte von den zwei tragischen Turteltäubchen Vorbild geworden für praktisch alle späteren großen Liebesgeschichten – weil sie eben Sinn ergibt. Schau dir Kleopatra an und ihre Beziehung zu Marcus Antonius. Deren magnetische Anziehungskraft hat Kriege mit Tausenden von Toten entfacht. Oder Emily Brontë mit ihrer Geschichte von Heathcliff und Cathy, die von ihrer Liebe im wahrsten Sinne des Wortes in den Wahnsinn getrieben werden. Aber das beschränkt sich nicht nur auf die Literatur. Wir beschäftigen auch Historiker, Geologen und Naturwissenschaftler, allesamt namhafte Forscher. In hochgeheimen Studien ist es ihnen gelungen, sämtliche größeren Naturkatastrophen der Weltgeschichte auf die elektrischen und magnetischen Muster zurückzuführen, die für Pendants typisch sind. Wirklich erstaunlich, das alles.«

Wieder versuchte mein Hirn, die Ungeheuerlichkeiten, die es da vorgesetzt bekam, zu verdauen. Auf der einen Seite schien das alles so weit hergeholt, doch auf der anderen war schlichtweg nicht alles, was bei Noah und mir passiert war, mit Zufall zu erklären: der Kurzschluss, der die Stadt lahmgelegt hatte, als wir uns zum ersten Mal geküsst hatten, der Sturm, der über unseren Köpfen losgebrochen war, als wir auf dem Feld rumgeknutscht hatten, der Schneesturm, der uns nach dieser intensiven sexuellen Spannung im Ballett erwartet hatte ...

Ich erstickte schon fast an meinen Tränen. Mehr konnte ich jetzt nicht ertragen. Ich musste wissen, was mit mir geschehen würde.

»Also, Noah und ich ...?«

Anita sah mir direkt in die Augen. »Ihr könnt euch niemals wiedersehen«, sagte sie und jedes Wort schlug in mich ein wie eine Kugel. »Wir werden einen von euch wegbringen müssen, ihm ein neues Leben verpassen, und der andere darf bleiben. Kein weiterer Kontakt. Nie wieder. Am besten vergesst ihr, dass der andere jemals existiert hat.«

Hier schaltete ich ab.

Ihr könnt euch niemals wiedersehen.

Nur einen Moment lang versuchte ich, mir ein Leben ohne Noah vorzustellen, ohne jemals sein Lächeln zu sehen, ohne dass er mir eine Strähne hinters Ohr schob, ohne seinen Mund auf meinem zu schmecken.

Und plötzlich war da dieses sengende Schmerzensloch in meiner Brust, dort, wo eigentlich mein Herz sein sollte, und ich begann zu schreien. Der Schmerz war unerträglich, als wäre ich ein Stofflumpen, mit dem zwei Riesen Tauziehen spielten.

In Todesqualen krümmte sich mein Herz in meinem Brustkorb.

Es war gebrochen.

Es war in tausend Einzelteile zerfetzt und konnte nie wieder zusammengeflickt werden.

37

Schon wieder umgekippt. Als ich aufwachte, lag ich in meiner Zelle und hatte noch immer den klaffenden Krater in meiner Brust. Ich zwang mich, wieder einzuschlafen, um dem Schmerz zu entrinnen.

Hätte mich da nicht dieses Hüsteln von meinem Vorhaben abgelenkt.

Da war sie. Frau Doktor, die ganz geduldig in der Ecke meiner Zelle saß.

»Hallo, Penny«, sagte sie, als wäre sie meine Mutter, die mich für die Schule weckt. »Geht's dir ein bisschen besser?«

Ich drehte mich zur Wand. Eisig war es hier. Ich zitterte unter meiner dünnen Decke.

Die Abfuhr schien Anita kaltzulassen.

»Wahrscheinlich bist du noch ein bisschen schläfrig«, sagte sie zu meinem Rücken. »Wir hatten keine andere Wahl, als dich ruhigzustellen.«

Ich wünschte, sie würden mich gleich wieder ruhigstellen. Ich wollte nichts als schlafen, möglichst für immer. Alles, nur nicht ein Leben leben, in dem eine Hälfte von mir einfach fehlte, wegamputiert war. Neidvoll dachte ich an Romeo und Julia. Die hatten wenigstens Gift gehabt, um ihrem unstillbaren Schmerz ein Ende zu setzen.

»Penny?«

Ich reagierte nicht.

»Weißt du, es gibt da noch eine andere Möglichkeit.«

Immer noch keine Antwort.

»Du hast mich vorhin nicht ausreden lassen. Es könnte einen Weg geben, wie du Noah weiterhin sehen kannst …«

Der Schmerz löste sich schlagartig in Luft auf und ich sprang aus dem Bett.

»Wie?«, fragte ich verzweifelt. »Ich mache alles, was nötig ist. Ich werde ihn nie wieder anfassen, ich verspreche es. Nur bitte, lassen Sie uns zusammenbleiben.«

Ein tadelnder Blick war die einzige Reaktion auf meinen plötzlichen Redeschwall.

»Bei dir und Noah sind einige interessante Besonderheiten aufgetreten. Dinge, die wir so bei Pendants noch nie beobachtet haben. Deine Panikattacken und Noahs Depressionen hätten nach unseren vergangenen Experimenten eigentlich schlimmer werden sollen, je länger ihr zusammen seid. Ihr jedoch …« – sie suchte offenbar nach den richtigen Worten – »… scheint es irgendwie geschafft zu haben, eine wechselseitige Toleranz aufzubauen und die elektrischen Impulse zu kontrollieren, die durch eure Körper fließen.«

Ich erinnerte mich sehr gut daran, wie schlecht ich mich anfangs in Noahs Nähe gefühlt hatte, wie mein Herz gerast, mein Atem stoßweise gekommen war. Und dann waren die Symptome plötzlich verschwunden – und sind immer nur dann wiedergekehrt, wenn ich an ein Leben ohne ihn denken musste.

»Und so was gab's vorher nicht?«

Dr. Beaumont schüttelte den Kopf. »Nein. Noch nie. Ich gebe zu, das war einer der Gründe, wieso ich erst so spät eingegriffen habe. Die Messungen waren so unerwartet, dass ich die Dinge habe laufen lassen. Normalerweise trennen wir Pendants, sobald wir sie geortet haben.«

»Dann haben Sie also … zugelassen, dass Noah und ich uns … ineinander verlieben?« Die Wut schnürte mir fast die

Kehle zu. »Sie haben es so weit kommen lassen, nur weil es für Ihr Experiment gut war?«

Neue Tränen brannten hinter meinen Augen. Wie immer, wenn ich wütend wurde.

»Ich fürchte, ja.« Es lag keine Spur von Bedauern in Dr. Beaumonts Stimme. »Es war im Interesse der Firma.«

»Und was ist mit Noahs und meinem Interesse? Zwei unschuldige Menschen, die Sie einfach benutzt haben, mit denen Sie gespielt haben wie mit Marionetten.«

»Komm runter, Penny. Als würdest du es nicht noch mal genauso machen, wenn du die Wahl hättest.«

Ich schüttelte den Kopf. »Nein. Nicht, wenn ich wüsste, dass mir am Ende alles wieder weggenommen wird. Nicht, wenn ich mein ganzes Leben ohne ihn leben müsste. Das wird alles so viel schlimmer sein, jetzt wo ich weiß ...« Und damit nahmen die Tränen ihren Lauf und ich heulte Rotz und Wasser unter ihrem genervten Blick.

»Wenn du einmal die Heulerei einstellen und einfach nur zuhören würdest! Ich sag dir ja, dass es vielleicht noch eine andere Möglichkeit gibt.«

»Und die wäre, bitte schön?« Ich klang wie ein verwöhntes Gör, aber das war mir so was von egal. Der Tränennachschub war schon da.

»Eine normale Beziehung werdet ihr niemals führen können, das weißt du inzwischen. Das ist zu gefährlich. Aber wir – das Institut, meine ich – können von euch lernen. Eure ... Resistenz gegeneinander oder Toleranz füreinander, oder wie auch immer man es nennen will, muss noch weiter untersucht werden. Wenn ihr euch verpflichtet, bei uns zu bleiben und euer Leben bei uns zu verbringen, dann würdet ihr euch sehen können.«

»Wie?«

Sie zuckte die Achseln, als läge die Antwort auf der Hand. »Du würdest ihn während der Experimente sehen, die wir durchführen.«

Ich schnaubte. »Also wie zwei Versuchskaninchen, an denen im Labor herumgeschnipselt und herumgestochert wird? Das wäre dann das Ausmaß unserer Beziehung?«

»Na ja, vielleicht könnten wir auch eine Art überwachte Zusammenkünfte organisieren, Zeiten, zu denen ihr euch unterhalten könnt. Natürlich immer unter Aufsicht, für den Fall, dass euch eure Impulse zu überwältigen drohen.«

Angeekelt schüttelte ich den Kopf. »Sorry, aber das ist keine Beziehung!«

»Wenigstens könntest du ihn dann noch sehen.«

Ich musterte sie von Kopf bis Fuß. Und obwohl meine Augen brannten vor lauter Tränen, konnte ich sie endlich klar erkennen. Sie hatte keine Seele. Irgendwas fehlte dieser Frau. Irgendwas Grundsätzliches.

»Warum sind Sie so grässlich?«, flüsterte ich.

Unmerklich zuckte sie zusammen. »Ich bin hier nicht das Thema«, sagte sie schmallippig und strich ihren Laborkittel glatt.

Ihre Reaktion gab mir neues Futter.

»Ganz ehrlich, was ist passiert, dass Sie so geworden sind? Wo ist denn bitte Ihr Herz?«

Sie erhob sich. »Das reicht, hab ich gesagt.« Ihre Stimme war schneidend.

Ich sah, wie ihr ein Hauch von Schmerz über das Gesicht glitt. Mehr brauchte ich nicht. Ich hatte es kapiert.

»Ihnen ist es auch passiert, was?«, sagte ich, stolz auf meine Kombinationsfähigkeit. »Sie haben ein Pendant, oder? Und Sie sind getrennt worden und deshalb sind Sie so fies.«

Ihre Unterlippe bebte leicht. »Hör auf mit dem Blödsinn, Penny.«

Ganz klar, ich hatte einen Nerv getroffen.

»Und? Wie fühlt es sich an?«, fragte ich, Blut leckend. Meine Tränen waren verebbt. »Wie ist es so, seine Brötchen damit zu verdienen, glückliche Liebende auseinanderzureißen? Was glauben Sie, würde Ihr Pendant jetzt von Ihnen halten? Wenn er wüsste, dass Sie tatsächlich für die Leute arbeiten, die Sie getrennt haben? Glauben Sie, er würde Sie immer noch lieben? Oder wäre er so angewidert, dass das letzte bisschen Energie, das Sie vielleicht noch verbindet, sofort versiegen würde? Denn mehr ist Liebe ja bekanntlich nicht, oder? Elektrizität. Wissenschaft.«

»ES REICHT, HAB ICH GESAGT!«

Sie war aufgesprungen, außer sich vor Wut, das Gesicht knallrot. Ich grinste triumphierend.

»Wir sind gerade dabei, deinem Freund die Bedingungen zu erklären.« Bewusst brachte sie Noah ins Spiel, wie eine Waffe. »Bis heute Abend müsst ihr beide eine Entscheidung getroffen haben. Es gibt nur zwei Möglichkeiten. Helft uns oder ihr seht einander nie wieder. Viel Freude beim Entscheiden.«

Damit stürmte sie aus meiner Zelle und befahl den Wachen, die Tür hinter ihr zu verriegeln.

Mehrere Stunden lang blieb ich allein.

Als Wut und Tränen endlich den Rückzug angetreten hatten, begann ich, über die Liebe nachzudenken.

Vor Noah hatte ich mir über das Thema keine großen Gedanken gemacht. Doch damit war ich ziemlich allein gewesen. Ich dachte an die schnulzigen Schmöker, die Amanda reihenweise verschlang, oder die Romantik-Komödien, mit denen Ruth es so hatte. Sogar Lizzie hatte mir gestanden, dass sie auf die Liebe wartete. Und doch – so kam es mir wenigstens vor – schien die Liebe niemals den Erwartungen gerecht zu werden, die man in sie setzte. Wir waren darauf getrimmt, an das ewige Glück zu glauben, aber existierte das wirklich? Dr. Beaumont hatte mir ausdrücklich gesagt, dass die wahre Liebe für die meisten Menschen nicht existierte. Dass es nur Paare waren, die sich was vormachten, Pheromone schnupperten und versuchten, eine Hollywood-Fantasie nachzuleben. Und trotzdem waren diese Paare, die es angeblich geschafft hatten, an ihre Lebenslüge zu glauben, nicht besonders glücklich. In unserer Straße waren Mum und Dad praktisch das einzige Paar, das nicht in Scheidung lebte. Scheidungen waren heutzutage etwas völlig Normales; Beziehungen brachen so leicht wie dünnes Eis. Na ja, und dann gab es da mich, die Ausnahmeerscheinung, der es wissenschaftlich erwiesenermaßen gelungen war, ihrer einzig wahren Liebe in die Arme zu laufen. Und trotzdem stand ich nicht besser da als alle anderen. Wahre Liebe, vorgetäuschte Liebe – alles lief aufs Gleiche hinaus. Ein Ende in Blut und Tränen. Eine Wahrheit, die kein Mensch der Welt schlucken konnte, weshalb wir uns Märchen mit glücklichen Enden ausgedacht hatten, um sie uns zu versüßen.

Ich dachte daran, was Anita gesagt hatte. Würde ich es genau so wieder tun? Mich in Noah zu verlieben, hatte mich in einer Weise abhängig gemacht, die ich früher für unerträglich gehalten hätte. Jetzt war er meine andere Hälfte. Und man würde uns auseinanderreißen. Für immer. Den Rest meines Lebens würde ich mich unvollständig fühlen. Bis in den Tod hinein würde mir ein Stück fehlen. Das war das Päckchen, das ich zu tragen hatte. Doch hätte irgendwer mit dem Zauberstab wedeln und die letzten Monate auslöschen können – ich hätte es nicht gewollt.

Ich war so wahnsinnig froh und dankbar, dass mir diese Zeit geschenkt worden war.

Vielleicht ist ja genau das der Grund, weshalb wir uns alle so an die Liebe klammern. Ob man jetzt einen Seelengefährten hat oder nicht, die Wahrheit lebt oder eine Illusion, diese Fitzelchen Liebe sind die einzigen Momente im Leben, in denen man wirklich glücklich ist, in denen einem der ganze Mist drum herum der Mühe wert erscheint. Als hätte die Welt kurz innegehalten, um einen Blick in dein Fenster zu werfen und deinen Freudentaumel zur Kenntnis zu nehmen.

Das ist doch den Schmerz wert. Oder nicht?

Abgesehen von meinen Grübeleien war ich wie gelähmt vor Angst und hatte keinen Noah, der mir hätte Kraft geben können. Langsam bewegte sich das Lichtquadrat auf meinem Zellenboden auf die Wand zu – draußen ging allmählich die Sonne unter.

Der Abend kam.

Eine Entscheidung musste gefällt werden und ich wusste die richtige Antwort nicht. Ich lag auf dem Rücken und starrte die Decke an. Mit den Händen auf den Rippen spürte ich, wie mein Atem auf- und abging. Still flossen die Tränen weiter und tropften aus meinen Augenwinkeln in mein Haar.

Bald war es stockdunkel draußen.

Plötzlich öffnete sich die Zellentür und riss mich aus meinen Gedanken. Es war dieser Rain. Er winkte mir etwas verlegen zu.

Ich stierte böse zurück.

»Hunger?«

Ich schüttelte den Kopf.

»Du solltest was essen.«

Keine Antwort.

»Wie du willst.«

Er kam näher und setzte sich nach Männerart auf den Stuhl, indem er ihn umdrehte und sich rittlings drauf niederließ. Etwas arg ungezwungen unter den herrschenden Umständen.

Er sprach sanft, wesentlich einfühlsamer als seine Kollegin.

»Ich denke, Dr. Beaumont ist die Möglichkeiten mit dir durchgegangen?«

Ich schnaubte. »Möglichkeiten würde ich das kaum nennen.«

Rain lächelte mich trübe an. »Na, was wäre denn dein Vorschlag?«

»Sie lassen uns beide gehen und vertrauen uns einfach, dass wir keinen Schaden mehr anrichten?«

Rain schüttelte den Kopf. »Du weißt, das ist nicht möglich. Wir haben es schon mal probiert. Die Konsequenzen waren ...«

»Ja, ja, Tod, Verhängnis, Verwüstung, weiß ich schon alles. Bei Noah und mir wäre das anders. Wir sind uns unserer Verantwortung bewusst.«

Noch ein trauriges Lächeln. »Das haben schon andere vor euch gesagt. Aber eure Anziehungskraft ist zu stark. Ihr kommt nicht dagegen an. Ist nicht eure Schuld.«

»Warum haben Sie mich dann eingesperrt wie einen Verbrecher?«

Rain musterte die Möblierung meines aktuellen Schlafzimmers. »Tja, in England mag man's wohl etwas ... spartanischer.«

»Ach, und in Amerika hätte ich ein separates Bad mit Dusche und WC und einen Privatparkplatz dazu?«

Rain lächelte wieder. »Auch nicht wirklich. Aber ein bisschen wohnlicher wär's schon.«

Mein Blick glitt zurück zur Zellendecke. Was würde jetzt kommen?

»Warum sind Sie hier?«

Er murmelte etwas vor sich hin.

»Wie bitte?«

Hüstel, hüstel.

»Ich habe gesagt, Anita hat euch eure Optionen dargelegt, und jetzt fragen wir uns, ob ihr schon eine Entscheidung getroffen habt.«

Ich lachte. »Soll das ein Witz sein? Wie soll ich mich da bitte entscheiden? Da gibt's nichts zu entscheiden.«

»Das haben wir uns auch gedacht«, sagte Rain. »Wie dem auch sei: Falls ihr einwilligt, unsere Forschung zu unterstützen, dann brauchen wir euch beide. Das müsst ihr gemeinsam entscheiden.«

»Und wie sollen wir das bitte anstellen? Jeder in seiner eigenen Zelle?«

»Wir haben beschlossen, es euch miteinander besprechen zu lassen.«

Ich fuhr vom Bett hoch. »Sie meinen, ich darf Noah sehen?«

Ich bekam Augen wie Untertassen, eine riesige Schmetterlingswolke flatterte durch meinen Magen und ich grinste von einem Ohr zum anderen. Ich machte sogar Anstalten, mich auf Rain zu stürzen und ihn vor lauter Dankbarkeit in die Arme zu schließen, doch der hob abwehrend die Hände.

»Nur die Ruhe, nur die Ruhe.«

»Wann kann ich ihn sehen?«

»Entspann dich! Dir ist schon klar, dass ihr einander nicht näher kommen dürft?«

Ich nickte wie wild.

»Und nur weil du ihn sehen darfst, heißt das nicht, dass sich irgendwas geändert hätte.«

Nick, nick.

»Und du musst gut achtgeben.« Seine Stimme zitterte leicht. Er schien ernsthaft nervös zu sein. »Denk immer daran, wozu du fähig bist, Penny.« Sein Blick wurde weicher. »Du willst doch nicht noch mehr Menschen Schaden zufügen.«

Ich nickte nochmals zustimmend und wartete geduldig, dass er weitersprach. Als nichts kam, brach bei mir der Damm. »Wann kann ich ihn sehen? Jetzt gleich?«

Rain lächelte, eher ungewollt, wie es schien. Dann nickte er.

Ich fuhr mir mit den Händen durchs Haar und schreckte plötzlich zusammen.

»Oh nein! Ich muss aussehen wie die Hölle. Sehe ich okay aus?« Da ließen sie mich endlich zu Noah, und ich sah total kacke aus – na ja, alles hat einen Haken, selbst der Silberstreif am Horizont. Seit zwei Tagen hatte ich keinen Spiegel mehr gesehen. Noch nicht mal gewaschen hatte ich mich.

Jetzt grinste Rain richtig breit. Irgendwie war er ganz in Ordnung.

»Du siehst wunderschön aus«, sagte er, als wäre ich seine Tochter, die gerade zum Abschlussball stolziert. »Und Noah ist dein Pendant, falls du dich erinnerst. Der würde dich selbst dann noch hinreißend finden, wenn du in Sack und Asche daherkämst.«

Zur Sicherheit flitzte ich trotzdem schnell zum kleinen Waschbecken rüber und spritzte mir etwas Wasser ins Gesicht.

»Okay. Fertig. Können wir?« Die Ungeduld kribbelte so heftig unter meiner Haut, dass ich sie am liebsten rausgekratzt hätte.

»Auf geht's.«

38

Rain führte mich durch ein weiteres verwirrendes Labyrinth von Gängen. Ich stolperte neben ihm her und versuchte bei jedem Fenster, an dem wir vorbeikamen, einen Blick auf mein Spiegelbild zu erhaschen. Endlich blieb er vor einer Tür stehen und schloss auf.

»Noah ist schon drinnen«, sagte er.

Oh Gott, so nah! Mein Herz machte einen Satz.

»Wir beobachten euch durch eine verspiegelte Glasscheibe.«

Ich öffnete den Mund, um zu protestieren.

»Keine Sorge. Hören können wir euch nicht, aber ein Auge müssen wir auf euch haben. Und jetzt pass gut auf. Da drinnen gibt es eine gläserne Trennwand, damit ihr euch nicht berühren könnt. Das dient unser aller Sicherheit. Allerdings ist da ein kleines Loch, durch das ihr euch bei den Händen nehmen könnt. Falls einer von euch auch nur den kleinsten Versuch startet, das Glas zu zerbrechen, werdet ihr umgehend getrennt und *wir* nehmen euch die Entscheidung über eure Zukunft ab. Haben wir uns verstanden?«

Ich musste schlucken.

»Und jetzt rein mit dir.«

Rain drückte die Klinke und ich stürzte an ihm vorbei ins Zimmer. Und dort, müde und zerzaust und trotzdem so wunderschön wie eh und je, stand er.

»Noah«, brüllte ich und rannte auf ihn zu.

Auf seinem Gesicht breitete sich sein sagenhaftes Lächeln aus. »Penny!«

Ich rannte voll gegen die Glasscheibe, die so blank geputzt war, dass man sie kaum sah. Ein unsichtbarer Raumteiler. Ich pochte mit der Hand dagegen. Massiv und stabil.

Sofort brach ich in Tränen aus. »Ich kann nicht zu dir«, wimmerte ich.

»Schhh. Beruhige dich. Setz dich erst mal an den Tisch, dann kann ich deine Hand nehmen.«

Durch die Glaswand ging ein Tisch zu beiden Seiten und darüber war ein kleiner, schmaler Schlitz.

Ich setzte mich und streckte die Hand hindurch. Noah umklammerte sie. Seine Berührung jagte eine Schockwelle nach der anderen durch meinen Körper, während ich weinte, weinte, weinte.

Die Laborleuchten flackerten.

Noah lächelte immer noch, wenn auch nicht mehr ganz so strahlend. »Achtung«, sagte er und blickte zu den Lampen empor. »Wir wollen ja keine Terroristen sein und den Laden in die Luft jagen.«

Wahnsinn, der Mann riss sogar jetzt noch Witze! Wie ich ihn dafür liebte! Ich griff nach seinen Fingern und drückte jeden einzeln, um zu prüfen, ob sie echt waren.

»Nicht weinen, Penny. Das wird schon alles.«

Ich weinte noch mehr. »Wie soll es denn bitte schon werden?«, brüllte ich. »Die werden uns trennen! Haben sie dir das nicht gesagt? Wir haben den Stromausfall verursacht und das Unwetter …«

Noah verdrehte die Augen. »Und den Schneesturm und das Erdbeben, ja, ich weiß, ich weiß.«

»Aber es ist ja nicht nur das, Noah. Leute sind umgekommen. Wegen uns.« Ich musste noch mehr schluchzen.

»Penny, das war nicht unsere Schuld. Wir konnten das nicht wissen. Wir hätten es nicht mal ändern können.«

»Was für ein Albtraum, das Ganze!«

Mit seinem Daumen streichelte er die Innenseite meines Daumens und die Berührung entspannte mich. Ich sah ihm tief in seine dunklen, schönen Augen und suchte dort nach einer Antwort.

»Haben sie dir gesagt, was für Möglichkeiten wir haben?«, flüsterte ich.

Sofort fuhr er hoch. »Möglichkeiten kann man das ja wohl kaum nennen!«

Ich drückte seine Hand. »Wir können immer noch zusammen sein … wenn wir kooperieren …«

Noah schüttelte den Kopf. »Vergiss es, Penny. Das mach ich nicht. Eher lebe ich ohne dich, als dass ich unsere Liebe zum Chemiebaukasten von irgend so einer Möchtegerngöttin mutieren lasse.«

Ich kicherte über die Möchtegerngöttin. Auf Noah hatte Dr. Beaumont offensichtlich auch keinen großen Eindruck gemacht.

»Wie kannst du so ruhig sein? Hast du gar keine Angst?«

Noah guckte nach links zu dem riesigen Spiegel, der die ganze Wand einnahm. Dahinter lauerte bestimmt Dr. Beaumont, leckte sich die Lippen und fragte sich, ob sie uns nun als Versuchskaninchen bekam oder ob ihr nur das Vergnügen blieb, uns auseinanderzureißen.

»Ich bin sicher, wir finden da noch einen anderen Weg.«

Trotzig schob sich seine Unterlippe vor. Es war ihm ernst. Er hatte einen Plan.

Fragend hob ich eine Augenbraue.

»Vertrau mir.« Mit dem linken Auge blinzelte er mir fast unmerklich zu, so unmerklich, dass nur mir es auffallen konnte.

Dann räusperte er sich. Seine Stimme klang anders, heller, ein bisschen einstudiert.

»Ich hab darüber nachgedacht, und ich glaube, es ist sinnvoller, wenn du nach Middletown zurückkehrst und ich woanders hinziehe.«

War das jetzt schon sein Plan? Wie auch immer, seine Worte durchfuhren mich wie hundert Klingen.

»Noah, red doch nicht so ein Zeug zusammen.«

»Tu ich nicht. Es ist nur einfach naheliegend. Du hast dort deine Familie, deine Freunde, die Schule ...«

Eine neue Tränenflut brandete heran. »Aber dich hab ich dort nicht!«

»Du gewöhnst dich schon wieder dran.«

Er klang kalt und ich heulte wie ein Schlosshund.

»Was ist mit der Band?«, schluchzte ich.

Da wurde Noahs Gesicht weicher. Er zog meine Hände durch den Schlitz auf seine Seite und küsste sie. Die Lichter flackerten und sofort hörte er auf.

»Ich bin mir sicher, die Welt wird auch ohne das musikalische Genie der Growing Pains zurechtkommen.«

Ich schluchzte noch einmal auf und Noah legte mitleidig seinen Kopf auf die Seite.

»Komm«, sagte er und winkte mich an die Scheibe. »Wein nicht, komm her.« Ich hickste und näherte mich mit meinem Gesicht der kleinen Öffnung. Noah langte hindurch, legte seine Hand auf meine Wange und wischte mir mit dem Daumen die Tränen ab. Ich schmolz in seiner Hand dahin, schloss die Augen und wünschte mir, für immer so zu bleiben, ihn für immer zu berühren.

Sein flüsternder Atem kitzelte mich im Ohr. Er sprach ganz leise, doch ich verstand ihn. »Spiel einfach mit. Heul weiter. Ich liebe dich.«

Dann war die Wärme seiner Hand verschwunden und ich schlug die Augen auf. Noah hatte sich wieder zurückgelehnt.

Sein Gesicht sah anders aus. Mir wurde klar, dass er auch geweint hatte. Kein rotfleckiges, dramatisches Mädchengeflenne, sondern nur zwei Tränen, die wie festgefroren auf seiner Wange klebten.

Sie stachen mir ins Herz.

Er stand auf.

»Noah, was machst du?«

Er wandte sich ab, das Gesicht verzerrt von Schmerz und Wut. Er schritt durch den Raum und trommelte mit den Fäusten auf den Spiegel.

»Wir sind fertig«, brüllte er. »Sie können sich andere Liebesversuchskaninchen suchen.«

Die Scheibe blieb unverändert. Was immer sich dahinter abspielte, blieb ihr Geheimnis.

Noah schlug erneut darauf, diesmal noch aggressiver.

»Wir – sind – fertig – hab – ich – gesagt«, schrie er. »Macht schon. Zeit, uns zu trennen wie unartige Kinder.«

Ich stand auf. »Noah, was machst du? Wenn die uns wegbringen, war's das. Dann sehen wir uns nie wieder.«

Er sah mich böse an und ich hoffte, betete, dass dies Teil seines Plans war, sonst würde ich bis an mein Lebensende weinen.

»Was bringt's? Wir können uns genauso gut gleich dran gewöhnen.«

Ich sank zu Boden und brach wieder in Schluchzen aus, während Noah weiter auf das Glas eindrosch.

Die Tür flog auf und Dr. Beaumont preschte herein. Rain hielt sich nervös im Hintergrund.

»Was geht hier vor?« Ihre Augen waren weit aufgerissen vor Wut. »Fast hättest du die Einrichtung beschädigt.«

»Ist mir scheißegal«, sagte Noah. »Unser Gespräch ist beendet. Wir helfen dir nicht, du Miststück.«

Anita sah aus, als hätte man ihr eine geknallt. Sie sog tief

Luft ein, ihre Wangen bebten und dann atmete sie ganz langsam aus. »Wenn ihr euch darauf geeinigt habt, dann ist das eure Entscheidung.«

Ich schluchzte wieder und sie musterte mich angeekelt.

»Und ist unsere kleine Miss Lawson auch damit einverstanden?

Ich flennte einfach weiter. Noah sah so schön aus. Seine Augen sprühten Funken vor Wut, sein Gesicht glitzerte von Tränen. Keine Ahnung, was jetzt geschehen würde, doch wenn das hier wirklich das letzte Mal war, dass ich ihn sah, dann würde ich ihn genau so in Erinnerung behalten. Stark, kämpferisch, voller Leben.

»Sie ist einverstanden.«

»Habt ihr euch entschieden, wer Middletown verlassen wird?«

»Ja, ich. Nehmt mich und werft mich ab, wo's euch passt. Ist mir egal.«

»Nee, nee, ganz so einfach läuft das nicht. Wir verpassen dir eine völlig neue Existenz.«

Noah zuckte die Achseln. »Auch gut.«

»Dann wäre das ja geklärt.«

Anita schnippte anmutig mit den Fingern und hinter ihr sprangen bumeranggleich zwei Wachen hervor. Sie wies auf uns.

»Das Mädchen muss vorläufig zurück in die Zelle«, befahl sie. »Ihre Wiedereingliederung klären wir später. Für den Jungen steht oben auf dem Dach schon der Hubschrauber bereit. Bitte eskortieren Sie uns dorthin.«

Da traf es mich wie ein Keulenschlag. Das war es jetzt. Was auch immer Noah geplant haben mochte, es würde nicht klappen. Wir steckten mitten in einem Hochsicherheitslabyrinth und waren umgeben von Wachen, bewaffneten Wachen.

Wie eine Wahnsinnige fing ich an zu kreischen, völlig haltlos. Die Schreie strömten nur so aus meinem Mund, trommelfellschreddernd, unerträglich. Alles zuckte zusammen.

»Ihr dürft ihn mir nicht wegnehmen! Das dürft ihr nicht! DAS DÜRFT IHR NICHT!«

Einer der Wachmänner schloss gerade die Glastür zur anderen Raumhälfte auf. Ich bemerkte, dass noch mehr Tränen auf Noahs Wangen lagen. Ich sehnte mich so danach, ihn zu berühren. Seine Augen klebten an meinen und ich las das gleiche Begehren darin. Ich schrie weiter.

»Nein, Noah! Ich liebe dich! Ich liebe dich!!«

Er brach in Schluchzen aus. »Ich liebe dich auch. So sehr.«

Der andere Wachmann kam auf mich zu.

»Bleiben Sie weg von mir!« Meine Stimme klang offenbar so drohend, dass er tatsächlich ins Zögern kam. Noahs Wache hatte inzwischen die Tür aufgeschlossen und zog am Griff. Da schoss Noah plötzlich an ihm vorbei, stieß ihn zu Boden und stürzte direkt auf mich zu.

»Haltet ihn auf!«, hörte ich Anita brüllen.

Und dann geschah alles wie in Zeitlupe.

Noah rannte mir mit ausgestreckten Armen entgegen. Sein Wachmann lag auf dem Boden und versuchte, sich aufzurappeln, während meiner mich greifen wollte. Ich sprang auf die Füße, plötzlich ganz schwerelos, und eilte Noah entgegen. Die elektrische Spannung sprang von meinem Herzen auf seines über, zog uns wie Magnete zueinander.

»Nun haltet sie schon auf!«

Doch es war zu spät. Noah war bei mir und ich fiel in seine Arme. Ich wollte ihn umklammern, doch er ließ mich nicht. Ungestüm riss er mein Kinn nach oben, senkte sein Gesicht hinab und schob mir seine Zunge tief in den Mund.

Entfernt hörte ich Schreie. Die Szene versank im Nebel.

Ich konnte mich auf nichts konzentrieren als das Brennen in meinem Mund, den köstlichen Geschmack von Noah, die Elektrizität unserer Körper, die ineinander verschmolzen. Ich küsste ihn gierig, tauchte meine Zunge in seinen Mund, versuchte, ihn zu schlucken, um ihn für immer in mir zu haben.

Plötzlich waren da Geräusche, und dann eine unglaubliche Hitze.

Wir lösten uns voneinander und sahen, wie die komplette Glaswand in Tausende von Splittern zerbarst. Eine Sekunde lang blieben sie noch in der Luft hängen, bevor sie auf den Boden prasselten. Noah lächelte und beugte sich herab, um mich weiterzuküssen.

Noch ein Klirren.

Das Glas der Deckenleuchten zersprang und ging rings um uns nieder wie tödliche Hagelkörner. Mein Sicherheitsmann stürzte zu Boden, eine klaffende Wunde im Brustkorb. Vor Schuldbewusstsein drehte sich mir der Magen um.

»Noah, er blutet.«

Er blickte auf den Wachmann, der sich stöhnend aufzurappeln versuchte. »Der wird schon wieder.« Und er küsste mich noch mal.

Und dann sah ich staunend, wie die Glühbirnen in Flammen aufgingen, eine Miniexplosion nach der anderen quer durch den Raum fegte und willkürlich Dinge in Brand setzte. Anita stand kreischend mitten im Chaos, die Arme schützend über den Kopf gelegt. Noah drückte mir die Hand, und ich wusste intuitiv, was er mir damit sagen wollte: Wir mussten raus hier. Eine durchgeschmorte Lampenfassung fiel von der Decke und landete direkt auf Anitas Kopf. Sie sackte gerade zu Boden, als wir an ihr vorbeihasteten. Rain kauerte im Türrahmen, nackte Todesangst im Gesicht, und blickte mit schreckgeweiteten Augen zu uns auf. Er verbarrikadierte uns den Ausgang.

Ich sagte nur ein Wort zu ihm.
»Bitte.«
Rain schaute von mir zu Noah, und ich konnte sehen, was für Kämpfe er mit sich ausfocht.
Ich hielt den Atem an.
»Bitte«, wiederholte Noah.
Da seufzte Rain, rollte sich zur Seite und gab den Weg frei.
»Macht schnell«, flüsterte er. »Ihr habt nicht viel Zeit.«
Und wir stiegen über ihn hinweg und rannten hinaus in den Irrgarten der kahlen Korridore, Hand in Hand.

39

Ich war im Nu schweißgebadet, als wir durch die Gänge jagten, auf der Suche nach einer Fluchtmöglichkeit.

»Wohin?«, keuchte ich.

Noah dachte nicht daran, das Tempo zu drosseln. »Keine Ahnung. Erst mal ins Freie.«

Weiße, sterile Wände sausten an uns vorbei. Wir bogen links ab, dann rechts, dann wieder rechts, versuchten irgendwie, einen Ausweg aus dem Labyrinth zu finden.

Ich stolperte über meine eigenen Füße.

»Beeil dich, Penny. Der Alarm kann jeden Moment losgehen. Dann sind wir komplett im Arsch.«

Ich rannte, als wären an meinen Knöcheln kleine Flügel befestigt. Die Wärme von Noahs Hand gab mir das Gefühl, unbesiegbar zu sein.

Wir bogen noch einmal ab und prallten mitten in eine Hochsicherheitstür.

»Scheiße!« Noah musterte sie von oben bis unten. Metall durch und durch, keine Klinke. Nur ein kleines Tastendisplay an der Seite und ein Iris-Scanner.

»Und jetzt?«

In meiner Stimme schwang Panik mit. Vielleicht war ich doch nicht so unbesiegbar. Jede Sekunde konnte Anita sich aufrappeln und uns Wachleute auf den Hals hetzen.

»Keine Ahnung. Lass mich kurz nachdenken.«

Noahs Gesicht war verkrampft. Ich spähte zurück in den Korridor, malte mir aus, wie Dr. Beaumont dort hinten um die

Ecke bog. Schauder. Als ich mich wieder zu Noah drehte, lächelte er. Er hatte einen Plan.

»Und?«

»Ich glaub, ich weiß, wie wir sie aufkriegen.«

»Wie?«

»Das könnte aber den Alarm auslösen.«

»Und was machen wir dann?«

Noah umfasste mein Gesicht, über uns flackerten die Lampen. Fast weggetreten staunte ich zu ihnen empor, doch Noah riss meine Aufmerksamkeit wieder an sich.

»Hör zu, Penny. Du musst genau tun, was ich sage. Solange wir innerhalb dieses Gebäudes sind, möchte ich, dass du dich nur darauf konzentrierst, wie sehr du mich liebst, wie stark du mich begehrst. Denk an neulich Nacht. Denk daran, wie es war, bevor sie gekommen sind. Wie gigantisch toll es war. Denk daran und an nichts anderes, während wir hier drinnen sind, okay?«

Ich nickte. Worauf wollte er hinaus?

»Aber ab dem Moment, wo wir draußen sind – falls wir es nach draußen schaffen –, bleib einfach bei mir, renn mir nach, aber verbann mich aus deinem Kopf. Tu so, als gäb's mich gar nicht, als wärst du allein unterwegs. Kapiert?«

Ich kapierte gar nichts und das sah man mir wohl auch an.

»Vertrau mir einfach, Penny, bitte. Ich glaub, ich hab jetzt begriffen, wie das hier funktioniert, wie wir funktionieren. Ich bin die ganze Zeit bei dir, das verspreche ich, aber sobald wir hier draußen sind, dann tu so, als wär ich's nicht. Versprochen?«

Da fiel der Groschen. Noah wollte vermeiden, dass sie uns aufspürten, falls wir wie durch ein Wunder entkommen sollten. Denn beim Gedanken an ihn würde ich irgendein messbares elektrisches Feld erzeugen, über das sie uns orten konnten.

Oh Gott, wenn das mal gut ging. Aber es war unsere einzige Chance.

»Versprochen.«

Noah lächelte und allen Umständen zum Trotz machte mein Magen einen Freudensprung.

»Gut. Auf geht's.«

Dann langte Noah mit der einen Hand nach dem Tastendisplay und legte die andere an meine Wange. Sein Gesicht senkte sich auf meines. Bei seinem Kuss leckte Feuer über meine Lippen, Strom brandete durch meinen Körper. Ich stöhnte und zog ihn näher an mich heran.

Ein schauderhaftes Geräusch unterbrach uns.

Eine schrille Glocke ging los, das Gebimmel stach in meine Ohren wie tausend Nadeln. Ich riss die Augen auf. Der gesamte Flur war erfüllt vom zuckenden roten Licht der Alarmleuchten.

»Penny, wir haben's geschafft.«

Bei dem Lärm konnte ich Noah zwar kaum verstehen, doch ich folgte einfach seinem ausgestreckten Zeigefinger. Die Tür hatte es aus ihren Angeln gerissen. Vom Eingabefeld baumelten Kabel, die ein Funkenfeuerwerk veranstalteten. Die gesprengte Tür führte auf einen weiteren Gang hinaus, doch der hatte nur noch eine Glasdecke. Ich blickte empor. Sah den Himmel. Er war dunkelgrau, Regen trommelte mit aller Wucht auf die Scheibe.

Ich zeigte nach oben. »Waren wir das auch?«

Noah grinste. »Anzunehmen.«

Er schnappte sich meine Hand. »Komm, nichts wie raus hier.«

Wir rannten wieder los. Ich war völlig außer Atem, doch das rhythmische Aufheulen der Sirenen wirkte auf mich anspornend wie Galeerengetrommel.

»Wir müssen irgendein Fenster nach draußen finden«, schrie Noah.

Meine Schritte wurden schwerer. Schon wieder steckten wir mitten im Irrgarten, stolperten von einem Gang in den nächsten, versuchten, den Himmel im Blick zu behalten. Ein Korridor sah aus wie der andere, überall nur kahle, rot aufblitzende Wände. Trotzdem schien Noah den Weg zu kennen. Ich folgte ihm, wie ich ihm immer folgen würde, und fragte mich, wo bloß die Wachen blieben, warum wir noch keiner von ihnen begegnet waren.

Immer schwerfälliger wurde mein Schritt, mein Atem immer angestrengter, und schon wieder war da eine Ecke. Und dahinter lag er … unser Ausweg. Eine riesige Glaswand mit einer kleinen Glastür, die nach draußen führte, hinaus in das tobende Unwetter. Ich drückte Noahs Hand und im selben Augenblick zuckte ein Gabelblitz über den Himmel.

»Gleich haben wir's«, rief er.

Wir setzten zum Endspurt an. Die Glaswand kam näher und näher, bis ich sie fast mit dem ausgestreckten Arm berühren konnte.

Nur noch ein paar Schritte …

»KEINE BEWEGUNG.«

Ich wirbelte herum und schnappte nach Luft.

Die Wachleute. Da waren sie.

Dicht an dicht hintereinander aufgereiht standen sie da und starrten uns an. Sie trugen Schlagstöcke und alle möglichen anderen Waffen. Ihre Augen waren das Schrecklichste an ihnen. Völlig tot und ausdruckslos, als hätte man alle Gefühle aus ihnen rausgesaugt, damit sie die erforderlichen Brutalitäten reibungslos durchziehen konnten.

Es schien eine ganze Hundertschaft zu sein. Der größte der Typen, der in der Mitte der ersten Reihe, zeigte grinsend sein gelbliches, schiefes Gebiss.

»Bleibt, wo ihr seid, damit hier keiner zu Schaden kommt«, sagte er.

»Noah?«, flüsterte ich.

Er antwortete wie ein Bauchredner. »Vertrau mir.«

Und schon war mir wieder warm.

Instinktiv machten wir beide einen Schritt zurück.

»Keine Bewegung, hab ich gesagt!« Der Wachmann zückte etwas, das wie eine Pistole aussah. Vielleicht so ein Taserdings?

Noah hielt die Hände hoch. »Nicht nötig.« Seine Stimme klang ruhig und gelassen. »Wir kommen mit.«

Der Mann lachte und entblößte wieder sein Gruselgebiss. »Und das soll ich glauben? Nach dem, was ihr mit unseren Kollegen angestellt habt? Von Dr. Beaumont ganz zu schweigen.«

»Tun Sie den Taser runter.« Noahs Hände flatterten, doch seine Stimme ließ ihn nicht im Stich.

Wieder erntete er Gelächter. »Hey, jetzt spiel hier mal nicht den Boss, Kumpel. Du hast hier gar nichts zu melden.«

Noah neigte den Kopf zur Seite. »Okay, okay, aber lassen Sie mich meiner Freundin wenigstens noch einen Abschiedskuss ...«

Er schnappte sich meine Hand und sofort veränderte sich der Gesichtsausdruck des Wachmanns.

»Halt, halt, nicht so schnell.« Unruhig guckte er zu den Deckenlampen empor, die jederzeit implodieren konnten.

»Ich möchte nicht, dass auch nur eine Taserpistole auf uns gerichtet ist«, sagte Noah. »Wir kommen mit, wir machen keinen Ärger, versprochen. So viele wie Sie sind, haben wir ohnehin keine Chance. Das wissen Sie, das wissen wir. Aber ich will nicht, dass die Sache für mich und Penny so zu Ende geht. Nicht so, nicht vor einer Pistolenmündung. Kommen Sie schon.«

Er klang so aufrichtig, dass ich es ihm fast selbst abgekauft hätte.

Ich fühlte mich seltsam allmächtig. Da stand ich, von bewaffneten Sicherheitskräften umzingelt, und doch hatten *die* Angst vor *mir*. Noah und ich, unsere Liebe, die hatte diese Macht. Irgendwie tröstlich.

Der Wachmann flüsterte dem Typen auf seiner Rechten etwas zu und der nickte.

»Alles klar. Wir legen die Waffen ab und kommen langsam auf euch zu. Ihr lasst euch Handschellen anlegen und wir bringen euch zurück ins Labor. Wenn einer von euch beiden mich auch nur schief anschaut, wenden wir Gewalt an. Wir sind befugt, hart durchzugreifen, und das werden wir auch, wenn es notwendig wird.«

»Wenn Sie meinen.«

Ein Wachmann nach dem anderen legte die Pistolen auf den Boden und begann langsam, auf uns zuzugehen. Mein Herz begann zu wummern. War das nicht reichlich ausweglos?

»Denk dran, was ich gesagt habe, Penny«, murmelte Noah, bevor er mich gegen die Scheibe presste und wie ein Wahnsinniger küsste.

Elektrisch aufgeladene Küsse waren ja nichts Neues für uns, doch dieser hier stellte alles in den Schatten. Wir legten alles hinein, was wir hatten, da uns beiden bewusst war, dass es unser letzter sein sollte. Noahs Lust überrollte mich und aus reinem Instinkt heraus folgte ich seinem Körper. Er schmeckte so berauschend; zwischen meinen Schenkeln stieg Hitze auf und kletterte höher. Seine Hände fuhren hin, wo sie wollten, unter mein Oberteil, überall. Von den Wachen kamen Schreie und Gebrüll, doch die ließ ich abprallen. Eigentlich hatte ich sie schon ganz vergessen. Mir war nur eines klar. Es war, als hätte die Welt mitten in der Umdrehung eine Vollbremsung hingelegt. Und genau so sollte es sein.

Ich und Noah. Noah und ich. Auf immer und ewig.

Da begann die Erde unter uns zu zittern.

Der Kuss riss ab, ich blickte zu meinen Füßen und sah, wie

sie hin und her wackelten. Einen Moment lang war der Bann gebrochen. Die Männer, die sich auf uns zubewegt hatten, waren wie versteinert. Sie blickten zu Boden, wo die Panik sie bei den Füßen gepackt hatte und eine unsichtbare Kraft ihre Körper von unten her erschütterte.

Ganz langsam traten sie nach hinten.

»Nicht aufhören.« Noah fing an, meinen Hals zu küssen, und sofort war die Klarheit wieder da. Wieder stürzte ich mich ins Vergnügen.

Der Boden bebte heftiger.

Ich führte meine Lippen zu Noahs zurück, auf einen letzten Kuss, bevor sie uns schnappten. Wir hörten, wie hinter uns die Glaswand zerbarst und in Stücke sprang. Ich klammerte mich an Noah fest, um aufrecht zu bleiben, während um uns herum das Universum erschauerte. Ein gewaltiges Krachen ertönte. Mitten im Kuss machte ich die Augen einen Spaltbreit auf und lugte zur Seite. Unter uns war die Erde aufgebrochen. Eine gewaltige Erdspalte tat sich zwischen uns und den Wachen auf, ein Abgrund, viel zu breit, um ihn zu überspringen.

»Noah, guck!«

Er hörte auf, mich zu küssen. »Ich wusste, wir würden es schaffen.«

Das Erdbeben erstarb, und schwupps waren wir in der Wirklichkeit zurück.

»Verdammt, jetzt holen sie uns.«

Die Wachen eilten zurück zu ihren Waffen und brüllten in ihre Walkie-Talkies nach Verstärkung.

»Okay, höchste Zeit zu verschwinden.«

Noah zog mich auf einen letzten Kuss zu sich heran, der ein gewaltiges Donnern über uns auslöste. Dann kletterten wir hastig durch die zerschmetterte Glaswand und entflohen in das tosende Unwetter.

40

Noch in derselben Sekunde war ich klitschnass.

»Denk an dein Versprechen«, brüllte Noah mir zu.

Und das tat ich.

Wir rannten einen grasbedeckten Hügel hinunter, rutschten aus auf dem durchweichten Boden, glitten in den Matsch. Halb lief, halb stolperte ich. Mit einem tiefen Atemzug verbannte ich Noah aus meinem Kopf. Sein Keuchen neben mir blendete ich einfach aus. Am Fuß des Hügels verstellte uns eine Reihe dunkler Bäume den Weg, wie die Vorboten eines Waldes. Ich trieb meinen schmerzenden Körper an, sie noch schneller zu erreichen, schob mir das Haar aus dem Gesicht, das der Regen dort festgeklebt hatte. Hinter mir konnte ich immer noch das Heulen der Alarmsirenen hören. Die Angst peitschte mich voran, der Wald kam näher. Ich rannte, rannte, rannte, während vor mir immer wieder Blitze den Weg erhellten. Und dann ließ der Regen etwas nach. Ich hatte es unter den Schutz der Bäume geschafft.

Noahs körperliche Nähe war mir immer noch bewusst, doch ich zwang mein Gehirn, ihn zu ignorieren. Wer führte hier wen? Wortlos kommunizierten wir einander die Route, ohne miteinander in Kontakt zu treten, wie zwei Gespenster beim Versteckspiel. Der Regen wurde immer schwächer, je tiefer wir in den Wald vordrangen. Irgendwann kreiste ein Hubschrauber über uns und wir trennten uns, verbrachten eine halbe Stunde damit, den matschigen Boden zu umklammern. Den Kopf noahfrei zu halten, war eine fast nicht zu bewältigende Herausforderung. Ständig fürchtete ich, mein Hirn werde allen Anstrengungen zum Trotz irgendein verräterisches Energiefeld bilden.

Der Hubschrauber kehrte in regelmäßigen Abständen wieder, doch das schützende Blätterdach dämpfte seinen Lärm. Wirklich erstaunlich, wie lange ein Körper laufen kann. Im Sportunterricht war ich stets als Letzte in die Volleyballmannschaft gewählt worden, weil ich immer nur betreten rumstand und den Kopf einzog, wenn der Ball zu nahe kam. Doch irgendwie hatte mein Körper seine innere Kraft gefunden. Die nackte Angst verlieh mir Flügel – Verzweiflung zwang meine Füße, sich immer wieder zu heben und zu senken. Wir rannten vielleicht eine Stunde, vielleicht mehrere. Ich wusste es nicht. Schließlich wurden wir langsamer und der Regen hörte auf. Hier und da brach das Morgengrauen schmal am Himmel durch und tauchte das feuchte Gestrüpp in fahles Licht. Wir hielten gleichzeitig inne, obwohl wir kein Wort miteinander gewechselt hatten.

Ich sah mich um. Weiß der Geier, wo wir hier waren. Wohl noch in England, dem Akzent der Wachleute in der Anlage nach zu schließen. Doch wo genau in England? Nichts als Wald gab es hier, so weit das Auge reichte. Städte, Zivilisation und vor allem Hilfe konnten Hunderte von Kilometern entfernt sein. Mir fiel Anitas amtliches Dokument wieder ein und mein Magen krampfte sich zusammen. Welche Hilfe? Wer würde uns schon helfen wollen?

Noah hatte einen kleinen Hügel erklommen und war dort anscheinend irgendwie fündig geworden. Ich trottete hinterher, immer auf der Suche nach irgendwelchen Hinweisen auf unseren Aufenthaltsort. Oben auf dem Gipfel war die Aussicht besser, doch auch hier gab es nichts zu sehen als ein Meer von Bäumen. Mein Herz rutschte eine Etage tiefer. Noah wies auf eine kleine Felsanhäufung, hinter der so etwas wie eine Höhle zu liegen schien. Das war zwar weder Hilfe noch Essen, doch ein Unterschlupf war es schon. Meine Beine fühlten sich an, als schleifte ich zwei Bleipfosten mit mir herum, ich torkelte, als hätte ich einen im Kahn, und meine Lungen schienen kurz vor der Explosion zu stehen. Eine Verschnaufpause, das wär's. Danach konnten wir uns überlegen, was zu tun war.

Wir krochen hinein und untersuchten die Höhle. Für den Augenblick war sie völlig ausreichend. Sie war viel tiefer, als wir zunächst vermutet hatten, und sogar während unseres hausgemachten Unwetters trocken geblieben. Ich sank gegen die Wand und überließ meinen Körper der Erschöpfung. Alles tat weh. Noah brach mir gegenüber zusammen. So saßen wir eine Weile da und starrten einander an, während wir langsam wieder zu Atem kamen.

»Dürfen wir miteinander reden?«, fragte ich ihn, die Augenlider halb gesenkt.

Er verzog das Gesicht. »Keine Ahnung. Ich weiß nicht genau, wie das läuft. Ich bin auch eher am Improvisieren.«

Ich lächelte ihm aufmunternd zu. »Dein Improvisieren hat uns bisher aber ziemlich weit gebracht.«

Er blickte zu Boden. »Wahrscheinlich nicht weit genug.«

Ich sehnte mich so danach, zu ihm rüberzugehen und ihn zu umarmen, seine Arme um mich zu spüren, mich von seiner Berührung trösten zu lassen. Aber das war unmöglich, das wusste ich. Allein der Gedanke daran war gefährlich.

Noah spürte mein Leid und setzte ein Grinsen auf. »Ich kann's nicht glauben, dass wir da rausgekommen sind. Ist das eben alles wirklich passiert?«

Ich nickte. »Ich warte immer noch darauf, dass ich aus diesem Albtraum, oder was immer das sein soll, erwache.«

Sein Lächeln verblasste. »Dass das mit uns was Besonderes ist, war mir ja klar«, sagte er. »Aber nie hätte ich mir vorstellen können …«

Meine Augen füllten sich mit Tränen. »Noah? Was sollen wir bloß tun?«

Er lehnte seinen Kopf gegen das Gestein und schloss die Augen.

»Ich weiß es nicht. Ich wusste vorhin nur: Was auch immer geschieht, ich brauch einfach noch mehr Zeit mit dir. Ich konnte es nicht so enden lassen.«

Eine Träne zuckelte meine Wange hinunter. Die nassen Kleider klebten mir am Leib.

Wenn ich die Augen schloss, taten sich zwei Lebenspfade vor mir auf.

Der eine war der, in dem Noah und ich zusammen waren. Immer auf der Flucht, ständig der Blick über die Schulter, keine Küsse, keine Berührungen, ständig das Wissen, dass wir mit jeder impulsiven Handlung oder auch nur einer Sekunde Unkonzentriertheit Menschen verletzen konnten. Konnte unsere Liebe das überstehen? War das überhaupt ein Leben? Worin lag der Sinn, einen Seelengefährten zu haben, wenn man nicht das Leben eines Liebespaars führen durfte? Ein Leben mit faulen Samstagmorgen im Bett, Küsschen abends nach der Arbeit, dem erregenden Warten auf die Berührung oder einfach Sofaabenden, bei denen der Fernseher keine Chance hat gegen die innig verschlungenen Körper, die bis in die letzte Faser erfüllt sind von Wärme und Zuneigung.

Und dann war da noch der andere Pfad.

Der, den ich gehen würde, wenn wir getrennt wären. Die Höllenqual, jeden Tag meines Lebens in dem Wissen zu verbringen, dass ich einen Seelengefährten hatte, aber nicht mit ihm zusammen sein konnte. Zu versuchen, irgendwie die Liebe zu jemand anderem zu erzwingen, zu jemandem, für den ich nicht bestimmt war, ständig an Noah zu denken, mich zu fragen, wo er steckte, was er gerade machte, ob es ihm gelungen war, sich auf die gewöhnliche Pseudoversion der Liebe einzulassen, immer mit dem Gefühl der Unvollständigkeit, für immer diese Leere im Leib.

Was war das für eine Wahl?

Es war keine. Das Wort »Wahl« besagt, dass man das eine mehr will als das andere. Ich wollte keines von beiden. Beides bedeutete Schmerz, vielleicht für jeden einzelnen Tag meines Lebens.

Ich lehnte meinen Kopf gegen die raue Höhlenwand und seufzte.

Noahs Augen bohrten sich in meine, feucht, voller Erschöpfung.

»Woran denkst du?«, fragte er bedrückt.

»Wir können nie wieder zusammen sein«, hörte ich mich fast reflexhaft antworten. Doch kaum waren die Worte ausgesprochen, wusste ich, dass es die richtigen waren.

Auch wenn es mich zerriss.

Noahs Gesicht fiel in sich zusammen. »Penny, sag doch so was nicht. Wir haben es so weit geschafft. Wir können lernen, auf neue, andere Art zusammen zu sein, auf eine Art, die keinen Schaden anrichtet.«

Ich schüttelte den Kopf. »Das kann ich nicht. Wir sind mehr wert. Das weißt du, Noah.«

»Dann gibst du uns einfach auf?«

Das tat weh.

»Du weißt, dass ich das nicht so meine. Aber denk doch mal nach. Würden wir es wirklich schaffen, bis ans Ende unserer Tage nie mehr Händchen zu halten? Nicht mal mehr das? Uns niemals zu küssen? Nie miteinander zu schlafen? Wir könnten niemals Kinder haben. Das würde uns kaputtmachen, Noah, das weißt du doch selbst. Was wir haben, ist so besonders – ich will nicht, dass es zerbricht. Ich will nicht zusehen, wie wir zerbrechen.«

Ich sah, wie eine Träne aus Noahs Augenwinkel kullerte. Das brachte mich erst recht zum Weinen.

»Du hast es selbst gesagt, damals im Hotel. Liebe soll nicht verboten sein. Sie soll einfach sein. Ich will nicht, dass unsere Liebe ein Kampf ist. Ich will, dass sie immer so ist wie jetzt, auch wenn sie mir nur noch als Erinnerung bleibt.«

Da sprang Noah auf und rannte hinüber auf meine Höhlenseite. Er warf seine Arme um mich und vergrub sein Gesicht an meiner Schulter.

Er weinte.

»Das geht nicht«, sagte ich. »Die finden uns, wenn wir uns weiter so anfassen.«

»Dann sollen sie uns doch finden.« Seine Stimme klang gepresst. »Du hast recht, Penny. Was du sagst, ist entsetzlich, und ich hab eine Heidenangst, aber du hast recht. Ich kann nicht mit dir zusammen sein, ohne wirklich mit dir zusammen zu sein. Ich möchte uns genau so in Erinnerung behalten, wie wir sind. So perfekt. So jung und so verliebt, dass es uns das Hirn vernebelt.«

Ich lachte unter Tränen. »Und eine kolossale Bedrohung für die gesamte Menschheit natürlich.«

Er lachte auch. »Logisch, versteht sich von selbst! Die sollten einen Film über uns drehen.«

»Oder ein Buch schreiben. Das wär was für Amanda. Die liebt diesen Schund.«

»Na, dann wäre ja zumindest Amandas Glück gesichert.«

»Und Lizzie sollte unsere Geschichte an die überregionale Presse verscherbeln.«

»Na klar.«

»Romeo und Julia aktuell.«

Noah hörte auf zu lachen und umklammerte meine Hände, ein Flehen im Blick.

»Versprich mir, Penny, dass wir nicht so enden wie die.«

»Wie wer?«

»Wie Romeo und die bescheuerte Julia. Wirf dein Leben nicht weg, nur weil wir voneinander getrennt sind. Leb es. Leb es für mich, auch wenn wir nicht beisammen sein können. Mach das Beste daraus. Und ich lebe meines für dich. Ich werde versuchen, für dich glücklich zu sein, und du wirst versuchen, für mich glücklich zu sein. Auf diese Weise sind wir immer zusammen. Wir würden füreinander leben, auf die einzige uns mögliche Art.«

Ich nickte, wieder in Tränen aufgelöst. »Ich verspreche es dir.«

Noah wollte mich küssen, doch ich hielt ihn zurück.

»Das können wir nicht machen. Was, wenn wir jemanden verletzen?«

»Hier ist keine Menschenseele weit und breit, todsicher. Bitte, lass uns nur ein letztes Mal zusammen sein. Lass uns eine Erinnerung schaffen, an der wir uns festhalten können, wenn wir alt und grau sind. Ein Gefühl, auf das wir zurückgreifen können, um uns zu erinnern, wie es ist, geliebt zu werden, wirklich und wahrhaftig geliebt zu werden, und wirklich und wahrhaftig zusammen zu sein.«

Mehr Worte gab es nicht, nur Gefühl.

Als Noah und ich uns küssten, gab es weder einen Wolkenbruch noch ein Erdbeben oder einen Sturm. Stattdessen schien die Sonne ein wenig heller in unsere Höhle und wärmte uns auf. Der Himmel wurde so blau, wie ich ihn noch nie erlebt hatte. Wir küssten uns eine Ewigkeit oder nur Minuten. Ich weiß es nicht mehr. Doch ich erinnere mich an das Lächeln. Ein Lächeln, das einem im Bauch wehtut, weil es dem reinen Glück entspringt. Das Lächeln, das man nur lächeln kann, wenn man wirklich und wahrhaftig verliebt ist.

Wir rollten uns auf dem Höhlenboden zusammen. Noah lag

hinter mir, presste seinen ganzen Körper gegen meinen Rücken, strich mir über das Haar. Durch die Gesteinsritzen drang die Sonne herein und ließ die Welt erstrahlen, als steckten wir im Heiligenschein eines Engels fest.

Wir schlossen die Augen und schliefen gemeinsam ein.

Und als wir den Hubschrauber hörten, ließen wir die Augen geschlossen. Noah drückte mir die Hand, und ich wusste, das hieß »Ich liebe dich«.

Ich drückte seine Hand zurück und wir lagen ganz ruhig da.

Als sie uns holen kamen, lächelten wir immer noch.

Ende

Der Tag begann wie jeder andere auch, mit einem Sonnenaufgang.

Das Licht strömte durch die Vorhänge und tauchte mein Wohnheimzimmer in tiefes Dottergelb. Ich schloss die Augen, spürte, wie sich die Sonne durch meine Augenlider hindurchbrannte. Weiterschlafen konnte ich vergessen.

Ich sah zu, wie der Lichtstreifen sich gemächlich die Wand hochbewegte, während die Zeit verstrich. Eigentlich unglaublich. Wie konnte die Welt einfach so weitermachen, ihr normales Ding durchziehen, ohne persönliche Würdigung der Tatsache, dass heute alles andere als ein normaler Tag war? Dass es heute verdammt schwer werden würde? Ich warf meine Decke zurück und wurde von eisiger Luft umhüllt. Weihnachten stand bevor.

Es war genau zwei Jahre her, seit sie ihn fortgebracht hatten.

Frank und meinen anderen Seminarfreunden hatte ich schon gesimst, dass ich heute die erste Vorlesung verpassen würde. Bei meinen Noten konnte ich mir das gerade so erlauben. Frank und ich waren letztlich doch an derselben Uni gelandet und trafen uns zu seinem großen Erstaunen ab und an bei einem »Grunge-Konzert« oder quälten uns in der Bibliothek gemeinsam durch unsere Essays. Übers Wochenende stand ein Besuch von Lizzie an, weshalb ich schon alle Aufgaben weggeschaufelt hatte, um ihre Ernennung zur Chefredakteurin der Studentenzeitung angemessen feiern zu können. Ankunft war morgen;

ich konnte es kaum erwarten. Lizzie war es, die uns alle miteinander in Kontakt hielt, und ich freute mich schon auf den allerneuesten Klatsch bezüglich Amanda und Ruth (und natürlich Ruths aktuellem Freund).

Ich verzichtete aufs Frühstück und stopfte meinen fertigen – und hoffentlich erstklassigen – Essay in die Umhängetasche. Während ich mir meinen Strickschal gleich mehrfach um den Kopf wickelte, wappnete ich mich innerlich für den frostigen Spaziergang über den Campus.

Jahrestage waren schon etwas Verrücktes: Man hielt inne an einem bestimmten Datum, einem kleinen Quadrat im Kalender, auf das man entweder voller Furcht oder voller Vorfreude hingelebt hatte. Gewöhnlich war das Leben doch ein einziges »So, und was kommt jetzt?«, »Der Nächste bitte!« und »Wo zum Teufel soll mich das hinführen?« Doch an Jahrestagen legte man eine Pause ein und schaute zurück, wie auf ein Theaterstück aus der eigenen Vergangenheit, das einem durchs Gedächtnis tanzt.

In ebendiesem Augenblick vor genau zwei Jahren dürften Noah und ich uns unsere Briefe übergeben haben. Die Briefe, die sie uns aus Mitgefühl dann doch noch hatten schreiben lassen. So konnten wir immer zusammen sein, auf bescheidene Art, während ein Tag nach dem anderen im Kalender verstrich und das Leben an uns vorbeirauschte, immer aufs nächste Ziel zugaloppierend.

Wegen der arktischen Temperaturen war der Campus heute wie leer gefegt. Ich war dankbar für die Einsamkeit. Zum einen, weil ich das hier allein machen musste und man Privatsphäre auf dem Campus gewöhnlich vergessen kann. Und zum anderen, weil man an der Uni mit Bananenmilch noch weniger Coolnesspunkte sammelt als anderswo.

Ich ließ mich auf einer eisigen Picknickbank nieder und drehte mein Gesicht zur schwachen Wintersonne. Dann hob ich mein Glas und reckte es in die Luft.

»Auf dich, Noah«, flüsterte ich in den Himmel. »Und auf uns.«

Ich schloss die Augen, hoffte … und wartete …

Und gerade als ich mir Sorgen machen wollte, dass ich es mir letztes Jahr nur eingebildet hatte, an jenem schrecklichen ersten Jahrestag, da passierte es wieder. Irgendwo aus dem Nirgendwo kam eine Bö dahergeweht, raschelte in den Zweigen, zauste mein Haar, machte mir Gänsehaut. Die Luft roch nach Äpfeln. Ich spürte ihn überall um mich herum.

»Ich liebe dich«, sagte ich, und plötzlich schien die Sonne stärker, erhellte jeden kahlen Ast, tauchte meine Umgebung in ein warmes silbriges Licht. Das waren wir, wir beide zusammen. Ich wusste es. Denn wo immer er sich in diesem Moment aufhalten mochte, er blickte zur gleichen Sonne empor und dachte genau das Gleiche.

Folgendes hatte ich seit jenem grauenhaften Tag gelernt: Es passiert nicht immer, was passieren sollte, besonders wenn es um Liebe geht. Happy Ends sind streng auf die Romanabteilungen der Buchhandlungen beschränkt. Im wirklichen Leben rennt niemand seiner Liebsten auf dem Flughafen hinterher, um sie am Besteigen einer Maschine zu hindern. Der Schulschwarm verliebt sich nicht in den Klassentrottel. Freunde entdecken nicht plötzlich ihre unsterbliche Leidenschaft füreinander, während der Countdown zum Jahreswechsel läuft, im Regen, auf dem Dach des Empire State Building.

Noah und ich konnten nie in den Sonnenuntergang laufen.

Wahre Liebe macht nicht alles wieder gut. Wahre Liebe besiegt nicht alles. Und vor allem braucht wahre Liebe kein Auf-immer-und-ewig – darum geht es gar nicht. Doch wahre Liebe verändert einen. Sie formt einen. Sie verbrennt einem das Herz zu einem glühenden Kohlestück, das sich dann neu entzündet und phoenixgleich aus der Asche erhebt, stärker und strahlender als je zuvor.

Ich nahm noch einen Schluck von meiner Milch und lächelte. Ich war so stolz auf mich. Dass ich es hierher geschafft hatte, nach dieser grauenhaften Trennung, als ich geglaubt hatte, nie wieder atmen zu können. Wie gut man die Herausforderung des Lebens meistert, zeigt sich nicht darin, wie leichtfüßig man auf seiner Sonnenseite spaziert, sondern wie man sich auf seiner Schattenseite schlägt. Wie man weitermacht, wenn plötzlich alles anders ist.

Ich griff in meine Tasche, zog mein Spezialnotizbuch heraus und ließ den Brief herausgleiten. Allein beim Anblick von Noahs Schrift hätte ich losweinen können. Mit den Fingern fuhr ich die Rillen nach, die sein Kugelschreiber im Papier hinterlassen hatte, und schluckte den Kloß in meinem Hals.

Dann las ich ihn noch mal, obwohl ich jedes Wort auswendig konnte.

Penny,

es gibt so viel zu sagen, und so vieles davon werde ich vor Aufregung jetzt wohl vergessen und mich dann auf ewig dafür hassen, weil ich die Gelegenheit verpasst habe.

Aber wenn das hier alles ist, was Dir von mir bleiben wird, dann ist nur eines wirklich wichtig: Ich liebe Dich, Penny. Ich werde nie wieder die Möglichkeit haben, es Dir zu sagen. Doch immer wenn Du das hier liest, dann weißt Du, dass ich es Dir aufs Neue sage, wo auch immer ich gerade sein werde.

Ich werde Dich immer lieben, auf ewig, aus ganzer Seele.

Wann immer ich die Sonne auf meinem Gesicht spüre, werde ich an Dich denken und an die letzten Momente, die wir miteinander hatten. Ich bin so dankbar, dass wir uns diese Erinnerung schaffen konnten. Jeden Tag wird mir das helfen.

Aber das Leben ist lang, Penny. Bitte brich nicht das Versprechen, das wir einander gegeben haben. Bitte stell nicht Dein ganzes Leben in den Schatten unserer Liebe. Sei Du selbst, sei glücklich. Finde Glück in allem, was Du tust. Nur um eins bitte ich Dich: Lass uns jedes Jahr an diesem Tag zur Sonne emporblicken und auf uns anstoßen. Lass uns beide einen Moment lang daran denken, wie wir zusammen waren, Du und ich. Und so werden wir für immer beisammen sein.

Du bist perfekt und ich bin auf ewig Dein.

Noah

So ist das wohl mit der Liebe. Wie du sie auch erlebt haben magst, sie lässt dich nie mehr los. Hat sie dich einmal berührt, dann hat sie das für immer. Du wirst auf ewig gezeichnet sein von ihrem Strahlen. In dieser herrlichen Gewissheit kannst du durch den Rest deines Lebens gehen ...

Jemand hat mich mal geliebt und es war wunderschön.

Das kann dir niemand wegnehmen.

Und manchmal gibt es Zeiten, da muss man sich das in Erinnerung rufen. Es würdigen. Sich bewusst werden, wie glücklich man sich schätzen kann, das überhaupt gehabt zu haben.

Und dann gibt es Zeiten, da ist es das einzig Richtige, mit dem Weinen aufzuhören, es hinter sich zu lassen und sein Leben nach besten Kräften weiterzuleben, mit Licht und Liebe im Herzen.

Danksagung

Ich kann's einfach nicht fassen, dass ich hier gerade an der Danksagung zu meinem ersten Roman sitze! Und da müsst ihr jetzt leider durch, denn das male ich mir schon seit ungefähr dem Tag aus, an dem ich Bücher entdeckt habe.

Also: erst mal einen Riesendank an Maddy, die mir diesen Wunschtraum erfüllt hat. Danke – du bist nicht nur eine Wahnsinnsagentin, sondern auch einer der nettesten Menschen, die mir je untergekommen sind. Deine Hingabe an diesen Roman und deine unerschütterliche Unterstützung haben mein Leben komplett umgekrempelt. Ich kann gar nicht in Worte fassen, wie dankbar ich dir bin.

Eine La-Ola-Welle für den Usborne-Verlag, der Penny das perfekte Zuhause geboten hat. Mehr hättet ihr für dieses Buch gar nicht tun können, glaube ich, und ich bin überglücklich, dass ihr es unter eure Fittiche genommen habt. Eure unermüdliche harte Arbeit hat den Roman um so viel besser gemacht. Danke.

– schmalzige Streicherklänge setzen ein –

Ein Buch zu schreiben ist immer auch eine Art Reise, und deshalb möchte ich den Leuten danken, die mich unterwegs begleitet und unterstützt haben.

Dank an Mr Dundas, der immer an mein Schreiben geglaubt hat, selbst als ich eine chronisch schlecht gelaunte Pubertierende war und alles grottenschlecht fand, was ich so produzierte. Und an Jonathan Foster, dessen brillante, wenngleich Furcht einflößende Lehrmethoden mich zu der Schriftstellerin gemacht haben, die ich heute bin. Einen Lehrer zu haben, der einen inspiriert und formt, ist ein wunderbares Geschenk. Ich hatte das große Glück, gleich zwei davon zu haben.

Dank auch an Rich, der von Anfang an dabei war und mir bis zum Ende beigestanden hat. Sogar als er es gar nicht musste. Worte sind so lächerlich unangemessen, wenn man für etwas Derartiges danken will.

Dank an Lisa, meine unentwegte Cheerleaderin - dafür, dass du dich durch das CHAOS gewühlt hast, das sich erste Fassung nannte, und dich vom ersten Tag an für sie aus dem Fenster gelehnt hast. Deine eiserne Unterstützung war wunderbar, und ich habe sie dir vergolten, indem ich hemmungslos und eins zu eins aus deiner Lebensgeschichte abgekupfert habe. Danke, dass du a) keinen Protest eingelegt hast und b) einfach eine verdammt fantastische Freundin bist.

Ich möchte auch meinen Kollegen bei TheSite.org danken, die mich während des ganzen Schreibprozesses so unglaublich unterstützt haben. Besonders Emma und Nic, die acht Stunden am Tag und fünf Tage die Woche auf meiner Achterbahn der Gefühle mitfahren mussten. Wie ihr jungen Leuten helft und was ihr dabei leistet, ist wirklich erstaunlich, und ich bin so stolz, mitmachen und mit Menschen wie euch zusammenarbeiten zu dürfen.

Ein großes Dankeschön geht auch an meine wunderbaren Schwestern Eryn und Willow – dafür, dass ihr es überhaupt mit mir aushaltet.

Und jetzt zu dir, Owen: Danke ... nun ja, für alles. Dass du all diese Zeit hindurch meine Hand gehalten hast, besonders, wenn ich schwierige Entscheidungen mit ungewissem Ausgang treffen musste. Danke, dass du das Licht am Ende des Tunnels gesehen hast, als ich es nicht mehr konnte. Danke, dass du ein völlig wirres Manuskript von 140 000 Worten über liebeskranke Teenager gelesen hast, und noch weit mehr dafür, dass es dir sogar noch gefallen hat. Ohne dich hätte ich es nie geschafft … aber das mit der Mitverfasserzeile auf dem Titel, das wird leider nichts.

Und schließlich den größten Dank, den man nur tippen kann, an meine wunderbaren, großartigen Eltern. An Larz und Olivia – danke für hundertprozentig alles. Ich habe so ein Glück mit euch, ihr ahnt es ja gar nicht. Ich mache das alles nur, damit ihr stolz sein könnt.